SADE

Justine und Juliette

IV

Ch.-A.-Ph. van Loo,
Sade-Porträt
um 1760–1762

D. A. F. de Sade

Justine und Juliette

IV

Herausgegeben und übersetzt
von Stefan Zweifel und
Michael Pfister

Mit Bildern
von Maria Lassnig
und Aufsätzen
von Georges Bataille,
Catherine Cusset und Hans Leyser

Matthes & Seitz

Die Herausgeber danken:

Professor Michel Delon (Paris) und der Bibliothèque de la Pléiade (Editions Gallimard, Paris) · Thibault Marquis de Sade und seiner Familie · Dr. Hans-Ulrich Seifert (Trier) · Guy Cherqui (Institut Français, Heidelberg) · unseren Probelesern Plinio Bachmann und Peter Stücheli · Martin Hodel für seine Münchner Blutwürste · der Houghton Library der Harvard University · der Bibliothèque Nationale Paris · der Zentralbibliothek Zürich ·
Unser besonderer Dank geht diesmal an die Literaturkommission der Stadt Zürich, die uns mit einem Werkjahr ausgezeichnet hat, welches uns eine noch intensivere Arbeit an Übersetzung und Anmerkungsapparat erlaubt. Letzterer erscheint jedoch nicht wie angekündigt im vorliegenden Band, sondern – auch aus Gründen der Handlichkeit – vereint mit Anmerkungen (und Index) zu *Juliette* in einem Zusatzband. Dies als Konsequenz des Umstandes, daß sich die französische Sade-Editionslandschaft zur Zeit in einem großen Umbruch befindet und dabei ganze Bände unveröffentlichter Texte aus dem Familienarchiv zutage gefördert werden; das Erscheinen der integralen Italienreise in der siebenbändigen »Bibliothèque Sade« (Fayard, Paris) muß – wie angekündigt – im Hinblick auf die Fortsetzung unserer parasitären Kurzbiographie »2000 Jahre Sade« ebenfalls abgewartet werden.
Diese Umdisposition war leider unvermeidlich, obwohl uns Professor Michel Delon und das Haus Gallimard eine erste Version ihres historisch-kritischen Anmerkungsapparates freundlicherweise bereits jetzt zur Verfügung gestellt haben – für dieses ungewöhnliche Entgegenkommen können wir uns gar nicht genug bedanken.

 Der Verlag dankt Maria Lassnig, Wien, für die freundlich erteilte Erlaubnis, die Bilder zu reproduzieren.

Herstellung: Bettina Best, München. Umschlaggestaltung: Maria Lassnig.
Satz: Gerber Satz GmbH, München
ISBN 3-88221-792-8

INHALT

Hans Leyser

Sade – oder der andere Florestan

Eine Skizze zur Tragikomödie der Intelligenz

Dieser selbst unter »Sadologen« in Vergessenheit geratene Text von Hans Leyser aus Ernst Jüngers und Mircea Eliades Zeitschrift Antaios (Band 2, Stuttgart 1961) steht in der deutschen Sade-Rezeption, die – abgesehen von Horkheimer/Adorno und Peter Weiß – kaum je über die psychopathologische Perspektive hinausgekommen ist, als erratischer Block da, den zu bedenken sich nicht nur aufgrund dieser Ausnahmestellung lohnt.

»Der Traum der Vernunft gebiert Ungeheuer« *Goya*

In Beethovens Oper wird Florestan aus dem Kerker, in dem er zu Unrecht schmachtet, befreit durch den Mut und die Treue seiner Gemahlin Leonore. Mag dieses edle Spiel – ein Lieblingsstoff des Bürgertums – auch die Wahrscheinlichkeit gegen sich haben und allzusehr Routinetheater sein, so hebt doch die Musik, die den sublimsten Eros vom Trug der Erscheinung befreit, den Gegenstand aus seiner Trivialität ins Hochdramatische. Das Ewig-Weibliche als Harmonie, als Himmelsmacht, erlöst den Dürstenden aus dem Gefängnis seiner Sinne.

Soviel vom Mythos der Musik, kraft dessen sich der Gegensatz des Individuums zur Gesellschaft hymnisch verbinden läßt, kraft dessen die Menschheit sich verbrüdert sogar mit ihren Ausgestoßenen und die Idee sich jubelnd aufschwingt aus der überwundenen Zeit. Sehen wir aber ab von der Macht des Harmonischen, von der Rousseauschen Idealität des Fühlens, vom napoleonischen Schwung der rettenden Trompeten, so gibt es nichts, was Florestan befreit. Was ihn in den Kerker stößt, den Libertin des späten 18. Jahrhunderts, ist etwas anderes als nur ein neidischer Theaterbösewicht. Was ihn dort festhält, ist sein Widerspruch zur Gesellschaft, nicht weniger und nicht mehr. Und einer Leonore, die sein Schicksal teilen will, wird nichts übrigbleiben, als ihm in die Kerkerhaft zu folgen, aus der es für ihn kein Entrinnen gibt.

In seinem Charakter liegt der Kampf des Ich mit dem Allgemeinen, und wenn es mit diesem Kampf ein Ende nehmen soll, dann kein symphonisch verklärtes, sondern ein zynisch-groteskes. Denn dieser Kampf um jeden Preis ist ohne Sinn. Das Individuum hat kein Dasein außerhalb der Gemeinschaft; seine Hybris ist die des Narren: sie macht das Ich zur Welt und redet von sich zu niemand; sein Heroismus besteht in der Resignation eines Clowns, und sein Verhalten trägt deutlich die Zeichen des Tragikomischen; denn wenn es damit begann, sich als ein Gott aufzuführen, so endet es damit, ein armer Kadaver zu sein, und die Gesellschaft, die es verachtet, geht darüber hinweg.

Im nämlichen Jahr 1814, als Beethovens *Leonore* endlich erfolgreich über die Wiener Bühne ging, starb in dem Irrenhaus zu Charenton Donatien-

Alphonse-François Marquis de Sade. Sein Leben trägt die Züge dieses anderen Florestan.

Man wird das Gesicht des Mannes, der den Sadismus erfunden hat, nicht ohne weiteres als ein unmenschliches betrachten dürfen, und deshalb sieht man es zunächst am besten vor der Szenerie der Zeit. Vor dieser Attrappe des heitersten Rokoko verbirgt ein Lächeln den Mörder, ein Liebesschwur den Verführer. Noch Mittelalterliches gibt sich als schon Modernes, Quacksalberei als Medizin, Inquisition als Menschenrecht, kabbalistischer Zauber als Wissenschaftsgläubigkeit. In diesem Jahrhundert, in dem der Mensch sein Denken als Gott und seinen Körper als eine Maschine begreift, ist es nicht allzu sonderbar, daß ein tollkühner Kopf darauf verfällt, aus seiner Erotik ein System zu machen; wobei man diese Erotik wohl nicht anders als intellektuell verderbt annehmen muß. Auch die moralische Frechheit, die er sich dabei erlaubt, der Schein von Wissenschaftlichkeit, den er dem Dilettieren in einer Art von Anatomie der Lustempfindungen verleiht, das Maß von Skrupellosigkeit und von Verruchtheit, das er dafür aufbringt – dies alles erweist ihn als einen Sohn seines Jahrhunderts, als einen adligen Fant, den der Ruhm seines Wappens beschützt. Und ihn entschuldigt nicht nur der Grad seiner Intelligenz, sondern auch eine bigotte geistliche Erziehung, sowie die Reiterattacken des Siebenjährigen Kriegs, an dem er als forscher Jüngling teilgenommen hat. Andererseits kann man es auch Hof und Klerus nicht übelnehmen, wenn diese konservativen Kräfte zusammenwirken, um einem so außergewöhnlichen Hitzkopf entgegenzutreten und seine libertine Gesinnung, die alle Rücksicht auf Takt und Geschmack verschmäht, auf ein gehöriges Maß zurückzuführen.

Doch dabei bleibt es nicht nur. Mag die galante Welt in dem grimassenhaften Treiben dieses Außenseiters so etwas wie den Sittenspiegel ihrer eigenen Laster gesehen und ihn zum Sündenbock der eigenen doppelten Moral gestempelt haben – damit ist weder die unbarmherzige Härte erklärt, mit der die Gesellschaft diesen Einzelnen verfolgt, noch auch die Wirkung seines Beispiels und seiner Schriften. Der historische Sade hat zwar mit seinen Skandalprozessen dem Klatsch der Pariser Salons für eine Weile den Stoff geliefert. (Es handelt sich um die Prozesse von Arcueil, April bis Juni 1768, und Marseille, Juni bis September 1772. Das eine Mal unterzieht er eine stellenlose Hausiererin einer erotischen Tortur. Das andere Mal engagiert er eine Gruppe von käuflichen Mädchen und bringt, gemeinsam mit einem Kammerdiener, die niederen Venusdienerinnen in Verlegenheit durch einige Perversitäten, wie sie nur auf der Ebene des aufgeklärten Intellektualismus möglich sind.) Und wenn man auch zugeben muß, daß er alles nur Mögliche getan hat, um seinen Stand und seine Familienwappen, das eigene sowohl wie das seiner Frau, zu beleidigen und zu brüskieren, und daß sein unvergleichliches erotisches Korsarentum – er gründet, um nur ein Beispiel zu nennen, in seinem Schloß La Coste in der Provence, beruhend auf dem alten Vorrecht seines Herrentums, eine Art polygamen Clan, in dem nicht nur die gleichgeschlechtlichen Beziehungen, sondern auch die zu Minderjährigen gepflegt werden – daß, will ich sagen, dieser ständige Amoklauf gegen die bestehende Moral dynastische, politische und ökonomische Interessen gegen ihn ins Feld gerufen hat – die Nachwelt hätte ihn trotz alledem längst vergessen oder ihn allenfalls ins Raritätenkabinett gestellt. Daß aber aus diesem Enfant terrible der Mann des Terrors wurde, aus diesem Amateur im zweifelhaften Stil der Zeit ein Ungeheuer des Erotischen, das geht weit über sein historisches Bild hinaus und gehört der Legende an. Wir fragen uns, welcher Legende.

Daß aus der Dämonenfurcht am Ende des Mittelalters die beiden Sagengestalten des Faust und des Don Juan hervorgetreten sind, hat Kierkegaard gezeigt; und auf dem Hintergrund der christlichen Vorstellungswelt hat er bewiesen, wie die Verkörperung des reinen Geistigen als das Faustische und die der reinen Sinnlichkeit als das Don-Juaneske notwendig als Unheimliches empfunden werden mußten. »Indem der Geist sich von der Erde löst, erscheint die Sinnlichkeit in ihrer ganzen Macht.« Aus diesem Satz geht hervor, daß die zerrissene Menschlichkeit in beiden Legendengestalten die Folge der paulinischen Trennung des Geistes vom Fleische ist. Auch wenn kein Dunkelmann als Magus Faust durchs deutsche Land gezogen wäre, auch wenn kein Juan Tenori die Herzen der Spanierinnen gebrochen hätte – diese beiden Figuren wären erfunden worden auf Grund der christlichen Scheidung zwischen Sinnlichkeit und Denken.

Etwas Ähnliches läßt sich nun auch von dem Marquis de Sade behaupten, nur daß die Schrecken, die auf seinem Antlitz wetterleuchten, die Zeichen einer späteren Epoche sind. Diese neuere Zeit bringt Faust und Don Juan zusammen, sie schafft ein mythisches Bild von einem Zwitter aus Hirn und Geschlecht. Indem der Intellekt sich des Natürlichen bemächtigt, entsteht eine neue, künstliche, dem Menschen entfremdete Welt. Darin wurde das Natürliche soweit als möglich geometrischen Figuren angenähert, und es versteht sich von selbst, daß dies nicht ohne Vergewaltigung geschehen kann. Die starre Disziplin der Rechenkunst bemächtigt sich des Eros und erniedrigt die menschlichen Triebe zu mechanischer Verrichtung. Die sexuelle Leidenschaft wird demonstriert nach Plan und Symmetrie; sie folgt dem Gesetz der Serie und läßt sich beliebig produzieren und wiederholen. (Vgl. Horkheimer-Adorno, *Dialektik der Aufklärung*, Exkurs II. Dort findet sich in ähnlichem Zusammenhang der Satz: »Was Kant transzendental begründet hat, die Affinität von Erkenntnis und Plan (…) hat Sade (…) empirisch ausgeführt.«) Mit andern Worten, die sadistische Methode ist eine Anwendung der cartesianischen auf die Inferiorität der animalischen Natur. Indem Vernunft sich selber zum Herrscher macht, übt sie Gewalt aus. Was immer wehrlos ist und schwach, die Primitiven und die Minderheiten, die Armen und die Weiber, ja selbst die animalische Anfälligkeit des eigenen Körpers, fühlt sich dem Recht des Stärkeren ausgeliefert und gibt ihm das Bewußtsein seiner Macht. Das Wesen des Geistes wird als Grausamkeit begriffen und sein vernünftiges Prinzip als Weltverachtung. Was Sade uns deutlich machen will, ist das Verbrecherische allen Räsonierens, vor dem die kreatürliche Befangenheit erscheint als »selbstverschuldete Unmündigkeit«. Damit nimmt er die Schrecken der heutigen Welt vorweg, die Unterdrückung alles Natürlichen durch aufgeklärtes Denken und durch angewandte Technik.

Sade übt Kritik am paulinischen Christentum. Was dieses im Glauben erstrebt, die Emanzipation des Geistes vom Fleische, betreibt er als experimentelle Wissenschaft. Er setzt der einigenden Kraft der Liebe die trennende des Hasses gegenüber, und unter dem Kreuz der christlichen Weltüberwindung entdeckt er seine Lehre von der Lust am Schmerz. Er ist sich des blasphemischen Aspekts in seinem Beitrag zur Sittengeschichte vollauf bewußt gewesen. Mit Absicht hat er, das zeigen seine kriminellen Affären wie seine Schriften, Gelegenheit gesucht, das Obszöne zum Gegenstand der Andacht zu machen. »Was man auch sagen mag, ich finde Vergnügen daran, das Allerheiligste des Christenglaubens zu profanieren, und zwar gerade an dem Tag im Jahr, den dieser als sein größtes Fest betrachtet«, schreibt er in *Justine und Juliette.* (Es war ein heikler Punkt in seinem ersten Prozeß, daß er sich seine Klientin nicht nur am Ostermorgen verschaffte, sondern auch während der düsteren Sitzung versuchte, ihr die Beichte abzunehmen.)

Er geht so weit, für seine Versuche am menschlichen Körper die Technik der geistlichen Praxis zu übernehmen. Mit der Genauigkeit und Schlüssigkeit des vorbereiteten Tests verbindet er das Werkzeug der Askese und braucht das Flagellantentum und die Kasteiung zur mystischen Preisgabe des überwundenen körperlichen Selbst. Die Riten des Sexuellen werden als Liturgie der Vernunftgläubigen behandelt, und der Orgasmus wird zur intellektuellen Kommunion. Seither hat sich das Instrument der Wissenschaft verfeinert, kein Mensch denkt beim Elektroschock an den Stachel im Fleisch des Apostels, und überhaupt ist das Bewußtsein davon, daß Wissenschaft zurückgeht auf die Trennung von Körper und Geist, so gut wie verlorengegangen. Demgegenüber will Sade uns beweisen, daß auch das Werkzeug der modernen Folterkammer der mönchischen Zelle entstammt und noch das säuberlichste, stoisch durchgeführte Experiment zurückgeht auf das Exerzitium.

Ein solches Denken ist modern nicht nur dadurch, daß es im Widerspruch beharrt, sondern auch dadurch, daß es durch Übertreibung nach dem Interessanten sucht. Sein Stil ist letzten Endes Parodie und Persiflage, und wenn man das Leben wie die Schriften des Marquis studiert, so wird man den Eindruck nicht los, daß er sich eigentlich nie ganz ernst genommen hat. Um so satanischer zeigt ihn seine Legende, zu der er ja gerade durch das possenhafte Übertreiben seines Denkens beigetragen hat. Er wird darin zum Urbild eines schrankenlosen Subjektivismus, in dem alles irdische Dasein der Willkür des Denkens verfällt. Der Schauplatz dieser Legende ist folgerichtig die Zelle, für den historischen Sade der Ort, an dem ihn die Gesellschaft seine von ihr so genannten Verbrechen büßen läßt, für den mythologischen aber der Ort der irdischen Hölle, der absoluten luziferischen Einsamkeit. Nahezu dreißig Lebensjahre verbringt dieser Florestan in seinen verschiedenen Kerkern. Mehr als die Hälfte seines bewußt geführten Lebens spielt sich ab in der Haft und unter dem Zwang einer ihm ungemäßen Weltentsagung.

Auch zum Verfasser seiner verruchten Schriften ist er erst in der Einsamkeit der Staatsgefängnisse geworden. Erst als sich ihm hinter den Festungsmauern das Bild der äußeren Welt verflüchtigte, begann er damit, die Leere und das Einerlei der sonnenlosen Jahre mit Ausgeburten seines Inneren zu bevölkern; und aus dem fürchterlichen Schlund der ungelebten Zeit erschuf er das glühende Sodom seiner Phantasie.

Kein Zweifel, diese Haltung hat Bewunderer gefunden. Daß auch der Haß zum schöpferischen Antrieb werden kann, verleiht dem Werk des sogenannten göttlichen Marquis in ihren Augen etwas Erhabenes. Darin behauptet sich, nach ihrer Meinung, mit unentwegter Tapferkeit das denkende Subjekt vor der Stumpfheit moralischer Normen, vor der Erstarrung in dogmatischer Konvention und vor der Tyrannei einer totalitären Ordnung, die allerdings auch das Ergebnis seiner eigenen Folgerungen ist.

> Mais il a réservé contre toute ignorance
> la subjectivité seigneuriale de l'homme.
>
> *Gilbert Lely*

Und immerhin, wenn überhaupt das Zeugnis eines Menschen, der sich mit vollem Bewußtsein außerhalb der Gesellschaft stellt, der ihre Formen brüskiert und in forcierter Willkür entartet, Anspruch auf Mitgefühl und schaudernde Bewunderung erhebt, dann in dem geschliffenen Stil dieses unbestechlichen Denkens, dessen düsterer Glanz sich von dem Hintergrund der irdischen Höllen abhebt. Schon seine Mitwelt hat, obwohl sie doch aufgeklärt war, das Mythologische in diesem Tatbestand begriffen: daß der emanzipierte Intellekt von dem gefallenen Engel stammt. Mag immer der Zynismus dieses monströsen Mannes peinlich und unerträglich sein, mag die Lektüre seines allen Autodafés zum Trotz noch immer umfangreichen Werkes auch bis in den Bereich des Ekelhaften führen – man gibt ihm Recht darin und stimmt ihm zu, daß er der säkularisierten Vergottung der Vernunft das Luziferische entgegensetzt. Das Subjektive seines Denkprinzips stürzt die falschen Idole. Es reißt dem absolutistischen Adel wie dem aufgeklärten Bürgertum, den Repräsentanten der Kirche wie der Monarchie die Masken vom Gesicht und zeigt sie als ebenso gottlos wie sich selber. Dabei bekämpft der Mann nicht ein bestimmtes System. Zwar hetzt er aus seinem Mauerfenster der Bastille im Sommer 1789 die Menge durch Reden auf, für die er den Trichter zum Wasserlassen als Megaphon benutzt, aber nachdem ihn die Revolution aus dem Kerker befreit hat, bekennt er sich als Feind der Jakobiner und des dritten Standes und wird von den Tribunen zur Guillotine verdammt. Auch daß Napoleon ihn für geisteskrank erklären läßt, hat einen tieferen Grund als die Empfindlichkeit des Emporkömmlings. Sade greift den Staat als solchen an, er streitet schlankweg ab, daß irgend menschliche Satzung gültige Werte vertritt. Er zeigt die Herrschenden in ihren privaten Lastern, ihrem Hang zu Grausamkeit und Vernichtung, die sie im Namen der Tugend, der Wahrheit oder der Gerechtigkeit verüben. Er scheut sich nicht, den »Imperialismus als die furchtbarste Gestalt der Ratio« (Horkheimer-Adorno, a.a.O.) zu deuten. Und deshalb folgen auch dem Beispiel Bonapartes, der ihn und seinesgleichen unterdrücken läßt, die totalitären Staaten von heute und ihre Diktatoren. Daß Intelligenz als asozial verdächtigt wird, ist einer der Werbeschlager ihrer Propaganda.

Wie man sich denken wird, kann niemand sonst der Todfeind eines Libertin wie Sade gewesen sein als die verkörperte unbescholtene Tugendhaftigkeit. Für den historischen Sade hat man das Vorbild solcher Gegnerschaft in der Person der Präsidentin de Montreuil, seiner eigenen Schwiegermutter. Wenn später bei Robespierre oder dem Korsen die Tugend ins Allgemeine strebt, bleibt das Verhalten dieser respektablen Dame viel delikater mit den Eigenschaften ihres Schwiegersohns verbunden. Auch sie steht deutlich vor dem Hintergrund des Rokoko, »... eine bezaubernde Frau, noch durchaus jugendlich, eher klein als groß, von angenehmem Äußeren, dem Lachen und der Unbefangenheit eines Engels, scharfsinnig zwar wie ein Fuchs, doch liebenswürdig und verführerisch in ihrem Genre« (Mlle de Rousset, die Geistesfreundin des Marquis, in einem Brief vom 27. 11. 1778). »La Grande Prêtresse«, wie sie von der Rousset genannt wird, scheint ihrem Schwiegersohn vor allem die Verführung ihrer zweiten Tochter Anne-Prospère nicht verziehen zu haben, die übrigens als Modell für den spröden Charme und die morbide Schönheit der Heldinnen im Œuvre ihres Geliebten zu gelten hat. Verheiratet mit einem Strohmann, ganz und gar unbefriedigt, durch das Verhalten des Marquis in ihrem Standesstolz verletzt, dem Flüstern des Salons, dem frechen Maul der Gasse preisgegeben, erweist sie sich als wahre Meisterin in der Handhabung anonymer, juristisch kaum noch faßbarer Prinzipien, in denen sich Mittelalterliches und Modernes, Inquisition und Klassenkampf oft wirr vermischen, und rächt sich an dem unentwegten Provokateur ihrer gesellschaftlichen Heiligtümer, indem »sie sich stillschweigend die Greuel derer erlaubt, die sich damit befassen, die Verbrechen anderer zu bestrafen« (Sade, Emilie de Tourville, *Contes et Fabliaux*).

Sade »rächt« sich übrigens später an dieser Frau, der er den Ruin seiner Jugend, seiner Gesundheit, den Verlust seiner Rechte und seines Vemögens verdankt, indem er sie in seiner Eigenschaft als Gerichtspräsident von der schwarzen Liste der Royalisten streichen läßt und ihr wie ihrem Mann den guten Bürgersinn bescheinigt. Er tut das, wohlgemerkt, obwohl er damit seinen Kopf riskiert.

Wie sehr sich Sade nun auch als Macchiavellist des Denkens gibt, wie sehr er bestrebt scheint, es mit den Mächtigen zu halten und sich zum Parteigänger der Wölfe gegen die Lämmer zu machen – er täuscht uns nicht darüber, daß er das Opfer der Methode war, die er beschrieben hat. So mag man seine Bewunderung für das Brutale aus dem Gefühl der eigenen Insuffizienz ableiten, den Haßkomplex in seinem Werk aus einem seelischen Trauma und seinen intellektuellen Größenwahn aus der Empörung der in sich gespaltenen Person und der Unfähigkeit des Willens, das Dialektische ins Transzendente zu erheben. Und so erstaunlich es auch ist, daß dieser kühne Systematiker vor allen anderen den Antagonismus der heutigen Weltauffassung, die schizophrene Trennung zwischen Hirn und Unterleib gefunden hat, daß er Zusammenhänge nachweist zwischen scheinbar Entgegengesetztem: dem Fanatismus und den kalten Rechnern, dem Sexuellen und der Abstraktion, der Barbarei und dem Zivilisierten – das alles hat ihn doch auch wieder amüsiert, und damit ist er ein Mann seiner Zeit geblieben. Nie hat er versucht, sich über seinen Widerspruch zur Allgemeinheit zu erheben. Im Gegenteil, er hat ihn ausgekostet, und darin ist er den Moralisten, die ihn bekämpfen, im Grunde verwandt. In seinem Charakter fehlt jede Spur von Versöhnlichkeit, ausgleichender Schlichtheit und Güte. Diesem anderen Florestan mangelt der Sinn für Harmonie. Um es mit Lionardos Wort zu sagen: »Das Hirn und das Geschlecht sind gleich weit entfernt vom Herzen.«

Das muß man Sades einseitigen Bewunderern entgegenhalten. Und der erhabenen Gestalt, dem Märtyrer des Ich, den sie verehren, muß man den armen Teufel gegenüberstellen, den die Denkart seines Jahrhunderts und seine eigene aus ihm macht. Das Mißverhältnis der historischen zur mythologischen Figur macht ihre Tragikomik aus. Betrachten wir Florestan in seiner Zelle! Vier schimmlige Wände sind die Grenzen seiner Welt. Doch darin herrscht er als der Fürst erotischer Massaker, als ein Apologet der Grausamkeit. Er unternimmt es, seinen Staat im Staate zu gründen, der auf nichts anderem beruht als auf dem Individuum und auf der Freiheit seiner Leidenschaften. In diesem Staat ist er der Kaiser. Er ist der Herr über Tod und Leben, das Ungeheuer, von dem die zeitgenössische Legende behauptet hat, er habe vor Freunden eine Frau bei lebendigem Leibe seziert und dabei gesagt: »Sie ist zu nichts anderem gut, als uns das Studium der Geheimnisse des menschlichen Körpers zu gestatten« (Rétif de la Bretonne, *Nuits de Paris).*

Das ist die Legende. Doch sehen wir davon ab, so werden wir einen dickgewordenen alten Mann gewahr, der an seinem Klapptisch sitzt und schreibt. Die Hand vom Schreibkrampf gelähmt, die blauen Augen ständig entzündet, gleicht dieser von Schwindelanfällen ergriffene, zu einer Denkmaschine herabgewürdigte Gefangene dem Narren, der in dem engen Reich der eigenen Vorstellung den Kaiser spielt. Man darf annehmen, daß der wirkliche Kaiser, wenn er von diesem Sonderling erfährt, ein böses Lächeln hat; das nämliche Lächeln zeigt aber auch das Angesicht des Sträflings, wenn er hinter Gitterfenstern die Rolle des Kaisers mimt. Dieses Lächeln ist seltsam; man weiß nicht recht, ob es der Überlegenheit oder dem Preisgegebenen entstammt, der Größe oder der Gemeinheit. Es hat nichts Befreiendes und gleicht durchaus nicht dem gewaltigen unmenschlichen Gelächter, das die homerischen Götter über das Sterben der Helden erheben. Im Unterschied zur alten Welt ist es der Mensch, der über sich selbst lächelt, und seine neue Welt, in der es keine Götter gibt, enthüllt uns seine Machtvollkommenheit zugleich mit seiner Notdurft, Erhabenes zugleich mit seiner Schande.

Ich glaube, man darf in dieser exemplarischen Figur das eine nicht ohne das andere betrachten. Der andere Florestan hat zwar vom Faustischen den herrischen Hochmut der Weltüberwindung, aber es fehlt ihm der faustische Schauder, sei's vor der Hölle als einer jenseitigen Wirklichkeit, sei's vor dem Blut oder dem dunklen Reich der Mütter. Auch mit Don Juan hat er den einen und anderen Charakterzug gemeinsam, doch mehr mit dem grotesken, räsonierenden in der Komödie des Molière, der die Arithmetik als seine Religion betrachtet, als mit dem musikalischen in Mozarts Oper, in dem das Erotische mit der ungebrochenen Unschuld einer Naturgewalt erscheint. Wenn den Faust ein Schwindel ergreift vor dem Abgrund des Schöpferischen und jene Angst vor dem Nichts, die seine Größe tragisch macht, so kennt der andere Florestan nur seinen dialektischen Zynismus, er läßt die Peitsche niedersausen und rächt sich an der schwachen Kreatur für seine eigene Ohnmacht. Und wenn die souveräne Unbekümmertheit Don Juan hinreißt, den ungeheuren Gast aus einer anderen Welt zu seinem Fest des Lebens einzuladen, so begründet der Aufklärer Sade das Sein auf den Gedanken und hext uns alles Übersinnliche aus unsrer Empfindung fort, sogar die Geister der Ermordeten.

Die Maske des Faust zeigt tiefen Ernst und Qual des Schuldbewußtseins, ob wir sie nun beim Teufelsbund im alten Puppenspiel betrachten oder bei Gretchens Tod, bei der Berührung durch die Hand der Sorge. Dahinter verbirgt sich der Ausdruck einer gewaltigen Passivität, und wenn die Maske verschwindet, erscheint darunter das Gesicht des Blinden, auf das ein Schimmer der göttlichen Gnade fällt. Die Maske des Verführers zeigt ihr furchtbares und stolzes Lächeln. Doch sie verbirgt die Schwermut der Kreatur, und unter ihr hervor erscheint ein Antlitz des Entsetzens bei der Erkenntnis seiner Zeitlichkeit. Vergleichen wir damit die Maske des räsonierenden Erotikers, so finden wir darin Haß und Verzeihen, Hohn und Hingebung, das Greinen und das Grinsen in einem mittleren, skurrilen Ausdruck unentwirrbar vermischt, in einem ständigen Sträuben, Verzerren und Zähneblecken.

Der Intellekt kann seiner kreatürlichen Bedingtheit nicht entfliehen. Diese Erkenntnis, einschließlich der unendlichen Resignation, die ihr entspringt, macht uns das Schicksal des Marquis de Sade bedeutungsvoll. Er selber verbringt seine letzten Jahrzehnte damit, die große Zeit des Übergangs von einer Welt von Gottes Gnaden zu einer solchen von Gnaden der Vernunft, der er sein zweifelhaftes Renommee verdankt, zu überleben. Er tut das mit der leicht blasierten Würde seines verblichenen Herrentums, zum gravitätisch hoheitsvollen Schritt verklungener Menuette. Er tut es außerdem, nicht ohne Ironie, mit der Verbeugung gegen die gekrönten Häupter, die unter dem blutigen Beil des Henkers gefallen sind, sowie mit schuldiger Reverenz vor der geistlichen Obrigkeit, die er als museales Überbleibsel wie sich selbst betrachtet. Und schließlich tut er es auch am Arm der weltlichen Minne. (Marie-Constance Quesnet, geborene Renelle, Sades letzte Liebe, von ihm »Sensible« genannt, begegnete ihm bald nach seiner Befreiung 1790 und teilte sein Leben auch noch in der Irrenanstalt.) Sich seiner Blutsverwandtschaft mit der Laura des Petrarca wohl bewußt – Laura de Noves heiratete einen Hugo de Sade in Avignon; sie hatte mit ihm elf Kinder, darunter den jüngeren Hugo, den Ahnherrn des Marquis –, versöhnt er seine einzigartige, verbrecherische Geistigkeit zuletzt mit der banalen, kindlich-mütterlichen Welt.

Aber selbst dieser ehrwürdigen Ruine des eigenen Ruhms gegenüber beweisen die Spitzel ihren sadistischen Haß. Ein Schreibverbot raubt ihm nun auch den freien Ausdruck seines Geistes, die Überwachung dringt bis ins Intime ein, und nur der Klugheit seines Anstaltsdirektors, eines aufgeklärten und verständnisvollen Manns, verdankt er wenigstens den weiteren Aufenthalt im Hospital und die Vergünstigungen seiner Narrenfreiheit, zu denen es unter anderem gehört, daß er Feste, Bälle, Konzerte, vor allem Theateraufführungen für die Kranken veranstalten darf. Daran nehmen, zum Ärger der Behörden, fortschrittliche Kreise der neuen Gesellschaft teil, Schriftsteller, Künstler,

Schauspielerinnen und Ehrendamen – die Crème der Hauptstadt trifft sich in Charenton, und alle Asozialen, Libertins und Narren feiern in Florestans Zelle Verbrüderung.

Wenn Beethovens Werk mit dem Chor der Befreiten endet, in dem sich alle Stimmen zum Ganzen zusammenfinden, so schließt das andere Stück mit durchgehaltenen Dissonanzen. Die Willkür der Subjekte wird nach den Regeln eines höchst sublimen erotischen Gesellschaftsspiels geordnet, das auf »sozialem Kompromiß« beruht, den Sade dem Rousseauschen Sozialkontrakt entgegensetzt. Die Wirkung dieses Spiels gleicht der unmenschlich starren von Marionetten, das Vergnügen daran ist abstrakt und schließt die Gefühle aus. Improvisiertes balanciert auf kristallinen Achsen, menschliche Geister und Leiber werden durcheinander geschüttelt in den veränderlichen Spiegelbildern eines Kaleidoskops. Bei aller Künstlichkeit sind diese Ordnungen nicht ohne Charme, bei aller Schärfe nicht ohne Heiterkeit. Sade hat, wenn man so will, den Anfang zur modernen Kunst gemacht. Wenn seine Welt auch des Pathetischen entbehrt, so darf man ihre resignierte Tragikomik doch nicht oberflächlich deuten. Sein Testament enthält den Wunsch, »daß die Spur meines Grabes von der Erde verschwinde, so wie ich mir schmeichle, daß mein Gedächtnis aus der Erinnerung der Menschen verschwinden wird«. Nichts kann so gut wie dieser Satz beweisen, daß die Begründung des Seins auf die Vernunft etwas Absurdes ist.

Georges Bataille

Der Gebrauchswert D. A. F. de Sades

(Offener Brief an meine gegenwärtigen Genossen)

Batailles *La valeur d'usage de D.A.F. de Sade* erschien posthum 1970 in Bd. II seiner *Œuvres complètes.* Die Texte entstanden zwischen Ende 1929 und 1931 und waren für einen niemals realisierten *Almanach érotique* bestimmt, für den Michel Leiris, Georges Limbour, André Masson (Zeichnungen zur *Justine*) und Maurice Heine (Sade-Inedita) Beiträge geliefert hatten. Heine ließ dann Sades *Notizen zur ›Neuen Justine‹* aus denen Bataille zitierte, als Beilage der Zeitschrift *Le Surrealisme au Service de la Revolution* (Nr. 5, Mai 1933) erscheinen.

Was jene in dem »offenen Brief« angesprochenen »Genossen« angeht, so dürfte es sich um die Mitglieder von Boris Souvarines ›Cercle communiste démocratique‹ handeln, dem Bataille von 1931 bis 1934 angehörte. In der Zeitschrift der Gruppe, *La critique sociale,* veröffentlichte er seine ersten heterologischen Studien: *Der Begriff der Verausgabung* (1933) und *Die psychologische Struktur des Faschismus* (1933/34). André Breton und seine Surrealisten sind stillschweigend gemeint, wenn im Text die folgenlose Apotheose Sades aufgespießt wird.

Während Bataille in Text II v. a. der Funktion des Lachens nachgeht, schreibt er in einer Notiz (OC II, 422): »Ich meinerseits erdreiste mich, wie gesagt, mir die schauderhaften Lustschreie vorzustellen, die Sade hätte ausstoßen können, wenn er dieserweise die wunderschönsten Frauen benutzte, gleichsam die Schreie einer schrecklichen und auf schändliche Weise komischen Befreiung.«

Vgl. auch die weiteren wichtigen Schriften Batailles zu Sade in Werken, die auf deutsch bei Matthes & Seitz erschienen sind: *Sade* in: *Die Literatur und das Böse,* München 1987, S. 91–114; *Der souveräne Mensch Sades* sowie *Sade und der normale Mensch* in: *Die Erotik,* München 1993.

I

Wenn ich es für richtig erachte, mich in diesem Brief an meine Genossen zu wenden, so nicht, weil die Behauptungen, die er enthält, sie betreffen. Wahrscheinlich wird es ihnen sogar vorkommen, daß solche Behauptungen niemanden im besonderen betreffen. Aber in diesem Fall muß ich zumindest einige Personen als Zeugen nehmen, um ein so vollständiges Abtrünnigwerden festzustellen. Vielleicht gibt es Erklärungen, die in Ermangelung eines Besseren lächerlicherweise eines Chors wie in der Antike bedürfen, weil sie trotz allem als Wirkung ein Minimum an Erstaunen, Mißverständnis oder Abneigung voraussetzen. Doch man wendet sich nicht an einen Chor, um ihn zu überzeugen oder zu gewinnen, höchstens um nicht ohne Empörung das Urteil des Schicksals in dem Augenblick zu ertragen, da es den Erklärenden zur trostlosen Einsamkeit verdammt.

Diese Einsamkeit ist übrigens, was mich betrifft, teilweise gewollt, da ich nur unter schwer zu verwirklichenden Bedingungen zustimmen würde, sie aufzugeben.

Denn sogar das Schreiben, das allein es gestattet, menschliche Beziehungen zu betrachten, die etwas weniger konventionell, etwas weniger hinterhältig sind als jene der sogenannten Intimfreundschaften – selbst dieses Schreiben kann keine nennenswerte Hoffnung in mir hinterlassen. Ich zweifle an der Möglichkeit, die wenigen Personen zu erreichen, für die dieser Brief zweifellos bestimmt ist, über die Köpfe meiner gegenwärtigen Genossen hinweg. Denn – mein Entschluß ist um so kompromißloser, als es absurd ist, ihn zu vertreten – man müßte es nicht mit Individuen zu tun haben, die jenen ähnlich sind, die ich schon kenne, sondern nur mit Menschen (und vor allem mit Massen), die im Vergleich dazu zersetzt sind, amorph geworden und sogar gewaltsam aus jeder Form vertrieben. Aber es ist wahrscheinlich, daß es solche Menschen noch nicht gibt (und die Massen gibt es gewiß nicht).

Alles, was ich behaupten kann, ist, daß es sie früher oder später bestimmt geben wird in Anbetracht der Tatsache, daß sich die gesellschaftlichen Bande bald auflösen werden und nicht imstande sind, die gewöhnliche Knechtung der Charaktere und der Sitten viel länger aufrechtzuerhalten. Die Massen werden ihrerseits zersetzt sein, sobald sie das Prestige der industriellen Realität schwinden sehen, von der sie abhängig waren, das heißt: wenn der Prozeß des materiellen Fortschritts und der raschen Veränderung, an dem sie beteiligt waren (ebenso gefügig wie rebellisch), zu einem unangenehmen, ausweglosen Stagnieren führt.

Mein Entschluß ist also nur insofern unvertretbar, als er – nicht ohne Groll – jede unmittelbare Befriedigung ausschließt ...

Neben Behauptungen, die nur durch sehr allgemeine Konsequenzen Bedeutung annehmen könnten, zeigte es sich übrigens, daß es höchste Zeit für mich ist, einem Teil dieses Grolls – mit wenig Mühe – nachzugeben: es ist möglich, das enge Gebiet, auf dem sich die Debatte von jetzt an entsponnen hat, zumindest von dem intellektuellen Trödel zu befreien, der dabei üblich ist. Denn es ist ja ganz klar: wenn Menschen, die nicht zur Schauspielerei imstande sind, auf diejenigen von heute folgen, so können sie den phraseologischen Ramsch, der vor ihrer Zeit gültig war, nicht besser darstellen, als indem sie an das Los erinnern, das eine gewisse Anzahl von Schriftstellern dem Gedächtnis D.A.F. de Sades vorbehalten hat (vielleicht zeigt sich übrigens sehr rasch, auf eine ganz allgemeine Weise, daß die Tatsache, sich grundlos eines literarischen oder poetischen Geschwätzes zu bedienen, daß die Unfähigkeit, sich auf einfache und kategorische Weise auszudrücken, nicht allein in den Bereich gewöhnlicher Unfähigkeit fallen, sondern stets prätentiöse Heuchelei erkennen lassen).

Allerdings spiele ich so nicht auf diverse Personen an, bei denen die Schriften Sades Entrüstung hervorrufen, sondern einzig auf die unverhohlensten Apologeten. Heute schien es angebracht, seine Schriften (und mit ihnen die Person des Autors) über alles (oder fast alles) zu stellen, was man ihnen möglicherweise entgegensetzen kann: aber es steht außer Frage, ihnen den geringsten Platz einzuräumen, im Privatleben wie auch im gesellschaftlichen Leben, in der Theorie wie auch in der Praxis. Das Verhalten der Bewunderer Sade gegenüber gleicht demjenigen der primitiven Untertanen dem König gegenüber, den sie anbeten, während sie ihn verabscheuen und den sie mit Ehrbezeugungen überhäufen, während sie ihn vollständig lähmen. In den günstigsten Fällen wird der Autor der *Justine* nämlich wie irgendein *Fremdkörper* behandelt, das heißt, er ist nur in dem Maße Gegenstand eines Begeisterungsausbruchs, in dem dieser Ausbruch seine Ausscheidung (keinen Widerspruch duldende Ausschließung) erleichtert.

Leben und Werk D.A.F. de Sades hätten also keinen anderen Gebrauchswert als den gewöhnlichen Gebrauchswert der Exkremente, an denen man meistens nur die rasche (und heftige) Lust liebt, sie auszuscheiden und nicht mehr zu sehen.

Ich muß folglich aufzeigen, wie der Sadismus, auf eine mit dieser Gebrauchsanweisung völlig unvereinbare Art und Weise, wie der Sadismus, der nicht nur ein *ganz anderer* Begriff ist als jener, den es vor Sade gab, einerseits positiv erscheint als ein Eindringen exkrementeller Kräfte (exzessive Verletzung des Schamgefühls, positive Algolagnie, gewaltsame Ausscheidung des Sexualobjekts bei der Ejakulation, das ausgestoßen oder gefoltert wird, libidinöses Interesse am Leichenzustand, am Erbrechen, an der Defäkation ...) – andererseits als eine entsprechende Beschränkung und strenge Knebelung all dessen, was man diesem Eindringen entgegensetzt. Nur unter diesen konkreten Bedingungen erscheinen die traurige soziale Notwendigkeit, die Menschenwürde, Vaterland und Familie, die poetischen Gefühle ohne irgendeine Maske und ohne irgendein Schatten- oder Lichterspiel; schließlich ist es möglich, darin etwas anderes zu sehen als untergeordnete Kräfte: lauter Knechte arbeiten feige daran, hübsche, donnernde Ausbrüche vorzubereiten, einzig dazu imstande, Bedürfnissen zu entsprechen, die die Gedärme der meisten Menschen plagen.

Aber da Sade seine Auffassung des irdischen Lebens in der verletzendsten Form dargelegt hat (selbst in Anbetracht der Tatsache, daß es nicht möglich ist, auf der Stelle eine solche Auffassung anders denn in einer grauenerregenden, unstatthaften Form darzulegen), überrascht es vielleicht nicht, daß man außerhalb ihrer Tragweite durchschlüpfen zu können glaubte. Die Literaten haben offensichtlich die besten Gründe, eine glänzende, verbale und kostenlose Apologie nicht durch eine Praxis zu bestätigen. Sie könnten sogar vorgeben, daß Sade als erster Sorgfalt darauf verwendete, das Gebiet, das er beschrieb, außerhalb und oberhalb jeglicher Wirklichkeit anzusiedeln. Leicht könnten sie behaupten, daß der gleißende und erstickende Wert, den er dem menschlichen Dasein verleihen wollte, außerhalb der Fiktion unbegreiflich ist; daß nur die Poesie, von jeglicher praktischen Anwendung dispensiert, es erlaubt, in einem gewissen Maß über das Gleißen und das Ersticken zu verfügen, das der Marquis de Sade so schamlos hervorzurufen trachtete.

Es ist richtig, zu erkennen, daß eine solche Abwendung – selbst wenn sie in implizierter Form praktiziert wurde, die bis jetzt beibehalten wurde – dazu angetan bleibt, ihre Urheber zu disqualifizieren (zumindest bei jenen – sollten sie im übrigen den Sadismus auch verabscheuen –, die sich aus schlechten wie aus guten Gründen weigern, sich für rein verbale Taschenspielertricks zu interessieren).

Bleibt unglücklicherweise die Tatsache, daß diese Abwendung so lange ohne Anprangerung und unter dem Deckmantel einer ziemlich armseligen Phraseologie praktiziert werden konnte, weil sie einfach in einem Sinne stattfindet, in dem alles zu entgleiten scheint ... Ohne Zweifel ist es derzeit nutzlos, relevante Behauptungen zu formulieren, da sie nur zugunsten irgendeines bequemen und – selbst unter einem apokalyptischen äußeren Eindruck – gänzlich literarischen Unterfangens wiederaufgenommen werden können: das heißt, unter der Voraussetzung, daß sie für Ambitionen von Nutzen sind, die von der Ohnmacht des gegenwärtigen Menschen bemessen wurden. Die geringste Hoffnung verpflichtet tatsächlich zur Zerstörung (das Verschwinden) einer Gesellschaft, die auf so lächerliche Weise denjenigen am Leben gelassen hat, der sie schöpft.

Nichtsdestoweniger scheint mir die Zeit gekommen – unter den gleichgültigen Augen meiner Genossen –, auf eine Zukunft zu setzen, die freilich nur eine unglückliche Existenz halluzinatorischer Art für sich hat. Zumindest die Neigung, die ich für möglich halte, heute *geistig* etwas von dem zu tun, was es später wirklich geben wird, ist der einzige Zusammenhang, der die paar einleitenden Behauptungen, die folgen, mit einem Willen verbinden, der krank geblieben ist vor *Erregung*.

Vorerst scheint mir eine direkte und nicht von Erklärungen gefolgte Äußerung, sofern dies möglich ist, der geistigen Desorientierung jener zu entsprechen, die Gelegenheit haben könnten, davon Kenntnis zu nehmen. Und (obgleich ich imstande bin, es von jetzt an weitgehend auszuführen) ich verschiebe auf später schwierige, endlose Darlegungen, die denjenigen einer beliebigen anderen ausgearbeiteten Theorie gleichen. Ich äußere also von jetzt an die paar Behauptungen, die es gestatten, unter anderem die vom Marquis de Sade aufgestellten Werte einzuführen – offenbar nicht in den Bereich willkürlicher Impertinenz, sondern vielmehr direkt in die BÖRSE selbst, wo gewissermaßen täglich der Kredit mitgeteilt wird, den Einzelwesen und sogar Gemeinschaften ihrem eigenen Leben gewähren können.

ANEIGNUNG UND AUSSCHEIDUNG

1. Die Einteilung der sozialen Tatsachen in religiöse Tatsachen (Verbote, Gebote und Durchführung der heiligen Handlung) einerseits, in profane Tatsachen (zivile, politische, juristische, industrielle und kommerzielle Organisation) andererseits, kann dennoch – obwohl sie nicht leicht auf primitive Gesellschaften anwendbar ist und im allgemeinen Anlaß gibt zu einer gewissen Zahl von Verwirrungen – als Grundlage zur Bestimmung von zwei polarisierten menschlichen Trieben dienen, nämlich der AUSSCHEIDUNG und der ANEIGNUNG. Mit anderen Worten: in einer Zeit, in der sich die religiöse Organisation einer bestimmten Gegend *entwickelt*, stellt sie den Weg dar, der den kollektiven exkrementellen Trieben (orgiastischen Trieben) am weitesten geöffnet ist, im Gegensatz zu den politischen, juristischen und ökonomischen Institutionen.

2. Die sexuelle Tätigkeit, pervertiert oder nicht, die Einstellung der Geschlechter zueinander, die Defäkation, die Miktion, der Tod und der Leichenkult (hauptsächlich als stinkende Zersetzung der Leichname), die verschiedenen *Tabus*, die rituelle Anthropophagie, die Opferungen von Tiergöttern, die Omophagie, das ausschließende Gelächter, die Schluchzer (die im allgemeinen den Tod zum Gegenstand haben), die religiöse Ekstase, die gleiche Einstellung gegenüber der Scheiße, den Göttern und den Leichen, der so oft von unwillkürlicher Defäkation begleitete Schrecken, die Gewohnheit, die Frauen gleichzeitig strahlend und lüstern zu machen mit Schminke, Edelsteinen und funkelndem Schmuck, das Spiel, die grenzenlose Verausgabung und gewisse phantastische Gebrauchsweisen des Geldes etc. ... weisen zusammen insofern eine Gemeinsamkeit auf, als der Gegenstand der Tätigkeit (Exkremente, Schamteile, Leichen etc. ...) jedesmal wie ein Fremdkörper (*das ganz Andere*[1]) behandelt wird, das heißt: er kann ebensogut, infolge eines plötzlichen Bruches, ausgestoßen wie wieder absorbiert werden in der Begierde, Körper und Geist gänzlich in einen Zustand mehr oder weniger heftiger Ausstoßung (Projektion) zu versetzen. Der Begriff (heterogener) *Fremdkörper* erlaubt es, die elementare, *subjektive* Identität von Exkrementen (Sperma, Menstrualblut, Urin, Fäkalien) und von alledem zu kennzeichnen, was als heilig, göttlich oder wunderbar angesehen werden konnte: eine halb zersetzte Leiche, die nachts in einem leuchtenden Leichentuch umherirrt, kann für diese Einheit[2] als charakteristisch gelten.

3. Der einfache Aneignungsvorgang liegt normalerweise insofern innerhalb des zusammengesetzten Ausscheidungsvorgangs, als er für die Herstellung eines wechselnden Rhythmus notwendig ist, so zum Beispiel in dem folgenden Passus von Sade:

[1] Deutsch im Original. Den Begriff führte Rudolf Otto mit seiner Studie über *Das Heilige* (1917) ein. (A. d. Ü.)

[2] Die Wesensgleichheit, in psychologischer Hinsicht, von Gott und Exkrement vermag den Verstand von jedem, der die von der Religionsgeschichte aufgeworfenen Probleme gewohnt ist, nicht sonderlich zu schockieren. Die Leiche ist nicht viel abstoßender als die Scheiße, und das Gespenst, die deren Schrecken projiziert, ist sogar in den Augen moderner Theologen *heilig*. Der folgende Satz Frazers resümiert ungefähr die historischen Fakten der Frage: ... *Diese unterschiedlichen Personengruppen unterscheiden sich in unseren Augen durch Charakter und Rang sehr voneinander; von den einen würden wir sagen, daß sie heilig sind, von den anderen, daß sie beschmutzt oder unrein sind. Für den Wilden ist dem nicht so, denn sein Geist ist noch zu plump, um deutlich zu begreifen, was ein heiliges und was ein unreines Wesen ist.*

Verneuil befiehlt zu scheißen, er verschlingt den Strunzen und wünscht, daß auch der seinige verschlungen werde; jene, die er seinen Kot verschlingen läßt, kotzt; er schluckt, was sie von sich gibt.[3]

Die grundlegende Form der Aneignung ist der orale Verzehr, betrachtet als Kommunion (Partizipation, Identifikation, Einverleibung oder Verschmelzung).

Der Verzehr ist sakramental (sakrifiziell) oder nicht, je nachdem, ob man den heterogenen Charakter der Nahrungsmittel förmlich betont oder vernichtet. Im letzteren Fall findet die Identifikation schon mit der Zubereitung der Nahrungsmittel statt, die unter einem Aspekt verblüffender Homogenität, die auf strengen Konventionen beruht, vorgesetzt werden müssen. Eigentlich greift dann das Kauen in den Vorgang wie ein komplexes Phänomen ein, insofern als gerade das Verschlingen sich als eine teilweise Unterbrechung des physiologischen Gleichgewichts erweist und unter anderem von einer plötzlichen Freisetzung großer Mengen Speichels begleitet wird. Jedoch überwiegt tatsächlich das Moment der Aneignung in maßvoller und vernünftiger Form, insofern als die Fälle, wo das Kauen den physiologischen Tumult zum Hauptzweck hat (Freßgier oder Trunksucht gefolgt von Erbrechen), unbestreitbar außergewöhnlich sind.

Der Aneignungsvorgang charakterisiert sich also durch eine Homogenität (statisches Gleichgewicht) des Urhebers der Aneignung und der Gegenstände als Endresultat, während sich die Ausscheidung als das Resultat einer Heterogenität erweist und sich in Richtung einer immer größeren Heterogenität entwickelt, indem sie Triebe befreit, deren Ambivalenz zunehmend ausgeprägter wird. Diesen letzteren Fall stellt zum Beispiel der sakrifizielle Verzehr in der grundlegenden Form der Orgie dar, die kein anderes Ziel hat, als Elemente einzuverleiben, die der Person irreduzibel heterogen sind, insofern als solche Elemente ein Anwachsen von Kraft (genauer: ein Anwachsen des *Mana*) hervorzurufen drohen.

4. Der Mensch eignet sich nicht nur seine Nahrungsmittel an, sondern auch die verschiedenen Erzeugnisse seines Tuns, Kleidung, Möbel, Wohnungen und Produktionsinstrumente. Schließlich eignet er sich die in Parzellen unterteilte Erde an. Solche Aneignungen finden mit Hilfe einer mehr oder weniger konventionellen Homogenität (Identität) statt, die zwischen dem Besitzer und dem besessenen Gegenstand hergestellt wurde. Teils handelt es sich um eine persönliche Homogenität, die in einer primitiven Zeit nur feierlich, mit Hilfe eines exkretorischen Ritus, zerstört werden konnte; teils um eine allgemeine

[3] *111 Notizen zur ‚Neuen Justine'*, Fragm. 95 (resp. XXXVIII bei Maurice Heine). (A. d. Ü.)

Homogenität wie jene, die der Architekt zwischen einer Stadt und ihren Bewohnern herstellt.

In dieser Hinsicht kann die Produktion als exkretorische Phase eines Aneignungsvorgangs betrachtet werden; das Gleiche gilt für den Verkauf.

5. Die äußerliche Homogenität, die in den Städten zwischen den Menschen und ihrer Umgebung verwirklicht wurde, ist nur eine Hilfsform einer viel konsequenteren Homogenität, die der Mensch über die Außenwelt hergestellt hat, indem er überall äußere Gegenstände, die *a priori* unbegreiflich sind, durch geordnete Reihen von Begriffen oder Ideen ersetzt hat. Die Identifizierung sämtlicher Elemente, aus denen die Welt besteht, wurde mit beständiger Hartnäckigkeit betrieben, so daß die wissenschaftlichen wie auch die gewöhnlichen Weltanschauungen absichtlich zu einer Vorstellung geführt zu haben scheinen, die von dem, was man *a priori* ersinnen konnte, so verschieden ist wie der öffentliche Platz einer Hauptstadt von einer Hochgebirgslandschaft.

Diese letztere Aneignung, ein Werk der Philosophie wie auch der Wissenschaft oder des gesunden Menschenverstandes, umfaßte Phasen der Revolte und der Entrüstung, aber sie hatte stets die Herstellung der Homogenität der Welt zum Ziel gehabt und kann nur von dem Augenblick an zu einer Endphase in Richtung Ausscheidung führen, da die irreduziblen Abfälle des Vorgangs bestimmt sind.

PHILOSOPHIE, RELIGION UND POESIE IM VERHÄLTNIS ZUR HETEROLOGIE

6. Die Bedeutung der Philosophie ergibt sich aus der Tatsache, daß sie im Gegensatz zur Wissenschaft oder zum gesunden Menschenverstand die Abfälle der geistigen Aneignung positiv betrachten muß. Sie betrachtet jedoch meistens diese Abfälle nur unter abstrakten Formen der Totalität (Nichts, Unendliches, Absolutes), denen von sich aus einen positiven Inhalt zu geben sie außerstande ist: sie kann also nach Belieben Spekulationen vornehmen, deren Ziel mehr oder weniger darin besteht, letzten Endes eine endlose Welt mit der endlichen Welt, eine nicht erkennbare (intelligible) mit der bekannten (phänomenalen) Welt *hinlänglich* zu identifizieren.

Nur die geistige Verarbeitung in religiöser Form kann, in ihren Zeiten autonomer Entwicklung, den Abfall des aneignenden Denkens als endgültig heterogenen (heiligen) Gegenstand der Spekulation ausgeben. Doch man muß den Umstand bedenken, daß die Religionen im Innern des heiligen Gebietes eine tiefe Spaltung vornehmen und es in höhere (himmlische und göttliche) Welt und niedere (dämonische, Welt der Fäulnis) Welt einteilen; aber eine solche Spaltung führt notwendigerweise zur fortschreitenden Homogenität des ganzen höheren Gebietes (während einzig das niedere Gebiet jeder Aneignungsanstrengung widersteht). Gott verliert rasch und fast völlig die erschreckenden Elemente und die Anleihen bei der sich zersetzenden Leiche, um am äußeren Ende der Erniedrigung das schlichte (väterliche) Zeichen der universellen Homogenität zu werden.

7. In der Praxis muß man unter Religion nicht wirklich das verstehen, was dem Bedürfnis nach schrankenloser Projektion (Ausstoßung oder Ausscheidung) der menschlichen Natur entspricht, sondern die Gesamtheit von Verboten, Geboten und teilweisen Freiheiten, die diese Projektion gesellschaftlich kanalisieren und regulieren. Die Religion unterscheidet sich folglich theoretisch und praktisch von einer *Heterologie*[4] (obwohl beide die heiligen oder exkrementellen Tatsachen gleichermaßen angehen) nicht nur darin, daß erstere die wissenschaftliche Strenge ausschließt, die der letzteren eigen ist (die sich ganz allgemein von der Religion zu unterscheiden scheint wie die Chemie von der Alchemie), sondern auch darin, daß sie unter normalen Voraussetzungen die Bedürfnisse erkennen läßt, die nicht nur zu regeln, sondern zu befriedigen sie zum Ziel gehabt hatte.

8. Auf den ersten Blick scheint die Poesie, als Methode der geistigen Projektion (insofern sie es erlaubt, zu einer völlig heterogenen Welt zu gelangen), eine große Bedeutung zu bewahren. Aber nur allzuleicht ist erkennbar, daß sie nicht minder deklassiert ist als die Religion. Fast immer war sie den großen historischen Aneignungssystemen ausgeliefert. Und in dem Maße, in dem sie sich auf autonome Weise entwickeln konnte, würde sie diese Autonomie in die Wege einer völlig poetischen Weltanschauung verwickeln, die zwangsläufig zu irgendeiner ästhetischen Homogenität führen. Die praktische Unwirklichkeit der heterogenen Elemente, die sie aufbietet, ist tatsächlich eine unerläßliche Bedingung für die Dauer der Heterogenität: von dem Augenblick an, da sich diese Unwirklichkeit sofort als eine höhere Wirklichkeit konstituiert, deren Aufgabe darin besteht, die niedere, gewöhnliche Wirklichkeit zu beseitigen (oder zu degradieren), ist die Poesie auf die Rolle des Maßes der Dinge beschränkt, und die schlimmste Gewöhnlichkeit nimmt dafür eine immer größere exkrementelle Bedeutung an.

[4] Wissenschaft von dem, was ganz anders ist. Der Begriff *Agiologie* wäre womöglich genauer, aber man müßte den Doppelsinn von *agios* (analog dem Doppelsinn von *sacer*) mit darunter verstehen: *beschmutzt* wie auch *heilig*. Aber vor allem der Begriff *Skatologie* (Wissenschaft vom Kot) bewahrt unter den gegenwärtigen Bedingungen (Spezialisierung des Heiligen), als Dublette eines abstrakten Begriffs wie *Heterologie*, einen unbestreitbar expressiven Wert.

HETEROLOGISCHE ERKENNTNISTHEORIE

9. Wenn man sagt, die Heterologie betrachte wissenschaftlich die Fragen der Heterogenität, meint man damit nicht, die Heterologie sei, im üblichen Sinne einer solchen Formulierung, die Wissenschaft vom Heterogenen. Das Heterogene liegt sogar entschieden außer Reichweite der wissenschaftlichen Erkenntnis, die definitionsgemäß nur auf homogene Elemente anwendbar ist. Vor allen Dingen widersetzt sich die Heterologie irgendeiner homogenen Darstellung der Welt, das heißt: irgendeinem philosophischen System. Derartige Darstellungen haben immer zum Ziel, die Welt, in der wir leben, möglichst jeglicher Erregungsquelle zu berauben und eine servile menschliche Spezies zu entwickeln, die einzig für die Herstellung, den rationalen Verbrauch und die Bewahrung der Erzeugnisse taugt. Doch der geistige Prozeß beschränkt sich automatisch, indem er aus sich heraus seine eigenen Abfälle produziert und dadurch das exkrementelle heterogene Element auf wilde Weise freisetzt. Die Heterologie beschränkt sich darauf, diesen Endprozeß bewußt und entschlossen wiederaufzunehmen, der bisher als Scheitern und Schmach des menschlichen Denkens angesehen wurde.

Dadurch leitet sie einen völligen Umsturz des philosophischen Prozesses ein, der sich, nicht mehr länger ein Aneignungsinstrument, in den Dienst der Ausscheidung stellt und den Anspruch auf heftige Befriedigungen einführt, die vom gesellschaftlichen Leben vorausgesetzt werden.

10. Unter Heterologie als Wissenschaft fallen einerseits nur der Prozeß der Begrenzung, andererseits das Studium der antagonistischen (Ausscheidung) und der verliebten (erneute Aufnahme) Reaktionen, die heftig einander abwechseln und erzielt werden, indem das heterogene Element aufgestellt wird. Dieses Element selbst bleibt undefinierbar und kann nur durch Negationen bestimmt werden. Der besondere Charakter der Fäkalien oder des Gespenstes, wie derjenige von unbeschränkter Zeit oder unbegrenztem Raum, kann nur Gegenstand einer Reihe von Negationen sein wie Fehlen eines jeden möglichen gemeinsamen Maßes, Irrationalität etc. ... Man muß sogar hinzufügen, daß es insofern kein Mittel gibt, solchen Elementen im unmittelbaren, objektiv menschlichen Bereich einen Platz zu geben, als die reine Objektivierung ihres besonderen Charakters zur Einverleibung in ein homogenes geistiges System führen würde, das heißt: zur heuchlerischen Annullierung des exkrementellen Charakters.

Die Objektivität der heterogenen Elemente hat also nur eine rein theoretische Bedeutung, da man sie nur unter der Voraussetzung erreichen kann, daß man die *Abfälle* in der totalen Form der Unendlichkeit, die durch Negation erzielt wurde, betrachtet (mit anderen Worten: die objektive Heterogenität hat den Fehler, daß sie nur in abstrakter Form betrachtet werden kann, während praktisch nur die subjektive Heterogenität der einzelnen Elemente konkret ist).

11. Nur die Daten der Wissenschaft, das heißt die Resultate der Aneignung, bewahren einen unmittelbar objektiven und relevanten Charakter, da sich die unmittelbare Objektivität durch die Möglichkeiten geistiger Aneignung bestimmt. Wenn man reale äußere Gegenstände definiert, ist es notwendig, gleichzeitig die Möglichkeit eines Bezugs zur wissenschaftlichen Aneignung einzuführen. Wenn ein solcher Bezug unmöglich ist, bleibt das betrachtete Element praktisch unwirklich und kann nur abstrakt objektiviert werden. Jede Frage, die darüber hinaus aufgeworfen wird, stellt das Fortbestehen eines beherrschenden Aneignungsbedürfnisses dar, die krankhafte Hartnäckigkeit des Willens, der sich trotz allem (aus schlichter Feigheit) eine homogene und servile Welt vorzustellen sucht.

12. Es erübrigt sich, zu verneinen zu suchen, daß sich dort – mehr als bei den Schwierigkeiten (die weniger verzwickt sind als die Leichtigkeiten), die bei der Analyse der Ausscheidungs- und Aneignungsvorgänge begegneten – praktisch der schwache Punkt dieser Auffassungen befindet, denn man muß die unbewußte Hartnäckigkeit, die beim Abtrünnigwerden und bei den Ausflüchten an den Tag gelegt wird, hinlänglich berücksichtigen. Es ist zu leicht, in der objektiven Natur eine große Anzahl von Phänomenen zu finden, die in großen Zügen dem menschlichen Schema der Ausscheidung und der Aneignung entsprechen, um *noch einmal* den Begriff der Einheit des Seins, zum Beispiel in dialektischer Form, zu erreichen. Allgemeiner ist es möglich, nach den Tieren die Pflanzen, die Materie, die Natur und das Sein zu erreichen, ohne auf wirklich feste Hindernisse zu stoßen. Gleichwohl ist es schon möglich, darauf hinzuweisen, daß der Gegensatz, je weiter man sich vom Menschen entfernt, an Bedeutung verliert, bis er nur noch eine nachträglich hinzugefügte Form ist, die man an den betrachteten Tatsachen offenbar nicht hätte entdecken können, wenn man sie nicht einer anderen Tatsachenordnung entlehnt hätte. Das einzige Mittel, dieser Verdünnung zu widerstehen, besteht im praktischen Teil der Heterologie, die zu einem Handeln führt, das entschieden im Gegensatz steht zu jenem Rückschritt zu einer homogenen Natur.

Von dem Augenblick an, da das Bemühen um rationales Verstehen zum Widerspruch führt, verlangt die Praxis der geistigen Skatologie die Entleerung der nicht assimilierbaren Elemente, was auf die gewöhnliche Feststellung hinausläuft, daß ein lautes Auflachen das einzig vorstellbare Ende, das definitiv Letzte der philosophischen Spekulation ist, und nicht nur ihr Mittel. Ferner muß man darauf hinweisen, daß eine so *unbedeutende* Reaktion wie ein lautes Auflachen vom äußerst vagen und fernen Charakter des geistigen Gebiets herrührt, und es genügt, von einer Spekulation, die sich auf abstrakte Tatsachen bezieht, zu einer Praxis überzugehen, deren Mechanismus nicht anders ist, die aber unmittelbar die konkrete Heterogenität erreicht, um zur ekstatischen Trance und zum Orgasmus zu gelangen.

PRINZIPIEN PRAKTISCHER HETEROLOGIE 13. Die Ausscheidung ist nicht nur ein Mittelweg zwischen zwei Aneignungen, ebenso wie die Fäulnis nicht nur ein Mittelweg zwischen dem Saatkorn und der Ähre ist. Die Unfähigkeit, im letzteren Fall die Fäulnis als Zweck an sich zu betrachten, ist nicht unbedingt das Ergebnis des menschlichen Gesichtspunktes, sondern des spezifisch geistigen Gesichtspunktes (insofern als dieser Gesichtspunkt praktisch einem Aneignungsprozeß untergeordnet ist). Der menschliche Gesichtspunkt, unabhängig von den offiziellen Erklärungen, das heißt: so, wie er sich unter anderem aus der Traumdeutung ergibt, stellt dagegen die Aneignung als das Mittel zur Ausscheidung dar. Schließlich ist klar, daß ein Arbeiter arbeitet, um sich die heftige Befriedigung des Koitus zu verschaffen (das heißt: er akkumuliert, um zu verausgaben). Dagegen ist die Auffassung, der zufolge dieser Arbeiter koitieren muß, um die künftigen Anforderungen der Arbeit auf sich zu nehmen, mit der unbewußten Identifizierung von Arbeiter und Knecht verbunden. In dem Maße nämlich, in dem die diversen Funktionen unter den verschiedenen gesellschaftlichen Kategorien aufgeteilt werden, obliegt die Aneignung in ihrer erdrückendsten Form historisch den Knechten: so mußten einst die Leibeigenen die Produkte im Dienst der Ritter und der Kleriker akkumulieren, da sich die letzteren an der Aneignungsarbeit höchstens durch die Verordnung einer Moral beteiligten, die zu ihren Gunsten den Kreislauf der Produkte regulierte. Doch von dem Augenblick an, da man der verdammten Ausbeutung des Menschen durch den Menschen die Schuld gibt, ist es Zeit, den Ausbeutern diese abscheuliche Aneignungsmoral zu überlassen, die so lange ihre eigenen Reichtumsorgien ermöglicht hat. In dem Maße, in dem der Mensch nicht mehr gedenkt, seine Genossen unter dem Joch der Moral zu erdrücken, erwirbt er die Möglichkeit, nicht nur seinen Verstand und seine Tugend, sondern auch seinen Daseinsgrund offen mit der Gewaltsamkeit und der Unschicklichkeit seiner Ausscheidungsorgane zu verbinden, wie auch mit seiner Fähigkeit, bis zur Trance von heterogenen Elementen erregt zu werden, die allgemein in der Ausschweifung beginnt.

14. Die Notwendigkeit – bevor man zur radikalen Forderung und zur gewaltsamen Praxis einer konsequenten moralischen Freiheit übergehen kann –, jegliche Ausbeutung des Menschen durch den Menschen abzuschaffen, ist nicht der einzige Grund, der die praktische Entwicklung der Heterologie mit dem Umsturz der herrschenden Ordnung verbindet.

Insofern, als sie in einem gesellschaftlichen Milieu zutage treten, können die Triebe, die von der Heterologie *praktisch* mit dem Daseinsgrund des Menschen identifiziert werden, gewissermaßen als antisozial angesehen werden (im selben Maße, in dem Mißbrauch oder sogar sexuelle Lust von gewissen Individuen als Kraftvergeudung angesehen werden, zum Beispiel die großen rituellen Vernichtungen von Produkten in Britisch-Kolumbien oder, bei den zivilisierten Völkern, das Vergnügen der Massen, die nachts Großbränden beiwohnen). Gleichwohl haben Triebe, die den Interessen einer Gesellschaft im Zustand der Stagnation (während einer Aneignungsphase) zuwiderlaufen, dagegen die soziale Revolution (Ausscheidungsphase) zum Zweck: so können sie in den historischen Bewegungen, in welchen die Menschheit über ihre eigene Kraft frei und völlig unbegrenzt verfügt, gleichzeitig volle Befriedigung und einen Gebrauch genau im Sinne des bewußten allgemeinen Interesses finden. Wie auch immer im übrigen die Wirklichkeit dieses künftigen Interesses aussehen möge: betrachtet man die großen Massen, wie sie zu einem bescheidenen, ohnmächtigen Leben verurteilt sind, so ist nichtsdestoweniger die Revolution, durch die diese Massen Kräfte von einer Gewalt entfesseln, die lange Zeit bezähmt geblieben war, sowohl der praktische Daseinsgrund als auch das Mittel zur Entwicklung der Gesellschaften.

15. Allerdings muß der Begriff Ausscheidung, angewandt auf die Revolution, zunächst im strikt mechanischen, übrigens etymologischen Sinne des Wortes verstanden werden. Die erste Phase einer Revolution ist die *Trennung*, das heißt ein Prozeß, der zur Position von zwei Gruppen von Kräften führt, deren jede sich durch die Notwendigkeit charakterisiert, die andere auszuschließen. Die zweite Phase ist die gewaltsame *Ausstoßung* der Gruppe, die die Macht besaß, durch die revolutionäre Gruppe.

Doch man bemerkt außerdem, daß jede Gruppe von ihrer Zusammensetzung her der entgegengesetzten einen fast ausschließlich negativen exkrementellen Charakter verleiht, und nur auf Grund dieses Negativismus bleibt der sakrifizielle Charakter einer Revolution zutiefst unbewußt. Der revolutionäre Trieb der proletarischen Massen wird übrigens teils stillschweigend, teils offen als heilig betrachtet, weshalb es möglich ist, das Wort Revolution völlig frei von seinem zweckbetonten Inhalt zu gebrauchen, ohne ihm jedoch einen idealistischen Inhalt zu verleihen.

16. Die *Partizipation* – im rein psychologischen ebenso wie im aktiven Sinne des Wortes – verpflichtet nicht nur die Revolutionäre zu einer besonderen Politik, zum Beispiel zur Errichtung des Sozialismus in der ganzen Welt. Sie begegnet ebenso gut – und notwendigerweise – als moralische Partizipation: direkt am zerstörerischen Handeln der Revolution (Ausstoßung, die durch das vollkommene Zerschlagen des Gleichgewichts des gesellschaftlichen Gebäudes erreicht wird) und indirekt an jeder gleichwertigen zerstörerischen Handlung. Es ist das dem revolutionären Willen ureigenste Merkmal, solche Handlungen nicht wie die christliche Apokalypse mit der Strafe, sondern mit der Wollust oder der Nützlichkeit der menschlichen Wesen zu verbinden, und es ist von höchster Offenkundigkeit, daß jede Zerstörung, die weder nützlich noch unvermeidbar ist, nur die Sache eines Ausbeuters sein kann und folglich eine der Moral als Prinzip jeglicher Ausbeutung[5]. Doch von da an ist es leicht, festzustellen, daß die Wirklichkeit einer solchen *Partizipation* die Grundlage der Spaltung der sozialistischen Parteien ist, die in Reformisten und Revolutionäre geteilt sind.

Ohne tiefes Einverständnis mit den Kräften der Natur, wie dem Tod in seiner gewaltsamen Form; dem Blutvergießen; den plötzlichen Katastrophen einschließlich der furchtbaren Schmerzensschreie, die ihnen folgen; der grauenhaften Auflösung dessen, was unwandelbar schien; der Erniedrigung dessen, was erhaben war, bis zum ekelhaften Dreck; ohne die sadistische Einsicht in eine ganz offensichtlich dröhnende und wilde Natur kann es keine Revolution geben, sondern nur eine ekelhafte utopische Sentimentalität.

17. Die *Partizipation* an allem, was sich inmitten der Menschen als furchtbar und angeblich heilig erweist, kann in begrenzter und unbewußter Form stattfinden, aber diese Begrenzung und diese Unbewußtheit haben offensichtlich nur einen provisorischen Wert, und nichts kann die Bewegung aufhalten, die menschliche Wesen zu einem zunehmend zynischeren Bewußtsein der erotischen Verbindung führt, die sie an den Tod, die Leichen und an die entsetzlichsten Schmerzen der Körper fesselt. Es ist höchste Zeit, daß die menschliche Natur nicht mehr der infamen Unterdrückung der Autokraten und der Moral, welch letztere ihre Ausbeutung gestattet, unterworfen sind. Da es stimmt, daß es zum Wesen des Menschen gehört, das Leiden der anderen zu genießen, daß die erotische Wollust nicht nur die Negation einer Agonie ist, die im selben Augenblick stattfindet, sondern auch eine lüsterne Partizipation an dieser Agonie, ist es Zeit, zwischen der Haltung von Feiglingen zu wählen, die ihre eigenen Freudenexzesse fürchten, und der Haltung jener, die der Ansicht sind, daß

[5] Beispielsweise der imperialistische Krieg.

der erstbeste Mensch sich nicht wie ein gehetztes Wild zu verkriechen, sondern im Gegenteil alle Histrionen der Moral als Hunde zu betrachten hat.

18. Aus diesen grundsätzlichen Betrachtungen geht hervor, daß es von jetzt an notwendig ist, in der menschlichen Emanzipation, wie sie sukzessive die verschiedenen revolutionären Bewegungen vom Jakobinertum bis zum Bolschewismus in Angriff genommen haben, zwei unterschiedliche Phasen zu betrachten.

Während der revolutionären Phase – eine aktuelle Phase, die erst mit dem weltweiten Sieg des Sozialismus enden wird – kann einzig die soziale Revolution kollektiven Trieben als Ausweg dienen, und keine andere Tätigkeit kann praktisch in Erwägung gezogen werden.

Aber die nachrevolutionäre Phase schließt die Notwendigkeit einer Spaltung zwischen der politischen und ökonomischen Organisation der Gesellschaft einerseits und andererseits einer antireligiösen und asozialen Organisation ein, deren Ziel die organisatorische Partizipation an den diversen Formen der Zerstörung ist, das heißt: die kollektive Befriedigung von Bedürfnissen, welche der Notwendigkeit entsprechen, die heftige Erregung hervorzurufen, die sich aus der Ausstoßung der heterogenen Elemente ergibt.

Eine solche Organisation kann keine andere Moralvorstellung haben als jene, die zum ersten Mal der Marquis de Sade auf skandalöse Weise zum Ausdruck gebracht hat.

19. Wenn von den Wegen und Mitteln die Rede sein wird, diese organisatorische Partizipation zu verwirklichen, so wird eine [solche] Organisation den Religionen vor *der Bildung autokratischer Staaten* so nahestehen, wie sie Religionen wie dem Christentum oder dem Buddhismus fernsteht.

Man muß also bei einer solchen Prognose das wahrscheinliche Eingreifen farbiger Elemente in die gemeinsame Kultur hinlänglich berücksichtigen. In dem Maße, in dem solche Elemente an der revolutionären Emanzipation partizipieren werden, wird ihnen der Sozialismus Austauschmöglichkeiten jeder Art mit den Elementen der weißen Rasse gewähren, aber unter völlig anderen Bedingungen als jenen, die derzeit den zivilisierten Negern Amerikas geboten werden. Aber die Farbigen, einmal von jedem Aberglauben wie von jeder Unterdrückung befreit, stellen im Verhältnis zur Heterologie nicht nur die Möglichkeit, sondern die Notwendigkeit einer angemessenen Organisation dar. Alle Gruppierungen, die die Ekstase und die Raserei zum Ziel haben (spektakuläre Tötung von Tieren, partielle Marterungen, orgiastische Tänze etc.), hätten keinen Grund mehr, zu verschwinden, sobald der Tag gekommen wäre, an dem eine heterologische Auffassung des menschlichen Lebens die primitive Auffassung ersetzen würde; sie können sich nur verändern, indem sie sich allgemein verbreiten unter dem heftigen Impuls einer moralischen Lehre weißen Ursprungs, die farbigen Menschen von all jenen Weißen gelehrt wird, die sich der abscheulichen Hemmung bewußt sind, die die Gesamtheit ihrer Rasse lähmt. Erst auf der Basis eines heimlichen Einverständnisses zwischen einer europäischen wissenschaftlichen Theorie und der Negerpraxis können sich die Institutionen entwickeln, die – ohne andere Grenze als die der menschlichen Kräfte – jenen Trieben endgültig als Ausweg dienen werden, die heute die Revolution durch Feuer und Blut der gesellschaftlichen Gruppen auf der ganzen Welt fordern.

II

Es scheint so, als hätten Leben und Werk D.A.F. de Sades heute keinen anderen Gebrauchswert als den gewöhnlichen Gebrauchswert der Exkremente, an denen man meistens nur die rasche (und heftige) Lust liebt, sie auszuscheiden und nicht mehr zu sehen. Die angenommene Einstellung würde also dem grundlegenden Prinzip des Sadismus völlig entgegenstehen, das technisch durch die plötzliche und rückhaltlose Auslösung der exkrementellen Funktion, gefolgt von Aneignung und Aufnahme, dargestellt wird. Aber da Sade diesem Prinzip die maßloseste Form verliehen hat (selbst in Anbetracht der Tatsache, daß ein solches Prinzip nur eine schockierende und verletzende Form annehmen kann), scheint es zunächst schwierig, daß die Dinge anders dargestellt werden könnten. Offensichtlich haben die Apologeten Sades die besten Gründe, von einer glänzenden, verbalen und kostenlosen Apologie nicht zu einer Praxis überzugehen. Selbst wenn sie es hin und wieder für richtig erachten, sich nicht an die unverschämten Phrasen der Philosophie- oder Literaturliebhaber zu halten, könnten sie vorgeben, daß Sade als erster Sorgfalt darauf verwendete, das Gebiet, das er beschrieb, außerhalb und oberhalb jeglicher Wirklichkeit anzusiedeln. Leicht könnten sie behaupten, daß der gleißende und erstickende Wert, den er dem menschlichen Dasein verleihen wollte, außerhalb der Fiktion unbegreiflich ist, daß nur die Poesie, *von jeglicher praktischen Anwendung dispensiert*, es erlaubt, in einem gewissen Maß über das sadistische Gleißen und Ersticken zu verfügen.

Da einige der vorausgehenden Behauptungen paradoxen Charakters sind, muß ich hier eine Erläuterung beginnen, die wahrscheinlich langweilig wäre, wenn sie nicht die feststehenden Beziehungen zum Gegenstand hätte, die wir zwischen der Scheiße und den Menschen beobachten können. Die Scheiße bewirkt nämlich unter normalen Bedingungen eine äußerst starke Erregung, ebenso und im selben Grad wie die Sexualorgane oder die Sexualfunktion.

Dies ist nicht nur deshalb wichtig, weil eine schwierige Darstellung vereinfacht wird, sondern auch deshalb, weil alle Reaktionen dieser Art vom theoretischen Standpunkt aus großen Informationswert haben. Deshalb kann die Scheiße durch das Gelächter charakterisiert werden, das sie bewirkt, und selbst wenn diese besondere Erregungsform als eine verkommene bezeichnet werden muß, ist die Charakterisierung der Klarheit der Information wegen wichtig.

Die Interpretation des Lachens als eines spasmodischen Vorganges der Schließmuskeln in der Mundöffnung, ähnlich dem der Schließmuskeln in der Afteröffnung während der Defäkation, ist womöglich die einzig befriedigende, vorausgesetzt, daß man in beiden Fällen berücksichtigt, welchen entscheidenden Platz solche spasmodischen Vorgänge mit exkrementischem Zweck im menschlichen Dasein einnehmen. Wenn schallendes Gelächter entsteht, muß man also zugeben, daß die nervöse Entladung, die normalerweise durch den Anus (oder durch die benachbarten Sexualorgane) hätte freigesetzt werden können, durch die Mundöffnung erfolgt. Aber beim Lachen ist die Ausscheidung nicht mehr wirklich eine materielle: sie wird insofern eine ideologische, als der exkrementelle Gegenstand der spasmodischen Kontraktionen nur noch ein Bild und nicht eine bestimmte Menge an Sperma, Urin, Blut oder Kot ist. Dieses Bild kann das eines der aufgezählten Exkremente oder das eines der Ausscheidungsorgane sein. Es kann auch das einer Sache, einer Person oder einer Handlung von ausgeprägt exkrementellem Charakter sein, zum Beispiel der Sturz. In einer sehr großen Zahl von Fällen wird das Lachen durch Ursachen hervorgerufen, die ebenso gut die Schwellung (den Spasmen vorangehend) der Sexualorgane hervorrufen könnten: eine Obszönität, die den einen Mann einen Ständer kriegen läßt, kann einen anderen zum Lachen bringen, und bei den Frauen kann das Kitzeln ebenso gut Gekicher wie eine Vaginalsekretion hervorrufen. Es stimmt, daß die Ursachen zahlreichen Gelächters ähnlicher Art aus einem ebenso engen Zyklus hervorzugehen scheinen, doch dies hängt mit der komplexen Entwicklung der Ausscheidungsformen im menschlichen Dasein zusammen. In erster Linie muß man die kollektive Ausscheidung berücksichtigen, die eine gewisse Anzahl von menschlichen Handlungen und Typen, gewisse soziale Kategorien als *Fremdkörper* behandelt und in der das Lachen recht häufig Ausdruck des Antagonismus der unterschiedlichen Klassen oder der verschiedenen Generationen von Menschen ist.

Der Vorteil, mit einer provisorischen Charakterisierung der Scheiße auf Grund des Gelächters zu beginnen, ergibt sich exakt aus der Anpassung des Lachens an diese Komplexität der Formen. In dem Maße nämlich, in dem die Scheiße Gelächter hervorruft, kann sie als etwas betrachtet werden, das anderen *Fremdkörpern*, die es hervorrufen, analog ist, wie Körperparasiten, bedeutende Persönlichkeiten (als Gegenstand der Karikaturen), Irre, Unangepaßte und vor allem Wörter, die in einer bestimmten Weise in Sätze eingefügt werden, die sie ausschließen. Gleichwohl ist der Vorteil noch relativ gering, insofern, als eine Vielzahl von Situationen und sogar eine gewisse Anzahl von *Fremdkörpern* die Möglichkeit des Lachens auf entschiedene Weise ausschließen. Es ist also notwendig, von dieser Aufzählung konkreter Tatsachen zu einem allgemeineren Begriff überzugehen. Jedes Element der Außenwelt, das die Aufmerksamkeit des Menschen erregt, wird aufgenommen (gegessen, physiologisch, juristisch oder intellektuell angeeignet) oder mit größter Brutalität ausgestoßen (ausgeschieden). In der Ordnung des biologischen Lebens sind die Nahrungsmittel auf recht intelligible Weise das Gegenteil der Exkremente. Unter den materiellen Wirklichkeiten sind Kleidung, Wohnung und Produktionsmittel ebenfalls Gegenstände der Aneignung. Außerdem stellt die ideologische Entwicklung ein äußerst adäquates Aneignungssystem dar: die Idee als allgemeines, ständiges *Seinsollen* tritt an die Stelle der besonderen Dinge und gestattet es, sie einer Hierarchie einzuverleiben, die auf der grundlegenden Identität der Einzelbestandteile (das heißt auf ihrer Übereinstimmung mit der Vernunft) errichtet wurde. Alles, was nicht Bestandteil dieser Hierarchie ist, wird zwangsläufig mit neidischer und bewundernder Feindseligkeit angesehen. Beispielsweise können es die Philosophen, die sich vergeblich und kläglich bemühen, die Arbeit der wissenschaftlichen Aneignung der Elemente des Universums abzuschließen, nicht immer unterlassen, nach den irrationalen Elementen zu schielen.

(Aus dem Französischen übersetzt von Bernd Mattheus)

Von Gernandes Schloß, das an der Grenze zwischen Franche-Comté und Burgund, also etwa auf der Linie Châlons-Mâcon-Lyon liegt, flieht Justine nach

① Lyon, wo sie Saint-Florent wiederbegegnet.

② Auf dem Weg nach Vienne gelangt sie zuerst in die Fänge von Séraphines Bettlerbande und begegnet danach dem Falschmünzer Roland.

③ In Virieu machen die beiden Halt, bevor sie ins Gebirge vorstoßen, wo Rolands Schloß auf der Grenze der Dauphiné liegt.

④ Kaum dem Schafott entronnen, wird Justine in Grenoble von der Dubois

auf den Landsitz des dortigen Bischofs entführt, dessen Privat-Guillotine sie ebenfalls nur mit knapper Not entgeht.

⑤ Via Lyon ① gelangt Justine nach Villefranche, wo ihre Herberge in Brand und sie selbst in den Verdacht der Brandstiftung gerät.

Nachdem sie von der Dubois gen Grenoble entführt und auf dem Weg als Brandstifterin verhaftet worden ist, wird sie in Lyon ① ins Gefängnis geworfen, von wo aus sie nach Paris flieht. Kurz vor ihrem Ziel begegnet sie beim Pariser Vorort Essonne ihrer Schwester Juliette und wird im Verlauf der nächsten sechs Bände deren Geschichte vom Segen des Lasters lauschen.

DIE NEUE

JUSTINE

oder

VOM MISSGESCHICK DER TUGEND

gefolgt von

DER GESCHICHTE IHRER SCHWESTER

JULIETTE

oder

VOM SEGEN DES LASTERS

Es wär nicht Schimpf noch Schand, begehrte man zu zeigen,
wie Menschen aus Natur zu Lust und Laster neigen.

Kapitel XVI

Beschluß der Lustgelage. – Abhandlung. – Wie die Gesellschaft auseinandergeht. – Justines Flucht.

DIE LASTERLUSTIGE Schar versammelte sich des anderen Tags zu neuen Schandtaten und ließ es sich dabei wohlsein, als ob am Vorabend nicht die allergräßlichste Grausamkeit verübt worden wäre! So also sieht es in der Seele derartiger Lüstlinge aus: vollkommen stumpf für jegliche Empfindung, die nicht den Stempel ihrer Laster trägt, finden sie in der sündlichsten Gleichgültigkeit schon bald Ansporn zu neuen oder trostreichen Ersatz für alte Verbrechen. An diesem sowie an den beiden nächstfolgenden Tagen lastete die Schwelgsucht dieser Ungeheuer mit ihrem ganzen Gewicht auf Rose und Lili. Was Gernande anbetrifft, so hatte er sich auf seine Schwester Marceline versteift, deren Arme ihm für die alleranmutigsten der Welt galten; diesethalben ließ er sie im Verlaufe dieser beiden Tage zehnmal zur Ader und hielt seinen Mund dabei ohne Unterlaß unter die Blutschwälle, die er nur in seinen Schlund sprudeln ließ, um sich damit die Eingeweide zu netzen.

– Mich dünkt, meinte Bressac als großer Bewunderer dieses zusätzlichen Kunstgriffes, mich dünkt, mein Oheim, erst jetzt entfalte Ihr Steckenpferd seinen ganzen Zauber. Wer Blut liebt, sollte seinen Durst auch an ihm stillen: nur dann kann von Menschenfresserei die Rede sein, und gerade die Menschenfresserei verhilft mir, wie ich gestehen muß, zu einem steifen Schweif.

Ein jeder versuchte sich in diesem reizvollen Zwischenspiel; selbst Dorothée schlürfte Marcelines Blut. Diese Greuel wurden durch Spaziergänge aufgelockert, wobei Bressac eines schönen Tages auf eine vierzehnjährige Jungfrau stieß, die schön wie der Tag war und die er alsogleich entführte, um der Gesellschaft eine Freude zu bereiten. Nie noch ward ein Geschenk dankbarer entgegengenommen; und es gab keinerlei Unflätigkeit, Marterung oder Scheußlichkeit, die an dieser Elenden nicht verübt worden wären. Eines Abends vernünftelte man über den Glücksfall, dem dieser Fund zu verdanken war, da unterstand sich Madame de Gernande einzuwerfen:

– Glauben Sie nicht auch, meine Herren, daß die Eltern dieses Unglückskindes jene Schmach, die Sie ihnen just zugefügt, ahnden würden, wenn sie ebenso mächtig wären wie Sie? Nun, sollten diese einzig aufgrund ihrer Armut davor zurückschrecken, Sie zu behelligen, so ist es doch unweigerlich ein Verbrechen, diesen Umstand derart schamlos auszunutzen?

– Bester Freund, wandte sich Verneuil an seinen Bruder, wenn meine Frau sich erdreistet hätte, mir eine derart unhaltbare Vorhaltung zu machen, so würde ich sie vor der ganzen Gemeinschaft auf die Knie zwingen und von meinem Lakai bis aufs Blut auspeitschen lassen; doch Madame ist ja nicht meine bessere Hälfte, und so will ich mich damit bescheiden, ihren Einwand in nichts aufzulösen.

– Prächtig, prächtig, erwiderte der Schloßherr; doch da ich nicht die Ehre in Anspruch nehmen will, gelindmütiger zu sein als mein Bruder, möge die Gesellschaft gutheißen, daß Madame de Gernande jener Ansprache, die an sie gerichtet wird, in peinvoller Haltung lausche: so verurteile ich sie denn dazu, sich auf alle viere niederzulassen, die Hinterbacken hoch in die Luft gereckt; zwei Wachslichter, unmittelbar unter ihrem Arsch aufgestellt, sollen mittlerzeit ihre Haut schön langsam zum Brutzeln bringen.

Bravorufe erschallen; Madame de Gernande wird in Stellung gebracht; und Verneuil hebt an.

– Zuvörderst sollten wir, mit Verlaub, sprach Verneuil, die unerschütterliche Grundlage eines jeden Denkgebäudes festhalten, das derlei Fragen anschneidet: es liegt in der Absicht der Natur, daß die eine Klasse der Menschen aufgrund ihrer Ohnmacht und ihrer Abkunft der anderen notwendigerweise untertan ist, und zwar in jedweder Hinsicht; wofern dem stattgegeben wird und jenes Geschöpf, das von einem verleidenschaftlichten Menschen hingeschlachtet wird, aus ebendieser ohnmächtigen und hinfälligen Klasse stammt, so ist der Schlächter kein schlechterer Mensch als der Pächter eines Bauernhofes, der sein Schwein tötet. Oder wollt ihr etwa bereits an meiner eingangs erwähnten Grundannahme herumdeuteln? Dann durchstreift doch einmal das Weltall; ich wette, daß ihr kein einziges Volk finden werdet, in dem es nicht eine geächtete Kaste gäbe: für die Ägypter waren es die Juden; für die Griechen die Heloten; für die Brahmanen die Parias; für die Europäer die Mohren. Welcher Sterbliche wäre, mit Verlaub, ein solcher Schorfjockel, daß er, entgegen jeder Augenscheinlichkeit, die Behauptung wagen würde, alle Menschen seien mit gleichen Rechten und gleichen Kräften geboren! es war einem Menschenfeind wie Rousseau vorbehalten, ein derartiges Paradoxon aufzustellen, denn als jener Schwächling, der er selber war, zog er lieber alle anderen auf seine Stufe hinunter, als sich ein Herz zu fassen und sich zu ihnen aufzuschwingen. Doch wie wollte, so frage ich euch, ein Pygmäe von vier Fuß und zwei Zoll die Stirn haben, sich mit jemandem zu messen, der ein Ausbund an Wuchs und Kraft ist und dem die Natur den Saft und Wuchs eines Herkules verliehen hat? Könnte man nicht geradeso gut behaupten, daß die Mücke einem Elefanten ebenbürtig sei? Kraft, Schönheit, Wuchs, Beredsamkeit; dies waren die Tugenden, die in der Wiege menschlicher Gesellschaften den Anführern zu Macht und Ansehen verhalfen. Sah sich eine Sippe, ein kleiner Marktflecken dazu gezwungen, das gemeinsame Hab und Gut zu verteidigen, so ward hiefür ganz gewiß jenes Wesen auserkoren, das möglichst viele der just gestreiften Eigenschaften in sich zu vereinen schien. War ein solcher Anführer erst einmal mit dieser ihm frisch verliehenen Macht bekleidet, suchte er sich unter den Schwächsten seine Sklaven aus und opferte sie bei jeder Gelegenheit hin, ohne mit der Wimper zu zucken, sei es auch nur für das flüchtigste seiner Bedürfnisse oder Vergnügen … oder auch nur für die Befriedigung allfälliger Grillen irgendeines Gönners. Wie oft mag gerade solche Grausamkeit für die Wahrung seiner Macht unverzichtbar gewesen sein? Wer möchte denn bezweifeln, daß angerade die Gewaltherrschaft der ersten Kaiser von Rom ganz entscheidend zum Glanze dieser Weltenmeisterin beigetragen hat? Als sich die einzelnen Gesellschaften gefestigt hatten, fuhren die Abkömmlinge jener frühesten Anführer damit fort, ihr Haupt oder ihr Haus mit derselben Macht zu schmücken wie ihre Väter, wiewohl sie meist hinter deren körperlichen und geistigen Fähigkeiten zurückblieben … sie waren es nun einmal gewohnt, Staat zu machen; hierin liegt die Wiege des Adels, dessen Stammbaum also in der Natur selbst verwurzelt ist: nach wie vor scharten sich Sklaven um sie, sei es, um ihnen persönlich zu dienen, sei es, um unter dem Oberbefehl des jeweiligen Anführers die Größe und Blüte der Nation zu wahren; und da diese Herren spürten, wie wichtig es sowohl für ihr eigenes als auch für das allgemeine Wohl war, Ehrfurcht einzuflößen, wurden sie aus Notwendigkeit, aus Ehrgeiz und nicht selten auch aus Lüsternheit grausam. Von diesem Schlage waren Nero, Tiberius,

Heliogabal, Wenzel, Louis XI und all ihre Genossen: als Erben einer Macht, die ihren Vorgängern in Zeiten der Not anvertraut worden war, trieben sie nun aus schierem Mutwillen Mißbrauch mit ihr. Doch richteten diese Mißbräuche wirklich soviel Unheil an? gewiß weit weniger, als dies eine allfällige Beschneidung ihrer Vorrechte getan hätte; dank solchen Machtmißbrauchs konnte der Zusammenhalt des Imperiums gewahrt werden, und dabei kam es nicht zu mehr Opfern als in jenen wirren Zeiten, in denen ihre Macht erlahmte und ganze Völkerschaften in die Anarchie stürzten. Es zieht also (und darauf wollte ich ja hinaus) verschwindend wenig Unannehmlichkeiten nach sich, wenn der Stärkere seine Macht mißbraucht ... man könnte es ohnehin nicht hindern, daß er den Schwächeren niederwalzt. Und ist denn nicht auch das gesamte Naturgeschehen ein einziges Beispiel dafür, daß der Schwächere vom Stärkeren notgedrungen übervorteilt wird? Der Sturmwind knickt das Schilfrohr; Erschütterungen im Erdinnern ziehen jene zerbrechlichen Behausungen in Mitleidenschaft, die leichtsinnigerweise auf dem Rücken der Erde errichtet worden, und bringen sie zum Einstürzen; der Adler verschlingt den Zaunkönig; mit jedem Atemzug, mit jeder Regung unserer Glieder zerstören wir ganze Atomhaufen. Nun gut! werden euch an dieser Stelle die flachköpfigen Anhänglinge jener unverwirklichbaren Gleichheit erwidern, wir können die körperliche und geistige Überlegenheit gewisser Geschöpfe nicht leugnen; sie springt zugegebenermaßen auch uns ins Auge; doch gesteht uns zu, daß wenigstens vor dem Gesetz alle Wesen gleich sein sollten. Genau vor diesem Zugeständnis aber werde ich mich wohlweislich hüten: wie könnt ihr denn überhaupt wollen, daß jemand, der von der Natur den unüberwindlichsten Hang zum Verbrechen empfangen hat, sei es aufgrund seiner größeren Körperkräfte oder aufgrund der Überfeinerung seiner Körperglieder, sei es aufgrund der durch Abkunft oder Reichtum bedingten Erziehung; wie könnt ihr denn wollen, frage ich, daß diese Person durch dieselben Gesetze gerichtet werde wie jemand, der von allem und jedem zu Tugend oder Mäßigung angehalten wird? Weshalb sollte ausgerechnet jenes Gesetz besonders gerecht sein, das diese beiden Menschen gleicherweise bestraft? Ist es nicht widernatürlich, daß derjenige, der sich auf Schritt und Tritt zu Missetaten eingeladen sieht, gleich behandelt wird wie derjenige, der von allem und jedem zu Vorsicht ermahnt wird? Einem solchen Vorgehen läge

Maria Lassnig, *Instrument für ein Martyrium*, 1949.
Neue Galerie der Stadt Linz

ein schlimmer Irrschluß, eine himmelschreiende Ungerechtigkeit zugrunde, die sich eine kluge und weise Nation niemals zuschulden kommen lassen dürfte. Ein einziges Gesetz kann unmöglich allen Menschen gleich gut gerecht werden. Es verhält sich mit dieser Arznei für Moral und Geist nicht anders als mit den Heilmitteln für den Körper. Würdet ihr nicht über einen Kurpfuscher spotten, der bei sämtlichen Gemütsarten ein und dasselbe Heilverfahren in Anschlag brächte und einen Pariser Sackträger mit denselben Mitteln kurierte wie eine hysterische Lebedame? Eh! nein, nein, werte Freunde, das Gesetz ist allein für den Pöbel geschaffen: da dieser die schwächste, aber bevölkerungsstärkste Klasse darstellt, muß sie unbedingt mit Zügeln gebändigt werden, die der Machtmensch jedoch stets abschütteln sollte, da sie ihm in keiner Hinsicht geziemen. Jede weise Regierung sollte tunlichst darauf achten, daß der Pöbel niemals die Macht der Großen an sich reißt; wo immer er dies wagt, wird das Staatsgefüge unweigerlich von einer Fülle von Unglücksfällen erschüttert, die seine Kräfte auf Jahrhunderte hinaus zerrütten. Und solange in einer Nation keine andere Unsitte herrscht, als daß der Stärkere seine Macht auf Kosten des Schwächeren mißbraucht, wandelt sich diese Missetat sogar in eine gute Tat, da durch sie die Ketten des Pöbels letztlich nur noch gestählt werden; und von diesem Augenblick an gereicht dem Staat jedes Gesetz, das diese Missetat deckt, zu Glanz und Wohlfahrt. Die Feudalherrschaft vertrat einen ähnlichen Standpunkt; und gerade zu ihrer Zeit erlangte Frankreich den Gipfel seiner Größe und Wohlfahrt ... ganz nach dem Vorbilde Roms, das niemals größer war als zu jener Zeit, wo die Zwingherrschaft in voller Blüte stand. In Asien gibt es eine Vielzahl von Regierungen, unter denen die Großen tun und lassen dürfen, was ihnen beliebt ... und wo einzig der Pöbel in Ketten schmachtet. Es heißt, wider die Natur zu handeln, wenn man sich anheischig macht, die Stärke jener zu beschneiden, die von ihr mit Kraft gesegnet worden; es heißt, ihr dienlich zu sein, wenn man den Vorbildern der Grausamkeit und Herrschsucht nacheifert, welche sie uns allerwege vor Augen führt ... wenn wir zur Entfaltung unserer Tatkraft alle Möglichkeiten nutzen, die sie uns eröffnet; wer hievor zurückschreckt, ist ein armer Narr und erweist sich ihrer Gaben nicht würdig ...

Und indem Verneuil an dieser Stelle wieder auf den Ausgangspunkt dieses Gesprächs zurückkam:

– Wir machen uns demnach mitnichten einer Sünde schuldig, werte Freunde, wenn wir dieses Geschöpf allen Mutwilligkeiten unserer Wollust unterwerfen: wir haben es entführt; und sobald uns die Natur obsiegen läßt, ist es uns anheimgestellt, nach freier Lust und Laune mit ihm umzuspringen. Höchstens ein Einfaltspinsel oder ein Frauenzimmer könnte dies mißbilligen; denn die schmachten selber in der Klasse der Schwachen und müssen sich wohl oder übel auf deren Seite schlagen.

– Eh! wer möchte denn bezweifeln, meinte Bressac, vom Witz seines Onkels angesteckt, wer könnte sich denn der Überzeugung verschließen, daß das Gesetz des Stärkeren nicht auch das beste aller Gesetze und mitunter das einzige sei, welches das Triebwerk der Welt in Schwung hält und am Ursprung sowohl der Tugenden steht, welche Unordnung stiften, wie auch der Verbrechen, welche in jedem einzelnen Räderwerk dieses weiten Weltalls für einen reibungslosen Ablauf sorgen?

Unsere Leser werden sich mit leichter Mühe ausmalen können, daß derlei Lehrsätze in den Gemütern jener Leute, deren Geschichte sie lesen, unweigerlich die Lust zu Ausschweifungen aufpeitschen mußten. Madame de Gernande ward, unerachtet ihrer Schmerzen, dazu verdammt, in ebenjener Stellung auszuharren, in die sie von diesen Schuften gebracht worden war; nun aber wurden sämtliche Schröpfarten und Schlüpfrigkeiten auf die Spitze getrieben, die man während des Blutvergießens an ihr und an dem neu hinzugekommenen Opfer in Anschlag bringen konnte. D'Esterval behauptete, daß es erquicklich sein müsse, mittlerzeit zu ficken: er tat's; und die Lobgesänge, die er auf diese ungekannte Leidenschaft anstimmte, veranlaßten die anderen, es ihm gleichzutun. Verneuil meinte, man müsse das geschröpfte Geschöpf beim Ficken zwicken, zwacken und zermartern; es ward mit Kneipmalen übersät. Gernande wünschte, daß sie mit beiden Händen Schwänze wichse und daß diese Schwengel von Blut überflutet würden: auch diese Mutwilligkeit ward für köstlich befunden. Victor behauptete, daß man Klistiere verabreichen und sich dann daran weiden müsse, wie sie während des Aderlasses wieder ausgeschieden würden. Die d'Esterval vertrat die Ansicht, daß man nichts Trefflicheres tun könne, als sie an den Haaren aufzuhängen und alle vier Gliedmaßen der Geschröpften anzuzapfen: erneute Entladungen. Man trieb es schließlich derart bunt, daß das unselige Kind schon bald zu Cécile einging. Man begrub es neben ihr; und frische Freveleien steckten die Vorstellungskraft dieser Kannibalen schon bald von neuem in Brand.

Nach Beendigung des Mittagessens, bei dem man sich die scheußlichsten Ausschweifungen erlaubte, bei dem die hocherhitzten Köpfe nicht Zaum noch Zügel duldeten, bei dem die Schamlosigkeit zum Grundsatz, die Grausamkeit zur Tugend, die Immoralität zur Maxime, jegliche Freveltat zu einem Denkgebäude und der Atheismus zur einzigen Geisteshaltung geadelt wurde, die den Menschen zum Glück gereiche; bei dem die schwelgsüchtigste Wollust mit den Ausschweifungen der Tafel verquickt wurde und bei dem man die Hirnbrünstigkeit so weit trieb, Lustbuben aufzuspießen, ohne dabei mit Fressen und Saufen innezuhalten; bei dem die Speisen, die man hinunterschlang, mit den von den Körpern dieser Gitonen ausgedünsteten Exkrementen sowie mit deren Tränen, Schweiß und Blut gewürzt wurden; nach Beendigung dieses Satansmahles beschlossen Gernande und Verneuil endlich, daß das Blut von Cécile und der frisch abgeschlachteten Jungfer den satanischen Göttern, welchen dieses Fest geweiht war, nicht genügte und daß es höchste Zeit für ein weiteres Opfer sei. Da fröstelten alle Frauen. Sowie schließlich mehrere Augenpaare auf unserer schicksalsgeplagten Justine ruhten, rechnete sie bereits mit dem Allerschlimmsten, als Gernande die ganze Schar bat, folgendem Vorschlag zuzustimmen: das Opfer sei aufgrund der Hochwohlgeborenheit seiner Arschbacken auszuwählen; folgt nun die Schlangenwendung, deren er sich bediente, um diese seine Ansicht zu untermauern:

– Jene, die über den prächtigsten Arsch verfügt, meinte er, ist wohl oder übel auch diejenige, die uns am häufigsten zum Ausspritzen gebracht. Nun, jenes Geschöpf, das unsere Gelüste am stärksten gereizt, ist wohl oder übel auch dasjenige, das uns am meisten Ekel einflößt: seiner müssen wir uns also am dringendsten entledigen …

– Nicht doch, versetzte Verneuil; wir wären parteiisch; und da dies unbedingt zu vermeiden ist, soll einzig und allein das Los entscheiden. Befragen wir jenen Gott, der es schon einmal verstanden hat, uns zu äußerst trefflichen Taten zu raten; seine Stimme möge das Opfer bezeichnen, dann werden wir uns nichts vorzuwerfen haben …

– Welch vortreffliche Art, sich abzusichern, sprach d'Esterval und barst vor Lachen; nie noch wurden die jesuitischen Dogmen so gewitzt auf die Spitze getrieben. Los, unseren Gott haben wir schnell wieder zusammengestoppelt; los, wir wollen ihn in seinem Tempel zu Rate ziehen.

Die Namen von Justine, Marceline, Laurette und Rose sowie der Damen de Gernande und de Verneuil wurden auf Wahlzettelchen gekritzelt. Nachdem diese sechs Namen in ebenjenen Kelch gelegt worden waren, der schon bei den vorausgegangenen Lustgelagen gute Dienste geleistet hatte, ward dieser von Lili dem Bildnis des Ewigen unter die Nase gestreckt, welch letzterer nach einem Augenblick der Besinnung seine Hand hineinsteckt und das herausgefischte Los in die Luft wirft; Bressac hebt es hastig auf; er verliest den Namen von Madame de Gernande …

– Ich hätte darauf wetten können, spricht der Gatte kaltblütig; ich habe schon immer gewußt, daß mir der Himmel wohlgesinnt ist; ich bin entzückt, daß er seinem guten Ruf mit einer Wahl Ehre macht, die derart recht und billig ist. Auf denn, meine zarte Freundin, spricht er, indem er vor seine unglückselige Gattin hintritt; auf denn, mein Herzlieb, Kopf hoch. Von all den Fällen, wo man sein Schicksal tapfer zu erdulden wissen muß, ist dies gewiß der wichtigste … ein schlimmer Augenblick, den man durchmachen muß … oh! ein gar schlimmer, mein Engel … immerhin werden wir Sie, soviel steht fest, unsäglich leiden lassen: aber auch das geht vorüber; alsdann werden Sie seelenruhig in den Schoß jener Natur eingehen, deren Lieblingskind Sie waren … und die Ihnen nichtsdestoweniger eine nicht besonders schmeichelhafte Art zugedacht hat, wieder mit ihr zu verschmelzen. Doch nicht verzagen, meine Liebe; ist es denn nicht besser, möglichst bald zu sterben, als weiterhin dem freudlosen Lebensweg zu folgen, auf den Sie von meiner Leidenschaft geschleudert worden? Schließlich entpuppte er sich doch als eine einzige Folge von Qualen, die nun ein Ende nehmen: Ihrer harrt ewige Glückseligkeit … hiefür bürgen Ihre Tugenden. Mir aber, mein Kind, mir macht, wie ich wiederholen muß, nur eines Sorgen: der dornenreiche Pfad … der mit unermeßlichen Schmerzen gepflasterte Weg, auf dem Sie zu jenen Wonnen gelangen werden, die Ihnen alsdann auf immerdar gewiß sind.

Und der hartherzige Gatte hätte sein unseliges Weib womöglich noch länger getriezt, wenn sich der brünstige Verneuil nicht jählings auf das Opfer gestürzt hätte, um sich, wie er verkündete, voll Wonne an ihm zu vergehen, solange es von Krämpfen und Ängsten geschüttelt wurde. Der Schuft votzt bei ihr ein, feilt sie feurig … pflückt ohne jede Scham schlüpfrige Küsse auf einem von bitteren Schmerzen verzerrten Mund, der sich nur mehr öffnet, um verzweifelte Klagen vorzubringen …

– Warte, bedeutet Gernande seinem Bruder und ermahnt ihn, seinen Lusttaumel keinesfalls zu überstürzen, es tut not, daß wir ihre Todesmarter gemeinsam bestimmen, indes wir uns selbfünft an ihr gütlich tun, du von vorne, Bressac im Arsch, ich im Mund, d'Esterval und Victor in den Achselhöhlen. Man reiche uns etwas zu schreiben, fährt er fort, sowie er gewahrt, daß sein Einfall in die Tat umgesetzt worden ist; ich werde mit dem Entwurf meines Vorschlages den Anfang machen.

Und der Schurke läßt sich Zeit zur reiflichen Überlegung, dieweil er sich an seiner unseligen Gemahlin vergeht und sie bei jedem Wort, das er zu Papier bringt, eingehend mustert. Victor tut ein Gleiches; vollkommen ungerührt schreibt er auf den Schultern seiner Tante die Marterart nieder, die er ihr zugedacht und die seiner unsäglichen Seelenschwärze am trefflichsten zupaß kommt. Die anderen ahmen dieses Vorgehen nach: um aber all diese Schändlichkeiten mit einem möglichst wunderwürdigen Kunstgriff zu würzen, wünscht Gernande, im Wissen, wie sehr Justine an ihrer Herrin hängt, daß der just gefällte Urteilsspruch von ihr verlesen werde. Herrje! das jammerbare Mädchen fand kaum die Kraft, diese unmenschlichen Worte hervorzustammeln: doch da man ihr für den Fall ihres Ungehorsams denselben Tod androhte und da ihre Weigerung ohnehin nichts gefruchtet hätte, galt es sich zu fügen; sie las. Kaum hat die Gernande ihr Todesurteil vernommen, schon wird sie vor ihren Schindern fußfällig. Aber, aber! derlei Seelen sind doch für Mitleid vollkommen unempfänglich! Man beschimpft diese Unselige, man schmählt sie; und um ihre Todesfolter ungezögert in Angriff nehmen zu können, schließt man sich im selbigen Saal ein, in dem all jene Greueltaten begangen worden, über die wir hiebevor Rechenschaft abgelegt. Alles, was die geplanten Scheußlichkeiten befördern mochte, war in Hülle und Fülle vorhanden.

Zuvörderst forderte man von der Dulderin, daß sie Gott und die Menschen mit fester Stimme um Vergebung für die von ihr begangenen Verbrechen anflehe. Die arme Frau, die bereits nicht mehr recht bei Sinnen war, sagte alles, was man nur wollte. Die Quälereien huben an. Ein jeder vollzog die von ihm verhängte Leibesstrafe; und während er zu Werke ging, mußten ihn zwei Vertreter des einen oder des anderen Geschlechtes erregen oder sich für seine unkeuschen Zwischenspielchen zur Verfügung stellen. Die Vetteln waren bei den Todesmartern behilflich.

Verneuil machte den Anfang. Justine und Dorothée dienerten ihm zu. Er marterte das Opfer zwei Stunden lang; und genau in dem Augenblick, da es von entsetzlichen Krämpfen geschüttelt ward, spritzte der von Madame d'Esterval gestäupte Lustbock in Justines Arsch aus, deren Schamhaare mittlerzeit von einer Alten ausgezupft wurden, um hiedurch den Lendenstößen der Dulderin mehr Wucht zu verleihen.

Victor macht sich vorstellig, bedient von Laurette und Madame de Verneuil; mit anderen Worten, der Jüngling zerschabte seine Tante, indes er seine Gelüste an seiner Mutter und an seiner Schwester stillte. Madame de Verneuil wurde von einem Anflug unüberwindlichen Ekels erfaßt, was ihrem Sohn unseligerweise nicht entging. Das kleine Ungeheuer hielt gerade eine stählerne Nadel in Händen, mit der er die Popobacken seiner Tante zerstach; nun pfeilt er sie in die Brüste seiner Mutter, die er aufs herzloseste beschimpft. Die Gesellschaft nimmt sich des Falles an, der schwerwiegend zu sein scheint: man unterbricht das Treiben, um die Fehlbare zu richten; und so wird die Mutter auf die bloße Anschuldigung ihres Sohnes hin spornstreichs zu vierhundert Peitschenhieben verurteilt, welche unbesehen ihrer frisch erlittenen Wunden wahllos über ihren ganzen Körper verteilt werden sollen. Und schon wird das Urteil von diesen vier Unmenschen eigenhändig vollstreckt. Victor verlangt, daß ihm der Busen überlassen werde; und der Schuft striegelt ihn, indes Gernande an seinem Schwengel lutscht und sein Vater ihn sokratisiert. Man kehrt wieder an die Arbeit zurück: in seiner Erregung dehnt der kleine Halunke die Folterungen, denen er seine Tante unterzieht, auf drei Stunden aus und entlädt bei seinem Treiben zweimal; zunächst, indem er selber Hand an sich legt; sodann, indem er seine Mutter sodomisiert, während seine Schwester sein Arschloch bezüngelt.

Gernande bemächtigt sich seiner Gemahlin: er durchsiebt sie mit Schröpfeisen und verliert seinen Ficksaft im Munde eines Gitonen, wobei er den letzten Stich ins rechte Auge dieser Bejammernswerten zielt.

D'Esterval stellt die Greueltaten all seiner Vorgänger in den Schatten: Justines Scheide nimmt seinen Ficksaft in Empfang; während er ihn in ihren Muttermund feuert, durchwalkt er grobhändig ihre Brüste.

Als die Blutzeugin zu Bressac gelangt, geht ihre Leidenskraft zur Neige. Leichenblaß und völlig entstellt, bot dieses anmutige Antlitz, in dessen Zügen einst die Grazien gespielt, nur mehr das herzzerreißende Spiegelbild von Schmerz und Tod. Dennoch wirft sie sich mit letzter Kraft ihrem Gatten zu Füßen, um abermals seine Gnade zu erflehen; doch der unbeugsame Gernande starrt sie in ihrer Todespein unverwandt an:

– Oh! gottverhenkert, geifert er, welch Wonne, ein Weib unter solchen Umständen zu betrachten! wie schön es doch ist, den Schmerz zu schauen! komm, Justine, und wichs mich über dem Antlitz deiner Herrin …

– Bester Freund, meint Verneuil, man müßte dieses zauberhafte Antlitz fitzen …

– Vollscheißen, meint Victor …

– Maulschellieren, meint d'Esterval …

– Mit Honig beschmieren und Wespen aussetzen, meint Dorothée …

– Nur Geduld, sprach Gernande, der sich an den verschiedenen Schattierungen des Schmerzes weidete, welche die jeweiligen Vorschläge auf diesem bezaubernden Gesichte hervorriefen; eigentlich ist es ja unmöglich, uns allen Genugtuung zu verschaffen. Doch giert ein jeder von uns danach, seinen Vorschlag auch wirklich auszuführen? … Ja? … Wohlan, freut euch, werte Freunde; ich liefere sie euch aus.

All diese mannigfaltigen Greueltaten wurden vollbracht: fünf Untiere fallen über dieses Unglückskind her; und so fährt dieser himmlische Engel nach einem recht kurzen Leben, das mit einer elfstündigen, alleszerfleischenden Folterung ausgeklungen war, wieder gen Himmel, von wo er nur herniedergestiegen war, um der Erde ein Augennicken lang zur Zierde zu gereichen.

Wer hätte das gedacht? die Leiche dieser Prachtfrau wird mitten auf den Tisch gelegt; rund um sie herum wird das großartigste Nachtmahl aufgetragen.

– So lobe ich mir die Wollust, meinte Verneuil: wer, um von ihr zu naschen, nicht sämtliche Zügel zerreißt, wird sie nie ganz erhaschen … Wie köstlich es doch ist, sich dieserweise an einem just begangenen Verbrechen zu weiden! … nur so will mir das Verbrechen wohlgefallen: nur wenn man es bis zum letzten Zug auskostet, nur wenn man sich an seinen Nachwehen ergötzt! … Oh! werte Freunde, nur der Wildmütigkeit eignet die hohe Kunst, unsere Lüste zu würzen! … Da liegt sie nun, die noch vor einer Stunde lebte … die uns hörte … die uns fürchtete … die uns anflehte … Ein winziger Augenblick hat all dies zunichte gemacht; und dieses Geschöpf, das just noch höchst empfindsam war, ist nur mehr ein ungeschlachter, von unseren Leidenschaften verunstalteter Fleischklumpen … Oh! wie hehr und herrlich sind doch jene Leidenschaften, die uns zu solchen Ausschreitungen verleiten! wie majestätisch ist ihr Schwung! … wie edel und erhaben! Und wenn es wirklich einen Gott gäbe, würden wir dann nicht zu seinen Nebenbuhlern, indem wir dieserweise zernichteten, was er geschaffen? Oh! jaja, ich bleibe dabei: der Mord ist die herrlichste, die hehrste, die lustreichste Tat, der sich ein Mensch widmen kann … Ei wie, meine Freunde, wo ist sie nur geblieben, jene wunderwürdige Seele, die durch unsere Ausschweifungen just von diesem Leib geschieden worden? wohin ist sie entschwebt? … was ist aus ihr geworden? Muß, wer ihrer Existenz auch nur einen Augenaufschlag lang stattgibt, nicht von allen guten Geistern verlassen sein? Haben wir nicht mitangesehen, wie diese Seele schwach und schwächer wurde, je mehr wir die Körperorgane gestichelt oder deren Triebfedern zernichtet haben? So war denn all dies Materie, durch und durch: in diesem Falle aber werfe ich die Frage auf, inwiefern es ein Verbrechen sein könnte, ein Häufchen Materie aus der Form zu bringen? …

– Augenblick, warf Bressac ein; wenn wir schon einmal dabei sind, über eine derart gewichtige Angelegenheit zu vernünfteln, so bitte ich um die Erlaubnis, euch meine Ansichten über die Lehre von der Unsterblichkeit der Seele enthüllen zu dürfen, eine Frage, die, seit Urzeiten schon, die verschiedensten philosophischen Schulen umtreibt …

– Nur zu, nur zu, meinte Gernande, hören wir meinen Neffen in dieser Streitfrage an; ich weiß, daß er der Mann ist, ihr auf den Grund zu gehen.

– Wenn wir uns den frühesten Zeitaltern zuwenden, hub Bressac an, finden wir unseligerweise nur gerade bei jenen Völkern, die noch in den grobschlächtigsten Irrmeinungen befangen waren, Zeugen für das widersinnische Lehrgebäude von der Unsterblichkeit der Seele. Wenn man die Gründe untersucht, die zur Billigung dieser haarsträubenden Stumpfsinnigkeit führen mochten, so entdeckt man sie in Staatsklugheit, Angst und Unwissenheit: doch wo auch immer diese Ansicht ihren Ursprung genommen haben mag, es bleibt die Frage: ist sie wohlbegründet oder nicht? Mir schwant, daß sie sich bei eingehender Betrachtung als bloßes Hirngespinst entpuppen wird, nicht anders als die von ihr abgesegneten Gottesdienste. Immerhin wird man einräumen müssen, daß diese Ansicht selbst in jenen Jahrhunderten, wo sie allem Anschein nach das höchste Ansehen genoß, von Leuten erörtert wurde, die weise genug waren, sie in Zweifel zu ziehen.

Es war platterdings nicht zu übersehen, wie maßgeblich das Wissen um diese Wahrheit für die Menschen war; und dennoch hatte keiner jener Götter, die sich die Menschen in ihrer Hirnbrünstigkeit zusammengestoppelt hatten, je die Mühe auf sich genommen, sie über diesen Punkt aufzuklären. Es macht ganz den Augenschein, als sei dieser Aberwitz bei den Ägyptern aufgekommen, will sagen beim gläubigsten und abergläubischsten Volk auf Erden. Eines bleibt jedoch festzuhalten: daß Moses den Juden mit keinem Wort von alledem handelte, wiewohl er bei den Ägyptern in die Schule gegangen war: da er weltklug genug war, um noch weitere Zügel zu erfinden, wagte er es bekanntlich nie, sein Volk durch diesen Schlich im Zaum zu halten, ja, er war offenbar allzu dumm, als daß er ihn auch nur in Erwägung gezogen hätte. Selbst Jesus, dieser Inbegriff aller Beutelschneider und Blendlinge, dieser nichtswürdige Quacksalber, hatte keine Vorstellung von der Unsterblichkeit der Seele; wenn er sich äußert, dann stets nur als Materialist; und wenn er den Menschen drohen will, so wendet er sich mit seinen Reden, wie leicht zu ersehen ist, ausschließlich an den Körper, den er niemals von der Seele geschieden hat[1]. Doch ich will mich hier keineswegs darauf versteifen, dem Ursprung dieses widerwärtigen Ammenmärchens nachzuspüren; der einzige Dreh und Sinn meiner Bemühungen soll darin bestehen, euch dessen vollumfänglichen Wahnwitz aufzuweisen.

[1] »Wenn euch euer Arm«, spricht dieser unverschämte Possenreißer irgendwo, »zu etwas Anstößigem verleitet, so schneidet ihn ab, und werft ihn weit von euch fort; denn es ist besser, mit einem Arm weniger ins Himmelreich einzugehen, als gänzlich unversehrt in der Hölle zu schmoren.« Gibt es einen materialistischeren Spruch als diesen?

Zuvörderst, werte Freunde, wollen wir uns kurz mit den Gründen befassen, die für seine Entstehung verantwortlich sein mögen. Elend und Not auf Erden, die Erschütterungen, denen sie ausgesetzt ist, die Naturerscheinungen waren unstreitig das eine; zum anderen sind mangelhafte Kenntnis und falsche Auslegung der Physik zu nennen; das dritte ist die Staatsklugheit. Das Unvermögen des menschlichen Verstandes, seine eigenen Grenzen zu erkennen, rührte weniger daher, daß dieses Rätsel nicht gelöst werden konnte, als vielmehr daher, daß es falsch gestellt wurde. Aufgrund uralter Vorurteile war dem Menschen seine eigene Natur verdächtig geworden: er will sein, was er nicht ist; er vergeudet seine Kräfte, um sich in eine ergaukelte Sphäre aufzuschwingen, in die er selbst dann niemals eingehen könnte, wenn es sie gäbe. Wie sollte er demzufolge zu sich selber finden? Wurde nicht des langen und breiten aufgewiesen, daß der Mechanismus der tierischen Instinkte einzig und allein im Zusammenspiel der Körperorgane besteht? Lehrt uns die Erfahrung nicht, daß der Instinkt bei ebendiesen Tieren aufgrund der Beeinträchtigung durch Unfälle oder Alter erlahmt und daß das Lebewesen vollends zugrunde geht, sobald jene Harmonie schwindet, der es sein ganzes Dasein zu verdanken hatte? Wie kann man nur derart mit Blindheit geschlagen sein, abzustreiten, daß bei uns genau derselbe Vorgang abläuft? Ist das, was ihr dieser Frau angetan habt, deren Leichnam hier vor unseren Augen liegt, nicht ein augenfälliger Beweis hiefür? Doch um diese in uns waltenden Prinzipien ein für allemal namhaft machen zu können, müssen wir zuvörderst zur Einsicht gelangen, daß die Natur ihrer Wesenheit nach zwar eins ist, sich aber ins Unabsehliche vervielfältigt: des weiteren dürfen wir jenes ewig wahre Axiom niemals aus den Augen verlieren, welches da besagt, daß eine Wirkung ihrer Ursache niemals vorausgeht: schließlich und endlich, daß jedwede Bewegung Wirkungen zeitigt, die sich voneinander unterscheiden; daß sie stärker oder schwächer ausfallen, je nachdem, mit wieviel Schwung die Bewegung erzeugt wird.

Am Leitfaden dieser Vordersätze werdet ihr den Lauf der sinnenfälligen Natur mit Riesenschritten durchmessen. An Hand des ersten werdet ihr die darin behauptete Einheit entdecken: allüberall im Tierreich gibt es Blut, Knochen, Fleisch, Muskeln, Nerven, Eingeweide, Bewegung, Instinkt.

Dank des zweiten werdet ihr euch Rechenschaft über die Vielfalt ablegen können, die unter den verschiedenen Lebewesen der Natur herrscht: ihr sollt nicht Mensch mit Schildkröte, noch Pferd mit Schnake gleichsetzen; vielmehr mögt ihr eine Tabelle mit verschiedenen Stufen erstellen, so zwar, daß auf ihr ein jedes Tier den ihm gebührenden Rang einnimmt. Die Erforschung der Tierarten wird euch davon überzeugen, daß sie sich in ihrer Wesenheit alle gleich sind und daß sich die Vielfalt lediglich auf ihre Erscheinungsformen bezieht. Woraus ihr den Schluß ziehen werdet, daß der Mensch ebensowenig über die Materie erhaben ist wie das Pferd, stellt doch ein und dieselbe Materie die Wirkursache sowohl des Menschen wie auch des Pferdes dar; und die Überlegenheit der einen Art über die andere, des Menschen über das Pferd, entspringt einzig den Modifikationen oder der Form.

Ihr seht alsdann dank des dritten Prinzips, welches da besagt, daß sich die Auswirkungen einer wie auch immer gearteten Bewegung voneinander unterscheiden können und daß sie stärker oder schwächer ausfallen, je nachdem, mit wieviel Schwung die Bewegung erzeugt wird; ihr gelangt dank dieses Prinzips, betone ich, alsdann zur Einsicht, daß sich alles Wundersame aus der Bauweise des Menschen verflüchtigt, wofern man ihn nur mit den ihm untergeordneten Tierarten vergleicht; wie man es auch immer anstellen mag, man stößt bei allen Wesen, die es gibt, nur auf Materie. Wie! werdet ihr aufschreien, Mensch und Schildkröte ein und dasselbe! Nein, gewiß nicht, in ihrer Form unterscheiden sie sich; doch die Ursache der Bewegung, die ihnen beiden zugrunde liegt, ist ungezweifelt ein und dieselbe: »Hängen Sie vermittels eines Fadens ein Pendel an diese Decke; setzen Sie es in Schwung: die erste von diesem Pendel beschriebene Bewegung wird sich so weit erstrecken, wie es die Länge des Fadens verstattet, die zweite etwas weniger weit und die dritte noch weniger, bis schließlich die Bewegung des Pendels nur noch ein Vibrieren ist, das in vollständige Ruhe mündet.«[1]

Mit Blick auf diese Versuchsanordnung sage ich mir: Der Mensch ist das Ergebnis der Pendelbewegung mit dem größten Ausschlag;

[1] Wir verhehlen nicht, daß wir diesen gelehrten Vergleich einem Mann von hohem Geist entlehnen; diesethalben heben wir ihn auch durch Anführungszeichen vom übrigen Text ab. Wir werden diese Verfahrungsweise immer dann anwenden, wenn wir es uns verstatten, unsere eigenen Einfälle durch diejenigen anderer Leute anzureichern.

die Schildkröte ist nur dasjenige des Vibrierens: doch aller beider Wiege war die ungeschliffenste Materie.[1]

Um das Wunder Mensch zu erklären, statten ihn jene, die für eine unsterbliche Seele schwärmen, mit einer unbekannten Substanz aus: wir Materialisten aber, die wir uns zweifelsohne in viel stärkerem Maße von der Vernunft leiten lassen, wir erachten seine Eigenschaften einzig und allein für das Ergebnis seines Gliederbaus. Mit bloßen Mutmaßungen läßt sich so manche Schwierigkeit leicht unter den Tisch wischen, dies sei zugegeben; doch damit ist ein Problem noch lange nicht aus der Welt geschafft. Am Leitfaden strenger Beweisführung strebe ich meinem Ziel unendlich viel schnelleren Schrittes zu. Es springt ins Auge, daß sich all diese philosophischen Schrumpfköpfe über die Natur der von ihnen erdichteten, unstofflichen Substanz durchaus nicht einig werden können; die Gegensätzlichkeit ihrer Ansichten wäre, wie man zugeben muß, sogar einer der stichhaltigsten Einwände, die man gegen sie vorbringen könnte: doch da dies unter meiner Würde ist, widme ich mich lieber der Untersuchung jener umstrittenen Frage, ob die Seele eine geschaffene Substanz sei.

Tausendmal um Vergebung, meine Freunde, wenn ich mich im Verlauf dieser Abhandlung dazu gezwungen sehe, einen Augenblick jenem Witzwesen stattzugeben, das euch unter dem Namen GOtt geläufig ist. Da mir der Atheismus für das allerheiligste Lehrgebäude gilt, werdet ihr mir, wie ich hoffe, hinreichend Gerechtigkeit widerfahren lassen, stets davon auszugehen, daß ich dieses Hirngespinst nur unter bestimmten Umständen gelten lasse, und auch dann nur vorübergehend: da nämlich in den Köpfen derer, die von ihr ausgehen, sämtliche Irrtümer miteinander verkettet sind, sieht man sich nicht selten genötigt, den einen stehen zu lassen, um einen anderen zu bekämpfen und außer Kraft zu setzen. Von der Annahme eines GOttes ausgehend, frage ich also, wie dieser GOtt die Essenz der

[1] Das trifft sich ja bestens, werden nun die Freunde der spottträchtigen Gottesvorstellung frohlocken. Dann schreibt ihr der Bewegung also doch einen Ursprung zu. Nun, was soll dieser Ursprung sein, wenn nicht GOtt? Welch jämmerlicher Syllogismus! Nein, ich schreibe der Bewegung der Materie keinen Ursprung zu: das Prinzip ihrer Bewegungskraft wohnt ihr selbst inne: sie ist unablässig in Bewegung; und ebendiese immerwährende Bewegung, die man ihr unmöglich aberkennen kann, spielt die Rolle jenes Bewegers, dessen ich mich bei dem von mir herbeigezogenen Vergleich bedient habe.

Seele aus dem Ärmel zaubern mochte. Er habe sie eigens erschaffen, erwidert ihr mir. Doch ist eine solche Schöpfung denkgerecht? Gäbe es nur GOtt allein, so würde er den gesamten Raum ausfüllen, wenn man einmal vom Nichts absieht, das unsere Vorstellungskraft übersteigt. Vom Nichts gelangweilt, habe GOtt, so geht die Rede, die Materie geschaffen, will sagen dem Nichts Sein verliehen; und schon sind alle Plätze besetzt: zwei Wesenheiten nehmen den gesamten Raum ein, GOtt und die Materie. Wenn diese beiden Wesenheiten die Ganzheit bilden, alles durchwalten, dann gibt es keinen Platz für Neuschöpfungen mehr; denn es ist denkwidrig, daß ein Ding zugleich ist und nicht ist. Nun, der Geist füllt also die metaphysische Leere vollständig aus; und die Materie füllt die sinnenfällige Leere physisch aus: folglich gibt es keinen Platz mehr für neugeschaffene Wesen, da mögen sie ein noch so beschränktes Dasein fristen. An dieser Stelle nimmt man abermals zu GOtt Zuflucht und behauptet, dieser GOtt nehme die neuen Seelengebilde in sich selber auf. Wenn aber GOtt in der geistigen Unendlichkeit seiner geistigen Sphäre zusätzlich noch weitere Substanzen unterbringen konnte, die gleichfalls geistig sind, so folgt hieraus klärlich, daß er sich zuvor keiner vollständigen und vollkommenen Unendlichkeit erfreute, da er ja in Kauf nehmen mußte, daß ihm etwas hinzugefügt wurde: wer aber Unendlichkeit sagt, muß auch Grenzenlosigkeit sagen; nun, einem Wesen, das jegliche Grenze ausschließt, kann auf keinen Fall etwas hinzugefügt werden.

Falls man vorgibt, GOtt habe seine unendliche Essenz kraft seiner Allmacht zunächst zusammenschrumpfen lassen, um neuerschaffenen Substanzen Platz zu machen, so entgegne ich, daß er alsdann wenigstens für jenen Augenblick, wo beim Schrumpfen der einen Seite eine Grenze entsteht, nicht mehr unendlich ist.

Und selbst wenn GOtt neuerschaffene Substanzen in seine Sphäre hätte aufnehmen können, so änderte dies nichts an der Tatsache, daß in jener Sphäre jedesmal, wenn eine Substanz aus ihr entschwände, um in der Sphäre der Materie einen Körper zu beseelen, im Moment dieser Loslösung eine Lücke aufklaffte.

Diese Lücke könnte unter Umständen sogar ewig Bestand haben; denn gemäß den Anhänglingen dieser Hirnrissigkeit werden jene Seelen, die zur ewigen Marter verdammt sind, die Hölle nie wieder verlassen.

Wenn aber GOtt die durch die Abwesenheit einer Seele entstandene Lücke fortwährend auffüllt, so müßte er seine eigene Substanz wieder einsaugen, sobald die eine oder die andere dieser Seelen in seine Sphäre zurückkehrte; und das ist barer Unsinn: denn eine vollkommene Unendlichkeit wie euer GOtt, dessen einzelne Teile ihrerseits unendlich sind, kann sich weder zusammenziehen noch ausdehnen.

Wenn jedoch eine durch die Abwesenheit einer Seele entstandene Lücke nicht ausgefüllt wird, so herrscht dort das Nichts; denn wo weder Geist noch Materie ist, ist kein Raum. Nun kann aber GOtt diese Lücke weder durch seine eigene geistige Substanz noch durch Materiebrocken ausfüllen, denn wie sollte GOtt Materie in sich aufnehmen können: und schon hat sich in der GOttheit das Nichts eingenistet.

An dieser Stelle schlagen unsere Widerredner einen kleinlauteren Ton an. Unser Satz, daß GOtt die menschliche Seele schuf, so tiefsinneln sie, will lediglich besagen, daß er ihr Gestalt verlieh. Man muß zugeben, daß diese Begriffsspalterei an unserer Disputatio nichts Wesentliches verändert.

Wenn GOtt nämlich der menschlichen Seele lediglich Gestalt verliehen hat, so muß er sie doch gleichwohl aus irgendeiner Essenz gestaltet haben; und diese muß er entweder aus dem Geist oder aus der Materie geschöpft haben.

Der Geist kommt nicht in Betracht, da er unteilbar, unendlich, will sagen GOtt selbst ist; nun wird jedermänniglich einsehen, daß es widersinnisch ist, die Seele als einen Bestandteil der GOttheit zu denken. Es wäre nämlich eine Ungereimtheit, sich selbst Verehrung zu zollen: genau dies aber träte ein, wenn die Seele ein Stück von GOtt wäre. Nicht weniger ungereimt wäre es, wenn eine Substanz einen losgelösten Teil ihrer Selbst in alle Ewigkeit bestrafen würde. Mit anderen Worten, wenn ihr an dieser Annahme festhalten wollt, solltet ihr mir mit eurem Geschwätz von Himmel und Hölle vom Leibe bleiben; denn es wäre widersinnisch, wenn GOtt eine aus ihm selber entströmte Substanz bestrafen oder belohnen würde.

Dann hat GOtt, da es ja nichts außer Materie und Geist gibt, die Seelen also aus Materie gestaltet? Wenn aber die Seele aus Materie gestaltet worden ist, so kann sie nicht unsterblich sein. GOtt mochte die Materie, wenn ihr unbedingt wollt, zwar bis zur Unfühlbarkeit vergeistigen und verdünnen; doch kann er ihr keine Unsterblichkeit verleihen; denn alles, was einen Anfang hat, muß notwendigerweise auch einmal ein Ende nehmen.

Selbst die Deisten können GOttes Unsterblichkeit nur auf dem Hintergrund seiner Unendlichkeit begreifen; unendlich ist er aber nur, solange er keine Grenzen kennt.

Die Materie mag noch so sehr vergeistigt werden, sie ist und bleibt teilbar; denn Teilbarkeit eignet der Materie wesentlich, und die Vergeistigung ändert nichts am Wesen der Dinge: nun, alles, was teilbar ist, sieht sich der Zersetzung ausgesetzt; und was für Zersetzung anfällig ist, kann nicht von Dauer, geschweige denn unsterblich sein.

Durch all diese Einwände in die Enge getrieben, krallen sich unsere Widerredner an GOttes Allmacht fest. Uns genügt es, verkünden sie, davon durchdrungen zu sein, daß wir mit einer geistigen und unsterblichen Seele begnadet sind; was schiert es uns, zu wissen, wie und wann sie geschaffen wurde. Fest steht jedenfalls, so fügen sie hinzu, daß man ihr, in Ansehung all ihrer Fähigkeiten, keine andere Substanz zuschreiben kann als diejenige, welche man den Engeln beimißt.

Wenn man ständig zur Allmächtigkeit Zuflucht nimmt, wie es die Theisten tun, heißt das nicht, allen Mißbräuchen Tür und Tor zu öffnen? heißt das nicht, in sämtliche Wissenschaften einen ungebrochenen Pyrrhonismus einzuführen? denn wenn die Allmächtigkeit den vorgeblich von ihr selber aufgestellten Gesetzen zuwiderhandelt, kann ich mich in Zukunft nicht einmal mehr darauf verlassen, daß ein Kreis ein Kreis und nicht etwa ein Dreieck ist, schließlich könnte es ja so weit kommen, daß jene Figur, die ich gerade vor Augen habe, gleichzeitig das eine und das andere darstellt.

Die am wenigsten dreisten Deisten merkten, wie sehr es der Vernunft zuwider läuft, sich die Seele als eine Substanz vorzustellen, die derjenigen ihres GOttes gleicht, und schreckten daher nicht einmal vor der Behauptung zurück, es handle sich um eine Substanz, um eine Entelechie von ganz eigentümlicher Form, die von GOtt weiß woher stamme; und als man ihnen entgegnete, in der Natur besitze alles außer GOtt, dessen Unendlichkeit jegliche Grenze und damit jegliche Form ausschließe, notgedrungen eine Gestalt und demzufolge auch eine Ausdehnung, da gestanden sie ohne langes Federlesens ein, daß die menschliche Seele sehr wohl eine Ausdehnung, Teile, örtliche Bewegung etc. besitze. Doch nun haben wir uns lange genug mit unseren Widersachern herumgeschlagen: wie man sieht, räumen sie ein, daß die Seele eine Ausdehnung besitze, daß sie zusammengesetzt sei und daß sie einzelne Teile aufweise; dies sollte uns allemal genügen, um die Vermutung zu hegen, daß sogar die Verfechter ihrer Unsterblichkeit nicht allzu sehr von ihrer Geistigkeit überzeugt sind, weil diese Ansicht eben schlechterdings unhaltbar ist: es ist hohe Zeit, euch hievon zu überzeugen.

Wer geistige Substanz sagt, sagt auch: selbsttätige Wesenheit, die alles durchdringt, ohne daß man in dem Körper, in den sie eindringt, auf irgendeine Spur ihres Aufenthaltes stieße: so also wäre unter dieser Annahme unsere Seele beschaffen? Sie sieht, ohne zu schauen, sie hört, ohne ihr Ohr zu leihen, sie bewegt uns, ohne sich selber zu bewegen: nun, die Existenz eines solchen Wesens würde unweigerlich die ganze Gesellschaftsordnung auf den Kopf stellen.

Zum Beweis stelle ich die Frage, wie Seelen sehen können. Die einen haben geantwortet, daß die Seelen alles in der GOttheit sähen wie in einem Spiegel, in dem die Gegenstände abgebildet werden; andere haben gemeint, dieses Vermögen sei ihnen ebenso natürlich wie alle anderen Eigenschaften, mit denen sie ausgestattet sind. Kein Zweifel, wenn schon die erste dieser Ansichten hirnrissig ist, so darf man dies von der zweiten erst recht behaupten; und in der Tat, ist es nicht vollkommen unvorstellbar, wie die Seele in einem größeren Gegenstandsbereich alle Einzelfälle, die in ihm auftreten, sowie alle Bedingungen dieser Einzelfälle kennen kann? Angenommen, die Seele sei mit dem Wissen um Gut und Böse ausgestattet; diese Kenntnis würde ihr noch lange nicht genügen, um das eine zu tun und das andere zu lassen: um in diesem Tun und Lassen bei jeder Gelegenheit von neuem bestärkt zu werden, muß ein Wesen auch die einzelnen Erscheinungsformen des Guten und des Bösen kennen, die unter diesen beiden allgemeinen und absoluten Begriffen zusammengefaßt sind. Die Verfechter von Scotus' Lehrgebäude gingen davon aus, daß die menschliche Seele das Sehvermögen keineswegs in sich trage, daß es ihr keineswegs schon zum Zeitpunkt ihrer Erschaffung verliehen worden sei, sondern daß sich eine jede ihrer Fähigkeiten immer erst dann entfalte, wenn sie nicht mehr umhin könne, sich ihrer zu bedienen.

Gemäß ersterer Annahme ist die Seele trotz ihrer angeborenen Kenntnis dessen, was grundsätzlich böse ist, eine machtlose Substanz; sie sieht zwar, wie das Böse heraufzieht, doch wendet sie es nicht ab; hiezu müßte nämlich die Materie tätig werden, während sie selbst untätig bliebe, doch dies ist reiner Aberwitz. Aus der Ansicht des Scotus folgt, daß der Mensch nichts vorhersehen kann; auch dies ist irrig. Wären die Fähigkeiten des Menschen tatsächlich dermaßen beschränkt, so wären seine Lebensbedingungen armseliger als diejenigen der Ameise, die über eine unvorstellbare Voraussicht verfügt. Der Satz, GOtt präge der Seele all ihre Kenntnisse jeweils erst dann ein, wenn sie darauf angewiesen sei, eine bestimmte Fähigkeit ins Spiel zu bringen, heißt nichts anderes, als euren GOtt zum Urheber aller Verbrechen zu machen: und ich frage euch, ob diese Folgerung nicht sogar die standhaftesten Anhänglinge dieses GOttes in Empörung versetzen würde. Und so sehen sich die Verfechter der geistigen und unsterblichen Seele bezüglich der Frage, wie und wodurch diese Seele die Dinge sehe und erkenne, zum Schweigen verurteilt. Doch geben sie das Spiel noch lange nicht verloren: Die menschliche Seele, so sagen sie, sieht und erkennt die Dinge auf dieselbe Art und Weise wie jene anderen feinen oder geistigen Substanzen, die dieselbe Natur aufweisen wie sie; wie man sieht, könnten sie geradeso gut gar nichts sagen.

Verficht man eine irrige Ansicht, so erwächst einem für jede Schwierigkeit, die man beseitigt wähnt, eine neue. Wenn die menschliche Seele nicht das Vermögen besitzt, die anwesenden Gegenstände zu durchdringen, geschweige denn sich Abwesendes, Unbekanntes zu vergegenwärtigen und sich davon eine angemessene Vorstellung zu bilden, auf deren Grundlage sie die inneren Veranlagungen dieser Gegenstände beurteilen könnte; wenn sie sich nur durch die sinnliche Anwesenheit der Gegenstände ein Bild von ihnen machen und deren Eigenschaften nur aufgrund der äußeren, für sie bezeichnenden Erkennungsmerkmale einschätzen könnte; dann wäre ihr Intellekt nicht feiner noch höher entwickelt als der Instinkt der Tiere, die gewisse Gegenstände aufsuchen oder fliehen, je nach den Regungen, welche durch die unwandelbaren Gesetze der Sympathie und Antipathie in ihnen ausgelöst werden: wenn es sich denn so verhält, und alles deutet darauf hin … nichts läßt uns darüber in Zweifel, wie verrückt müssen dann die Menschen sein, wenn sie behaupten, sie seien ein aus zwei verschiedenen Substanzen zusammengesetztes Geschöpf, indes schon die Tiere, welche für durch und durch materielle Maschinen angesehen werden, in Ansehung des Ranges, den sie auf der Stufenleiter der Lebewesen innehaben, über genau die gleichen Befähigungen verfügen, die bei der menschlichen Gattung festzustellen sind! Etwas weniger Eigendünkel und etwas mehr Selbsterkenntnis, und schon würde der Mensch zur Einsicht gelangen, daß er, nicht anders als alle anderen Tiere, nur gerade über das verfügt, was seiner Art innerhalb der Ordnung der Dinge zukommt; und daß all die Eigenschaften, die einem Lebewesen notwendig eignen, nicht etwa willkürliche Geschenke des erdichteten Urhebers an ebendieses Lebewesen darstellen, sondern zu dessen wesentlichen Lebensgrundlagen gehören, ohne die es nicht wäre, was es ist.

Kehren wir also dem spottträchtigen Lehrgebäude von der Unsterblichkeit der Seele den Rücken, da es nur dazu angetan ist, ebenso gründlich verachtet zu werden wie dasjenige von der Existenz eines GOttes, welches nicht weniger irrig und spottträchtig ist. Schwören wir dem einen wie dem anderen dieser kopfstößigen Ammenmärchen mit der gleichen Beherztheit ab, denn sie stellen lediglich die Ausgeburt von Furcht, Unwissenheit und Aberglauben dar: von derlei entsetzlichen Hirngespinsten dürfen sich Leute von unserem Schlage nicht länger Sand in die Augen streuen lassen. Meinetwegen mag sich der gemeine Pöbel so lange an ihnen weiden, wie er will; wir aber dürfen uns weder von seinen Vorurteilen noch von seinen Sitten auch nur einen einzigen Augenblick lang im Zaume halten lassen: der Pöbel mag in einer erträumten Zukunft Trost für sein Elend suchen … Wir aber wollen die Gegenwart genießen und uns um das, was da kommen mag, keine Sorgen machen; da wir uns selbst die Nächsten sind und nur unser eigenes Wohl im Auge haben, sind nur die prickelndsten … sinnlichsten Lüste gut genug, um unsere Herzen in Bann zu schlagen; ihnen allein sollen all unsere Götzendienste und Huldigungen gewidmet sein: tausend- und abertausendmal verflucht sei der entsetzliche Blendling, der es sich als erster in den Kopf gesetzt hat, das Leben der Menschen mit dergleichen Schändlichkeiten zu verseuchen: für jemanden wie ihn war selbst die greuelreichste Todesfolter noch allzu sanft. Ah! wenn man doch nur auch all jene zu einer solchen Strafe verurteilen könnte, die derart fluchwürdige Irrlehren verkünden oder befolgen.

– Meines Wissens, schwärmte Verneuil, gibt es nichts Erlösenderes als dieses Lehrgebäude; denn ihm zufolge steht fest, daß wir über unsere täglichen Handlungen nicht Herr sind und daß uns daher nichts in Schrecken versetzen noch mit Gewissensbissen erfüllen darf.

– Wer könnte in Schrecken versetzt? fragte Dorothée, wer mit Gewissensbissen erfüllt werden?

– Wankelmütige Geister, nahm Verneuil den Faden auf, Leute, die mit jenen von meinem Neffen just aufgestellten Grundwahrheiten noch nicht sattsam vertraut sind und all die törichten Vorurteile aus der Zeit ihrer Kindheit bisweilen nicht einmal dann abzuschütteln vermögen, wenn sie dies eigentlich möchten.

– Genau aus diesem Grunde, meinte Bressac, werde ich nicht müde, zu behaupten, daß man diese kopfstößigen Vorurteile gar nicht früh genug im Keime ersticken kann; es ist dies die oberste Pflicht der Eltern ... der Unterweiser ... kurz, all jener, deren Händen die Jugend anvertraut wird; und ich halte einen jeden von ihnen, der es nicht für seine vordringlichste Aufgabe erachtet, sie auszumerzen, für einen ehrlosen Kerl.

– Nach meinem Dafürhalten sind an allen religiösen Torheiten nur die irrigen Moralbegriffe schuld, warf Gernande ein.

– Das genaue Gegenteil ist der Fall, trotzte Bressac: die religiösen Vorstellungen waren die Frucht von Furcht und Hoffnung; und nur um sie zu schüren und zu befördern, stimmte der Mensch seine Moral auf die erdichtete Güte seines kopfstößigen Gottes ab.

– Meiner Seel, meinte Gernande und leerte einen Champagner nach dem anderen, ob nun das eine vom anderen herrühre oder das andere vom einen, eins steht fest: ich verachte beides zutiefst, und meine auf dem Atheismus fußende Sittenlosigkeit treibt mich dazu, die gesellschaftlichen Bande mit ebensoviel Wonne und Tatkraft zu verhöhnen und zu verspotten, wie ich die Religion zermalme.

– Diese Einstellung lobe ich mir, meinte Verneuil: all diese menschlichen Stumpfsinnigkeiten vermögen nur Einfaltspinsel in ihren Bann zu schlagen; doch Leute von Geist wie wir müssen sie ein für allemal in den Wind schlagen.

– Mehr noch, meinte d'Esterval: man muß sie vor den Kopf stoßen; unser täglich Tun und Treiben darf kein ander Ziel verfolgen, als die Moral zu untergraben und die Religion in Staub aufzulösen; nur auf den Trümmern dieser beiden Hirngespinste dürfen wir unser Erdenglück gründen.

– Ganz recht, bekräftigte Bressac; doch ist mir kein Verbrechen bekannt, das meinem Grauen vor der Moral voll und ganz gerecht würde; keines, das allen religiösen Aberglauben wunschgemäß zerschlüge. Und ist nicht all unser Handel und Wandel vollkommen harmlos. All unsere winzigen, sittenwidrigen Freveleien beschränken sich auf einige Arschfickereien, etwelche Notzüchtigungen, ein paar Blutschändereien, den einen oder anderen Mord; unsere läßlichen Sünden wider die Religion auf vereinzelte Gotteslästerungen, etwelche Entweihungen. Gibt es unter uns auch nur einen einzigen, der von sich behaupten könnte, daß ihn diese Nichtigkeiten vollauf befriedigten?

– Nein, gewiß nicht, erwiderte d'Estervals feurige Gattin; ich leide womöglich noch viel stärker als ihr unter der Mickrigkeit der Verbrechen, zu denen mich die Natur ermächtigt. Bei all unserem Tun und Treiben kommen nur Götzen und Erdengeschöpfe zu Schaden: nicht aber die Natur selbst; und gerade sie würde ich am liebsten verletzen; ich möchte ihre Pläne durchkreuzen, ihren Gang hemmen, den Lauf der Gestirne aufhalten, die im Weltall schwebenden Himmelskugeln durcheinanderwirbeln, alles, was ihr nützt, ausrotten, alles, was ihr schadet, schützen, alles, was sie erzürnt, unterstützen, kurzum, sie in ihren eigenen Werken schmählen, ihrem ganzen großartigen Getue ein Ende machen; aber das will und will mir nicht gelingen.

– Genau dies beweist, daß es keine Verbrechen gibt, sagte Bressac; dieses Wort würde nur jenen Taten gebühren, die Dorothée just aufgezählt, und ihr seht, daß dergleichen unsere Möglichkeiten übersteigt: rächen wir uns hiefür an allem, was uns in die Hände fällt, und da wir den Wirkkreis der einzelnen Greueltaten nicht ausdehnen können, wollen wir wenigstens deren Zahl vervielfachen.

Soweit war dieses philosophische Gespräch gediehen, als alle Welt gewahrte, wie eine konvulsivische Zuckung durch den Leichnam der Gernande lief. Dies jagte Victor einen solchen Schrecken ein, daß er vor Angst in die Hosen machte; doch Bressac beschwichtigte ihn alsogleich und sprach zu ihm:

– Begreifst du denn nicht, du kleiner Dummkopf, daß just dieser Vorgang den augenfälligsten Beweis für meine jüngste Behauptung liefert, derzufolge aller Materie naturnotwendigerweise Bewegung innewohnt: ihr seht, werte Freunde, daß es keineswegs einer Seele bedarf, um einen Fleischklumpen in Bewegung zu versetzen. Vermittels einer Folge ähnlicher Bewegungen wird sich dieser Leichnam zersetzen … und imgleichen neue Körper hervorbringen, die ebenso wenig eine Seele besitzen wie er selber[1]. Los, laßt uns ficken, meine Freunde, fuhr Bressac fort, indem er in Victors kotbeschmierten Hintern drang; jawohl, laßt uns ficken: ein solcher Vorgang, der nichts weiter als einen Ausdruck der natürlichen Bewegungskraft darstellt, sollte unsere Lust doch nicht schmälern. Je mehr sich uns diese Metze offenbart, um so schlimmer wollen wir sie schmählen; nur indem man ihr Schimpf und Schande antut, kommt man ihr auf die Schliche: nur indem man sie schindet, lernt man sie durch und durch kennen.

D'Esterval nimmt Madame de Verneuil in Beschlag, von der er seit geraumer Zeit höchst angetan scheint: Verneuil erstattet d'Esterval die Hörner zurück, die ihm dieser aufsetzt.

– Einen Augenblick, meint Gernande; ehe ich euch an jene köstliche Lustbarkeit gemahne, die ihr offenbar ganz außer acht gelassen habt, tut es not, daß ich dem Überfluß meiner Eingeweide freien Lauf lasse.

– Treten Sie diesethalben nur ja nicht ab, mein Oheim, meint der stetsfort arschfickende Bressac: man munkelt, der Stuhlgang sei eine Ihrer liebsten Leidenschaften; geruhen Sie doch, ihr vor unseren Augen zu frönen.

– Im Ernst, wollt ihr mir dabei wirklich zusehen? erkundigte sich Gernande.

– Aber ja doch, versetzte d'Esterval; alles, was aus dem Bereiche libertiner Verirrungen stammt, ist erhaben, und wir dürfen keine Lektion verabsäumen.

– So sollt ihr denn zufriedengestellt werden, meinte Gernande und wandte seinen gewaltigen Arsch den Zuschauern zu.

Folgt nun, wie dieser Libertin sein ekelerregendes Geschäft in Angriff nahm. Es umringten ihn jeweils vier Lustbuben; der eine

[1] Obwohl ein Körper beim Übergang vom Leben zu dem, was man unzutreffenderweise Tod heißt, jeglicher Bewegung verlustig zu gehen scheint, setzt noch in derselben Minute seine Zersetzung ein: nun ist die Zersetzung aber ein äußerst bewegungsreicher Vorgang. Demnach gibt es keinen Augenblick, in dem sich der tierische Körper in Ruhe befindet; er stirbt also nie endgültig; nur weil es ihn für unsere Begriffe nicht mehr gibt, nehmen wir an, daß es ihn auch in Wirklichkeit nicht mehr gebe: genau hier liegt der Trugschluß. Die Körper machen eine Wandlung ... eine Metamorphose durch; doch nie und nimmer befinden sie sich in einem Zustand der Regungslosigkeit. In einen solchen Zustand kann die Materie nie geraten, ganz gleich, ob sie irgendeine höhere Ordnung bildet oder nicht. Wer diese Wahrheiten zu Ende denkt, wird sehen, daß sie sehr weit führen und den Menschen einen Strich durch jegliche Moral machen.

hielt den Nachttopf unter sein Gesäß; der zweite führte ein Wachslicht dicht an das Loch, um den Vorgang gut auszuleuchten; der dritte schwanzlutschte ihn; und der vierte, ein blütenweißes Tüchlein in Händen, lippkoste ihn. Auf die beiden vorderen Gitonen gestützt, drückte der kauernde Gernande: im Handumdrehen quoll jene ungeheure Menge Kot hervor, wie er sie aufgrund der Berge an Nahrung, die er zu sich nahm, für gewöhnlich auszuscheiden pflegte, wobei es jenem Gitonen, der das Gefäß hielt, oblag, die Exkremente zu preisen …

– Was für ein Prachtstrunzen, schwärmte er, ah! Gnädigster, was für ein herrlicher Scheißdreck … Sie koten köstlich.

Hatte er sein Geschäft erledigt, so kam der mit einem Tuch gerüstete Schandknabe herbei, um die Darmwände mit seiner Zunge zu säubern, während der Träger des Topfes diesen letzteren Gernande zum Augenschein unter die Nase hielt und dabei seine Lobhudeleien noch verdoppelte. Der Mund des Lutschers fand sich alsdann mit Brunz gefüllt, den er Schluck für Schluck trinken mußte; mit dem Tüchlein wurde der Anus vollends gereinigt; und die vier arbeitslos gewordenen Gitonen beschlossen ihr Tun, indem sie reihherum des Libertins Zunge, Schwanz und Arschloch endlos lange bezüngelten.

– Oh! Fick, sprach Bressac, der Victor unverdrossen sodomisierte, welcher mittlerzeit die Arschbacken seines niedlichen Schwesterchens Cécile begrabbelte; Donnerwetter, werte Freunde, ich habe noch nie jemanden so genüßlich scheißen sehen … fürwahr, ich werde mir dies ebenfalls zur Gewohnheit machen. Los, mein Onkel, verrate uns nun, welche Lustbarkeit wir deiner Behauptung zufolge außer acht gelassen haben sollen!

– Das werdet ihr gleich sehen, sprach Gernande, bemächtigte sich Justines und ließ sie von John und Constant nahtlos auf den Leichnam seiner Frau fesseln, Bauch an Bauch; in dieser Lage, erklärte er, werde ich das an seine Herrin geschweißte Kammerkätzchen arschficken. Ihr werdet zugeben, fährt er fort, dieweil er bereits zu Werke geht, daß euch diese Spielart entgangen ist.

Dem Einfall wird von allen Seiten Beifall gezollt, und sowie Gernande geendigt hat, will ihn jedermänniglich nachahmen. Doch diese Greueltat flößt der leidgeplagten Justine einen solchen Ekel ein, daß sich ihre Gesichtszüge verzerren, sie verliert die Besinnung.

– Je nun! sprach Bressac, der gerade in ihrem Arsch steckte, so werden es eben statt einer einzigen Toten deren zwei sein: halb so schlimm.

– Man muß sie fitzen, meinte Verneuil, sie kräftig zwicken; nur so können wir, wie ich euch versichere, ihren Gliedern wieder etwas Leben einhauchen.

– Noch besser wäre es, die Nerven, wenn irgend möglich, freizulegen und diese dann zu zwacken, sprach d'Esterval, der Céciles Hinterbacken durchwalkte, dieweil er sich von einem Giton wichsen ließ.

– Es bleibt uns nichts anderes übrig, als alle Möglichkeiten auszuprobieren, indem wir mit der harmlosesten beginnen, sprach Verneuil, der bereits damit begann, das Opfer auszupeitschen, während er noch immer im Hintern Dorothées steckte, an deren Kitzler hinwiederum die kleine Rose nuckelte; wenn dieses Mittel keinen Erfolg zeitigt, so werden wir zu einem härteren greifen.

Glücklicherweise erübrigte sich dies: Justine, aufs unbarmherzigste gestriegelt, schlug die Augen wieder auf, doch herrje! dies geschah lediglich, um sich im Blute schwimmen zu sehen.

– Oh! großer Gott! sprach sie und netzte mit ihren Zähren das leblose Antlitz ihrer Herrin, gegen das ihr eigenes gepreßt ward, oh! gerechter Himmel! so werde ich denn in alle Ewigkeit das Opfer von Schmerz und Schande sein. Beeile dich, höchstes Wesen, und schneide meinen Lebensfaden entzwei; der Tod ist mir hundertmal lieber als jenes grauenvolle Leben, das ich hier führen muß.

Diese Anrufung erntete nichts denn berstendes Gelächter, und die Ausschweifungen nahmen ihren Lauf.

Nun glitscht d'Esterval aus Madame de Verneuils Hintern, den er für ein Weilchen gefeilt, tritt zu deren Gatten und fragt ihn, was ihn denn eigentlich davon abhalte, sein Weib der Schwägerin ein wenig Gesellschaft leisten zu lassen.

– Hoho! sprach Verneuil, indes er stetsfort die Gattin des Neubegierigen sodomisierte, dieser Gedanke hat dir wohl zu einem Steifen verholfen?

– Wie du siehst, erwiderte d'Esterval und zeigte sein himmelstürmend Gemächt herum; ich versichere dich, daß mich die Todesfolter dieser Lumpendirne unendlich aufreizen würde. In Tränen aufgelöst, sieht sie einfach überwältigend aus; und ich möchte sie so weit bringen, setzte dieser Lüstling schwengelschwingend hinzu, daß jene, die sie verströmt, nicht mehr nur gekünstelt sind.

– Es sei! mein Liebster, antwortete Verneuil, ich schlage in den Handel ein; doch daran knüpfe ich folgende zwei Bedingungen. Zum einen, daß du als Lohn für die Ermordung meiner Frau die deinige an mich abtrittst, denn ich bin ganz vernarrt in sie und würde sie liebend gern zu meinem Eigentum machen.

– Gebilligt, riefen d'Esterval und Dorothée wie aus einem Munde.

– Die zweite Klausel, fuhr Verneuil fort, geht dahin, daß die Marter, die du meiner ehrenwerten Lebensgefährtin bereitest, haarsträubend sei … daß sie in unmittelbarer Nachbarschaft jenes Zimmers ausgeführt werde, in dem ich mittlerzeit dein Weib vögle, so daß ich zu den Schreien deiner Blutzeugin ausspritze.

– Ich unterschreibe alles, versetzte d'Esterval; doch stelle ich meines Orts gleichfalls eine Bedingung: ich benötige eine Gattin; ich fordere Cécile von dir; es wird mir ein Hochgenuß sein, eine Tochter zu ehelichen, während noch das Blut ihrer Mutter an meinen Händen klebt.

– Oh! lieber Vater, entsetzte sich Cécile, die ob dieser grausen Vorstellung erschauerte, können Sie sich dazu verstehen, mich dieserweise hinzuopfern?

– Freilich, erwiderte Verneuil; und durch den von dir bezeigten Aberwillen wird der Vertrag nur um so eher besiegelt … Ich zeichne ihn. D'Esterval, Sie haben mein Wort; erziehen Sie mir dieses kleine Mädchen ein wenig, ich bitte Sie darum.

– Oh! Potzschlitz, meinte Bressac, wo wäre sie, um sich mit Mord und Totschlag vertraut zu machen, besser aufgehoben als in einem Haus, in dem der Mord an der Tagesordnung ist. So weit, so gut! ich aber, schloß Bressac, ich fordere das Trinkgeld dieses Handels ein.

– Und das wäre?

– Ich bitte Sie, werter Oheim, mir Ihren Sohn Victor abzutreten; dieser Jüngling verdreht mir den Kopf; vertrauen Sie ihn mir für zwei, drei Jahre an, bis ich seine Erziehung vollendet habe.

– Er könnte gar nicht in bessere Hände geraten, sagte Verneuil: möge er dein Ebenbild werden, mein Freund; etwas Besseres kann ich ihm gar nicht wünschen. In erster Linie aber solltest du seine Willensschwäche ausmerzen; weihe ihn in unsere Grundsätze ein;

schmiere das Triebwerk seiner Seele, und daß er mir ja ein Weiberhasser wird.

– Für all dies könnte er gar keinen geeigneteren Ort finden, meinte Justine; der Unglücksrabe! was für ein Jammer! wie ich ihn bedaure! und …

– Da bin ich aber ganz anderer Ansicht, fiel ihr Dorothée lebhaft ins Wort. Monsieur de Bressac ist nämlich der tüchtigste Lehrmeister, den ich kenne; ach, wenn ich doch nur zehn Kinder besäße, ich würde sie ihm allesamt anvertrauen, und zwar auf der Stelle.

– Fürwahr, werte Freunde, sprach Gernande, ich bin entzückt, wie gut ihr miteinander ins Geschäft gekommen seid; doch mir ist, als sei ich dabei als einziger leer ausgegangen.

– Aber nein, sprach Verneuil; ursprünglich wollte ich dir ja Justine abspenstig machen, doch nun überlasse ich sie dir: jammere also nicht über dein Los; wir haben keineswegs ein besseres gezogen; in unserer Runde gibt es kein schöneres, sanftmütigeres, tugendsameres Mädchen als sie. Du hast mir eine weitere Heirat angedeutet; da Justine darüber im Bilde ist, welche Richtlinien im Umgang mit deinen Gattinnen zu beachten sind, ist sie für dich geradezu unbezahlbar geworden; ich verzichte auf all die Pläne, die ich mit ihr verfolgte: du siehst, Bruderherz, daß wir dich nicht alleinlassen.

– So wollt ihr denn schon von mir scheiden? quengelte Gernande.

– Oh! ja, morgen früh; dies war zumindest unsere Absicht, erwiderte d'Esterval.

– Ich muß mich wohl oder übel damit abfinden, meinte Gernande: auf denn, so werde ich mir schleunigst eine neue Frau nehmen, damit wir uns möglichst bald wieder zu etwelchen weiteren Lustgelagen versammeln können.

Man zog sich zurück. D'Esterval, dem John und eine Vettel zur Hand gingen, geleitete Madame de Verneuil in ein wohlverriegeltes Kämmerchen, welches von Verneuils Zimmer nur durch eine hauchdünne Scheidewand getrennt war. Zum Abschied rammte ihr der grimme Gatte für einige Augenblicke den Schwengel in den Arsch: sie weinte; d'Esterval aber, der keine Lust verspürte, sie zu schonen, hatte einen erstaunlich steifen Schweif. Verneuil nahm Marceline und Dorothée mit; Cécile, Rose, Justine und zwei Gitonen bildeten Gernandes Gefolgschaft.

Das Schauspiel, das nun aufgeführt wurde, war haarsträubend. Bressac und Victor hatten sich insgeheim in d'Estervals Kammer gestohlen; letzterer machte sich zusammen mit seinem Freund Bressac einen Spaß daraus, die Mutter vom eigenen Kinde zu Tode quälen zu lassen. Das Ungestüm dieses kleinen Unmenschen dürfte nur allzu gut bekannt sein, als daß irgend jemand noch bezweifeln könnte, daß ihm dies Schauspiel ungeheures Vergnügen bereitete und daß er seine Rolle heldenhaft verkörperte. Bressac und d'Esterval wurden nicht müde, ihn wechselweise aufzuspießen, während er die von ihnen angeordneten Martern ausführte. Verneuil wurde ein paar Stunden lang darüber im unklaren gelassen, welchen Anteil sein Sohn an dieser Greueltat hatte. Wir werden bald sehen, auf welchem Umweg er davon erfuhr: zuvörderst wollen wir von der ungesehenen Haube Erwähnung tun, die man dem Opfer als Kopfputz aufgesetzt hatte. Im Wissen, daß Verneuils Gelüste nur durch die Schreie geschürt werden sollten, die er seine Frau ausstoßen hörte, hatte man ihr einen Röhrenhelm über den Schädel gestülpt, der so gefertigt war, daß ihr die Schmerzen, mit denen man sie überhäufte, Schreie entlockten, die an das Gebrüll eines Ochsen gemahnten.

– Oh! Fick, was ist denn das? wunderte sich Verneuil, als ihm diese Musik zu Ohren kam und er gerade über die d'Esterval herfiel ... man kann unmöglich berauschenderen Klängen lauschen ... was zum Teufel stellen sie bloß mit ihr an, daß sie so laut muht?

Zu schlechter Letzt legen sich die Schreikrämpfe, und statt dessen vernimmt man d'Estervals Lustkrämpfe, die wie gewöhnlich recht ohrenbetäubend ausfielen.

– Es ist vollbracht, sprach Verneuil und feuerte nun seines Orts Ficksaft in Dorothées Arsch ... nun bin ich Witwer ...

– Das will ich gerne glauben, erwiderte d'Estervals liebenswerte Gattin, die sich mittlerzeit von Marceline stipsen ließ; doch zu unserem großen Leidwesen haben wir nichts davon gesehen.

– Wer weiß, womöglich hätte ich dann weniger Lust empfunden, meinte Verneuil; das nackte Schauspiel hätte mir nichts enthüllt ... was ich nicht in- und auswendig kenne ... indem aber alles meiner Einbildungskraft überlassen blieb, ward diese viel stärker gereizt ...

– Oh! werter Freund, sprach Verneuils neue Gefährtin, was du da sagst, ist zauberhaft; ich bin in deinen Witz ganz vernarrt und vermute, daß wir allerhand scharfe Sachen zusammen anstellen werden.

– Jawohl, sprach Verneuil, aber nur unter der Bedingung, daß ich Sie entlöhne … mit Gold überhäufe; widrigenfalls würden Sie vielleicht gewärtigen müssen, daß ich auf einmal nichts mehr für Sie empfände … Des weiteren ist Ihnen bekannt, meine Teuerste, daß dieses Geld nur für Schändlichkeiten aufgewendet werden darf: Sie müssen meinen Kopf mit der Schilderung all dessen, was Sie mit diesem Geld bezahlt, in Wallung versetzen; je gräßlicher die Greueltat, um so ausgiebiger werden Ihnen neue Geldmittel zuströmen.

– Oh! Gottverhenkert, entgegnete Dorothée, von allen Spielereien, die du von mir erheischst, will mir diese am besten gefallen; wie sollte ich sie da ablehnen? Der Wert des Geldes besteht nur in der Lust, die es verschafft.

– In meinen Augen besteht sein einziger Wert darin, all meinen Liederlichkeiten und Leidenschaften als Werkzeug zu dienen, sagte Verneuil; und sollte es mir unseligerweise irgendwann ausgehen, so würde ich, wie ich zugeben muß, alles Erdenkliche tun, um zu Geld zu kommen.

– Wie! sogar stehlen würdest du?

– Oh! schlimmer noch.

– Ah! ich merke, Verneuil, daß dein Kopf in Wallung gerät; es ist unabdingbar, daß du abermals Ficksaft verlustierst.

– Laß uns doch noch ein paar neue Narreteien anstellen, mein Engel … verfüge dich in das Gemach deines Gemahls, ich höre ihn nach wie vor Fickfack treiben; halte ihn dazu an, dich von John auf dem Leichnam meiner Frau ficken zu lassen … so daß ich euch alle beide … John und Sie … entladen höre. Wenn du zurückkommst, wirst du vom Blut meiner Gattin besudelt und von Ficksaft verklebt sein; in diesem Zustand werde ich dich arschficken, denn ich spüre, daß ich dank dieses Kunstgriffes den Gipfel aller Wollust kosten werde … Doch, hör zu … höre, welche Förmlichkeiten du bei diesem Treiben beachten mußt … wie du siehst, Dorothée, schwillt er mir an, während ich dir all diese Anweisungen erteile; während du unter Johns kraftstrotzendem Glied, betone ich, vor Wonne vergehen wirst, sollst du mir aus voller Brust zurufen … «Verneuil … Verneuil, du bist Witwer und Hahnrei; just hat mein Gatte dein Weib gemordet … ich aber, ich betrüge dich …« Jawohl, mein Engel, jawohl, diese Worte sollst du mir aus voller Brust zurufen, bei deiner Rückkehr aber wirst du schon sehen, in welchen Zustand mich derlei Worte versetzen …

– Oh, Verneuil! was für glänzende Einfälle du hast! schwärmte Dorothée und schickte sich an, die Befehle auszuführen ... Oh! mein teurer Verneuil, was für ein heller Kopf du doch bist!

– Er ist bis ins Mark verdorben ... verrottet, das gebe ich gern zu; doch was will man da machen, mein Schatz! wenn mich die Ausschweifungen schon zerrüttet haben, so muß mich ihr Taumel auch wieder in Schwung bringen.

Wie baß war Dorothée erstaunt, als sie gewahrte, daß Bressac und Victor bei jenem Verbrechen, das doch in nächster Nähe begangen worden, heimlich als Spießgesellen mitgewirkt hatten! Man gab ihr mit einem Wink zu verstehen, kein Sterbenswörtchen verlauten zu lassen; doch statt John war es nun Victor, der sein Glied in ihr Gesäß glitschen ließ; und so kreischte der kleine Hurenreiter im Augenblick seiner Entladung:

– »Ich bin es, lieber Vater ... ich bin es, der deine Gattin getötet hat, und ich bin es, der dir nun Hörner aufsetzt.«

Verneuil kann sich nicht länger bemeistern; mit einem fuchsteufelswilden Schweif stürzt er in d'Estervals Zimmer: man zeigt ihm den Leib seiner Gattin, will sagen die bluttriefenden Fetzen dieser Bejammernswerten, die unter Qualen verendet war, vor deren Schilderung uns graut. Verneuil fährt seinem Sohn in den Arsch, der, wie hiebevor dargetan, Dorothée vögelt; Bressac fickt seinen Onkel; John sodomisiert Bressac; Marceline fitzt ... ermuntert alle Teilnehmer dieses außer Rand und Band geratenen Lustgelages, das lediglich abflaute, um sich dann wieder mit frischen Kräften bis zum Aufgang des Tagesgestirns hinzuziehen, das seine Strahlen zu guter Letzt auf die Trennung dieser Verbrecher senden sollte[1].

Wie man sich unschwer denken kann, schied man nur mit dem festen Versprechen auf ein baldiges Wiedersehen voneinander; jedermänniglich leistete diesen Schwur und reiste in Begleitung der neu gewonnenen Freunde von dannen.

Gernande schließlich verbrachte ein paar Tage auf dem Schloß jener Frau, auf die er ein Auge geworfen, und führte sie schon bald

[1] »Vieles läßt sich treffender ausdrücken, indem man es verschweigt (schreibt la Métrie irgendwo); man reizt die Begierden, indem man die Neubegierde des Geistes auf einen teilweise verhüllten Gegenstand lenkt, dessen Geheimnis man nur erahnen kann, wiewohl man sich damit brüsten möchte, es zu lüften.«

Aus diesen Gründen deuten wir gewisse Schauspiele lediglich an und hüllen sie in einen Schleier.

auf das seinige. Madame de Volmire konnte ihre Tochter nicht begleiten; von Gicht und Gliederfluß geplagt, war sie an ihren Sessel gefesselt: deshalb war es für Gernande ein leichtes, jenes junge Ding, sowie es in seiner Hand war, ebenso sorgsam von der ganzen Umwelt abzuschotten wie die Vorgängerin. Statt von Wahnsinn sprach man diesmal von Fallsucht; die junge Gräfin bedürfe ständiger Aufsicht; die Krankheit lasse ihr keinen Augenblick der Ruhe: die nicht gerade reich zu nennende Mutter dieser Bejammernswerten wird von Gernande mit Geschenken überhäuft, so daß sie sich gar nicht erst traut, irgend Nachforschungen anzustellen; der ganzen Geschichte wird Glauben geschenkt, man hilft mit Geld nach; und bald schon genießt der Libertin an der Seite seines frischen Opfers vollkommen unbehelligt all jene Freuden, denen er bereits mit der Vorgängerin gefrönt.

Während der Zeitspanne, in der diese neuen Bande geknüpft wurden, sann Justine auf Flucht; und zweifellos hätte sie diese auch unverweilt in Angriff genommen, wäre da nicht der Hoffnungsschimmer gewesen, daß ihr mit dieser zweiten Herrin womöglich mehr Glück beschieden sein möge als mit jener, die ihr unlängst durch die Grausamkeit dieser Ungeheuer entrissen worden. Mademoiselle Volmire, neunzehnjährig und noch weit anmutiger und sanftmütiger als ihre Vorgängerin, wußte Justine so sehr für sich einzunehmen, daß diese den Entschluß faßte, sie unerachtet aller dräuenden Gefahren zu retten. Es waren rund sechs Monate ins Land gegangen, während deren der hintervotzige Gernande dieses sanfte und liebreizende Mädchen seinen schändlichen Mutwilligkeiten unterworfen hatte; und es nahte die Zeit, wo die ganze Teufelsbrut und mit ihr die alten Abscheulichkeiten wiederkehren sollten. Justine zauderte nicht länger; sie vertraute sich ihrer jungen Herrin an … gab ihrem sehnlichsten Wunsch, deren Ketten zu sprengen, mit solcher Offenherzigkeit Ausdruck, daß ihr jene volles Vertrauen schenkte.

Es galt, die Mutter aufzuklären und ihr die Greueltaten des Comte zu enthüllen. Mademoiselle de Volmire war fest davon überzeugt, daß jene, die ihr das Leben geschenkt, unbesehen all ihrer Gebresten in Windeseile herbeifliegen würde, um sie zu befreien: doch wie sollte dies Unterfangen gelingen? immerhin wurde man tunlichst bewacht. Justine, eine erprobte Mauerbezwingerin, faßte die Mauer unter der Terrasse ins Auge; sie maß kaum dreißig Fuß.

Äußere Umfriedungen waren nicht zu erspähen; sie mutmaßt, nach der Überwindung dieser Mauern bereits auf dem Waldweg zu stehen: Mademoiselle de Volmire, in der Nacht angekommen, konnte ihre Einschätzung weder bestätigen noch berichtigen; und da sich Justine, unter der wachsamen Aufsicht der Alten, auch während Gernandes Abwesenheit keinerlei Ortskenntnisse hatte aneignen können, entschloß sich unsere heldenmütige und herzensgute Freundin kurzerhand, den Ausbruch zu wagen. Volmire richtet an ihre Mutter ein Schreiben, das in jeder Hinsicht dazu angetan ist, deren Herz zu rühren und sie dazu zu vermögen, einer derart leidgeplagten Tochter zu Hilfe zu eilen. Justine steckt den Brief zwischen ihre Brüste, umhalst diese teure und herzerweichende Frau; alsdann läßt sie sich mit Hilfe ihrer Laken bis zum Fuß der Burgfeste hinuntergleiten. Doch wie geschieht ihr, großer Gott! als sie gewahrt, daß sie noch lange nicht aus der Einfriedung entkommen war und sich erst in einem Park befand, der von himmelhohen Mauern umstarrt war, die ihrem Blick zuvor durch eine Fülle dicht stehender Bäume entzogen gewesen waren; diese dreißig Fuß hohen und drei Fuß dicken Mauern waren auf ihrer Krone mit Glasscherben gespickt … Was tun! Das Tageslicht würde sie in dieser tiefen Bestürzung überraschen. Was würde man von ihr denken, wenn man sie an einem Ort ertappte, wo man sie nur unter der naheliegenden Annahme eines offenkundigen Fluchtversuchs antreffen konnte. Würde sie sich dem Wüten des Comte wohl entziehen können? Welch Trugschluß, zu vermuten, dieser Oger könnte ihr Gnade schenken! … Er würde seinen Blutdurst an ihr stillen; des war sie gewiß; ebendiese Strafe war ihr in Aussicht gestellt worden … Umkehr kam nicht in Frage; Volmire hatte die Laken spornstreichs wieder heraufgezogen: an die Tür zu klopfen, war gewiß nicht minder verräterisch. Wenig fehlte, und unsere arme Justine hätte vollends den Verstand verloren und wäre den heftigsten Verzweiflungsausbrüchen erlegen. Wenn sie in der Seele ihres Gebieters auch nur ein Fünkchen Mitleid hätte ausmachen können, so hätte sie sich von dieser eitlen Hoffnung vielleicht für einen Augenblick täuschen lassen; aber ein Gewaltmensch, ein Unmensch, ein Weiberhasser, der seit langem nur noch auf einen guten Vorwand wartete, sie gleichfalls hinzuopfern und ihr das Blut Tropfen für Tropfen abzuzapfen, um dieserweise zu ermitteln, wie viele Stunden es bei dieser Folterart dauert, bis der Tod eintritt! wie sollte sie ihrem

Schicksal unter solchen Umständen entgehen? Nicht wissend, was aus ihr werden sollte, allenthalben Gefahr witternd, sinkt sie am Fuße eines Baumes nieder und schickt sich stillschweigend in den Willen des Ewigen. Endlich tagt es: das erste, was sie erblickt, ist der Comte höchstselbst. Er war herausgekommen, um kleinen Knaben aufzulauern, denen er durch einen Mittelsmann hatte nahelegen lassen, in seinem Park Äste zu sammeln, um sich nun das Vergnügen zu verschaffen, sie auf frischer Tat zu ertappen und sie zur Strafe bis aufs Blut auszupeitschen. Wieder einmal ist es Zeit für eine solche Strafexpedition: er vollzieht sie; er zerfetzt die Popobacken des kleinen Unglücksraben, drischt bei der Verfolgung mit seinem Spazierstock auf ihn ein, da fällt sein Auge auf Justine; er wähnt ein Gespenst zu sehen ... taumelt rückwärts. Selten nur gehört Mannhaftigkeit zu den Tugenden eines Verräters. Justine erhebt sich zitternd; wirft sich ihm zu Füßen.

– Was haben Sie denn hier verloren? richtet sich dieser Menschenfresser säuerlich an sie.

– Oh! verehrter Herr, züchtigen Sie mich, ich bin schuldig und habe keine Ausrede ...

Die Unselige ... zu allem Unglück hat sie auch noch vergessen, den Brief ihrer Herrin zu zerreißen. Gernande schöpft Verdacht; er verhört sie, eräugt das verhängnisvolle Schreiben, ergreift, verschlingt es und befiehlt Justine, ihm zu folgen.

Über eine Geheimtreppe, die in die unterirdischen Gewölbe führt, kehrt man ins Schloß zurück; dort herrschte Totenstille. Nach einigen Gangwindungen öffnet der Comte ein Verlies; er wirft Justine hinein und herrscht sie an:

– Loses Luder, ich hatte dich gewarnt, daß jenes Verbrechen, dessen du dich soeben schuldig gemacht, mit dem Tode geahndet würde; bereite dich also darauf vor, diese gerechte Züchtigung zu erleiden: morgen, sobald ich getafelt habe, werde ich dir den Garaus machen.

Abermals wird das arme Geschöpf vor diesem Untier fußfällig; doch der Herzlose packt sie bei den Haaren, schleift sie am Boden zweimal, dreimal durch den ganzen Kerker und schleudert sie schließlich mit solcher Wucht gegen die Gemäuer, daß sie beinahe an ihnen zerschellt wäre.

– Eigentlich hättest du es verdient, daß ich dir hier und jetzt alle vier Adern aufschlitzte, sprach er zu ihr und zog die Tür ins Schloß;

wenn ich aber deine Hinrichtung aufschiebe, so kannst du dich darauf verlassen, daß dies nur geschieht, um sie noch langwieriger und greuelreicher zu gestalten.

Man macht sich keine Vorstellung, was für eine Nacht Justine durchmachte; zu den geistigen Qualen gesellten sich noch manch frische Quetschung, die sie aufgrund von Gernandes Mißhandlungen erlitten, so daß diese Nacht zu einer der allerschrecklichsten ihres ganzen Lebens wurde.

Man muß selber vom Unglück verfolgt worden sein, um sich die Todesängste eines Unseligen vorstellen zu können, der stündlich seine Hinrichtung erwartet ... dem jegliche Hoffnung geraubt wurde und der nie weiß, ob jene Minute, die er gerade durchlebt, nicht bereits seine letzte sei. In der Ungewißheit, welcherlei Schmerzen seiner harren, malt er sich dieselben in tausendfältigen Farben aus, deren eine schrecklicher ist als die andere. Beim leisesten Geräusch hört er seine Henker nahen; sein Blut gefriert; sein Herz steht still; kurz, das Schwert, das seinem Leben ein Ende machen soll, peinigt ihn viel weniger als die Ungewißheit, wann sein Tod eintreten wird.

Es steht zu vermuten, daß sich der Comte zum Auftakt an seiner Frau rächte. Diese Vermutung legt uns jedenfalls jener Zwischenfall nahe, dem Justine ihre Rettung verdanken sollte. Unsere Heldin schmachtete schon seit sechsunddreißig Stunden in der just geschilderten Beklemmung, ohne daß ihr irgend Hilfe zuteil geworden wäre, da plötzlich knarrten die Türen, und zu guter Letzt tauchte Gernande auf. Er war allein; wilde Wut blitzte aus seinen Augen.

– Sie wissen, hub er an, welcher Tod Ihnen blüht: es tut not, daß dieses widerspenstige Blut tröpfchenweise verströme; wie versprochen werden Sie dreimal täglich zur Ader gelassen, denn auf dieses Experiment brenne ich schon lange; haben Sie Dank dafür, daß Sie mir eine derart gute Gelegenheit dazu verschaffen.

Ohne sich länger um eine andere Leidenschaft zu bekümmern als um seinen Rachedurst, packt das Untier Justine am Arm, sticht ihn an und verbindet die Wunde erst, nachdem drei Näpfe Blutes verströmt sind. Er hat kaum geendigt, da erschallen Schreie.

– Monsieur, Monsieur, ruft ihm eine herbeistürmende Vettel zu, kommen Sie so rasch als irgend möglich, die gnädige Frau liegt im Sterben, sie will Sie sprechen, ehe sie die Seele aushaucht.

Und die Botin fliegt zurück zu ihrer Herrin.

So vertraut man mit Freveltaten auch sein mag, die Nachricht von deren Vollendung jagt dem Täter nicht selten einen Schrecken ein. Dieser Schreckensmoment läßt die Tugend für einen kurzen Augenblick wieder in ihre Rechte treten, bevor ihr diese vom Verbrechen abermals streitig gemacht werden. Gernande stürzt Hals über Kopf hinaus, verabsäumt es, die Türen hinter sich zu schließen. Justine nutzt die Gunst der Stunde; so geschwächt sie durch eine fast vierzigstündige Fastenzeit und einen überreichlichen Aderlaß auch sein mag, schlüpft sie aus ihrem Kerker, durchmißt die Höfe; und schon steht sie auf der Landstraße, ohne auch nur von einer einzigen Menschenseele bemerkt worden zu sein …

– Marsch, spricht sie zu sich, wandern wir frischen Mutes drauflos: wenn der Starke den Schwachen zwar auch nicht ehrt, so gibt es doch immerhin einen allmächtigen Gott, der letzteren beschirmt und ihn niemals im Stich läßt[1].

Von solch trostreichen, aber trügerischen Gedanken beseelt, schreitet sie voller Zuversicht aus und gelangt des Abends, mehr denn sechs Meilen vom Schloß entfernt, zu einer Strohhütte.

Da sie ihre Gebieterin tot wähnte und nicht einmal mehr über jenen Brief mit der Anschrift von deren Mutter verfügte, gab sie jede Hoffnung auf, der jungen Volmire noch irgend von Nutzen sein zu können, und brach schon am nächstfolgenden Morgen auf, wobei sie auch den Plan, frühere oder neu hinzugekommene Klagen vor Gericht zu tragen, fahren ließ und nur noch darauf sann, ihre Schritte gen Lyon zu lenken, wo sie am achten Tage eintraf: ziemlich ermattet, ziemlich zerschabt, aber frei von Verfolgung. Nachdem sie sich ebendort ein Weilchen ausgeruht und frische Kräfte geschöpft hatte, beherzigte sie abermals ihren alten Entschluß, sich nach Grenoble zu begeben, wo ihr (wie sie sich einredete) ganz gewiß das Glück hold sein würde. Doch ehe sie diesen Plan verwirklicht, wollen wir zunächst einmal schauen, ob ihr zuvor nicht doch noch das eine oder andere zustieß, was dazu angetan wäre, dem nachsichtigen Leser übermittelt zu werden, der die Mühe auf sich zu nehmen geruht, uns zu lesen.

[1] Wie konnte Justine, von diesem auf Schritt und Tritt im Stich gelassen, nur auf diesen Gedanken verfallen?

Kapitel XVII

Einzigartiges Wiedersehen. – Ein ausgeschlagenes Angebot. – Wie Justine für eine gute Tat belohnt wird. – Unterschlupf einer Bettlerbande. – Sitten und Gebräuche dieser Leute.

NICHTS verleitet nachdrücklicher zum Träumen als das Unglück: stetsfort seelenwund und in sich gekehrt, klagt der vom Schicksal Gebeutelte voll Bitternis über die ganze Welt, ohne dabei der Gerechtigkeit halber auch nur im geringsten zu bedenken, daß Gunst und Mißgunst hienieden etwa gleichmäßig verteilt sind und es daher vollkommen unumgänglich ist, daß ein jeder sowohl am einen wie am anderen ein wenig teilhat[1].

Aufgrund einer allen Menschen eignenden Veranlagung hüllte sich Justine vorübergehend in den Trauerflor ihrer Grübeleien, da flattert ihr ein Zeitungsblatt in die Hände: ihm entnimmt sie, daß der kunstfertige Rodin aus Saint-Marcel, dieser Schandkerl, welcher sie so grausam bestraft hatte, weil sie den allerschimpflichsten Kindsmord von ihm hatte abwenden wollen, just zum hochbesoldeten Leibarzt der russischen Kaiserin ernannt worden sei.

– Großer Gott! staunte sie offenen Mundes, so steht es denn im Himmel geschrieben, daß ich stets nur Beispiele dafür erleben soll, wie das Laster belohnt, die Tugend aber in Ketten geschlagen wird! Je nun! soll er doch frohlocken, dieser Schuft, wenn dies dem Willen der Vorsehung entspricht, soll er doch frohlocken: du aber, Unglückselige, magst leiden; leiden, ohne aufzumucken; so will es der Richtspruch des Schicksals; füge dich, und wie dornenreich dein Lebensweg auch immer sein mag, wisse ihn stets festen Schrittes zu durchmessen; der Lohn ruht in deinem Herzen, und die Lauterkeit dieser Freude ist all den Gewissensbissen bei weitem vorzuziehen, die in der Brust deiner Widersacher nagen …

[1] Die Griechen stellten Jupiter zwischen zwei Behältnissen sitzend dar: im einen lagen die Wohltaten des Schicksals; im anderen dessen Wehtaten. Mit vollen Händen schöpfte der Gott wechselweise aus dem einen wie dem anderen Gefäß, um den Inhalt unter die Menschen zu verteilen; doch konnte man dabei beobachten, daß er weit öfter auf den Vorrat der Mißgeschicke zurückgriff als auf denjenigen der Segnungen.

Es entging dem armen Kind, daß die Seelen jener Leute, die seinem Dasein zum Unglück gereichten, aus solchem Holze geschnitzt waren, daß sämtliche Gewissensbisse an ihnen abprallten, und daß des Menschen Niedertracht so weit gehen kann, sich ohne jede Herzenszerknirschung dem Bösen zu verschreiben, ja, wenn ein solcher Mensch über etwas verzweifelt, dann höchstens über die Ohnmacht seiner Mittel, die es ihm nicht verstatten, noch schlimmer zu wüten.

Noch warteten allerhand überwältigende Beispiele für den Siegeszug der Boshaftigkeit auf dieses herzzerreißende Geschöpf; Beispiele, welche die Tugend zutiefst verzagen lassen ... dem Laster aber zur höchsten Lust gereichen, so daß es sich unablässig an ihnen labt; und diese Entartung mußte sie bei jener Person, der sie nun wiederbegegnen sollte, wohl in noch viel höherem Maße mit Abscheu und Bestürzung erfüllen als bei irgend jemandem sonst, denn sie eignete einem Manne, der ihr allerblutigste Schmach angetan.

Sie traf gerade die Vorkehrungen für ihre Abreise, da überbringt ihr eines Abends ein grünbewamster Lakai folgendes Briefchen mit der Bitte um postwendende Antwort:

»Eine Person (so hieß es in diesem Schreiben), die, wie Ihr glaubt, unrecht an Euch gehandelt, brennt vor Begierde, Euch wiederzusehen; sucht sie eilends auf; sie hat Euch gewisse Dinge anzuvertrauen, die möglicherweise all das wiedergutmachen, was sie Euch, wie Ihr glaubt, schuldet.«

– In wessen Auftrag kommen Sie, mein Herr? fragte Justine den Lakai: ich werde erst antworten, wenn ich weiß, wer Ihr Herr ist.

– Er nennt sich Monsieur de Saint-Florent, wertes Fräulein: er hatte einst das Vergnügen, in der Umgegend von Paris Ihre Bekanntschaft zu machen; Sie hätten ihm, so sagt er, Dienste erwiesen, für die er sich nun um jeden Preis erkenntlich zeigen will; als einflußreichster Kaufmann dieser Stadt verfügt er heute über das erforderliche Geld und Ansehen, um die segensreichen Pläne, die er mit Ihnen verfolgt, zu verwirklichen. Er erwartet Sie.

Justine überlegte nicht lange.

– Sollte dieser Mann, so dachte sie bei sich, unlautere Absichten hegen, wäre es doch kaum mutmaßlich, daß er mir in diesem Tonfall schriebe! gewiß bereut er seine verflossenen Schandtaten: er erinnert sich voller Abscheu daran, daß er mir mein Allerliebstes geraubt; daß er mich in den für eine Frau denkbar peinvollsten

Zustand gebracht, indem er Greueltat an Greueltat gereiht: er entsinnt sich der verwandtschaftlichen Bande, die uns vereinen. Oh! jaja, ihn plagen Gewissensbisse, eilen wir zu ihm; ich würde mich wider das höchste Wesen versündigen, wenn ich mich nicht dazu verstünde, sie zu stillen: kann ich es mir in all meiner Not überhaupt erlauben, eine dargebotene Hand zurückzuweisen? muß ich nicht vielmehr voll Inbrunst jede Gelegenheit nutzen, die mir der Himmel eröffnet, um mir Linderung zu verschaffen? Dieser Mann begehrt mich in seinem Palast zu sprechen; in Ansehung seines Wohlstandes wird er von Leuten umgeben sein, in deren Gegenwart er wohl zu sehr auf sich halten wird, als daß er sich erdreisten könnte, sich abermals an mir zu vergehen; und kann ich in meiner gegenwärtigen Verfassung, großer Gott! etwas anderes in ihm wachrufen denn Mitgefühl und Rücksichtnahme.

Nachdem sie diese Überlegungen angestellt, beschied Justine dem Lakaien, sie werde am folgenden Tag, gegen elf Uhr, die Ehre haben, seinem Herrn ihre Aufwartung zu machen, um ihn zu den reichen Segnungen des Schicksals zu beglückwünschen; indes es ihr … ganz anders ergangen sei. Sie legte sich zu Bett … doch zermarterte sich so sehr den Kopf darüber, was ihr dieser Mann wohl zu eröffnen hatte, daß sie die ganze Nacht über kein Auge schloß. Endlich findet sie sich bei der genannten Adresse ein: Prunk und Pracht des Hauses, eine Heerschar von Bediensteten, abfällige Blicke, mit denen dieses reiche Pack das von ihm verachtete Unglück bedenkt, all dies schüchtert sie dermaßen ein, daß sie bereits wieder kehrtmachen will, als ebenjener Lakai zu ihr tritt, welcher am Vorabend mit ihr gesprochen und sie nun unter beschwichtigenden Worten in ein Prunkgemach führt, wo sie ihren Schinder auf den ersten Blick wiedererkennt, obwohl er nun fünfundvierzig Jahre zählt und sie ihn vor ungefähr zehn Jahren zum letzten Mal gesehen. Saint-Florent erhob sich nicht einmal; statt dessen gab er Order, alleingelassen zu werden, und lädt Justine mit einem Wink dazu ein, sich neben dem Riesensessel, in dem er thront, auf einen Stuhl zu setzen.

– Ich wünschte Sie zu sehen, liebe Nichte, sprach er mit dem herablassenden Ton der Überlegenheit zu ihr, nicht etwa, weil ich der Ansicht wäre, ein großes Unrecht an Ihnen begangen zu haben; nicht weil mich unliebsame Erinnerungen zu einer Wiedergutmachung nötigen würden … darüber fühle ich mich erhaben; doch ich entsinne mich, daß Sie sich mir in der kurzen Zeitspanne unseres

Zusammenseins von einer gewitzten Seite gezeigt haben: und diese Eigenschaft ist bei dem, was ich Ihnen vorzuschlagen habe, unabdingbar; und sollten Sie darein einwilligen, so werden Sie mir derart unentbehrlich sein, daß Sie aus meinem Vermögen jenes dringend benötigte Geld erhalten werden, auf das Sie widrigenfalls vergebens hofften.

Justine wollte der Leichtfertigkeit dieser ersten Worte etwas entgegensetzen; doch Saint-Florent gebot ihr Schweigen.

– Lassen wir die Vergangenheit ruhen, meinte er; all dies war eine reine Frage der Leidenschaften; und meine Grundsätze verpflichten mich zu der Annahme, daß man ihrem Ungestüm durch keinerlei Zügel Einhalt gebieten dürfe: sobald sie ihre Stimme erheben, heißt es zu gehorchen; mir ist kein anderes Gesetz bekannt. Oder haben Sie mich über mein Schicksal jammern sehen, als ich von jenen Räubern geschnappt wurde, in deren Gesellschaft ich mit Ihnen Bekanntschaft machte? Sich auf später vertrösten und die erstbeste Gelegenheit beim Schopf packen, so man der Schwächere ist; all seine Trümpfe ausspielen, so man der Stärkere ist; dies ist meine Losung. Sie waren ein junges Juwel, Justine; Sie waren meine Nichte; wir weilten mitten in einem Walde; es gibt hienieden keine Wollust, die meine Sinne so sehr in Wallung bringt wie die Notzüchtigung einer unberührten Jungfrau; Sie besaßen damals noch diese Blume, um die ich soviel Aufhebens mache; die habe ich gepflückt, Sie genotzüchtigt; ich wäre noch handgreiflicher vorgegangen, wenn Sie mir irgend Widerstand geleistet und wenn mir nicht schon meine ersten Verunglimpfungen zum Sieg verholfen hätten. Doch vielleicht werden Sie mich nun fragen: weshalb haben Sie mich mittellos ... mitten in der Nacht ... auf einem derart fährnisreichen Pfad liegen lassen? Ah! Justine, es erübrigt sich, Ihnen meine Beweggründe zu enthüllen; Sie würden sie ja doch nicht verstehen: nur Leute, die das menschliche Herz kennen ... die seine verborgensten Winkel untersucht ... seine unergründlichsten Abgründe erforscht haben, könnten Ihnen diese Verkettung von Verirrungen begreiflich machen. Ich stand in Ihrer Schuld, Justine; Sie hatten mir geholfen, meine Ketten zu sprengen; Sie hatten sich ein Anrecht auf meine Erkenntlichkeit angemaßt; überdem waren Sie mit mir blutsverwandt: kurzum, was bräucht es mehr, um jemanden von meinem Schlage dazu zu treiben, alle erdenklichen Frevel an Ihnen zu verüben.

– Oh! Monsieur, für derlei Greueltaten sollte man, Ihren Worten zufolge, auch noch Verständnis aufbringen können?

– Aber ja doch, Justine; oh ja; bei der Seele eines Libertins ist alles verständlich; in ihr sind sämtliche Verirrungen miteinander verstrickt; und sobald man auch nur eine einzige durchschaut hat, lassen sich alle anderen leichtlich erahnen. Das haben Sie am eigenen Leibe erfahren: just nachdem ich Sie genotzüchtigt und geschlagen (denn geschlagen habe ich Sie, Justine), eh nun! keine zwanzig Schritte weiter malte ich mir aus, in welcherlei Zustand ich Sie zurückgelassen, und diese Vorstellung verlieh mir alsogleich frische Kräfte für neue Frevel, die ich unter anderen Umständen vielleicht niemals an Ihnen verübt hätte; Sie waren erst gevotzfickt, ich kehrte eigens zurück, Sie zu arschficken: und hätten Sie noch tausend andere Jungfernschaften besessen, ich hätte sie allesamt gepflückt, eine nach der anderen. So ist es denn wahr, daß die Wollust in gewissen Seelen dem Schoße des Verbrechens entspringen kann ... was sage ich! so ist es denn wahr, daß sie einzig und allein vom Verbrechen wachgerüttelt und hervorgelockt wird und daß das Verbrechen jedwede Lust auf Erden befeuert und befördert.

– Oh! Monsieur, wie abscheulich!

– Hätte ich nicht noch viel verwerflicher handeln können? Ich hätte Sie töten können, Justine; ich will Ihnen nicht verhehlen, daß mich jählings Mordlust anwandelte; Sie haben doch sicher gehört, wie ich Ihnen in ebendieser Absicht hinterherjagte; und hätte ich Sie erwischt, so wäre es um Sie geschehen gewesen. Doch da Sie bereits am Hungertuch nagten, wußte ich, daß das Leben für Sie schlimmer sein würde als der Tod, und dies tröstete mich über den Umstand hinweg, Sie nicht mehr gefunden zu haben. Doch lassen wir das, mein Kind; und gehen wir zu der Angelegenheit über, in der ich Sie zu sprechen begehrte.

Diese meine unsägliche Vorliebe für die eine wie die andere Jungfernschaft eines kleinen Mädchens ist keineswegs von mir gewichen, Justine, fuhr Saint-Florent fort. Damit verhält es sich wie mit allen anderen Verirrungen der Unzucht; mit den Jahren wird alles nur noch schlimmer. Alte Frevel gebären neue Begierden, und diese Begierden zeugen neue Verbrechen. Aber all dies wäre noch gar nichts, wenn man den Erfolg nicht mit Mitteln anstrebte, die bereits für sich genommen höchst sündlich wären; denn da der Durst nach Bösem der stärkste Treibdorn unserer Mutwilligkeiten ist, wird unsere Erregung um so heftiger, je verbrecherischer die Wege sind, die wir einschlagen. Wenn man erst einmal an diesem Punkte angelangt ist, beklagt man sich höchstens noch über die Unzulänglichkeit seiner Möglichkeiten; je mehr Abscheulichkeit ihnen innewohnt, desto prickelnder unsere Lust; und dieserweise versinkt man tiefer und tiefer im Sumpf des Lasters, ohne auch nur die leiseste Lust zu verspüren, sich aus ihm zu befreien. Das ist meine Krux, Justine: meine Opferfeste erfordern tagtäglich zwei zarte Kinder; habe ich mich an ihnen gütlich getan: so müssen diese Geschöpfe, die mir soeben noch Liebkind gewesen, nicht nur aus meinem Blickfeld, sondern spornstreichs auch aus der Stadt verschwinden; erst dann habe ich all meine Grillen befriedigt. Es würde nämlich die Freuden des folgenden Tages trüben, wenn ich mir vorstellen müßte, daß die Opfer des Vortages noch dieselbe Luft atmeten wie ich: sie mir vom Halse zu schaffen, ist ein Kinderspiel. Hättest du das geahnt, Justine? jenes vielköpfige Völkchen von Unzuchtsopfern, das im Herzen des Languedoc und der Provence schmachtet, ist eine Frucht meiner Ausschweifungen[1]. Eine Stunde nachdem mir diese kleinen Mädchen zu Willen gewesen sind, werden sie von verläßlichen Sendlingen auf Schiffe verfrachtet und an die Kupplerinnen von Nîmes, Montpellier, Toulouse, Aix und Marseille verschachert. Da ich am Gewinn dieses Handels zu zwei Dritteln beteiligt bin, werde ich für die Unkosten, die mir diese Geschöpfe bescheren, reichlich entschädigt, so daß ich imgleichen meine beiden liebsten Leidenschaften befriedigen kann ... meine Unzucht und meine Habsucht. Doch kostet es mich beträchtliche Mühe, die Kleinen aufzustöbern und zu umgarnen. Zumal die Herkunft der Opfer großen Einfluß auf meine Geilheit hat: es ist mein Wunsch, daß sie allesamt aus jenen Freistätten des Elends geholt werden, wo sich Mut, Eigenstolz und Zartgefühl angesichts des Wunsches zu überleben und der Aussichtslosigkeit dieses Unterfangens verflüchtigen, wo jede Seele gebrochen und dazu gezwungen wird, sich zu allem bereit zu erklären, was ihre eitle Hoffnung nährt, sich wenigstens das Aller-

[1] Dies ist mitnichten ein Ammenmärchen: dieser Mensch hat tatsächlich in Lyon gelebt: auch was hier über seine Winkelzüge gesagt wird, entspricht den Tatsachen; er hat die Ehre von mehr denn zwanzigtausend kleinen Mädchen geschändet. War er mit seinem Treiben zu Ende, so wurden sie jeweils auf der Rhone eingeschifft; und die fraglichen Provinzen wurden während dreißig Jahren ausschließlich mit Unzuchtsgeschöpfen versorgt, die diesem Libertin zum Opfer gefallen waren.

notwendigste sichern zu können. Ich lasse jeden einzelnen dieser Schlupfwinkel erbarmungslos durchforsten: es übersteigt jede Vorstellungskraft, was ich alles aus ihnen herauspresse. Es kommt noch schlimmer, Justine: Betriebsamkeit, ein blühendes Gewerbe, bescheidener Wohlstand würden meine Seelenfängerei untergraben und mich um einen beträchtlichen Teil meiner Opfer bringen. Diese Klippen umschiffe ich dank dem Einfluß, den ich in dieser Stadt genieße; ich verursache Schwankungen auf dem Arbeitsmarkt und bei den Lebensmittelkosten; dies läßt die Klasse der Armen anwachsen, und indem ich ihnen zum einen die Möglichkeit zur Arbeit raube und zum anderen ihre Lebensbedingungen erschwere, schnellt die Zahl jener Geschöpfe, die mir das Elend in die Hände spielt, in die Höhe. Diese Schliche sind altbekannt, mein Kind: der Mangel an Holz, Getreide sowie weiteren Nahrungsmitteln, unter dem Paris seit Jahr und Tag leidet, ist auf dieselben Gründe zurückzuführen, die auch mich beseelen: Gewinnlust und Lustgewinn. Die unzähligen Fäden, die um der Leidenschaften willen über die Strohdächer der Armen gespannt werden, laufen im Herzen goldgetäfelter Säle zusammen. Doch so geschickt ich auf der einen Seite auch Druck ausüben mag, all dies ist verlorene Liebesmüh, wenn es mir auf der anderen Seite an findigen Fingern fehlt, welche die Früchtchen flink pflücken: dann gerät das ganze Getriebe ins Stocken, und es fruchtet gar nichts mehr, wenn ich mit dem Aushecken immer neuer Schliche meinen Einfallsreichtum und mit dem Anzetteln immer neuer Unternehmungen mein Vermögen erschöpfe. Ich benötige folglich eine anstellige und gewitzte junge Frau, die selber auf den dornenreichen Pfaden des Elends gewandelt ist und daher besser als irgend jemand sonst Mittel und Wege kennt, Notleidende zur Ausschweifung zu verleiten; eine Frau, deren geübtes Auge den Schattenseiten des Schicksals bis auf die düstersten Dachböden nachspürt und die mit ihren Verführungskünsten die Opfer dazu bringt, sich auf ebenjenen Wegen von der Not zu befreien, die ich ihnen ebne; kurzum, eine Frau von Geist, die nicht Gewissenszweifel noch Erbarmen kennt und die nichts unversucht läßt, um den Erfolg herbeizuzwingen ... die nicht davor zurückschreckt, die letzten Strohhalme abzuschneiden, an denen sich diese Unglückseligen in ihrer Hoffnungslosigkeit festklammern und die sie davon abstehen lassen, den entscheidenden Schritt zu tun. Ich verfügte über eine erstklassige Frau, auf die Verlaß war; sie ist vor kurzem verstorben.

Unfaßbar, wie weit diese köstliche Kreatur in ihrer Unverschämtheit gegangen ist: nicht nur, daß sie ihr Opfer jeweils derart in die Enge und Vereinzelung trieb, daß es sich gezwungen sah, sie auf Knien um Gnade anzuflehen; nein, wenn der Untergang durch diese Mittel nicht rasch genug zu besiegeln war, so scheute sich die Schurkin nicht, diese Elendskinder eigenhändig auszurauben: sie war ein Goldschatz. Zwei Opfer am Tag genügen mir; sie aber hätte mir deren zehn verschafft, wenn ich es nur gewollt hätte. Dies hatte zur Folge, daß meine Auswahl größer wurde und mich dieser Überfluß an Rohstoffen, die für meine Unternehmungen bestimmt waren, für meinen Aufwand entschädigte. Diese Frau muß ersetzt werden, meine Teure: dir würden vier weitere unterstehen, und dein Lohn betrüge zweitausend Ecus. Mehr kann ich nicht bieten: deine Antwort, Justine. Vor allem aber mögen dich nicht irgendwelche Hirngespinste davon abhalten, dein Glück zu machen, jetzt, wo dir der Zufall und meine Güte für einmal die Möglichkeit dazu eröffnen.

– Oh! werter Herr, antwortete Justine diesem ungehobelten Kerl, dessen Worte sie erschauern ließen, ist es denn die Möglichkeit, daß Sie derlei Lustbarkeiten ausbrüten und sich erst noch erdreisten, mir den Vorschlag zu unterbreiten, sie zu befördern? Was für Greuel muß ich mir da anhören! Rohling, wenn Sie einmal auch nur zwei Tage im Elend schmachten müßten, so würden Sie merken, wie sich diese entmenschte Gesinnung in Windeseile aus Ihrem Herzen verflüchtigte; der Wohlstand verblendet und verhärtet Sie: nur weil Sie sich selber gegen das Elend gefeit wähnen, läßt Sie dessen Schauspiel kalt; und nur weil Sie hoffen, es niemals am eigenen Leibe erfahren zu müssen, fühlen Sie sich dazu berechtigt, es anderen zuzumuten. Möge ich vom Glück verschont bleiben, wenn es einen so sehr zu verderben vermag! Grundgütiger Himmel! sich nicht einmal damit begnügen, das Elend zu mißbrauchen ... sondern Dreistigkeit und Wildmütigkeit so weit treiben, es auch noch zu verbreiten ... in die Länge zu ziehen, und dies einzig zur Befriedigung irgendwelcher Gelüste! Welch Unbarmherzigkeit, werter Herr! für eine derartige Unmenschlichkeit liefern selbst die wildesten Tiere kein Beispiel!

–Da irrst du, Justine, sprach Saint-Florent; der listige Wolf läßt keinerlei Hinterschlächtigkeit unversucht, um das Lamm in seine Falle zu locken. Derlei Schliche entsprechen der Natur, die Wohltätigkeit hingegen nicht: letztere ist lediglich ein Anzeichen von

Schwäche und wird vom Sklaven nur gepredigt, um das Herz seines Herrn zu erweichen und ihn mildmütiger zu stimmen; sie meldet sich stets nur in zwei Fällen zu Wort: entweder wenn ein Mensch befürchtet zu unterliegen, oder wenn er bereits der Schwächere ist: den Beweis für die Unnatürlichkeit dieser vorgeblichen Tugend liefert der Umstand, daß sie ausgerechnet jenen Menschen unbekannt ist, die mit der Natur noch am stärksten verbunden sind. Der Wilde hat für sie nur Verachtung übrig und tötet seinesgleichen ohne jede Gnade, sei es aus Rachsucht, sei es aus Habsucht ... Und müßte er die Tugend, wenn sie denn in sein Herz geritzt wäre, nicht achten? Doch hat sie dort nicht einmal die flüchtigste Spur hinterlassen. Indem die Kulturgesellschaft die Menschen veredelte und die Standesunterschiede einführte, stellte sie den Reichen und den Armen einander gegenüber und weckte dieserweise die Furcht des ersteren, durch einen Standeswechsel zur Bedeutungslosigkeit des letzteren verdammt zu werden; dies ließ in seinem Geist den Wunsch wach werden, dem Unglück beizustehen, um seines Orts Beistand zu erhalten, falls er dereinst seiner Reichtümer verlustig gehen sollte. Und schon war die Wohltätigkeit geboren, eine Frucht der Furcht und der Kulturgesellschaft; die Tugend ergibt sich also lediglich aus den äußeren Umständen und nicht im entferntesten aus einer natürlichen Empfindung, denn die Natur haucht uns nur einen einzigen Wunsch ein: uns Befriedigung zu verschaffen, koste es, was es wolle. Wenn man, wie Sie, alle Gefühlsregungen in einen Topf wirft und nie etwas genau zergliedert, dann wird man für alles blind und vergällt sich jeglichen Genuß.

– Ah! lieber Herr, entgegnet Justine voll Inbrunst, kann es denn etwas Süßeres geben, als Not zu lindern? Sehen wir einmal von der Befürchtung ab, dereinst selber leiden zu müssen. Gibt es eine tiefere Genugtuung, als jemanden zu Dank zu verpflichten; sich an den Tränen der Erkenntlichkeit zu erlaben; sich zusammen mit einem Notleidenden über jenes Glück zu freuen, das man ihm beschert, zumal es ihm, wiewohl er unseresgleichen ist, sogar an solchen Dingen ermangelt, die für Sie ein Grundbedürfnis darstellen; ihm zuzuhören, wie er Sie in Lobgesängen preist und Sie seinen Vater heißt; auf einer vor lauter Mißerfolg, Gottverlassenheit und Verzweiflung zerfurchten Stirn Heiterkeit zu verbreiten? Nein, Monsieur, es gibt hienieden keine vergleichbare Wollust; immerhin ist es doch auch diejenige Gottes; und das Heil, welches er jenen Leuten verheißt, die ihm auf Erden gedient haben, besteht ja just in der Aussicht, im Himmel das Glück der anderen zu teilen oder zu befördern. Dies ist der Mutterschoß aller Tugenden, Monsieur: man wird ein besserer Vater, ein besserer Sohn, ein besserer Gatte, sobald man erfahren hat, wie wunderbar es ist, Unglück zu lindern. Man ist versucht zu sagen, daß die alleinige Gegenwart eines barmherzigen Menschen, gleich einem Sonnenstrahl, rundherum nur gutes Wohlgedeihen, Milde und Glückseligkeit verbreite; und so zählt denn, nebst dem Urherd des himmlischen Lichtes, gerade auch die rechtschaffene, feinfühlige und empfindsame Seele, deren höchstes Glück darin besteht, die Seligkeit der anderen zu befördern, zu den größten Wundern der Natur.

– Reiner Schwulst, Justine, versetzte dieser hartherzige Mann: die Lüste des Menschen hängen davon ab, welcherlei Organe er von der Natur empfangen hat. Diejenigen der schwachen Menschen, und somit auch der Weibsbilder, führen unweigerlich zu seelischen Freuden, die für solche Schwächlinge gewiß angenehmer sind als physische Freuden, die in einem Körper ohne Kraft und Saft ihre Wirkung gar nicht recht entfalten können. Umgekehrt verhält es sich mit den starken Seelen, die sich viel trefflicher ergötzen, wenn sie ihre Umwelt heftigen Erschütterungen aussetzen, als wenn die Leute in ihrem Umfeld sanfte Empfindungen genießen; kurzum, aufgrund dieses ihres Gliederbaus ist es unvermeidlich, daß sie dem, was die anderen auf zarte Weise anwandelt, all das vorziehen, was diese auf schmerzhafte Weise berührt. Dies ist auch schon der ganze Unterschied zwischen einem grausamen und einem sanftmütigen Menschen: beide sind für Gefühle empfänglich; doch jeder in einer anderen Hinsicht. Ich leugne nicht, daß es sowohl für den einen wie für den anderen Menschenschlag Lustbarkeiten gibt; doch im Einklang mit zahlreichen Philosophen behaupte ich, daß jene des kräftiger gebauten Menschen wohl oder übel heftiger ausfallen müssen als jene seines Gegenspielers: wenn man nun von diesen Lehrgebäuden ausgeht, so kann, ja muß es sogar einen Menschenschlag geben, der jeglicher Einflüsterung der Grausamkeit ebenso viel Lust abgewinnt, wie die anderen aus der Wohltätigkeit schöpfen; diese letzteren Freuden werden milder, erstere aber würziger sein ... Die einen werden zweifellos verläßlicher und unverfälschter sein, da sie die Neigungen der Kinder und all jener Menschen auszeichnen, die noch in der Wiege der Natur liegen und die Zwänge der Kulturgesellschaft noch nicht kennengelernt haben; die anderen sind die bloße Folge ebenjener Kulturgesellschaft, mit anderen Worten trügerisch und ohne jedes Salz. Wie dem auch sei, mein Kind, da wir uns ja weniger getroffen haben, um der Philosophie zu obliegen, als vielmehr, um eine Entscheidung zu fällen, seien Sie doch so gütig, mich wissen zu lassen, wie Ihr letztes Wort lautet ... Willigen Sie in das von mir vorgeschlagene Angebot ein, ja oder nein?

– Ich schlage es natürlich aus, werter Herr, sprach Justine und erhob sich: ich bin mausarm ... oh! ja, mausarm, Monsieur; indes, da ich dafür mit Herzensregungen reicher gesegnet bin als mit irgendwelchen anderen Glücksgütern, werde ich erstere auf keinen Fall opfern, um in den Besitz der letzteren zu gelangen; ich werde in Bedürftigkeit zu sterben wissen, doch mich wider die Tugend versündigen ... nie und nimmer.

– Hinaus, entgegnete dieser fluchwürdige Mann kaltsinnig, und daß ich von Ihnen nur ja keine Ohrenbläserei zu befürchten habe; sonst würden Sie schon bald an einen Ort verfrachtet, wo ich nichts dergleichen mehr von Ihnen zu gewärtigen hätte.

Nichts ermutigt die Tugend so sehr wie die Befürchtungen des Lasters. Weit weniger bänglich, als sie es sich selbst zugetraut hätte, versprach Justine diesem Schurken zwar, daß er von ihrer Seite nichts zu befürchten habe, ermahnte ihn jedoch, daß er ihr zumindest jenes Geld zurückerstatten müsse, das er ihr entwendet.

– Sie können bestimmt nachfühlen, lieber Herr, sprach sie zu ihm, wie unentbehrlich mir dieses Geld in meiner gegenwärtigen Lage ist; und ich halte Sie für allzu rechtschaffen, als daß Sie es mir verwehren könnten.

Doch das Untier erwiderte steinern, daß es ganz bei ihr liege, etwas zu verdienen, wenn sie jedoch jede Mühe scheue, so sei er keineswegs verpflichtet, ihr irgend unter die Arme zu greifen.

– Niemals, Monsieur, versetzte sie standhaft, niemals, ich wiederhole Ihnen: lieber stürbe ich tausend Tode, als mein Leben um diesen Preis zu retten.

– Und was mich angeht, höhnte Saint-Florent, so bereitet mir nichts größeren Verdruß, als mein Geld an jemanden zu verschenken, der keinen Finger dafür gerührt hat. Doch unbesehen Ihrer unverschämten Absage wäre es mir nicht unangenehm, noch ein Viertelstündchen mit Ihnen zu vertändeln: verfügen Sie sich in dieses Lustgemach, so mögen ein paar Augenblicke der Willfährigkeit Ihren Geldhaushalt wieder in Ordnung bringen.

– Ich verspüre nicht die geringste Lust, Monsieur, die Liebedienerin Ihrer Ausschweifungen zu spielen, sei es auf diese oder auf jene Weise, versetzte Justine kaltsinnig: ich will Ihnen nicht einmal die Genugtuung verschaffen, Sie um eine milde Gabe anzubetteln; ich poche lediglich auf das, was mir von Rechts wegen gehört ... was Sie mir auf nichtswürdige Weise abgeknöpft haben. Doch behalt es ruhig, Herzloser, behalt es, wenn dir dies geraten scheint; betrachte meine Tränen ohne jede Rührung; lausche, so du es vermagst, der klagenden Stimme der Not, ohne dich erweichen zu lassen; doch falls du dir auch noch diese Schändlichkeit erlauben solltest, so magst du eines bedenken: je höher der Preis, den ich hiebei zu bezahlen habe, um so größer mein Recht, dich bis in alle Ewigkeit zu verachten.

Justine hätte sich an dieser Stelle daran erinnern müssen, daß ihr die Tugend noch nie Glück gebracht, ganz gleich, ob sie deren Gebote befolgte oder nur deren Sprache im Munde führte. Saint-Florent zieht eine Glocke; sein Kammerbursche tritt auf den Plan:

– Hier, sprach der Unhold zu diesem Handlanger seiner Ausschweifungen, ein junges Ding, das mich einstmals bestohlen hat; es wäre meine Pflicht und Schuldigkeit, sie an den Galgen zu bringen: indessen bin ich so frei, ihr das Leben zu retten; da es aber unabdingbar ist, die Gesellschaft von ihr zu erlösen, mögen Sie sie ergreifen und auf der Stelle in jener wohlverriegelten Kammer einsperren, über die wir dort oben verfügen; bei guter Führung wird sie ihr zehn Jahre als Karzer dienen; wenn wir Grund zur Klage haben, als ewiges Grab.

Lafleur nimmt Justine augenblicks in den Griff und schickt sich an, sie mit sich fortzuschleppen, als sie derart markerschütternd zu schreien beginnt, daß Aufruhr zu befürchten steht. Saint-Florent, mutschnaubend, wickelt ihren Kopf in ein Tuch und läßt ihre Hände fesseln; alsdann ist er sich nicht zu gut, seinem Bediensteten selber zur Hand zu gehen, und die beiden verfrachten diese Leidgeprüfte auf den Dachboden und werfen sie dortselbst in eine wohlverschlossene Kammer, so daß man weder ihr Wehgeschrei noch ihre Flucht zu befürchten hatte.

Sie weilte noch keine Stunde dort, als Saint-Florent auf den Plan trat; mit Lafleur im Schlepptau:

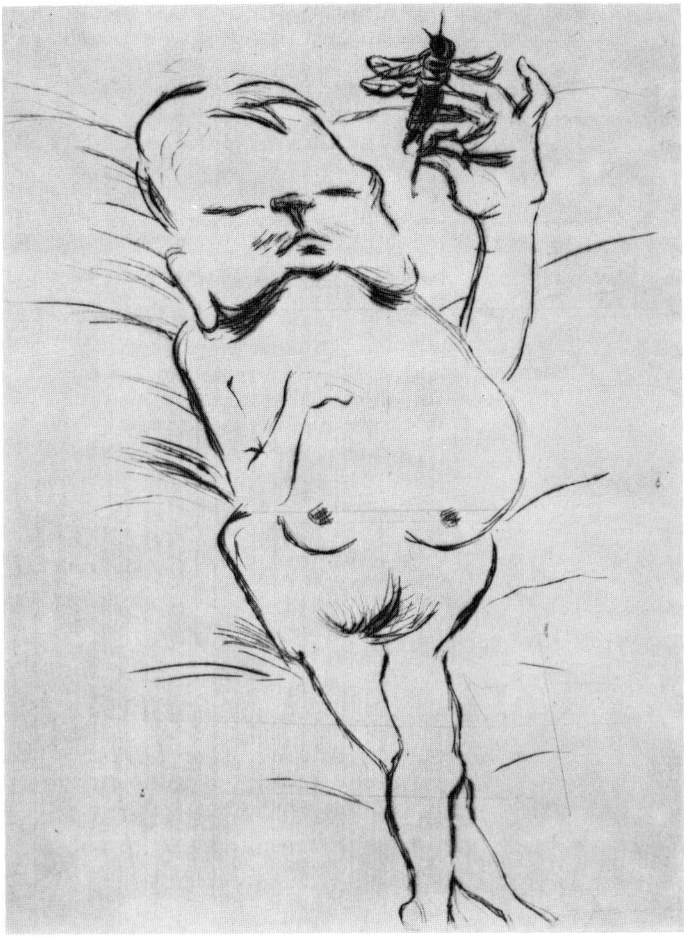

Maria Lassnig, *Der Erwachsene im Kind*, 1967

– Nun denn, sprach dieser Lustteufel zu ihr, wagen Sie es noch immer, sich meinen Grillen zu verschließen?

– Mein Wille hat sich nicht gewandelt, versetzte Justine stolz, lediglich meine Möglichkeiten sehen sich eingeschränkt.

– Um so besser, erwiderte Saint-Florent; dann werde ich eben wider Ihren Willen zu Werke gehen, schließlich ist gerade dieser Umstand ein unverzichtbarer Bestandteil meiner Gelüste: man möge mir diese Metze entkleiden ... Hoho, höhnte Saint-Florent, sowie er das unselige Brandmal eräugte, mir scheint, meine teure Nichte war nicht immer so tugendfest, wie sie uns weismachen will, denn hier prangen Narben der Schande, die uns in befriedigender Weise über ihr wahres Tun und Treiben aufklären.

– Allerdings, gnädiger Herr, sprach Lafleur, dieses Luder könnte Sie um Ihren guten Ruf bringen; sobald Sie sich an ihr gütlich getan, sollten Sie es sich geraten sein lassen, sie in ein Verlies zu stecken, auf daß man nie mehr etwas von ihr höre.

– Lieber, lieber Herr, fiel ihm Justine voller Ungeduld ins Wort, geruhen Sie, mich anzuhören, ehe Sie mich verurteilen.

Und alsdann klärt das arme Mädchen das ganze Mißverständnis auf. Doch mit welcher Unschuldsmiene sie ihre unselige Geschichte auch berichten mag, Saint-Florent bleibt ungläubig, ja er verdoppelt seine Sticheleien sogar; in seinem ungebrochenen Eifer überhäuft dieses Ungeheuer das himmlische Mädchen mit Schmach und Schande, wiewohl es in den Augen des höchsten Wesens gewiß ein weit wertvollerer Mensch war als er. Justine, fasernackt, wurde von diesen beiden Männern grob angefaßt; dazu genötigt, die lüsternen Grabschereien ... die eklen Streicheleien des einen wie des anderen gleichermaßen über sich ergehen zu lassen: ihr Aberwille ... ihr Sträuben ... alles war umsonst, sie mußte sich fügen.

– Weißt du eigentlich, sprach der Herr zu seinem Vertrauten, ob unten noch ein kleines Mädchen auf mich wartet?

– Dem müßte so sein, gnädiger Herr; es wäre höchste Zeit, und Sie kennen die Pünktlichkeit Ihrer Handlanger.

– Hol es mir herauf.

Und während der Kammerbursche seinen Auftrag ausführt, ergötzt sich der Erzlüstling an Spielchen, wie man sie sich gar nicht vorstellen kann. Welch rabenschwarze Auswüchse der Entartung! es macht ganz den Augenschein, als verlöre der Mensch noch den letzten Funken Verstand, wenn er zum Sklaven seiner Gelüste wird; fürwahr, in solchen Augenblicken gibt es zwischen ihm und einem Verrückten kaum mehr einen merklichen Unterschied. Der Schmutzfink, mehr aus Lust, dieses herzerweichende Geschöpf herabzuwürdigen, als aus irgendeiner anderen wollüstigen Regung heraus ... denn wie sollte sich letztere bei solchen Scheußlichkeiten auch einstellen! ... der Schandbube, sage ich, spuckte mitten ins Zimmer und zwang Justine, die Stelle mit ihrer Zunge blank zu lecken. Sie weigert sich; in ihren wenigen Worten schwingt noch Eigenstolz mit. Saint-Florent packt sie und zwingt ihren Kopf zu Boden:

– Nichtsnutz, spricht er, während er sie zur Befriedigung seiner schmutzigen Begierden nötigt, es steht dir wohl zu Gesichte, dich meinen Mutwilligkeiten zu verschließen; du müßtest dich eigentlich schon überglücklich schätzen, ihnen überhaupt noch dienen zu dürfen; solltest du ihnen da nicht vielmehr geflissentlich zuvorkommen? sobald mein Opfer vor dir steht, erwartet dich noch viel Schlimmeres ...

Und schon kam das angekündigte Opfer.

Es handelte sich um ein Kind von acht Jahren, das vollkommen verelendet und heruntergekommen war, so daß es eigentlich nichts denn Mitleid hätte einflößen dürfen.

– Eigenhändig sollst du dieses kleine Mädchen losspendeln, befahl Saint-Florent der niedergeschmetterten Justine; aus deinen Händen will ich sie empfangen: Lafleur, streiche während dieses Schauspiels meinen Schwanz.

Und der Schamlose begrabbelte die Hinterhälften seines Vertrauten, während ihn dieser aufs fingerfertigste entweihte.

– Ebne mir die Wege, sprach der Libertin zu unserer Heldin; netze eigenmündig die Fut dieses Kindes, und tränke sie mit Speichel.

Von seinem Kammerdiener gelenkt, wird Saint-Florent vorstellig: in Sekundenschnelle ist die Feste erstürmt; Schreie, Widerbockigkeit, Zähren, Wehgeschrei, kratzende Nägel, nichts bringt ihn aus der Ruhe; gegenteils, er liebt es sogar, verletzt zu werden, und in dieser Absicht läßt er seinem Opfer jede Freiheit; für unsere arme Waise aber gelten ganz andere Spielregeln: sie muß sich während des Opferfestes als Tummelplatz der Wollüste zur Verfügung stellen. Lafleur fläzt sich aufs Bett; zieht Justine zu sich herab, votzt bei ihr ein, zwingt sie in seine Arme und bietet den Arsch unserer Herumstreicherin in ebendieser Stellung Saint-Florents Anfechtungen aus. Mit einer langen, ehernen Nadel bewehrt, gefällt sich das stetsfort fickende und mädchenzerfetzende Untier darin, die ihm entgegenquellenden Fleischmassen zu zerstechen: jeder Nadelstich läßt Blut hervorsprudeln; und als der Unhold zu guter Letzt sieht, wie es an den Schenkeln dieser Unglücklichen hinunterrinnt und auf das Antlitz des niedlichen, von ihm gevotzfickten Mädchens tropft, sinnt er auf einen Stellungswechsel.

– Laß uns arschficken, wendet er sich an Lafleur; sodomisiere Justine in ebendieser Stellung; ich aber brauche die meinige nur schnell auf den Bauch zu drehen.

Zunächst jedoch ergeht an das kleine Mädchen der Befehl, seinen Allerwertesten Justine auszuschwenken, die ihres Orts Order erhält, ihn zu netzen, nicht anders, als sie es hiebevor mit der Fut getan. Saint-Florent sodomisiert, Lafleur arschfickt, und schon klafft Justines Votze der verhängnisvollen Nadel entgegen.

– Ah! Fick, schwärmt der taumelnde Saint-Florent, welch Herzensfreude, eine Votze zu zwicken und einen Hintern zu ficken! … Die Schlitzbübin! … Was meinst du dazu, Lafleur? … Ich könnte sie spicken als wie ein Masthuhn.

Und schon wurden auch alle übrigen Körperstellen, die Justine ihrem Schinder darbot, derselben Behandlung unterzogen wie der Rest … allüberall quoll Blut hervor.

– Just in diesem Zustand will ich ihr die Ehre erweisen, sie abermals zu vögeln, sprach Saint-Florent, indem er aus dem Arsch seiner Jungfrau glitschte, um sich in jener Scheide einzunisten, die er eben noch gemißhandelt. Ah! stöhnte er und schmiegte sich eng an seine Blutzeugin, ich liebe nichts so heiß, wie wenn meine Schenkel vom Blut umflutet werden, welches mein Jähzorn hervorquellen läßt.

Und da er seine Fickliese alsogleich emporwuchtet, glitscht der Schwengel seines Kammerburschen aus Justines Arsch, wo er ihn flugs ersetzt.

– Rolle dich unter ihren Leib, spricht er zu Lafleur, und räche dich an meinem Arsch dafür, daß ich dich vom Wege abgebracht; meinst du etwa, mein Anus könne es nicht mit demjenigen einer Hure aufnehmen? …

Alles wird ins Werk gesetzt; und nun sind es die Popobacken des kleinen Mädchens, die von der unheilvollen Nadel zerfetzt werden.

Indes, Saint-Florent gerät in Wallung, sein Sperma droht zu verspritzen; er arschfickt, läßt sich sodomisieren, quält: welch köstliche Spielereien für einen Libertin, der aus solchem Holze geschnitzt ist!

– Ahch! … ahch! … ahch! … keucht er. (Wir kupfern hier lediglich seine Leidenschaft naturgetreu ab.) … Ahch! … ahch! … ahch! man reiche mir Messer … Dolche … Pistolen … ich will morden … metzeln … zerschnetzeln … alles um mich herum umbringen.

Und endlich hauchen die schamlosen Hoden dieses Lustteufels Ficksaft aus, so daß endlich ein wenig Ruhe einkehrt und die Opfer Gelegenheit finden, sich wieder herzurichten.

– Justine, spricht Saint-Florent nach einer kurzen Rast, ich habe Ihnen erklärt, wie unabdingbar es für meine nächste Lustbarkeit ist, daß mein letztes Opfer jeweils aus meinen Augen verschwindet, sobald ich mich an ihm gesättigt. Schwören Sie mir, Lyon schnurstracks zu verlassen? Nur unter dieser Bedingung erstatte ich Ihnen Ihre Freiheit zurück: sollten Sie sich in zwei Stunden noch in dieser Stadt aufhalten, so können Sie sich darauf gefaßt machen, daß Ihr Ungehorsam mit ewigem Karzer bestraft wird.

– Oh! lieber Herr, ich werde verschwunden sein … ich will gehorchen, Monsieur; des dürfen Sie gewiß sein … öffnen Sie mir die Tür; und Sie werden mich zeit Ihres Lebens nie mehr wiedersehen.

Alsogleich kleidet sich das arme Ding wieder an, eilt schnellen Schrittes durch ein Haus, in dem man es aufs grausamste gemißhandelt, verläßt es … fliegt zu seiner Herberge, aus der es wenige Stunden später entschwindet, um jenseits der Rhone zu nächtigen.

– Oh! Himmel, spricht sie auf ihrer Flucht … welche Entartung! welche Greuel! … Das Ungeheuer entfacht seine Gelüste im Schoße von Tränen und Unglück … Wehe … hundertmal wehe dem entarteten Wesen, das an einem von der Not zerfressenen Busen Freuden vermuten kann … das auf einem vom Hunger abgezehrten Mund Küsse pflückt, wiewohl sich dieser nur öffnet, es zu verfluchen. Fliehen wir.

Bald hatte Justine die Stadt hinter sich gelassen: doch man ist versucht zu sagen, daß sie auf Schritt und Tritt nur über Mißhelligkeiten und Widerfahrnisse stolperte und daß sie vom feindselig gesinnten Schicksal bei jedem tugendhaften Vorhaben, das sich ihre edle Seele vornehmen mochte, zum Straucheln gebracht wurde.

Sie trug wie gewöhnlich zwei Unterhemden und eine Handvoll Schnupftücher in ihrem Bündel und war noch keine zwei Meilen zu Fuß gegangen, als ihr ein altes Hutzelweib über den Weg läuft, das sich ihr mit schmerzverzerrtem Gesicht nähert und sie um eine milde Gabe anfleht. Nichts ist ihr fremder als jene Hartherzigkeit, für die sie einmal mehr derart grause Beispiele erlebt hat, ja, sie kennt kein größeres Glück auf Erden, als jemanden zu Dank zu verpflichten, und so fischt sie im Handumdrehen ihre Ficke hervor, um einen Ecu herauszuklauben und ihn diesem Weib zu geben. Doch das fingerfertige Geschöpf hat sich die Maske des Alters nur aufgesetzt, um Justine zu täuschen, wirft sich nun flink auf die Ficke, schnappt sie sich, streckt jene, die sie in Händen hält, mit einem wuchtigen Hieb in die Magengrube nieder und verschwindet im Gestrüpp. Justine rappelt sich sogleich wieder auf, heftet sich ihrer Räuberin an die Fersen, holt sie ein und stürzt mit ihr durch eine Falltür, die mitten in einem Gehölz angelegt und somit vor aller Augen verborgen war.

Die Fallhöhe war beträchtlich; der Aufprall aber fiel dermaßen sanft aus, daß sie kaum etwas spürte. Zusammen mit ihrer Räuberin befand sie sich in einem großen, unterirdischen Raum, der mehr denn hundert Klafter tief in die Eingeweide der Erde gegraben, jedoch vortrefflich eingerichtet und recht schön war.

– Was soll das, Séraphine? fragte ein fetter und feister Kerl, der vor einem gemütlichen Feuer saß; wen bringst du da in unsere gute Stube?

– Ein Einfaltspinselchen, entgegnete die Räuberin; ich habe ihr Herz erweicht, damit sie mir Almosen spende; ich entreiße ihr ihr Geld, sie setzt mir nach, und da wir im selben Augenblick auf der Falltür anlangten, sind wir mitsammen hier heruntergepurzelt. Hauptmann, dieses Mädchen kommt uns wie gerufen, ja, ich bin über diese Begegnung nicht unglücklich …

– So etwas könnte uns durchaus von Nutzen sein, erwiderte der Anführer und winkte Justine zu sich; übel ist sie nicht; und selbst wenn sie nur gerade zum Vergnügen unserer Bande zu gebrauchen sein sollte … auch dies ist ein Amt, das bekleidet werden will …

Und schon scharten sich um Justine allerlei Männer, Frauen … Kinder von unterschiedlichstem Alter und Aussehen, wobei sie von den Leuten, unter die sie geraten war, aufgrund ihrer verschlagenen Gesichtszüge nicht gerade eine hohe Meinung hegte. Ein jeder schleicht um sie herum … bestaunt sie, läßt eine Zote fallen; und alles, was Justine im folgenden zu Gesichte oder zu Ohren kommen sollte, bekräftigte sie vollends in der Überzeugung, daß sie sich in denkbar schlechtester Gesellschaft befand.

– Werter Herr, spricht sie schreckzitternd zum Hauptmann, wäre es allzu vermessen, Sie gütigst um die Auskunft zu ersuchen, mir mitzuteilen, mit wem ich die Ehre habe? Ich höre nur, wie man hier über mich verfügt, ohne mich um meine Meinung zu fragen; herrschen hier unten denn nicht die nämlichen Gesetze von Anstand und Gerechtigkeit wie auf der Oberfläche der Erde?

– Mein Liebchen, erwidert der Anführer, iß erst einmal dies Zuckerbrot, und spüle es mit einem Glas Wein hinunter; danach solltest du uns dein Ohr leihen und erfahren, unter welcherlei Leuten du dich befindest ... und was für eine Aufgabe sie dir zudenken.

Aufgrund dieses ehrbaren Auftaktes wieder etwas beschwichtigt, nimmt unsere Heldin an, was ihr dargereicht wird, setzt sich nieder und ist ganz Ohr.

– »Die Menschen, unter die dich dein Schicksal verschlagen hat, hub der Hauptmann an, nachdem er zwei Prisen Tabak geschnupft, schimpft man gemeinhin Bettelpack. Unsereins, meine Tochter, hat das Betteln zur Wissenschaft geadelt, so daß es uns heute dank geheimer Kniffe und großer Zungenfertigkeit gelingt, bei den Menschen so viel Mitleid zu erregen, daß wir auf deren Kosten jahraus, jahrein in Saus und Braus leben ... Da es keine läppischere Tugend gibt als die Barmherzigkeit, ist es ein Kinderspiel, sie im Herzen der Menschen zum Sprechen zu bringen. Ein wehklagendes Zittern in der Stimme und die passenden Worte, gespielte Gebrechen und künstliche Wunden, eine abstoßende Verkleidung; derlei Schliche tragen dazu bei, die Triebfedern der Seele in Bewegung zu setzen, und sichern uns auf alle Ewigkeit ein angenehmes Leben in Faulenzerei und Müßiggang. Wir sind rund hundert Leute in dieser Höhle; ein Drittel ist stets bei der Arbeit, während der Rest zecht, frißt, fickt und es sich wohlsein läßt. Laß dein Auge ruhig über all die Krücken schweifen ... über all die Buckel und Pflaster, mit denen wir uns verkleiden, über all diese Kräuter, die unser Gesicht entstellen[1], über

[1] Die kreuzblättrige Wolfsmilch oder das gemeine Springkraut, im Volksmund als Teufelsmilch bekannt, schießt in den Wäldern um Paris wie Unkraut aus dem Boden; dieses Heilkrautes bedienen sich diese Schurken, um ihr Gesicht zu entstellen, indem sie dessen Saft über ihm auspressen. Dieser milchige Saft wird übrigens unter die Gifte gereiht.

all diese Kinder, deren wir uns bedienen, um Mutterherzen zu Tränen zu rühren; dies ist unser Reichtum, unser Schatz, all unser Hab und Gut; dies ist unsere unversiegliche Geldquelle. Wiewohl sich unser Auftreten stets mehr oder minder gleichbleibt, stimmen wir es auf die jeweiligen Umstände ab: demütige Jammergestalten, wenn wir schwächer sind; unverschämte Beutelschneider und Diebe, sobald die Stärke auf unserer Seite ist.«

– Aber wenigstens kommt es nicht zu Mord und Totschlag, meine Herren? fuhr die vor Mitleid überfließende Justine aufgrund einer jener Herzensergießungen rasch dazwischen, die für ihre edle Seele so bezeichnend waren.

– »Aber wo denkst du hin, mein Schatz, versetzte der Anführer, wenn wir auf Gegenwehr stoßen und den Eindruck gewinnen, daß ein Dolchstoß oder ein Pistolenschuß unseren Sieg besiegeln würde, machen wir nicht lange Federlesens. Ein Mord hat für uns nicht so schwerwiegende Folgen, als daß wir uns seiner und der uns durch ihn eröffneten Aussichten entschlagen dürften, solange wir dank ihm unseren Vorteil wahren können. Sie werden noch so manches Mal miterleben, wie Leute auf dem nämlichen Weg hierhergelangen wie wir selbst, aber nur um ihr Leben zu lassen, sobald sie hier aufgetaucht sind. Glauben Sie etwa, wir seien nach einem fetten Fang so unvorsichtig, dem Geprellten Gelegenheit zu geben, Anklage gegen uns zu erheben und uns zu verraten? Gleichwohl, unser Beruf ist nicht das Rauben noch das Morden; unser wahres Geschäft ist das Geilen, will sagen das Betteln: wenn sich dabei aber irgendeine gute Gelegenheit ergibt, packen wir sie beim Schopf; denn wir haben nur ein Ziel vor Augen: uns der Güter anderer zu bemächtigen; diese Richtschnur ist die Vorgabe, der wir folgen: und solange uns Erfolg beschieden ist, schiert es uns eigentlich herzlich wenig, ob er auf die eine oder andere Weise zustandekommt. Das Geld fließt in unsere Höhle; ob aus freien Stücken gespendet oder mit Gewalt geraubt, mit solchen Fragen haben wir all jene, die es herbeischaffen, noch nie gelöchert. In Ansehung unserer Moral und unseres Berufes werden Sie sich wohl leichtlich zusammenreimen können, mein Töchterchen, daß in unserem Kreise sämtliche Spielarten des Lasters im Schwange sind, und wenn Ihre Vermutungen tatsächlich in diese Richtung gehen, so liegen Sie goldrichtig. Freßlust, Trunksucht, Heimtücke, Freigeisterei, Lug und Trug, insonderheit aber Unzucht und Grausamkeit erfreuen sich hier einer ungebrochenen Herrschaft; und unsere eigenen Satzungen ahnden diese Ausschweifungen keineswegs, sondern schützen und unterstützen sie. Eins steht jedenfalls fest, mein teures Mädchen: Ihre Jugend und Ihre Körperpracht werden Sie zum Auftakt dazu verdammen, unterschiedslos alle Mutwilligkeiten, sämtliche Grillen unserer Genossen zu befriedigen, unbesehen von deren Geschlecht, Alter oder Aussehen. Sind diese ersten Feuersbrünste gelöscht, werden wir Ihnen Arbeit zuweisen: sollte sich herausstellen, daß Sie begabt und begnadet sind, so werden Sie einen der wichtigsten Posten bekleiden; ekelt es Sie vor unseren Gebräuchen, sagt Ihnen unser Beruf nicht zu, so werden Sie diese Höhle nie mehr verlassen: in diesem Falle werden Sie sich mit häuslichen Diensten begnügen müssen, sich in unserer Unterkunft nützlich machen und unseren Leidenschaften Liebkind sein.«

Dieser Ansprache zollte die ganze Truppe Beifall. Nachdem der Anführer alle anwesenden Würdenträger um sich geschart hatte, wurden seine Beschlüsse abgesegnet; und so erging an Fräulein Justine der Erlaß, sich auf der Stelle nackend loszuspendeln, um nach einem vorgängigen Augenschein zunächst die Leidenschaften des Anführers ... der Würdenträger und hernach aller übrigen Bandenmitglieder zu stillen, unabhängig davon, ob sie von Männern oder von Frauen begehrt wurde. Die leidgeplagte Justine hat dieses Urteil kaum vernommen, als sie auch schon tränenüberströmt vor ihren Richtern fußfällig wird, um sie anzuflehen, sie doch bitte nicht Schändlichkeiten zu unterziehen, die sie soviel Überwindung kosteten ... Die einzige Antwort, die sie erhält, bilden laute Lachsalven.

– Schamzüchtiges Kind, sprach der Anführer zu ihr, wie konntest du dir nur einbilden, daß sich Leute, die sich einen Spaß daraus machen, das Mitleid der anderen zu wecken, die Blöße geben könnten, selber dafür anfällig zu sein? Schreibe dir hinter die Ohren, Turteltäubchen, daß unsere Herzen ebenso hart sind wie das Gestein, das uns als Dach über dem Kopf dient. Oder hast du dir etwa vorgestellt, daß wir trotz der tausendfältigen Verbrechen, denen wir tagaus, tagein frönen, auch nur im geringsten für Mitleid empfänglich sein könnten? Füge dich, Flittchen, füge dich; es könnte mißliche Folgen haben, wenn diese erste Aufforderung nicht genügen sollte.

Justine verschlägt es die Sprache; ruckzuck gleiten ihre Unterröcke zu Boden, so daß sich die muntere Schar alsbald an einem der schönsten Frauenkörper weiden kann, den man hier seit langem zu Gesicht bekommen. Der Neubegierde des einen wie des anderen Geschlechts ausgesetzt, wird unser schönes Kind von den Frauen bereits ebenso inbrünstig heimgesucht, geliebkost und abgeschmatzt wie von den Männern, da erspäht einer von ihnen (der Sohn des Anführers) die verhängnisvolle Brandmarkung und führt sie allen anderen alsogleich vor Augen.

– Was soll das, Jungfer? fragt ein Mitglied des Ältestenrates: wie sollte man dich noch verderben, wo du bereits dieserweise gezeichnet bist; und da dich dieses Schandmal mit uns verbrüdert, hättest du, wie mich dünkt, nicht derart meisterlich die Prüde spielen müssen.

Nun berichtet Justine die ganze Geschichte; doch da ihr hier ebensowenig Glauben geschenkt wird wie bei Saint-Florent, versichert man sie, durch dieses kleine Mißgeschick werde sie in den Augen der Truppe keineswegs angeschwärzt, und ermahnt sie, sich nicht länger in den Schleier der Schamhaftigkeit zu hüllen. Man versichert sie, solch widersprüchliches Gebaren sei, wie ersichtlich, eher dazu angetan, Unmut statt Anteilnahme zu erregen.

– Mein Kind, spricht der Anführer und enthüllt seine Schulter, wo klar und deutlich derselbe Schriftzug zu lesen war, du siehst, daß wir uns gleich sind; du darfst mir daher glauben, daß du über diese Ähnlichkeit mit deinem Anführer nicht länger erröten, sondern dir merken solltest, daß derlei Male in unserer Zunft keineswegs als Schandflecken, sondern als Lorbeeren angesehen werden; küsse das meinige, ich werde meine Lippen auf dasjenige heften, welches du mir offenbarst. Wir sind hier unser dreißig, denen es nicht besser erging: denk nur! solchem Gesindel spendest du Almosen; solche Leute verstehen es, dein Herz zu erweichen und dir im Namen eines Gottes, für den sie nur Spott übrig haben, die Taler aus der Tasche zu ziehen. Los, folge uns, mein holder Engel, fährt der Anführer fort und zieht Justine in ein abgesondertes Gewölbe; ich und diese Greise, die mir als Helfershelfer dienen, werden das Gelände auskundschaften; wir werden unseren Genossen einen Lagebericht erstatten und hernach das Feld für sie räumen, wofern es sich überhaupt der Mühe verlohnt, es zu erobern.

Die sechzigjährigen Belagerer Justines waren sechs an der Zahl. In dem Gewölbe, in welches sie geführt wurde, brannten ewige Lichter; der mit Matratzen ausgekleidete Boden war recht weich: dies war das Lustgemach dieser Herrschaften.

– Justine, sprach einer dieser Greise, geben Sie sich zuvörderst unserem Anführer preis; danach werden wir in der Reihenfolge unseres Alters antreten. Da wir im übrigen den Brauch pflegen, unserer Lasterlust in Gegenwart der anderen zu frönen, sollten Sie nicht darob erschrecken, mein Kind, die anderen jeweils zu Augenzeugen Ihrer Willfährigkeit zu haben.

Gaspard nimmt Justine: doch allzu verbraucht, um mit ihr handgemein zu werden, bescheidet er sich mit etwelchem Vorgepränge; und nachdem er sein Glied eine Viertelstunde lang gerüttelt und geschüttelt, spritzt er zwischen ihren Brüsten aus.

Raimond, der seine Nachfolge antrat, war ein Lebemann; er war ein alter Kartenzinker aus den Pariser Spielhöllen; seine Leidenschaften sind noch stärker abgenutzt und benötigen noch schärfere Sachen: er leckt den von seinem Spießgesellen just ausgehauchten Ficksaft auf, läßt sich von Justine das Arschloch letzen und spritzt zu guter Letzt in ihrem Mund aus.

Gareau ist ein ehemaliger Priester; er pflegt feinsinniger ausgeklügelte Vorlieben; er ist den Neigungen des Jesuitenordens treu geblieben, in dem seine Jugendjahre verflossen; und da er einen recht artigen Steifen zustande bringt, arschfickt der Sodomist und brüllstiert bei der Verlustierung seines Ficksaftes.

Ribert war schon wildmütig zur Welt gekommen; seine Leidenschaften sind ein Spiegel seiner Seele: es tut not, daß Justine seinen Schweif streicht, während er sie maulschelliert; und nachdem er ihr die Röte in die Wangen getrieben, vergeudet er seine Manneskraft schließlich an den Gestaden der Votze, da er es weder wünscht noch vermag, ihr anderweitig zu huldigen.

Vernol ist nicht minder arglistig als sein Genosse, doch tritt sein Jähzorn anders zu Tage: er votzfickt, zieht ihr dabei jedoch die Ohren lang; und der Schmutzfink stimmt seine Wonne auf die Schmerzen ab, die er ihr zufügt.

Maugin bezüngelt den Arsch; er beißt in die Backen, während er wichst: er möchte Gareau nacheifern; die beiden hegen dieselben Laster; doch unterscheiden sie sich in ihrer Manneskraft. Maugin, von seinen Begierden geblendet, verliert die seinige an den Pforten des Tempels; im Geheul, welches er ausstößt, schwingen imgleichen sein Bedauern wie seine Wonne mit.

– Auf geht's, Kinder, spricht der Anführer zum Rest der Truppe, als er mit seinen Adjunkten zurückkehrt, das Geschöpf ist einen Versuch wert … geht wohlgeordnet … und wohlgesittet zu Werke; vor allem sollt ihr die Reihenfolge einhalten. Männer und Frauen, vermischt euch ruhig; ich will euch nicht die Unzucht verbieten, doch bestehe ich auf einem Mindestmaß an Zucht.

Da acht oder zehn Männer stets nur Knaben erkannten und nur fünf oder sechs Frauen der Venus jeweils auch im Gewande der Sappho huldigten, bekam es unsere Heldin nur gerade mit knapp dreißig Personen beiderlei Geschlechts zu tun: alles verlief in geordneten Bahnen; doch wurde sie diesethalben nicht weniger ausgelaugt. Dazu gezwungen, bald die Scheide, bald den Arsch und manches Mal auch den Mund und die Achselhöhlen preiszugeben … dazu gedrungen, Männer und Frauen aufzugeilen … tausend Küsse zu empfangen, die sich an Widerwärtigkeit gegenseitig überboten; sie ward ab und an geschlagen, gestäupt, maulschelliert, gebissen und gezwackt, und so sei es dem Leser überlassen, sich auszumalen, in was für einer Verfassung die Unglückselige aus diesem wollüstigen Handgemenge hervorgehen mußte: sogar die Kinder hatten sie ihren Grillen unterzogen; Justine aber, stets willfährig, fortwährend versklavt und unablässig vom Unglück verfolgt, litt all dies mit einer Schicksalsergebenheit, die alles andere denn von Herzen kam.

Nachdem der Pulverdampf der Schlacht verraucht war, führte man sie zu einem Bottich, wo sie sich waschen durfte; und da gerade die Stunde des Mittagessens schlug, wurde Justine wieder in die Haupthöhle zurückgebracht und setzte sich mit der ganzen Truppe zu Tische. Das Gespräch drehte sich ausschließlich um die just genossenen Wonnen: die Frauen äußerten sich mit derselben Freizügigkeit … derselben Schamlosigkeit wie die Männer, und sowohl was die einen wie auch die anderen angeht, durfte die unglückliche Justine behaupten, sich nicht einmal bei den Mönchen von Sainte-Marie in einer derart schamlosen Gesellschaft befunden zu haben.

Das Mittagsmahl übrigens war köstlich; alles, was dazu beitragen mochte, es zu einem wahren Gaumenschmaus und Leckerbissen zu machen, war in Hülle und Fülle vorhanden. In einem Gewölbe gleich neben jenem Raum, in dem die Kompanie tafelte, befand sich ein riesiger Kellerraum, der mit Fleisch … mit Wildbret geradezu ausgeschlagen war und in dem täglich ein Mann sowie drei Frauen den Küchendienst versahen. Da man ausgiebig gezecht hatte, war es nun Zeit für ein Mittagsschläfchen: da macht sich der ehemalige Jesuit Gareau an Justine heran:

– Sie besitzen, mein Kind, haucht er ihr zu, den prächtigsten Popo der Welt; kaum fand ich Zeit, ihm angemessen zu huldigen; stehen Sie auf, und folgen Sie mir; sobald alle eingeschlummert sind, wollen wir in einer Ecke ein wenig miteinander plaudern.

Mußte sich Justine, von allem und jedem im Stich gelassen, nicht überglücklich schätzen, überhaupt eine Seele zu finden, die sich ihrer annahm? sie wirft einen Blick auf jenen Mann, der sich an sie gewandt, und da sie den Eindruck gewinnt, daß er ehrlichere Züge besitze als die anderen und darüber hinaus wohlgestalt und geistreich sei, hütet sie sich tunlichst, ihm einen Korb zu geben. Der frische Freier führt unsere Heldin unweit des Weinkellers in eine kleine Kammer, um sich mit ihr zu unterhalten; und als die beiden dortselbst auf einer Art Zuber hocken, entspinnt sich in etwa folgendes Zwiegespräch:

– Vom ersten Moment an, in dem ich Sie erblickte, mein Kind, hebt Gareau an, haben Sie mich tiefer gerührt, als Sie vermuten mögen: Ihre zauberhaften Züge zeugen von Geist; Ihr Auftreten von guter Kinderstube; Ihre Worte von edler Abkunft; und was mich angeht, so bin ich persönlich der festen Überzeugung, daß jenes Schandmal, das Sie tragen, ganz gewiß die alleinige Frucht von Mißgeschick und nicht etwa von Mißverhalten darstellt. Ich will Ihnen nicht verhehlen, mein Engel, daß es mich jammert, Sie hier in unserem Kreise zu sehen; denn bis man diesen Ort verlassen darf, ist man ein anderer Mensch geworden, als man es bei der Ankunft war. Machen Sie sich keine falschen Hoffnungen: wenn Sie sich nicht dazu verstehen, demselben Beruf nachzugehen wie die anderen, dann werden Sie, wie ich befürchte, von diesen Leuten eingesperrt oder umgebracht, sobald sie Ihrer überdrüssig sind. Angesichts dieses verhängnisvollen Zwiespalts sehe ich nur einen Ausweg für Sie: mit mir den Bund der Ehe einzugehen und sich meiner Fürsorge anheimzugeben, auf daß ich Ihnen eines Tages die Möglichkeit zur Flucht verschaffe.

– Aber, lieber Herr, sprach Justine, wofern Sie tatsächlich Zuneigung zu mir gefaßt, wie wollen Sie mir da glaubhaft machen, daß Sie mich in die Lage versetzen würden, Sie zu verlassen?

– Ich würde selbstredend mit Ihnen ziehen, Justine; glauben Sie denn, ich sei für dieses Leben hier geschaffen? Geiz, Faulheit, Lasterlust, all diese Ketten halten mich gefangen: ich liebe es, Geld zu scheffeln, ohne eine fernere Mühe auf mich nehmen zu müssen, als es zu erbetteln. Aber ich hoffe doch sehr, daß Sie einen Unterschied zwischen meiner Wenigkeit und den anderen Leuten hier machen; früher oder später müßte ich sie ohnehin verlassen. Mit mir verbandelt, könnten Sie mich alsdann begleiten, und wir beide würden vielleicht nicht gerade einen glanzvolleren, dafür aber einen geruhsameren Lebensabend verbringen: überdem wird Sie dieser Bund vor dem grausen Zwang bewahren, sich Tag für Tag all diesen Haderlumpen hingeben zu müssen, wofern Sie nur öffentlich kundtun, daß Sie sich dazu bereit finden, mit mir zusammenzuleben ... ähnlich wie Séraphine und Ribert.

– Ribert, Monsieur? doch mir ist, als sei er einer der ersten gewesen, der seine Leidenschaft an mir gestillt.

– Er schon, ja, gewiß; unsereinen hält nichts zurück; unsereinen hält das Band der Ehe nicht im Zaum: aber Sie werden nie beobachten, wie sich seine Frau gemeinmacht.

– Seine Frau! ... jene, die mich hinters Licht geführt hat?

– Ebendie.

– Aber, werter Herr, auch sie hat sich an mir vergangen.

– Nun ja, freilich; aber aus freien Stücken ... Ich wollte lediglich sagen, daß Sie bislang noch nicht beobachten konnten und es auch in Zukunft nie beobachten werden, daß irgendein Mann sie jemals Gelüsten unterwirft, die nicht nach ihrem Geschmacke sind. Ebenso wie ihr, wird es Ihnen unbenommen sein, sich zu verlustieren, wenn Sie daran Gefallen finden; aber auch, sich zu weigern, wenn Sie etwas abstößt. So wollen es unsere Gesetze, die wir unter keinen Umständen übertreten würden.

– Also gut! Monsieur, ich bin einverstanden, sagte Justine; so will ich mich denn von diesem Augenblick an unter Ihre Obhut begeben: wie haarsträubend Ihre Gelüste auch sein mögen, ich unterschreibe alles, wenn es nur verbrieft und verbürgt ist, daß ich nie und nimmer dazu gezwungen werde, mich irgend jemand anderem hinzugeben.

– Das schwöre ich Ihnen, sprach Gareau; und diesen Eid will ich in Ihrem Prachtarsch besiegeln.

Gerne hätte Justine eine solche Vorzugsbehandlung genossen, ohne sie derart teuer erkaufen zu müssen. Doch wie soll man an der Seite eines Kuttenlumpen und Sodomisten seine Tugend wahren!

Und so öffnet sie sich ihm jammernd; und der jecke Jesuit arschfickt sie mit all der Sorgsicht und Behutsamkeit, die man von einem Jünger des Ignatius stets erwarten darf.

– Kehren wir zurück, sprach der Verführer, sobald er sich befriedigt hatte; eine längere Abwesenheit könnte Verdacht erregen; auch böse Pläne wollen gut geschmiedet sein.

Unsere Libertins waren bereits wach und erzählten einander Geschichten: Justine und Gareau nahmen bei der Feuerstelle Platz; und sowie das Abendmahl aufgetragen war, verkündete unsere Heldin, daß ihr von all den Leuten, unter die sie ihr Unglücksstern verschlagen, nur gerade Gareau Vertrauen und Freundschaft einflöße, weshalb sie die Versammlung darüber in Kenntnis setzen wolle, daß sie mit ihm den Bund der Ehe zu schließen gedenke. Der Anführer fragte Gareau, ob diese Übereinkunft nach seinem Sinne sei. Sowie dieser sein Jawort gegeben, ward Justine mit sofortiger Wirkung als Ehefrau eines Würdenträgers in Ehren gehalten und war so gegen all jene Schlüpfrigkeiten gefeit, auf deren Wiederholung gewisse Lustböcke der Truppe bereits wieder zu brennen schienen; und so verbrachte die Bejammernswerte die Nacht an der Seite ihres frischgebackenen Gemahls.

Gareau hatte Justine zwar seinen Schutz und Schirm angelobt, ihr jedoch keineswegs einen Treueeid geleistet; und schon in dieser ersten Nacht überzeugte dieser Flatterhans seine Lebensgefährtin davon, daß sie das Recht auf seine Liebesbezeigungen nicht für sich allein gepachtet hatte. Ein junges Mitglied der Truppe, das höchstens drei Jahrfünfte zählte, erwartete das Ehegespons und legte sich vollkommen ungezwungen zwischen die beiden.

– Was soll das? nörgelte Justine: halten Sie so das Versprechen, das Sie mir gegeben?

– Mir schwant schon, sprach Gareau, das Kreuz meiner Ehe werde darin bestehen, daß mich meine liebenswerte Gemahlin andauernd falsch versteht: ich habe Justine gesagt, und ich wiederhole es ihr hiemit, daß ich ihr um den Preis ihrer Gunst mit Rat und Tat beistehen und sie unter meine Fittiche nehmen will; ich habe ihr hingegen nicht gesagt, daß ich mich zur Entsagsamkeit verpflichten würde; angesichts meiner Vorliebe, die ihr unmöglich entgehen konnte, mochte sie sich, wie mir scheinen will, ohne weiteres zusammenreimen, daß Knaben unmöglich aus meinen Lustbarkeiten wegzudenken sind, und so bitte ich sie, gutzuheißen, daß ein solcher Knabe ab und an als Dritter im Bunde mitmische.

Diese Worte kamen für die unselige Justine einem Befehl gleich, und ihr Heil lag einzig in der Unterwerfung. Mitten in diesem Treiben aber mußte Justine gewahren, daß es nicht damit getan war, alledem zuzuschauen, sondern daß sie erst noch selber mitmischen mußte: während der ehemalige Jesuit den Lustknaben aufspießte, verlangte er von Justine, am Schwengel des jungen Mannes zu lutschen; wurde er selber mit ihr handgemein: so tat es not, daß der Ganymed die Sodomisierte schamzüngelte. Bald Hauptdarstellerin, bald Statistin, wurde ihre Fügsamkeit auf jedwede Weise und in jedweder Hinsicht auf die Probe gestellt.

Dieserweise verstrichen einige Tage in vollkommener Eintönigkeit, und Justine, allenthalben mit Rücksicht behandelt, schien zusehends das Vertrauen ihres neuen Gemahls zu gewinnen: doch da es ihr an der notwendigen Kunstfertigkeit gebrach, ihn zu durchschauen und für ihre Zwecke einzuspannen, war vielmehr sie es, die um den Finger gewickelt und durchleuchtet wurde.

– Demnächst, sprach ihr Beschützer eines Tages zu ihr, wird jenes Drittel von unseren Leuten zurückkehren, das gerade durch die Lande streift; ein neuer Trupp wird ausschwärmen, ich werde mit von der Partie sein: ersuchen Sie um die Erlaubnis, mich begleiten zu dürfen, lassen Sie sich jene Unterweisung erteilen, ohne die diese Bitte nicht gewährt werden kann. Diesem greuelreichen Aufenthaltsort erst einmal entronnen, werden wir unser Lebtag nie mehr einen Fuß hierhersetzen: ich verfüge über etwelche Ersparnisse, die wir uns zunutze machen wollen; wir werden in einem abgeschiedenen Dorf untertauchen und dort einen viel friedlicheren Lebensabend verbringen als im Kreise dieser Halunken, unter die uns unser Unglücksstern verschlagen hat.

– Oh! wie lieb mir dieses Vorhaben ist, jauchzte Justine hell auf! Helfen Sie … helfen Sie mir heraus aus diesem Abgrund, lieber Herr, dann will ich Ihnen geloben, Sie zeitlebens nie im Stich zu lassen.

– Ich verspreche Ihnen, Sie hier herauszuholen, Justine; das will ich Ihnen von ganzem Herzen schwören: doch eine Bedingung muß ich daran knüpfen.

– Und die wäre?

– Daß wir bei unserem Aufbruch die Geldtruhe entwenden und hernach all diese Halunken verhaften lassen.

– Das können wir unmöglich, Monsieur, wo wir uns doch selber mitschuldig gemacht haben! Entwenden Sie die Geldtruhe, wenn Ihnen dies Freude bereitet; aber verraten wollen wir sie unter keinen Umständen: berauben wir sie nach Möglichkeit aller Mittel, Böses zu wirken ... doch sie bestrafen lassen! ... oh Gott, oh Gott! dazu werde ich mich nie und nimmer bereit finden.

– Na schön! meinte Gareau, dann werden wir sie eben nur bestehlen; soll aus ihnen werden, was will: tue deine Absicht kund, mich begleiten zu wollen, laß dir ein paar Lektionen erteilen; und schon bald wird unserem Aufbruch nichts mehr im Wege stehen.

In unserem ständigen Bestreben, die Wesensart unserer Heldin bei jeder Gelegenheit so lauter darzustellen, wie es unsere Leser seit Anbeginn gewohnt sind, sehen wir uns dazu verpflichtet, an dieser Stelle ihre wahren Beweggründe offenzulegen. Dieses tugendsame Mädchen hätte den Plan, diese Elenden auszurauben, nie und nimmer aufrichtigen Herzens gutgeheißen: auf welch verbrecherische Weise dies Geld auch erworben sein mochte, jetzt war es ihr Besitz; war dies für die gewissenhafte Justine nicht schon Grund genug, davon abzustehen, deren Eigentum anzutasten? Andererseits sehnte sie sich nach der Freiheit; und die stellte man ihr nur unter der Bedingung dieses Verbrechens in Aussicht: also zerbrach sie sich den Kopf darüber, wie sie es wohl anstellen sollte, beides unter einen Hut zu bringen: aus dieser Höllenhöhle zu entkommen und das Vermögen ihrer Gastgeber unangetastet zu lassen. Ihr fiel ein einfacher Ausweg bei: das Verbrechen, zu dem man sie anstiften wollte, dem Anführer zu gestehen, ohne jedoch etwas auszuplaudern, ehe man ihr sowohl die Begnadigung des Schuldigen als auch ihre Freilassung zugesichert hatte. Auf diesen Plan eingeschworen, wartete sie mit der Ausführung nur mehr den Augenblick ab, da ihr Gareau ankündigen würde, man wolle in Bälde zum Aufbruch blasen. Nun, weil man ihr eingeschärft hatte, man müsse über eine entsprechende Ausbildung verfügen, um sich dem Trupp anschließen zu dürfen, ersuchte sie um einen Unterweiser; und so wurde ihr vom Bandenführer einer jener Würdenträger, von denen wir bereits bei anderer Gelegenheit Erwähnung tun durften, als Lehrmeister zugewiesen: Raimond.

– Die Kinder, die Sie in unserem Kreise erblicken, sprach dieser ehrwürdige Hofmeister eines Tages zu ihr, sind, wie Sie sich wohl denken können, Justine, kleine Unglücksraben, die wir auf unseren Streifzügen entführt haben und deren wir uns bedienen, um Frauen zu erweichen, die sich dem Mitleid viel leichter öffnen als Männerherzen, weil sie feinfühliger und kleinmütiger sind. Wenn wir sowohl das Gemälde unseres Elends als auch die flehenden Bitten, es zu lindern, solch unschuldigen Geschöpfchen in den Mund legen, so läßt der Erfolg nie lange auf sich warten. Wir werden Ihnen eines dieser Früchtchen anvertrauen; Sie werden es an der Hand führen; sich als seine Mutter ausgeben: sämtliche Herzen werden durch das flehende Zittern in Ihrer samtweichen Stimme gerührt; Sie dürften wohl kaum je auf taube Ohren stoßen. Ihr Gewand jedoch ist noch viel zu edel, und Sie müssen es unbedingt bereits hier unten gegen ein anderes eintauschen; und, wie sehr es Sie davor auch ekeln mag, Sie müssen von lauter Ungeziefer übersät sein. Achten Sie insonderheit darauf, möglichst bei jedem Satz den Namen Gottes im Munde zu führen; man kann sich gar nicht vorstellen, welchen Nießbrauch wir Gauner aus diesem Hirngespinst zu schlagen wissen.

Ansonsten sollen weder Ihr Wuchs noch Ihr hübsches Gesicht verunstaltet werden: keinerlei Kauter, keinerlei Wundrosen, keinerlei Eitergeschwüre. Sie können es bei etwelchen Krämpfen bewenden lassen und vorgeben, daß eine Nervenzerrüttung die Ursache sei, die von der Untreue eines Gatten herrühre, den Sie verabgotten. Wir werden Ihnen beibringen, wie Sie derlei Leiden vorgaukeln und sich dergestaltig verrenken können, daß man Sie für eine vom Teufel Besessene halten wird. Bevor Sie jedoch in die Ferne schweifen, bevor Sie in den Gassen von Grenoble, Valence und Lyon geilen gehen, sollen Sie sich eine Zeitlang in der Nähe der Falltür herumtreiben; Sie werden jeden, der sich der Mühe zu verlohnen scheint, auf ähnliche Weise zu ihr hinlocken, wie Séraphine es mit Ihnen getan. Denken Sie insonderheit daran, daß wir eine Schwäche für reiche Leute, schöne Mädchen und kleine Kinder haben; mögen Sie Ihre Netze also immerfort nach solchen Geschöpfen auswerfen, wenn Sie der Gemeinschaft gefallen wollen.

Wenn Sie dereinst in die Städte gesandt werden, sollen Sie keinen Schlich außer acht lassen, um die Leute übers Ohr zu hauen, wenn anders Sie nichts von ihnen erhalten. Man lungert ein wenig bei den

Marktbuden herum; nutzt einen Augenblick, wo man sich unbeobachtet wähnt; ein unauffälliger Handgriff ist schnell getan: in unserem Geschäft muß man fingerfertig sein … keck … und stets darauf gefaßt, alles zu leugnen … sogar dann, wenn man von einem Augenzeugen auf frischer Tat ertappt worden ist.

Wenn Ihnen unbesehen Ihrer augenfälligen Behinderungen … unbesehen der Mutterrolle, die wir Sie spielen lassen, etwelche Lüstlinge über den Weg laufen, die etwas von Ihnen wollen (es gibt allhauf Leute, die den Frauen aus unserem Stande den Vorzug geben, sei es aus Mutwilligkeit, sei es aus Verderbtheit), so seien Sie willig; doch machen Sie sich jede Schwäche der betreffenden Person zunutze, und pressen Sie den letzten Heller aus ihr heraus. Wir werden Ihnen Schlafmittel und Gift mitgeben, die Sie im Bedarfsfall einsetzen können, wobei Sie stets von folgendem Grundsatz ausgehen sollten: die Gesundheit … das Vermögen unseres Nächsten wird null und nichtig, sowie es sich darum dreht, sich zu bereichern. Auch wenn Sie das Mitleid anderer wecken, sollten Sie sich stets vor Augen halten, daß es zu Ihren obersten Pflichten gehört, selber niemals Mitgefühl zu zeigen: Ihr Herz muß gleichsam aus Stahl sein; und es darf in Ihrer Brust nur bei einem einzigen Wort höher schlagen: Geld.

Es ist Ihnen verstattet, das Ihnen anvertraute Kind zu verschachern, wofern dabei ein fetter Gewinn herausspringt und Sie den Erlös bei uns abliefern.

Sei es in wohlwollender, sei es in böswilliger Absicht, es gibt viele Leute, die uns diese Kinder abkaufen: die einen, um ihnen eine gute Erziehung zu geben; andere, um sie zu verführen und sich an ihnen zu vergehen; und andere hinwiederum, Justine, würden Sie das für möglich halten? … andere hinwiederum, um sie zu fressen … ganz recht, um sie zu fressen; uns begegnen Tag für Tag Wesen, die in ihrer Verdorbenheit nicht einmal vor einer solchen Ausschweifung zurückschrecken. Da wir selber mit all diesen Greueln vertraut sind, kann uns nichts mehr aus der Fassung bringen; und wir müssen, wenn wir darum gebeten werden, zu allem und jedem unsere Handhabe bieten, namentlich wenn wir dafür bezahlt werden.

Halten Sie Ihre Tränen auf Abruf bereit; Schauermärchen, Romane, Lügengeschichten sollten Ihnen leicht von den Lippen gehen: es gibt keinen Beruf auf Erden, in dem man sich trefflicher darauf verstehen müßte, die Leute schamlos hinters Licht zu führen und ihnen mit größerer Verwegenheit allerlei Leiden und Schicksalsschläge aufzutischen, auch wenn sie an den Haaren herbeigezogen sind.

Erspüren Sie insonderheit die Wesensart jener Leute, an die Sie sich wenden; Sie sollten Ihr Vorgehen auf deren Empfindsamkeit abstimmen. Bei schwachbrüstigen und kleinmütigen Geschöpfen genügt es, sich zur Schau zu stellen, denn unser bloßer Anblick rührt sie schon zu Tränen. Bei Seelen, die durch das Alter oder durch die Ausschweifung verhärtet sind, muß man kunstfertiger vorgehen, sich angelegentlicher verstellen. Unser Berufsstand wird gemeinhin verachtet; was natürlich ungerecht ist: denn bei keinem anderen ist eine lückenlosere Kenntnis des menschlichen Herzens gefragt; keiner verlangt mehr Geschick, Klaräugigkeit und Geistesgegenwart; bei keinem muß man, um es auf den Punkt zu bringen, mit mehr Fleiß, Wissen und Sorgsicht zu Werke gehen; keiner erheischt einen größeren Schatz an Zwiezüngigkeit, Boshaftigkeit, Entsittlichung und Heimtücke.

Dulden Sie niemals, daß sich Ihnen die echten Armen anschließen: denen sollten Sie unter keinen Umständen Beistand leisten; tun Sie ihnen vielmehr Gewalt an; drohen Sie ihnen damit, sie von Ihren Spießgesellen verprügeln zu lassen, falls sie es sich in den Kopf setzen sollten, Ihnen ins Handwerk zu pfuschen; seien Sie im Verkehr mit ihnen genauso hartherzig, wie es das reiche Pack mit uns ist.

Wenn Sie durch die Lande streifen und Ihnen die Bauern Gastfreundschaft gewähren, so nutzen Sie diese Gelegenheit, um sie zu berauben, um ihre Kinder zu umgarnen oder zu entführen. Weist man Ihnen die Tür ... werden Sie übel behandelt, so stecken Sie ihren Hof in Brand, verseuchen Sie ihr Vieh. In derlei Fällen ist alles erlaubt: wenn die Menschen hartherzig zu uns sind, verschafft uns dies wenigstens die hohe Lust der Rache, die es in vollen Zügen auszukosten gilt.

Nachdem ihr diese Lektionen in angewandter Moral tüchtig eingetrichtert worden, wies man Justine einen neuen Lehrmeister zu, der ihr das eigentliche Handwerk beibrachte, und binnen weniger Tage wurde sie für würdig befunden, in der berühmten Bettlerbande aus dem Lyonnais eine neue Rolle zu übernehmen.

Ihre Unterweisung war kaum abgerundet, da traf bereits ein Mitglied jenes Trupps ein, der gerade durch die Lande streifte, und erstattete Meldung, seine Kameraden würden mit Schätzen zurückkehren, die man der Mildtätigkeit irgendwelcher Einfaltspinsel abgeluchst: in selbem Augenblick scharte sich der Rest der Gemeinschaft zusammen; und die Nachfolger wurden ernannt. Die Führung der kleinen Armee wurde ohne Gegenstimme Gareau zugesprochen; sowie alles in die Wege geleitet war, ersuchte Justine also den Anführer um die Ehre eines kurzen Gesprächs unter vier Augen.

Zu dieser Geheimaudienz vorgelassen, enthüllte sie Gaspard Dinge, über die dieser weit besser unterrichtet war als sie selbst.

– »Allzu trauseliges Mädchen, sprach dieser Oberbefehlshaber zu ihr, wie konnten Sie sich nur einbilden, daß in einer Gesellschaft wie der unsrigen die Kunst des Aushorchens nicht mit ganz besonderem Eifer betrieben werde? Gareau hat Sie genasführt, und Sie sind in Ihrer Pinselhaftigkeit wie ein Trampel in die von ihm gestellte Falle getappt. Unser Zunftbruder hat ihnen drei Vorschläge unterbreitet: uns zu berauben, uns anzuzeigen und zu fliehen. Den Raub haben Sie mir selber gestanden, die Anzeige haben Sie zurückgewiesen, in die Flucht aber eingewilligt; ist dies nicht Grund genug, Sie alsogleich unter Aufsicht zu stellen? Sie lieben unseren Beruf nicht im entferntesten, wir dürfen davon ausgehen, daß Sie ihn nie mit Begeisterung ausüben wollen; und so können wir Sie also nur mehr noch als unsere Hure und Sklavin hierbehalten; und für das eine wie für das andere müssen Sie mit unzerreißbaren Ketten gebändigt werden.«

– Oh! Monsieur, wehklagte Justine, wie! dieser Unmensch …

– … hat Sie verraten; er hat nur seine Pflicht und Schuldigkeit getan.

– Doch handelte er mir von Liebe … von Zärtlichkeit …

– Wie konnten Sie es nur für möglich halten, daß in der Seele eines Mitgliedes unserer Zunft … das erst noch ein Kuttenlump ist … derlei Gefühle aufkeimen würden? Gareau hat Sie zum Narren gehalten, mein Töchterchen; er wollte Ihrer Denkungsart auf die Spur kommen, Ihnen Ihre geheimen Gedanken entlocken, um sie uns zu enthüllen. Möge Ihnen dies eine Lehre für die Zukunft sein; vorerst aber müssen Sie sich in Ihr Los schicken, das Sie sich mit Ihrer tugendsamen Herzensgüte eingebrockt haben.

Alsogleich wurde Séraphine herbeigerufen; Justine wurde ihrer Obhut anheimgegeben.

– Einsperren müssen Sie sie nicht, sprach der Anführer zu ihr, doch sollten Sie sie keinen Augenblick aus den Augen lassen; Ihr Kopf soll mir für sie bürgen.

Nun ist es aber wirklich höchste Zeit, den Lesern ein Bild von dieser Séraphine zu vermitteln: sie war eine wunderschöne Frau von rund dreißig Jahren; volles Haar, pechschwarze und überaus lüsterne Augen … äußerst listig (man entsinnt sich der Art und Weise, wie sie Justine genarrt); sie spielte alle Rollen, die man ihr anvertraute, meisterlich, und ihre Sittenverderbnis übertraf alles Menschenmögliche. Sie erfreute sich bei den Mitgliedern dieser Vereinigung einer solchen Wertschätzung, daß man sie nur noch selten außer Hause wissen wollte. Etwelche Streifzüge in der Nähe der Falltür, doch die meisten Dienste versah sie im Hause; überdem stand sie im besten Einvernehmen mit den Anführern … deren sie sich aufgrund ihrer Sitten und Veranlagungen mehr als würdig erwies.

Als Gareau Justine mit ihrer Wächterin zurückkehren sah, brach er in berstendes Gelächter aus.

– Was hältst du, sprach er zu Séraphine, von unserer Jungfer Naseweis, die sich im Glauben wiegte, allein schon die Preisgabe ihres Arsches würde sie aus der mißlichen Lage befreien, in die sie durch ihre Torheiten geraten ist?

– Sie ist noch recht grün hinter den Ohren, versetzte Séraphine; ihre Gutgläubigkeit ist zu entschuldigen.

– Wie! fuhr Gareau fort; ihr wird nicht der Garaus gemacht?

– Ah! Schuft, sprach Justine, darauf wolltest du also hinaus? Dich dürstete nach meinem Blute, und nur um es verströmen zu lassen, hast du alle Gefühle von Ehre und Liebe verraten und verkauft.

– Die Liebe? jaja, die Liebe! Séraphine, was sagst du zu diesem Jüngferchen, das sich einbildet, man sei ihr Liebe schuldig, nur weil man ihren Allerwertesten gevögelt? Merke dir, Metze, daß man aus einem Geschöpf wie dir noch so viel herauspressen mag, ohne es diesethalben gleich lieben zu müssen: man wird seiner überdrüssig, man opfert es hin; werte Frauenzimmer, dies ist euer Los … Wie dem auch sei, sie wurde also begnadigt?

– Jawohl, bestätigte Séraphine; sie steht unter meiner Aufsicht, und ich verspreche dir, sie nicht entwischen zu lassen.

– Es wäre mir lieber, sie in der Gruft des Todes zu wissen, meinte dieses Ungeheuer und machte sich wieder daran, jenen kleinen Knaben zu ficken, den er gerade umschlungen hielt.

Von nun an wurde Justine mit den niedrigsten Verrichtungen betraut. Séraphine in allen Belangen untergeordnet, wurde sie in gewisser Weise zu deren Dienstzippe; und da ihr Gareau seinen Schutz aufgekündigt hatte, verkam sie zum Tummelplatz der öffentlichen Ausschweifung. Ein Aushang, der in der Höhle angeschlagen wurde, verkündete, daß Justine nicht mehr Gareaus Gespielin sei und sie sich allen, die es nach ihr gelüstete, vorbehaltlos hingeben müsse, widrigenfalls sie für die leiseste Widersetzlichkeit aufs härteste bestraft würde: und der Witz am Ganzen war, daß als erster ausgerechnet Gareau bei ihr vorstellig wurde.

– Komm her, Lumpenhure, sprach er zu ihr, auch wenn ich dich für deine Ziererei bestrafen wollte, habe ich nichtsdestoweniger eine Schwäche für dein Hinterteil; komm her, auf daß ich es noch ein letztes Mal sodomisiere, bevor ich aufbreche.

Gareau war voll im Schuß; er hatte vier junge Knaben um sich geschart; Séraphine war auch zugegen: Maugin, an dessen Vorlieben sich der Leser erinnern wird, Maugin, der, nach Gareaus Vorbild, den Arsch über alles liebte und dessen Begierden von seiner Manneskraft so manches Mal im Stich gelassen wurden, schaute ebenfalls vorbei, um ein wenig mitzumischen: die Orgien konnten beginnen. Es gab Augenblicke, wo unsere leidgeplagte Herumtreiberin, als Unzuchtsopfer von Séraphine und den beiden just erwähnten Libertins, imgleichen eine Zunge in der Votze, einen Schwanz im Arsch sowie einen weiteren im Mund stecken hatte, und dies, während sie mit beiden Händen je einen jungen Knaben aufgeilte und sich Séraphine ihrerseits arschficken ließ. Im nächsten Augenblick wurden an ihrer Scheide zwei Schwänze geschliffen: Séraphine, nach wie vor gearschfickt, bezüngelte ihren Anus und wetzte einen Schwanz am Kitzler ihrer Gespielin. Schlag auf Schlag folgten zwanzig weitere Stellungen, so daß sich Justine schließlich schmeicheln durfte, an diesem einen Tag den lückenlosesten Lehrgang in Sachen Libertinage absolviert zu haben, dem sie sich, seit sie auf der Welt war, hatte unterziehen müssen.

Endlich ging die Ablösung vonstatten. Gareau brach mit seinem Anhang auf, und die andere Abteilung kehrte zurück; lauter neue Gesichter; alle sprachen bei der niedergeschmetterten Justine vor, um sie alsogleich ihrer unersättlichen und hintervotzigen Schamlosigkeit zu unterwerfen. Am schlimmsten aber wurde unser tugendfestes Geschöpf vom Anführer dieses frisch eingetroffenen Trupps gequält. Roger, der größte Verbrecher der Menschheit, grausam aus Neigung und grob aus Veranlagung, frönte mit dem schönen Geschlecht etwelchen Gepflogenheiten, die, wie man gleich sehen wird, nicht eben dazu angetan waren, ihm zu schmeicheln. Der Dreckskerl schiß mitten ins Zimmer; eine Frau mußte, fasernackt, eine Stunde lang um den Strunzen herumtänzeln. Mit einer ungeheuerlichen Klopfpeitsche bewehrt, gerbte er sie dabei vom Scheitel bis zur Sohle ab: sowie er dann die Worte: Friß, Schlitzbübin! aussprach, mußte das jammerbare Opfer den Strunzen vom Boden aufschlecken und gleich anschließend einen eigenen in seinen Mund plumpsen lassen. Erst dann ließ Roger, hinreichend aufgereizt, seinem Sperma freien Lauf; seine Lustgespielin schleuderte er dabei jedoch mit solch unbarmherziger Gewalt von sich, daß die Unselige fünfzehn oder zwanzig Fuß weit durch die Luft wirbelte und für gewöhnlich nur um den Preis etwelcher sprudelnder Platzwunden am Kopf oder etwelcher gebrochener Knochen wieder zu Boden segelte.

– Ah! gottverhenkert, keuchte Roger alsdann und nahm die Folgen seiner Raserei in Augenschein, weshalb ist die Bübin nicht hundert Fuß tief unter die Erde gestürzt? warum nur habe ich ihr nicht den Garaus gemacht? Gibt es hienieden etwas Abscheulicheres als die Gegenwart eines Weibes, das uns Ficksaft gekostet?

Mittlerzeit waren die Abrechnungen der frisch eingetroffenen Abteilung abgeschlossen. Gaspard, der nach wie vor der ganzen Haushaltung vorstand, verkündete, daß ihre Schätze dank diesem sechs Monate währenden Streifzug um fast siebenhunderttausend Liv. aufgestockt wurden, die sich ausschließlich aus Almosen zusammensetzten.

– Oh! Fick, jauchzte er, nachdem er das Rechnungsbuch herumgereicht hatte, ein Hoch auf die christliche Nächstenliebe! Was für ein schlauer Kopf muß das gewesen sein, der diese Edelmütigkeit als erster zur Tugend geadelt! ihr seht, wie nützlich sie uns ist: nur weiter so, meine Freunde, laßt uns auch künftighin Prediger bezahlen, die im Herzen der Menschen den Glaubenseifer schüren; wir könnten unser Geld unmöglich besser anlegen[1].

[1] Es gilt als gesichert, daß dies einer der Winkelzüge dieser Halunken ist. Sie bezahlen die Dorfpfaffen für Predigten über Barmherzigkeit, Nächstenliebe, Wohltätigkeit, kurz, über all jene menschlichen Schwächen, die ihnen von Nutzen sind.

Von Völlerei, Libertinage, Unglauben, Zügellosigkeit und Gotteslästerungen abgesehen, hatte Justine das Verbrechen noch nicht in seiner ganzen Wucht kennengelernt, bevor ihr ein recht bemerkenswerter Zwischenfall die rabenschwarzen Seelen dieser Verbrecher in ihrer ganzen Nacktheit offenbarte.

Unvermittelt klappt die Falltür auf und spuckt einen Mann von vierzig Jahren in diese Behausung, der recht wohlgekleidet ist … aber, noch ganz benommen von seinem Sturz, erst nach einer kurzen Weile zu erklären vermag, welche Fügung des Schicksals ihn hierhergeführt. Diesmal handelte es sich nämlich keineswegs um einen von Séraphines Schlichen. Zwar hatte dieser Reisende gesehen, wie eine Frau in der Nähe jener Stelle herumlungerte, wo wenig später die Erde unter seinen Füßen nachgeben sollte; von natürlicher Notdurft getrieben, hatte er nämlich in diesem Gebüsch Zuflucht gesucht, um sich vor ihr zu verbergen: sein Pferd, beladen mit einem Koffer Goldes, werde sich wohl nach wie vor unweit des Erdloches, jedoch außerhalb von Séraphines Blickfeld befinden; und wofern ihn, so sprach er, die Vermutung nicht täusche, daß ihn sein Schicksal in die Klauen einer Räuberbande hatte fallen lassen, so solle man sich beeilen, seinen Schatz vor der Habgier des nächstbesten Wanderers in Sicherheit zu bringen, oder ihn, wofern man nichts Böses gegen ihn im Schilde führte, spornstreichs wieder ans Tageslicht befördern.

– Dich ans Tageslicht befördern! sprach Roger im selben Moment und trat, die Pistole im Anschlag, auf diesen Mann zu … Ah! Haderlump, deiner Lebtag werden deine Augen die Sonne nicht mehr erblicken.

– Wache ich oder träume ich, großer Gott! rief der Reisende; bist du es wirklich, Roger, auf den, einem glücklichen Zufall sei Dank, mein fassungsloser Blick fällt! … du, mein Bruder … du, der du gleichsam an meiner Brust großgeworden … du, liebster Freund, dem ich zweimal das Leben gerettet … du, der, wie ich einmal zu behaupten wage, alles auf dieser Welt nur mir verdankt! Oh! gelobt sei der Himmel, daß ich an dieser düsteren Stätte ausgerechnet dir begegne; was für Menschen hier auch wohnen mögen, du wirst mein Schutzengel sein … Und solange mein Schicksal in deinen Händen liegt, habe ich gewiß nichts zu befürchten!

– Möge mich der Blitz erschlagen, fauchte Roger, wenn mich irgend etwas auf dieser Welt dazu bringen könnte, mich deines

Schicksals zu erbarmen; hättest du mir auch tausendmal das Leben gerettet, Schurke, jetzt bist du mir ausgeliefert, und dein Tod wird uns zu deinem Vermögen verhelfen: ausgerechnet Leuten unseres Schlages faselst du von Banden der Brüderlichkeit oder der Dankbarkeit. So vernimm denn, Lump, daß der Eigennutz alle Gefühle außer Geiz, Habgier, Blutdurst und Gewinnsucht aus unseren Seelen verbannt hat; und laß dir eines gesagt sein: auch wenn du mir tausendmal mehr Liebesdienste erwiesen hättest, als du hier zu Markte trägst, fielest du mir gleichwohl zum Opfer.

Zwei vom grausamen Roger abgefeuerte Pistolenschüsse strecken seinen Bruder alsogleich an Ort und Stelle nieder. Kaum lag dieser am Boden, als Séraphine auch schon mit dem Gepäck des Reiters erschien: sie hatte das Pferd erspäht; da sie nicht ahnen konnte, was aus dessen Herrn geworden war, brachte die Lumpendirne den Koffer gleich mit, um allen Fällen vorzubeugen.

– Das nenn ich ein erfreuliches Ereignis, meinte Gaspard und ließ seine Kumpanen sehen, daß sich die Beute auf mehr denn hunderttausend Francs belief. Ein solcher Bruder kann nur ein Schuft sein, wenn er selber solche Schätze besitzt und seinen jüngeren Bruder einem derart schmutzigen Beruf nachgehen läßt.

– Er hat von alledem nichts gewußt, berichtigte Roger; er wähnte mich seit vier Jahren in Amerika: nach dem, was ich just getan, wird man kaum von mir erwarten, daß ich einen Lobgesang auf ihn anstimme; trotzdem, er hat euch mit keinem Wort angelogen, und wenn es irgend etwas gibt, woran nicht zu rütteln ist, dann die Liebesdienste, die ich zeit meines Lebens von ihm empfangen habe. Allein die Libertinage fesselt mich an unseren Beruf; und ich würde gewiß einem ganz anderen nachgehen, wenn ich aus den Lehren, Ratschlägen und Schätzen, mit denen er mich in seiner Großzügigkeit eins ums andere Mal bedacht, Nutzen gezogen hätte: sei's drum! ich kenne keine Reue; meine Tat möge euch beweisen, liebe Kameraden, daß mir euer Wohl mehr wert ist als sämtliche Bande der Natur und daß ich vor keinem Opfer zurückschrecke, Hauptsache, euch ist damit geholfen.

Rogers Brudermord erntete von der Truppe viel Beifall, jedoch keinerlei Mißbilligung. Die unselige Justine wurde damit betraut, den Leichnam zu verscharren; und wir überlassen es unseren Lesern, sich auszumalen, daß sowohl diese jüngsten Ereignisse als auch ihre tagtäglichen Pflichten in ihrer Seele glühendsten Haß auf diese neuerlichen Ungeheuer schürten.

Allein, dieser neuerliche Fang löste einen solchen Freudentaumel aus, daß man des Abends nur mehr noch auf Vergnügungen sann. Die Orgien konnten beginnen; es wurde verlangt, daß nicht nur alle kleinen Knaben, sondern auch alle Frauen und Mädchen der Bande nackt nachtmahlten. Justine, in denselben Zustand versetzt, ward dazu gezwungen, sie zu bewirten.

Bei der Nachspeise erinnerte Gaspard daran, daß Séraphine ihnen schon seit Urzeiten die Geschichte ihres Lebens versprochen habe; und nach mehreren Ermunterungen verwandte dies Prachtmädchen ungefähr die folgenden Worte.

Kapitel XVIII

Séraphines Lebensbeschreibung. – Wie Justine von den Bettlern scheidet. – Neuerlicher Akt der Wohltätigkeit und welcherlei Früchte dies trägt. – Was es mit Roland auf sich hat. – Aufenthalt bei ihm.

ICH wurde zu Paris als Kind eines Mannes und einer Frau geboren, deren äußerst zweifelhafter Ruf nicht gerade zur Hoffnung Anlaß gab, daß die Frucht ihrer Liebe zu einem Ausbund an Sittlichkeit würde. Mein Vater war Guardian bei den Kapuzinern im Marais; meine Mutter, eine recht hübsche Schelmendirne aus dem nämlichen Viertel, wurde von Pater Siméon, dem Urheber meiner Geburt, mit dem Geld des Klosters ausgehalten, und zwar in einem ganz in dessen Nähe gelegenen Haus. Ebendiesen Liebeshändeln war auch mein Bruder entsprungen, der ein Jahr mehr zählte als ich und den meine Mutter, gleich mir, nach ziemlich lockeren Grundsätzen erzog: dieses Brüderchen, das man, nach dem Familiennamen meines Vaters, de l'Aigle nannte, war imgleichen der bestrickendste Knabe und der unsäglichste Lustbock, den es in ganz Paris geben mochte. Seine erzlästerlichen Neigungen machten sich bereits in frühester Kindheit bemerkbar; und der kleine Spritzbube hatte keinen größeren Herzenswunsch, als sie auch mir samt und sonders einzuflößen. Keine zehn Jahre alt, durfte er sich bereits Schürzenjäger, Trunkenbold, Dieb, Rohling nennen, wobei er mich zu all diesen Lastern verleitete, indem er sie mir mit einer für sein Alter außergewöhnlichen Geistesschärfe und Gewitztheit schmackhaft machte. Er war es, der mir das Geheimnis unserer Abkunft enthüllte und in mir dabei zugleich die tiefste Verachtung für unsere Urheber weckte. Indes liebte de l'Aigle seine Mutter, ja es gelüstete ihn sogar nach ihr; dies war nicht zu übersehen.

– Ich zähle erst zehn Jahre, Séraphine, sprach er zuweilen zu mir; doch ich könnte meine Mutter ebenso gut bemännseln wie Siméon: ich bin überzeugt, daß ich es mit ihr ebenso wild treiben könnte … ich habe die beiden beobachtet … ich weiß alles und werde es dich lehren, wann immer du willst.

Unseligerweise half Pauline, wie ich euch bereits angedeutet, all diesen sündlichen Anlagen sogar noch ein wenig nach: sie himmelte meinen Bruder an; sie holte ihn zu sich ins Bett; und de l'Aigle wartete nicht lange mit dem Geständnis, daß ihm ein gut Teil jener Dinge, in die er mich so brennend gerne einweihen wollte, von dieser blutschänderischen Mutter beigebracht worden seien. Diese Zügellosigkeit mochte in Ansehung des Alters meiner Mutter gar nicht einmal so unstatthaft sein, immerhin hatte sie meinen Bruder schon als Dreizehnjährige zur Welt gebracht und zählte demnach auch jetzt noch keine dreiundzwanzig. Feurig und schön wie ein Engel, durfte sich die Schelmendirne zu ihrer Entschuldigung auf die Natur berufen, auf deren Stimme sie viel geflissentlicher hörte als auf diejenige der Vernunft. Es war mir ein leichtes, aufgrund der Ratschläge, die sie mir erteilte, darauf zu schließen, daß ihre Moral äußerst locker war. Doch da ich noch nicht aufgeweckt genug war, um die wahren Beweggründe auszumitteln, hielt ich die Zeichen schrankenlosester Verderbtheit für Zärtlichkeit.

Dies waren in etwa die Gründe, aufgrund deren unsere Erziehung vernachlässigt wurde: Lesen und Schreiben war in etwa alles, was man uns lehrte; jedoch keinerlei Kunstfertigkeiten ... keinerlei Gesittung ... keinerlei Religion. Siméon, der allerungläubigste Freigeist auf Erden, hatte ausdrücklich verboten, daß man uns gegenüber je von Gott handelte.

– Es wäre wünschenswert, pflog er zu sagen, daß man den ersten, der seinen Namen in den Mund genommen, sogleich erdrosselt hätte. Laßt uns die Jugend vor diesen gefährlichen Lehren in Schutz nehmen; mit jedem Kind, das wir vor ihnen bewahren, läßt sich ein Mensch weniger von dieser Irrmeinung zum Narren halten: ach, vermöchten doch nur alle Väter so zu handeln! dann würde binnen kurzem die Philosophie über den Köpfen der Menschen schweben.

Aber, aber, werdet ihr vielleicht sagen, soviel Geist bei einem Kapuziner? nun, mein Vater war eben ein heller Kopf. War aber auch ein ausgekochter Lüstling; es ist nämlich nur allzu wahr, daß dieser Makel fast allen großen Menschen anhaftet und daß ein aufgeklärter Geist nur selten von Atheismus und Immoralismus verschont bleibt.

Wiewohl Siméons Liebeshändel mit meiner ehrenwerten Mutter bereits dreizehn Jahre währten und er sie schon als Zehnjährige entjungfert hatte, war sie ihres Orts die Frucht eines früheren Techtelmechtels, das dieser ehrwürdige Pater mit einer Krämerin aus dem nämlichen Stadtviertel unterhalten hatte, so daß Pauline, ineins seine

Tochter und seine Geliebte, zwiefachen Anspruch auf sein Herz besaß; wiewohl dieses Verhältnis, sage ich, schon dreizehn Jahre währte, war ihre Freundschaft dank der just erwähnten, zwiefachen Bande noch keineswegs erkaltet. Die vorbehaltlose Unterwürfigkeit meiner Mutter, ihre unüberbietbare Gefügigkeit gegenüber den ordenswidrigen Kapriolen des Kapuziners, kurzum, das Zusammenspiel all dieser Gründe machte ihm Paulines Gesellschaft so unentbehrlich, daß kein einziger Tag verstrich, an dem er nicht fünf oder sechs Stunden bei ihr zugebracht hätte. Der Oberer des Klosters, Pater Ives, der seines Orts ein recht hübsches Mädchen von achtzehn Jahren, Luce mit Namen, aushielt, gesellte sich mit seiner Gespielin diesem Paare bei. In beiden Haushaltungen lebte je eine wunderhübsche Dienstmagd, die für gewöhnlich an diesen lustseligen Zusammenkünften teilnahmen; für gewöhnlich brachte man bei solcher Gelegenheit, nach einer reichhaltigen Mahlzeit, der Venus unkeusche Opfer dar, deren Ablauf und Einzelheiten nur der Erfindungsgabe von Mönchen entspringen mochten.

Eines Tages hatte sich diese fröhliche Gesellschaft just eingefunden, als mich mein Bruder ganz außer Atem aufsuchte.

– Séraphine, nimmt es dich wunder, den Zeitvertreib dieser wackeren Gottesdiener kennenzulernen?

– Freilich.

– Doch bevor ich dich in den Genuß dieses Schauspiels kommen lasse, mein teures Schwesterchen, stelle ich eine Bedingung.

– Und die wäre?

– Daß ich mit dir all das anstellen darf, was sie vor unseren Augen miteinander treiben werden.

– Was treiben sie denn miteinander?

– Du wirst schon sehen, Schwesterherz ... Nun! schlägst du ein? Und zur Bekräftigung seines Vorschlags drückte mir der kleine Schalk einen derart glühenden Kuß auf meine Lippen, daß sich in meinem Innern alsogleich die Vorboten jenes feurigen Gemüts bemerkbar machten, mit dem mich die Natur begnadet: ich spritzte in der Umarmung meines Bruders aus. Der kleine Kerl, in solchen Dingen bereits recht gut bewandert, macht sich meine Schwäche zunutze, wirft mich auf ein Bett, schlägt meine Röcke hoch, spreitet meine Schenkel und pflückt mit seinem Munde stürmisch die unzweideutigen Zeichen der Wollust, die er just in mir geweckt:

– Du läßt Seim, Schwesterherz, spricht de l'Aigle zu mir … Jawohl, mein Liebchen; so bezeichnet man das, was du soeben getan … Du bist schon weiter entwickelt als ich; ich bringe es nämlich noch nicht soweit. Meine Mutter mag mich noch so fleißig wichsen, lutschen, nichts fließt: sie sagt, kommt Zeit, kommt Rat … ich müsse lediglich mein vierzehntes Altersjahr abwarten; meine Lust sieht sich hiedurch jedoch nicht im geringsten geschmälert. Hier, fuhr mein Bruder fort, indem er meine Hand ergriff und sie zu einem kleinen Glied zog, das schon recht hart und von ansehnlicher Dicke war, schüttle deine Hand auf und ab, meine Schwester; du wirst sehen, wie ich vor Wonne vergehe … Oder nein, warte; ich werde dich so hinbetten, wie mich Mama jeweils in Stellung legt, wenn ich bei ihr bin.

Und mit diesen Worten befreit mich der Lustbold von meinen Röcken, steigt aus seinen Beinkleidern; und nachdem er mich aufs Bett gelagert, streckt er sich in umgekehrter Richtung über mir aus, so zwar, daß er seinen Schwanz in meinen Mund stecken und seine Lippen auf meine Fut heften kann. Ich lutsche ihn, er zahlt es mir heim: dieserweise bleiben wir liegen, ohne die Stellung zu wechseln, und ergehen uns fast eine Stunde lang in höchster Lust. Schließlich zieht ein Geräusch im Nebenzimmer unsere Aufmerksamkeit auf sich und ermahnt uns, in eine andere Rolle zu schlüpfen und uns von Darstellern in Zuschauer zu verwandeln.

Dieses allererste Lustspiel, zu dessen Anblick mir mein Bruder verhalf, war derart fesselnd, daß ich es euch unbedingt in aller Ausführlichkeit schildern muß; ja, ich befürchte keineswegs, euer Mißfallen zu erregen, wenn ich es euch bis in die letzten Einzelheiten abkupfere. Die von mir verwendeten Ausdrücke müßten eigentlich ebenso unverdorben sein, wie ich es damals selber noch war; doch mein Bericht würde viel von seinem Reiz einbüßen, wenn ich ihn dieserweise verschleiern müßte; und um möglichst deutlich zu werden, muß ich mich ebenjener Begriffe bedienen, mit denen ich euch heute ein solches Schauspiel beschreiben würde. Laßt mich mit den Personen der Handlung den Anfang machen.

Meine Mutter zählte, wie ihr wißt, dreiundzwanzig Jahre; sie war engelsgleich; ihr Haar kastanienbraun; die Hüfte ausladend und dennoch schlank und rank; prall und frischfleischig; zauberhafte Augen erglänzen in einem leicht geröteten Gesicht, denn sie frönte nur allzu oft den unmäßigsten Tafelfreuden … eine Spielart des

Lasters übrigens, die sie sich lediglich aus Gefallsucht zu eigen gemacht, da sich ihr Liebhaber stets dann am wonnevollsten mit ihr verlustierte, wenn ihr der übermäßige Genuß von Wein und Schnäpsen den Verstand geraubt hatte.

Luce, die Buhle von Pater Ives, dem Oberer des Klosters und Freund meines Vaters, zählte, wie schon erwähnt, achtzehn Jahre; sie war blond; sie besaß strahlend blaue Augen voller Anmut; die denkbar blasseste Haut; hochwohlgeborene Brüste ... Popobacken; und eine der allerengsten Votzen, die zu ficken, so prahlten unsere Hurenböcke, einem rechten Kapuziner überhaupt noch zuzumuten sei.

Die Mägde waren zwei Schwestern, die bereits mit zehn Jahren von unseren beiden Lüstlingen entjungfert worden waren und seither in deren Diensten standen. Die ältere, Martine geheißen, mochte ungefähr sechzehn Jahre zählen; Léonarde, die Zweitgeborene, war kaum fünfzehn Jahre jung; anmutigste Gesichter, Hüftschwung, Frische; dank all dieser Vorzüge durfte das eine wie das andere Mädchen, ohne jede Übertreibung, in die Klasse der hübschesten Landpomeranzen von ganz Frankreich gereiht werden.

Was unsere Mönche angeht, so waren sie in etwa gleich alt. Mein Vater indes schien ein wenig bejahrter zu sein; er mochte die Vierzig überschritten haben; ein wahrer Satyr mit einem bläulich schimmernden Bart, schwarzen Augen, überwältigender Körperkraft, einer sprühenden Phantasie und einem der prächtigsten Schwänze Europas, wenn man einmal davon absah, daß er von Pater Ives' Glied bei weitem überragt wurde, maß dieses doch, bei unbedeckter Eichel, elf Zoll in der Länge, auf einen Umfang von deren acht. Ives zählte erst achtunddreißig Jahre; seine Gesichtszüge waren noch unangenehmer als diejenigen meines Vaters; die Augen winzig, die Nase lang; dafür war er noch kräftiger gebaut und noch lüsterner veranlagt.

Die ganze Gesellschaft erhob sich gerade von der Tafel, als wir von dem Bett herunterhüpften, auf dem wir unsere Tollheiten getrieben ... um nun unsere Augen auf die Astlöcher in der Scheidewand zu heften, welche unsere Kammer von jener trennte, in der die Orgien steigen sollten.

In Ansehung der Hirnbrünstigkeit, in der wir ihre Köpfe erblickten, erwarteten wir, daß die sich anbahnenden Opferungen vom selben Geiste beseelt sein würden wie diejenige, welche man hiebevor auf den Altären des Gottes von Speis und Trank abgehalten. Namentlich mein Vater schien mir vollkommen blau zu sein.

– Ives, sprach er zu seinem Glaubensbruder, diese Schlitzbübinnen sollen sich losspendeln; jene, die am schnellsten nackend vor uns steht, soll als erste gevögelt werden … die saumseligste dagegen soll von jedem fünfzig Fitzenhiebe erhalten.

– Einverstanden, erwiderte Ives; es dürstet mich ohnehin ebensosehr danach, zu fitzen wie zu ficken: nicht daß das Erstere, für mein Empfinden, das Letztere nicht bei weitem aufwiegen würde; aber da er mir heute andauernd anschwillt, drängt es mich, Sperma zu verspritzen, und ich verlustiere es niemals trefflicher als beim Ficken.

Die Aufrichtigkeit dieser Worte unterstrich der Arschanbeter mit einem sehnigen Schwengel, dessen scharlachroter Kopf den Himmel zu stürmen drohte.

– Gottverflucht, meinte mein Vater und umfaustete dieses Glied … oh! heiliger Arschfick, bester Freund, welch steifer Schweif … Gib zu, Pauline, daß man dies getrost einen Prachtbolzen heißen darf. Nun hör mir gut zu, mein Schatz, ich muß dir etwas gestehen: das Schauspiel, wie du es dir von einem Schwengel dieses Schlages besorgen läßt, wird mir stets viel mehr Wonne bereiten, als wenn ich dich eigenschwänzig ficke. Wäre ich verheiratet, so würde ich kein höheres Vergnügen kennen, als mir durch ein Gemächt von diesem Kaliber Hörner aufsetzen zu lassen.

– Liederlicher Lügenbold, versetzte Pater Ives, indem er die Beinkleider seines Glaubensbruders aufknöpfte, dessen Kutte bereits zum Teufel war, gib ruhig zu, daß es ein Örtchen gibt, wo du diesen Schwengel noch viel lieber erblicktest als in der Votze deines Liebchens.

– Wo denn?

– In deinem Arsch, mein Freund, in deinem Arsch!

– Wie wahr, wie wahr, meinte Siméon: schau ihn dir an, diesen Arsch, von dem du sprichst; schau nur, wie schön er ist; fege ihn doch einen Augenblick aus, bevor du in die Scheide meiner Schlitzbübin schlüpfst.

– Hier, Hans-fick-in-die-Luft, bist du's nun zufrieden, fragte Pater Ives, indem er Siméon auf ein Ruhebett lagerte und ihm seinen kraftstrotzenden Kolben in den Arsch trieb.

– Ah! Fick! ... Fick! keucht mein Vater, indem er eine Hure nachäfft und sich windet wie ein Aal; ja, gottverhenkert, genau das hat mir vorgeschwebt.

Und der Lustbold läßt alsogleich eine der jungen Mägde unter sich gleiten und votzt bei ihr ein, dieweil er gearschfickt wird. Doch diese Ritte dienen lediglich zum Einwärmen, und so glitschen alle beide ohne Samenverlust wieder heraus; nun bringt man etwas Zucht und Ordnung in das Schandspiel. Unbeschadet dieses fröhlichen Auftakts hatten unsere Mönche den Überblick nicht verloren; sie hatten sehr wohl bemerkt, daß die junge Martine als letzte entkleidet, meine Mutter dagegen als erste nackend war.

– Laß uns zur Urteilsvollstreckung schreiten, meinte Siméon: Pauline, reich uns die Ruten; du aber, Pater Ives, bemächtige dich dieser derben Dirne; feßle ihr die Hände mit deinem Kuttenstrick; lege sie übers Knie; ich will sie lehren herumzufaulenzen; sobald ich sie in Blut getaucht habe, wirst du mich ablösen.

Das arme, kleine Mädchen wird gepackt; sie mag noch so laut schreien, noch so sehr nach Ausflüchten suchen, es wird ihr kein Gehör geschenkt. Siméon zwingt sie in Stellung, indem er mit dem linken Arm ihre Hüften umschlingt, und versetzt ihr mit dem rechten eine derart tüchtige Tracht Prügel, daß ihre Hinterbacken schon nach weniger als zwanzig Streichen feuerrot leuchten.

– Kommen Sie, gehen Sie vor diesem Knüppel in die Knie, Léonarde, spricht er zum anderen kleinen Mädchen, und wetzen Sie ihn an Ihren Spitzbrüstchen: du aber, Luce, solltest mir, während ich fitze, den Arsch aufreizen, der noch vom eben erlittenen Ritt brennt; du siehst, wie er dir entgegengähnt; kitzle ihn, meine Gute: du aber, Pauline, komm her, und laß dich von meinem Ordensbruder begrabbeln, um ihn für die Mühsal, diese kleine Göre für mich festzuhalten, ein wenig zu entschädigen ... Nun! habe ich euch nicht gesagt, daß dies das schönste Gruppenbild der Welt ergeben würde; schaut nur in diesem Spiegel, wie bezaubernd es ist. Los, wechseln wir die Plätze, Pater Ives; rücke an meine Stelle, so will ich die deinige einnehmen; striegle diesen Arsch zu einem guten Ende, auf daß er noch mindestens zwei Wochen lang unter den Nachwehen zu leiden habe.

Dies läßt sich Ives nicht zweimal sagen; und die bejammernswerte Martine geht blutüberströmt aus seinen Händen hervor.

– Los, meinte Siméon, genug gezüchtigt, nun zur Belohnung. Pauline stand als erste nackt da; du weißt, was wir für diesen Akt der Folgsamkeit in Aussicht gestellt: fädle bei ihr ein, Pater Ives; unter der Bedingung, daß du hernach den Lustbuben für mich spielst, werde ich dir als Zuhälter zur Hand gehen.

– Einverstanden, erwidert Pater Ives; seit Urzeiten habe ich, nach dem Vorbild Caesars, eine Schwäche dafür, allen Frauen ein Gatte und allen Gatten eine Frau zu sein.

Meine Mutter geht in Stellung; die Lustbübin war derart brünstig, daß sie bereits Seim ließ. Eigenhändig lenkt Siméon den Schwengel, läßt ihn anklopfen und eindringen.

– Ah! Fick, stöhnt meine Mutter, sowie sie ihn in ihrem Innern spürt ... welch ein Mordsgerät ... ich spritze aus.

Kaum liegen sie vereint, bemächtigt sich Siméon des Allerwertesten jenes Kerls, der ihn zum Hahnrei macht; ohne ihn zu befeuchten, setzt er seinen Schwanz an und stößt im Arsche seines Nebenbuhlers fast in derselben Sekunde auf Grund wie dieser in der Tiefe von Paulines Arsch ... Alle beide ficken drauflos ... alle beide stoßen auf und ab ... Vom Sturmwind aufgepeitschte Meereswogen, die sich übereinandertürmen. Doch Abwechslung tut not:

– Martine, sprach mein Vater, schwinge dich rittlings auf Ives' Lenden, ich will deinen Arsch abschmatzen, dieweil ich den Beschäler meiner Buhle sodomisiere: du aber, Léonarde, solltest auf Paulines Busen gleichfalls spreizbeinig in Stellung gehen; drücke deine Schamlippen auf ihren Mund; die Tribadin wird dich lutschen; sie liebt es, eine Frau zu schamzüngeln, während sie gevögelt wird; und Pater Ives soll deine Popobacken küssen: ab und an ist es unverzichtbar, einen Arsch abzuschmatzen, während man eine Fickritze feilt; eine Art Gegengift.

– Und ich, fragte Luce, was wird aus mir?

– Fitz mich, versetzt Siméon, und laß mich von Zeit zu Zeit sowohl deinen Mund als auch deinen Arsch küssen; alsdann sollst du um uns herumtänzeln wie David um die Bundeslade, und während du dieserweise deine Kreise ziehst, sollst du brunzen und Strunzen scheißen; diese Ausscheidungen werden uns aufheitern. Bei einem Lustgelage sollte man nichts unversucht lassen; je schmutziger die Einfälle, desto steifer die Schweife. Zum Teufel mit der Fickerei ohne Schund und Schmutz: alle Laster sollten einander die Hand reichen, sich ineinander verzahnen, sich wechselseitig beflügeln; beim Ficken darf nichts vernachlässigt werden.

– Sie soll uns auch zu trinken bringen, meint Pater Ives; ich liebe es, mich zu besaufen, während ich der Unzucht fröne; im übrigen denke ich wie du, mein Freund: im Augenblick des ersehnten Samenverlusts kann man gar nicht genug Laster versammeln, die ihn befördern ... Alles wird zu Lust, wenn man einen Steifen sitzen hat; und je bunter man es alsdann treibt, um so heftiger wird man erregt.

– Los denn, spritz aus ... spritz aus, erwiderte mein Vater; denn das Sperma trübt deine Gedanken, und bald weißt du gar nicht mehr, was du sagst.

– Soso, Fickrament! gleich beweise ich dir, daß ich wenigstens weiß, was ich tue; um deiner Schlitzbübin kein Kind zu zeugen, werde ich nämlich meinen Schlatz auf ihren Bauch platzen lassen.

– Nicht doch, nicht doch, widerspricht Siméon dieser tugendsamen Anwandlung seines Mitbruders, tue dir diesbezüglich keinen Zwang an; alles Nötige sprießt in unserem Garten: fick ruhig weiter, mein Teurer; und sollte sich der Bauch der Buhle blähen, so werde ich schon für Abhilfe sorgen.

Dieserweise ermutigt, fährt Ives mit doppelter Inbrunst fort; die Stöße meines Vaters stecken ihn vollends in Brand; alle beide kosten zur gleichen Zeit den Gipfel der Wollust; und alle beide schleudern, von den Handlangerinnen trefflichst bedient, den zähflüssigen Ficksaft, der ihnen den Verstand raubt, in die empfangsbereiten Kelche. Doch alle beide sind sie allzu lüstern, um es dabei bewenden zu lassen, und daher gehen sie zu einer weiteren Lustbarkeit über. Ives fährt Siméon in den Arsch, der, seines Orts, bei seines Freundes Liebchen einvotzt; die beiden kleinen Mädchen entbieten ihre Hinterbacken zum Kusse, und Pauline wird mit dem lustreichen Ringelreihentanz betraut. Sie führt ihn derart kunstgerecht aus, verrichtet wechselweise die beiden Spielarten der Notdurft mit solcher Beflissenheit, daß sie in Windeseile den Wonneschauer unserer Ficker herbeiführt, deren Verzückung alsogleich von einer zweiten Ejakulation gekrönt wird.

– Uff! laß uns für den Augenblick erst einmal eine Rast einlegen, meint mein Vater; er wird mir erst wieder stehen, wenn ich mindestens sechs Flaschen Champagnerweines geleert habe.

Nutzen wir diese Zeitspanne, um euch über all das Rechenschaft abzulegen, was sich während dieses fesselnden Schauspiels zwischen mir und meinem Bruder abgespielt.

So manches Mal hatte de l'Aigle die Rolle des Zuschauers aufgegeben, um in diejenige des Darstellers zu schlüpfen; und da ihm die Stellung, in der ich kauerte, den Genuß meiner Vorderseite ziemlich erschwerte, suchte der kleine Lustbold im hinteren Teil Trost. Er hatte mein Unterhemd bis unter das Mieder hochgerollt; und dank meiner Haltung frei über meinen Arsch verfügend, verschlang er denselben mit den inbrünstigsten Küssen: auch in dieser Hinsicht kein Anfänger mehr, hälftete ihn der kleine Schäker, pfeilte seine Zunge ... seinen Finger hinein; und indem er sich zum Abschluß des Schandspiels über meine Lenden beugte, gelang es ihm, sich mit seinem kleinen Speer bis in den Vorhof der Votze zu schleichen. Durch diesen Auftakt ermutigt, hatte er, sowie er unsere Darsteller zu Tische sah, zu mir gesagt:

– Öffne dich mir, Schwesterherz ... verharre in deiner Stellung; beuge dich lediglich noch ein wenig vor, und du wirst sehen, wie ich eindringe.

Ob dem just Geschauten hell entflammt, lehne ich mich mit meinem ganzen Gewicht wider die Scheidewand, um de l'Aigle meinen Allerwertesten möglichst artig auszuschwenken ... Doch, großer Gott! was für ein Mißgeschick! Ein schlecht befestigtes Brett löst sich und kracht mit solcher Wucht auf eine hochempfindliche Stelle von Martines Schädel, so daß diese besinnungslos darniedersinkt, mit einem Loch im Kopf, aus dem große Schwälle Blutes hervorquellen. Völlig verdutzt, uns alle beide in einem derart verräterischen Zustand über das Brett zu Boden purzeln zu sehen, wissen unsere beiden Mönche zuerst gar nicht, wessen sie sich annehmen sollen; werden sie Martine zu Hilfe eilen? werden sie sich uns zuwenden? Wie es sich für die Seele waschechter Libertins schickt, war die Geilheit auch diesmal stärker als das Mitleid. Von der Nacktheit, in der sie uns erblicken, ungemein erregt, helfen sie uns auf die Füße, lassen ihre Hände über unsere Reizungen schweifen, bald tadeln ... bald kosen sie uns und überlassen es den Frauen, der Verwundeten beizustehen, die in Ansehung ihres Zustandes aufs Bett gelagert werden muß. Dies unselige Brett hatte allerlei Wirrwar gestiftet: der Tisch, gleichfalls von ihm erfaßt, war in sich zusammengestürzt und hatte Teller sowie Flaschen mit sich gerissen, deren Scherben nun das ganze Zimmer übersäten.

– Räumen Sie all dies auf, spricht Siméon, indem er Léonardes Behandlung ihrer Gefährtin unterbricht und durch diese Hartherzigkeit durchscheinen läßt, daß ihm die Stätte seiner Sinnenfreuden weit mehr am Herzen liegt als das pflegebedürftige, jammerbare Opfer dieses wunderlichen Zwischenfalls …

– Je nun! sie ist verwundet, setzt er hinzu … meinetwegen, kommt Zeit, kommt Rat …

– Aber, ehrwürdiger Vater, erwidert Léonarde, sie schwimmt im Blut.

– Dann muß es höchstens ein wenig gestillt werden; um alles weitere kümmern wir uns nach dem Ficken …

Während dieses Zwiegesprächs aber zog ich die Liebkosungen meines Vaters auf mich, während es de l'Aigle bei Pater Ives ähnlich erging, kurz, unsere mitleidlosen Lustböcke verschwenden keinen einzigen Gedanken an den Zustand der armen Martine, sondern scheinen lediglich im Banne jener Freuden zu stehen, die sie sich von jenen beiden neuen Lustgespielen erhoffen, mit welchen sie nicht im Traume gerechnet.

– Schau nur, sprach Siméon zu Pater Ives, wie stark die Brüste dieser kleinen Schelmendirne bereits entwickelt sind! … und wie flaumig behaart ihre winzige Fut ist! … Und das alles ist erst noch mein Werk! … Weißt du was, binnen weniger denn sechs Monaten wird dies reif zum Pflücken sein!

– Weshalb nicht schon hier und heute, meint Pater Ives: wer schreibt uns denn vor, noch sechs Monate warten zu müssen? Hier, fuhr er fort und deutete auf den Arsch meines Bruders, schau nur, wie wohlgeformt dies alles schon ist! Los … los, laß uns die Gunst der Stunde nutzen; Schluß mit dem Zartgefühl.

Zutiefst beschämt, trauten sich indessen weder de l'Aigle noch ich, gegen die von ihnen ausposaunten Absichten etwas einzuwenden. Meine Mutter hatte sich meines Bruders angenommen; sie küßte ihn mit Inbrunst, und während sie sein Schwänzchen rüttelte und schüttelte, sprach sie ihm zu:

– Mein zauberhafter Schatz, du solltest dich deinem Vater auf keinen Fall widersetzen, denn er will nur dein Bestes; sollte er dich in sein Herz schließen, so ist dein Glück gemacht … Komm her … komm in meine Arme, du kleiner Liederjahn; komm, stecke deinen

Schwanz in ebenjene Öffnung, die dich ins Leben entlassen; die Wonne, mit der dich diese Lustbarkeit erfüllen wird, versüßt womöglich den Schmerz der Entjungferung, die nun in die Wege geleitet wird.

– Ah! welch trefflicher Einfall! schwärmte Siméon; ich werde meinen Sohn vögeln, indes er bei seiner Mutter einvotzt: welch Augenschmaus für dich, Pater Ives!

– Glaubst du etwa, entgegnete dieser, daß ich all dies kalten Blutes mitansehen werde? ich will mittlerzeit deine Tochter entjungfern.

– Wo denkst du hin? gottverhenkert, versetzte Siméon; beides sind meine Kinder, und ich will alle beide als erster vögeln. Warte, werter Freund, du magst dir eine nicht minder prickelnde und wonnevolle Lustbarkeit verschaffen; schließlich habe ich Verständnis dafür, daß man sich möglichst unkeusch und unzüchtig aufführen muß, wenn man das Beispiel einer Sittenlosigkeit vor Augen hat: arschficke Martine, deren Schädel just zertrümmert worden … bereits jetzt leidet sie wie ein armer Teufel, und dein Schwanz wird ihr noch viel schlimmere Höllenqualen bereiten; doch diese zwiefachen Krämpfe des Schmerzes werden dich, wie du wohl ahnst, unweigerlich auf den allerhöchsten Gipfel der Wollust erheben; denn du weißt ja, bester Freund, daß jeder Schmerz, den wir unserem Unzuchtsopfer zufügen, unsere Sinne mit Lust erfüllt!

– Ah! Fick, ein ebenso ungehörter wie unerhörter Einfall, schwärmt Pater Ives und bedroht mit seinem ungeheuerlichen Gemächt bereits die Popobacken unserer armen, kleinen Verletzten … Los, Metze, schwenk mir deinen Arsch aus.

– Aber, ehrwürdiger Vater, ich leide Höllenqualen.

– Um so besser, genau das brauche ich.

– Pater Ives, wirft Siméon ein, sie soll dieses Schnupftuch lüften, auf daß du die Wunde schön vor Augen hast …

Alles fügt sich … unbesehen des natürlichen Widerstandes, der dem augenfälligen Mißverhältnis zwischen dem Riesenschwengel von Pater Ives und dem niedlichen Popo der jungen Martine entspringt. Es wird zum Sturmangriff geblasen; Luce geht ihrem Liebhaber zur Hand … küßt ihn … erregt ihn, dieweil er zu Werke geht. Die bejammernswerte Blutzeugin, ineins von den Schmerzen des just erlittenen Schlages und der widernatürlichen Einführung des allesdurchbohrenden Schwanzes zerrüttet, stößt unmenschliche

Schreie aus; auch Siméon macht sich schon bald an die Arbeit und genießt die Aussicht auf dieses herzerweichende Schauspiel. Bereits hatte sich Pauline das steinharte, kleine Werkzeug meines Bruders hineingesteckt; bereits vögelte der kleine Hurenbock seine Mutter, als Siméon, den Popo seines Sohnes zum Greifen nah, an dessen Mündung siegesgewiß in Stellung geht. Dies Unterfangen ist von Schwierigkeiten sonder Zahl gespickt; doch Siméon ist nicht der Mann, der sich so leicht von etwas abhalten ließe. Léonarde hält das Kind fest; sie spreitet dessen Arschbacken; der Mönch speichelt seinen Schwanz ein … klopft an; zwei fuchsteufelswilde Lendenstöße, die von ungeheuerlichen Gotteslästerungen untermalt werden, und schon ist die Eichel verschwunden: Siméon verdoppelt seine Anstrengungen; meine Mutter hält ihren Sohn fest und streichelt ihn; das Kind weint: die Wonne, die man ihm vorne verschafft, entschädigt ihn nicht im geringsten für all die Pein, die er hinten verspürt; doch um seine Empfindungen bekümmert man sich herzlich wenig. Neuerliche Stöße besiegeln schließlich den Sieg; der Lustbock stößt auf Grund und schickt seinen Lorbeeren weitere Gotteslästerungen voraus. Léonarde liegt unter seinen Händen; er greift sie ab, bezüngelt sie, indes er seinen Sohn unermüdlich sodomisiert; und um die Blutschande noch auf die Spitze zu treiben, wünscht der Hurenhengst meine Hinterbacken abzuschmatzen, dieweil er im Arsch meines Bruders steckt. Zu diesem Behuf hievt man mich auf die Hüften des zum Schandpferdchen gerittenen Sohnes Seiner Hochwürden, und der Sodomist läßt es sich nach Herzenslust wohlsein. Ives indessen, nach wie vor unter den Augen meines Vaters, setzt Martines Arsch den empfindlichsten Stößen aus, während ihn seine Geliebte ihres Orts mit einem Samthansen aufspießt.

– Ives, erkundigt sich Siméon, steht er dir ebenso prächtig wie mir?

– Jawohl, Fickrament, erwidert dieser und zieht zum Beweis seinen kotbeschmierten Schwanz aus dem Arsch, den er gerade ausfegt, um ihn alsogleich wieder hineinzurammen, wodurch die Schmerzen der unseligen Verletzten dermaßen anschwellen, daß sie in Ohnmacht zu fallen droht … du siehst ja selbst, wie mächtig er mir steht.

– Ei denn! gottverflucht, wenn dem so ist, sprach Siméon, dann laß diese Metze ruhig noch ein wenig stärker leiden.

Das Unglückskind aber, gegen das derart niederträchtige Ränke geschmiedet wurden, überflutete bereits das ganze Zimmer mit seinem Blut.

– Zwiefach verfickter Gott, fährt der Unhold fort, wenn er dir schon einmal steht, so fick das Loch, das sie sich am Kopfe zugezogen, und während du es zerschlenzt, kannst du auf der anderen Seite gleich ein frisches bohren.

Diese neuerliche, furchtbare Freveltat wird ausgeführt: der wildmütige Pater Ives fährt aus dem Arsch der Verwundeten, zwingt sie in die Knie ... peilt mit seinem Schwanz ihre Wunde an, pfeilt ihn hinein, entlädt, indes er die unversehrte Schädelhälfte dieser Jammerbaren mit Stockschlägen zertrümmert.

– So ist es recht, lobt Siméon, indem er seines Orts in den Popo meines Bruders ausspritzt, während er an meinen Hinterbacken knabbert; jawohl, so ist es recht; ich jedenfalls habe eine Schwäche für Greueltaten ... ich spritze niemals trefflicher aus, als wenn ich Greuel begehe, betrachte oder begehen lasse.

– Warte, setzt mein Vater hinzu, um mich wieder in Schwung zu bringen, werde ich diese Schlitzbübin zuchtmeistern.

– Oh! Fick, meint Pater Ives, in ihrem Zustand hält sie so etwas doch gar nicht mehr aus.

– Willst du mich zum Narren ficken, entgegnet Siméon; bis eine solche Hürin endgültig abkratzt, kann sie noch allerhand ertragen.

Bei diesen Worten wird sie von diesem Lump gepackt; er zwingt sie unter seinen linken Arm, umschlingt mit dem einen seiner Beine die ihrigen und gerbt sie mit der rechten Hand derart derb ab, daß ihre Schenkel nach weniger als sechzig Hieben in jenem Blut schwimmen, das von ihrem Arsch ausgedünstet wird: nichts kann ihn aufhalten; er macht weiter. Ives fällt es bei, ihm heimzuzahlen, was er diesem armen Ding antut; der fasernackte Arsch seines Ordensbruders befand sich just in seiner Reichweite. Und so schließt sich alsogleich ein weiteres Schandspiel an. Siméon wünscht, daß Léonarde seinen Schwanz lutsche, indes er Martine auspeitscht: auf dem Bette thronend, schmatzt er abermals den meinigen ab; Luce aber bearbeitet mit ihrem Samthansen weiterhin den Hintern von Pater Ives, der grobhändig die Brüste meiner Mutter durchwalkt, alldieweil er seinen Gefährten geißelt.

– Es wäre ein Witz, einfach so auszuspritzen, meinte Siméon; Ficken ist weit besser als Fitzen: hier, sodomisiere meinen Sohn ein weiteres Mal in den Armen seiner Mutter; ich aber werde meine Tochter rittlings auf den Brüsten ihrer Mama in Stellung bringen; ich werde sie votzficken, indes sie ihre Arschbacken am Antlitz ihrer Mutter wetzt; Léonarde und Martine werden uns mittlerzeit kastriegeln, und Luce wird uns ihre Arschbacken zum Kusse entbieten.

Ich will euch die Schilderung jener Schmerzen ersparen, die ich beim Verlust meiner Jungfernschaft empfand; der Schwengel meines Vaters war ungeheuerlich, und er schonte mich nicht im geringsten. Eine weitere Qual erwartete mich; als meine Mutter ausspritzte, wußte sie nicht mehr, was sie tat, und riß mit ihren Zähnen einen Fetzen Fleisch aus meinen Hinterbacken, die, wie ihr wißt, auf ihrem Antlitz ruhten: ich schreie gellend auf und stoße meine Lenden kraftvoll gegen das mich durchbohrende Ungetüm von einem Schwanz; diese ruckartige Bewegung beschleunigt den Lusttaumel meines Vaters ... er spritzt aus; sein Ordensbruder folgt ihm auf dem Fuß; die Stellung wird aufgelöst, und eine kurze Ruhepause erquickt imgleichen die Sinne und die Köpfe unserer Libertins.

– Saufen wir, meint mein Vater: nur die Ausschweifungen der Tafel verhelfen uns zu einem anständigen Ficksaft; und ihr werdet nie einen waschechten Libertin treffen, der nicht auch ein Säufer und Schlemmer wäre.

– Trage den besten Wein auf, den wir besitzen, meint Pater Ives zu Luce; es gibt noch viel zu tun.

– Halt, wirft Siméon ein, während wir uns mit Speisen vollstopfen, müssen uns diese beiden Kinder ununterbrochen wichsen ... und während der ganzen Mahlzeit wollen wir uns keinerlei Zwang antun ... laß uns essen und trinken, brunzen und furzen, scheißen und entladen ... wir werden uns imgleichen allen natürlichen Bedürfnissen hingeben.

– Jawohl, Fickrament ... jawohl, beim Arsch Gottes, lallt Pater Ives, der bereits schwankt, es gibt nichts Köstlicheres auf Erden: denn wenn man schon einmal dabei ist, Orgien zu feiern, muß alles genauso schandbar ... schmutzig und säuisch sein wie jener Gott, dem man dabei Verehrung zollt; man muß sich, nach dem Vorbild der Schweine, im Unflat suhlen und, gleich ihnen, ausschließlich für Schund und Schmutz, Schimpf und Schande schwärmen.

Wiewohl in ihrem Blute badend, wird Martine auf der Tafel hingelagert; ihre bluttriefenden Arschbacken dienen als Unterteller, auf denen die Libertins als zweiten Gang glühendheiße Eierkuchen verspeisen. Nachdem man sich eine Stunde lang auf diese grause Weise verköstigt hat, kommt man darauf zu sprechen, mich in den Arsch zu ficken: ich hatte erst eine meiner Jungfernschaften verloren, und nun war es an der Zeit, die zweite anzufechten.

– Wir wollen sie in unsere Mitte legen, sprach Pater Ives, ich werde ihre Votze ficken, indes du ihren Arsch aufspießt; Pauline wird das Gemächt ihres Sohnes in dein Gesäß zirkeln und dich mittlerzeit auspeitschen; Luce soll mir denselben Liebesdienst erweisen; Léonarde wird um uns herum Bocksprünge vollführen, das Zimmer mit Brunz und Strunzen überschwemmen und der ach so herzerweichenden Martine bei jeder Runde entweder eine Ohrfeige oder eine Arschklitsche, ab und an sogar einen Faustschlag versetzen, so daß sie während dieses Treibens wohl oder übel verrecken wird.

Alles wird in die Wege geleitet. Doch, Gott im Himmel! war schon die erste dieser beiden Einführungen peinvoll gewesen, was litt ich nicht erst bei dieser zweiten! Ich glaubte, Siméons Schwert würde mich entzweiteilen; es kam mir vor, als ob man mir ein rotglühend Eisen in die Eingeweide schöbe: und trotz meiner Jugend verspürte ich bei alledem gleichwohl feine Funken der Wollust, untrügliche Vorboten dessen, was ich dieser lustreichen Spielart des Vögelns dereinst verdanken sollte. Eine abschließende Entladung gereichte dem Werk zur Krönung: vorne und hinten fühlte ich im selben Augenblick die beiden Ströme sprudeln, die man in mein Inneres schleuderte; und nachdem ich, halb entseelt, mitten zwischen meinen beiden Recken zusammengebrochen war, dauerte es mehr denn eine Viertelstunde, bis ich mich von der Erschütterung erholt hatte, die durch derlei Ritte in meinem Gemüte ausgelöst wurden.

Schließlich war es an der Zeit, sich ins Kloster zurückzuziehen, und die Sitzung wurde unverzüglich aufgehoben. Wir schieden voneinander. Martine wurde ins Spittel geschickt, wo sie nach einer Woche verschied. Wir aber wohnten weiterhin bei meiner Mutter. Wenige Tage später wiederholte sich dasselbe Schandspiel; und Pauline, von ihrem Liebhaber vernachlässigt, entschädigte sich in unseren Armen für ihre unfreiwillige Enthaltsamkeit, ohne sich länger zu verstellen. Wir schlüpften wechselweise, und nicht selten alle beide miteinander, zu ihr ins Bett. Alsdann vollführten de l'Aigle und ich vor ihren Augen jeweils tausenderlei Stellungen, die sich an Wollüstigkeit gegenseitig überboten; und indem die Schelmin unsere

Schlüpfrigkeiten dirigierte, gab sie all jene Lektionen, die sie von ihrem Liebhaber erhalten, unverweilt an uns weiter; sie flößte uns dessen Grundsätze ein und ließ nichts unversucht, um unsere Köpfe und unsere Herzen in Windeseile zu verderben.

Als wir ins vierzehnte und fünfzehnte Lebensjahr getreten waren, ging die aufopfernde Mama noch einen Schritt weiter. Das schändliche Geschöpf erdreistete sich, uns in ein Haus zu führen, in dem sich zwei Lüstlinge imgleichen an ihr wie an uns vergingen. Hundert Louis waren der Lohn für diese Gemeinmachung; einem jeden von uns gab sie deren zehn, bedingte sich dafür aber strengste Geheimhaltung aus; und wenn wir uns, so fuhr sie fort, peinlichst daran hielten, nichts auszuplaudern, dann würde sie uns noch zu vielen weiteren Liebeshändeln verhelfen. Wir verhielten uns zu ihrer Zufriedenheit, und in einem Zeitraum von weniger denn sechs Monaten verschacherte uns die gute Frau in ähnlicher Weise an mehr denn achtzig Leute, bis de l'Aigle eines schönen Tages, aus lauter Bosheit, alles meinem Vater enthüllte. Im Jähzorn schlug Siméon meine Mutter mit derart fuchterregender Kraft, daß sie krank ward und binnen einer Woche am Rande des Grabes stand.

– Was haben wir hier noch länger zu suchen, sprach mein Bruder zu mir: diese Hündin da kratzt bald ab; Siméon aber wird uns entweder zu Gefangenen seiner Gelüste machen, was sich für uns nicht sonderlich auszahlen würde, oder er wird uns ins Armenhaus stecken, was noch viel schlimmer wäre. Du bist hübsch genug, um ganz auf dich allein gestellt dein Glück zu machen: ich aber, Schwesterherz, ich habe einen Mann getroffen, der mich mit Gold überhäuft, wenn ich nur willens bin, ihn nach Rußland zu begleiten; ich reise ab.

– Aber die arme Frau auf ihrem Krankenlager?

– Sollte dir ihr Zustand wirklich so sehr zu Herzen gehen, dann gibt es nur eins: erdroßle sie, und schon haben ihre Leiden ein Ende.

– Schuft, lächelte ich auf den Stockzähnen, um zu zeigen, daß mich ein solches Ansinnen herzlich wenig schreckte: willst du uns denn aufs Rad bringen?

– Séraphine, sprach mein Bruder zu mir, wenn einem nur noch das Schafott Einhalt gebietet, ist es nicht mehr weit zur Missetat.

– Ich schwöre dir, daß ich mir diesbezüglich kaum Sorgen mache.

– Schön! so laß uns zur Tat schreiten.

– Meiner Seel, ich bin dabei: ich habe diese Bübin ohnehin nie recht gemocht.

Wir hören nur mehr noch auf unsere wilde Wut … auf unseren Freiheitsdurst und auf den Drang, uns an der Hinterlassenschaft dieser Elenden zu bereichern, und so treten wir, zwei Tobsüchtigen gleich, in ihr Zimmer … sie ruhte gerade; wir fallen über sie her und machen ihr den Garaus.

– Schnell, laß uns den Schatz aufteilen, spricht mein Bruder zu mir.

Wir stoßen auf zwanzigtausend Francs in barer Münze und noch einmal halb so viel in Form von Geschmeide; und nachdem wir alles edelmütig geteilt haben, fallen die Türen ins Schloß, und wir suchen das Weite. Das Mittagessen verzehrten wir im Bois de Boulogne; und nachdem wir uns aufs zärtlichste Lebewohl gesagt und uns unverbrüchlichstes Stillschweigen angelobt hatten, schieden wir voneinander. Mein Bruder schloß sich jenem Manne an, der ihn mit sich fortnehmen wollte; ich aber suchte einen jener Lüstlinge auf, mit dem mich meine Mutter bekannt gemacht hatte und von dem ich mir, aufgrund gewisser Andeutungen, die er mir gemacht, das eine oder andere erhoffte.

– Mein Kind, sprach dieser Mann zu mir, sowie ich bei ihm eingetroffen war, ich habe damals nicht an mich selbst gedacht; zwar verbringe ich mit manchen Mädchen Schäferstündchen, doch aushalten will ich keine: ich habe dich vielmehr jemandem zugedacht, der für dich viel besser geeignet ist; doch muß ich dich davor warnen, daß blinde Unterwerfung nottun wird: ich werde nach ihm schicken; ihr werdet euch schon einig werden.

Besagte Person trifft ein: es handelte sich um einen Mann von fünfundsechzig Jahren, schwerreich, noch recht gut erhalten; und nachdem er sich bei seinem Genossen dafür bedankt, daß er ihm zu einem derart hübschen Schatz verholfen habe, ließ er mich in das Lustgemach seines Freundes treten, wo wir eine Aussprache hielten.

Dieser Mann, den man Fercour hieß, hegte die Leidenschaft, seine Buhle vor seinen Augen von einem Jüngling votzficken zu lassen, den er mittlerzeit selber arschfickte: doch spritzte er nicht im Arsch des Jünglings aus; mitten im Ritt glitschte er nämlich aus ihm heraus und steckte seinen kotbeschmierten Schwengel in den Mund der Frau, indes der Jüngling diese Frau auspeitschte; und sowie der Hurenbock ihren Arsch im Blute schwimmen sah, sodomisierte er sie: alsdann ward er vom Ganymed gefitzt und einige Minuten später in den Arsch gefickt. Da er sich mit diesem Vorgepränge noch lange nicht zufrieden gab, mußte sich die Frau rücklings auf einem großen Ruhebett ausstrecken; und während man sein Gesäß und sein Gehänge mit Nadeln spickte, steckte er seines Orts mehr als deren hundert in seiner Buhle Busen. Erst dann trat eine alte Hofmeisterin auf den Plan und führte seinen Samenverlust herbei, indem sie ihm in den Mund schiß.

Wie unangenehm dies Anerbieten für mich auch klingen mochte, in Ansehung meiner Not willigte ich ein. Nach und nach stieg ich zu Fercours einziger Vertrauten auf: dies machte ich mir zunutze, um ihm alle Zeugen, die mir lästig waren, binnen zweier Jahre zu entfremden. Eines Tages, als sich mein Krösus gerade daran ergötzte, vor meinen Augen seine Reichtümer zu zählen, führten mich dieselben in Versuchung. Ich brauchte nicht lange zu überlegen: wer bei seinem ersten Verbrechen keine Gewissensbisse empfunden hat, geht schon bald zum nächsten über. Ich streute sechs Arsenkörner in seine Schokolade, die zur Vertilgung der Ratten gekauft und leichtfertigerweise meiner Obhut übergeben worden waren. Der Schmutzfink verreckte binnen vierundzwanzig Stunden: ich raubte ihn aus und verfügte mich auf dem schnellsten Weg nach Spanien. Zwei Jahre lang streifte ich durch die größten Städte dieser Gegend und übte mein Geschäft als Edelbuhle allüberall mit ebensoviel Wohlbehagen wie Gewinn aus. O meine Freunde, ebendort, in jenen lieblichen Landstrichen sind die Leidenschaften der Männer, wie ich feststellen durfte, tausendmal ausgefeilter als in irgendeinem anderen Lande Europas! dort sah ich mit an, wie sie Blüten trieben, die man sich in der restlichen Welt nicht einmal im Traume vorstellen kann. Allem Anschein nach verfügen diese Männer aufgrund der Gluthitze der Sonne und der Macht des Aberglaubens über mehr Saft und Kraft als alle anderen. Nur dort vermengt sich die prickelnde Lust an der Gotteslästerung und der Entweihung auf so erquickliche Weise mit den Freuden der Libertinage. Nur dort treibt die Kraft, mit der sie sich wechselseitig beflügeln, den Wonnetaumel der Ausschweifung auf die Spitze. Ah! wenn ihr nur wüßtet, was es heißt, zu Füßen einer Madonna zu vögeln … im Innern eines Beichtstuhls oder auf dem Rande eines Altars, wie es mir Tag für Tag vergönnt war! Nein, nichts auf Erden ist so köstlich wie das Vorhandensein dieser Zügel, deren einziger Dreh und Sinn dahin geht, uns die Lust an der Übertretung zu verschaffen. Wie göttlich es doch ist, unter solchen Umständen das ganze Paradies zum Zeugen der eigenen Verirrungen zu machen! Oh! glaubt mir, die Spanier vernünfteln viel überzeugender über ihre Wollust als alle anderen Völker der Erde … denn nur sie verstehen sich derart meisterhaft darauf, sie bis in die kleinsten Einzelheiten zu verfeinern. Kurz und gut, ich war die geldträchtigste und glücklichste Hure der Welt, als meine strahlende Karriere in Toledo durch einen schrecklichen Zwischenfall jählings geknickt wurde. Der Duc de Cortès hatte derart tiefen Einblick in mein ganzes Wesen gewonnen, daß er sich von mir Schützenhilfe bei jenem gräßlichen Vatermord erhoffte, über dem er damals brütete; und so schleuste er mich im Range einer Beschließerin in die Haushaltung seines Vaters ein: der Anschlag stand kurz vor der Durchführung; als Lohn für seine Missetat winkte dem jungen Herzog ein Jahrgeld von fünfhunderttausend Livres; viertausend Duplonen betrug meine Abfindung für die Vollstreckung. Ein unseliger Kammerbursche kommt hinter das Geheimnis und erwischt mich mit dem Gift; der Herzog bringt sich in Sicherheit … ich werde verhaftet. Nach achtzehn Monaten entsetzlicher Kerkerhaft sollte meine Hinrichtung endlich vollzogen werden, da unterbreitet mir euer Kamerad Gaspard, den ihr hier vor euch seht und der wegen ähnlicher Verbrechen gleichfalls gefangensaß, den Vorschlag, mit ihm zusammen die Flucht zu wagen. Sie gelingt uns. Todsünder verfügen stets über einen Schutzengel, nur die kleinen Fische kommen nie heil davon. Gemeinsam überqueren wir die Berge; und nachdem wir fast ein Jahr lang gebettelt, stießen wir endlich zu eurer Bande. Ihr wißt, liebe Genossen, wie ich mich aufführte, seit mir die Ehre teilhaftig ward, bei euch Aufnahme zu finden. Mehr habe ich nicht zu berichten: ich habe euch gewarnt, daß diese ereignisarme Erzählung wohl kaum die Aufmerksamkeit von Leuten eures Schlages verdient, die ihr ganzes Leben lang von einem Abenteuer ins nächste geraten sind: sei's drum, ich habe meine Schuldigkeit getan und euch hiedurch in der Gewißheit bestärkt, daß ich es stets zu meinen vordringlichsten Pflichten rechnen werde, euch gegenüber folgsam zu sein.

Séraphines schlichte Geschichte hatte in den Herzen dieser Libertins gleichwohl etwelche Funken der Unzucht geschlagen; namentlich Fercours Leidenschaft fand ihre Nachahmer. O unselige Justine! dein Prachtbusen diente den beiden Halunken, die diese Tollheit

Maria Lassnig, *Sex-Selbstporträt*, 1949

nachäffen wollten, als Nadelkissen; und sowie du auf deiner armseligen Strohmatte lagst, begannen jene Tränen, die dir die Ungerechtigkeit der Menschen eins ums andere Mal entlockte, in noch größerem Überfluß zu strömen … Leidgeprüfte, du klagtest den Himmel an, ohne zu ahnen, daß sich ebendieser Himmel bereits anschickte, die Morgenröte jenes glücklichen Tages erglänzen zu lassen, der dich aus dieser grausen Lage befreien sollte … zwar nicht um deinem Leidensweg ein Ende zu machen, aber doch wenigstens, um ein bißchen Abwechslung zu schaffen.

Wiewohl man dieses unselige Mädchen in der Höhle ein menschenunwürdiges Leben führen ließ, genoß es weiterhin Séraphines Schutz; und da Justine von ihr so manches Mal zu privaten Vergnügungen eingesetzt wurde, kam sie ab und an in den Genuß etwelcher Annehmlichkeiten.

– Mein Engel, sprach sie eines Tages zu ihr, da du von einem meiner Kameraden bereits einmal auf herzlose Weise hintergangen worden bist, fürchte ich, daß du nun auch mir nicht gerade allzu viel Vertrauen schenken wirst: dennoch gelobe ich dir, daß ich dich nicht um den Finger wickle und daß aus meinem Munde die Wahrheit und nichts als die Wahrheit spricht; sei jedoch verschwiegen, sonst wird meine Rache fürchterlich sein. Man ersucht mich um ein hübsches Mädchen für einen alten Kaufmann aus Lyon, dessen Neigungen zugegebenermaßen recht wunderwürdig sind, der zum Trost indessen einen fürstlichen Preis für die Pein oder Abscheu aussetzt, die sie hervorrufen mögen. Wenn dir dies zusagt, so will ich mich um deine Freilassung kümmern. Es dreht sich um Entweihung: der Mann, von dem ich dir handle, ist ein gottloser Kerl; er wird dich begrabschen, dieweil man in seinem Beisein die Messe liest; bei der Erhebung der Hostie wird er aus einem Schächtelchen eine weitere klauben, welche ebenso feierlich geweiht wurde wie jene, die man vor deinen Augen erhebt; mit dieser Hostie wird er dir in den Arsch fahren, während dich der Priester, der die Messe liest, seines Orts mit jener vögeln wird, die er frisch geweiht hat.

– Was für Greuel! entfuhr es Justine.

– Nun, ich ahnte, daß sich jemand mit deinen Grundsätzen von einem solchen Vorschlag abgestoßen fühlen muß … Doch willst du lieber hierbleiben?

– Nein, gewiß nicht.

– Na also! dann entscheide dich.

– Ich habe mich bereits entschieden, antwortete Justine nicht ohne einen Anflug von Herzenszerknirschung; du kannst frei über mich verfügen; ich liefere mich dir aus.

Séraphine eilt zu Gaspard: sie führt ihm vor Augen, daß Justines Bestrafung nun lange genug gewährt habe; daß man der Truppe die Dienste, welche ein solches Mädchen draußen leisten könnte, nicht länger vorenthalten dürfe; diesethalben ersuche sie darum, bei ihren mannigfaltigen Streifzügen auf Justines Beihilfe zählen zu dürfen, und sie bürge für sie auf der Erdoberfläche genauso wie in den Eingeweiden des Erdballs. Diese Gunst wird ihr gewährt; Justines Lektionen werden aufgefrischt; sie muß eine Prüfung ablegen; und nach einem Aufenthalt von fünf Monaten erhält sie endlich die Genehmigung, dieses ekle Schlupfloch zu verlassen und ihre Beschützerin nach Lyon zu begleiten.

– Großer Gott! spricht Justine bei sich, als sie die Sonne wiedersieht, aufgrund einer barmherzigen Tat ward ich just für fünf Monate mit Haut und Haaren von der Erde verschlungen; das Versprechen, ein Verbrechen zu begehen, sprengt meine Ketten. O Vorsehung! erhelle mir doch deine unergründlichen Ratschlüsse, wenn du nicht möchtest, daß mein Herz gegen dich aufbegehrt.

Unsere beiden Wandererinnen hielten in einer Kneipe Rast, um das Frühstück einzunehmen. Ohne ein Wort auf die Lippen zu nehmen, brütete Justine über ihrem Fluchtplan.

– Gnädigste, rief sie und wandte sich an die Gastwirtin, eine überaus sanftmütige und recht anmutige Frau, oh! Gnädigste, ich flehe Sie an, gewähren Sie mir Ihren Schutz und Schirm. Ich verweile nämlich nur gegen meinen Willen in der Gesellschaft dieser Kreatur, die mir den Schwur abgenötigt hat, sie an einen Ort zu begleiten, wo meine Ehre geschändet würde; ich leistete den Eid nur, um einer Bande von Strolchen zu entkommen, wo ich als unselige Gefangene unter der Aufsicht dieser Frau stand. Es liegt nicht in meiner Absicht, sie noch länger zu begleiten: ich bitte Sie inständig, sie dazu zu vermögen, ihren anmaßlichen Ansprüchen auf meine Person zu entsagen, und sie darum zu ersuchen, ohne mich ihrer Wege zu ziehen; und behalten Sie mich doch bitte bis morgen hier; dann will ich, getrennt von ihr und auf eigene Faust, eine Richtung einschlagen … die der ihrigen dermaßen entgegengesetzt ist, daß sich unsere Wege zeitlebens nie mehr kreuzen werden.

– Miststück, zischte Séraphine wutschnaubend, gib mir wenigstens mein Geld zurück, wenn du mich schon so mir nichts, dir nichts im Stich lassen willst.

– Ich gelobe dem Himmel, erwiderte Justine, daß ich ihr nichts schuldig bin … sie sollte mich besser nicht dazu zwingen, noch deutlicher zu werden.

Séraphine bekommt es mit der Angst zu tun und verschwindet unter Flüchen; Justine aber, von der Wirtin gehätschelt und getröstet, verbrachte achtundvierzig Stunden im Hause dieser hochanständigsten und liebenswürdigsten aller Frauen; bei der Schilderung ihrer Widerfahrnisse aber hütet sie sich wohlweislich, etwas zu erzählen, was jenen armen Schluckern, von denen sie just geschieden, zum Schaden gereichen könnte. Am Morgen des dritten Tages macht sie sich, von Madame Delisle mit Geschenken … Freundschaftsbezeigungen überhäuft, wieder auf den Weg und lenkt ihre Schritte in Richtung Vienne, wo sie ihr restliches Hab und Gut zu veräußern trachtete, um sich bis nach Grenoble durchzuschlagen, denn ihre Vorahnungen flüsterten ihr nach wie vor ein, daß ihr dort das Glück hold sein würde. Welcher Erfolg ihr dabei beschieden war, werden wir sehen, sobald wir von den neuerlichen Widerfahrnissen berichtet haben, die ihrer harrten, ehe sie in dieser Hauptstadt der Dauphiné eintreffen sollte.

Seelenwund wanderte Justine fürbaß, stetsfort in Richtung der Stadt Vienne, da gewahrte sie, wie auf einem rechts vom Wege gelegenen Felde zwei Reitersleute mit den Hufen ihrer Pferde einen Mann niedertrampelten und sich, nachdem sie den Totgewähnten liegen gelassen, in gestrecktem Galopp aus dem Staube machten. Dieses haarsträubende Schauspiel rührte sie zu Tränen:

– Herrje! sprach sie, dieser Mann ist noch beklagenswerter als ich selbst; ich bin wenigstens noch bei Kraft und Gesundheit geblieben; ich kann für meinen Lebensunterhalt noch selber sorgen; was aber soll, so er nicht reich ist, aus diesem Unglückspilz werden, nachdem ihn diese Galgenstricke so schlimm zugerichtet?

Eigentlich hätte Justine wider ihre barmherzigen Regungen ankämpfen müssen, war es ihr doch noch jedesmal zum Verhängnis geworden, sich ihnen zu überlassen, aber sie vermochte nun einmal den brennenden Wunsch nicht zu bezähmen, sich diesem Manne zu nähern und ihm Hilfe angedeihen zu lassen. Sie fliegt zu ihm hin und läßt ihn einige Tropfen Weingeistes einatmen, um sich schließlich an der tiefen Dankbarkeit des Unglücklichen zu laben, dem sie Erleichterung verschafft. Je mehr Erfolg ihre Pflege zeitigt, desto beflissener geht sie zu Werke: eine der letzten Habseligkeiten, die ihr geblieben, ein Unterhemdchen ... sie reißt es in Streifen, um das Blut des Verwundeten zu stillen. Als diese vordringlichsten Pflichten erfüllt sind, flößt sie ihm etwelche Tropfen des oberwähnten, hochgeistigen Schnapses ein. Sowie sie sieht, daß er wieder wohlauf ist, mustert sie ihn. Obschon dieser Mann zu Fuß und mit recht wenig Gepäck unterwegs war, schien er ihr aus gehobenen Verhältnissen zu stammen: er besaß vereinzelte Wertgegenstände, Ringe, eine Uhr, einige Schmuckkästchen; all dies hatte jedoch bei diesem Zwischenfall beträchtlichen Schaden genommen.

– Wer ist, fragt er, sowie er wieder zu sprechen vermag, wer ist der mildherzige Engel, der mir beisteht? und was kann ich tun, um ihm meine tiefe Erkenntlichkeit zu bezeugen?

Da sie sich einfältigerweise nach wie vor einbildet, sich auf jede ihr durch Dankbarkeit verbundene Seele voll und ganz verlassen zu dürfen, wähnt die unschuldige Justine, sie dürfe ruhig der süßen Freude frönen, jemanden, der seine Tränen just in ihren Armen vergossen, auch an den ihrigen teilhaben zu lassen: sie unterrichtet ihn über ihre Widerfahrnisse. Tiefgerührt hört er ihr zu; und als sie den Bericht ihres jüngsten Schicksalsschlages beschlossen hat, ruft der Abenteurer aus:

– Wie glücklich ich mich schätze, Ihnen also doch all das vergelten zu können, was Sie soeben für mich getan! ... Hören Sie ... hören Sie, gnädiges Fräulein, und freuen Sie sich mit mir über die frohe Nachricht, daß ich meine Schuld möglicherweise abtragen kann.

Man heißt mich Roland: ich besitze, fünfzehn Meilen von hier entfernt, ein prächtiges Schloß im Gebirge; ich lade Sie ein, mich dorthin zu begleiten; doch ehe Ihr Zartgefühl ob dieses Vorschlags in Aufruhr gerät, will ich Ihnen erklären, von welchem Nutz und Frommen Sie mir sein sollen. Ich bin Junggeselle; doch habe ich eine Schwester, die ich leidenschaftlich liebe; sie hat sich meiner Einsamkeit anverlobt und teilt sie mit mir; ich benötige eine Magd, die ihr aufwartet; jene, die dieses Amt versah, ist unlängst von uns gegangen; deren Stellung kann ich Ihnen anbieten.

Nachdem Justine ihrem Gönner Dank gesagt, fragte sie ihn, wie es denn komme, daß sich ein Mann von seinem Stande der Gefahr aussetze, ohne Gefolge zu reisen und sich, wie just geschehen, von solchen Strolchen behelligen zu lassen.

– Ich bin zwar noch jung und rüstig, habe aber etwas Fett angesetzt, erwiderte Roland, und daher pflege ich seit mehreren Jahren die Gewohnheit, die Heimreise von Vienne zu Fuß zu bewältigen. Sehr zum Wohle meiner Gesundheit und meines Geldbeutels. Nicht daß ich auf meine Ausgaben achten müßte; ich bin nämlich reich; den Beweis hiefür werden Sie in Bälde erblicken, wofern Sie nur so freundlich sein möchten, in meiner Haushaltung anstellig zu werden: doch Sparsamkeit hat noch niemandem geschadet. Was die beiden Männer angeht, die mir just Schmach angetan, so handelt es sich bei ihnen um zwei Krautjunker aus der Gegend, denen ich vergangene Woche, in einem Haus zu Vienne, beim Spiel hundert Louis abgenommen. Ich habe mich auf ihr Ehrenwort verlassen: heute treffe ich sie; bitte sie um die Begleichung ihrer Schulden, doch Sie haben mit eigenen Augen gesehen, mit welcher Münze es mir diese Schurken heimgezahlt.

Unbeirrt beklagte unsere mitfühlende Reisende diesen Unglücksraben aufgrund des zwiefachen Mißgeschicks, das ihm widerfahren war, bis ihr dieser Herumstreicher schließlich den Vorschlag machte, den Weg unter die Füße zu nehmen.

– Dank Ihrer Pflege fühle ich mich bereits wieder etwas besser, sprach er zu ihr: die Nacht bricht herein; lassen Sie uns ein Gasthaus aufsuchen, das etwa zwei Meilen von hier entfernt liegen müßte; mit den Pferden, die wir dort morgen früh satteln wollen, werden wir noch selbigen Abends bei mir eintreffen.

Fest entschlossen, diese ihr dargebotene Hand, ein Geschenk des Himmels, nicht auszuschlagen, hilft Justine Roland auf die Füße; er stützt sich beim Gehen auf ihre Schulter, und nach zwei Meilen stoßen sie tatsächlich auf jene Herberge, die ihr der Weggenosse angekündigt. Dort nehmen die beiden gemeinsam ein anständiges Nachtmahl ein. Nach dem Essen wird sie von Roland der Gastwirtin empfohlen; und anderentags erreichen unsere Helden auf zwei Mieteseln, die von einem Kammerburschen der Herberge geführt werden, die Grenze zur Dauphiné und halten unentwegt auf das Gebirge zu. Die Strecke war zu lang, um an einem einzigen Tag bewältigt zu werden, und so machten sie in Virieu Halt, wo Justine von ihrem Herrn abermals nicht minder aufmerksam und rücksichtsvoll behandelt wurde wie am Vorabend; des anderen Tags reisten sie stets in derselben Richtung weiter. Gegen vier Uhr nachmittags gelangten sie zum Fuß des Gebirges; hier wurde der Weg nahezu ungangbar, Roland schärfte dem Maultiertreiber ein, nicht von Justines Seite zu weichen, und selbdritt drangen sie in die Schluchten. Nachdem unsere Heldin mehr denn vier Stunden auf und ab geführt worden und man sie immer wieder hatte wenden lassen, bis nicht mehr die geringste Spur vom Richtsteig auszumachen war, konnte sie nicht länger umhin, eine gewisse Unruhe zu bezeugen. Roland bemerkt dies zwar, sagt jedoch kein Wort: durch dieses Schweigen wuchsen die Befürchtungen dieses unseligen Mädchens, da erblickte sie jählings ein Schloß, das sich auf einer Bergkrete aufbäumte und jeden Moment in einen gähnenden Abgrund hinabzustürzen drohte. Kein Pfad schien zu ihm hinaufzuführen; gleichwohl gelangte man auf dem eingeschlagenen Weg, der von Geröll übersät war und ansonsten nur von Ziegen benutzt zu werden schien, zu diesem schreckenerregenden Schlupfwinkel, der weit mehr einem Räubernest denn der Behausung ehrbarer Leute glich.

– Hier bin ich zu Hause, sprach Roland, sowie er davon ausgehen konnte, daß Justine das Schloß ins Auge gesprungen war.

Und da sie ihm gegenüber ihrer Verwunderung Ausdruck gab, daß er in solcher Einsamkeit hause, erwidert er ihr schroff:

– So behagt es mir nun einmal.

Wie man sich leicht vorstellen kann, verfehlte es diese Antwort nicht, die schlimmen Ahndungen unserer Bejammernswerten noch zu verdoppeln. Dem Unglück entgeht nichts: jedes Wort, jede mehr oder minder unmißverständliche Andeutung aus dem Munde jenes Menschen, von dem unser Schicksal abhängt, nährt oder erstickt all unsere Hoffnung: doch da es nun zu spät war, es sich anders zu überlegen, riß sich Justine zusammen. Nach einer letzten Wegbiegung stand man unvermittelt vor dem alten, verfallenen Gemäuer. Roland schwang sich von seiner Mauleselin: auf sein Geheiß tut Justine ein Gleiches; und nachdem er diese Reittiere wieder dem Kammerburschen übergeben hat, entlöhnt und entläßt er ihn. Auch dieser jüngste Schritt erntete Mißfallen: Roland bemerkte dies.

– Wie geschieht Ihnen, Justine? fragte er sie mit einer honigsüßen Stimme, während er seiner Behausung zustrebte: Sie weilen nach wie vor auf französischem Boden; dies Haus liegt genau an der Grenze der Dauphiné; es untersteht Grenoble.

– Mag sein, Monsieur … doch wie kam es Ihnen in den Sinn, sich in einer solchen Räuberhöhle niederzulassen?

– Weil meine Mitbewohner nicht gerade zu den ehrenwerten Bürgern zählen, versetzte Roland; möglicherweise werden Sie über deren Beschäftigung herzlich wenig erbaut sein.

– Ah! lieber Herr, Sie lassen mich erstarren! wohin nur haben Sie mich geführt?

– Ich führe dich in den Dienst von Falschmünzern, deren Anführer ich bin, sagte Roland, packte Justine beim Arm und schleppte sie gewaltsam über eine kleine Ziehbrücke, die heruntergelassen und sofort wieder emporgezogen ward. Siehst du diesen Ziehbrunnen, setzt er beim Eintreten hinzu und wies Justine auf eine riesige, tiefe Grotte hin, die im hintersten Teil des Hofes lag und in der vier nackte und in Ketten gelegte Frauen ein Rad drehten; dies sind deine Gefährtinnen, und dies ist deine Arbeit. Solange du dieses Rad täglich zehn Stunden in Schwung hältst und, gleich diesen Frauen, sämtlichen Grillen Liebkind bist, denen ich dich ganz nach Lust und Laune zu unterwerfen beliebe, werden dir als Tagesration sechs Unzen Schwarzbrot und ein Teller Saubohnen gewährt. Was deine Freiheit anbelangt, so kannst du sie dir aus dem Kopf schlagen; du wirst sie nie mehr wiedererlangen. Wenn du vor Anstrengung gestorben bist, wird man dich in das Loch werfen, das du dort neben diesem Ziehbrunnen erblickst und in dem dich zweihundert weitere Huren deines Schlages erwarten; und danach wird man dich durch eine Neue ersetzen.

– Oh! großer Gott! schrie Justine auf und warf sich Roland zu Füßen, bedenken Sie doch bitte, lieber Herr, daß ich Ihnen das Leben gerettet … daß Sie mir in jenem Augenblick, als Sie von der Dankbarkeit übermannt wurden, schöne Glücksversprechungen zu machen schienen, und nun lohnen Sie mir meine Liebesdienste, indem Sie mich in einen bodenlosen Abgrund von Leid und Elend stürzen. Ist Ihr Handeln gerecht? und rächen mich nicht bereits jetzt jene Gewissensbisse, die in der Tiefe Ihres Herzens nagen?

– Was verstehst du, mit Verlaub, unter diesem Gefühl der Dankbarkeit, mit dem du mich in Bann zu schlagen hoffst? fragte Roland. Durchdenke das Ganze etwas sorgfältiger, nichtsnutziges Geschöpf. Was lag deiner Tat zugrunde, als du mir zu Hilfe eiltest? Hast du von den beiden Möglichkeiten, deiner Wege zu ziehen oder zu mir zu eilen, letztere nicht aufgrund einer Herzensregung gewählt? Dann hast du also einem Lustgefühl gefrönt. Wo zum Teufel nimmst du den Anspruch her, daß ich dich auch noch dafür belohnen sollte, daß du dir eine Freude gegönnt hast? und wie konntest du überhaupt auf den Gedanken verfallen, daß ein Mann, der, gleich mir, in Gold und Wohlstand schwimmt, geruhen könnte, sich so weit herabzulassen, einer kregligen Kreatur deines Schlages etwas schuldig zu bleiben? selbst wenn du mir wirklich das Leben gerettet haben solltest, wäre ich dir nichts schuldig, da du nur dein eigenes Wohlbefinden im Auge hattest. An die Arbeit, Sklavin, an die Arbeit. Merke dir, daß die Kulturgesellschaft die Grundsätze der Natur zwar auf den Kopf zu stellen, nicht aber vollständig außer Kraft zu setzen vermag. Im Anfang schuf sie starke und schwache Wesen, und zwar in der Absicht, daß letztere ersteren stets untergeordnet seien: Geschicklichkeit und Geisteskraft der Einzelnen gewannen immer mehr Einfluß auf die Rangordnung unter den Menschen; nun war es nicht mehr die Körperkraft, welche den jeweiligen Rang eines Menschen bestimmte, sondern: Gold. Der Reichere wurde zum Stärkeren, der Ärmere zum Schwächeren ... Abgesehen von den Eigenschaften, aufgrund deren die Macht neu verteilt wurde, blieb die Vorherrschaft des Stärkeren nach wie vor in den Gesetzen der Natur verankert, der es einerlei ist, ob der Schwache nun vom Reicheren oder vom Stärkeren in Ketten geschlagen wird und ob er nun als Schwächling oder als Habenichts unter ihnen ächzt. Doch jene Regungen der Dankbarkeit, aus denen du mir einen Strick drehen willst, waren ihr stets fremd, Justine; keines ihrer Gesetze besagte jemals, daß die Freude, der jemand frönt, indem er einen anderen zu Dank verpflichtet, für den Nutznießer Anlaß sein müsse, sich seiner Vorrechte zu begeben: oder siehst du unter unseren Haustieren irgend Beispiele für jene Gefühle, auf die du pochst? Wenn ich dich aufgrund meines Reichtums oder meiner Körperkraft beherrsche, wäre es doch widernatürlich, wenn ich dir meine Rechte allein deshalb abträte, weil du dir den Genuß gönntest, mich zu Dank zu verpflichten, oder weil du dir in deiner Not erhofft hast, durch dein Verhalten irgendeinen Vorteil herausschlagen zu können! Und selbst wenn dieser Dienst von Gleich zu Gleich statthätte, wird sich der Eigenstolz einer ungebundenen Seele nie unter das Joch der Dankbarkeit zwingen lassen. Sieht sich, wer begünstigt wird, nicht immer auch gedemütigt? und ist die von ihm erduldete Demütigung für den Wohltäter nicht Lohn genug, da sich dieser allein schon hiedurch über den anderen erhaben fühlen kann? Ist es für den Eigenstolz nicht eine Labsal, sich über seinesgleichen zu erheben? weshalb sollte derjenige, der andere zu Dank verpflichtet, noch mehr verlangen? und wenn diese Verpflichtung den Nutznießer demütigt und ihm dadurch zu einer Bürde wird, wie will man ihm dann verbieten, sie abzuschütteln? weshalb sollte ich mich dazu verstehen, mich durch jeden Blick demütigen zu lassen, den jener Mensch auf mich wirft, dem ich zu Dank verpflichtet bin? So gilt denn der Undank allen stolzen Seelen nicht als Laster, sondern als Tugend; daran gibt es ebensowenig zu rütteln wie an der Tatsache, daß die Erkenntlichkeit für schwache Seelen eine Tugend darstellt! Man mag mich noch so oft zu Dank verpflichten, wenn man hieraus ein Lustgefühl zieht; aber man sollte für diesen Genuß nicht auch noch eine Gegenleistung verlangen.

Roland ließ Justine gar keine Zeit, auf diese Worte etwas zu erwidern, und so wird sie auf sein Geheiß von zwei Kammerdienern gepackt und entblättert; sie bieten ihrem Herrn den nackten Leib zur Musterung aus, den er grobhändig begrabscht und durchwalkt; hierauf wird sie mit ihren Gefährtinnen zusammengekettet, denen sie ungesäumt beistehen muß, ohne daß ihr auch nur eine kurze Verschnaufpause gegönnt würde, um sich von dem anstrengenden Marsch zu erholen, den sie zurückgelegt. Alsdann geht Roland auf Fingerfühlung mit ihr: abermals begrabbelt er ihre Schenkel, Brüste und Hinterbacken; durchknetet mit seinen fahrigen Fingern dies feine und empfindliche Fleisch; und als er jenes schmachvolle und recht unverdiente Mal eräugt, mit dem diese Jammerbare einst vom grausen Rombeau gebrandmarkt worden, überhäuft er sie mit Hohn und Spott sowie mit losen Zoten; schließlich nimmt er einen stets griffbereiten Ochsenziemer zur Hand und versetzt ihr sechzig Hiebe auf den Allerwertesten, welche die ganze Haut anschwellen, blau werden lassen und dieser Unseligen Schreie entlocken, von denen die Gewölbe über ihrem Kopf widerhallen.

– So wird es dir ergehen, Metze, sprach dieser Schandkerl, wenn du deine Pflicht vernachlässigen solltest; nicht wegen eines bereits begangenen Fehltritts habe ich dir einen Vorgeschmack auf diese Züchtigung gegeben, sondern nur um dir zu zeigen, wie ich mit jenen umspringe, die sich irgend etwas zuschulden kommen lassen.

Justine verdoppelt ihr Wehgeheul; windet sich unter ihren Eisenketten; doch ihre grausen Schmerzausbrüche dienen lediglich dazu, ihren Schinder zu ergötzen.

– Ah! ich werde dich noch viel Schlimmeres erleiden lassen, Hurenmetze, sprach Roland und wetzte seine Schwanzspitze an den netzenden Blutstropfen, die seine mit unverminderter Wucht auf sie niederprasselnden Schläge hervorquellen ließen; du bist noch lange nicht am Ende deines Leidensweges, und ich will, daß du allhier das Unglück von seiner unmenschlichsten Seite kennenlernst.

Er läßt sie stehen.

Sechs stockfinstere Schlupflöcher, die rings um diesen riesigen Ziehbrunnen in das Gestein gehauen waren und sich wie Kerkerzellen verriegeln ließen, dienten den just erwähnten, jammerbaren Frauen als Zufluchtsstätten für die Nacht. Bei Einbruch der Dunkelheit löste man Justine und ihre Gefährtinnen aus ihren Ketten und sperrte sie in diesen Verschlägen ein, nachdem man ihnen jenes von Roland beschriebene, karge Abendbrot gereicht.

Kaum war unsere Heldin mit sich allein, da überließ sie sich voll und ganz dem Grauen ihrer Lage.

– Ist es denn die Möglichkeit, sprach sie bei sich, daß es Menschen gibt, die derart hartherzig sind, daß sie in ihrem Innern die Stimme der Dankbarkeit vollends zum Ersticken bringen? ... Wie kann eine solche Tugend, der ich mich voller Freude widmen würde, wenn mir endlich einmal eine ehrbare Seele Gelegenheit gäbe, Gefühle des Dankes zu hegen, wie kann sie nur von gewissen Menschen verleugnet werden? und werden all jene, die sie auf derart unmenschliche Weise abtöten, nicht unweigerlich zu Ungeheuern[1]?

In derlei Gedanken versunken, hört Justine plötzlich, wie die Tür ihres Kerkers aufspringt: Roland. Der Schuft ist gekommen, um ihre Ehre vollends zu schänden, indem er sie seinen hassenswerten Mut-

[1] Hier vernünftelt Justine eigensüchtig; dies darf auf keinen Fall vertuscht werden. Sie ist tiefunglücklich und daher über jede Abweisung bestürzt. Doch hätte ein glücklicher Mensch, wenn er nach ein und denselben Prinzipien vernünftelt, etwa nicht mit gleichem Recht sagen dürfen: Weshalb sollte ich, der ich vom Leid verschont bleibe und mir all meine Wünsche erfüllen kann, ohne dabei auf irgend jemanden angewiesen zu sein, weshalb sollte ich mich bemühen, anderen ein Gefühl der Dankbarkeit einzuflößen, das mich kalt läßt; weshalb sollte ich mich durch irgendeine Wohltätigkeit der Gefahr aussetzen, allerwärts nur Undank zu ernten? Fühllosigkeit, Gleichgültigkeit, Stoizismus, selbstgewählte Einsamkeit, auf diese Tonlage muß seine Seele stimmen, wer hienieden glücklich werden will.

willigkeiten Liebkind sein läßt … Und was für Mutwilligkeiten, barmherziger Himmel! Man wird mit leichter Mühe erahnen, daß sie ebenso wildmütig sein würden wie sein gesamtes Auftreten und daß die Liebeslust bei einem solchen Kerl unweigerlich von der Schwärze seines hassenswerten Gemüts geprägt sein mußte. Doch dürfen wir die Langmut unserer Leser noch länger auf die Folter spannen, um ihnen diese neuerlichen Scheußlichkeiten zu berichten? Haben wir ihre Vorstellungskraft nicht schon zur Genüge mit schamlosen Schilderungen beschmutzt? dürfen wir es wagen, noch weiter zu gehen? Wage es getrost … wage es, ermuntert uns an dieser Stelle der Philosoph; man macht sich keine Vorstellung davon, wie wichtig derlei Gemälde für die Erkundung der Seele sind: nur infolge der törichten Zurückhaltung jener Köpfe, die sich bislang bemüßigt fühlen, sich über diesen Gegenstand zu verbreiten, stehen wir in dieser Wissenschaft noch am Anfang. Durch widersinnische Ängste im Zaum gehalten, kommen sie uns lediglich mit irgendwelchen knäbischen Antworten, die jedem Einfaltspinsel geläufig sind, statt mit kühner Hand einen Griff ins menschliche Herz zu wagen und unseren Augen dessen ungeheuerlichste Verirrungen zu offenbaren. – Laßt uns den Forderungen der Philosophie Folge leisten und, von ihrer himmlischen Stimme angespornt, fürderhin nicht mehr davor zurückschrecken, das Laster in seiner ganzen Nacktheit zu enthüllen.

Roland, den wir unbedingt abkupfern müssen, bevor wir ihn die Bühne betreten lassen, war ein feistes und untersetztes Männchen von fünfunddreißig Jahren, mit unfaßlicher Körperkraft begabt, bepelzt wie ein Bär, finster das Antlitz, verschlagen der Blick, recht braungebrannt, mit ausgeprägt männlichen Zügen, eine lange Nase, ein Bart, der bis unter die Augen wucherte, die Brauen dicht und dunkel und der Schwengel von einer solchen Länge, von einer derart übermäßigen Dicke, daß Justine noch nie etwas Ebenbürtiges unter die Augen gekommen war. Zu diesem wenig schmeichelhaften Äußeren gesellte unser Falschgeldpräger sämtliche Laster, die einem feurigen Gemüt, einem findigen Vorstellungsvermögen sowie einem Reichtum entspringen mochten, der derart unerschöpflich war, daß ihm größere Mißhelligkeiten noch stets erspart geblieben waren. Roland hortete Riesenschätze: sein Vater, der den Grundstein dazu gelegt, hatte ihm ein stattliches Erbe hinterlassen, dank dem der junge Mann schon weit herumgekommen war: gegen alltägliche Lustbarkeiten abgestumpft, nahm er nur mehr zu Greueln Zuflucht; sie allein vermochten seine durch allzu zahlreiche Verlustierungen ausgelaugten Gelüste neu zu beleben. Bei seinen geheimen Ausschweifungen fanden alle Frauen, die in seinen Diensten standen, Verwendung; um aber Gelüsten Genüge zu tun, die etwas weniger unanständig waren und gleichwohl jene Würze des Verbrechens bargen, die diesen Libertin mehr denn alles andere ergötzte, hielt sich Roland seine eigene Schwester als Liebedienerin; bei ihr löschte er jene Feuersbrünste, die er hiebevor an der Seite der anderen entfacht.

Als er eintrat, war er nahezu nackt; als untrügliches Zeichen dafür, daß er just übermäßigen Tafelgelüsten gefrönt hatte und von gräßlicher Geilheit gegeißelt wurde, glänzte sein Gesicht glutrot. Er mustert Justine kurz mit Blicken, bei denen es ihr kalt über den Rücken läuft.

– Fort mit diesen Kleidern, spricht er zu ihr und reißt ihr eigenhändig alles vom Leibe, was sie sich übergestreift hat, um sich für die Nacht mehr schlecht als recht zu bedecken ... hörst du, fort mit alledem, und mir nach. Ich habe dich heute Nachmittag spüren lassen, was dir blüht, wenn du hier auf der faulen Haut liegen solltest: doch wenn du versuchen solltest, uns zu verraten, so müßte die Bestrafung auf dieses viel schwerwiegendere Verbrechen abgestimmt werden: komm und schau, wie sie alsdann ausfallen würde.

Indem der Libertin alsogleich ihren Arm ergreift, schleppt er sie mit sich fort: er führte sie mit der rechten Hand: in der Linken hielt er eine kleine Blendlaterne, die ein schwaches Licht auf den Weg warf. Nach mehreren Gangwindungen stoßen sie auf eine Kellertür: Roland öffnet sie; und indem er Justine den Vortritt läßt, bedeutet er ihr, bereits voranzugehen, während er diese Schranke wieder verschließt. Nach hundert Stufen folgt eine zweite, die gleicherweise geöffnet und wieder geschlossen wird; nur daß es hinter dieser keine Treppe mehr gab; nun begann ein schmaler, in den Fels gehauener, vielgewundener und äußerst steil abfallender Gang. Roland nahm kein Wort auf die Lippen: dieses schreckenerregende Schweigen verdoppelte Justines Entsetzen, die aufgrund ihrer vollständigen Nacktheit der grausen Feuchtigkeit dieser unterirdischen Anlage erst noch vollkommen ungeschützt ausgesetzt war. Zur Rechten und zur Linken des von ihr durchmessenen Pfades waren Nischen eingelassen, in denen Truhen zu erblicken waren, welche die

Schätze dieser Missetäter bargen. Zuletzt taucht eine bronzene Tür aus der Dunkelheit auf; sie lag mehr denn achthundert Fuß tief in den Eingeweiden der Erde: Roland stößt sie auf; doch seine Begleiterin taumelt zurück, als sie erblickt, in was für eine Schreckensstätte man sie führt. Als Roland gewahrt, wie ihre Knie einknicken, reißt er sie empor und schubst sie unsanft mitten in ein kreisrundes Kellergewölbe, dessen Mauern mit Leichentüchern ausgeschlagen und über und über mit höchst grausigen Gegenständen geschmückt waren. Skelette jeden Alters und beiderlei Geschlechts hingen zwischen kreuzweis aufgehängten Knochen und Totenköpfen, zwischen Schlangen, Kröten, Rutenbündeln, Disziplinen, Säbeln, Dolchen, Pistolen und weiteren Waffen, die ihr völlig unbekannt waren; diese und ähnliche Greuel erblickte man an Gemäuern, die von einer dreidochtigen Lampe ausgeleuchtet wurden, welche in einer Ecke der Gewölbedecke angebracht war. Von einem Mauerbogen baumelte ein langer Strick herunter, der acht Fuß über dem Boden endete und, wie Sie bald erfahren werden, nur dazu da war, haarsträubendste Hinrichtungen zu befördern. Zur Rechten erhob sich ein Sarg, dessen Deckel vom sensenschwingenden Gevatter Tod angehoben wurde; daneben befand sich ein Betschemel: auf einem etwas nach hinten versetzten Tisch erblickte man zwischen zwei schwarzen Kerzen ein Kruzifix sowie einen Krummdolch mit drei Klingen, eine scharf geladene Pistole und einen mit Gift gefüllten Kelch. Zur Linken den frischen Leichnam einer ans Kreuz geschlagenen Prachtfrau: sie war brüstlings festgenagelt worden, so daß man einen unverstellten Blick auf ihre Hinterbacken genoß ... die übrigens aufs grausamste zerschunden waren; noch immer staken in ihrem Fleisch dicke, lange Nadeln, während schwarze Tropfen geronnenen Blutes ihre Schenkel mit einer dicken Kruste überzogen: sie hatte das herrlichste Haar der Welt; ihr schönes Haupt war uns zugewandt und schien um Gnade zu flehen. Dieses hochwohlgeborene Wesen war durch den Tod keineswegs entstellt worden; und ihre zarten Gesichtszüge, weniger durch die Verwesung als vielmehr durch die Todesqualen in Mitleidenschaft gezogen, boten nach wie vor das herzerweichende Schauspiel der Schönheit in Verzweiflung. Der hintere Teil des Kellergewölbes wurde von einem riesigen, schwarzen Ruhebett eingenommen, allwo man den Blick über sämtliche Greuel dieser Stätte schweifen lassen konnte.

– Hier wirst du enden, Justine, sprach Roland, wenn du jemals auf den verhängnisvollen Gedanken verfallen solltest, dieses Haus verlassen zu wollen; jawohl, allhier werde ich dir eigenhändig den Gnadenstoß versetzen … werde dich mit den schlimmsten Mitteln, die ich finden kann, die ganze Pein des Todes spüren lassen.

Beim Aussprechen dieser Drohung fängt Roland Feuer; sein Aufruhr, seine Geistesverwirrung lassen ihn dem Tiger gleichen, der sich anschickt, seine Beute zu verschlingen. Alsdann kommt der Augenblick, wo er das furchteinflößende Glied, mit dem er bestückt ist, ans Licht befördert.

– Hast du je etwas Ebenbürtiges gesehen? fragt er und läßt es von Justine umfausten: und dennoch, so, wie es hier vor dir steht, muß es in die engste Öffnung deines Körpers dringen, selbst wenn ich dich hiefür entzweispalten müßte. Meine Schwester, wiewohl weit jünger als du, erträgt es in nämlicher Körperöffnung recht wacker; mit Weibern verlustiere ich mich nämlich nie anderweitig; und so wird es wohl oder übel auch dich zerfetzen.

Und um die letzten Zweifel auszuräumen, auf welches Örtchen er anspielt, steckt er drei mit krummen Nägeln bewehrte Finger hinein und sagt dazu:

– Jawohl, hier, allhier werde ich in Bälde dieses Glied hineinrammen, das dich in Angst und Schrecken versetzt; es wird in seiner vollen Länge eindringen; wird dir den Anus in Fetzen reißen; dich in Blut tauchen; mich aber in einen Sinnentaumel stürzen.

Bei diesen mit garstigen Flüchen und Gotteslästerungen durchsetzten Worten trat ihm der Schaum vor den Mund. Die Hand, mit der er den Tempel streift, den er offenbar zu erstürmen gedenkt, schweift alsdann über alle umliegenden Körperstellen; er zwackt und zerkratzt sie; nicht besser ergeht es dem Busen, den er derart blau und braun kneift, daß Justine noch zwei Wochen lang unter entsetzlichen Schmerzen zu leiden hatte: hierauf wuchtet er sie auf das Ruhebett, reibt alle Schamhaare des Möschens mit Weingeist ein, steckt sie in Brand und versengt sie samt und sonders; seine Finger bemächtigen sich des Schamzüngleins, zermürben es unbarmherzig; von dort aus läßt er sie ins Innere gleiten, und seine Nägel ziehen das Häutchen in Mitleidenschaft, mit dem es ausgeschlagen ist. Als er sich nicht mehr länger bezähmen kann, verrät er Justine: wenn er sie schon einmal in seinem Schlupfloch gefangenhalte, könne sie geradeso gut hierbleiben und sich so die Mühe ersparen, das nächste Mal wieder heruntersteigen zu müssen ... Unser Unglückskind umschlingt seine Knie; wagt es abermals, ihn an jene Liebesdienste zu gemahnen, die sie ihm erwiesen hatte, muß jedoch schon bald gewahren, daß sie ihn höchstens noch zusätzlich erregt, wenn sie auf das Mitleid pocht, das er ihr vorgeblich schuldig sei.

– Schweig, herrscht dieses Ungeheuer sie an und läßt sie zu Boden taumeln, indem er ihr mit voller Wucht das Knie in die Magengrube rammt ... Los, fährt er fort und zerrt sie an den Haaren wieder hoch, los, mach dich bereit, Hurenhündin, denn eins steht fest: ich werde dich abschlachten.

– Oh! lieber Herr.

– Nichts da, nichts da, du mußt verrecken; ich will es nicht länger dulden, daß mir deine knickrigen Wohltätigkeiten vorgehalten werden; ich will niemandem etwas schuldig sein; die anderen sollen vielmehr alles mir verdanken. Du wirst sterben, sage ich dir: lege dich in diesen Sarg, damit ich sehe, ob du darin Platz findest.

Er legt sie hinein ... schließt den Deckel und verläßt den Keller. Justine wähnt sich verloren; nie noch drohte ihr der Tod auf eine derart schreckliche und unausweichliche Weise. Indes, Roland taucht wieder auf; er holt sie aus dem Sarg und spricht zu ihr:

– Da drinnen wirst du es schön behaglich haben; es liefert ganz den Augenschein, als sei dir diese Kiste eigens auf den Leib gezimmert worden; doch es wäre ein allzu schöner Tod für dich, wenn ich dich einfach so in ihr verenden ließe; ich werde dich eine ganz andere Todesart erleiden lassen, der es an solcher Milde gänzlich gebricht. Los, flehe deinen verfickten Gott an, Metze; bitte ihn, herbeizueilen, um dich zu rächen, so dies wirklich in seiner Macht steht ...

Die Unselige sinkt auf den Betschemel nieder; und während sie ihr Herz mit fester Stimme dem Ewigen ausschüttet, verdoppelt Roland auf dem von ihr ausgeschwenkten Hinterteil seine Quälereien und Marterungen; aus Leibeskräften striegelte er diese Stellen mit einer eisenspitzenbewehrten Klopfpeitsche, so daß das Blut bei jedem Hieb bis an die Decke spritzte.

– Nun! lästert er weiter, offenbar läßt er dich hängen, dein Gott; ungerührt läßt er die Tugend im Unglück schmachten; überantwortet sie den Klauen des Verbrechens. Ah! was für ein Gott, Justine, was für ein schöner Gott! ... was für ein schändlicher Arschficker von einem Gott! Ich verachte und verlache ihn von ganzem

Herzen! Komm schon, sprach er schließlich zu ihr; komm, die Betstunde sollte allmählich zu Ende sein; ist denn ein Gott, der dich in seiner Niedertracht kein einziges Mal erhört, überhaupt soviel Liebesmühe wert?

Und indem er sie bei diesen Worten über den Rand jenes Ruhebettes wölbte, das sich an der Rückwand dieser Grabesstätte befand, nahm er den Faden wieder auf:

– Wie gesagt, Justine, nun heißt es sterben.

Er packt sie bei den Armen, fesselt ihr diese auf den Rücken; alsdann schlingt er ein schwarzes Seidenband um den Hals der Blutzeugin und behält die beiden Enden unablässig in seinen Händen, so daß er es nach Lust und Laune festzurren, der Dulderin den Atem rauben und sie, ganz wie es ihm beliebt, etwas rascher oder etwas langsamer ins Jenseits befördern kann.

– Diese Folter ist viel angenehmer, als du ahnst, Justine, führt Roland aus; der Tod wird dich unter unsäglichen Lustgefühlen ereilen: der Druck, den dieses Band auf die Masse deiner Nerven ausübt, wird nämlich die Organe der Wollust in Wallung versetzen; diese Wirkung ist verbürgt. Wenn all jene, die zu dieser Hinrichtungsart verurteilt sind, wüßten, in was für einem Sinnenrausch sie aus der Welt scheiden werden, so empfänden sie weit weniger Angst vor der Bestrafung ihrer Verbrechen und begingen sie deshalb viel öfter und mit viel größerer Zuversicht. Wer würde schon zögern, sich auf Kosten anderer zu bereichern, wenn er alles in allem darauf rechnen dürfte, daß er gar nicht erst entdeckt würde, oder, falls es doch soweit kommen sollte, im schlimmsten Fall den allersüßesten Tod zu gewärtigen hätte. Dank dieser zauberhaften Körperregung, fuhr Roland fort, wird auch jener Ort verengt, an dem ich Stellung beziehen will (und bei diesen Worten fuhr er ihr in den Arsch), und so wird sich meine Lust noch verdoppeln.

Doch all seine Liebesmühe ist vergeblich; er mag sich den Weg noch so beflissen ebnen, noch so weit aufspreiten, noch so ausgiebig einspeicheln: er ist nun einmal allzu ungeheuerlich bestückt, um zum Erfolg zu gelangen, und so prallen seine Vorstöße einer nach dem andern ab. Nun kennt sein Jähzorn keine Grenzen mehr; er nimmt seine Nägel, seine Hände, seine Füße zuhilfe, um sich für jenen Widerstand zu rächen, den ihm die Natur entgegensetzt. Er klopft abermals an: das Flammenschwert gleitet bis an die Gestade des benachbarten Kanals; und dank der Wucht seines Lendenstoßes dringt mehr als die Hälfte davon ein. Justine läßt einen markerschütternden Schrei fahren: Roland, über seinen Fehltritt erzürnt, zieht sich wutentbrannt zurück und pocht diesmal mit solcher Wucht an die Hinterpforte, daß sein glitschig gewordener Speer hineinschnellt und dabei die Ränder des Loches zerschlenzt. Roland nutzt den Erfolg dieses ersten Stoßes: seine Anstrengungen werden heftiger und heftiger; er macht Boden gut. Je weiter er vordringt, desto enger zieht sich das verhängnisvolle, um ihren Hals geschlungene Band zusammen. Justine läßt ein haarsträubendes Geheul erschallen; da dies den rasenden Roland lediglich ergötzt, bringt er sie dazu, noch lautere Schreie auszustoßen: da er ganz genau weiß, daß sie vollkommen nutzlos sind und es ihm ohnehin freisteht, sie jederzeit zum Verklingen zu bringen, begeilt er sich an diesen schrillen Tönen. Allein, der Sinnentaumel sitzt ihm bereits im Nacken; der Druck des Bandes wird auf das Ausmaß seiner Lust abgestimmt. Nach und nach verstummt die Stimme unserer Jammerbaren: und schließlich wird sie so unbarmherzig gewürgt, daß ihre Sinne mählich erlahmen, jedoch ohne daß sie dabei die Besinnung verlöre. Von dem ungeheuerlichen Glied, mit dem Roland ihre Eingeweide zerfetzt, gnadenlos durchgerüttelt, spürt sie unbeschadet ihres schrecklichen Zustandes, wie sie von den Samenströmen ihres abscheulichen Arschfickers überflutet wird; sie vernimmt auch jene Schreie, die er ausstößt, während er sich ergießt. Dann erst folgt ein Augenblick der Blödigkeit; doch bald schon wieder losgebunden, wird es lichter um sie, und ihre Organe scheinen sich mit neuer Lebenskraft zu füllen.

– Na! Justine, sprach ihr Henker zu ihr, wetten, daß du, wenn du nur aufrichtig sein willst, schiere Wollust empfunden hast.

Leider Gottes war dies nicht von der Hand zu weisen: die seimtriefende Fut unserer Heldin war der sprechende Beweis für die Richtigkeit von Rolands Behauptung. Im ersten Augenblick wollte sie es leugnen.

– Hure, sprach der Unhold, meinst du, mir etwas vormachen zu können, ich sehe doch, wie deine Scheide von Seim überquillt! du hast ausgespritzt, kleiner Lustmolch; das läßt sich eben nicht vermeiden.

– Nie und nimmer, lieber Herr, das schwöre ich Ihnen.

– Eh! mir soll's einerlei sein! du solltest mich, wie ich glaube, gut genug kennen, um zu wissen, daß ich bei allem, was ich mit dir treibe, unendlich viel weniger um deine als um meine Wollust bekümmert bin; und diese von mir angestrebte Wollust war derart überwältigend, daß ich mir diesen Genuß gleich noch einmal verschaffen möchte.

Mit den Worten: Du, nur du allein, Justine, hast nun dein Leben in der Hand, schlingt Roland den von der Decke baumelnden Strick um den Hals dieser Unglückseligen. Sowie alles straff gespannt ist, befestigt er am Hocker, auf den Justine gestiegen ist, eine Schnur, deren Ende er fest in Händen hält, und begibt sich in einen gegenüberliegenden Sessel. In der einen Hand der Dulderin liegt eine messerscharfe Sichel, mit der sie den Strick genau in jenem Augenblick entzweischneiden soll, da er Justine, vermittels des in seinen Händen ruhenden Fadens, den Hocker unter den Füßen wegzieht.

– Du siehst, mein Töchterchen, spricht er alsdann zu ihr, dir mag es an den Kragen gehen, mir bestimmt nicht; ich habe dir also vollauf zu Recht gesagt, daß dein Leben allein in deiner Hand liege.

Der Schurke streicht sich den Schweif: im Augenblick seiner Entladung würde er den Hocker wegziehen, der Justine jetzt noch Halt gibt, und sie so an der Decke baumeln lassen. Er gibt sich alle erdenkliche Mühe, um den entscheidenden Augenblick zu vertuschen; er würde im siebten Himmel schweben, wenn Justine nicht flink genug sein sollte. Doch er kann machen, was er will, sie ahnt den fraglichen Zeitpunkt voraus; die Unbändigkeit seiner Erregung verrät ihn: Justine bemerkt die Handbewegung; der Hocker rutscht weg, sie durchtrennt den Strick, fällt zu Boden und ist frei ... Wer hätte das gedacht! selbst dort, mehr als zwölf Fuß vom Lüstling entfernt, wird sie vom sprudelnden Ficksaft überschwemmt, den Roland unter Gotteslästerungen verlustiert.

Hätte sie nicht Justine geheißen, so hätte sie zweifellos von der in ihren Händen liegenden Waffe Gebrauch gemacht und sich blitzschnell auf dieses Untier gestürzt. Doch was hätte dieser mutige Schritt schon gefruchtet? Da sie nicht über die Schlüssel zu dieser unterirdischen Anlage verfügte und deren Irrwege nicht kannte, wäre sie vom Tod ereilt worden, bevor sie hinausgefunden hätte; überdem war Roland auf alles gefaßt: also rappelte sie sich auf und ließ die Waffe am Boden liegen, damit er gar nicht erst Verdacht schöpfte. Und in der Tat hegte er auch keinen, ja, er war über die Gefügigkeit, die Selbstaufgabe seines Opfers weit mehr erbaut als über dessen Flinkheit, und so gab er ihr das Zeichen zum Aufbruch; und mitsammen stiegen sie wieder ins Schloß empor.

Anderentags nahm Justine ihre Umgebung genauer in Augenschein. Ihre vier Schicksalsgefährtinnen waren Mädchen zwischen fünfundzwanzig und dreißig Jahren. Wiewohl durch das Elend abgestumpft und durch das Übermaß an Arbeit zerrüttet, hatte sich ihre Schönheit wenigstens in groben Zügen erhalten. Ihr Wuchs war wohlgestalt; und die jüngste, Suzanne geheißen, besaß nicht nur zauberreiche Augen, sondern auch bestrickende Gesichtszüge. Zu Lyon war sie in Rolands Fänge geraten; und nachdem er sie, unter einem Heiratsversprechen, aus dem Kreise ihrer Familie entführt hatte, ward sie von ihm in sein Höllenhaus verschleppt. Dortselbst weilte sie seit nunmehr drei Jahren und war den Wildmütigkeiten dieses Ungeheuers in noch viel ausgeprägterem Maße zur Beute gefallen als all ihre Leidensgenossinnen. Infolge unzähliger Hiebe mit dem Ochsenziemer waren ihre Arschbacken so hornhäutig und so ledern geworden wie eine alte, von der Sonne gegerbte Kuhhaut; ein Krebs, der an ihrer linken Brust nagte, sowie ein Geschwür im Muttermund bereiteten ihr unerhörte Schmerzen. All dies war das Werk des tückischen Roland; all diese Greuel die Frucht seiner Freuden. Aus ihrem Munde erfuhr Justine, daß dieser Halunke in Kürze nach Venedig übersiedeln wollte; er erwartete nur noch für Italien ausgestellte Wechselbriefe in der Höhe jener Unsummen, die er letzthin nach Spanien geschmuggelt; schließlich wollte er ja nicht das ganze, schwere Gold über die Alpen schleppen. Nach Italien hatte er noch nie etwas gesandt: er hätte seine falschen Münzen niemals in ein Land geschmuggelt, in dem er Wohnsitz zu nehmen gedachte. Dank diesem Vorgehen würde er an jenem Ort, wo er sich niederlassen wollte, als einzigen Reichtum Wechselpapiere besitzen, die aus einem fernen Landstrich stammten, so daß man seinen Schurkereien unmöglich auf die Spur kommen konnte: doch ein einziger Augenblick konnte alles zunichte machen; ja, der ersehnte Lebensabend hing auf Gedeih und Verderb von diesem letzten Tauschgeschäft ab, in welches der größte Teil seiner Schätze verwickelt war. Sollte Cadix seine gefälschten Piaster, Zechinen und Louis annehmen und gegen Wechselbriefe eintauschen, die auf Venedig ausgestellt waren, so wäre Roland für den Rest seiner Tage ein gemachter Mann; sollte der Betrug auffliegen, so würde das ganze, wacklige Gebäude seines Wohlstandes an einem einzigen Tag in sich zusammenstürzen.

– Jerum! sprach Justine, als sie diese Einzelheiten erfuhr, für einmal wird die Vorsehung Gerechtigkeit walten lassen; einem solchen Ungeheuer wird sie bestimmt nicht zum Erfolg verhelfen, und wir werden alle gerächt …

Unselige! weshalb verfielst ausgerechnet du auf solche Gedanken … und dies nach all den Lektionen, die dir ebenjene Vorsehung erteilt, auf die du in deiner Ohnmacht nach wie vor bautest?

Gegen Mittag gewährte man diesen Unglückskindern jeweils zwei Stunden Rast, die sie nutzten, um, stets voneinander getrennt, in ihren Kammern kurz zu verschnaufen und eine Wenigkeit zu essen. Um zwei Uhr spannte man sie wieder an und ließ sie bis in die Nacht hinein arbeiten, ohne daß es ihnen je verstattet worden wäre, das Schloß zu betreten. Und nackt waren sie nur, damit sie die Schläge besser spürten, die ihnen Roland verabreichte, dem es nie an einem guten Vorwand oder an Körperkraft gebrach. Im Winter reichte man ihnen ein Strickjäckchen sowie Beinkleider, bei denen die gesamte Fläche des Hinterns ausgespart war, so daß ihre Körper, unabhängig von der Jahreszeit, den Schlägen dieses Schuftes schutzlos preisgegeben waren, dessen höchste Lust darin bestand, sie nach Strich und Faden zu verprügeln.

Acht Tage verstrichen, ohne daß Roland aufgetaucht wäre. Am neunten besuchte er sie bei der Arbeit; und indem er vorgab, daß Suzanne und Justine das Rad allzu träge drehten, verabreichte er ihnen je fünfzig Hiebe mit dem Ochsenziemer, und zwar von der Lendenmitte bis hinab zu den Waden.

Mitten in jener Nacht, die auf diesen Tag folgte, trat der Schmutzfink bei Justine ein; er wollte die blauen Beulen auf dem Prachtpopo dieser Bejammernswerten betrachten: der Spitzbube schmatzte sie ab; und durch dieses Vorgepränge schon bald in Glut geraten, steckte er ihr den Schwengel in den Arsch; beim Sodomisieren piekste er ihre Brüste und gefiel sich darin, ihr Schauermärchen zu erzählen, über die selbst die Natur erzittert wäre. Als er bis zum letzten Tropfen ausgespritzt hatte, wollte Justine diese Ruhepause nutzen, um ihn anzuflehen, ihr Los zu lindern. Das arme Geschöpf wußte zwar, daß bei solchen Seelen der Hang zur Grausamkeit im Augenblick des Sinnentaumels höchstens noch verstärkt wurde, doch war ihr nicht bewußt, daß sie durch den darauffolgenden Seelenfrieden noch lange nicht zu den mildmütigen Tugenden braver Bürger bekehrt wurden; je nach dem Zunder, mit dem man ihr inneres Feuer nährt, lodert es mehr oder minder hoch auf, doch selbst unter der Asche glimmt stetsfort eine Glut.

– Und mit welchem Recht, entgegnete ihr Roland, willst du verlangen, daß ich deine Ketten lockere? etwa aufgrund jener Spielereien, mit denen ich mir mit dir zusammen die Zeit vertreibe? Aber bin ich dir je zu Füßen gelegen, um von dir irgendeine Gunst zu erflehen, für deren Gewährung du nun eine Entschädigung erheischen dürftest? Ich habe dich nie um etwas gebeten; ich nehme mir alles, und es will mir nicht in den Kopf, weshalb ich aufgrund eines ersten Mißbrauches deiner Person auf einen zweiten verzichten sollte. Die Liebe bleibt in meinem Fall aus dem Spiel: die Liebe ist ein aus der Ritterzeit überkommenes Gefühl, das ich zutiefst mißbillige und von dem mein Herz nie auch nur den geringsten Anflug gespürt. Eine Frau ist für mich das Gleiche wie ein Nachttopf, ich bediene mich ihrer lediglich zur Notdurft: letzteren hole ich hervor, wenn sich der Drang zum Scheißen bemerkbar macht, erstere, wenn mich der Drang zum Ausspritzen umtreibt; doch meiner Lebtag habe ich weder um das eine noch um das andere viel Aufhebens gemacht. Da ich keiner Frau, die ich dank meines Geldes und meiner Überlegenheit irgendwelchen Begierden unterwerfe, Hochachtung oder Zärtlichkeit entgegenbringe, da ich alles, was ich ihr entlocke, letztlich nur mir selbst zu verdanken habe und ich von ihr nichts denn Willfährigkeit verlange, kann ich bestimmt nicht dazu gezwungen werden, ihr irgendeine Gunst zu gewähren. Jedem, der mich hiezu nötigen möchte, stelle ich die Frage, ob sich ein Räuber, der im Wald einem Manne, dem er überlegen ist, den Geldsäckel entwendet, jenen Schaden wiedergutmachen soll, den er ihm zugefügt. Nicht anders verhält es sich mit der Schmach, die man einer Frau zufügt: sie mag als Anlaß für eine weitere Schmach dienen, doch gewiß wird sie kein hinreichender Grund sein, ihr irgend Entschädigung zu gewähren.

– Oh! Monsieur, warf Justine ein, Sie treiben die Verruchtheit gar weit!

– Auf den höchsten Gipfel, versetzte Roland: es gibt keine Verirrung auf Erden, der ich nicht gefrönt; kein Verbrechen, das ich nicht begangen, und keines, das ich mit Hilfe meiner Grundsätze nicht entschuldigt oder gerechtfertigt hätte. Seit jeher spürte ich den Reiz des Bösen, welcher der Wollust stets nur zum Vorteil gereicht. Das Verbrechen entfacht meine Geilheit: je haarsträubender es ist, um so aufreizender seine Wirkung; wenn ich es aushecke, schwillt mir der Schweif, wenn es zur Tat kommt, spritze ich aus; und wenn ich meine Lebensgeister an solchen und ähnlich süßen Erinnerungen labe, so beginnt der Ficksaft meine Hoden stets nur deshalb zu kitzeln, weil er bereits auf ein neues sinnt. Schau, hier, mein Schwanz, Justine: ich bin wild entschlossen, dich zu meucheln; und wenn er seinen Kopf reckt und streckt, dann allein aus diesem Grunde; sobald ich dich erdroßle, werden Schwälle von Sperma aus ihm hervorquellen, und schon bald werden ihm weitere Greuel wieder Kraft und Saft verleihen. Hienieden verhilft einem Libertin nur das Verbrechen zu einem Steifen; alles, was nicht nach Verbrechen riecht, schmeckt schal; und die Geilheit sollte stets nur dem Schoße der Niedertracht entspringen.

– Was Sie da sagen, ist haarsträubend, erwiderte Justine; doch leider Gottes habe ich so manches Beispiel hiefür miterleben müssen.

– Deren gibt es Tausende, mein Kind. Man sollte sich nicht einbilden, daß der Geist eines Libertins in erster Linie aufgrund der Schönheit einer Frau in Wallung gerate; es ist dies vielmehr dem Verbot zu verdanken, mit dem die staatlichen oder kirchlichen Gesetze ihren Besitz belegen: als Beweis hiefür mag der Umstand dienen, daß unsere Erregung um so stärker wird, je strenger das Verbot ist, das auf ihrer Inbesitznahme lastet. Ein Mann, der sich mit einer Gattin, die er dem Gatten ausgespannt, oder mit einem Mädchen verlustiert, das er aus dem Elternhaus geraubt, genießt ungezweifelt viel höhere Lust als ein Ehemann, der nur gerade sein Frauchen vögelt; und je höher das Ansehen, das die zerrissenen Bande zu genießen scheinen, desto größer die Wollust. Verlustiert er sich mit seiner Mutter, seinem Sohn, seiner Schwester, seiner Tochter: schon erwächst den von ihm genossenen Freuden ein zusätzlicher Reiz. Und hat man all dies erst einmal ausgekostet, so sehnt man noch höhere Dämme herbei, die man sodann mit noch höherer Lust durchbrechen könnte. Nun, wenn das Verbrechen einer Lustbarkeit erst so richtig Würze verleiht, so kann es auch, ganz für sich allein und von ihr losgelöst, Lust spenden: es schlummert also im Verbrechen an und für sich schon eine gewisse Wollust; denn es ist denkwidrig, daß das, was erst den wahren Reiz einer Sache ausmacht, nicht auch für sich genommen bereits gewisse Reize birgt.

Nehmen wir einmal an, der Raub eines Mädchens spende demjenigen, der es für sich selber raubt, höchste Lust: wenn er es nun für einen anderen raubt, wird ihm der Raub ebenjenes Maß Lust verschaffen, das damals bei der Verlustierung mit einem solchen Mädchen durch den Umstand hinzugekommen war, daß er es geraubt hatte; die Entwendung einer Uhr, eines Geldsäckels etc. wird einem gleichfalls Lust verschaffen; und wenn ich meine Sinne erst einmal daran gewöhnt habe, beim Raub eines Mädchens dem Raub als solchem Lust abzugewinnen, dann werde ich aus dem Raub der Uhr, des Geldsäckels etc. ebensoviel Wollust und Wonne ziehen. Ebendies erklärt auch das Steckenpferd so mancher Edelleute, die zu Dieben werden, obwohl sie es nicht nötig hätten. Kurz und gut, nichts ist leichter nachzuvollziehen, als daß man bei allem, was nach Verbrechen riecht, höchste Lust genießt und zu diesem Behuf selbst die harmlosesten Lustbarkeiten vermittels aller erdenklichen Schliche so verbrecherisch zu gestalten versucht als wie nur irgend möglich: durch ein solches Vorgehen verleiht man diesen Lustbarkeiten lediglich jenes Salz, das ihnen noch fehlt und das zur Krönung der Glückseligkeit unverzichtbar ist. Diese Lehrgebäude führen auf Abwege, dessen bin ich mir sehr wohl bewußt; den Beweis hiefür werde ich dir in Kürze womöglich selber erbringen, Justine; doch was tut's, Hauptsache, man ergötzt sich. Gibt es, um nur ein Beispiel zu nennen, mein teures Töchterchen, etwas Natürlicheres als den Umstand, daß ich mich mit dir verlustiere? doch du sträubst dich dagegen; hältst mir vor, daß ich meine Macht mißbrauche und zu einer Ausgeburt an Undankbarkeit werde, wenn ich dich notzüchtige; und schon hat das Ausmaß meines Verbrechens ein wenig zugenommen; dann höre ich auf nichts mehr; zerreiße alle Bande, welche die Einfaltspinsel in Bann schlagen; unterwerfe dich den schmutzigsten Gelüsten; und selbst aus der harmlosesten … schalsten Lustbarkeit mache ich einen wahren Leckerbissen. Füge dich also, Metze; füge dich; und falls du dereinst in der Rolle des Stärkeren wieder zur Welt kommen solltest, so magst du deine Macht in ähnlicher Weise mißbrauchen: erst dann könntest du die allerwonnereichsten und allerprickelndsten Freuden kennenlernen.

Bei diesen Worten schlingt Roland ein mitgebrachtes Band um Justines Hals und fährt ihr in den Arsch, wobei er mit solcher Kraft zuzieht, daß sie besinnungslos zu Boden sinkt: sei's drum, Hauptsache, er hat ausgespritzt; und ohne sich noch um irgend etwas zu bekümmern, zog sich der Schmutzfink seelenruhig zurück.

Unsere Heldin weilte seit nunmehr sechs Monaten in diesem Hause und versah von Zeit zu Zeit bei den unsäglichen Ausschweifungen dieses Schurken ihren Dienst, als sie ihn eines Abends mit Suzanne in ihr Verlies treten sah.

– Komm, Justine, sprach dieses Ungeheuer zu ihr, es ist mir, als hätte ich dich schon eine Ewigkeit nicht mehr in jene Gruft geführt, die dir einen solchen Schrecken eingejagt: mir nach, alle beide; aber hofft nicht, wieder gemeinsam heraufzusteigen: es ist vollkommen unabdingbar, daß ich eine von euch dort unten lasse; wollen sehen, wen das Los trifft.

Justine erhebt sich; wirft einen verängstigten Blick auf ihre Gefährtin; sieht sie in Tränen aufgelöst ... Der Schinder schreitet los, es gilt, ihm zu folgen.

Sowie sie die Schwelle zum unteriridischen Gewölbe überschritten haben, mustert Roland die beiden mit blitzenden Blicken; genüßlich wiederholt er ihr Todesurteil und schärft den beiden allaugenblicklich ein, daß nur eine übrigbleiben werde, dies sei todsicher.

– Auf denn, sprach er, indem er Platz nahm und sie vor sich strammstehen ließ, wechselt euch beim Versuch ab, den Zauberbann zu brechen, der auf diesem Schlappschwanz liegt; aber wehe derjenigen, die ihm wieder Saft und Kraft verleiht.

– Das ist ungerecht, entgegnete Suzanne; jene, die Ihnen am schnellsten zu einem Steifen verhilft, sollte vielmehr begnadigt werden.

– Zum Teufel auch, erwiderte Roland: sowie sich herausgestellt hat, welche mich stärker erregt, liegt es ja auf der Hand, wessen Tod mir mehr Wonne bereiten wird; schließlich zwecke ich ja auf ein möglichst hohes Maß Wollust ab: wenn ich überdem diejenige begnadigte, die mich schneller in Stand stellt, so würdet ihr alle beide mit solcher Inbrunst zu Werke gehen, daß ihr mich womöglich zum Ausspritzen brächtet, ehe ich eine von euch beiden gemeuchelt hätte; gerade das aber will ich vermeiden.

– Das heißt, das Böse um des Bösen willen zu begehren, Monsieur, folgert Justine hell entsetzt: Ihr einziges Ziel sollte doch die Krönung Ihres Lusttaumels sein; und worin liegt die Notwendigkeit, eine Missetat zu begehen, wenn Sie auch anderweitig zum Erfolg gelangen können?

– Darin, daß ich meinen Ficksaft nur dank ihr auf wirklich wonnevolle Weise verlustiere, und ich bin nun einmal zu dem einzigen Behuf in diese Gruft hinuntergestiegen, jemanden zu erdrosseln. Natürlich ist auch mir bewußt, daß ich auch auf andere Weise zum Höhepunkt gelangen könnte; doch mir eignet die lustreiche Boshaftigkeit, zum Gelingen meines Vorhabens genau diesen Preis zu fordern.

Und nachdem er Justine dazu auserwählt hat, den Anfang zu machen, läßt er sich von ihr imgleichen Schwanz und Arschloch wetzen, während er nach Herzenslust sämtliche Stellen ihres Prachtkörpers abgreift.

– Dies frische Fleisch, Justine, meint Roland, die Hinterbacken quetschend, weist bei weitem noch nicht so viel Hornhaut ... so viele faulige Stellen auf wie dasjenige von Suzanne, welches man ansengen könnte, ohne daß sie dabei auch nur das geringste spürte; bei dir aber, Justine ... bei dir blühen in einem Meer von Lilien erst vereinzelte Rosen ... Da gibt es noch viel ... sehr viel zu tun.

Man macht sich keine Vorstellung davon, wie erleichtert Justine über diese Drohung war; als er sie aussprach, ahnte Roland gewiß nicht, mit welcher Seelenruhe er sie dadurch erfüllte. Und in der Tat: stand es, in Ansehung seiner Absicht, sie weiteren Grausamkeiten zu unterziehen, nicht fest, daß er sie noch nicht hinzuopfern gedachte? ... Unglück schöpft aus allem Hoffnung: Justine faßte frischen Mut. Und was sie noch glücklicher stimmte: sie brachte nichts zustande; denn diese ungeheuerliche, schlaff in sich zusammengesunkene Masse widerstand allen Handgriffen. Suzanne ward in derselben Haltung, an denselben Stellen betatscht; doch da ihr Fleisch viel abgehärteter war, wurde es von Roland auch viel weniger geschont. Wohlgemerkt, Suzanne war die Jüngere.

– Ich bin der festen Überzeugung, sprach dieser Lüstling, daß selbst die furchteinflößendsten Fitzen diesem Arsch hier keinen einzigen Blutstropfen mehr zu entlocken vermöchten.

Er zwingt die beiden vornüber; und als ihm dank dieser Bücklinge die vier Pfade der Wollust entgegenklaffen, lustwandelt seine Zunge auf den beiden engeren; auf die anderen aber spuckt der Schmutzfink. Er knöpft sich wieder ihre Vorderseiten vor, läßt sie zwischen seinen Schenkeln auf die Knie sinken, so daß auf der Höhe seines Schwengels zwei Busenpaare baumeln.

– Oh! was die Brüste anbelangt, sprach Roland zu Justine gewandt, so mußt du Suzanne den Vortritt lassen; dieser Teil war wohl auch in deinen besten Zeiten nicht annähernd so gut bestückt; schau nur, wie prall gestopft sie sind.

Und bei diesen Worten quetschte er die Brust der bejammernswerten Suzanne, bis sie unter seinen Fingern braun und blau ward. Nun kam sie mit dem Wichsen an die Reihe: und kaum war er von der einen Hand zur anderen gewandert, schnellte der Pfeil aus dem Köcher und bedrohte bereits die ganze Umgebung.

– Arme Suzanne, jauchzte Roland; das nenne ich einen Pyrrhussieg; er fällt mit deinem Tod zusammen … er fällt dein Todesurteil, Lumpenhure, fuhr er fort und zwickte und zerkratzte ihre Zitzenspitzen: an denjenigen von Justine nuckelte und knabberte er bloß.

Schließlich läßt er Suzanne auf den Sopharand knien; beugt ihren Kopf vornüber und arschfickt sie in besagter Stellung. Von diesen neuerlichen Qualen zerrüttet, schüttelt ihn Suzanne ab: Roland aber, lediglich auf ein kleines Scharmützel bedacht, gibt sich mit diesem kurzen Ritt zufrieden und sucht in Justines Arschloch Trost, alldieweil er die andere Frau unverdrossen durchwalkt und plagt.

– Das nenn ich eine Hurenhündin, die mich unglaublich erregt, meint er und treibt ihr eine dicke Nadel in das linke Brustbeerchen; ich weiß gar nicht, was ich ihr noch alles antun könnte.

– Oh! Monsieur, bat Justine, erbarmen Sie sich ihrer; ihre Schmerzen können unmöglich noch schlimmer werden.

– Dies könnten sie sehr wohl, versetzte der Bösewicht: ah! hätte ich doch nur jenen sagenumwobenen Kaiser Kié hier, will sagen eines der größten Ungeheuer, das jemals auf Chinas Thron saß, dann würden wir fürwahr noch ganz andere Dinge anstellen[1]. Kein Tag verging, an dem er nicht im Verbund mit seiner Frau etwelche Opfer hinschlachtete: die beiden, so munkelt man, ließen sie in ständiger Todesangst schweben und unter solchen Schmerzen leben, daß

[1] Dem chinesischen Kaiser Kié stand eine Frau zur Seite, die ihm, was Grausamkeit und Ausschweifung betrifft, in nichts nachstand: Blut zu vergießen, kostete sie keinerlei Überwindung; und zu ihrem bloßen Vergnügen ließen sie täglich ganze Bäche Blutes verströmen. Im Herzen ihres Palastes verfügten sie über ein Geheimkämmerchen, in dem die Blutzeugen vor ihren Augen abgeschlachtet wurden, alldieweil sie selber herumvögelten. Théo, ein Nachfolger dieses Fürsten, besaß, gleich ihm, eine äußerst grau-

sie allaugenblicklich an der Schwelle des Todes standen, ohne sie je endgültig zu überschreiten, denn diese Barbaren erwiesen ihnen den grausen Liebesdienst, Folter und Pflege einander abwechseln zu lassen; hatten sie sie für eine kurze Minute ans Licht der Welt geholt, so stießen sie sie in der nächsten bereits wieder in die Nacht des Todes zurück ... Ich aber bin viel zu gutmütig, Justine, fuhr dieser Stier fort und feilte sie fleißig weiter, indes er Suzannes Busen unausgesetzt in Fetzen riß ... oh! ja, ich bin viel zu gutmütig ... ich bin in all diesen Dingen noch recht unbeleckt ... bin ein blutiger Anfänger.

Nach einem kurzen Auf und Ab zieht sich Roland schließlich zurück, ohne die Opferung zu beenden, wobei er Justine durch diesen übereilten Rückzug sogar noch mehr Schmerzen verursacht, als er es beim Eindringen getan. Steifgeschwänzt wirft er sich in Suzannes Arme; und indem er die Notzüchtigung mit Spöttereien würzt, spricht er zu ihr:

– Holdseliges Geschöpf, mit wieviel Wonne entsinne ich mich der ersten Zeit unserer Verbindung! nie noch hatte mir ein Weib so viel Lust bereitet! nie habe ich jemanden mehr geliebt als dich! ... Einen Abschiedskuß, Suzanne; wer weiß, vielleicht werden wir uns für eine recht lange Zeit trennen.

– Tiger, erwidert diese Unselige und stößt jenen Mann, der solch grausame Reden schwingt, schaudernd von sich, hebe dich hinweg; verschlimmere jene Qualen, die du mir auferlegst, nicht noch durch die Pein, mich mit solchen Worten zu schmähen. Untier, stille deine Raserei; doch mache dich wenigstens nicht über mein Unglück lustig.

Roland, fuchsteufelswild, packt sie; er bettet sie, mit weit gespreiteten Schenkeln, auf die Liegestatt, so zwar, daß er die gähnende Scheide in Griffweite hat. Dann brüllt dieser Schandkerl, indem er seine nichtswürdigen Hohnreden wieder aufnimmt:

same Gattin: sie hatten eine eherne Säule ausgetüftelt, die man bis zur Rotglut erhitzte, ehe die elenden Opfer vor ihren Augen an sie gefesselt wurden. »Die Fürstin«, so berichtet der Geschichtsschreiber, dem wir diese Angaben entlehnen, »ergötzte sich über die Maßen an den Verrenkungen und Schreien dieser bejammernswerten Opfer; sie war mißmutig, wenn ihr der Gatte dieses Schauspiel nicht oft genug verschaffte.« Hist. des Conj. S.43, Band VII

– O du Tempel meiner verflossenen Freuden, der du mir solche Wonne verschafftest, als ich deine allerersten Rosen pflückte, dir gebührt nun auch mein Abschiedsgeschenk …

Der Schandbare … er krallt seine Fingernägel hinein; und nachdem er während mehreren Minuten, die von Suzannes schrillen Schreien erfüllt waren, darin herumgewühlt, zieht er sie erst wieder heraus, als sie vor Blut triefen. In der Meinung, er habe ihr noch nicht genügend Leid zugefügt, läßt er eine dicke Nähnadel hineingleiten und stößt sie bis zum Muttermund. Blubberndes Blut quoll heraus; er ließ es über seinen Schwanz strömen und wünschte, daß Justine diesen vom Blute ihrer Schicksalsgefährtin strotzenden Schwengel abschmatze. Von diesen Schreckenstaten gesättigt, spürte er, daß er sich nicht mehr lange würde bemeistern können, und sprach:

– Los, los, teure Justine, spielen wir zum Abschluß schnell eine Partie Mensch-hänge-dich-nicht[1]; so der Name dieses von uns bereits weiter oben erwähnten, todesschwangeren Zeitvertreibes.

Unser Waisenkind steigt auf den Dreifuß; der Schandkerl schlingt ihr den Strick um den Hals und baut sich vor ihr auf: wiewohl bereits grausam zugerichtet, erregt ihn Suzanne fingerfertig. Schon nach einem kurzen Augenblick zieht er den Schemel weg; doch mit

[1] Dieses bereits weiter oben beschriebene Spiel erfreute sich bei den Kelten, von denen wir abstammen, großer Beliebtheit. (Schlagen Sie in der Histoire des Celtes von Peloutier nach.) Fast alle Verirrungen der Ausschweifung, fast alle ausgefallenen Leidenschaften der Libertinage, die in der Geschichte von Justine beschrieben werden und in vergangenen Zeiten auf höchst belachenswürdige Weise das Augenmerk der Gesetze auf sich zogen, hatten sich in noch weiter zurückliegenden Zeiten entweder aus den Spielen unserer Vorväter, aus wohlgeduldeten Bräuchen oder aus religiösen Ritualen entwickelt. War, um nur ein Beispiel zu nennen, die Peitsche nicht bei unzähligen gottgefälligen Ritualen der Heiden in regem Gebrauch? Mehrere Völker setzten ebendiese Kasteiungen zur Abhärtung ihrer Kämpfer ein: dies wurde HUSCANAVAR genannt. (Nachzuschlagen in Les cérémonies religieuses de tous les peuples de la terre.) Derlei Narreteien, die schlimmstenfalls den Tod einer Hure nach sich ziehen, galten noch im letzten Jahrhundert und selbst in den ersten acht Jahrzehnten des unsrigen als Kapitalverbrechen; doch der Aufklärung und Philosophie sei Dank, heutzutage wird ein rechtschaffener Bürger nicht mehr um einer Gassendirne willen hingeopfert. Seit man diese nichtswürdigen Geschöpfe auf ihren angestammten Platz verwiesen hat, scheint man allmählich einzusehen, daß sie einzig und allein dazu da sind, unseren Leidenschaften Liebkind zu sein, und daß man höchstens ihre Unbotmäßigkeit, nicht aber unsere Mutwilligkeiten bestrafen darf.

der Sichel ausgerüstet, haut Justine den Strick stracks entzwei und fällt völlig unversehrt zu Boden.

– Schön, schön, meint Roland: nun bist du an der Reihe, Suzanne; bedenke, wenn du deinen Kopf ebenso geschickt aus der Schlinge ziehst, will ich dir Gnade erweisen.

Suzanne nimmt Justines Platz ein; doch was die ihr anvertraute Waffe betrifft, so trügt der Schein; es handelt sich um eine Sichel mit stumpfer Schneide. Roland gefällt sich darin, sie in dieser Lage erst noch ein Weilchen zu betrachten; er begrabbelt, betatscht sie allüberall, schmatzt ihren Arsch genüßlich ab und läßt sich vor ihr nieder: Justine wichst ihn. Jählings gleitet der Schemel unter Suzannes Füßen weg, deren Bemühungen alle umsonst bleiben; gräßlichste Krämpfe lassen in ihrem Gesicht die Muskeln hervortreten, ihre Zunge hängt immer weiter heraus: Roland erhebt sich … er gefällt sich ungeheuerlich darin, das Mädchen in dieser Lage zu begaffen. Wer hätte das gedacht? voller Wollust saugt er an dieser Zunge, die im Todeskampf heraushängt.

– Oh! Justine, schwärmt er, welche Wollust! Da, sie ist gehängt, die Schlitzbübin; sie ist tot … Oh! zwiefach gefickter Gott, nie noch habe ich ein bestrickenderes Schauspiel gesehen … Holen wir sie wieder herunter … legen wir sie auf dieses Ruhebett, in diesem Zustand will ich sie arschficken; es heißt, nur frisch vom Strick bürge eine Frau für einen guten Fick.

Er schreitet zur Tat: Suzanne hat jegliche Besinnung verloren; dessen unerachtet vergeht sich das Ungeheuer an ihr.

– Hängen wir sie wieder auf, spricht er: es ist noch Leben in ihr; sie muß die Seele endgültig aushauchen; dich aber, Justine, will ich sodomisieren, derweil ich sie meuchle.

Schon baumelt Suzanne wieder an der Decke; der Arschficker aber stößt in dem unmittelbar davor in Stellung gebrachten Arsch Justines auf und ab; er spritzt aus, indes er seine Buhle ersticken läßt. Er hebt eine Steinplatte, die eine noch tiefere Gruft tarnte, schleudert den Leichnam hinunter und geht mit Justine ab.

– Sanftmütiges Mädchen, spricht er unterwegs zu ihr, du hast gesehen, was geschehen ist; merk dir wohl: wenn du das nächste Mal diese Gruft betrittst, dann bist du an der Reihe.

– Stets zu Ihren Diensten, Monsieur, versetzte Justine; ich ziehe den Tod noch allemal diesem grauslichen Leben vor, das Sie mich hier fristen lassen: weshalb sollten Unglückskinder wie wir überhaupt noch am Leben hängen?

Roland aber schließt sie wortlos wieder in ihrem Kerker ein.

Anderentags wurde Justine von ihren Gefährtinnen gefragt, was aus Suzanne geworden sei; ihr Bericht versetzte die anderen keineswegs in Bestürzung: alle rechneten mit dem gleichen Ende; und alle wünschten, gleich Justine, den Tod herbei, da sie in ihm das Ende ihres Leidensweges erblickten.

Dieserweise verstrich ein Jahr, in dessen Verlauf zwei der Mädchen, die Justine bei ihrer Ankunft vorgefunden, von demselben Schicksal wie die jammerbare Suzanne ereilt und durch frische ersetzt worden waren. Nun verschwand noch eine dritte: doch mit welcher Überraschung erblickte Justine, wer die Nachfolgerin dieser letzten Blutzeugin war! ... Madame Delisle, diese herzerweichende Gastwirtin, bei der sich Justine von jener schändlichen Dirne getrennt, die sie nur aus dem Schlupfloch der Bettler befreit hatte, um sie in Lyon gemeinzumachen.

– Oh! Gnädigste, klagte Justine, als sie sie erblickte ... Sie, die Sie von Natur aus derart sanftmütig und gutherzig sind, zu welch schlimmem Schicksal sind Sie nur verdammt! so also lohnt der Himmel Keuschheit, Gastfreundschaft, Wohltätigkeit sowie alle ferneren Tugenden, welche die Glückseligkeit der Menschen befördern?

Madame Delisles Reizungen hatten Roland derart erhitzt, daß er ihr noch am Abend ihrer Ankunft zu ihrem ersten Auftritt in der Gruft verhalf. Wie man sich leicht denken kann, ward sie ebensowenig geschont wie Justine; sie kehrte in einem herzzerreißenden Zustand zurück; doch wenigstens fanden die beiden darin Trost, daß sie ihr Unglück nun gemeinsam beseufzen konnten.

– Oh! meine liebenswerte Dame, erwiderte Justine, auf die ausführliche Schilderung der Greuel, welche die Delisle just erlitten, was gäbe ich nicht darum, wenn ich Ihnen all jene Wohltaten, die ich von Ihnen empfangen, zurückerstatten könnte! aber, ach! wie wollte ich mich Ihnen nützlich erweisen, wo ich doch selber im Unglück schmachte? ah! könnte ich doch nur meine Fesseln sprengen, wie sehr würde ich mich dann beeilen, auch die Ihrigen zu lösen! ja, es würde mir sogar noch größere Freude bereiten, Sie zu befreien, als selber die Freiheit zu erlangen ... O Gott! eitle Hoffnungen, wir werden diesem Ort niemals entrinnen.

– Der Schandbube, antwortete Delisle, er tat mir das nur an, weil er bei mir in der Kreide steht. Seit nunmehr drei Jahren verschleudert er in meinem Hause beträchtliche Summen, ohne je etwas zu bezahlen. Kürzlich hat er mich zu einem Spaziergang eingeladen; aus lauter Nachgiebigkeit willigte ich ein: in einem Winkel des Waldes lauerten mir zwei seiner Leute auf; sie knebelten mich … schnürten mir die Luft ab und schleiften mich, in einen Mantel gerollt, hinter einem Maulesel hierher.

– Und Ihre Familie?

– Mir ist nur ein kleines Kind geblieben; mein Gatte ist im letzten Jahr verstorben, und ich selber bin Waise: all diese Umstände waren dem Unmenschen wohlbekannt, und just aus diesem Grunde glaubte er, meine Lage ausnützen zu dürfen. Was wird nur aus meiner armen, kleinen Tochter? so ganz ohne jede Hilfe … ohne jeden Schutz; einer Dienstmagd anvertraut, die meine Rückkehr erwartet … wo mag das alles nur enden? Ich habe diesen ehrlosen Kerl angefleht, ihr wenigstens schreiben zu dürfen … er hat es mir verweigert … ich bin eine verlorene Frau …

Und Schwälle von Tränen strömten aus den hellen Augen dieses herzerweichenden Geschöpfs …

– Und seine Lustbarkeiten, erkundigte sich unsere liebenswerte Trostspenderin, haben Sie gewiß ebenso verunglimpft, wie sie auch all seinen anderen Opfern zur Schande gereichen!

Auf diese Worte gab das schamzüchtige Geschöpf eine schlichte Antwort: es zeigte Justine seinen hübschen Hintern …

– Herrje! sprach diese zu ihr, meine Gute, Sie sehen, wie er mich zugerichtet, ich bin vollkommen zerschabt … zerbleut … zerfetzt … Oh! mit was für Lastern hat die Natur diese nichtswürdige Seele nur geschlagen ?

Dies war der Stand der Dinge, als im Schloß die Kunde, Rolands Wünsche seien sämtlich in Erfüllung gegangen, die Runde machte; nicht allein, daß er die ersehnte Unsumme von Wechselbriefen, die auf Venedig ausgestellt waren, erhalten hatte, nein, man bat ihn erst noch um weitere Falschmünzen in der Höhe von zehn Millionen, deren Gegenwert man ihm, so er dies wünschte, nach Italien überweisen wolle. Der Schuft hätte unmöglich ein noch größeres Vermögen anhäufen können; selbst ohne die neueröffneten Möglichkeiten miteinzubeziehen, verfügte er bei seinem Aufbruch über ein Jahrgeld von zwei Millionen. So stand es also um jenes jüngste Lehrstück, das die Vorsehung Justine vor Augen führte; dies also war ihr jüngster Versuch, Justine davon zu überzeugen, daß das Verbrechen alles Wohlergehen, die Tugend aber alles Mißgeschick gepachtet hatte.

Alsdann geschah es, daß Roland Justine aufsuchte, um sie ein drittes Mal in die Gruft hinabzuführen. Die Unselige entsann sich schaudernd der Drohungen, die er ausgesprochen, als sie das letzte Mal dort unten weilten …

– Nur keine Angst, sprach er zu ihr, du hast nichts zu befürchten; es dreht sich um eine Angelegenheit, von der nur ich betroffen bin … ich möchte eine unerhörte Wollust genießen, die für dich mit keinerlei Gefahren verbunden ist.

Justine folgt … Sowie alle Türen verriegelt sind, hebt Roland an:

– Teure Tochter, für dieses Vorhaben ist von allen, die in diesem Hause weilen, nur auf dich Verlaß; ich brauche eine hochanständige Frau; freilich habe ich dabei auch an die Delisle gedacht, doch wie tugendsam sie mir auch zu sein scheint, ich halte sie gleichwohl für rachsüchtig … und was meine Schwester anbelangt, so muß ich dir gestehen, daß du mir weit lieber bist …

Höchlichst verwundert, beschwört Justine Roland, sich zu erklären.

– Hör mir zu, gibt ihr dieser Galgenstrick zur Antwort: mein Glück ist gemacht; doch so wohlgesinnt mir das Schicksal bislang auch war, es kann mich von einem Augenblick auf den anderen im Stich lassen; bei der bevorstehenden Verschiebung meiner Reichtümer könnte man mir auflauern … meiner habhaft werden; und weißt du denn überhaupt, Justine, was mich erwartet, wenn mir dieses Mißgeschick widerfahren sollte: der Strick; also würde ebenjene Bestrafung mein Haupt treffen, aus der ich im Verkehr mit Frauen meine Freuden stricke. Ich bin felsenfest davon überzeugt, daß diese Todesart unvergleichlich süß ist: doch da jene Frauen, denen ich einen Vorgeschmack dieser Todeskrämpfe verschaffte, nie wirklich aufrichtig zu mir sein wollten, wünsche ich am eigenen Leibe zu erfahren, was man dabei genau empfindet; ich möchte aus eigener Anschauung wissen, ob wirklich darauf Verlaß ist, daß jener Würgedruck den Erektionsnerv des Gehängten zur Ejakulation treibt. Wenn ich erst einmal die Gewißheit gewonnen habe, daß dieser Tod eine einzige Lustbarkeit ist, dann werde ich ihm beherzter die Stirn bieten: denn was mich bange macht, ist nicht etwa die Auslöschung meines Daseins; in dieser Hinsicht stehen meine Grundsätze fest, und ich bin zutiefst davon durchdrungen, daß aus Materie nichts anderes denn Materie werden kann; kurz, ich mache mir über die Hölle ebenso wenig Sorgen wie auf das Paradies Hoffnung. Doch schrecke ich vor den Qualen eines gewaltsamen Todes zurück; wie alle Lustmenschen fürchte ich den Schmerz; ich will nicht unter Leiden aus dem Leben scheiden.

– Aber, aber! mein lieber Herr, meinte Justine, und gleichwohl haben Sie eine Schwäche dafür, die anderen zu quälen.

– Eh, wie wahr, wie wahr; und aus ebendiesem Grunde will ich selber nicht gequält werden. Wagen wir also einen Versuch. Du wirst mit mir genau das tun, was ich mit dir getan. Ich werde mich nackend ausziehen; ich werde auf den Hocker steigen; du wirst den Strick festzurren; ich werde mir ein Weilchen den Schweif streichen; sowie du siehst, daß er mir steht, sollst du den Hocker unter meinen Füßen wegziehen und mich baumeln lassen; und zwar so lange, bis du entweder die Anzeichen von Schmerz oder die sprudelnden Fluten meines Ficksafts erblickst; in ersterem Falle sollst du den Strick schnurstracks entzweihauen; in letzterem sollst du die Natur walten lassen und mich erst nach meiner Entladung losknöpfen. Nun, Justine, du siehst es selbst, ich gebe mein Leben in deine Hand; als Preis für dein Wohlverhalten winken dir Freiheit und Geld.

– Oh! lieber Herr, entgegnete Justine, dieses Anerbieten ist höchst wunderlich.

– Nein, nein, es ist mir ernst damit, versetzte Roland, indem er aus seinen Kleidern schlüpfte; doch sei brav: bedenke, welchen Vertrauensbeweis ich dir damit gebe.

Was hätte es gefruchtet, wenn Justine auch nur einen Augenblick gezögert hätte? Hatte Roland sie nicht in der Hand? Überdem hoffte sie, die drohende Sünde wiedergutmachen zu können, indem sie sich hernach angelegentlichst darum bekümmern würde, ihn ins Leben zurückzurufen; und wie es auch immer um Rolands wahre Absichten stehen mochte, jene von Justine waren durch und durch lauter.

Vorbereitungen werden getroffen. Roland wärmt sich durch etwelche seiner üblichen Vorspielchen auf: man kam auf die Delisle zu sprechen.

– Dieses Geschöpf kann den Vergleich mit dir nicht aushalten, sprach Roland: zwar habe ich eine Schwäche für ihren Arsch … er ist blütenweiß, äußerst wohlgeschwungen; doch ist er weniger eng als der deinige … überdem ist sie, wenn sie weint, weniger herzerweichend als du, und nicht zu vergessen: es bereitet mir weniger Spaß, sie zu quälen … es wird ihr bald an den Kragen gehen, Justine, an den Kragen, des kannst du gewiß sein.

– So also begleichen Sie Ihre Schulden, Monsieur?

– Gibt es denn eine bessere Art? und fällt der Mord nicht noch tausendmal wonnereicher aus, wenn in ihm die Erinnerung an einen Diebstahl mitschwingt? Los, laß mich deine Hinterbacken abschmatzen, Justine, und verlaß dich ruhig darauf, daß ich Delisle töten werde.

Und da Roland bei diesen Worten anschwillt, schwingt er sich auf den Hocker: Justine fesselt ihm die Hände, bindet ihn fest: er wünscht, daß sie ihn mittlerzeit beschimpfe, daß sie ihm alle Greueltaten seines Lebens vorrücke: unsere Heldin tut dies. In Kürze stürmt Rolands Schwanz himmelwärts; er gibt ihr höchstselbst den Wink, den Hocker wegzuziehen … Wer hätte das gedacht? … Rolands Vermutungen hätten unmöglich auf schlagendere Weise bestätigt werden können; auf dem Gesicht dieses Libertins spiegelten sich ausschließlich Anzeichen von Wollust, und nahezu im selben Augenblick schnellen jähe Samenschwälle an die Decke. Als der Strom versiegt war, ohne daß Justine irgend Hand geboten hätte, fliegt sie hin, um ihn loszuschneiden: bewußtlos fällt er zu Boden; doch dank ihrer Pflege kommt er bald wieder zu sich.

– Oh! Justine, spricht er, als er die Augen wieder aufschlägt, diese Gefühle übersteigen jede Vorstellungskraft; unmöglich, sie in Worte zu fassen: nun mag kommen, was da will, ich trotze dem Schwert der Themis. Du wirst denken, daß ich mich wider die Dankbarkeit versündige, Justine, spricht Roland, indem er ihr die Hände auf den Rücken fesselt; aber was will man da machen, meine Liebe, in meinem Alter ist es zu spät, sich noch zu bessern: teures Geschöpf, du hast mir soeben das Leben geschenkt, ich aber habe noch nie so sehr nach dem deinigen gedürstet wie jetzt; du hast Suzannes Los beweint, nun gut, ich will dich mit ihr eins werden lassen, dich lebendigen Leibes in jene Gruft werfen, in der ihr Körper ruht.

Justine mag weinen und jammern, soviel sie will, Roland hört auf nichts mehr: er öffnet die verhängnisvolle Gruft; läßt eine Lampe hinab, damit die Unselige all die Leichname, die dort angehäuft waren, auch klar und deutlich sehen kann; hierauf zieht er einen Strick unter ihren Armen hindurch, die ihr, wie bereits gesagt, auf den Rücken gebunden waren, und läßt sie, mit Hilfe dieses Strickes, zwanzig Fuß tief in diese Gruft hinab. Man kann sich Justines Pein nicht ausmalen; es kam ihr vor, als würden ihr die Arme ausgerissen: und nicht zu vergessen: von was für Todesängsten mußte sie wohl oder übel gepackt werden! ... und was für ein Bild des Schreckens bot sich ihren Blicken! tote Körper, stapelweise, in deren Kreis die Leidgeprüfte ihr Leben beschließen sollte, wobei ihr bereits all die krankheitserregenden Ausdünstungen in die Nase stiegen. Roland wickelt den Strang um eine quer über das Loch gelegte Stange; mit einem Messer bewaffnet, heftet der Schmutzfink alsdann seinen Blick auf das an der Stange baumelnde Gewicht und streicht sich den Schweif.

– Los, Hure, brüllt er, empfiehl deine Seele dem lieben Gott, denn im Augenblick meines Sinnentaumels werde ich dich in diese Grabesstätte stürzen, dich in den ewigen Abgrund fliegen lassen, der deiner harrt ... Ahch ... ahch ... ahch ... Fick, ah! zwiefach gefickter Gott, ich entlade.

Und Justine spürt, wie sie von einer Sündflut von Sperma überschwemmt wird, ohne daß das Ungeheuer den Strick entzweigehauen hätte ... er zieht sie wieder hinauf.

– Na, fragt er sie, hast du dich geängstigt?

– Iih! lieber Herr.

– Ebendieses Todes wirst du sterben, Justine, damit mußt du dich abfinden, und ich bin froh, dich bereits im voraus damit vertraut gemacht zu haben ...

Man steigt wieder nach oben.

– Großer Gott! spricht Justine einmal mehr bei sich, welch schöner Lohn für all das, was ich unlängst für ihn getan! doch hätte es nicht noch schlimmer kommen können? ... Oh! was für ein Teufelskerl!

Endlich traf Roland seine Reisevorbereitungen; am letzten Abend stattete er Justine gegen Mitternacht einen Besuch ab. Die Unglückselige wirft sich ihm zu Füßen; sie beschwört ihn mit den inständigsten Bitten, ihr die Freiheit zu schenken und ihr darüber hinaus noch ein ganz klein wenig Geld mitzugeben, damit sie sich nach Grenoble verfügen könne.

– Nach Grenoble! nie und nimmer, dort würdest du höchstens Anzeige gegen uns erstatten.

– Also gut! Monsieur, antwortete Justine und netzte die Knie dieses Verbrechers mit Tränen, ich leiste einen Eid, keinen Fuß in diese Stadt zu setzen; und um Ihre letzten Zweifel auszuräumen, bitte ich Sie, mich doch nach Venedig mitzunehmen; wer weiß, vielleicht werde ich dort weniger verhärteten Herzen begegnen als in meinem Vaterland; und wenn Sie mich liebenswürdigerweise erst einmal dorthingebracht, so werde ich Ihnen gewiß keine Unannehmlichkeiten mehr bereiten, das schwöre ich.

– Ich werde dir mit keinem müden Heller behilflich sein, erwiderte dieser unsägliche Hurenbock schroff. Alles, was mit Barmherzigkeit, Mitgefühl, Dankbarkeit zusammenhängt, ist meinem Herzen derart fremd, daß man mich selbst dann, wenn ich dreimal so reich wäre wie jetzt, nie dabei ertappen würde, einem Armen auch nur einen einzigen Ecu zu geben: das Schauspiel des Unglücks erregt, ergötzt mich; denn wenn ich schon selber kein Unheil stiften kann, will ich wenigstens dasjenige genießen, welches die Hand des Schicksals heraufbeschwört, und zwar in vollen Zügen; diesbezüglich habe ich meine Grundsätze, von denen ich niemals abweichen würde. Justine, der Arme ist ein Bestandteil der Ordnung der Natur: sie hat die Menschen mit ungleichen Kräften geschaffen und uns damit ihren Wunsch bezeugt, daß diese Ungleichheit auch dann noch bestehen bleiben möge, wenn ihre Gesetze durch unsere Kulturgesellschaft verwässert werden sollten: dem Notleidenden unter die Arme zu greifen, heißt, die herrschende Ordnung zu untergraben; sich derjenigen der Natur zu widersetzen; das Gleichgewicht, auf dem ihre erhabensten Einrichtungen beruhen, aufzuheben; eine Gleichheit anzustreben, die für jede Gesellschaft eine Gefahr darstellt; zu Müßiggang und Faulenzerei zu ermuntern; dem Armen beizubringen, den Reichen zu bestehlen, sobald es diesem belieben sollte, Almosen zu verweigern, schließlich hat er den Armen selber daran gewöhnt, von ihm Unterstützung zu erhalten, ohne dafür auch nur einen Finger zu rühren.

– Oh! Monsieur, wie unerbittlich diese Grundsätze doch sind! Würden Sie auch dann so daherreden, wenn Sie nicht seit eh und je reich gewesen wären?

– Jawohl, Justine, ganz gewiß: ein Denkgebäude wird durch Wohlstand nicht errichtet, sondern höchstens untermauert; sein

Keim nämlich schlummert in unserem Herzen; und wie dieses Herz auch immer beschaffen sein mag, es ist mit jeder Faser das Werk der Natur.

– Und die Religion, werter Herr, rief Justine hell auf ... die Wohltätigkeit und die Menschlichkeit!

– Ein Hemmschuh für jeden, der nach dem Glücke strebt, erklärte Roland: wenn ich mein Glück gemacht habe, so geschah dies ausschließlich auf den Trümmern all dieser schandbaren Vorurteile der Menschheit; indem ich der göttlichen und menschlichen Gesetze spottete; indem ich jeden Schwächling, der mir über den Weg lief, hinopferte; indem ich die Gutgläubigkeit der Öffentlichkeit ausnutzte; indem ich den Armen an den Bettelstab brachte und dem Reichen meine Unterstützung anbot, habe ich den steilen Weg zum Tempel der einzigen von mir beweihräucherten Gottheit erklommen. Weshalb bist du meinem Beispiel nicht gefolgt? Der schmale Pfad, der zu diesem Tempel führt, stand auch dir offen: haben dich denn jene ergaukelten Tugenden, denen du den Vorzug gabst, jemals für deine Verzichtleistungen entschädigt? Jetzt ist es zu spät, Unselige; endgültig zu spät: beweine deine Fehler; leide und bemühe dich, so du es vermagst, im Schoße der von dir vergotteten Hirngespinste wiederzufinden, was dir aufgrund jener Verehrung, die du ihnen gezollt, entgangen ist.

Bei diesen Worten wirft sich der grause Roland auf Justine und unterzieht sie abermals jenen schändlichen Wollüsten, die sie mit guter Ursache verabscheute. Diesmal wähnte sie sich bereits erdrosselt. Unvermittelt hält er in seinem Ritt inne, ohne ihn zu beenden. Dieser Umstand jagt Justine eine Gänsehaut ein; sie glaubt darin ihr Todesurteil zu lesen.

– Was bin ich doch für ein Tor, mich derart im Zaume zu halten, spricht dieser Unmensch, als er seinen vor Schwelgsucht schäumenden Schwengel zurückzieht; ist es nicht hohe Zeit, daß es dieser Göre endlich an den Kragen geht?

Er erhebt sich, geht hinaus und verriegelt den Kerker hinter sich. Die Unruhe, in der er diese Unglückselige zurückläßt, entzieht sich jeder Beschreibung. Tausenderlei Vorahnungen beschleichen ihren Geist; kaum vermag sie auszumitteln, welche ihr am meisten Angst einjagt. Nach einer Viertelstunde springt ihre Kerkertür wieder auf: Roland; er kommt mit seiner Schwester: zum ersten Mal tritt dieses schöne und herzerweichende Geschöpf vor Justines Augen. Ja, schön war sie, unaussprechlich schön sogar; herzerweichend … auch das; zwar führte sie ein etwas behaglicheres Leben als die anderen, doch gleichwohl hatte sie als Lustsklavin eines Bruders, der ihr Tag für Tag Gewalt antat, viel zu leiden, und dies, wiewohl er ihr seine Liebe oft beteuerte und sie von ihm schwanger ging.

– Folgt mir alle beide, sprach Roland in einem Anflug von Wahnsinn.

In Totenstille gelangt man in die unheilschwangere Gruft.

– Ihr habt ausgespielt, verkündet dieser furchteinflößende Menschenfresser kühnen Herzens und mit einem entschlossenen, erschreckenden Gesichtsausdruck; ihr werdet das Tageslicht nie mehr wiedersehen.

Während er diese unheilschwangeren Worte ausspricht, bemächtigt er sich seiner Schwester; und indem er ein Rutenbündel zur Hand nimmt, gerbt er ihr für eine volle Viertelstunde den ganzen Leib und insonderheit den Bauch ab.

– Im welchen Monat bist du schwanger? kreischt der erhitzte Wüstling.

– Im sechsten, erwidert dieses liebenswürdige und sanftmütige Geschöpf, indem es seinem Bruder zu Füßen sinkt: wofern dich deine Raserei dazu treiben sollte, in mir imgleichen deine Schwester, deine Geliebte, deine Freundin und die Mutter deines Kindes abzuschlachten, so möge dies wenigstens erst dann geschehen, wenn die unselige Frucht deiner Liebe das Licht der Welt erblickt hat.

– Das würde mich, beim Henker Gottes, gar sehr verdrießen, antwortet Roland; die Erde hat unter einem Ungeheuer meines Schlages schon genug zu leiden; ich will ihr nicht auch noch mein Ebenbild zumuten: überdem weißt du ganz genau, daß ich etwas gegen Nachkommenschaft habe; du hättest gar nichts Linkischeres tun können, als dir von mir ein Kind zeugen zu lassen; mit dem Ficksaft, mit dem du es ins Leben riefst, hast du dein eigenes Todesurteil unterzeichnet.

– Oh! mein teurer Roland.

– Eh, nichts da, nichts da, du mußt zusammen mit deiner Leibesfrucht sterben; ich will, daß man in einer Stunde kein Sterbenswörtchen mehr von euch hört, weder von der Mutter noch vom Kinde. Doch nur keine Angst, fährt der Schurke fort, indem er seine unselige Schwester knebelt und auf eine Holzbank fesselt, wobei er ihre Schenkel weit auseinanderspreitet und ihre Lenden vermöge eines Ziegenhaarsackes erhöht; nein, nur keine Angst, ich will beim Herausreißen dieses Stammhalters alsogleich einen neuen Baum pflanzen; wichs mich, Justine, derweil ich zu Werke gehe.

Der Schandbube! Oh! großer Gott! wie soll man derlei Verirrungen nur wiedergeben! Mit einem Skalpell öffnet das scheußliche Ungeheuer den Bauch seiner Schwester ... reißt eigenhändig die Leibesfrucht heraus, tritt sie mit Füßen und ersetzt den zertrampelten Keim durch den schäumenden Ficksaft, den er dank Justines Handreichungen ausschlämmt. Er läßt diese elende Frau aufgeschlitzt liegen ... sie atmet noch schwach.

– Nun bist du an der Reihe, spricht er zu Justine, doch will ich den Frevel lediglich mit ein paar vereinzelten, dafür aber viel viehischeren Vorkehrungen würzen: die Bürde der Dankbarkeit lastet schwer auf meinem gerührten Herzen. Ich muß meine Schuld begleichen, unbedingt.

Und während er dies sagte, begann der Liederjahn abermals zu wichsen.

– Ich werde dich auf die blutüberströmten Überreste dieser herzzerreißenden Schwester fesseln und dich dieserweise in die Totengruft hinuntersenken: dortselbst ohne Hilfe noch Nahrung im Stich gelassen, wirst du in der Gesellschaft von Kröten, Ratten und Nattern verenden; lebendigen Leibes wirst du den Hunger dieser Tiere stillen, während du selber den qualvollen Folgen dieses unbarmherzigen Triebes langsam aber sicher erliegst; von ihm auf unbarmherzige Weise umgetrieben, wirst du den Leichnam, an den ich dich binde, auffressen ... Oh! Hurenhündin, diese süße Vorstellung hat es offenkundig in sich; du siehst, in welchen Zustand sie mich versetzt, wiewohl ich meinen Ficksaft just verspritzt. Komm her, Justine, es tut not, daß ich dich ein letztes Mal arschficke, ehe ich für immer von dir scheide ... Ah! was für ein Prachtarsch, Metze! Ah! was für ein Jammer, solche Reizungen schon so früh den Würmern zum Fraß vorzuwerfen! ich will dich fitzen, mein Engel; ich will dich nach Herzenslust in Blut tauchen, um die Erektion noch zu steigern.

Noch immer atmete seine Schwester; röchelte: ausgerechnet auf dem Magen dieser Sterbenden wird Justine von Roland in Stellung gelegt, so zwar, daß ihre Arschbacken lotrecht über deren Brüsten zu liegen kommen. Das Treiben nimmt seinen Lauf: der Schinder schlägt imgleichen den zuckenden Busen seiner jammerbaren

Schwester sowie die vollfleischigen Arschbacken unserer Heldin, die er ab und an vornüberbeugt, um ihren Kopf dieserweise in die von seiner Raserei zerfetzten Eingeweide zu tauchen.

– Ah! Schlunze, spricht er zu Justine und zerschlenzt sie aus Leibeskräften, ich möchte dich in den Bauch meiner Schwester stopfen, dich einnähen, einsperren und dir aus ihrem Schoße einen Sarg bereiten … Doch halt, wie konnte ich das nur vergessen, ein unverzeihliches Versäumnis. Eiei! Justine, noch immer atmet eine deiner Freundinnen an dieser Stätte des Schreckens, ohne daß ich sie in deinen Armen abgeschlachtet hätte!. … Geduld … Geduld, ich hole sie sofort.

Eilends verläßt das Ungeheuer den Raum und läßt seine sterbenswehe Blutzeugin Auge in Auge mit dieser verendenden Frau zurück, deren Schreie ihr durch Mark und Bein dringen. Die mitfühlende Justine will diesen kurzen Aufschub nutzen, um ihrer Leidensgefährtin etwelche Pflege angedeihen zu lassen. Herrje! dazu ist es zu spät: der größte Dienst, den man ihr noch erweisen könnte, wäre es, ihr den Gnadenstoß zu versetzen; doch Aufgaben dieser Art vertragen sich nur schlecht mit Justines Seele: all ihre Mühewaltungen bleiben demnach fruchtlos; überdem läßt man ihr auch viel zu wenig Zeit. Roland taucht mit Delisle wieder auf.

– Hier, Justine, spricht er und führt sie ihr vor; sag mir Dank für meine Aufmerksamkeit; es ist mein Wunsch, daß deine Freundin mit dir zusammen stirbt.

Gemäß altem Brauch leiten tausenderlei Streicheleien die Greueltaten dieses Unholdes ein, denen sich der Elende zu guter Letzt mit Leib und Seele widmet: vermöge einer eisenspitzengespickten Klatsche beginnt Roland die prächtigen Popobacken der barmherzigen Wirtin zu zerfetzen; er taucht sie in Blut. Nachdem er sie auf die beiden anderen Frauen gefesselt, spießt er ihren Arsch auf und legt die drei so kunstfertig in Stellung, daß er reihherum vom zerfleischten Bauch der einen zum Mund der anderen und von da zum Arsch der dritten wechseln kann. Schließlich packt er die Delisle; er hängt sie auf, klettert auf ihre Schultern, tritt ihr mit den Füßen auf den Kopf, um die Halswirbel vollends zersplittern zu lassen.

– Oh! Justine, sprach er und wichste sich nach Kräften, dir würde ein Gleiches blühen, wenn mir nicht die Vorstellung, dich lebendigen Leibes zu begraben, zu einem unsäglichen Steifen verhülfe … Das ist eine haarsträubende Todesart … allein schon die Vorstellung, welche Leiden sie dir bescheren wird, läßt meinen Ficksaft beinahe lossprudeln.

Bei diesen Worten bemächtigt er sich der Unglückseligen, fesselt sie eng an die beiden Leichen und bindet die ganze Fleischmasse an einen dicken Strick. Indem er alsdann die Totengruft öffnet, läßt er eine Lampe hinunterschweben; dann schickt er sich an, auch die drei Körper in die Tiefe sinken zu lassen.

– Gute Reise, Justine, es ist hohe Zeit, sagt er und wichst unermüdlich weiter, es ist hohe Zeit, daß wir uns für immer Lebewohl sagen ... jawohl, für immer, Justine, wir werden uns nie mehr wiedersehen. O du mit Blindheit geschlagenes Mädchen, sprach er weiter, dies ist nun der Lohn deiner Tugenden; wäge ab, ob es für dich nicht besser gewesen wäre, wenn du mir bei unserer ersten Begegnung gar nicht erst zu Hilfe geeilt wärest, da du deinem Schinder gerade dadurch alle Mittel in die Hände gespielt hast, dich den denkbar schrecklichsten Tod erleiden zu lassen.

Mit diesen Worten läßt er die Körper hinunter; sowie er merkt, daß die Last am Boden angekommen ist, spritzt der Schuft über ihren Köpfen aus, indes dies letzte Aufflammen seines Wahnsinns von fürchterlichen Flüchen untermalt wird. Alles geht seinem Ende zu, und der Stein wird vorgeschoben.

O beklagenswerte Justine! o du leidgeprüftes Mädchen! da liegst du nun, lebendigen Leibes mitten unter Toten, bist zwischen zwei Leichen gefesselt, doch im Grunde bist du dem Tode näher als alle, die hier unten ruhen!

– »Gerechter Gott! wehklagt sie, als sie sich auf ihre greuelreiche Lage besinnt: gibt es in der Natur ein beklagenswerteres Geschöpf als mich? Lieber Gott, ich flehe dich an, laß mich nicht im Stich, und schenk mir die notwendige, zu Gebote stehende Kraft, um mich der Verzweiflung zu erwehren, in die mich mein traurig Los stürzt. All dein Tun hat einen Sinn: ich will deine Ratschlüsse ja gar nicht in Zweifel ziehen; sie sind bestimmt genauso unergründlich wie du selbst, davon bin ich zutiefst überzeugt; aber welche Sünde habe ich denn auf mich geladen, daß ich so bestraft werde? sei's drum, du wünschst es so, ich füge mich; dein Wille geschehe; wer weiß, vielleicht wäre ich ein Werkzeug eines Verbrechens geworden, das du in deiner Gerechtigkeit zertrümmern willst. Ich überantworte dir, o mein Gott, diesen von Schmerzen ausgezehrten Leib; nur allzu lange ward er durch Tränen des Elends und der Verzweiflung ausgetrocknet; doch laß diese Seele, die noch genau so rein ist wie damals, als du sie mir zu schenken beliebtest, wieder zu dir emporfliegen, auf daß sich wenigstens deine trostspendenden Arme öffnen, um eine Unglückliche aufzunehmen, die ihr Leben allein dir geweiht hat.«

Justine verfügte nur gerade über den Schein eines Leichenlichts; sie nutzt die Zeitspanne, da dieses unheilschwangere Licht noch leuchtet, um sich von ihren Ketten zu befreien: daß die Körper, zwischen die man sie gefesselt hatte, nicht mehr lebten, machte es einfacher, sich freizustrampeln; was ihr schließlich auch gelingt. Ihre erste Regung geht dahin, ein Dankgebet an das höchste Wesen zu richten. Alsdann läßt sie ihren Blick voll Entsetzen über ihre ganze Umgebung schweifen: sie kann unmöglich all die Leichen zählen, mit denen der schmutzige Boden dieser Schreckensstätte übersät ist; immerhin glaubt sie jene ihrer unmittelbaren Vorgängerinnen zu erkennen. Es machte den Augenschein, als ob die letzte, die man hier heruntergelassen hatte, gleich Justine, lebendigen Leibes angekommen und daß sie gleich ihr von den Qualen des Hungers umgetrieben worden war. Mehr oder weniger aufrecht gegen das Gemäuer gelehnt, hielt das elende Geschöpf noch einen Totenkopf in Händen, in dem es allem Anschein nach jene kümmerliche Nahrung zu finden gehofft, die das unerbittliche Gesetz der Natur einfordert …

-Oh! Gott! Gott! so also werde ich enden, jammert Justine; ebendiese Qualen werde ich erleiden, und unter solchen Todesängsten soll ich hier unten meine trübseligen Tage beschließen!

Sie weilte bereits seit rund fünfzehn Stunden in diesem eklen Loch, wo ihr der Luftmangel und der faulige Gestank alle Lebenskraft geraubt und bislang alle anderen Bedürfnisse in den Hintergrund gedrängt hatten. Die Pfunzel war längst erloschen: zwischen zwei Leichen wartete die Unglückselige still auf den Augenblick, wo es dem höchsten Wesen belieben würde, sie zu sich zu rufen; ihre Gedanken waren, wie man unschwer nachvollziehen kann, ebenso todesschwanger wie ihre Lage … da vernimmt sie plötzlich ein Geräusch … Sie horcht auf; es ist keine Sinnentäuschung: Türen knarren.

– Hier ist nichts, hört sie aus einem kaum zu unterscheidenden Gewirr männlicher und weiblicher Stimmen heraus …

– Irrtum, schreit sie aus Leibeskräften … ein unseliges Opfer schmachtet noch immer an dieser Stätte des Grauens; erbarmen Sie sich seiner, und befreien Sie es so rasch als irgend möglich; es liegt im Sterben …

Man lauscht: Justine stößt weitere Hilfeschreie aus; man sucht nach dem Stein, der die Todesgruft verschließt; unsere Gefangene gibt möglichst genaue Anweisungen … endlich wird er angehoben.

– In Gottes Namen, holen Sie mich hier heraus, fleht Justine …

– Wie! … du, Justine? fragt eine Frauenstimme.

– Die nämliche: erretten Sie sie aus der grausen Lage, zu der sie unser aller Herr und Meister verdammt hat.

– Seine Herrschaft ist zu Ende, erwidert jene Frau, in der Justine eine ihrer vormaligen Leidensgefährtinnen erkennt; der Himmel hat uns von ihm erlöst … Komm und genieße mit uns die glücklichen Zeiten, die durch dieses Ereignis angebrochen sind.

Alsogleich wird eine Leiter heruntergelassen; und schon steht Justine wieder oben in Rolands haarsträubendem Lustgemach. Obwohl sie erst jene Gruft erblickt, in der sie sich bei ihren früheren Besuchen stets tausend Meilen vom Universum entfernt gefühlt hatte, gewinnt sie den Eindruck, bereits wieder in die Welt zurückgekehrt zu sein. Ihre Gefährtin umhalst sie: die beiden Begleiter eröffnen ihr unverweilt, daß Roland endlich abgereist sei; und daß nun Delville der neue Befehlshaber in diesem Haus sei, ein milder und feinfühliger Mann, dessen vordringlichstes Bestreben dahin gehe, all die Greueltaten seines Vorgängers wiedergutzumachen. Auf die Order dieses rechtschaffenen Menschen hin werde alles sorgfältig durchsucht; dank seiner Güte … seines Eifers kehre an dieser Stätte wieder Ruhe und Ordnung ein, da hier, Delvilles Worten zufolge, Verbrechen begangen würden, die schon allzu schlimm seien, als daß sie noch durch unnötige Ausschweifungen angereichert werden müßten, die selbst die Natur erzittern lassen.

Von Hoffnung und Freude beseelt, steigt Justine ins Schloß empor. Man hegt und pflegt … man nährt sie … man bittet sie um einen Bericht ihres letzten Abenteuers; sie schildert es: und schon selbigen Abends wird sie zusammen mit ihren Gefährtinnen in äußerst ordentlichen Zimmern untergebracht, wo sie nur mehr damit betraut werden, Geldstücke zuzuschneiden; ein Geschäft, das zweifellos bei weitem nicht so anstrengend war wie ihre vormalige

Arbeit, und als Gegenleistung wird Justine, genauso wie die anderen, zuvorkommend behandelt und trefflichst verköstigt.

Nach zwei Monaten tat Delville, Rolands Nachfolger, dem ganzen Hause kund, sein Zunftbruder sei wohlbehalten in Venedig angekommen: er habe sich dort bereits eingerichtet; er habe seine Wechselbriefe eingelöst und genieße den ungestörtesten Frieden ... das höchste Glück, das sich ein Mensch nur erträumen könne. Seinem Nachfolger blühte ein ganz anderes Schicksal. Der unselige Delville übte sein Geschäft mit Anstand aus; war das nicht schon Grund genug, um auf dem schnellsten Weg unter die Räder zu kommen?

Eines Tages, als im ganzen Hause Ruhe herrschte ... als die Arbeit, so verbrecherisch sie auch war, frohen Mutes und entsprechend der Anweisung dieses gutmütigen Anführers verrichtet wurde ... und als die unglückliche Justine, wieder etwas beruhigt, behutsam alles in die Wege leitete, um diese Leute zu verlassen, da werden jählings die Türen eingetreten, der Graben überwunden, und noch ehe die Bewohner Zeit finden, auf ihre Verteidigung zu sinnen, wimmelt es im Schloß von mehr denn sechzig berittenen Landjägern. Jeder Widerstand ist zwecklos; es bleibt kein anderer Ausweg, als sich zu ergeben. All diese armen Tröpfe werden wie Tiere in Ketten gelegt, auf Pferde gebunden und nach Grenoble überführt.

– Je nun! seufzt Justine bei der Ankunft, nun winkt mir in jener Stadt, von der ich aberwitzigerweise erwartet hatte, sie würde mir Glück bringen, das Schafott! ... O ihr Vorahnungen der Menschen, wie trügerisch ihr doch seid!

Mit den Falschmünzern machte man kurzen Prozeß; sie wurden allesamt zum Strang verurteilt. Als man jenes Mal entdeckte, mit dem Justine gebrandmarkt war, wollte man sich eigentlich schon die Mühe ersparen, sie überhaupt noch zu verhören; und sie sollte bereits mit den anderen in einen Topf geworfen werden, als sie jenen berühmten Gerichtsbeamten um etwas Aufmerksamkeit ersuchte, der diesem Gerichtshof als redlicher Richter ... geschätzter Bürger ... und aufgeklärter Philosoph zur Ehre gereichte und dessen Namenszug aufgrund seiner Weisheit und Wohltätigkeit für alle Ewigkeit in goldenen Lettern am Tempel der Themis prangen wird. Er schenkte ihr Gehör: von der Herzensredlichkeit dieses Unglückskindes sowie von der Wahrhaftigkeit ihres Mißgeschicks durchdrungen, geruhte er, der Untersuchung ihres Falles etwas mehr Bedeutung beizumessen, als es seine Amtsgenossen in der Angelegenheit der übrigen Straftäter getan hatten. Monsieur S... trat höchstselbst als Justines Anwalt in die Schranken: die Klagen dieses armen Mädchens wurden erhört; die Aussagen der Falschmünzer bestätigten im großen und ganzen den Eifer desjenigen, welcher die Verteidigung der in Ketten schmachtenden Tugend übernommen; und unsere herzerweichende Heldin wurde ohne Gegenstimme für das unschuldige Opfer einer Verführung erklärt, von jeder Anschuldigung freigesprochen, und man gewährte ihr uneingeschränkte Bewegungsfreiheit. Ihr Beschützer gesellte zu diesem Liebesdienst noch den Erlös einer zu ihren Gunsten durchgeführten Almosensammlung hinzu, die ihr mehr denn fünfzig Louis bescherte. Endlich sah Justine die Morgenröte des Glückes am Horizont schimmern: sie wähnte sich am Ende ihres Leidensweges ... der Himmel schien ihr in allen Belangen Gerechtigkeit widerfahren zu lassen, da gefiel es der Vorsehung, sie ein für allemal davon zu überzeugen, daß sich die Absichten, die sie mit ihr verfolgte, keinen Augenblick gewandelt hatten und daß jene Träume, deren Verwirklichung ihr genarrter Geist endlich zu erkennen wähnte, nichts als Schäume waren.

Kapitel XIX

Unverhofftes Wiedersehen. – Philosophische Abhandlung. – Neuer Beschützer. – Die Ungeheuerlichkeiten einer alten Bekannten machen alles zunichte. – Wunderwürdige Leidenschaft eines Machtmenschen. – Aufbruch von Grenoble.

Maria Lassnig, *Mein lieber Wilhelm oder Der Diktator*, 1962.
Sammlung Isolde Neumann, München

AUS dem Gefängnis entlassen, bezog Justine eine recht wohnliche Herberge bei der Isèrebrücke, und zwar auf der den Vorstädten zugewandten Seite. Gemäß dem Rat von Monsieur S... trug sie sich mit der Absicht, noch ein Weilchen hierzubleiben, um in dieser Stadt eine Anstellung zu suchen und erst dann, wenn sie keine finden sollte, nach Lyon zurückzukehren; im letzteren Fall aber würde sie vom Vertreter des Staatsanwaltes mit einem Empfehlungsschreiben ausgestattet. In dieser Herberge speiste sie an der sogenannten Wirtstafel, als sie am zweiten Tag gewahrte, wie sie von einer feisten Dame höchst aufmerksam gemustert wurde, die recht wohlgekleidet war und sich mit dem Titel einer Baronin anreden ließ. Als Justine sie ihres Orts musterte, glaubte sie, sie wiederzuerkennen: und so traten alle beide im selben Augenblick aufeinander zu, wie zwei Leute, die sich kennen, aber nicht mehr wissen woher.

Schließlich zieht die Baronin Justine beiseite und spricht zu ihr:

– Mein Fräulein, irre ich mich? oder sind Sie nicht ebenjene Person, die ich vor nunmehr zehn Jahren aus der Conciergerie befreite, erkennen Sie denn die Dubois nicht wieder?

Ob dieser Enthüllung nur mäßig erfreut, empfahl sich Justine, wobei sie gleichwohl die Höflichkeit wahrte; doch da sie es mit der gewieftesten Schelmendirne von ganz Frankreich zu tun hatte, war es unmöglich, so ungeschoren davonzukommen. Die Baronin verriet ihr, sie habe zusammen mit der ganzen Stadt an ihrem Schicksal Anteil genommen; ja, wenn sie gewußt hätte, daß sie die Betroffene gewesen sei, dann hätte sie bei den Richtern alle erdenklichen Schritte unternommen, von denen, wie sie sagte, mehrere zu ihrem Freundeskreis zählten. So willensschwach wie eh und je, ließ sich Justine auf das Zimmer dieser Frau führen und schilderte ihr ihre Widerfahrnisse.

– Meine teure Freundin, erwiderte die Dubois, nachdem sie sie angehört, ich habe dich nur deshalb unter vier Augen zu sprechen begehrt, um dir zu eröffnen, daß ich einen ganz andersgearteten Lebensweg hinter mir habe als du … mein Glück ist gemacht, und alles, was ich besitze, steht ganz zu deiner Verfügung. Schau nur, sprach sie zu ihr und öffnete ihre Truhen, die vor Gold und Geschmeide überquollen, dies sind die Früchte meiner Schliche: wenn ich, gleich dir, die Tugend beweihräuchert hätte, so würde ich heute hinter Gitter sitzen oder am Galgen baumeln.

– Oh! Gnädigste, entgegnete Justine, wenn Sie all dies wirklich nur Missetaten verdanken, dann wird die Vorsehung in ihrer unwandelbaren Gerechtigkeit niemals zulassen, daß Sie sich lange daran erfreuen.

– Irrtum! versetzte die Dubois; rede dir nicht fortlaufend ein, daß deine ergaukelte Vorsehung immerzu die Tugend befördere; ein kurzer Augenblick des Wohlergehens sollte dich nicht derart verblenden. Für den Fortbestand der Naturgesetze ist es einerlei, ob Paul dem Bösen Folge leistet oder Peter dem Guten frönt. Die Natur, stets auf Ausgleich bedacht, zweckt auf eine gleichbleibende Summe des einen wie des anderen ab; ja, die Ausübung des Bösen kommt ihr womöglich noch weit gelegener als diejenige der Tugend. Höre mir zu, Justine: höre mir aufmerksam zu, fuhr diese Verbrecherin fort; du bist nicht auf den Kopf gefallen, und so möchte ich dich ein für allemal bekehren.

Der Mensch wird nicht allein schon dadurch glücklich, meine teure Freundin, daß er sich für die Tugend entscheidet; denn die Tugend ist, nicht anders als das Verbrechen, lediglich eine der vielen Möglichkeiten, in dieser Welt fortzukommen. Es dreht sich also nicht darum, entweder die eine oder andere dieser Einstellungen zu wählen: es kommt lediglich darauf an, auf dem Weg der Mehrheit zu wandeln; wer aus der Reihe tanzt, ist noch stets in die Irre gegangen. In einer durch und durch tugendhaften Welt würde ich dir zur Tugend raten, weil dir die damit verbundenen Belohnungen unweigerlich zum Glück gereichen würden: in einer durch und durch durchlasterten Welt werde ich dir stets nur zum Laster raten. Wer einen anderen Weg einschlägt als der Rest, geht unausweichlich zugrunde: er stößt allerwärts nur auf Hindernisse und bleibt aufgrund seiner Schwäche schließlich vollends auf der Strecke. Es fruchtet gar nichts, wenn die Gesetze die Ordnung wiederherzustellen und die Menschen zur Tugend zurückzuführen versuchen. Allzu unzuverlässig, um dies in allen Fällen durchzuführen, allzu unzulänglich, um sich durchzusetzen, mögen sie uns vorübergehend vom ausgetrampelten Pfad weglocken, doch können sie uns nie dazu bewegen, ihn endgültig zu verlassen. Wenn die Menschen der Sittenlosigkeit frönen und dies zum Wohle der Allgemeinheit tun, wird jeder, der sich nicht im Verein mit den anderen entsittlichen lassen will, wider den Gemeinnutz verstoßen: nun, weshalb sollte jemand, der dem Wohlergehen aller anderen andauernd nur im Wege steht, darauf hoffen dürfen, selber glücklich zu werden? willst du mir entgegnen, es verhalte sich vielmehr so, daß das Laster dem Wohlergehen der Menschen im Wege stehe? Mag sein, jedoch nur in einer Welt, in der gleich viele gute wie böse Menschen lebten, da nur dann das Wohl der einen dasjenige der anderen untergraben würde. In einer vollkommen verlasterten Gesellschaft aber herrschen andere Verhältnisse. Dort schädigen meine Laster lediglich den Lasterhaften und treiben ihn seines Orts zu Lastern, durch die er sich schadlos hält; und so werden wir beide zufrieden sein: dieses Hin und Her greift um sich; es führt zu einer Vielzahl wechselseitiger Zusammenstöße und Verletzungen, bei denen ein jeder seine Verluste alsogleich wieder wettmacht und somit stetsfort im Glück schwelgt. Das Laster birgt nur für die scheue Tugend Gefahren, die in ihrer Willensschwäche niemals ein Wagnis eingeht. Doch sowie sie vom Erdboden verschwunden, sowie ihre erzlangweilige Herrschaft gestürzt ist, kann das Laster nur mehr noch lasterhafte Leute verletzen und diese dadurch zu weiteren Lastern anspornen, ohne daß die Tugend dabei je verunglimpft würde. Und ward es, Justine, nicht gerade dadurch, daß du stets die umgekehrte Richtung als der Rest der Welt eingeschlagen hast, unausweichlich, daß du auf deinem Lebensweg tausendmal straucheln würdest? Hättest du dich ebenfalls von den Strudeln mitreißen lassen, so wärst du, gleich mir, in den sicheren Hafen gelangt. Legt einer, der gegen den Strom schwimmen will, binnen eines Tages nicht eine weit kürzere Wegstrecke zurück als einer, der mit ihm schwimmt? Dauernd kommst du mir mit der Vorsehung: eh! wer sagt dir denn, daß diese Vorsehung die Ordnung und demzufolge die Tugend liebe? Liefert sie dir nicht allenthalben Beispiele für ihre Ungerechtigkeit und ihren Hang zur Unordnung? Bezeugt sie, nach deinem Dafürhalten, ihre tiefe Liebe zum Guten etwa dadurch, daß sie den Menschen Krieg, Pest und Hungersnöte sendet; etwa dadurch, daß sie ein Universum geschaffen hat, das bis in den hintersten Winkel verdorben ist? Weshalb sollten ihr, deiner Meinung nach, die lasterhaften Menschen mißfällig sein, wo sie doch selber nur dank Lastern fortkommt, wo doch all ihre Werke von Laster und Verderbnis strotzen, wo ihrem Willen doch nichts als Verbrechen und Unordnung entspringt? Und von wem empfangen wir überhaupt jene Regungen, die uns zum Bösen verleiten? erhalten wir sie nicht aus ihrer Hand? kennen wir auch nur ein einziges Gefühl, das nicht von ihr stammte, eine einzige Begierde, die nicht ihr Werk wäre? Ist es demnach denkgerecht, zu behaupten, sie würde unsere Vorliebe für Sachen dulden oder gar fördern, die ihr keinerlei Nutzen, sondern nur Schaden brächten? Wenn ihr die Laster also gelegen kommen, weshalb sollten wir uns dann gegen sie sträuben? mit welchem Recht würden wir uns um deren Ausrottung bemühen? und weshalb sollten wir ihre Stimme in uns ersticken? Ein wenig mehr Philosophie auf Erden würde alles wieder ins Lot bringen und den Richtern, den Gesetzgebern aufzeigen, daß jene Verbrechen, die sie mit solcher Gestrenge verurteilen und bestrafen, bisweilen sogar nützlicher sind als jene Tugenden, die sie zwar ständig predigen, selber jedoch nie befolgen oder belohnen.

– Sollte ich dereinst so schwach werden, gnädige Frau, erwiderte Justine, mir Ihre greulichen Gedankengebäude anzueignen, wie wollten Sie es dann zuwege bringen, all die Gewissensbisse zu ersticken, die in meinem Herzen allaugenblicklich aufkeimen würden?

– Gewissensbisse sind Hirngespinste, nahm die Dubois den Faden auf; sie sind, meine teure Justine, lediglich das törichte Gemurmel einer Seele, die sich in ihrer Bänglichkeit nicht traut, sie auszumerzen.

– Ausmerzen! vermag man dies?

– Nichts einfacher als das. Man bereut nur Taten, an die man sich noch nicht gewöhnt hat: wiederholen Sie unermüdlich all das, was Ihnen Gewissensbisse verursacht, denn nur so werden Sie sie mit leichter Mühe auslöschen; bekämpfen Sie sie mit der Fackel der Leidenschaften, mit den allgewaltigen Gesetzen des Eigennutzes, dann werden Sie sie in Windeseile zerstreut haben. Reue über eine Tat ist noch lange kein Beweis dafür, daß es sich um eine Missetat handelte; dies ist lediglich ein Hinweis dafür, daß die betreffende Seele leicht zu unterjochen ist. Erginge hier und jetzt der widersinnische Befehl an dich, diese Kammer nicht zu verlassen, so würdest du sie gewiß nur unter Gewissensbissen verlassen, obwohl es doch hirnklar ist, daß du durch dein Hinausgehen nichts Böses tätest. So erweist es sich denn als falsch, daß nur das Verbrechen Gewissensbisse auslöst. Indem man sich von der Nichtigkeit der Verbrechen … von ihrer Wichtigkeit im Rahmen der Natur und all ihrer Pläne überzeugt, sollte es doch möglich sein, all jene Gewissensbisse, die nach einem Verbrechen aufkeimen, ebenso mühelos zu bezwingen, wie du jene ersticken könntest, die du beim Verlassen des Zimmers verspüren würdest, nur weil du den unhaltbaren Befehl zum Dableiben empfangen hättest. Zum Auftakt hat eine vollständige Zergliederung all dessen zu erfolgen, was die Menschen Verbrechen heißen; man muß die Einsicht gewinnen, daß all das, was von ihnen dieserweise bezeichnet wird, in Tat und Wahrheit nichts anderes darstellt als die vollkommen gerechtfertigte Übertretung ihrer kopfstößigen gesellschaftlichen Gepflogenheiten … daß all das, was man in Frankreich als Verbrechen abstempelt, schon in einer Entfernung von zweihundert Meilen nicht mehr als ein solches gilt; ich gehe noch weiter: daß man sogar oft noch in ein und demselben Jahrhundert erlebt, wie gegen dessen Ende hin eine Tat in Ehren gehalten wird, die zu Beginn des Jahrhunderts noch bestraft worden wäre. Gäbe es für meine Behauptung einen schlagenderen Beweis als den Umstand, daß bei Umstürzen, durch die sich Königreiche in Republiken verwandeln, der Königsmörder, der unter dem Despotismus noch gevierteilt worden wäre, mitunter sogar bekränzt wird! Kurzum, merke dir, Justine, daß es keine einzige Tat gibt, die weltweit für ein Verbrechen erachtet wird … daß keine, die hierzulande als lasterhaft oder verbrecherisch gilt, nicht bereits in einer Entfernung von wenigen Meilen für lobenswert und tugendhaft angesehen würde; daß all das nur eine Frage der öffentlichen Meinung, der geographischen Lage ist und daß es demnach widersinnisch wäre, sich dazu zu zwingen, Tugenden zu üben, die anderswo ausschließlich als Laster gelten, und Verbrechen zu meiden, die in anderen Landstrichen Heldentaten gleichkommen. Ich frage dich nun, wie du in Ansehung dieser Überlegungen noch Gewissensbedenken hegen kannst, wenn du in Frankreich, sei es aus Lustgewinn oder aus Gewinnlust, ein Verbrechen begangen hast, das in China eine Tugend wäre; ob ich mich selber unglücklich machen … mir mit aller Gewalt Zwang antun muß, um in Frankreich Taten zu vollbringen, die mich in Siam auf den Scheiterhaufen brächten. Nun, wenn die Gewissensbisse nur vom Verbot herrühren; wenn sie nur dem Zerreißen gesellschaftlicher Zügel, keineswegs aber der begangenen Tat selber entspringen; ist es dann nicht recht unbesonnen, sie länger in unserer Brust nagen zu lassen? ist es nicht widersinnisch, sie nicht alsogleich zu ersticken, sobald man es so weit gebracht hat, jene Tat, die in uns unlängst noch Gewissensbisse ausgelöst hat, für belanglos zu erachten, und sobald man dieses Urteil erhärtet hat, indem man die Sitten und Gebräuche aller Erdenvölker einer wohldurchdachten Untersuchung unterzogen? Hat man dies vollbracht, so möge man diese Tat, wie auch immer sie beschaffen sein mag, ohne jede Zurückhaltung bei jeder sich bietenden Gelegenheit wiederholen; oder besser noch: statt der Tat, die einem vorschwebt, begehe man eine noch weit schlimmere, auf daß erstere zu einer Selbstverständlichkeit werde. Schon bald werden Gewohnheit und Vernunft sämtliche Gewissensbisse zerschlagen haben; diese schwermütigen Regungen, die einzig und allein die Frucht von Unwissenheit und Erziehung darstellen, werden sich allesamt in nichts aufgelöst haben. Dann wird man endlich einsehen: sobald es keine wirklichen Verbrechen gibt, ist es reiner Aberwitz, Reue zu empfinden und vor irgend etwas zurückzuschrecken, was uns nützlich oder angenehm sein mag; einerlei, wie viele Dämme man sprengen muß, bis man es soweit gebracht hat. Ich habe mein erstes Verbrechen mit vierzehn begangen, Justine; dank ihm überwand ich alle Fesseln, die mich noch hemmten … Ich machte jenem, dem ich das Leben verdankte, das genaue Gegenteil dessen zum Geschenk, was ich von ihm empfangen … du verstehst doch, was ich damit sagen will? Der Unselige! ich sehe ihn noch, wie er die Seele aushaucht, und jedesmal, wenn ich daran zurückdenke, durchströmen mich die prickelndsten Lustgefühle! Seither habe ich auf einem mit Greueltaten gepflasterten Pfad unablässig dem Glück nachgejagt; es gibt keinen Frevel, den ich nicht beging … oder von jemandem begehen ließ; Gewissensbisse haben mich niemals angewandelt. Nun endlich ist das Ziel zum Greifen nah; noch zwei oder drei erfolgreiche Halunkenstreiche, und statt einem Lebensabend in Armut wird mir ein Jahrgeld von mehr denn 100tausend Livres beschieden sein. Ich wiederhole, mein Schatz, bei keinem Schritt auf meinem erfolgreich durchmessenen Lebensweg habe ich je den Stachel des Gewissens verspürt. Selbst wenn mich nun ein unvermuteter Schicksalsschlag in den Abgrund stürzte, bliebe ich von ihnen verschont; ich würde mich über die Menschen oder über meine Ungeschicklichkeit beklagen, doch mit meinem Gewissen wäre ich stets im reinen.

– Mag sein, versetzte Justine; doch lassen Sie uns kurz, gnädige Frau, gemäß Ihren eigenen Grundsätzen vernünfteln. Woher nehmen Sie das Recht, von meinem Gewissen zu fordern, es müsse ebenso unerschütterlich sein wie das Ihrige, wiewohl es nicht schon seit der frühesten Kindheit daran gewöhnt wurde, sich über all diese Vorurteile hinwegzusetzen? mit welcher Berechtigung pochen Sie darauf, daß mein Geist ein und demselben Denkgebäude stattgeben müsse wie der Ihrige, obwohl er anders eingerichtet ist? Sie räumen selber ein, daß Gut und Böse in der Natur verteilt seien; hieraus folgt aber, daß es eine gewisse Anzahl Leute geben muß, die Gutes tun, und andere, die dem Bösen frönen. Die Seite, auf die ich mich schlage, indem ich mir das Gute zu eigen mache, ist demnach ein Bestandteil der Natur: wie wollen Sie da noch verlangen, daß ich von den naturgegebenen Regeln abweiche? Sie finden, so sagen Sie, Ihr Glück auf jenem Lebensweg, den Sie durchmessen: nun gut! Madame, weshalb sollte ich nicht geradeso gut das meinige auf jenem finden, dem ich folge? Sie sollten sich überdem nicht einbilden, daß der Missetäter dem wachsamen Auge des Gesetzes ewig entgehen kann; Sie haben erst gerade ein eindrückliches Beispiel hiefür erlebt: von den fünfzehn Gaunern, bei denen ich wohnte, ist nur ein einziger heil davongekommen; die vierzehn anderen starben in Schmach und Schande.

– Und das nennst du ein Unglück? nahm die Dubois den Faden auf. Was schert sich schon jener, der alle Grundsätze über Bord geworfen, überhaupt noch um Schmach und Schande? Wenn wir alles überwunden haben; wenn die Ehre in unseren Augen nur mehr ein Vorurteil, der gute Ruf eine Belanglosigkeit, die Religion ein Hirngespinst und der Tod eine vollkommene Auslöschung darstellt, läuft es dann nicht auf dasselbe hinaus, ob man auf einem Blutgerüst oder in seinem eigenen Bette stirbt? Es gibt hienieden zwei Sorten von Halunken, Justine: denjenigen, dem dieses tragische Ende dank seines gewaltigen Vermögens und seiner gesellschaftlichen Stellung stets erspart bleiben wird, sowie denjenigen, der seinem Schicksal nicht mehr entgehen kann, wenn er erst einmal gefaßt worden ist. Letzterer, als Habenichts zur Welt gekommen, darf, so er vernünftig ist, nur ein Ziel verfolgen: Geld zu scheffeln, koste es, was es wolle: gelingt ihm dies, so hat er sich seinen Wunsch erfüllt und muß zufrieden sein; bleibt er auf der Strecke, so sollte er nichts bereuen, da er ja gar nichts zu verlieren hatte! Die Gesetze sind demnach für alle Verbrecher Luft: denn dem Mächtigen können sie nichts anhaben, und dem Armen können sie unmöglich Furcht einjagen, da ihr Schwert seine letzte Hoffnung auf Erlösung darstellt.

– Eh! glauben Sie denn nicht auch, Madame, wehrte sich Justine lebhaft, daß jemand, der in dieser Welt vor keinem Verbrechen zurückschreckte, dafür in jener anderen von der himmlischen Gerechtigkeit ereilt wird?

– Ich glaube, erwiderte diese fährnisreiche Frau, daß man hienieden auf weniger Leid stieße, wenn es einen Gott gäbe. Ich glaube, das Vorhandensein all dieses Leides zeigt, daß diese Wirrsal entweder den Befehlen jenes Gottes entspringt oder daß er außerstande ist, ihr entgegenzutreten; im ersteren Falle würde er sich zu einem unmenschlichen Wesen wandeln, im letzteren entpuppte er sich als ein Schwächling; so oder so ist Gott ein nichtswürdiges Wesen, kurz und gut, ein Wesen, dessen Blitzen ich trotzen und dessen Geboten ich spotten muß. Ah! Justine, ist es nicht viel besser, statt zu solchen Ausflüchten zum Atheismus zu greifen? und ist es nicht hundertmal vernünftiger, überhaupt nicht an Gott zu glauben, als einen derart fährnisreichen … derart entsetzlichen anzubeten, der dem gesunden Menschenverstand und der Vernunft zutiefst darwiderläuft? … Nein, gottverflucht …

An dieser Stelle aber erhob sich das Monster unter unsäglichen Anfällen von Raserei, von Jähzorn und spie eine Fülle von Gotteslästerungen aus, die sich gegenseitig an Scheußlichkeit … an Abscheulichkeit überboten und die unsere unschuldige Justine derart erschauern ließen, daß sie sich wegstehlen wollte.

– Halt, rief ihr die Dubois nach und hielt sie zurück, halt, mein Töchterchen; wenn ich schon deinen Verstand nicht bezwingen kann, so laß mich wenigstens dein Herz in Bann schlagen. Ich brauche dich, bitte versage mir deine Hilfe nicht: hier, tausend Louis; sie sind dein, sowie der Streich vollbracht ist.

Die umsichtige Justine hörte in diesem Moment nur auf ihre Neigung, Gutes zu tun, und erkundigte sich alsogleich, worum es sich denn handle, um dem Verbrechen, über dem diese Furie brütete, nach Möglichkeit zuvorzukommen.

– Das wollte ich dir ja gerade erklären, entgegnete die Dubois: ist dir dieser junge Kaufmann aus Lyon aufgefallen, der seit vier oder fünf Tagen hier speist?

– Dubreuil?

– Genau der.

– Ja?

– Er ist in dich verliebt; er hat mir sein Herz ausgeschüttet: dein bescheidenes und mildmütiges Auftreten hat es ihm zutiefst angetan; er liebt deine Treuherzigkeit, und deine Tugend entzückt ihn. Dieser schwarmblütige Liebhaber verfügt über achthunderttausend Francs in Gold oder Papieren, die er in einer Kassette neben seinem Bette verwahrt. Ich will ihm weismachen, du hättest dich bereit erklärt, ihn zu erhören: ob dies nun den Tatsachen entspricht oder nicht, ist ja einerlei! Ich werde ihn dazu vermögen, dir einen Ausflug aufs Land vorzuschlagen; ich werde ihm einreden, wie förderlich diese Spazierfahrt für seine Herzensangelegenheit sein werde. Du wirst ihn hinhalten, ihn so lange wie möglich von der Stadt fernhalten; in dieser Zeitspanne werde ich ihn bestehlen, ohne dieserwegen gleich die Flucht zu ergreifen; seine Habe wird sich bereits im Piemont befinden, derweil ich noch in Grenoble weile. Wir werden, nach allen Regeln der Kunst, seinen Verdacht von uns abwenden: wir werden so tun, als wollten wir ihm bei seinen Nachforschungen behilflich sein. In der Zwischenzeit werde ich meine Abreise bekanntgeben; dies wird ihn nicht stutzig machen: du wirst mir folgen; und sowie wir die französische Grenze erreichen, werde ich dir die tausend Louis bar auf die Hand zählen.

– Einverstanden, Madame, erwiderte Justine in der festen Absicht, den jungen Mann davor zu warnen, daß man ihn ausrauben wolle; doch eines, fuhr sie fort, um diese Halunkin angelegentlicher zu täuschen, haben Sie wohl nicht bedacht: sollte Dubreuil tatsächlich in mich verliebt sein, so könnte ich, indem ich ihn warnte oder mich ihm hingäbe, einen viel beträchtlicheren Gewinn herausschlagen, als jenen, den Sie mir in Aussicht stellen, wenn ich ihn verrate?

– Bravo! erwiderte die Dubois; das nenn ich eine gelehrige Schülerin; ja, ich glaube allmählich, daß dir der Himmel eine viel geschicktere Hand für das Verbrechen verliehen hat als mir selbst: na schön! fuhr sie fort und kritzelte etwas nieder, hier ein Schuldschein über den doppelten Betrag; unterstehe dich, mein Angebot noch immer auszuschlagen!

– Davor werde ich mich wohlweislich hüten, Madame, sprach Justine und nahm den Schuldschein entgegen; doch Sie sollten es ausschließlich meiner Willensschwäche und meiner Armut zuschreiben, daß ich die Sünde begehe, Ihren Verführungskünsten zu erliegen.

– Ich sähe darin lieber das Verdienst deines Geistes, meinte Dubois; wenn es dir aber lieber ist, daß ich die Schuld deinem Unglück in die Schuhe schiebe … wie du willst: Hauptsache, du hilfst mir, dann sollst du keinen Grund zur Unzufriedenheit haben.

Von ihrem Plan beseelt, beginnt Justine noch selbigen Abends, Dubreuil schöne Augen zu machen. Bald spürt sie, wie tief dieser junge Mann für sie empfindet. Ihre Lage war denkbar verzwickt: es lag ihr natürlich fern, dem ihr unterbreiteten Verbrechen Hand zu bieten, selbst wenn tausendmal mehr Gold auf dem Spiel gestanden hätte; andererseits bereitete es ihr auch Kummer, diese Frau anzuzeigen: es war ihr zutiefst zuwider, ein Geschöpf, dem sie vor zehn Jahren ihre Freiheit verdankt hatte, ans Messer zu liefern; sie sann auf einen Ausweg, das Verbrechen zu vereiteln, ohne es zu bestrafen; und dies wäre ihr bei jeder anderen Verbrecherin bestimmt gelungen, nicht aber bei der mit allen Wassern gewaschenen Dubois. Folgen nun die Auswirkungen ihres Entschlusses, den sie gefällt hatte, ohne dabei zu ahnen, daß die heimlichen Winkelzüge dieser greuelreichen Frau nicht nur das ganze Gebäude ihrer lauteren Absichten zum Einsturz bringen, sondern sie sogar noch dafür bestrafen würden, es überhaupt ersonnen zu haben.

An jenem für die Spazierfahrt vorgesehenen Tag bittet die Dubois Dubreuil und Justine zum Mittagsmahl auf ihr Zimmer. Nach Tisch begeben sich die beiden jungen Leute nach unten, um die Zurüstung der Kutsche voranzutreiben: da sie nicht von der Dubois begleitet werden, sieht sich Justine mit ihrem Liebhaber allein.

– Werter Herr, spricht sie hastig zu ihm, hören Sie mir aufmerksam zu, und vermeiden Sie jegliches Aufsehen; führen Sie insonderheit all meine Anweisungen peinlichst aus … Verfügen Sie in dieser Herberge über einen verläßlichen Freund?

– Jawohl, über einen jungen Teilhaber, auf den ich mich verlassen kann wie auf mich selber.

– Sehr schön! Monsieur, eilen Sie spornstreichs mit dem Befehl zu ihm, er möge Ihre Kammer während der gesamten Dauer unserer Spazierfahrt keinen Augenblick verlassen.

– Aber ich trage den Schlüssel zu dieser Kammer doch auf mir; was haben diese übertriebenen Vorsichtsmaßnahmen zu bedeuten?

– Sie sind wichtiger, als Sie denken mögen, Monsieur; treffen Sie sie, ich beschwöre Sie, sonst mache ich keine Ausfahrt mit Ihnen. Die Frau, bei der wir gegessen haben, ist eine Halunkin; sie hat jene Spazierfahrt, die wir zusammen unternehmen werden, lediglich in die Wege geleitet, um Sie möglichst ungestört ausrauben zu können. Beeilen Sie sich, lieber Herr, sie beobachtet uns … sie ist gefährlich; händigen Sie Ihren Schlüssel schleunigst Ihrem Freund aus; er möge in Ihrem Zimmer Stellung beziehen und keinen Wank tun, bis wir zurückgekehrt sind. Alles weitere werde ich Ihnen erklären, sobald wir in der Kutsche sitzen.

Dubreuil hat Justine verstanden; er schüttelt ihr zum Dank die Hand, eilt davon, um gemäß dem just empfangenen Ratschlag Order zu geben und kehrt alsogleich zurück. Man bricht auf. Während der Fahrt enthüllt ihm Justine die ganzen Wirrungen; erzählt ihm von sich, unterrichtet ihren jungen Verehrer über jene mißlichen Umstände, unter denen sie die Bekanntschaft der verabscheuungswürdigen Dubois gemacht. Dubreuil, ehrenwert und feinfühlig, bezeugt den lebhaftesten Wunsch, sich für den Dienst, den sie ihm just zu leisten geruhte, erkenntlich zu zeigen; Justines Mißgeschick geht ihm sehr zu Herzen, und er unterbreitet ihr den Vorschlag, es durch eine Schenkung aus seiner Hand zu lindern.

– Es würde mich überglücklich machen, jenes Unrecht, welches das Schicksal an Ihnen begangen, wiedergutmachen zu dürfen, wertes Fräulein, sprach er zu ihr; ich bin mein eigener Herr und Meister; bin von niemandem abhängig; bin gerade auf dem Weg nach Genf, um dort jene beträchtlichen Beträge anzulegen, die nun durch Ihre guten Ratschläge gerettet werden; Sie werden mich dorthin begleiten: gleich bei unserer Ankunft werde ich Ihr Gemahl, und wenn Sie nach Lyon zurückkehren, werden Sie einen neuen Namen tragen; sollten Sie aber irgendwelche Vorbehalte hegen, werde ich Ihnen, so Ihnen dies lieber ist, Mademoiselle, meine Hand erst in meiner Vaterstadt geben.

Ein solches Anerbieten schmeichelte Justine allzu sehr, als daß sie sich erdreistet hätte, es auszuschlagen; andererseits behagte es ihr nicht, es anzunehmen, ohne Dubreuil zu eröffnen, daß ihm Verschiedenes dereinst Anlaß zur Reue geben könnte. Er wußte ihr Dank für ihr Zartgefühl und bekniete sie nur noch inständiger. O du Tochter des Unglücks! weshalb winkte dir das Glück stets nur, um sich dir jeweils im letzten Moment doch noch zu entziehen und dich dieserweise mit noch tieferem Herzeleid zu erfüllen? ... weshalb durfte in deinem Herzen keine einzige tugendhafte Regung aufkeimen, die dir hernach nicht allerlei Qualen beschert hätte!

In solche Gespräche versunken, gelangte man fast zwei Meilen vor die Stadt und schickte sich gerade an, aus der Kutsche zu steigen, um an den Gestaden der Isère durch etwelche Alleen zu lustwandeln und sich an deren linden Lüften zu laben, als es Dubreuil aus heiterem Himmel unwohl wird ... gräßliche Brechkrämpfe schütteln ihn ... Man rast nach Grenoble zurück: Dubreuils Verfassung ist so schlimm, daß man ihn auf sein Zimmer tragen muß. Sein Teilhaber ist über seinen Zustand bestürzt. Ein Wundarzt trifft ein. Barmherziger Himmel! ... der unselige junge Mann ist vergiftet worden. Justine, hell entsetzt, eilt ins Gemach der Dubois: die Schandbübin! sie war abgereist. Unsere Heldin begibt sich auf ihr eigenes Zimmer ... ihr Schrank ist aufgebrochen; ihre armseligen Siebensachen sind ihr entwendet worden. Die Dubois strebe, so teilt man ihr mit, seit drei Stunden gen Turin. Es steht außer Zweifel, daß sie die Urheberin all dieser Verbrechen war. Sie hatte bei Dubreuil angeklopft: darüber erbost, dort jemanden anzutreffen, hatte sie sich an Justine gerächt; den jungen Mann aber hatte sie bereits beim Essen vergiftet, damit der Unselige, sowie ihr Raub geglückt wäre, bei seiner Rückkehr mehr um sein Leben als um die Verfolgung jener bekümmert sein würde, die sein Vermögen entwendet; dieserweise hätte sie ungestört das Weite suchen können; zudem wäre der Verdacht viel eher auf Justine denn auf sie selbst gefallen, weil ihn sein jäher Tod gleichsam in den Armen dieses armen Mädchens ereilt hätte.

Vollkommen niedergeschmettert kehrt unsere Waise zu Dubreuil zurück; man läßt sie nicht einmal bis zu ihm vor: sie beschwert sich über die Abweisung; man nennt ihr die Ursache: der Unglückselige hauche die Seele aus und wolle nur mehr mit Gott ins reine kommen; indes habe er jene, die er geliebt, von jeglicher Schuld freigesprochen; er verbiete, daß eine Strafverfolgung gegen sie eingeleitet werde; er stirbt. Kaum hat er die Augen geschlossen, da eilt sein junger Freund zu Justine, berichtet ihr die genauen Umstände seines Todes und bemüht sich, ihr Trost zuzusprechen ... Herrje! wie hätte ihm dies auch gelingen mögen? muß sie den Verlust eines Mannes, der ihr so großherzig angeboten hat, sie aus ihrem Elend zu befreien, nicht bitterlich beweinen? kann sie denn umhin, einen Raub zu beseufzen, der sie wieder in jene Armut stürzt, aus der sie gerade befreit zu werden schien?

– Fährnisreiche Frau! wehklagt sie, ist es verwunderlich, daß deine haarsträubenden Grundsätze Abscheu erregen und von den ehrbaren Leuten bestraft werden, wenn sie zu solchen Auswüchsen führen?

Doch Justine vernünftelte aus der Sicht der Geprellten; die Dubois aber, die bei ihrer ganzen Unternehmung einzig ihr Wohl ... ihren Gewinn vor Augen hatte, zog gewiß vollkommen entgegengesetzte Schlüsse.

Justine weihte Valbois, Dubreuils Gesellschafter, in alles ein; sowohl in das, was man gegen den Dahingegangenen im Schilde geführt hatte, als auch in das, was ihr selber zugestoßen war. Er beklagte sie, trauerte aufrichtig um Dubreuil und tadelte Justines übertriebenes Zartgefühl, weil es sie davon abgehalten habe, umgehend eine Klage vor Gericht zu tragen, sowie sie über die Pläne der Dubois im Bilde gewesen sei. Alle beide gelangten zur Einsicht, daß dieses Ungeheuer lediglich vier Stunden benötigte, um sich im Ausland in Sicherheit zu bringen, allwo sie demnach eintreffen würde, noch ehe man ihre Verfolgung überhaupt in die Wege geleitet hätte ... daß dies überaus kostspielig wäre ... daß der Herbergenwirt, auf den durch die Einreichung einer solchen Klage ein schlechtes Licht fiele, sich mit allen Mitteln wehren und schließlich nicht einmal davor zurückschrecken würde, Justine zu belasten ... welche die Luft von Grenoble ja nur atmete, weil sie dem Galgen in letzter Sekunde entkommen war. Von diesen überzeugenden Gründen vollkommen durchdrungen, rang sie sich dazu durch, vor der Abreise nicht einmal mehr von ihrem Beschützer Abschied zu nehmen. Valbois billigt diesen Entschluß; er verhehlt unserer Heldin nicht, daß ihr beim Bekanntwerden dieser ganzen Geschichte unweigerlich auch jene Zeugenaussage zum Nachteil gereichen würde, zu der er sich selber gezwungen sähe, und zwar sowohl aufgrund ihrer Beziehung zu der Dubois als auch aufgrund des Umstandes, daß sie es war, die mit seinem Freund die letzte Spazierfahrt unternommen hatte; unter diesen Umständen gebe er ihr den Rat, unverweilt abzureisen, ohne noch irgend jemanden aufzusuchen, sie könne sich jedoch darauf verlassen, daß er von sich aus niemals irgendwelche Schritte gegen sie einleiten werde, da er sie für unschuldig halte und sie bei all diesen Ereignissen höchstens der Fahrlässigkeit bezichtigen könne.

Als Justine über Valbois' Ansichten nachsann, befand sie sie nicht zuletzt deshalb für gerechtfertigt, weil alles auf ihre Schuld hindeutete, wiewohl ihre Unschuld doch eigentlich erwiesen war; weil der einzige Umstand, der zu ihren Gunsten sprach (die Empfehlung, die sie Dubreuil zu Beginn der Spazierfahrt gemacht), von ihm auf dem Sterbebett, wie man ihr versicherte, nur noch wirr angedeutet worden sei und diesethalben weniger beweiskräftig war, als sie es hoffen mochte. Diese Erwägungen bestärken sie in ihrem Entschluß; sie teilt ihn Valbois mit, der ihn nach wie vor billigt.

– Ich wünschte, sprach dieser rechtschaffene, junge Mann zu ihr, daß mich Dubreuil damit betraut hätte, zu Ihren Gunsten irgendwelche Verfügungen zu treffen, denen ich selbstredend nur allzu gerne nachkommen würde; ja, ich wünschte, ich hätte aus seinem eigenen Munde erfahren, daß er den Rat, mich sein Zimmer bewachen zu lassen, wirklich Ihnen verdankte; aber dem ist leider nicht so. Ich muß mich also darauf beschränken, nur seine ausdrücklichen Anordnungen auszuführen. Der Verlust, den Sie seinetwegen erlitten haben, wäre mir durchaus Anlaß, Ihnen selber unter die Arme zu greifen, wenn dies in meiner Macht stünde, mein Fräulein; aber ich bin erst seit kurzem in diesem Geschäft tätig, bin blutjung, meinem Vermögen sind Grenzen gesetzt, und zudem bin ich verpflichtet, Dubreuils Abrechnungen ungesäumt seiner Familie zu überbringen; erlauben Sie daher, daß ich mit einem einzigen, kleinen Liebesdienst Vorlieb nehme, den Sie mit Verlaub annehmen mögen: hier haben Sie fünf Louis, und dort steht eine rechtschaffene Händlerin aus Châlons-sur-Saône, meiner Vaterstadt; nach einem vierundzwanzigstündigen Zwischenhalt in Lyon, wo sie von etwelchen Geschäften in Anspruch genommen wird, kehrt sie dorthin zurück. Ich übergebe Sie ihrer Obhut. Madame Bertrand, fuhr Valbois fort und machte Justine dieser Frau vorstellig, dies ist jene junge Person, von der ich Ihnen erzählt habe und die ich Ihnen anempfehlen möchte; sie sucht eine Anstellung; ich bitte Sie mit demselben Nachdruck, als ob es sich um meine eigene Schwester handelte, alle erdenklichen Schritte zu unternehmen, um in unserer Heimatstadt etwas für sie zu finden, was mit ihrem Wesen, ihrer Abkunft … ihrer Erziehung in Einklang zu bringen ist … bis dahin sollen ihr keinerlei Unkosten anfallen; ich werde Ihnen bei unserem ersten Wiedersehen alles zurückerstatten. Gott befohlen, mein Fräulein, setzte Valbois hinzu und bat Justine um die Erlaubnis, sie in die Arme schließen zu dürfen; Madame Bertrand bricht morgen bei Tagesanbruch auf; folgen Sie ihr, und möge Ihren Schritten in einer Stadt, in der ich Sie hoffentlich schon bald mit tiefer Genugtuung wiedersehen werde, etwas mehr Glück beschieden sein.

Die Wohlanständigkeit dieses jungen Mannes rührte Justine zu Tränen. Gutes Betragen wirkt um so wohltuender, je länger man mißhandelt worden ist. Sie willigt in alles ein und beteuert, daß sie sich angelegentlichst darum bemühen werde, ihre Schuld eines Tages zurückzuzahlen.

– Ach herrje! sprach sie, als sie sich zurückzog, wennzwar mich das Festhalten an der Tugend ein weiteres Mal ins Unglück gestürzt, so schimmert über dem greulichen Abgrund des Leidens, in den mich die Tugend abermals geschleudert, wenigstens zum ersten Mal in meinem Leben die Hoffnung auf Trost.

Es war noch früh am Tage: es drängte Justine an die frische Luft, und so begab sie sich hinab zum Isèreufer, um dortselbst ein wenig zu lustwandeln; und wie in solchen Fällen üblich, ging sie, in Gedanken versunken, weiter als geplant. Ein abgelegenes Wäldchen lockt zum Bleiben; sie läßt sich in ihm nieder, um ihren Tagträumen möglichst ungestört nachhängen zu können. Indessen dunkelt die Nacht heran, und noch immer denkt sie nicht an Rückkehr, da plötzlich fühlt sie sich von drei Männern gepackt; der eine drückt ihr die Hand auf den Mund; die beiden anderen werfen sie Hals über Kopf in eine Kutsche, steigen gleichfalls ein, und während gut drei Stunden saust man in Windeseile dahin, ohne daß sich irgendeiner dieser Wegelagerer dazu herabgelassen hätte, das Wort an sie zu richten oder auf irgendeine ihrer Fragen einzugehen.

Wiewohl es Nacht war, wurden die Vorhänge gezogen, damit Justine auch ganz bestimmt nichts sehen mochte. Endlich trifft die Kutsche in einem Haus ein; Tore werden geöffnet und sofort wieder geschlossen; ihre Führer schleppen sie hinter sich her und queren mit ihr dieserweise mehrere stockfinstere Gemächer; lassen sie schließlich in einem Raum zurück, in den vom Nebenzimmer Licht herüberschimmert.

– Hiergeblieben, herrscht sie einer ihrer Entführer an, als er sich zusammen mit seinen Spießgesellen entfernt, bald wirst du alte Bekannte treffen.

Und die Halunken verschwinden, indem sie sämtliche Türen pfleglichst hinter sich verriegeln: beinahe im selben Augenblick springt eine andere Tür auf; und Justine gewahrt eine Frau, die sich ihr nähert, ein Wachslicht in Händen … Gott! diese Frau ist … wer hätte das gedacht? es ist die Dubois, die Dubois in höchsteigener Person, dieses entmenschte Scheusal, gewiß von glühender Rachsucht verzehrt.

– Kommen Sie her, zauberhaftes Mädchen, spricht sie hochnäsig zu ihr, kommen Sie, um den Lohn für jene Tugenden zu empfangen, denen Sie auf meine Kosten gefrönt … Ah! Hurenhündin, ich werde dich lehren, mich zu verraten.

– Ich habe Sie mitnichten verraten, Madame, erwidert Justine hastig, nein, mit keinem Wort, ziehen Sie getrost Erkundigungen ein; ich habe keine Klage eingereicht, über die Sie auch nur im geringsten beunruhigt sein müßten; ich habe kein Sterbenswörtchen gesagt, das Ihnen zum Nachteil gereichen könnte.

– Hast du dich etwa nicht jenem Verbrechen in den Weg gestellt, das ich ausgebrütet? hast du es etwa nicht vereitelt, du nichtsnutziges Geschöpf? und hast du mir nicht einen Stich ins Herz versetzt, indem du den reibungslosen Ablauf meiner Freveltaten beeinträchtigt hast? Dafür mußt du bestraft werden, Bübin, unbedingt.

Und bei diesen Worten schüttelte sie ihr mit solcher Gewalt die Hand, daß sie ihr beinahe die Finger gebrochen hätte. Man tritt in ein ebenso prunkvolles wie hell erleuchtetes Gemach: es gehörte zum Landsitz des Bischofs von Grenoble, der diese Damen höchstselbst empfing, wobei er sich, in einen Schlafrock aus violettem Taffet gehüllt, nachlässig auf einer Ottomane räkelte. Wir werden bald auf das Bildnis dieses Freigeistes zurückkommen.

– Hochwürden, wandte sich die Dubois an ihn und führte ihm Justine vor, hier jenes junge Ding, das Sie zu sehen wünschten; jene, an deren Schicksal nicht nur Sie, sondern ganz Grenoble teilgenommen, kurz, jene berühmte Justine, die zusammen mit den Falschmünzern zunächst zum Strang verurteilt, dann aber in Ansehung ihrer Unschuld und Tugend freigesprochen wurde. Bei ihrem Verhör haben Sie sie zum ersten Mal gesehen, sie begehrt … Sollte sie gehängt werden, so vertrauten Sie mir damals an, dann biete ich tausend Louis dafür, mich zuvor an ihr vergehen zu dürfen. Sie wurde gerettet: finden Sie etwa, daß ihr Wert dadurch geschmälert werde?

– Ungeheuerlich, erwiderte der Prälat und wetzte, durch sein Hemd hindurch, seinen Schwanz, unsäglich, kein Zweifel. Das Vergnügen hätte ja gerade darin bestanden, sich an ihr zu ergötzen und sie hernach am Galgen baumeln zu sehen; ich habe alles Mögliche und Unmögliche versucht, damit sie den Kopf nicht mehr aus der Schlinge ziehen konnte; doch dieser gottverfluchte S... mit seinen altväterischen Gerechtigkeitsvorstellungen hat all meine Anstrengungen zunichte gemacht.

– Vorbei ist vorbei! hier ist sie; steht es Ihnen nicht vollkommen frei, auch heute noch nach Lust und Laune mit ihr umzuspringen?

– Schon, Madame, schon, das weiß ich ja selber; doch ich sage Ihnen noch einmal, daß es nicht mehr dasselbe ist: es ist nämlich besonders wonnereich, sich des Schwertes des Gesetzes zu bedienen, um solche Lumpendirnen einen Kopf kürzer zu machen!

– Je nun! Hochwürden, sprach Dubois, wir werden die fehlende Würze dadurch wettmachen, daß wir Justine jene hübsche Kostschülerin aus dem Benediktinerinnenstift zu Lyon beigesellen, deren Familie Sie mit großem Geschick an den Bettelstab gebracht, auf daß die Tochter in Ihre Hände falle.

– Wie! es ist vollbracht?

– Jawohl, Hochwürden. Jeglicher Unterstützung beraubt, kommt die Unglückliche noch heute abend hierher, um von Ihnen Beistand zu erflehen. Jene ist noch im Besitz ihrer körperlichen und geistigen Unschuld; diese hier ist nur mehr in ihrem Gewissen rein, doch daran hängt sie dafür mit Leib und Seele; und Sie werden nirgends ein Geschöpf finden, das von solch tiefer Herzenseinfalt und Wohlanständigkeit beseelt wäre. Alle beide gehören sie Ihnen, Hochwürden; und noch heute abend werden Sie allen beiden den Garaus machen, oder der einen heute und der anderen morgen; was mich angeht, so empfehle ich mich. Die Güte, die Sie mir stets bezeigt, hat mich veranlaßt, Ihnen von meinen Wirren zu berichten ... ein Toter ... Hochwürden, ein Toter, ich muß mich aus dem Staube machen ...

– Aber nicht doch, nicht doch, zauberhaftes Weib, rief der Seelenhirt; nein, bleib ruhig hier, denn solange du unter meinem Schutz stehst, hast du nichts zu befürchten ... Ein Toter, sagtest du?

... Und wenn es deren zwanzig wären, würde ich deinen Kopf retten ... Bleib hier, sag ich dir: du bist die gute Seele meiner Gelüste; du allein beherrschst die hohe Kunst, sie aufzupeitschen und zu befriedigen; und je vielfältiger deine Verbrechen ... je mehr du dich im Sumpf von Schmach und Schande gesuhlt, um so stärker bringst du meinen Kopf in Wallung ... Aber hübsch ist sie, diese Justine ... Und indem er sich an diese letztere wendet: Welches Alter haben Sie, mein Kind?

– Sechsundzwanzig Jahre, Hochwürden, und viel Kummer.

– Jaja, Kummer ... Unglück: jedoch weit weniger, als mir lieb gewesen wäre; denn ich will dir nicht verhehlen, mein Schatz, ich habe alle Hebel in Bewegung gesetzt, um dich an den Galgen zu bringen; doch was nicht ist, kann noch werden, dafür werde ich eigenhändig sorgen, jedenfalls kann ich dir schwören, daß du nicht zu kurz kommen wirst ... Unglück, sagtest du? Nun gut! dann wollen wir ihm ein für allemal ein Ende machen, mein Engel; ich schwöre dir, daß du binnen vierundzwanzig Stunden nicht mehr unglücklich sein wirst; (und unter fürchterlichen Lachkrämpfen): nicht wahr, Dubois, ich kenne ein unfehlbares Mittel, um den Schicksalsschlägen eines jungen Mädchens ein für allemal ein Ende zu machen?

– Aber gewiß doch, erwiderte dieses hassenswerte Geschöpf; und wenn Justine nicht zum engsten Kreise meiner Freundinnen zählte, hätte ich sie gar nicht erst hierhergeführt; so aber ist es nur recht und billig, daß ich sie für all das, was sie für mich getan, belohne: Sie können sich gar nicht vorstellen, wie nützlich mir dieses teure Mädchen bei meiner jüngsten Unternehmung in Grenoble war. Sollten Sie das Begleichen meiner Schuld gütigerweise übernehmen, so bitte ich Sie inständig, sich dabei von Ihrer großzügigen Seite zu zeigen.

Die Undurchsichtigkeit dieser letzten Worte und die noch viel haarsträubenderen des verfluchten Prälaten ... jenes junge Mädchen, das man angekündigt ... all dies versetzte Justines Geist augenblicks in eine Verwirrung, die nur schwerlich wiederzugeben ist. Kalter Schweiß tritt aus ihren Poren; um ein Haar fällt sie in Ohnmacht. Jetzt naht der Augenblick, da ihr die Handgriffe des Hurenjägers endlich Klarheit verschaffen. Er läßt sie vor sich hintreten; gibt sein erstes Stelldichein mit zwei oder drei Zungenküssen, bei denen die Münder gezwungen werden, voll und ganz miteinander zu verschmelzen: er saugt Justines Zunge ein; nuckelt an ihr;

schnalzt die seinige tief in den Rachen unserer schönen Herumstreicherin und scheint ihr dabei die Lunge aus dem Leib pumpen zu wollen: er nötigt sie, den Kopf an seine Brust zu schmiegen; und indem er ihr Haar hochschlägt, mustert er aufmerksam ihren Nacken.

– Oh! wie köstlich, schwärmt er und drückt diese Stelle voller Gewalt; nie noch habe ich etwas Festgefügteres gesehen; es muß ein göttlicher Anblick sein, wenn es ihr an den Kragen geht.

Diese Äußerung räumt Justines Zweifel ein für allemal aus; und die Leidgeprüfte merkt nur allzu gut, daß sie abermals bei einem jener Libertins weilt, die mit grausamen Leidenschaften geschlagen sind und deren prickelndste Lüste darin bestehen, sich an Pein und Tod all jener jammerbaren Opfer zu ergötzen, welche man ihnen gegen Bezahlung verschafft, kurz, sie merkt, daß ihr letztes Stündlein geschlagen hat.

In diesem Augenblick klopft es an die Tür; die Dubois geht hinaus und führt alsogleich die junge Lyonerin herein, von der hiebevor die Rede war.

Versuchen wir uns nun an der flüchtigen Schilderung der beiden neuen Personen, in deren Gesellschaft wir Justine erblicken.

Seine Exzellenz, der Bischof von Grenoble, mit dem wir gerechterweise den Anfang machen wollen, war ein Mann von fünfzig Jahren, hager, mager, aber kräftig gebaut. Seine Muskeln, fast allaugenblicklich angespannt, traten auf den von schwarzen, borstigen Haaren bedeckten Armen hervor und deuteten an, daß er vor Kraft und Saft nur so strotzte; sein Gesicht sprühte Funken; seine winzigen Augen waren finster und verschlagen; perlweiß seine Zähne, und all seine Gesichtszüge kündeten von Geist. Er war wohlgewachsen und überdurchschnittlich groß; der Stachel der Wollust aber, unstreitig von erhabener Größe, maß auf eine Länge von einem ganzen Fuß mehr denn acht Zoll im Umfang. Dieses wurzelwüchsige, sehnige, stetsfort schäumende Werkzeug ragte während der fünf oder sechs Stunden, die dieses Stelldichein währen sollte, ununterbrochen gen Himmel, ohne auch nur für eine Minute den Kopf hängen zu lassen. Kein Mann mochte dichter bepelzt sein; man wäre versucht gewesen zu sagen, es handle sich bei ihm um eine jener Faunsgestalten, von denen uns die Fabeln handeln. Seine rauhen, ledrigen Hände endeten in Fingern, in denen die Kraft eines Schraubstockes steckte. Sein Gemüt war aufbrausend, abgrundschlecht, grausam;

sein Geist neigte zu allerlei Spöttereien und Sticheleien, die dazu angetan waren, all die Schmerzen noch zu verschlimmern, auf die sich ein hilfloses Mädchen bei einem solchen Hünen offenkundig gefaßt machen mußte.

Was Eulalie anbetrifft, so genügte schon ein flüchtiger Blick, um sich ein Urteil über ihre Abkunft und ihre Tugendhaftigkeit zu bilden. Nichts kam den Schurkenstreichen gleich, die der Bischof in Anschlag gebracht hatte, um sie in seine Fänge zu locken. Sie erfreute sich einer entwaffnenden Trauseligkeit und Herzenseinfalt und besaß eines der bestrickendsten Gesichter, das man überhaupt erblicken mochte. Kaum sechzehn Jahre jung, besaß Eulalie das Antlitz einer Jungfrau, dessen Schönheit durch ihre Unschuld und Schamzüchtigkeit höchstens noch gesteigert ward: es war zwar ein wenig bleich; doch auch dadurch wurde es nur noch anziehender; und der Glanz ihrer schönen, schwarzen Augen erstattete ihrem anmutigen Antlitz all jenes Feuer zurück, das ihr jene Blässe, obenhin betrachtet, zu rauben schien: ihr etwas zu groß geratener Mund war mit blendend weißen Zähnen bestückt; ihr schon recht stark entwickelter Busen schimmerte noch heller als ihr Gesicht; ihr Hüftschwung war berauschend; ihre Rundungen drall und prall; ihr Fleisch allenthalben straff, zart und üppig: unmöglich, einem anmutigeren Arsch zu begegnen; flockiger Flaum beschattete die Vorderseite; ihre blonde Haarpracht floß über all diese Reizungen und machte sie nur noch betörender; zudem war sie mit dem denkbar mildmütigsten und feinfühligsten Gemüt begnadet; damit rundete die Natur ein Meisterwerk ab, dessen Erschaffung ihr offenbar großes Vergnügen bereitet hatte. Zarte und zerbrechliche Blume, solltest du der Erde also lediglich einen Augenaufschlag lang zur Zierde gereichen, um alsogleich wieder zerpflückt zu werden!

– Oh! Hochwürden, wehklagte dieses Prachtmädchen, als sie ihren Schinder erkannte, so schändlich haben Sie mich also hintergangen? Ich sollte, Ihren eigenen Worten zufolge, wieder in den Besitz all meiner Güter … all meiner Rechte treten; doch jene Schufte, die mich aus meinem Unterschlupf gezerrt, führen mich zu dem einzigen Behufe hierher, daß meine Ehre von Ihnen geschändet werde.

– Huch, wie schrecklich, nicht wahr, mein Engel, ein richtiger Verrat … Barbarei.

Und bei diesen Worten zog sie der hintervotzige Kerl gewaltsam an sich und begann auch schon mit seinen geilen Zungenküssen, während er sich von Justine sanft entweihen ließ. Eulalie wollte sich zur Wehr setzen; doch die Dubois drängte sie diesem Libertin in die Arme und beraubte sie jeglicher Möglichkeit, sich zu entwinden. Dieser Auftakt wollte und wollte kein Ende nehmen; je frischer die Blume, um so inbrünstiger saugte der Lüstling ihren Nektar aus: nach diesen Speichelleckereien sonder Zahl folgte die Heimsuchung der Scheide. Nun bekommt Justine handgreiflich zu spüren, welch ungeheuerliche Früchte diese Musterung bei ihm zeitigte; bei diesem Treiben wurde sein Schwanz dick und dicker, bis ihn unsere herzerweichende Waise schließlich nicht einmal mehr mit beiden Händen umfausten konnte …

– Auf denn, sprach Seine Exzellenz, diese beiden Opfer werden meiner Lust zur Krönung gereichen: du sollst großzügig bezahlt werden, Dubois; denn ich bin trefflich bedient. Verfügen wir uns in mein Lustgemach: uns nach, teure Frau; uns nach, wiederholte er und zog diesen Drachen mit sich: du sollst noch heute nacht aufbrechen; doch bei meiner Lustfahrt bist du unverzichtbar. Nichts beflügelt einen bei einer Missetat stärker als der Anblick eines Ungeheuers; und ein solches bist du nämlich, mein Kind, und zwar eines der allerschlimmsten, das die Natur seit Urzeiten ausgespien. Oh ja! und gerade deshalb bist du für mich so unbezahlbar! … Komm.

Die Dubois gibt nach; und man verfügt sich in das geheime Vergnügungsgemach dieses Ausschweiflings, wo die Frauen gleich bei ihrer Ankunft Order erhalten, sich nackend auszuziehen.

Ehe wir jene Greuel schildern, die an dieser Schreckensstätte begangen wurden, halten wir es für unentbehrlich, deren ganze Ausschmückung abzukupfern; während also die Röcke zu Boden gleiten, wollen wir unser Bestes tun, um all dies zu umreißen.

Dieser geräumige Trotzwinkel war in der Form eines Pentagons angelegt und mit fünf verspiegelten Nischen ausgestattet, in deren Mitte jeweils ein mit schwarzem Atlas bezogenes Sopha thronte. Die Ecken einer jeden Nische waren abgerundet und bargen in ihrem Innern je einen kleinen Altar, auf dem eine marmorne Statuengruppe stand, die ein junges, nacktes Mädchen in den Klauen eines Henkers zeigte. Da sich alle voneinander unterschieden, erblickte man zehn Marterarten. Erst einmal an diese Stätte gelangt, war es einem nicht mehr möglich, auszumitteln, wo man gerade eingetreten war, denn die Türen lagen hinter den Spiegeln der Nischen verborgen. Die Decke dieses Gemaches bestand aus Glas; nur von dort oben drang Tageslicht herein. Über diese Glaskuppel konnten himmelblaue Taffetvorhänge gezogen werden, was in der Nacht eine wunderbare Decke abgab: alsdann gleißte in der Mitte eine achtstrahlige Sonne, dank der das Lustgemach sogar noch viel besser erleuchtet wurde als am hellichten Tag. Den Nabel dieses Lusttempels bildete ein großes Rundbecken. In dessen Mitte erhob sich ein kleines Blutgerüst, auf dem eine Maschine stand, die allzu wunderwürdig war, als daß sie nicht eine gesonderte Beschreibung verdiente. Hinter der Maschine jedenfalls thronte ein Sessel, der auf das Blutgerüst ausgerichtet und jener Person zugedacht war, die den Auslöser dieses teuflischen Foltergeräts betätigen wollte, welches im einzelnen also wie folgt aussah:

Die Person, die man hinopfern wollte, wurde mit Gewalt auf ein Brett aus Ebenholz geschnallt; unmittelbar daneben erhob sich ein Gliedermann: eine Schreckensgestalt mit einem ungeheuerlichen Säbel in Händen. Der Arsch des gefesselten Opfers kam wasserpaß vor die Augen des im Sessel hockenden Henkers zu liegen; wollte er sich im Stehen an diesem Gesäß vergehen … nichts leichter als das. Und neben seiner rechten Hand lag ein seidenes Band griffbereit, an dem er nach Lust und Laune ziehen konnte; zerrte er heftig daran: dann trennte das säbelbewehrte Schreckgespenst jenes Haupt, das seinen Hieben ausgeboten war, ruckzuck vom Rumpf; zog er behutsam am Band: dann schwang der Säbel hin und her und zerschnitt die Sehnen des Halses, eine nach der anderen; auch so erreichte man sein Ziel, doch dabei erduldete das jammerbare Opfer viel endlosere Qualen, indes sein Blut in jenes Rundbecken strömte, welches, wie schon gesagt, das Blutgerüst umgab.

In diesem Flügel des Hauses herrschte Totenstille; und jeder Versuch, auf sich aufmerksam zu machen, war zum Scheitern verurteilt. Als die Frauen mit dem Prälaten eintraten, fanden sie einen fetten, fünfundvierzigjährigen Abbé vor, der es sich an dieser Stätte gemütlich gemacht hatte. Seine Fratze war todhäßlich und sein Gliederbau in allen Belangen hünenhaft. Auf einem Ruhebett las er La Philosophie dans le Boudoir[1].

[1] Dieses Werk stammt aus derselben Feder wie das vorliegende und darf, wie uns scheint, aus diesem und womöglich noch aus ganz anderen Gründen Anspruch auf die Wertschätzung der Sammler erheben. (Anmerkung des Herausgebers.)

– Schau, schau, sprach der Bischof zu ihm, was für zwei hübsche Opfer mir die Dubois heute abend mitgebracht: betrachte diese hochwohlgeborenen Hinterbacken, dafür hast du doch eine Schwäche, Abbé; nimm sie ruhig in Augenschein, Libertin, und sag mir, was du von ihnen hältst.

Justine und Eulalie sahen sich, von der Dubois geschubst, dazu gezwungen, dem Abbé ihren Allerwertesten auszubieten, der sie, nach wie vor das Buch in Händen, knetet und kalten Sinnes in Augenschein nimmt:

– Ja, nicht übel … es verlohnt sich der Mühe, dies zu quälen, meint er gelangweilt, bevor er sich der Dubois zuwendet, deren Hinterbacken er ebenfalls begrabbelt: Haben Sie ihnen Willfährigkeit … vorbehaltloseste Unterwürfigkeit anempfohlen? wissen diese Geschöpfe überhaupt, daß sie sich hier in einer der heiligsten Fluchtburgen des Despotismus und der Herrschsucht befinden? …

– Natürlich, Monsieur, erwidert die Dubois und vollführt einen Bückling, um dem Abbé ihre Arschbacken noch angelegentlicher auszubieten; ich habe ihnen des langen und breiten von der schrankenlosen Macht Seiner Exzellenz, von seinen unermeßlichen Reichtümern, von seinem gewaltigen Einfluß gehandelt, und ich glaube, alle beide sind bereit, vor Seiner Herrlichkeit im Staube zu kriechen …

– Dann sollen sie dies unter Beweis stellen, meint der Abbé, indem sie hier so lange auf den Knien herumrutschen, bis man ihnen die Erlaubnis erteilt, wieder aufzustehen.

Schon sanken die beiden jungen Dinger auf die Knie und schienen nur mehr auf die Order zu warten, die ihnen der Prälat zu erteilen geruhen würde. Dieser Lustbock, selber fast fasernackt, bewunderte sich, seiner Gepflogenheit gemäß, in sämtlichen Spiegeln und ließ sich vor einem jeden von der Dubois wichsen. Alle beide versenkten sich in den Anblick der Folterdarstellungen und schienen mit einer jeden Marter jenen beiden Unglücksvögeln drohen zu wollen, die sich, nach wie vor kniend, damit beschieden, zu erschauern und ihre Blicke zu senken, derweil der träge Abbé in seiner Lektüre fortfuhr und diesem Schauspiel nicht die geringste Beachtung zu schenken schien. Als dieser Rundgang zu Ende war, erprobte der Bischof den Henkersthron; er nimmt darin Platz, läßt die Springfeder spielen und befiehlt den beiden Büßerinnen, genau zu beobachten, mit welcher Leichtigkeit … mit welcher Schnelligkeit sein Gliedermann sich aufs Köpfen verstand. Er steigt wieder herab:

– Dubois, spricht er, geben Sie diesen Lumpendirnen Order, mir nacheinander zu huldigen.

Justine tritt als erste vor; sie lutscht an den Lippen des Prälaten, entbietet ihren Arsch zum Kusse, saugt an seinem Schwanz und steckt, auf Geheiß der Dubois, die Zunge so tief als irgend möglich in den Anus des greisen Lustbocks ...

–Wenn ich Ihnen in den Mund schisse, fragt der Bischof, würden Sie es dann schlucken? ...

– Um Gottes Willen, Eure Exzellenz, bemerkt der Abbé bei diesen Worten, wie kommen Sie nur darauf, daß sich dieses kleine Dummerchen je erdreisten könnte, eine derart große Ehre auszuschlagen ...

– Und Sie? fährt der Bischof an Eulalie gewandt fort ...

– Oh! barmherziger Himmel! tränt ihm dieses Prachtmädchen zu, Sie sollten mein Elend nicht ausnutzen: da ich nun einmal in Ihren Ketten schmachte, mögen Sie mit mir tun und lassen, was Ihnen beliebt, doch nehmen Sie Rücksicht auf meine Not; ich habe das Recht, Sie um diesen Gefallen zu bitten ...

– Das ist aber eine reichlich unverschämte Antwort, meint der Abbé, und sie beweist deutlich, daß sich dieses kleine Mädchen nicht vollauf bewußt ist, was es der hohen Persönlichkeit alles verdankt, bei der zu weilen sie die Ehre hat ...

– Welches Strafmaß, fragt Dubois, auferlegen Eure Exzellenz für eine derart anmaßliche Antwort? ...

– Ich wünsche, spricht der Prälat, daß sie dem Abbé den Arsch lecke ... daß sie ihm den Schwengel lutsche ... daß sie hernach zu mir trete, um ein Dutzend Maulschellen und ebenso viele Arschkniffe in Empfang zu nehmen.

Kaum ist das Urteil verkündet, da entblößt dieses Ungeheuer von einem Kirchenmann gebieterisch die ekelerregendsten Arschlappen, denen man überhaupt begegnen konnte ... einen fluchenswerten Arsch, den die arme Eulalie wie eine Verliebte bezüngeln muß. Welch Widerstreit! Desgleichen empfängt sie auf ihren Rosenlippen den schlaffen und schleimigen Schwengel dieses Schmutzfinkes; indem sie hierauf vor den Prälaten tritt, läßt sie dortselbst die ihr auferlegten Züchtigungen demütig über sich ergehen. Während der Bischof Eulalie quält, läßt sich jener Dreckskerl von einem Abbé, der dieses Vorgepränge bereits vorausgesehen hatte, von der Dubois wichsen, indes er Justines Popobacken begrabbelt …

– Abbé, spricht der Herr dieser Stätte, indem er diesem Treiben ein Ende bereitet, er steht mir himmelhart; mir schwant, daß ich heute allerlei Unheil anrichten werde.

– Steht dies Eurer Exzellenz denn nicht frei? ist ihm nicht alles, was an dieser Stätte atmet, untertan? ein Wink, und alles kriecht vor ihm im Staube.

Der Bischof, der diese Herrschergewalt in vollen Zügen genoß und dessen Geist derlei Schmeicheleien offensichtlich durchaus nicht abgeneigt war, winkte Justine herbei, die alsogleich vor ihn hintrat und Order erhielt, sich blanken Bauches auf ein Ruhebett zu legen, um ihren Allerwertesten den Vorstößen des bischöflichen Schwengels zu öffnen. Doch nur mit unsäglicher Mühe gelingt es seinem ungeheuerlichen Pfahl, in eine derart winzige Mündung einzudringen: zu guter Letzt hat er sich eingenistet. Gleichzeitig wird Eulalie, vom Abbé gelenkt, auf Justines Lenden hingelagert, die Beine in die Höh', den Kopf nach unten, so zwar, daß Justines Arschficker Eulalie auf den Mund küssen kann, deren angewinkelte Schenkel dem Almosenier eine niedliche, jungfräuliche Möse entgegenklaffen lassen, die er bezüngelt, derweil die Dubois, vor seinem Gesäß in die Knie gegangen, seinem Arschloch denselben Liebesdienst erweist.

Doch Justine, von jener Lanze, die in ihrem Arsch steckt, entsetzlich zermartert, unternimmt alles Mögliche und Unmögliche, um ihn abzuschütteln, was ihr zu guter Letzt auch gelingt.

– Oh! zwiefach verfickter Gott, zürnt der Bischof hochrot, nie noch hat es ein Frauenzimmer gewagt, mich in meiner Mannesehre derart tief zu verletzen. Abbé, was hältst du von diesem Torenstreich? …

– Es gibt keine Strafe, die hart genug wäre, um sich dafür zu rächen, Eure Exzellenz, entgegnet der Kapellan. Wenn diese Schelmendirne Ihren Mutwilligkeiten nicht noch ein Weilchen dienen müßte, so würde ich Sie inständig darum ersuchen, ihr auf der Stelle den Gnadenstoß zu versetzen: doch es ist leider nicht von der Hand zu weisen, daß Sie ihrer noch bedürfen, und so muß man es dabei bewenden lassen, sie mir auszuliefern, auf daß ich sie vor Ihren Augen auf die allerblutrünstigste Weise striegle …

– Prächtig, sprach der Bischof; doch erheische ich, daß dies auf dem Busen geschehe; Sie wissen um meine Abscheu vor diesem Teil des weiblichen Körpers: Justine möge also vor Ihnen in die Knie gehen, Abbé; Sie aber sollen ihre Zitzen mit diesen Fitzen zerfetzen, und zwar aus Leibeskräften.

Kaum ist das Urteil gefällt, da wird es auch schon vollstreckt: der wildmütige Abbé schlägt mit solcher Wucht zu, daß Justine in Ohnmacht zu fallen droht …

– Genug jetzt, sprach der Bischof; sie blutet, das ist alles, worauf ich hinauswollte: man möge sie nun abermals meinen Lendenstößen ausbieten, und sie soll sich hinter die Ohren schreiben, daß ich sie ungezögert abschlachte, sobald sie das nächste Mal von der Grille gepackt werden sollte, mir einen solchen Streich zu spielen.

Die Stellung wird wieder eingenommen: während fast einer halben Stunde wird unsere Heldin ununterbrochen gefeilt, bis der Prälat von anderweitigen Vergnügungen in Anspruch genommen wird.

– Abbé, spricht er, auf Eulalie deutend, du mußt dieses kleine Mädchen unbedingt entjungfern, bevor ich es arschficke; ich würde es nur widerwillig sodomisieren, wenn seine Votze zuvor nicht von einem anderen Schwanz als dem meinigen gepflügt worden wäre.

– Gottverfickt, Eure Exzellenz, entgegnet der Abbé, Sie halsen mir da eine Arbeit auf, die, wie Sie wohl wissen, nicht gerade nach meinem Geschmack ist: es ist fraglich, ob er mir anschwellen wird, wenn ich lediglich auf eine Votze Aussicht habe. Doch Ihnen zuliebe wollen wir einen Versuch wagen.

Die Dubois hält das Kind fest; Justine rüstet das Glied des Abbé zu; und der Prälat, einen Zwicker in Händen, mustert alles mit peinlichster Aufmerksamkeit. Und in der Tat, es gelingt dem Hurenreiter nur mit Mühe, sich in Schwung zu bringen: während des ganzen Treibens sieht sich die Dubois mehr als einmal dazu gezwungen, die Kehrseite der Medaille vorzuzeigen, um ihn angelegentlicher zu erregen; und da sie bemerkt, daß der Erektionsnerv jedesmal den Geist aufgibt, wenn sie das Kind wieder auf den Rücken dreht, wird der einhellige Beschluß gefaßt, Eulalie in der Stellung der Hunde zu entjungfern. Das Treiben beginnt: Justine und die Dubois bieten Handhabe; und da der Abbé, unbesehen seiner hünenhaften Körpergröße, in Sachen Manneskraft eher ein Wicht war, verschwand sein Werkzeug schon bald; Blut kündet von seinem Sieg.

– Schön, schön, schwärmt der Bischof und eilt herbei, um seinen Vorkämpfer bei dessen Ritt eigenhändig anzuspornen; zerschlenze diese Schlitzbübin, durchbohre sie, mein lieber Abbé; ich wünschte, dein Schwengel würde sich auf der Stelle in Eisen verwandeln, auf daß er der Blutzeugin noch schlimmere Qualen bereitete.

– Meiner Treu, Eure Exzellenz, spricht der Kuttenlump und zieht seinen blutüberfluteten Schweif heraus, fürwahr, ich habe getan, was in meinen Kräften stand; was aber meinen Ficksaft anbelangt, so werde ich ihn nie und nimmer an eine Scheide verschwenden, bei meiner Mannesehre.

– Na schön! meint der Bischof, arschficke die Dubois, derweil ich diese beiden Dirnchen in einer meiner Nischen wechselweise sodomisieren will.

Und so geschieht es; nachdem dieser neuerliche Lanzengang gleichfalls ohne Samenverlust ausgefochten worden ist, bemächtigt sich der Bischof Eulalies und durchwühlt sie auf eine Weise, die unmißverständlich dartut, daß sein Kopf ungeheuerlich darauf brennt, dieses kleine Mädchen zu plagen. Alsdann geschah es, daß er eine Leibeszucht über sie verhängte, für die sich selbst in den Annalen der allerentsittlichtsten Libertinage kein Beispiel findet. Er schlingt einen wächsernen Faden um ihre Zitzen; alsdann zurrt er diesen Faden mit solcher Gewalt fest, daß sich die Brüste blähen, bis sie violett anlaufen; er beißt in diese prall geschwollene Masse und läßt das Blut in seinen Schlund sprudeln: mittlerzeit wichste ihn Justine, und die Dubois verabreichte ihm die Peitsche.

– Ich hasse Brüste, krächzte der Bischof, und kenne auf der ganzen Welt kein köstlicheres Vergnügen, als sie zu peinigen.

Kurz darauf wickelt er einen weiteren Faden um die zierlichen Zitzenspitzen und quetscht diese hochempfindliche Stelle derart grausam, daß das Blut einen der Spiegel bespritzt: der Schandkerl klebt seinen Mund auf die verletzte Stelle: er ergötzt sich daran, sich die Wunde munden zu lassen. Abermals führt man ihm die Blutzeugin vor, deren Schreie und Schmerzen man unmöglich wiedergeben kann; man dreht sie in die umgekehrte Stellung. Diesmal bietet sie ihrem Quälgeist nur mehr noch ihre Arschbacken aus. Jetzt wird der Abbé mit der Aufgabe betraut, Fleischwülste zwischen seine Fingerspitzen zu klemmen, was bei einem derart festgefügten ... prallen Hintern gar nicht so einfach ist: sowie er ein Stück Fleisch zu fassen bekommt, wickelt und schlingt der Bischof seinen Faden um die zum Platzen gespannte Haut und zieht zu: immer wieder entgleitet das Fleisch; doch dann und wann gelingt das Unterfangen. In solchen Fällen verabsäumt es Seine Exzellenz nie, mit voller Kraft in den gequetschten Fleischwulst zu beißen und beim Anblick des Blutes jählings in Verzückung auszubrechen.

– Es will mir nicht in den Kopf, meint der wildmütige Abbé, weshalb Eure Exzellenz diese Fleischstücke nicht abschneiden.

–Weil ich sie noch schonen will, keucht der vor Lust außer sich geratene Prälat; bald werden wir all dies doppelt und dreidoppelt nachholen.

Man kann sich leichtlich in Justines Lage hineinfühlen. Da sie in all diesen Folterungen lediglich das Spiegelbild dessen erblickte, was ihr selber blühte, lief es ihr kalt über den Rücken: die Blicke des Bischofs verrieten ihr nur allzu deutlich, welch schlimmes Schicksal ihrer harrte ... und selbst wenn die Jammerbare, o weh! all dies für einen Moment hätte vergessen können, hätten es ihr dann nicht alle Umstehenden voll fieser Freude alsogleich wieder in Erinnerung gerufen? Eine weitere Greueltat wird ins Werk gesetzt; auch sie stellt in den Annalen der Geilheit zweifelsohne eine Neuheit dar.

Eulalie wird kniend gegen die Wände jener Wanne gelehnt, in deren Mitte wie gesagt das Blutgerüst aufragte, die Hände werden ihr auf den Rücken gebunden, man beraubt sie jeglicher Möglichkeit zum Widerstand; vollkommen ungeschützt bietet sie ihren hübschen Kopf und ihren alabüsternen Busen aus. Der schreckliche Bischof fitzt ihr Antlitz, maulschelliert sie, spuckt ihr mitten ins Gesicht, versetzt ihr fürchterliche Nasenstüber und entstellt durch all diese Greuel die herzerweichenden Gesichtszüge dieses verlockenden, kleinen Geschöpfes dermaßen, daß es nur mehr einen furchterregenden Anblick bot; man wäre versucht gewesen zu sagen, ein Schwarm von Honigbienen habe dieses bestrickende Antlitz zerstochen: gleichwohl war diese Schmach in den Augen des Untiers noch nicht schlimm genug: sie muß sich auf dem Boden ausstrecken, er trampelt auf ihrem Leib herum und scheißt ihr in den Mund. Er ruft den Abbé zu Hilfe und fordert ihn dazu auf, ein Gleiches zu tun; Dubois äfft die beiden nach; schließlich verschwindet Eulalies Kopf bis zur Nasenspitze unter dem Kothaufen, in dem sie versinkt. Nicht genug: sie muß alles verschlingen; zur Bekräftigung dieses Urteils setzt man ihr einen Dolch auf die Brust.

– Man hebe sie hoch, befiehlt der Bischof; ich halte es nicht mehr länger aus; ich muß ihr den Garaus machen … danach sind Sie an der Reihe … ja, Sie, spricht er und faßt Justine ins Auge, gottverhenkert, und Sie sollen noch viel weniger geschont werden, das schwöre ich Ihnen. Was Sie gesehen haben, war lediglich eine kleine Kostprobe; ich verheiße Ihnen noch ganz andere Todesmartern; Sie wurden mir wärmstens empfohlen, und so will ich Sie gewiß nicht so glimpflich davonkommen lassen. Los, fährt dieses Ungeheuer der Unzucht fort, sowie ihm ins Auge springt, daß Eulalie wieder sauber ist, dieses kleine Mädchen möge seine Beichte ablegen und sich auf den Tod vorbereiten.

Die Jammerbare nähert sich dem Abbé, der sich einen Chorrock über die Schultern geworfen hat, eine Christusfigur in Händen hält und aufmerksam den unschuldigen Geständnissen lauscht, die sie ihm macht, derweil ihn die Dubois wichst und er mit seiner freien Hand deren Hintern begrabbelt.

– Oh! ehrwürdiger Vater, schloß dieses herzerweichende Mädchen, Sie sehen doch, wie rein mein Gewissen ist: legen Sie Fürbitte für mich ein, ich flehe Sie an; ich habe es nicht verdient, mein Leben zu verlieren.

Doch diese mit einer überaus sanften und schmeichelweichen Stimme ausgesprochenen Worte … diese herzerweichenden Reden, die selbst einen Tiger besänftigt hätten, versetzten die hintervotzige Vorstellungskraft des Bischofs nur noch stärker in Wallung. Von ihrem Beichtvater wird die halb entseelte Eulalie eigenhändig auf das entsetzliche Blutgerüst getragen, wo ihr letztes Stündlein schlägt. Als sie der Länge lang auf dem todesschwangeren Brett liegt, rammt ihr der Bischof seinen Schwanz in den Hintern, derweil die Dubois ihn kastriegelt und der Abbé, genau vor dem Blutgerüst, Justine sodomisiert, indes er noch immer im Chorrock steckt: schon liegt der todbringende Strick in den Händen des Bischofs.

–Gemach! gemach! ruft ihm der nichtswürdige Almosenier zu, Eure Exzellenz sollten darauf bedacht sein, sie fühlen zu lassen, wie sich die Schatten des Todes langsam auf sie niedersenken: je mehr Sie die Schmerzen in die Länge ziehen, um so hitziger werden Sie entladen.

Der Prälat gerät in Wallung; gräßlichste Gotteslästerungen stürzen wie ein Wasserfall aus seinem schäumenden Mund; Taumel erfaßt seine Sinne; der Auslöser wird betätigt, jedoch mit einer derart tückischen Sanftheit, daß das himmlische Haupt, welches der Sense ausgeliefert ist, lediglich Faser um Faser zerschnitten wird … schließlich ist es vollends vom Rumpf getrennt; unter Blutschwällen rollt es in das bereitstehende Becken.

O du Gipfel des Grauens und der Grausamkeit! zwar ist nur mehr der Rumpf übrig, doch der rasende Bischof ergötzt sich nach wie vor daran; er wird nicht müde, den blutüberströmten Leichnam zu sodomisieren. Und dies, wiewohl er seinen Ficksaft doch bereits abgeschlagen hatte … der nichtswürdige Sterbliche: er machte nur weiter, um frische Kräfte zu schöpfen … um in einem Körper zu neuem Leben zu erwachen, dem er es selber just geraubt.

– Auf denn! sprach er beim Herausglitschen, jetzt bin ich wieder derart gut im Schuß, als hätte ich noch gar nichts verlustiert: man möge Justine zurüsten.

– Oh! Eure Exzellenz, warf die Dubois an dieser Stelle ein, diese Hinrichtungsart ist viel zu harmlos für sie; haben Sie nichts Schlimmeres auf Lager? Ich bin der festen Überzeugung: als Oberhaupt einer Regierung würden Sie diese Hinrichtungsart bei Verbrechern, die diesen Tod wirklich verdient hätten, für allzu harmlos erachten: zu dieser Gruppe gehört aber auch Justine; lassen Sie sich also etwas Angemesseneres beifallen.

– Ganz recht, erwiderte der Bischof: wiewohl ich selber ein großer Verbrecher bin, wünschte ich, wie ich Ihnen nicht verhehlen will, daß es viel öfter zu gerichtlichen Hinrichtungen käme, als dies bislang der Fall war, und daß sie viel abschreckender ausfielen. Der Grund hiefür liegt auf der Hand … Doch nur Geduld, fuhr er fort und stieg herunter, um sich auf eines der Sophas zu fläzen; wir wollen diese Frage etwas genauer zergliedern, während ich Atem schöpfe … Nur keine Angst, Dubois, Ihr Schützling wird schon nicht zu kurz kommen.

»Ihr gabt mit euren Worten der Vermutung Ausdruck, werte Freunde, daß die Todesstrafen, die ich verhängen würde, falls ich irgend mit Macht ausgestattet wäre, unvergleichlich viel härter ausfielen als jene, die heutzutage in Anschlag gebracht werden: selbstverständlich wären unter meiner Herrschaft viel haarsträubendere und viel zahlreichere Todesstrafen an der Tagesordnung, dies steht außer Frage. Dabei solltet ihr bitte bedenken, daß die Unterwürfigkeit des Volkes, diese für jeden regierenden Machthaber vollkommen unverzichtbare Unterwürfigkeit, stets nur der Härte und Häufigkeit der Todesstrafen zu verdanken ist[1]. Jedes Oberhaupt, das voller Sanftmut regieren möchte, wird binnen Kürze vom Thron gestürzt werden. Jenes unter dem Namen Volk berüchtigte wilde Tier schreit geradezu danach, mit der Zuchtrute geführt zu werden: sowie ihr ihm Gelegenheit gebt, sich seiner Stärke bewußt zu werden, seid ihr verloren. Jene lichtvollen Strahlen, mit denen ihr seine Augen erhellen mögt, wird es stets nur dazu mißbrauchen, sein Joch abzuschütteln: weshalb sollte man es also aufklären? welcher Nutzen erwächst dem Staat aus einem Volk von Philosophen? Der beherrschte Untertan darf keine fernere Tugend kennen denn Duldsamkeit und Unterwürfigkeit; Geistesschärfe, Kunstfertigkeit, Wissenschaft sollen nur den Herrschenden zuteil werden. Werden diese Grundsätze auf den Kopf gestellt, bricht unwillkürlich größtes Unheil über uns herein. Sobald sich in einer Regierung ein jeder zur Mitsprache berufen fühlt, verflüchtigt sich jede wirkliche Herrschaft; denn dieser Hirnbrünstigkeit entspringen sämtliche Geißeln der Anarchie. Nun, um diese Gefahren zu umschiffen, gibt es nur eins: möglichst enge Ketten schmieden, möglichst gestrenge Gesetze erlassen, dem Volk jegliche Bildung hartnäckig vorenthalten, sich insonderheit der verderblichen Freiheit des Preßwesens entgegenstellen, da diese das Brennglas jeglicher Aufklärung darstellt, durch welche die Fesseln des Volkes gesprengt werden, und es schließlich durch ebenso greuliche wie zahlreiche Hinrichtungen in Angst und Schrecken versetzen. Es gibt auf Erden kein fährnisreicheres Tier denn das Volk; und jede Regierung, die es nicht zu grenzenloser Knechtschaft verdammt, gräbt sich früher oder später ihr eigenes Grab. Einzig die unmäßigste Zwingherrschaft verbürgt die Sicherheit der Staaten: lockert die Zügel, das Volk wird einen Aufstand wagen; gewöhnt es an den Wohlstand, es wird binnen kurzem unverschämt; gewährt ihm Unterstützung, es wird euch beschimpfen; klärt es auf, es wird euch niedermetzeln.

Ihr solltet indessen nicht meinen, werte Freunde, daß ich mit VOLK jene unter der Bezeichnung DRITTER STAND bekannte Kaste meine; nein, weiß Gott nicht: VOLK nenne ich jene nichtswürdige und verachtenswerte Klasse, die von der Natur als allge-

[1] Wenn unsere Leser bedenken, in wessen Mund wir solch despotische Pläne zu einer Schreckensherrschaft legen, können sie uns nicht mehr vorrücken, daß wir es darauf angelegt hätten, sie schmackhaft zu machen.

genwärtiger Abschaum auf unseren Planeten geschleudert wurde und die nur im Schweiße ihres Angesichts überleben kann...die uns bestiehlt, aussaugt und uns jedesmal übers Ohr haut, wenn anders sie uns nicht schröpfen kann; ebendieser Klasse habe ich immerwährende Ketten und Demütigungen zugedacht, denn ihre einzige Daseinsberechtigung hienieden besteht meiner Meinung nach darin, den anderen zu Diensten zu sein: alles, was atmet, sollte sich gegen diese niederträchtige Klasse verbünden; das ganze Weltall sollte mit vereinten Kräften die Ketten dieser schmutzigen Sklaven stählen, schließlich muß man ja darauf rechnen, schon beim ersten Anflug von Erbarmen oder Nachgiebigkeit seines Orts unterdrückt zu werden. Ihr aber, die ich euch über die anderen erhebe und deren Rechte ich niemals antasten würde, ihr solltet keinen Augenblick zögern, euch selbst der allerdespotischsten Regierung freiwillig zu unterwerfen; denn sie allein wird eure Vorrechte wahren und durchsetzen: wenn sie sieht, wie ihr, nach ihrem Vorbild, die Versklavung der einzigen Geschöpfe vorantreibt, die ihr gefährlich werden könnten, wird sie sich geschmeichelt fühlen und euch, ganz nach euren Wünschen, einen Teil ihrer Macht abtreten, um sich den anderen zu sichern; und die von ihr erlassenen Gesetze werden eure Häupter stets nur streifen, um dafür diejenigen der anderen um so härter zu treffen. Gibt es ein Land auf Erden, wo die Mächtigen glücklicher sind als in der Türkei? Zugegeben, sie fürchten den Galgen; doch diese Todesstrafe ereilt sie nur in Ausnahmefällen: da sie lediglich für gewisse Verbrechen wider den Staat vorgesehen ist, laufen sie keinerlei Gefahr, für ihre eigenmächtigen Frevel, für ihre heimlichen Gewalttaten büßen zu müssen: solange sie lediglich von ein oder zwei Verbrechen Abstand nehmen, winkt ihnen der Genuß von tausenderlei anderen lustreichen Verbrechen! ... Oh! ein Hoch, ein Hoch auf derlei Regierungen! Am liebsten möchte ich in einem Land wohnen, das unter deren Ketten ächzt: ich liebe die Zuchtrute, die mich verschont und mit der ich die anderen in Angst und Schrecken versetzen kann. Was schiert es mich, daß man mich Sklave heißt, solange ich das Recht habe, mir selber Sklaven zu halten? Nur der ist ein wahrer Sklave, der sich dazu versteht, unter einer Regierung zu leben, vor deren Gesetzen alle gleich sind, denn er läßt sich von ebenjenen Gesetzen knechten, über die sich die anderen hohnlachend hinwegsetzen; und die Gewaltherrschaft eines einzigen Menschen, der sich seine Opfer nach Lust und Laune aussucht, ist viel süßer als die Herrschaft eines Gesetzes, das alle gleichermaßen trifft. Jawohl, ich wiederhole es liebend gerne: wenn ich Herrscher wäre, so flösse das unreine Blut des Pöbels zeit meines Lebens ohne Unterlaß; durch blutige Beispiele würde ich ständig Angst und Schrecken verbreiten; schuldig oder unschuldig, gleichviel: ich würde die Leute schlachten, um ihre Hörigkeit aufrechtzuerhalten; ich würde sie sämtlicher Mittel berauben, aus denen sie Kraft schöpfen könnten; ich würde sie durch pausenlose Fronarbeit gefügig machen und würde ihnen den Lebensunterhalt so sehr erschweren, daß es ihnen gar nicht erst in den Sinn käme, ihr Joch abzuschütteln …

– Man müßte sie zu Lasttieren herabwürdigen, sprach der Abbé, die man jederzeit abschlachten dürfte … gleich jenen Rindern, die in unseren Fleischergeschäften feilgeboten werden; man müßte sie mittels Steuern und Abgaben ausquetschen …

– Ihr solltet euch stets vor Augen halten, nahm der Bischof den Faden wieder auf, daß die Triebfedern des Staates von diesem verderbnisreichen Geschmeiß wie von Rost befallen werden: vertilgen wir es also ruhig, rotten wir es mit Stumpf und Stiel aus; folgen nun die wichtigsten Winkelzüge, die ich in Anschlag brächte, um dieses Ziel zu erreichen:

1. Zuvörderst ist es unerläßlich, den Kindsmord nicht nur stillschweigend zu dulden, sondern ihn sogar gesetzlich abzusegnen: einzig und allein dank dieses weisen Vorgehens nahm in China die riesige Übervölkerung ab, die hiebevor an den Kräften des Landes zehrte, wie ein gewaltiges Joch auf ihm lastete und zu schlechter Letzt gewiß auch noch die ganze Staatsverfassung außer Kraft gesetzt hätte. Der weise Chinese, der ein Kind, das er nicht durchfüttern kann, munter auslöscht, argwöhnt gar nicht erst, daß es ein Verbrechen sein könnte, sich früher oder später jener Materie zu entledigen, die ihm zur Last fällt. Zwingen wir das Volk, das wir uns untertan machen wollen, unter ebendieses Gesetz; hüten wir uns in erster Linie davor, für die Früchtchen seiner Ausschweifungen irgend Zufluchtsstätten zu errichten; jener, die das Kind unter dem Herzen trägt, sollte durch den Zwang, es in aller Öffentlichkeit zu werfen, jede Möglichkeit geraubt werden, es zu retten; wenn sie diese überflüssige Leibesfrucht am Leben zu erhalten sucht, sollte sie ihres Orts zum Tode verurteilt werden, nicht anders als auf der Insel Othaïti, allwo die Frauen der Gesellschaft der ARREOÏS mit Füßen getre-

ten werden, wenn sie ihre Kinder zur Welt bringen[1] oder die Neugeborenen nicht auf der Stelle töten.

2. Des weiteren tut es not, daß Sendlinge den Bauern alljährlich einen Besuch abstatten und den Familienvätern jeglichen Überschuß unbarmherzig abknöpfen. Diese Einschüchterungsbesuche sollen unangekündigt erfolgen ... und diesen Sendlingen sollte, wie ein Schatten, der Henker folgen, der alle überzähligen Hausbewohner erbarmungslos niedermetzelt. Da eine jede Familie an drei Kindern mehr als genug hat, soll alles, was über diese Zahl hinausgeht, dem todsäenden Eisen der Henker zum Opfer fallen. Dank solcher Vorkehrungen wird man nicht mehr länger fürchten müssen, daß sich der fragliche Bauer noch einmal dazu erkühnen wird, mehr Kindern das Leben zu schenken, als es ihm von Gesetzes wegen verstattet ist. Belastet ihn für jede Übertretung des Gesetzes mit einer Unmenge von Steuerabgaben; sollte er ihm wiederholt zuwiderhandeln, so mögt ihr noch einen Schritt weitergehen; schlachtet sein Weib vor seinen Augen ab, und vergeßt dabei nie, daß sämtliche Schwierigkeiten, die einer Regierung erwachsen, stets nur von der Übervölkerung herrühren. Geht mit harten Mitteln gegen jeglichen Wohlstand und Überfluß in dieser nichtswürdigen Klasse vor, wenn ihr das Übel bei der Wurzel packen wollt. Wie, ihr bezweifelt, daß es diesen Überfluß überhaupt gibt? ... Na schön! dann streift nur einmal durch die Freistätten dieses schamlosen Volkes; und ihr werdet sehen, mit welcher Anmaßlichkeit es ihn heutigentags zur Schau zu stellen wagt! Nun frage ich euch, ob nicht gerade dieser Überfluß daran Schuld trägt, daß es Tag für Tag noch stärker verweichlicht, völlig verkommt und seine Nachkommenschaft auf derart empörende Weise ins Kraut schießen läßt. Unterdrückt also ruhig diesen aberwitzigen Überfluß in seinen Reihen; laßt diesen Bauerlümmeln nur gerade das Lebensnotwendigste; wenn sie erst einmal gezwungen sind, sich für das nackte Überleben zu Tode zu schuften, werdet ihr schon sehen, daß sie sich nicht mehr dermaßen vermehren. Wird das Volk, das ihr dauernd bemitleidet und das hier in Europa so schamlos verhätschelt wird, in Ceylon etwa gleich behandelt, wo sich ein jeder abplackt wie ein Pferd, ohne je Eigentum zu erwerben? Und geht es ihm in Polen etwa besser, wo es nach wie vor in tiefster Knechtschaft dahinsiecht? wird es in Persien und an

[1] Schlagen Sie in den Voyages de Cook nach.

den Gestaden des Ganges nicht mit derselben Selbstverständlichkeit umgebracht wie bei uns die Hasen? Ihr dürft ihm also ungestraft so viel aufbürden, wie ihr wollt; sein Rückgrat ist stärker belastbar, als ihr denkt. Gewinnt die Überzeugung, daß die Natur diese zweitrangige Wesen lediglich schuf, damit sie den anderen Menschen als Spielzeug dienen: dies ist ihr Wille und Wunsch. Der Arme wurde nur geschaffen, um sich dem Reichen nützlich zu machen; um dessen Bedürfnisse ... dessen Mutwilligkeiten zu befördern; um, wie etwa von Mohammed vor Konstantinopel, bei Belagerungen als Faschine verwendet zu werden. Unterjocht ihn demnach ohne jede Bedenken; zwingt ihn durch die Not, in die ihr ihn stürzt, auf dem Antlitz der Erde nur mehr noch eine Nebenrolle zu spielen: bringt ihn so weit, seine überschüssigen Kinder eigenhändig in euren Lustgemächern abzuliefern, wo ihr sie nach Lust und Laune schänden und hinopfern könnt. Nur so vermag man diesen Unrat wegzuschwemmen, der die Triebfedern des Staates, wenn man nicht allenthalben auf der Hut ist, früher oder später zum Erlahmen bringt.

3. Ein weiterer unerläßlicher Gesichtspunkt geht dahin, das Volk wieder unter das Joch der Knechtschaft zu zwingen, das es aufgrund der Habgier und der verfehlten Politik unserer Könige abzuschütteln vermochte. In ihrer Furcht vor der Macht des Adels haben sie das Volk befreit, um ein Gegengewicht zu schaffen, ohne dabei die unterschiedliche Natur der beiden Gewichte in Betracht zu ziehen ... ohne zu bedenken, daß diese Adelsschicht, die sie zu schwächen suchten, wenn sie erst einmal in Auflösung begriffen wäre, unweigerlich auch den Thron mit sich in den Abgrund reißen würde. Sollten den Lehnsherren jene Bauern, die ihr Eigentum waren, von den Königen nicht zurückgegeben werden, so mögen letztere sie meinetwegen für sich behalten; aber sie sollten sie niemals gänzlich aus der Knechtschaft entlassen: nichts birgt so viele Gefahren wie die Freiheit des Volkes. Einzig durch die unnachgiebigste Unterdrückung dieser Klasse, mit anderen Worten, einzig durch deren Unterwerfung unter die unerbittlichste Knechtschaft, durch die Schmälerung ihrer Nahrung, durch die vollständige Tilgung ihres Überflusses und durch den Zwang, sich das ihr zustehende, karge Brot um den Preis schwerster Knochenarbeit zu erkaufen, wird es euch gelingen, die Übervölkerung einzudämmen, welche für jede Regierung ein schleichendes Unheil und ein schreckliches Übel darstellt, das stets ihren Untergang heraufbeschwören wird: in die-

sem Punkt ist jedes Mitleid fehl am Platz; denn es hätte höchst verhängnisvolle Folgen. Wenn ein Baum durch überzählige Äste ausgezehrt wird und sich sein nährender Saft nicht mehr gleichmäßig verteilen kann, so schneidet, stutzt, bricht man die Äste; der Stamm erstarkt, und der Baum ist gerettet. Henri IV wünschte, daß ein jeder Bauer sonntags ein Huhn im Topf habe; doch Henri sprach als Politiker und nicht als Monarch: da er mit Rücksicht auf seine schwache Stellung allen Grund hatte, sich nicht verhaßt, sondern beliebt zu machen, war es ebenso richtig, solche Reden zu schwingen, wie es falsch gewesen wäre, derart lächerliche Versprechungen je einzulösen. Man täusche sich nicht: der Wohlstand des Volkes und das Elend des Staates entspringen ein und derselben Quelle; sobald der Bauer reich wird, müssen wir Hungers sterben. Noch einmal, nicht die Zweige müssen gedeihen, sondern der Stamm. Weshalb werfen weitläufige Besitztümer nur wenig Ertrag ab? Wegen des Reichtums im Volke. Es schlägt sich den Bauch stets nur auf Kosten des wohlhabenden Mannes voll: so schreckt denn keinesfalls davor zurück, ihm jene Nahrung abzuknöpfen, die es euch vorenthält. Würden diese Reichtümer, sobald sie nicht mehr vom Bauer gepachtet sind, nicht in eure Tasche fließen? Weshalb also solltet ihr euch ihrer entschlagen, derweil sich der Arme an ihnen erfreut, der doch nur ein hinfälliges und nichtswürdiges Geschöpf ist, das von der Natur zu dem einzigen Behufe geschaffen wurde, in Ketten zu schmachten? Rafft also ohne jegliche Gewissensbisse all das, was euch zusteht, wieder an euch: jedwedes andere Vorgehen hieße, sämtliche gesellschaftlichen Einrichtungen auf den Kopf zu stellen; es hieße, sämtliche Einflüsterungen der Natur in den Wind zu schlagen; und sollten solch himmelschreiende Mißbräuche länger geduldet werden, so führt dies, des könnt ihr gewiß sein, auf schnellstem Wege zu schrecklichsten Umwälzungen. Die in einer derart gewaltigen Bevölkerung unvermeidlichen Mischehen werden binnen kürzester Zeit zum Zerfall der menschlichen Gattung führen: ein weiteres Ungemach, das dazu angetan ist, den Untergang des Staates zu beschleunigen; und dieserweise gerieten wir Schritt für Schritt vom Regen in die Traufe und so immer tiefer in den Abgrund, aus dem uns nichts und wieder nichts zu befreien vermöchte; und all dies aufgrund irgendwelcher Anwandlungen falsch verstandenen Mitleids; als ob Mitleid nicht vielmehr darin bestünde, die Naturgesetze zu stützen, statt sie zu stürzen! ... als ob uns wahre Menschlichkeit dazu anhalten könnte, die weitaus wichtigere Klasse der Menschen zugrunde zu richten, nur damit sich die andere den Bauch vollschlagen kann! Fern seien uns solch heimtückische Gefühle! lieber wollen wir unmenschlich und barbarisch sein, wenn wir einzig um den Preis eines solchen Vorgehens die Natur in Ehren halten und die erhabene Ordnung, mit der sie uns als Beispiel vorangeht, durch all unsere Handlungen wahren können. Eh! wer möchte denn in Abrede stellen, daß das Mitleid eine Schwäche sei, wenn es derart schlimmes Ungemach mit sich bringt? Und wäre es nicht eine falsche Barmherzigkeit, wenn sie darauf hinausliefe, sämtliche Grundsätze der Gerechtigkeit und des natürlichen Gesetzes auf den Kopf zu stellen? Werdet ihr ein Gefühl adeln, dessen Gefahren derart offen zutage treten? Ebensogut könnte man sagen, das Herrchen würde eine gute Tat vollbringen, wenn es auf sein Essen verzichtete, um es seinem Hunde abzutreten. Laßt uns die wahren Beweggründe der Natur genauer durchleuchten. Kein Zweifel, die Barmherzigkeit ist in jedem Fall eine Schwäche; doch unter diesen Umständen wird sie zu einem echten Verbrechen … zu einem Staatsverbrechen; kurz und gut, wessen Herz sich von ihr rühren läßt, verdient Bestrafung.

4. Eine weitere Maßnahme, auf die noch weit weniger verzichtet werden kann als auf alles bisher Gesagte, ist die vollständige Abschaffung all eurer öffentlichen und privaten Almosen. Ich wünschte, daß jedem eine hohe Buße auferlegt würde, der sich auch dann noch erdreistete, dieser verderblichen Wohltätigkeit zu frönen, wenn man ihn über die mit ihr verbundenen Widrigkeiten aufgeklärt. Wir jammern über das Bettlerpack, und doch locken wir es mit milden Gaben herbei. Würden wir einen pinselhaften Tropf, der sich beklagt, von Fliegen belästigt zu werden, nicht auslachen, wenn er sich mit Honig einriebe, um sie zu verjagen? Ich wiederhole: keinerlei Almosen; hüten wir uns, die Faulenzerei zu unterstützen. Wir sollten stets eingedenk sein, daß Jesus diese Tugend nur gepredigt hat, weil er selber ein lumpiger Bettler … ein Herumstreicher war, den die Römer nicht mit allgemeiner Verachtung, sondern mit der grausamsten und erniedrigendsten Todesfolter hätten bestrafen müssen. Unter Louis XIV ward der Vorschlag laut, alle Armen auszurotten und sie erbarmungslos aufzuhängen. Dieser Plan, der einer solch weisen Regierung nur zum Ruhme gereichte, hätte bis in unser Jahrhundert Auswirkungen gehabt; wir würden heute nicht

von diesem wuchernden Ungeziefer erstickt. Wagen wir es, uns auf diesen erhabenen Plan zurückzubesinnen; und laßt uns die feste Überzeugung gewinnen, daß wir uns wahrscheinlich nur dann allerlei Unbill ersparen können, wenn wir ihn aufs gewissenhafteste ausführen. Bedenkt, daß es dem Staat nicht Abbruch, sondern Eintrag tut, wenn man die Armen aufopfert: aus welchem Grund solltet ihr sie also verschonen? Würdet ihr einen von überschüssigen Körpersäften geplagten Menschen tadeln, wenn er eine Arznei einnähme, die ihn wieder gesund und munter macht? Mit unserem Fall hat es die gleiche Bewandtnis: und um die Wirkung der von mir geforderten Roßkur auf unsere Nation zu steigern, die von diesem verhängnisvollen Volksdreck überschwemmt wird, wünschte ich, daß dieses niederträchtige Gesindel bei öffentlichen Stier- oder Gladiatorenkämpfen zuhauf aufgerieben würde, wie es weiland in Rom mit den Christen geschah; daß man es den wilden Tieren zum Fraß vorwürfe; daß die Söhne gevierteilt ... die Frauen aufgeschlitzt ... die Töchter mit Zangen in Stücke gerissen würden; daß man sich für sie die grausamsten und unmenschlichsten Todesmartern beifallen ließe; daß man ihnen schließlich die erlesensten Folterungen zudächte, welche die kaltsinnigste Grausamkeit überhaupt ersinnen kann. Ihr würdet sehen, wie schnell die Erde dank solcher Mittel von den Auswüchsen gesäubert wäre, die sie heute besudeln. Ich sehe wohl, daß einem die Pläne zu solch unmenschlichen Spielen im ersten Moment die Haare zu Berge stehen lassen. Allein, wer möchte daran herumdeuteln, daß sie binnen kurzem nicht ebenso gut besucht wären wie eure Bälle und eure Theateraufführungen? wer möchte daran herumdeuteln, daß sich eure von Nervenkrämpfen und hysterischen Anfällen geschüttelten Lebedamen nicht Luft verschaffen würden, indem sie regelmäßig zu diesen Volksmetzeleien herbeiströmten? Porzia, Cornelia und all die anderen weinten sich bei den Tragödien des Sophokles die Augen aus, doch stipsten sie sich angesichts der Christenschlächtereien im Römischen Zirkus das Schamzünglein nicht minder wollüstig. Nero glänzte als Ödipus auf der Bühne und zerschnitt nach seinem Abgang genüßlich die niedlichen Brüste der heiligen Cäcilia oder die hochwohlgeborenen Arschbacken von Schwester Agatha, die alle beide so närrisch waren, an Christus zu glauben. Diese ebenso edlen wie aufreizenden Schauspiele sind des Geistes einer großen Nation durchaus würdig und erscheinen uns nur so lange anstößig, wie sie für uns einen ungewohnten Anblick darstellen: beim ersten Mal würde man vielleicht erschaudern; beim zweiten Mal würde man sich bereits um die besten Plätze reißen. Sind denn unsere öffentlichen Plätze nicht jedesmal überfüllt, wenn jemand von Gesetzes wegen ermordet wird?[1] Hier verhielte es sich nicht anders. Wir wären in der Tat allzu gutmütig, wenn wir uns von solchen Narreteien abschrecken ließen, indes wir uns im geheimen eine Greueltat nach der anderen erlaubten. Eh! und wer weiß, ob man nicht die Quelle der in aller Heimlichkeit begangenen Verbrechen zum Versiegen brächte, wenn man der Bosheit der Menschen dieserweise freien Lauf ließe. Der berüchtigte Marschall de Retz hätte womöglich nicht vier- oder fünfhundert Kinder gemeuchelt, um seinen Samen ein bißchen hitziger auszuspritzen, wenn es Schauspiele gegeben hätte, bei denen er seine geile Wut hätte austoben können. Welche Genugtuung erführe doch dank eines solchen Planes der Haß, den so viele Edelleute auf diese nichtswürdige Klasse hegen: Saint-Pouanges, Erzbischof von Toulouse, vermochte keinem einzigen Angehörigen dieser Klasse zu begegnen, ohne ihn mit Schmähreden oder Schlägen einzudecken und sich am Schauspiel zu weiden, wie seine Leute diesem Kerl zu seinen Füßen den Garaus machten! ich jedenfalls wäre, wie ich gestehen muß, fuhr dieser Libertin feurig fort, nicht der letzte, der an ihnen teilnähme ... was sage ich! mein namenloser Haß auf diese nichtsnutzige Rasse würde mich womöglich zu weit einschneidenderen Maßnahmen treiben, ja, ich würde voll Wonne die Aufgabe übernehmen, mir neue Folterungen für sie auszudenken, denen ich sie erst noch eigenhändig unterziehen wollte ... Weiter im Text.

5. Unterstützt diese ersten Schritte zur Entvölkerung durch den Brauch, die Junggesellen, die Knabenschänder, die Tribaden, die Onanisten auszuzeichnen, kurzum, all jene Menschen, die sich, als eingeschworene Feinde der Fortzeugung, nur von einem Grundsatz leiten lassen: deren Keime zu verschleudern oder sie gar zu zernichten. Selbst der Mörder soll in einem solchen Staat zu Ehren kommen: sobald es sich darum dreht, jenen unendlichen Überfluß, der an einer Nation nagt, einzudämmen, so solltet ihr euch davor hüten,

[1] Was dabei besonders ins Auge sticht, ist der Umstand, daß die Frauen hiezu am meisten beitragen: so neigen sie denn nachdrücklicher zur Grausamkeit als wir; und dies, weil sie über einen feinfühligeren Körperbau verfügen. Aber das werden unsere Dummköpfe wohl niemals begreifen.

ausgerechnet jene Leute zu bestrafen, die eure Absichten durch ihr Zerstörungswerk am meisten befördern; ehrt, ja belohnt sie, dann mögt ihr euer Ziel erreichen.

6. Zur Untermauerung der just von mir dargelegten Maßnahmen sollte das gesamte Getreide in öffentliche, über die wichtigsten Städte Frankreichs verteilte Lagerhäuser verfrachtet werden, allwo dem Besitzer sein Geld nur unter der Auflage ausbezahlt wird, daß er für sich selber lediglich den Eigenbedarf behält. Dieser Vorwand mag euch als Rechtsgrundlage für Hausdurchsuchungen dienen, bei denen ihr mit aller Härte vorgehen sollt, um diesem armen Schlucker auch noch das abzuknöpfen, was ihr ihm zunächst für seinen jährlichen Lebensunterhalt gelassen habt; unter der Versicherung, er werde dafür bezahlt, solltet ihr ihn dazu bringen, diesen vorgeblichen Überschuß gleichfalls in den Lagerhäusern abzuliefern. Ihr haltet zwar Wort: doch drei Monate später bürdet ihr ihm Abgaben auf, die doppelt so hoch sind wie der Betrag, den er eures Wissens erhalten hat; zwingt ihn, die Rechnung ohne Aufschub zu begleichen. So steht er bei Einbruch des Winters ohne Geld und ohne Nahrung da; und nur mit knapper Not konnte er wenigstens sein Saatkorn retten. Im darauffolgenden Jahr dasselbe Lied. Und glaubt ihr nicht auch, daß sich der Unglückspilz nach drei oder vier solchen Jahren, hoffnungslos am Hungertuch nagend, gezwungen sieht, seine Strohhütte als Bettler zu verlassen? ... So geschieht's: versucht ja nicht, ihn hievon abzuhalten; doch hütet euch davor, ihm irgend Unterstützung zu gewähren. Sechs Monate später aber sollt ihr äußerst strenge Gesetze gegen die Bettler erlassen; köpft sie, knüpft sie auf, ohne jede Gnade. Und hoppla, allein schon durch diesen schlichten Schlich schrumpft eure Bevölkerung binnen zehn Jahren um ein Drittel. Laßt den Rest wissen, daß ein Bauer, um solchen Quälereien zu entgehen, nichts Angelegentlicheres tun könne, als sich wieder unter das Joch der Feudalherrschaft zu beugen; daß er alles, was er hienieden noch besitzen mag, seinem Herrn verpfänden soll; dafür sei ihm jener kleine Rest, der ihm noch bleibe, sicher, denn die Güter der Lehnsherren würden nicht angetastet. Gebt ihm zu verstehen, daß er durch diese Verpfändung den Nutznießer darauf verpflichten könne, ihm seinen Schutz und Schirm angedeihen zu lassen; daß ihm dieser sein winziges Gut als Eigentum erhalten werde, an dem er sich auch fürderhin in Frieden erfreuen dürfe, solange er nur die Bedingung erfülle, als Gegenleistung einen

Zehnten zu entrichten. Um nicht mehr wie früher übers Ohr gehauen zu werden; um nicht mehr als selbständiger Landwirt der Gefahr des Hungertodes ausgesetzt zu sein oder als Bettler am Galgen zu enden, wird sich der Unglücksrabe zu allem verpflichten; und schon ist aus ihm wieder ein Leibeigener geworden. Doch sollte er, in Ketten geschlagen und zur kargsten Ernährung gezwungen, gleichwohl von neuem damit beginnen, sich wie die Kaninchen zu vermehren, dann sollt ihr ihn erneut in die Schranken weisen: da euch das Opfer diesmal auf Gedeih und Verderb ausgeliefert ist, genügen noch schlichtere Schliche: stellt ein Gesetz auf, das die Heirat erst mit dreißig Jahren erlaubt … und sie beim leisesten Verdacht auf Anverwandtschaft verbietet. Dämmt weiterhin jegliche überschüssige Nachkommenschaft ein; die beschlagnahmten Güter eines Missetäters sollen stets in den Besitz von dessen Herrn übergehen, auf daß nach und nach die ganze Rasse erlischt und der Lehnsherr wieder allen Besitz hamstern kann. Vorbei mit der Furcht vor Aufruhr oder Aufstand: eure Aufwiegler schmachten unter dem Joch der Arbeit oder dem Richtbeil; auf jeden Fall aber wird ihre Zahl auf die Hälfte schrumpfen. Nun muß nur noch eine despotische Regierung über die Einhaltung dieser Maßnahmen wachen, und ihnen durch allergrausamste Mittel Nachdruck verleihen: dann herrscht wieder Frieden im Land; die Hydra ist bezwungen und die Ruhe gewahrt.«

– Eure Exzellenz haben einen Steifen, bemerkte die Dubois.

– Stimmt, erwiderte der Bischof; diese Gedankenspielereien erhitzen meine Vorstellungskraft, und ich spüre, daß ich der glücklichste Mensch auf Erden wäre, wenn ich sie in die Tat umzusetzen vermöchte.

– Es gab, wie ich weiß, eine Zeit, wo Ihnen dies möglich war, Eure Exzellenz; damals haben Sie wohl allerhand angestellt?

– Fürwahr, ich habe meine Macht teuflisch mißbraucht.

– Tja, wer würde das nicht tun?

– Die Einfaltspinsel; sie allein lassen sich von Dämmen zurückhalten, über die sich Leute unseres Schlages hinwegsetzen … Oh! meine teure Dubois, du rufst mir die schöne alte Zeit in Erinnerung! wie ungehindert hat unsereins damals den sittenlosen Hof gelenkt! wie schändlich mißbrauchten wir das Ansehen, das wir dortselbst genossen!

Und da die Dubois gewahrte, wie der Bischof bei diesen süßen Erinnerungen Hand an sich legte, sprach sie zu ihm:

– Da, Eure Exzellenz, nehmen Sie Justine, lassen Sie sie nicht länger schmachten; sie ist ein lebender Beweis dafür, wie schrecklich es ist, allaugenblicklich den Tod zu erwarten; sie kann sich kaum noch auf den Beinen halten. Doch unbesehen ihres Zustandes sollten Sie nicht vergessen, daß Sie mir gelobt haben, meinen Rachedurst zu befriedigen; dies ist die einzige Gunstbezeigung, die ich von Ihnen erheische; und Sie würden ihn wohl kaum stillen, wenn sie dieses Mädchen lediglich zu jener harmlosen Todesmarter verdammten, die just bei Eulalie in Anschlag gebracht worden.

–Na schön! meinte der Prälat, während er die Blutzeugin knetete, ihren Arsch aus Leibeskräften verdrosch und ihren Busen derb quetschte, wenn das so ist, dann muß die Hauptkulisse aus diesem Zimmer verschwinden. Abbé, kümmern Sie sich darum, sie durch jene Höllenmaschine zu ersetzen, die das Opfer imgleichen verbrennt, zerschnetzelt und all seine Knochen zersplittern läßt; diejenige, deren wir uns vor einer Woche bei jenem ach so schönen, zarten und keuschen Mädchen bedienten.

– Ich weiß, worauf Eure Exzellenz hinauswollen, erwiderte der Almosenier; doch diese Vorbereitungen nehmen recht viel Zeit in Anspruch.

– Na und! dann werden wir in der Zwischenzeit nachtmahlen; was meinst du, Dubois?

– Stets zu Ihren Diensten, Eure Exzellenz, Ihr Wunsch ist mir Befehl: doch ich kenne meine Justine und fürchte jeden Aufschub …

– Ich stehe dir für alles gerade; werden wir sie denn überhaupt auch nur eine Sekunde aus den Augen lassen?

Während der Abbé die neuerlichen Martergeräte aufstellt, verfügt man sich in einen Speisesaal. Welch Schwelgerei! … welch Schlemmerei! doch durfte sich Justine beschweren, wo ihr dies doch schließlich das Leben retten sollte? Von Wein und Speisen übersättigt, fallen der Bischof und Dubois samt den Überresten ihrer Tafelfreuden todbetrunken unter den Tisch. Kaum bemerkt unsere Heldin diese Trunkenheit, da schnappt sie sich den Bischofsmantel und jenen Unterrock, aus dem die Dubois just geschlüpft war, um in den Augen ihres Herrn und Meisters noch schlüpfriger zu erscheinen, und indem sie ein Wachslicht ergreift, strebt sie schnellen Schrittes der Treppe zu. Das Haus, von allen Bediensteten bereits verlassen, bietet ihrer Flucht kein Hindernis … sie ist frei. Anstatt lange zu wählen, überläßt sie sich dem erstbesten Weg, den sie kreuzt; glücklicherweise führt er nach Grenoble. In der Herberge schlief noch alles: Justine schleicht sich heimlich ins Haus und schlüpft schnell in Valbois' Kammer; er wacht auf, kann zuerst gar nicht erkennen, wer da auf ihn zutritt …

– Wer da? … was wünschen Sie?

– Herrje, lieber Herr!

Und die schreckzitternde Justine schildert ihm all ihre Widerfahrnisse.

– Sie können die Dubois verhaften lassen, fügt sie hinzu; dieses Ungeheuer weilt keine zwei Meilen von hier; ich werde Ihnen den Weg weisen … die Unselige! unbesehen all ihrer Missetaten hat sie mir auch noch all meine Habseligkeiten sowie jene fünf Louis abgeknöpft, die Sie mir geschenkt.

– Oh, Justine! Sie sind wirklich der größte Pechvogel auf Erden; doch wie Sie sehen, ehrbares Geschöpf, entgehen Sie dank einer himmlischen Hand gleichwohl all den Schicksalsschlägen, die auf Sie niederprasseln; möge Ihnen dies stets Anlaß sein, tugendhaft zu bleiben; gute Taten werden immer belohnt. Wir wollen die Dubois auf keinen Fall verfolgen; ich möchte sie aus den gleichen Gründen wie gestern lieber in Frieden lassen: wir wollen uns darauf beschränken, den Schaden wiedergutzumachen, den sie Ihnen zugefügt. Hier, nehmen Sie erst einmal das Geld, das sie Ihnen entwendet.

Eine Stunde später kommt eine Schneiderin, um Justine zwei vollständige Bekleidungen anzupassen; eine Linnenkrämerin bringt ihr Unterhemden.

– Sie müssen aufbrechen, sprach Valbois alsdann zu ihr, Sie müssen noch heute aufbrechen; die Bertrand rechnet fest damit; es wurde ihr so angekündigt; suchen Sie sie auf …

– O tugendhafter Jüngling! jauchzte Justine und sank Valbois zu Füßen, möge Ihnen der Himmel eines Tages all das Gute zurückerstatten, das Sie für mich getan! ich werde unablässig für Sie beten.

– Gehen Sie, teures Mädchen, erwiderte dieser wackere Sterbliche, indem er unser Unglückskind in die Arme schloß, jenes Glück, das Sie mir wünschen, ward mir bereits dadurch zuteil, daß ich das Ihrige gemacht. Gott befohlen.

So verließ Justine Grenoble; und auch wenn sie dort nicht das erhoffte Glück gefunden, so hatte sie gleichwohl noch in keiner anderen Stadt so viele gute Seelen auf einmal getroffen, die ihr Leid beklagten oder gar linderten.

Kapitel XX

Zwischenfall zu Villefranche. – Gefängnis. – Wie die Freunde, nach denen sie geschickt, Justine unter die Arme greifen. – Wie ihre Richter mit ihr umspringen. – Flucht. – Reise nach Paris. – Wem sie wiederbegegnet.

JUSTINE und ihre Führerin reisten in einem kleinen Fuhrwerk, vor das ein einziges Pferd gespannt war, welches sie vom Wageninneren aus lenken konnten. Dortselbst lagen auch Madame Bertrands Handelsware sowie ein kleines, fünfzehn Monate junges Mädchen, dem noch die Brust gegeben werden mußte, und es dauerte nicht lange, bis die zartfühlende Justine unseligerweise eine so tiefe Zuneigung zu ihm faßte, als hätte sie ihm selber das Leben geschenkt.

Diese Bertrand war ein recht ungeschlachtes Weibsbild; argwöhnisch, geschwätzig, tratschsüchtig, verhärmt und engstirnig: mit diesen wenigen Worten ist ihr Wesen bereits erfaßt. Allabendlich stieg man mit der ganzen Habe in einer Herberge ab, wo man in ein und derselben Kammer nächtigte. Bis Lyon ging alles gut; doch während der drei Tage, die diese Frau zum Abwickeln ihrer Geschäfte benötigte, begegnete Justine in dieser Stadt einer Person, mit der sie nicht im Traume gerechnet hätte.

Des Nachmittags lustwandelte sie mit einem der Mädchen aus der Herberge dem Rhoneufer entlang, als ihr Blick unvermittelt auf den ehrwürdigen Pater Antonin aus Sainte-Marie-des-Bois fiel, der nun Oberer im hiesigen Ordenshause war. Der Mönch tritt auf sie zu; und nachdem er ihr mit leiser, zischender Stimme ihre Flucht vorgerückt und ihr zu verstehen gegeben hat, daß sie allergrößte Gefahr laufe, wieder geschnappt zu werden, sobald er nur dem Kloster im Burgund eine entsprechende Weisung gäbe, fügt er gelindmütiger hinzu, daß er alles für sich behalten wolle, wenn sie geruhe, ihn jetzt gleich in seiner Wohnung aufzusuchen, und zwar zusammen mit jenem Mädchen, das sie begleitete und das, wie er vorgab, frisch und hübsch genug war, um in ihm gewisse Gelüste wachzurufen. Hierauf wandte er sich an ebendieses Geschöpf und sprach unter Liebkosungen zu ihm:

– Wir werden euch alle beide gut entlöhnen; wir sind in unserem Gotteshaus zu zehnt; und ich verspreche euch von jedem einen Louis, wenn ihr uns vorbehaltlos zu Willen seid.

Wie man sich unschwer vorstellen kann, errötete Justine ob solcher Vorschläge höchlichst. Zunächst will sie dem Mönch weismachen, daß er sie verwechsle: da dies nicht verfängt, versucht sie sich winkend von ihm zu verabschieden; der Schamlose läßt sich nicht beirren; seine Bitten werden nur noch inständiger. Mit Rücksicht auf ihre hartnäckige Weigerung bescheidet sich der Mönch schließlich damit, sie um ihre Anschrift zu ersuchen. Um ihn ein für allemal loszuwerden, nennt ihm Justine eine falsche; er kritzelt sie in seine Brieftasche und empfiehlt sich mit der Versicherung, man werde bald von ihm hören.

Auf dem Rückweg in die Herberge erläuterte Justine ihrer Begleiterin die ganze Vorgeschichte dieser unseligen Begegnung, so gut sie es vermochte. Doch sei es, daß ihre Worte nicht glaubwürdig klangen, sei es, daß diese Dienstmagd über ihr tugendhaftes Getue verärgert war, das sie um einen sicheren Gewinn gebracht, jedenfalls tratschte sie. Dies sollte Justine nach jener unglückseligen Schicksalswendung, von der wir in Bälde berichten werden, an Hand der Anschuldigungen der Bertrand nur allzu deutlich merken. Immerhin tauchte der Mönch nicht mehr auf, und man reiste weiter.

Am Tage ihrer Abreise aus Lyon bot sich unseren beiden Reisenden einzig in Villefranche eine Übernachtungsmöglichkeit; dortselbst trafen sie gegen sechs Uhr abends ein und zogen sich unverweilt auf ihr Zimmer zurück, um anderentags eine etwas größere Wegstrecke bewältigen zu können. Sie lagen noch keine zwei Stunden in ihren Betten, als sie jählings von beißendem Rauch geweckt werden. Im untrüglichen Gefühl, daß das Feuer nicht weit sein könne, springen sie ruckartig auf: gerechter Himmel! der Brand hat bereits verheerende Ausmaße angenommen. Halbnackt öffnen sie ihre Tür und hören um sich herum nur mehr noch das Krachen einstürzender Mauern, das Knacken berstender Balken und das markerschütternde Gekreisch all jener, die in die Flammen fallen. Von allesverschlingenden Flammen umzüngelt, wissen sie gar nicht, wohin ihre Schritte wenden. Um ihrem Zugriff zu entgehen, stürzen sie sich mitten hindurch und verlieren sich im Gewimmel all jener, die ihr Heil in der Flucht suchen, bald aus den Augen. Da fällt

Artist proof

Maria Lassnig, *Gruppensex*, 1969

Justine bei, daß ihre Führerin, mehr um sich selbst denn um ihre Tochter bekümmert, nicht darauf gedacht hat, dieses Kind vor dem sicheren Tod zu erretten. Sie stürzt mitten durch das Flammenmeer, wird von ihm erfaßt und an mehreren Stellen versengt, fliegt in jene Kammer zurück, wo diese Kleine vergessen worden, ergreift das Geschöpf, schnellt hinaus, um es zu seiner Mutter zu tragen, stolpert über einen halb verkohlten Balken, läßt das kostbare, in ihren Armen liegende Bündel fallen und kommt selber nur heil davon, weil ihr eine Frau die Arme entgegenstreckt und sie hastig aus dem Getümmel herauszieht. Sie wird in eine Postkutsche geworfen; ihre Retterin setzt sich zu ihr ... ihre Retterin! großer Gott! welch Wort müssen wir da in den Mund nehmen! diese Retterin ist die Dubois.

– Halunkin, spricht der Drache zu ihr und setzt ihr einen Pistolenlauf an die Schläfe ... ah! Metze, jetzt habe ich dich, und diesmal wirst du mir nicht mehr entwischen ...

– Oh! gnädige Frau, Sie hier? kreischt Justine ...

– Dieser ganze Aufruhr ist mein Werk, versetzt die Dubois: vermittels eines Brandes habe ich dir einst das Leben gerettet; durch einen Brand sollst du es nun auch verlieren. Ich hätte dich bis in die Abgründe der Hölle verfolgt, wenn dies erforderlich gewesen wäre, um deiner habhaft zu werden. Seine Exzellenz hatte einen Wutanfall, als er von deiner Flucht vernahm; er drohte mir mit seinem ganzen Zorn, falls ich dich nicht zurückbrächte. In Lyon habe ich dich um zwei Stunden verpaßt. Gestern bin ich nur eine Stunde nach dir in Villefranche eingetroffen. Zusammen mit einigen stets in meinen Diensten stehenden Helfershelfern legte ich in der Herberge Feuer. Ich wollte dich schnappen oder verbrennen lassen: nun habe ich dich geschnappt; ich führe dich in ein Haus zurück, das durch deine Flucht in Aufruhr und Besorgnis gestürzt wurde, und dorthin, mein Töchterchen, bringe ich dich nur, um dich auf grausamste Weise züchtigen zu lassen. Seine Exzellenz schwur, gar keine Folter zu kennen, die für jemanden wie dich schlimm genug sei; und wir werden kein einziges Mal aus dem Wagen steigen, bis wir bei ihm eingetroffen sind. Na! Justine, was hältst du nun von deiner Tugend? wäre es nicht tausendmal besser gewesen, alle Kinder der Welt verbrennen zu lassen, statt dich solcher Unbill auszusetzen, nur weil du ein einziges retten wolltest ... was dir unseligerweise erst noch mißlungen ist?

– Oh! Gnädigste, ich würde es in Zukunft nicht anders halten … Sie fragen mich, wie ich über die Tugend denke … nun, ich glaube, daß sie zwar so manches Mal dem Verbrechen zum Opfer fällt … daß sie nur mit viel Glück den Sieg davontragen kann, doch für die Schmach, die ihr die Freveltaten der Menschen hienieden unablässig antun, wird sie von Gott im Himmel um so großherziger belohnt.

– Es wird nicht mehr lange dauern, Justine, bis du erfährst, ob es wirklich einen Gott gibt, der des Menschen Handel und Wandel bestraft oder belohnt … Ah! wenn es dir in jenem ewigen Nichts, in welches du in Kürze stürzen wirst, vergönnt wäre, noch zu denken, wie tief würdest du alsdann die sinnlosen Opfer bereuen, die du in deiner Verstocktheit jenen Hirngespinsten dargebracht … die dir dies stets nur mit Unglück vergolten haben … Doch noch ist es nicht zu spät, Justine; willst du nicht meine Verbündete werden? Ich ertrage es einfach nicht länger, fortwährend mitansehen zu müssen, wie du auf den tückischen Pfaden der Tugend immer wieder strauchelst. Wurdest du denn für deine Keuschheit und deine hirnrissigen Grundsätze nicht schon schlimm genug bestraft? wieviel Leid braucht es eigentlich noch, bis du dich besserst? wie viele Beispiele sind noch nötig, bis du einsiehst, daß du die denkbar schlechteste Wahl getroffen hast und daß man, wie ich es dir hundertmal eingeschärft, nichts denn Schicksalsschläge zu erwarten hat, wenn man gegen den Strom schwimmt und in einer durch und durch durchlasterten Gesellschaft als einzige an der Tugend festhalten will? Du verläßt dich auf deinen Rachegott! sieh deinen Irrtum ein, Justine; sieh deinen Irrtum ein; der von dir erdichtete Gott ist lediglich ein Hirngespinst, das sein törichtes Unwesen stets nur in den Köpfen Wahnsinniger zu treiben vermochte. Er ist ein Gaukelwesen, das gewisse Menschen in ihrer Ruchlosigkeit ersonnen haben, um mit seiner Hilfe die anderen zu täuschen und gegeneinander aufzuhetzen. Man hätte der Menschheit keinen größeren Dienst erweisen können, als den ersten Beutelschneider, der sich erdreistete, von einem solchen Gott zu faseln, auf der Stelle zu erdrosseln; wieviel Blutvergießen wäre dem ganzen Weltall durch diesen einen Mord erspart geblieben! Komm, komm, Justine, die stetsfort tätige, stetsfort rührige Natur ist nicht auf einen Herrn angewiesen, der ihre Schritte lenkt. Eh! selbst wenn es einen solchen Herrn tatsächlich gäbe, würde er doch, angesichts all der Mängel, mit denen seine

Werke behaftet sind, lediglich unsere Verachtung und unseren Spott verdienen! Ah! sollte es ihn wirklich geben, deinen Gott, dann hasse ich ihn, Justine! dann verabscheue ich ihn zutiefst! Jawohl, wäre er tatsächlich irgend mit Existenz ausgestattet, so würde ich mich, wie ich gestehen muß, für den Zwang, ihm alsdann etwelchen Glauben schenken zu müssen, durch das köstliche Vergnügen schadlos halten, ihn unablässig zu verunglimpfen … Noch einmal, Justine! willst du meine Gehilfin werden? Es böte sich ein erstklassiger Halunkenstreich an, den wir beherzt ausführen sollten; so du mit von der Partie bist, will ich dir das Leben schenken. Jener Prälat, zu dem wir unterwegs sind, lebt im Opfertempel seiner Ausschweifungen in vollständiger Vereinzelung; dies macht deren Gepräge erforderlich, das dir ja bekannt ist; ein einziger Kammerbursche und der Almosenier begleiten ihn, wenn er sich für seine Verlustierungen ebendorthin begibt. Der Mann, der unserer Kutsche vorausreitet, du und ich, Justine, das macht drei gegen einen. Wenn dieser Lustbock im Feuer der Wollust schwelgt, werde ich mich der Waffen bemächtigen, deren er sich bedient, um seinen Blutzeugen das Leben zu rauben; du wirst ihn festhalten; wir werden ihn töten; und mittlerzeit wird sich mein Postreiter der beiden Akoluthen entledigen. In diesem Haus liegt viel Geld verborgen, Justine; meines Wissens sogar mehr denn eine Million; ein lohnenswerter Streich … Wähle, braves Geschöpf; wähle den Tod … oder mir zu dienen. Solltest du mich verraten; ihm meine Pläne eröffnen, so würde ich alles auf dich abschieben; und du kannst Gift darauf nehmen, daß ich aufgrund des Vertrauens, das er mir seit eh und je entgegenbringt, als Siegerin hervorgehen würde. Überlege es dir gut, ehe du mir antwortest: dieser Mann ist ein Verbrecher; ermorden wir ihn, so dienen wir lediglich jenen Gesetzen, deren strafender Arm ihn schon längst ereilt haben sollte. Es vergeht kein Tag, mein Kind, an dem dieser Lump nicht ein Mädchen meuchelte: könnte es also eine Sünde wider die Tugend sein, das Verbrechen zu bestrafen? oder wird dieser mein Vorschlag, so vernünftig er auch sein mag, einmal mehr deine übervorsichtigen Grundsätze in Bestürzung versetzen? …

– Des können Sie gewiß sein, Gnädigste, versetzt Justine: Sie schlagen mir diese Tat nämlich nicht vor, weil Sie das Verbrechen züchtigen, sondern weil Sie selber eines begehen wollen: so aber kann es nur eine große, jeglicher Rechtschaffenheit spottende

Sünde sein, zu tun, was Sie sagen. Mehr noch: selbst wenn Sie darauf abzweckten, die Menschheit für die Greueltaten dieses Kerls zu rächen, wäre es gleichwohl falsch, eigenmächtig gegen ihn vorzugehen: solches darf Ihre Sorge nicht sein: schließlich obliegt es den Gesetzen, die Missetäter zu bestrafen; überlassen wir diese Aufgabe getrost ihnen; das ewige Wesen hat das Richtbeil schließlich nicht unseren schwachen Händen anvertraut; sobald wir uns seiner bedienten, würden wir selber zu Gesetzesbrechern.

– Was für ein grober Irrtum, Justine. Einmal angenommen, daß die Gesetze blind, unzuverlässig oder mangelhaft sind, so ist es dem Menschen freigestellt, an ihrer Statt einzugreifen: die Gesetze sind Menschenwerk; der Mensch hat das Recht, sie abzuändern. Im vorliegenden Fall dreht es sich um einen Gewaltmenschen ... um einen Tyrannen. Entsinne dich der haarsträubenden Maximen, die er uns letzthin gepredigt; fehlte ihm nicht der Mut dazu, so würde der Schuft das ganze Volk ausrotten: und es ist eine Tugend, mein Töchterchen, jawohl, eine Tugend, Tyrannen zu stürzen; stünde es in meiner Kraft, sie alle miteinander zu erdrosseln, so lebte kein einziger mehr auf Erden: was braucht es denn schon diese bösartige Brut, um die Menschen zu lenken? Noch tiefer aber verachte ich, so dies überhaupt möglich ist, jene Hofschranzen und Schmeichelzungen, all jene Schufte, die es nur darauf abgesehen haben, des Fürsten Segen und Reichtümer auf sich herabregnen zu lassen. Um dieses Lumpenpack zu mästen, müssen sich dann die armen Leute abplacken; die schamlose Prasserei dieser Blutsauger trieft von deren Blut, Schweiß und Tränen: von uns aber verlangt man, daß wir jene ekelerregenden Götzen, die derlei grausame Mißstände verschuldet haben, auch noch anbeten! Nie und nimmer, ich überantworte diese vorgeblichen Herren der Welt dem öffentlichen Haß und der öffentlichen Rache, da sie in ihrem Machtrausch all ihren Einfluß nur zu Verbrechen und Ruchlosigkeiten mißbrauchen.

– Oh! Gnädigste, erwidert Justine, sah es nicht schon bei so mancher Gelegenheit ganz so aus, als ob Ihr Lebenswandel im Widerspruch zu ihren Leitsprüchen stünde?

– Niemals, Justine, niemals; ich will Gleichheit, ich predige nichts anderes. Da ich durch die Ungleichheit der Vermögensverhältnisse und der gesellschaftlichen Stellung selber erdrückt und erstickt wurde, da ich auf der einen Seite nichts denn Hochmut und Herrschsucht und auf der anderen nichts denn Erniedrigung und

Elend gewahrte, glich ich die Flatterhaftigkeit des Schicksals aus, um nicht mehr an der Seite des Armen in Demut dahinsiechen zu müssen, ohne jedoch gleich an der Seite des hochnäsigen Reichen herumzuprotzen: wenn ich zu Vermögen und Reichtum gekommen bin, so habe ich dies einzig und allein meinem Geschick und meiner Philosophie zu verdanken. Zugegeben, dies geschah durch Verbrechen; doch ich glaube nicht, daß es überhaupt so etwas wie Verbrechen gibt, mein Schatz, ich nicht; es gibt nach meinem Dafürhalten keine Tat, die man dieserweise abstempeln könnte ... Schluß mit dem Gerede, Justine, wir sind bald da, entscheide dich, willst du mir helfen?

– Nein, Madame, machen Sie sich nicht länger Hoffnungen.

– Na schön, dann wirst du eben verrecken, du nichtsnutziges Geschöpf, fährt die Dubois wutentbrannt fort, jawohl, verrecken wirst du; hoffe nicht, deinem gerechten Schicksal zu entkommen.

– Was ficht mich das noch an! dies würde mich lediglich von all meinen Leiden erlösen; aus dem Leben zu scheiden, macht mich nicht im geringsten bange, ein sanftes Entschlummern, der letzte Schlaf des Gerechten.

Und indem sich jene wilde Bestie jählings auf unsere Leidgeprüfte stürzt, deckt sie sie mit Schlägen ein ... besitzt die Unverfrorenheit, sie aufzuschürzen und ihr mit den Fingernägeln die Schenkel, den Bauch und die Arschbacken zu zerkratzen; sie verabreicht ihr Maulschellen, beschimpft sie auf jede erdenkliche Weise, wobei sie sie für den Fall, daß sie es wagen sollte, auch nur einen einzigen Schrei auszustoßen, unentwegt mit einer Pistole bedroht. Justine zerfließt in Tränen.

Indes, man saust wie der Wind dahin; der Mann, der vorausritt, sorgte jeweils dafür, daß Pferde bereitgestellt wurden, so daß man bei keiner Station einen Zwischenhalt einlegen mußte ... Was tun? ... Justines Niedergeschlagenheit und Erschöpfung versetzten sie in einen solchen Dämmerzustand, daß sie sich lieber in den Tod schicken als die Mühsal auf sich nehmen wollte, ihr Leben zu retten.

Man stand kurz davor, die Grenze zur Dauphiné zu überschreiten, als sechs Männer hoch zu Roß in gestrecktem Galopp hinter dem Wagen herjagten, ihn einholten und den Postkutscher zum Anhalten zwangen. Dreißig Schritt abseits des Weges lag eine Strohhütte, und die berittenen Verfolger gaben dem Postkutscher Order, das Gefährt ebendorthin zu lenken. Da gewahrt Dubois, daß es sich um Landjäger handelte: kaum hat sie den Fuß auf die Erde gesetzt, erkundigt sie sich bei ihnen, ob sie eigentlich wüßten, wer sie sei, und mit welchem Recht sie mit einer Frau ihres Standes dieserweise umsprängen. Soviel Dreistigkeit zeitigte durchschlagenden Erfolg.

– Wir haben nicht die Ehre, Sie zu kennen, Gnädigste, sprach der Gefreite; doch ist uns bekannt, daß in Ihrer Kutsche ein elendes Weib hockt, das gestern in der größten Herberge zu Villefranche ein Feuer gelegt hat. Und indem er Justine vom Wirbel bis zum Zeh zu mustern beginnt: hier, ihr Steckbrief, Gnädigste; wir haben uns nicht geirrt; geruhen Sie, sie an uns auszuliefern und uns darüber aufzuklären, wie sich eine derart ehrenwerte Person, wie Sie es zu sein scheinen, eines solchen Weibsstücks annehmen mochte!

– Nichts leichter als das, versetzte das listige Geschöpf; sollte sie nämlich tatsächlich des von Ihnen erwähnten, entsetzlichen Verbrechens schuldig sein, will ich Ihnen nichts verheimlichen, noch will ich die Partei dieses Mädchens ergreifen. Gleich ihr stieg ich gestern in jener Herberge zu Villefranche ab; mitten in dem ganzen Durcheinander brach ich auf; und wie ich in meinen Wagen stieg, warf sich mir diese Jungfer in die Arme und flehte mich um Erbarmen an, indem sie mir weismachte, sie habe in diesem Brand just all ihr Hab und Gut verloren; alsdann bekniete sie mich, sie bis nach Lyon mitzunehmen, wo sie eine Anstellung zu finden hoffe. Da ich weniger auf meine Vernunft als auf mein Herz hörte, gewährte ich ihr diese Bitte. Als wir erst einmal in meiner Kutsche saßen, bot sie mir ihre Dienste an. Abermals ging ich leichtfertigerweise auf alles ein und war drauf und dran, sie in die Dauphiné einzuladen, wo sich meine Besitzungen befinden und wo meine Familie lebt. Dies wird mir gewiß eine Lehre sein: denn ich merke wohl, daß einem das Mitleid nur Ärger beschert; ich werde mich bessern. Hier ist sie, meine Herren, da, nehmen Sie sie; Gott bewahre mich davor, am Schicksal eines solchen Ungeheuers länger Anteil zu nehmen: ich übergebe sie dem gestrengen Arm des Gesetzes, Sie aber bitte ich, tunlichst zu verschweigen, daß ich ihr unseligerweise einen Augenblick lang Glauben schenkte.

Justine wollte sich zur Wehr setzen; sie wollte die wahre Schuldige entlarven. Ihre Worte wurden als verleumderische Gegenbeschuldigungen abgetan, auf welche die unverschämte Dubois lediglich mit einem verächtlichen Lächeln antwortete. O unselige Folgen von Elend und Vorurteil, von Reichtum und Unverfrorenheit! wie sollte auch eine Frau, die sich mit gnädige Frau Baronin von Fulconis anreden ließ, die mit ihrem Reichtum prunkte, die sich ein Adelsgeblüt sowie Besitzungen herbeidichtete, wie sollte eine solche Frau eines Verbrechens schuldig sein, aus dem sie doch offensichtlich nicht den geringsten Nutzen hätte ziehen können? und sprach andererseits nicht alles gegen die vom Unglück verfolgte Justine? Arm und schutzlos, wie sie war, mußte sie ja wohl oder übel im Unrecht sein!

Der Gefreite verlas ihr die Anschuldigungen der Bertrand; sie war es nämlich, die Anklage gegen sie erhoben hatte. Dieser Furie zufolge hatte unsere Waise jene Unterkunft in Brand gesteckt, um sie möglichst ungestört bestehlen zu können; und zwar, so sollte sich herausstellen, bis auf den letzten Heller: Justine hatte das Kind ins Feuer geworfen, damit dieser Unglücksfall die Mutter in eine solche Verzweiflung stürze, daß sie Justines übrige Schliche gar nicht erst bemerken würde. Überdem, so fügte die Bertrand hinzu, handelte es sich bei dieser Justine um ein Mädchen von schlechtem Umgang, um ein Mensch, das in Grenoble nur mit knapper Not dem Galgen entronnen war und dessen sie sich lediglich aus übertriebener Höflichkeit einem jungen Mann gegenüber angenommen hatte, der mutmaßlicherweise der Geliebte der Missetäterin war, welche, o Gipfel der Schamlosigkeit, in Lyon ungestraft Mönche angekobert hatte. Kurz und gut, es gab nichts, was diese niederträchtige Bertrand nicht ausgeschlachtet hätte, um Justine ins Verderben zu stürzen; nichts, was sich die durch Verzweiflung verbitterte Rufmörderin nicht hätte beifallen lassen, um sie in den Schmutz zu ziehen. Auf Drängen dieser Frau hatte das Gericht vor Ort einen Augenschein vorgenommen: das Feuer war auf einem Heuboden ausgebrochen, den Justine, so die Aussage verschiedener Personen, am Abend dieses unheilvollen Tages aufgesucht habe; dies wenigstens traf wirklich zu: auf der Suche nach einem Abtritt, dessen Lage die von Justine befragte Dienstmagd nur ungefähr angegeben hatte, war sie in diesen Dachstock gelangt und hatte sich, da sie das gesuchte Örtchen nicht hatte finden können, lange genug dort aufgehalten, um den gegen sie erhobenen Verdacht zu nähren oder ihm doch wenigstens den Anstrich von Wahrscheinlichkeit zu verleihen. Sie mochte sich demnach noch so lange rechtfertigen, die einzige Antwort des Gefreiten bestand darin, die Handschellen zu zücken.

– Aber, Monsieur, wagte sie gleichwohl einzuwenden, hätte ich meine Weggefährtin in Villefranche bestohlen, so müßte ich das Geld ja noch auf mir tragen; man möge mich durchsuchen.

Diese unbeholfene Verteidigung erregte nur Gelächter; man rechnete ihr vor, daß sie natürlich nicht allein zu Werke gegangen sei und bestimmt auf Helfershelfer habe zählen können, denen sie das Geld wohl im Augenblick ihrer Flucht übergeben habe. Die arglistige Dubois, die um jene Brandmarkung wußte, welche diese Elende damals bei Rodin unseligerweise erlitten hatte, heuchelte nun einen kurzen Anflug von Mitleid vor und sprach zu dem Gefreiten:

– Monsieur, in solchen Angelegenheiten sind Irrtümer an der Tagesordnung, so daß sie mir folgende Überlegung gewiß vergeben wird: Wenn diese Jungfer jener Tat, die man ihr zur Last legt, wirklich schuldig ist, so war dies wohl kaum ihre erste Straftat. Ein solch schwerwiegendes Verbrechen kommt nicht aus heiterem Himmel. Nehmen Sie einen Augenschein vor, werter Herr, ich bitte Sie darum … sollten Sie auf ihrem elenden Leib zufälligerweise Spuren finden, die … Falls aber nichts gegen sie spricht, so mögen Sie mir erlauben, daß ich sie verteidige und in Schutz nehme.

Der Gefreite erklärte sich mit der Überprüfung einverstanden; sie wurde in die Wege geleitet …

– Einen Augenblick, lieber Herr, wehrte sich Justine, diese Nachforschungen erübrigen sich: Madame weiß ganz genau, daß ich dieses entsetzliche Mal trage; auch weiß sie, welchem Mißgeschick dies zu verdanken ist; diese ihre List stellt nur die Spitze jener Greueltaten dar, die, wie alles übrige, im Tempel der Themis aufgedeckt werden sollen, zu dem Sie mich getrost führen mögen, Monsieur: hier, meine Hände; legen Sie sie in Ketten; einzig das Verbrechen errötet darob, sie tragen zu müssen; die leidgeprüfte Tugend mag zwar darüber seufzen, zu befürchten aber hat sie nichts …

– Fürwahr, ich hätte nie geglaubt, sprach die Dubois, daß meine Eingebung solchen Erfolg zeitigen würde; doch da mir dieses Mensch all meine Güte mit heimtückischen Bezichtigungen lohnt, anerbiete ich mich, ebenfalls mitzukommen, so dies gewünscht wird …

– Dieser Schritt erübrigt sich, Frau Baronin, versetzte der Gefreite: unsere Ermittlungen betreffen nur diese Jungfer da; ihre Geständnisse, das Mal, mit dem sie besudelt ist, alles spricht gegen sie; wenn wir sie abführen, genügt dies vollauf, Sie aber bitte ich tausendmal um Entschuldigung, Sie derart ungebührlich lange aufgehalten zu haben.

Unverzüglich in Ketten gelegt, wird unsere Waise hinter einem der Reiter auf die Kruppe des Pferdes gehievt, die Dubois aber besteigt wieder ihre Kutsche und treibt die Verunglimpfung dieses Unglückskindes dadurch auf die Spitze, daß sie den Wachen eine Schenkung von ein paar lumpigen Ecus einhändigt, mit der die Lage der Gefangenen an jener betrüblichen Stätte, die sie bis zu ihrer Aburteilung bewohnen würde, gelindert werden soll.

– O Tugend! wehklagte Justine, als sie sich derart tief gedemütigt sah, hättest du eine empfindlichere Schmach erleiden können? ist es denn die Möglichkeit, daß sich das Verbrechen erdreistet, dir mit solcher Unverschämtheit die Stirn zu bieten und dich in die Knie zu zwingen, ohne dafür bestraft zu werden?

Unmittelbar bei ihrer Ankunft in Lyon wurde Justine ins Gefängnis für Verbrecher geworfen, wobei sie als Brandstifterin, loses Mädchen, Kindsmörderin und Räuberin ins Strafregister eingetragen wurde.

In der Herberge hatten sieben Personen den Flammentod gefunden; ihr schien bereits dasselbe Schicksal zu blühen; sie hatte ein Kind retten wollen; dafür würde sie nun sterben müssen: die Urheberin all dieser Greuel jedoch entkam dem wachsamen Auge des Gesetzes, der himmlischen Gerechtigkeit; sie trug den Sieg davon, sie wandte sich neuen Verbrechen zu, indes die unschuldige und unglückliche Justine lediglich Entehrung, Brandmarkung und Tod zu gewärtigen hatte.

Dubois erstattete dem Bischof über den ganzen Zwischenfall Bericht; voller Zorn darüber, daß ihm seine Beute entwischt war, wollte er sich wenigstens dadurch schadlos halten, daß er möglichst viel belastendes Material zum Prozeß dieses Unglückskindes beisteuerte. Alsogleich sandte er seinen Almosenier, mit allerlei Beweisstücken gegen Justine in der Tasche, nach Lyon. Ihr ward zur Last gelegt, Seine Exzellenz während jener Zeit, da dieser sie gütigst in seine Dienste genommen, bestohlen zu haben. Diese zusätzlichen Beweise beschleunigten das Verfahren, und man ordnete unverzüglich eine strafrechtliche Untersuchung an.

Unsere herzzerreißende Herumstreicherin aber, seit Urzeiten an Verleumdung, Ungerechtigkeit und Mißgeschick gewöhnt und seit ihrer Kindheit von einem tiefen Hang zur Tugend beseelt, wiewohl sie darauf rechnen konnte, jeweils doch nur auf Dornen zu stoßen, litt unter einem Schmerz, der eher stumpf denn stechend zu nennen war; statt ihre hellen Augen zu netzen, erstarrten ihre Tränen, Eisperlen gleich, bereits in ihrem Herzen. Allein, da es für ein leidendes Geschöpf nichts Selbstverständlicheres gibt, als auf die abwegigsten Gedanken zu verfallen, um sich aus dem Abgrund zu befreien, in den es durch sein Mißgeschick geraten ist, kommt ihr Pater Antonin wieder in den Sinn: so gering die Hilfe auch sein mochte, die sie sich von ihm erhoffen durfte, sie konnte die Begierde, ihn zu sehen, nicht unterdrücken; sie schickt nach ihm, er erscheint. Man hatte ihm noch nicht verraten, wer ihn zu sprechen begehrte; nun aber faßte er sich so, als ob er Justine gar nicht kennen würde; um den schlechten Eindruck, den dieses Gebaren erregte, zu zerstreuen, erklärte sie ihrem Kerkermeister geflissentlichst, dieser wackere Geistliche würde sich wohl einzig deshalb nicht mehr an sie erinnern, weil er ihr Gewissen nur während ihrer frühesten Lebensjahre gelenkt habe.

– Ich zählte kaum zwölf Jahre, setzte sie hinzu, als er mir die Erstkommunion erteilte.

Kurz und gut, sie ersuche um ein Gespräch unter vier Augen mit ihm. Keiner der beiden hat etwas einzuwenden. Und sowie sie mit dem Mönch allein war, umschlingt sie seine Knie, die sie mit Tränen netzt, und schluchzt:

– Oh! lieber Vater, ich beschwöre Sie, retten Sie mich aus der grausen Lage, in der ich mich befinde.

Alsdann bezeugte sie ihm ihre Unschuld; sie verhehlte ihm auch nicht, daß jene schlüpfrigen Vorschläge, die er ihr vor ein paar Tagen unterbreitet hatte, jener Frau, mit der sie unterwegs gewesen war und die nun als ihre Aufklägerin auftrat, sauer aufgestoßen seien. Der Mönch hört ihr voller Aufmerksamkeit zu:

– Justine, spricht er sodann zu ihr, laß doch für einmal von der Gewohnheit ab, dich alsogleich zu entrüsten, wenn jemand an deinen verfluchten Vorurteilen rüttelt; du siehst, wohin sie dich gebracht haben, jedenfalls kannst du dich heute spielend davon überzeugen, daß es hundertmal besser ist, eine verhurte Goldmarie als eine keusche Pechmarie zu sein. Um deinen Fall könnte es gar nicht schlechter stehen; überflüssig, dir dies zu verhehlen. Da jener Dubois, von der du mir erzählt hast, äußerst viel an deinem Untergang gelegen sein dürfte, wird sie gewiß im stillen ihre Fäden spinnen; die Bertrand wird den Fall weiterziehen: der Schein spricht gegen dich; und heutzutage genügt der bloße Schein, damit jemand zum Tode verurteilt wird. Überdem ist mir zu Ohren gekommen, daß auch der Bischof von Grenoble gegen dich vorgeht, im Geheimen zwar, dafür aber mit allem Nachdruck; man versichert sogar, daß er kürzlich selber hier eingetroffen sei, um deinem Gerichtsverfahren höchstpersönlich beizuwohnen. Du bist also ein verlorenes Mädchen, damit solltest du dich abfinden. Es gibt nur noch einen Rettungsanker. Ich stehe mit dem Intendanten auf gutem Fuße; er vermag viel über die Richter dieser Stadt: ich werde ihm weismachen, du seist meine Nichte, und unter diesem Vorwand Anspruch auf dich erheben; er wird das ganze Verfahren einstellen lassen: ich werde ein Gesuch einreichen, dich in den Schoß meiner Familie zurückbringen zu dürfen; ich werde dich hier herausholen, jedoch nur, um dich in unserem hiesigen Kloster einzusperren, das du zeitlebens nicht mehr verlassen sollst … Dort aber, Justine, das will ich dir nicht verschweigen, wirst du die fügsame Sklavin meiner Mutwilligkeiten sein und sie allesamt blindlings befriedigen; desgleichen wirst du dich denjenigen meiner Mitbrüder hingeben; kurzum, du wirst in unserer Gewalt sein, als ein vollkommen höriges Opfer … du verstehst mich … du erinnerst dich doch an Sainte-Marie-des-Bois … dein Tagwerk wird hart sein; du kennst die Leidenschaften von Lüstlingen unseres Schlages: geh also mit dir zu Rate, und laß mit deiner Antwort nicht allzu lange auf dich warten …

– Hinfort mit Ihnen, mein Vater, versetzte Justine hell entsetzt, hinfort, Sie sind ein Ungeheuer, wenn Sie es wagen, meine Lage derart herzlos zu mißbrauchen und mir nur die Wahl zwischen Schmach und Schafott zu lassen: ich werde zu sterben wissen, wenn es denn sein muß; so aber werden mich wenigstens keine Gewissensbisse plagen.

– Ganz wie Sie wünschen, mein schönes Kind, sprach der Mönch und wandte sich zum Gehen; es gehörte noch nie zu meinen Stärken, eine Frau zu ihrem Glück zu nötigen. Und mit der Tugend haben Sie es bis heute ja derart weit gebracht, daß Sie ganz recht daran tun, deren Altar auch weiterhin zu beweihräuchern … Gott befohlen; und hüten Sie sich insonderheit davor, je wieder nach mir zu schicken …

Er ging hinaus; von einer ungestümen Regung übermannt, umklammert Justine abermals seine Knie:

– Tiger! schluchzt sie unter Tränen, öffne doch dein steinern Herz meinen entsetzlichen Schicksalsschlägen, und stelle zu deren Linderung nicht Forderungen, die schlimmer sind als der Tod.

An dieser Stelle hatte das Ungestüm ihrer Bewegungen jene Schleier zum Verschwinden gebracht, die ihren Busen verhüllten ... er lag bloß; ihre Haarpracht wallte krausverwirrt über ihn herab; diese alabüsternen Brüste glänzten tränenfeucht: sie weckt in diesem Mann abscheuliche Begierden ... nichtswürdige Gelüste, die der Haderlump noch in selbiger Minute stillen will; er erdreistet sich, sie sehen zu lassen, wie sehr ihn die Geilheit umtreibt; er erkühnt sich, inmitten der Ketten, die diese Jammerbare umstarren, auf Wollust zu sinnen. Steifgeschwänzt steht er vor dem Richtbeil, das über Justines Haupt dräut ... Sie kniet am Boden; der Hurenbock wirft sie hintüber und rollt mit ihr auf den gottserbärmlichen Strohhaufen, der ihr als Lager dient: sie will schreien; er stopft ihr ein Schnupftuch in den Mund; er fesselt ihre Arme: frei über sie verfügend, schlägt der Lüstling ihre Röcke hoch ...

– Oh! Fick, schäumt er, wie wohl sich ihre Reizungen erhalten haben! ... wie schön die Hure noch immer ist!

Er spreitet die Schenkel ... Alle Hindernisse sind beseitigt, er votzt bei ihr ein: ein rasender Tiger, der über ein zartes Mutterschaf herfällt. Nachdem er sie eine lange Weile gequält hat, hockt er sich auf den Busen dieser Unseligen; schlägt ihr seinen Schwanz um die Ohren, stopft ihn schließlich in ihren Mund:

– Wenn du mich störst, wirst du ersticken, erklärt er ihr; laß mich deine Kehle mit Ficksaft überfluten; nur um diesen Preis werde ich mich allenfalls für dich einsetzen.

Doch des Wüstlings ebenso wunderwürdige wie widernatürliche Gelüste schweifen schon bald zu einem anderen Tempel; Justines Prachtarsch tritt vor sein geistiges Auge; er breitet ihn vor sich aus, und die hitzigsten Küsse gehen alsogleich in einen harten Ritt über. Mit aller Kraft windet sich die gearschfickte Justine unter dem Glied, das sie peinigt; doch sie wird auf eine Weise festgehalten, daß eine jede ihrer Bockereien dem Mönch vielmehr entgegenkommt, statt ihn aus dem Sattel zu werfen: zu schlechter Letzt quillt ungestümes Sperma hervor; und die fragliche Person dürfte mittlerweile allzu gut bekannt sein, als daß man sich nicht selber denken könnte, von welcherlei Spielchen dieser Lusttaumel untermalt wird: es ist der Blitz, der in einen Strauch fährt, dessen zarte Zweige keinen Widerstand zu leisten vermögen. Nachdem er sich an seinem Opfer gütlich getan, nimmt er es in Augenschein; unser Unglückskind muß mitansehen, wie auf die Überwut, die ihn beseelte, nichts denn Ekel … Verachtung folgt: Männer!

– Hören Sie zu, sprach er zu ihr und löste ihre Fesseln, indes er sich selber wieder zurechtzupfte, Sie wollen also nicht, daß ich mich für Sie verwende? Sei's drum, ich werde Ihnen weder nützen noch schaden, das verspreche ich Ihnen: doch sollten Sie vermessenerweise auch nur ein Sterbenswörtchen über das verlauten lassen, was zwischen uns vorgefallen ist, so werde ich Ihnen im Gegenzug die ungeheuerlichsten Verbrechen zur Last legen und Ihnen dadurch endgültig den Mund stopfen. Überlegen Sie es sich gut, bevor Sie tratschen: man wähnt mich nämlich im Besitz Ihrer Beichte … Sie verstehen doch, worauf ich hinauswill; wenn es sich um einen Straftäter handelt, so ist es uns verstattet, das Beichtsiegel zu brechen. Deuten Sie also den Sinn jener Worte, die ich nun an den Aufseher richten werde, richtig, sonst werde ich Sie, ohne zu zögern, ein für allemal zugrunde richten.

Er klopft; der Stockmeister tritt ein.

– Werter Wärter, sprach dieser Verräter zu ihm, dieses brave Ding hat sich geirrt, es wollte einen Pater Antonin sprechen, der in Bordeaux weilt; in der Tat, ich kannte sie nicht. Gleichwohl bat sie mich, ihr die Beichte abzunehmen; dies habe ich getan: ich entbiete Ihnen beiden meine Grüße und werde stets zur Verfügung stehen, wenn man sich von mir kraft meines Priesteramtes irgend Aufschlüsse erhofft.

Mit diesen Worten geht der Unmensch hinaus und verläßt Justine, die über seine Heimtücke ebenso bestürzt wie über seine Schamlosigkeit und seine Libertinage empört ist; indes nagen entsetzliche Gewissensbisse in ihrer Brust, weil sie sich nicht umgebracht, sondern (wiewohl wider ihren Willen) derart greuelreichen Ausschweifungen als Spielball gedient hat.

Ihre Lage war allerdings allzu grauenvoll, als daß sie nicht alle Hebel in Bewegung gesetzt hätte. Justine erinnerte sich wieder an Saint-Florent.

– Es ist naheliegend, sprach sie bei sich, daß mich dieser Mann infolge meines Betragens hochschätzen wird: ich habe ihm einen recht ansehnlichen Dienst geleistet; er hat mich auf derart entmenschte Weise behandelt, daß ich mir einbilden darf, er werde es mir nicht abschlagen, in diesem allesentscheidenden Augenblick seine Schuld zu begleichen und, was ja das mindeste wäre, vor Gericht zu bezeugen, wie ehrenwert ich ihn behandelte. Bei beiden Gelegenheiten, wo wir uns begegnet sind, mag ihn das Feuer der Leidenschaften geblendet haben; doch ist er mein Oheim; und unter den gegenwärtigen Umständen dürfte ihn keine lüsterne Regung davon abhalten, mir unter die Arme zu greifen. Oder wird er mir wieder dieselben Vorschläge unterbreiten wie letzthin? wird er als Gegenleistung für jene Hilfe, auf die ich poche, jene gräßlichen Handlangerdienste fordern, die er mir auseinandergesetzt hat? Na schön, dann werde ich eben einwilligen; denn wenn ich erst einmal auf freiem Fuß bin, werde ich schon Mittel und Wege finden, mich dem abscheulichen Lebenswandel zu entziehen, zu dem er mich in seiner Niedertracht nötigen möchte.

Von solchen Gedanken erfüllt, schreibt Justine an Saint-Florent. Sie schildert ihm ihr Unglück, fleht ihn an, ihr einen Besuch abzustatten. Doch hatte sie die Seele dieses Mannes unterschätzt, als sie sie bei ihren Überlegungen für Wohltätigkeit empfänglich wähnte; sie hatte die schändlichen Leitsprüche dieses Entarteten allzu leichtfertig abgetan: wieder einmal ließ sie sich von ihrer unseligen Willensschwäche dazu verleiten, die anderen nach Maßgabe ihres eigenen Herzens zu beurteilen, und so nahm sie fälschlicherweise an, dieser Mensch würde sich ihr gegenüber genau so verhalten, wie sie es an seiner Stelle getan hätte.

Er trifft ein; und da Justine darum ersucht hatte, ihn unter vier Augen zu sprechen, läßt man die beiden allein. An Hand der Ehrbezeugungen, die ihm geflissentlichst entgegengebracht wurden, konnte unsere Heldin unschwer darauf schließen, welch hohe Stellung er in Lyon innehatte.

– Wie! Sie waren das, sprach er und bedachte sie mit verachtungsvollen Blicken: ich habe mich in der Handschrift geirrt; ich dachte, sie stamme nicht von Ihnen, sondern von einer ehrbaren Frau, der ich von Herzen gern geholfen hätte; doch was soll ich für einen Einfaltspinsel Ihres Zuschnittes schon in die Wege leiten? Eiei, Sie haben sich also hunderterlei Verbrechen zuschulden kommen lassen, die sich an Abscheulichkeit gegenseitig überbieten; aber wenn man Ihnen einen Vorschlag unterbreitet, Ihren Lebensunterhalt auf anständige Art und Weise zu verdienen, so weigern Sie sich hartnäckig? Nie noch trieb die Dummheit solche Blüten …

– Oh! lieber Herr, schluchzte Justine auf, ich bin vollkommen unschuldig …

– Wieviel braucht es denn noch, um schuldig zu sein? fuhr dieser hartherzige Mann säuerlich fort. Als Sie das erste Mal in mein Leben traten, weilten Sie inmitten einer Räuberbande, die mir an den Kragen wollte; nun stecken Sie in einem Gefängnis dieser Stadt und sind drei oder vier neuer Verbrechen angeklagt, indes auf Ihren Schultern noch immer das untrügliche Zeichen Ihrer früheren Missetaten prangt: wenn Sie das noch ehrenwert nennen, so verraten Sie mir doch bitte, wieviel es braucht, um die Unschuld zu verlieren? …

– Oh! gerechter Himmel! Monsieur, erwiderte Justine, wie können Sie mir nur jenen Lebensabschnitt vorrücken, in dem ich Ihre Bekanntschaft machte, und wäre es nicht vielmehr an mir, Ihnen die Schamröte ins Gesicht zu treiben? Ich wurde, und das wissen Sie sehr wohl, Monsieur, mit Gewalt unter jenen Räubern festgehalten, von denen Sie überfallen wurden; sie wollten Ihnen das Leben rauben, ich rettete es Ihnen, indem ich Ihnen den Fluchtweg ebnete … auf dem wir uns dann alle beide aus dem Staube machten. Was aber taten Sie, grausamer Mann, um mir diesen Liebesdienst zu danken? können Sie überhaupt daran zurückdenken, ohne dabei zu erschaudern? ausgerechnet mich wollten Sie meucheln; Sie haben mir kraft fürchterlicher Hiebe die Besinnung geraubt; und indem Sie den Zustand ausnutzten, in den Sie mich versetzt, haben Sie mir unerachtet der Blutsbande, die uns vereinen, mein Allerliebstes geraubt; und es war wohl der Gipfel beispielloser Grausamkeit, daß Sie mir auch noch das wenige Geld, welches ich besaß, entwendeten, ganz so, als ob Sie es darauf abgesehen hätten, Ihr Opfer durch Demütigung und Not vollends zu zermalmen. Und was haben sie seither nicht alles angezettelt, um mein Unglück zu verlängern! Dies ist Ihnen wunderbar geglückt, barbarischer Mensch; fürwahr, Sie hatten durchschlagenden Erfolg; Sie sind an meinem Untergange schuld; Sie haben den Abgrund geöffnet, in den ich seit jenem unseligen Augenblick immer tiefer und tiefer hinabgestürzt bin. Gleichwohl will ich alles vergessen, werter Herr, jawohl, ich will alles aus meiner Erinnerung streichen; ich bitte Sie sogar dafür um Vergebung, daß ich es überhaupt wagte, Ihnen irgend Vorwürfe zu machen: doch wie wollten Sie in Abrede stellen, daß Sie mir noch eine kleine Entschädigung … ein wenig Dank schulden? Ah! geruhen Sie doch, Ihre Seele nicht zu verschließen, jetzt, wo sich bereits der Trauerflor des Todes über meine trüben Tage senkt. Doch nicht ihn fürchte ich, sondern die öffentliche Schmach: retten Sie mich vor der greuelreichen Aussicht, als wie eine Verbrecherin sterben zu müssen; dies ist die einzige Gnade, die ich von Ihnen erheische; das können Sie mir nicht verweigern, Monsieur, das nicht, und so mögen Sie dereinst vom Himmel und von meinem Herzen belohnt werden.

In Tränen aufgelöst, lag Justine vor diesem vertierten Menschen; aber statt auf seinem Antlitz jene Wirkung abzulesen, die sie sich von all den Erschütterungen versprach, welche sie in seiner Seele ausgelöst zu haben hoffte, gewahrte sie vielmehr jene Verzerrung der Gesichtszüge, die ihr seit jenem Zeitpunkt, wo er seine Gelüste an ihr gestillt, nur allzu gut bekannt waren. Er saß ihr unmittelbar gegenüber; seine finsteren, verschlagenen Augen musterten sie auf haarsträubende Art und Weise; der Schurke wichste vor ihren Augen:

– Schändliche Schlunze, herrschte er sie in jener geilen Überwut an, der die leidgeprüfte Justine schon so manches Mal zum Opfer gefallen war; unselige Rotzbübin, hast du denn bereits vergessen, daß ich dir mit allem Nachdruck einschärfte, dich niemals wieder in Lyon blicken zu lassen, als ich dich aus meinem Hause entließ?

– Aber, mein Herr! …

– Was kümmert es mich, was für ein Zwischenfall dich wieder hierher verschlagen hat! du bist nun einmal hier; dies ist schon tausendmal mehr, als es bräuchte, um meinen Zorn zu erregen und den Wunsch in mir zu wecken, dich am Galgen baumeln zu sehen. Genug, hör mir gut zu; ich will dir gerne ein letztes Mal behilflich sein: dein ganzes Verfahren hier liegt in den Händen von Monsieur de Cardoville, einem Jugendfreund von mir; dein Schicksal hängt ganz allein von ihm ab; ich werde ihn sprechen; doch ich warne dich: du wirst höchstens dann etwas erreichen, wenn du nicht nur ihm vollkommen hörig bist, sondern auch seinem Sohn und seiner Tochter, die er für gewöhnlich an seinen unkeuschen Spielen teilnehmen läßt. Ich ermahne dich demnach zu grenzenloser Unterwürfigkeit; dies allein vermag in deinem Prozeß noch etwas auszurichten; solltest du dich aber weigern, so ist es um dich geschehen. Was mich angeht, Justine, so verspreche ich dir, daß ich fernbleiben werde, denn du erfüllst mich mit unüberwindlichem Ekel; meine Freunde hingegen kennen dich noch nicht, und wenn sie nicht abgeneigt sind, wird man dich bei Einbruch der Nacht abholen; folge den Wachen: erst einmal zu Füßen deiner Richter, magst du dich wortgewandt reinwaschen; darfst deine Unschuld auf möglichst überzeugende Weise beteuern und sollst dich namentlich allem hingeben, wozu man dich auffordert. Mehr kann ich nicht für dich tun; geh mit Gott! halte dich bereit, und laß meine Schritte nicht vergeblich sein, sonst wirst du mich zeit deines Lebens nie mehr wiedersehen.

Saint-Florent, der sich beim Vernünfteln unablässig den Schweif gestrichen, befiehlt Justine bei diesen Worten, ihren Hintern herzuzeigen: aus Leibeskräften versetzt er ihr fünf oder sechs Arschklitschen; er krallt seine mörderischen Nägel in ihr Fleisch und läßt die schimpflichen Früchte seiner Ruchlosigkeit auf die Schenkel dieser Jammerbaren tropfen. Bei seinem Abgang gibt er dem Stockmeister Order, die Missetäterin noch strenger zu bewachen als bisher; sie jedoch nichtsdestoweniger Cardoville zu übergeben, wenn dieser vorstellig würde, um sie abzuholen.

Nichts kam Justines Verwirrung gleich. Sprachen, so weit sie sehen konnte, nicht allerlei Gründe dafür, sich sowohl vor dem Beschützer, den man ihr empfahl, wie auch vor den Mitteln in acht zu nehmen, mit denen sie sich diesen Schutz verdienen sollte? und gleichwohl durfte sie nicht schwanken. Wie hätte sie auch die geringste Hilfe verschmähen dürfen, die sich ihr bieten mochte? Es handelte sich darum, sich gemeinzumachen; dies hatte man ihr klar und deutlich zu verstehen gegeben; mag sein. Doch Justine redete sich ein, sich allem entziehen zu können, indem sie Rührung und Mitleid erregen würde: immerhin ging es darum, ihr Leben zu retten; und angesichts eines derart gewichtigen Grundes ist es durchaus verzeihlich, etwelche andere, darüber hinausgehende Erwägungen hintanzustellen … Ehrbedenken natürlich ausgenommen … Das will ich einräumen; doch tat das, was Justine unter Zwang beging, ihrer Ehre Abbruch? konnten die gegen sie verübten Anschläge ihr angerechnet werden; und konnten all jene Greuel, mit denen sie bislang besudelt worden, die Makellosigkeit ihrer Tugend, selbst im Urteil der kleinlichsten Leute, überhaupt je befleckt haben?

In derlei Grübeleien versunken, kleidete sich Justine an und stimmte sich darauf ein, jenen zu folgen, die sie abholen sollten. Die Stunde schlägt; der Stockmeister tritt auf; Justine erschauert.

– Mir nach, spricht dieser Cerberus zu ihr; es ist jemand im Auftrag von M. de Cardoville gekommen: trachten Sie danach, diese Gunst, die Ihnen der Himmel schenkt, gebührend zu würdigen; hier unten schmachtet manch einer, der eine solche Gnade noch so inbrünstig herbeisehnen mag, ohne daß sie ihm je gewährt würde.

Justine, so gut als möglich aufgeputzt, folgt dem Aufseher, der sie der Obhut zweier hünenhafter Mohren übergibt, deren wildes Äußeres ihr eine Gänsehaut einjagt. Wortlos wirft man sie in eine Kutsche; die Neger steigen zu; die Rolläden werden heruntergelassen; und so kann Justine nur gerade abschätzen, daß der Wagen zwei oder drei Meilen von Lyon entfernt anhält.

Die fahlen Mondstrahlen lassen sie nur gerade den von Zypressen gesäumten Hof eines einsamen Schlosses wahrnehmen; es ist totenstill, und unsere Heldin wird in einen nur schwach erleuchteten Saal geführt, wo sie von den Negern bewacht wird, die eisern schweigen. Nach Ablauf einer Viertelstunde tritt eine greise Vettel in Justines Blickfeld, gefolgt von vier jungen, wunderschönen Knaben, die zwischen sechzehn und achtzehn Jahren zählen und je einen Zipfel eines riesigen, schwarzen Leichentuches in Händen halten.

– Da nun Ihr letztes Stündlein schlägt, sprach die Vettel zu ihr, werden die Kleidungsstücke, die Sie tragen, überflüssig für Sie. Streifen Sie sie also allesamt flugs ab, ohne auch nur ein einziges anzubehalten. Überdem tut es not, daß ich das Schamhaar Ihres Möschens schere, sprach die Hofmeisterin, sowie Justine nackt dastand; und nun, fuhr sie fort, sobald diese beiden vordringlichen Geschäfte erledigt waren, nun muß ich Ihnen die Augen verbinden, ehe man Sie in diesem Leichentuch von hier fortträgt.

So geschieht es; und Justine, dieserweise jeglichen Gesichtssinnes beraubt, wird in einen Saal getragen, wo sie von der Vettel, den beiden Negern und den vier Trägern aufrecht in Stellung gebracht wird, so zwar, daß ihr weder ihre mit Stricken gefesselten und in die Höhe gezogenen Arme noch ihre am vertäfelten Boden befestigten Füße eine große Hilfe wären. Solcherart aufgespannt, wird Justine von mehreren Händen betastet, ohne daß sie ahnt, mit wem sie die Ehre hat, schließlich waren ihre Augen nach wie vor verbunden. Zu guter Letzt lüftet man ihre Augenbinde; folgen nun jene Leute, die sie erblickt und die sich anschicken, sich an ihr zu vergehen. Wir werden in diese ausführliche Schilderung auch jene einbeziehen, die sie hierhergetragen, obwohl sie diese bereits bei ihrer Ankunft erblickt hatte.

Dolmus und Cardoville, alle beide zwischen fünfundvierzig und fünfzig Jahre alt, waren offenbar die Hauptdarsteller bei diesen anstößigen Lustgelagen; alle beide bekleideten in Lyon äußerst hohe Ämter. Ein junges Ding zwischen achtzehn und zwanzig Jahren, Nicette mit Namen, äußerst brünett und von einer höchst wollüstigen Ausstrahlung, wurde als Cardovilles Tochter und mithin als eine weitere Darstellerin angekündigt, der sich Justine auf dieser Bühne zu unterwerfen hatte. Brumeton, ein fetter Jüngling von zweiundzwanzig Jahren, frisch wie eine Rose, mit dem schönsten Schwengel und dem zauberreichsten Arsch ausgestattet, war jener Bruder von Nicette, von dem Saint-Florent unserer Heldin gegenüber bereits Erwähnung getan. Zulma, eine äußerst hübsche Blondine von vierundzwanzig Jahren, mit heller Haut, ausladenden Formen, himmlischen Augen und Gesichtszügen, aus denen sämtlich die Funken der Wollust sprühten, wurde gleichfalls als eine treibende Kraft dieses Lustspiels vorstellig gemacht; und Cardoville verriet Justine, daß sie die Tochter von Dolmus war. Auch dieses junge Geschöpf hatte einen Bruder; er war sechsundzwanzig Jahre alt, todhäßlich, bepelzt als wie ein Bär, wobei niemand in der ganzen Schar einen derart giftigen und bösartigen Gesichtsausdruck besaß wie er: man hieß ihn Volcidor. Was jene vier jungen Knaben anbelangt, die Justine just hereingetragen hatten, so erfreuten sie sich allesamt des lustreichsten Wuchses und schienen selbviert den Begierden der brünstigen Bande zugedacht: man rief sie Julien, Larose, Fleur-d'Amour und Saint-Clair. Die beiden Mohren mochten zwischen achtundzwanzig und dreißig Jahren zählen: kein Ungeheuer war so mächtig bestückt wie diese beiden Afrikaner; auch der berühmteste Esel aus Mirebalais wäre im Vergleich zu ihnen ein Wicht gewesen; und wenn man sie so ins Auge faßte, machte es ganz den Anschein, als könnte kein Erdenwesen je imstande sein, mit solchen Mannsbildern irgend etwas anzufangen. Die Vettel lassen wir unerwähnt, denn sie verschwand aus Justines Gegenwart; offenbar oblag ihr bei den Lustpartien dieser Gesellschaft nur der Außendienst.

Sowie die Augenbinde gefallen war, sah sich Justine von sämtlichen Mitgliedern dieser insgesamt zwölfköpfigen Versammlung umzingelt, und ein jeder ließ eine höhnische Bemerkung fallen.

– Cardoville, sprach Dolmus, weiß diese Metze überhaupt, daß sie hier ihr Leben lassen soll?

– Wie sollte sie hoffen, ihren Kopf jetzt noch aus der Schlinge zu ziehen, erwiderte Cardoville, wo sie doch zweiundvierzig Zeugen gegen sich hat. Wir erweisen ihr hier also lediglich einen letzten Liebesdienst: sie hat nämlich ihr Unbehagen darüber bezeugt, ihr Leben auf einem öffentlichen Platze beschließen zu müssen; deshalb machen wir ihr hier im Haus den Garaus.

Bei diesen Worten stößt die schamlose Nicette, die in den Armen Saint-Clairs liegt und von diesem prächtigen Jüngling bereits gestipst wird, eine schreckliche Gotteslästerung aus und versichert, daß sie ihrer Lebtag keine köstlichere Augenlust genossen habe als die Todesängste dieses Geschöpfes.

– Oh! gottverhenkert! kreischt Zulma, die mit jeder Hand einen Schwanz wichst und in Sachen Kynismus durchaus mithalten kann, ich verlange lediglich eine einzige Gunst: ihr den Gnadenstoß versetzen zu dürfen.

Mittlerzeit kreisten die beiden Väter und die beiden Söhne wieder und wieder um die Dulderin und befühlten sie wie Fleischer, die um Rinder feilschen.

– Wir haben, meinte Volcidor, schon lange niemanden mehr verurteilt, dessen Verbrechen derart einwandfrei erwiesen waren.

– Ich und erwiesene Verbrechen? fragte Justine.

– Erwiesen oder nicht, entgegnete Cardoville, du wirst verbrannt werden, Hurenhündin, du wirst auf kleinem Feuer schmoren; doch werden wir uns dieser süßen Aufgabe gleich selber annehmen: dafür solltest du uns äußerst dankbar sein!

In diesem Moment vergingen Nicette die Sinne; sie spreitete ihre Schenkel, ließ einen schauerlichen Schrei fahren und fluchte während des gesamten Lustkrampfes als wie ein Kutscher. Cardoville tritt alsogleich zu seiner Tochter, kniet zwischen deren Beinen nieder, schleckt ihre Scheide, schlürft ihren Seim und kehrt seelenruhig an Justines Seite zurück.

– Bist du von Sinnen? sprach die liebenswerte Tochter von Dolmus, der Larose alles, was sie ihm schenkte, doppelt und dreifach zurückzahlte: sag, Schlunze, bist du von Sinnen, so mir nichts, dir nichts Seim zu lassen?

– Was! versetzte Nicette, dich stört es, daß ich meinen Ficksaft verlustiere, wenn mein Vater so vortrefflich vernünftelt?

– Muß man auch bei dir nur ein paar Reden schwingen, damit es dir kommt? will Dolmus wissen.

– Etwas mehr braucht es schon, Papa, erwidert die Lustbübin: binde dies Mädchen los; befiehl ihr, meine Votze mit der Zunge zu letzen, und du wirst sehen, ob dieser Schritt nicht von der Ejakulation meines Ficksaftes untermalt wird.

– Nein, meinte Dolmus; sie darf ihre Stellung erst verlassen, nachdem sie einer Folterbefragung unterzogen worden ist; und ich wette, daß dich dieses Schauspiel mindestens ebenso sehr in Wallung versetzen wird wie jenes, welches du just begehrt hast.

– Oh! jaja; Hauptsache, die Göre leidet, so will ich es zufrieden sein; mich dürstet lediglich nach ihren Schmerzen …

Die kleine Schelmin kann sich nicht länger bemeistern, öffnet ihre Schenkel den schlüpfrigen Fingern von Larose, klebt ihre Lippen auf den Mund von Saint-Clair, der sie sokratisiert, und verspritzt ganze Schwälle Seimes. Cardoville wiederholt alles, was er mit seiner Tochter getrieben; er kniet nieder und schlürft, offenbar seine Lieblingsbeschäftigung, Seim; dann kehrt er an Justines Seite zurück, die, totenblaß, schreckzitternd und mit angstverzerrten Zügen, gleichwohl zu wehklagen wagt:

– Ah! gerechter Himmel! und abermals nichts als Greuel! …

– Ganz recht, und zwar besonders schlimme, sprach Brumeton und versetzte ihr derbe Arschklitschen: es heißt, Sie hätten in Ihrem Leben viel durchgemacht; nichtsdestoweniger bezweifle ich, daß Sie jemals von schlimmeren Greueln heimgesucht worden sind.

– Oh Gott! was wollen Sie mir denn antun?

– Sie den schrecklichsten Folterungen unterziehen, erwiderte Dolmus, mit denen die ausgeklügeltste Grausamkeit je die Annalen der Welt besudelt.

– Lieber Vater, warf Zulma ein, die diesmal von ihrem Bruder gestipst wurde, vergiß nicht, daß du mir versprochen hast, mich das Mark aus ihren Knochen schlürfen und das Blut aus ihrem Schädel saugen zu lassen.

– Ich halte mein Versprechen, versetzte Dolmus; und währenddessen werden dein Bruder und ich ihre Arschbacken verspeisen.

Nun will Volcidor seinem Vater beweisen, daß er einen mächtigen Steifen sitzen hat; und Dolmus, den Arsch ausschwenkend, läßt sich ein paar Minuten lang blutschänderisch feilen. Cardoville tritt Volcidors Nachfolge an, nähert sich Zulma und bezüngelt wechselweise ihren Mund und ihren Kitzler, während Nicette, die sich durch ihren Bruder Brumeton wieder in Stimmung bringen läßt, Schwänze streicht und dabei die Arschbacken eines Negers abschmatzt.

– Nun, meinte Dolmus, der mit Justines Musterung fortfuhr, hat uns Saint-Florent nicht vollkommen zu Recht angekündigt, dieses Luder besitze einen wahren Prachtarsch?

Und bei diesen Worten biß er ihn an.

– Jawohl, gottverflucht, doppelte Cardoville nach und kehrte an die Seite seines Freundes zurück; jawohl, gottverfickt, die Hure besitzt den prächtigsten Arsch, dessen man ansichtig werden kann; es ist höchste Zeit, daß wir uns an dieser Zimperliese ergötzen.

– Und zwar folgendermaßen, versetzte Dolmus: wir müssen sie allesamt umzingeln; alsdann soll sich ein jeder eine Stelle ihres Körpers aussuchen und ebendiese Stelle martern; das heißt, allen wird eine Nummer zugeteilt, und wir werden reihherum schwungvoll unsere Pflicht erfüllen, wobei ein jeder der Sünderin jene Pein zufügt, die ihm zugewiesen wurde. Diese Rundgänge sollen einander jagen; wir wollen den Glockenschwengel einer Uhr nachahmen: dabei möge es, so hoffe ich, eins ums andere Mal zwölf Uhr mittags schlagen; und dieserweise soll die Blutzeugin an allen Stellen ihres Körpers zerzupft, gezwackt, gebissen werden, so zwar, daß sie jede halbe Sekunde eine neue Pein erduldet.

– Oh! Fick, keuchte Nicette, die in die Arschbacken des Mohren biß, bevor sie wieder dazu überging, einen der von ihr gewichsten Schwänze zu lutschen, der augensichtlich kurz vor der Entladung stand, oh! heiliger Fickfack, welch göttliches Schauspiel! gottverteufelt, was warten wir noch; los, Beeilung.

Die Plätze werden eingenommen und wie folgt verteilt:

Cardoville wendet sich dem rechten Brustzipfel zu; Brumeton, sein Sohn, dem Busenansatz; die linke wird auf gleiche Weise von Dolmus und seinem Sohn belagert; Nicette verlangt nach dem Schamzünglein; Zulma nach den Schamlefzen; ein jeder Neger ergreift eine Wade; Larose und Julien erhalten je eine Achselhöhle; Fleur-d'Amour und Saint-Clair übernehmen die Arschbacken.

Die Darsteller sollten in derselben Reihenfolge, in der wir sie aufgezählt, die Folterungen verabreichen, wobei man die Stelle, die einem zugewiesen worden war, blindwütig zu zwicken oder zu zwacken hatte. Nach zwölf Durchläufen gewahrte Cardoville, daß die Blutzeugin ins Wanken geriet, und verkündete, man müsse ihr eine kurze Verschnaufpause gewähren. Die Wartezeit verkürzt man sich mit schändlichen Schmutzfinkereien: die Väter vögelten ihre Töchter, wobei sie sich von ihren Söhnen arschficken ließen und je zwei Lustknaben liebkosten, welche vor ihren Augen von den Mohren gefitzt wurden. Dabei ließen die Frauen Seim; die Männer aber beherrschten sich. Justine ward losgebunden; die beiden jungen Töchter, auf Ruhebetten hingelagert, ließen ihr die Votzen zum Zungenkuß entgegenklaffen. Sowie die arme Jungfer diese erste Aufgabe widerstrebend erfüllt hat, wird sie dazu gezwungen, den beiden Vätern denselben Liebesdienst zu erweisen und ihnen die Arschlöcher so lange zu lecken, bis man ihr vermittels eines Furzes zu verstehen gibt, daß man ihrer Dienste nicht länger bedürfe. Alsdann legt man sie auf den Boden, und alle Welt deckt sie mit Schmähreden und Fußtritten ein. Und zu guter Letzt wendet man sich ernsthafteren Spielen zu.

Von einem Neger gepackt, bietet die Unselige ihren Allerwertesten aus, und ein jeder tritt vor, um ihr hundert Hiebe mit dem Ochsenziemer zu verabreichen. Man macht sich keine Vorstellung davon, mit welcher Inbrunst die beiden jungen Mädchen bei dieser Gelegenheit zu Werke gingen: von der ganzen Schar waren sie es, die Justine am verbissensten zerfetzten. Sowie sie sie abgegerbt hatten, wälzten sie sich auf den Teppichen und zogen jeweils jene Männer auf sich herab, nach denen ihnen gerade der Sinn stand.

Von dieser Folterung geht man zur nächsten über.

Brumeton meint, daß beide Töchter von ihren Vätern gearschfickt, von ihren Brüdern aber gevotzfickt werden müßten; daß die Neger die Väter sodomisieren, die Jungen aber in Hand und Arsch je den Schwengel eines Schandknaben beherbergen sollten. Dieses fesselnde Gruppenbild wird ausgeführt, während Justine vor den Augen der ganzen Schar aufs Rad geflochten wird. Alle Welt spritzt aus: dazu war es auch höchste Zeit; denn die Blutzeugin hätte bald den Geist aufgegeben. Man räumt ihr eine Stunde ein, um sich zu erholen; während dieser Zeitspanne aber werden der geilen Schar Weine, Schinken, Schnäpse gereicht, und so kann man sich dank dieser Stärkungen schon bald mit frischen Kräften neuen Greueltaten widmen.

– Los, schöne Justine, sprach Dolmus, siehst du unsere abgestorbenen Schwänze? du mußt ihnen neues Leben einhauchen.

Die Schar stellt sich im Kreise auf; unsere Heldin befindet sich in der Mitte: sie muß reihherum vor jeden hintreten; muß den Frauen Votze, Arsch, Mund, den Männern aber Zunge, Arschloch und Schwengel bezüngeln; und jedes Mitglied, bei dem sie vorbeikommt, ist dazu verpflichtet, ihr eine blutende Wunde zuzufügen.

Dolmus reißt ihr ein Ohr ab; Cardoville fügt ihrer rechten Brust eine Schnittwunde zu; Brumeton zerkratzt die linke; Nicette rammt in zwei Anläufen die Spitze eines Federmessers in die rechte Arschbacke; ihre Schwester schneidet aus der linken ein Stück heraus; Volcidor, mit einer rundherum von Eisenspitzen strotzenden Kugel bewaffnet, kitzelt damit ziemlich lange das Votzenfutter; Larose sticht im linken Oberschenkel eine Vene an; Julien reißt mit seinen Zähnen ein Stück Fleisch aus dem rechten; Fleur-d'Amour teilt fäustlings einen Nasenstüber aus, der Blut hervorspritzen läßt; Saint-Clair treibt ein acht Linien langes Stilett in den Bauch; der erste Mohr schneidet in die Schultern; der zweite sticht die Halsschlagader an. Zulma, trunken vor Geilheit, ersucht darum, gefickt zu werden; Nicette bekundet denselben Wunsch: alle beide werden von den Negern gevotzfickt, indes sie sich von ihren Brüdern arschficken lassen und die Väter vor ihren Augen Lustbuben vögeln, denen sie die Schweife streichen.

– Es ist gleichwohl unerläßlich, daß wir uns eigenhändig an der Schlitzbübin vergreifen, meinte Cardoville.

– Ganz recht, erwiderte Dolmus; doch ich hoffe, daß wir sie zuvor enger machen.

Obwohl Justine den Sinn dieser Worte nicht recht verstand, brachten sie ihr nichtsdestoweniger das Fürchten bei.

– Zamor, sprach Cardoville zu demjenigen seiner Mohren, der diesen Namen trug, packe diese Hure, und verenge sie für uns.

Der Bedienstete gehorcht: er ergreift Justine; legt ihre Lenden über ein Rundsäulchen, dessen Durchmesser nicht einmal sechs Zoll beträgt und allwo ihre Beine ohne jedwede Stütze auf der einen, ihre Arme aber auf der anderen Seite herunterbaumeln: so weit als möglich auseinandergespreitet, werden diese vier Gliedmaßen am Boden befestigt. Der Schinder, der die Pfade enger

Maria Lassnig, *Gynäkologe*, 1963.
Galerie Klewan, München

machen soll, behändigt eine lange Nähnadel, durch deren Öhr ein wächserner Faden gezogen wird. Doch in diesem Augenblick verschafft sich Zulmas stürmisches Gemüt Luft.

– Oh! verfickt und zugenäht, schreit sie von Wein und Wollust entflammt, laß mich diese Arbeit verrichten, es ist meine Aufgabe, sie auszuführen; ich will ihre Votze zunähen; meine Schwester soll den Arsch übernehmen.

– Ich würde ihr wenn nötig sogar das Herz zunähen, sprach Nicette, und es hernach, so dies jemand wünschte, roh verschlingen.

– Nur Mut! ihr wackeren Kinderchen, sprach Dolmus; ihr erweist euch jener würdig, die euch das Dasein geschenkt; denn die Barmherzigkeit, jene niederträchtigste aller Gefühlsregungen, hat alle Macht über eure entmenschten Herzen verloren.

– Jawohl, voll und ganz, Fickrament, damit ist es aus und vorbei, bestätigte Zulma und pirschte sich an die Votze heran, die sie verrammeln sollte.

Und ohne sich um das von ihr vergossene Blut und die von ihr hervorgerufenen Schmerzen zu bekümmern, schließt das Ungeheuer vor der Augen der anderen Unholde, die sich an diesem Schauspiel weiden, Justines Votzenmündung vermittels einer Naht luftdicht ab. Nicette tritt vor, und der Altar von Sodom wird gleicherweise verbarrikadiert.

– So habe ich sie mir gewünscht, sprach Cardoville, als man Justine wieder auf den Rücken gedreht hatte und er jene Feste, die er einzunehmen trachtete, in Griffweite vor sich liegen sah.

Er stößt mit unfaßlicher Lendenkraft zu; mittlerzeit wird er von Zamor gearschfickt: um sein bevorzugtes Trugbild noch zu untermalen, wünscht er, daß sich die beiden Schwestern von ihren Brüdern gleichfalls sodomisieren lassen, und zwar vor seinen Augen; daß Dolmus einem Schandknaben in den Arsch fahre, indes der andere Neger den Schwanz in seinem Hintern einniste. Das Gemälde nimmt Gestalt an; die Fäden reißen. Die Qualen der Hölle sind nichts gegen das, was Justine durchmacht: je schlimmer ihre Schmerzen, um so stärker scheint die Schwelgsucht ihrer Schinder anzuschwellen. Dank letzter Kraftanstrengungen gibt schließlich alles nach; Justine ist zerschlenzt. Cardovilles ungeheuerlicher Pfahl dringt mit Gewalt ein und schickt sich an, die von Volcidors Stechkugel verursachten Wunden abermals aufzureißen; doch Cardoville spart seine Kräfte für künftige Greueltaten auf und hütet sich wohlweislich auszuspritzen. Man dreht die Blutzeugin auf den Bauch; dieselben Hindernisse: der Grausame nimmt sie in Augenschein, und während er wichst, läßt er die umliegenden Körperstellen von seinen ungezähmten Händen verheeren, um die Feste leichter einnehmen zu können; er klopft an. Da dieses Örtchen schon von Natur aus eng ist, fällt dieser Sturmritt noch schlimmer aus: der furchterregende Bezwinger hat schon bald alle Hindernisse aus dem Weg gefickt; Justine schwimmt im Blut; was schiert das den Sieger? vermittels zweier wuchtiger Lendenstöße dringt er bis ins Allerheiligste vor, allwo der Schurke seine Opferung abschließt, deren Schmerzen die Blutzeugin keine Sekunde länger hätte ertragen können, ohne in Ohnmacht zu fallen.

– Ich bin an der Reihe, sprach Dolmus und ließ Justine losbinden: ich will sie nicht etwa zunähen, diese teure Jungfer, sondern sie auf ein Feldbett lagern, welches ihr spornstreichs die ganze Lebensfreude zurückgeben wird, die sie aufgrund ihrer einfältigen Tugend eingebüßt hat.

Schon holt einer der Mohren ein eisenspitzengespicktes Andreaskreuz aus einem Kämmerchen, auf dem der Erzlüstling Justine in Stellung bringen lassen will; doch Himmelherrgott! durch welche zusätzliche Spielerei würzt er seine grause Lust? Ehe das Opfer festgebunden wird, stopft Dolmus eigenhändig eine Quecksilberkugel in den Hintern dieser Jammerbaren. Kaum ist sie in die Eingeweide der Dulderin eingedrungen, da verspürt letztere in ihrem Innern ein allesverzehrendes Feuer: sie schreit, man knebelt sie. Dolmus votzt bei ihr ein, wobei er sie mit aller Kraft gegen die geschliffenen Spitzen drückt, von denen sie zerfleischt wird: einer der Neger fährt Dolmus in den Arsch; Nicette und Zulma schwenken dem Ficker ihre Arschbacken aus; mittlerzeit wichsen sie ihre Brüder; einer von ihnen peitscht Cardoville aus, der einen der Jünglinge sodomisiert und sich von den übrigen umschwärmen läßt. Alle schwelgen in Verzückung: allein Justine leidet Schmerzen, die man wohl kaum nachfühlen kann: je mehr die Unselige all jene, die auf sie eindringen, von sich stößt, um so wuchtiger wird sie gegen die Nadeln gedrückt und von ihnen durchlöchert. Mittlerzeit richtet die Schreckenskugel immer unsäglichere Verwüstungen an. Die Schreie dieses Unglückskindes hätten allen Menschen das Herz gebrochen, nicht jedoch jenen Schurken, von denen sie sich just umzingelt sieht: ihre Pein läßt sich nicht in Worte fassen: der entmenschte Dolmus indes scheint sich köstlich zu vergnügen; um die Lust, an der er sich in seiner Ruchlosigkeit berauscht, noch auf die Spitze zu treiben, atmet sein Mund, auf den der Dulderin geklebt, gleichsam jene Schmerzen ein, die diese empfindet; sowie er spürt, daß sein Ficksaft kurz davor steht, ausgehaucht zu werden, will er, nicht anders als sein Freund, noch möglichst viel Unheil anrichten, ehe er ihn verlustiert. Man dreht Justine um: so mürbe, so zerschlenzt ihre Arschbacken auch sein mögen, ihren Schindern erscheinen sie nach wie vor hochwohlgeboren. Nachdem man Justine dazu gebracht hat, die Kugel wieder herausglitschen zu lassen, entfacht diese nun in der Vagina denselben Brand, den sie zuvor an jenem Örtchen gelegt, welches sie just verlassen; sie rollt vor und zurück, versengt alles bis in die Tiefe des Muttermundes. Gleichwohl wird sie auch noch bäuchlings auf das hintervotzige Kreuz gefesselt; so werden diesmal noch weit empfindlichere Körperstellen von den stechenden Nadelspitzen in Empfang genommen. Dolmus sodomisiert, indes er sich von einem der Lustknaben vögeln läßt, der seines Orts von einem Neger gearschfickt wird: der andere Afrikaner geht mit beiden Füßen auf den oberen Balkenenden des Kreuzes in Stellung und wetzt seine Arschbacken an Justines Antlitz; scheißt ihr ins Gesicht … sie wird gezwungen, alles zu schlucken, indes Brumeton in einer Ecke seine Schwester votzfickt. Volcidor, Cardoville und Brumeton treten Dolmus' Nachfolge an, wobei sie sich bald von den Negern, bald von den Lustbuben arschficken lassen; Nicette und Zulma brunzen ihres Orts auf das Angesicht der Dulderin und decken es mit Strunzen ein. Sowie sie ihr Geschäft erledigt haben, gehen sie vor dem Kreuz in Stellung und lassen es sich jeweils von jenen Männern besorgen, die gerade aus den Ärschen ihrer Väter oder Brüder glitschen. Der Taumel scheint seinen Höhepunkt erreicht zu haben, und das Blut der unseligen Justine spritzt über alle Opferpriester hinweg.

– Mir ist etwas Unerhörtes in den Sinn gekommen, spricht Zulma, die, von Larose gevotzfickt und von Julien sodomisiert, ausspritzt: wir sind unser zwölf; laßt uns Spalier bilden; ein jeder von uns soll sich mit einer prächtigen Gerte bewaffnen, dann aber wollen wir mit Justine einen Spießrutenlauf veranstalten.

– Zu wie vielen Runden wollen wir sie verdammen? fragt Brumeton, den diese Vorstellung in Wallung versetzt.

– Zu zwölf, erwidert Volcidor.

– Wir sollten uns lieber nicht festlegen, meint Nicette; die Rotzgöre möge an uns vorbeidefilieren, bis sie zu Boden taumelt.

– Nicht doch, nicht doch, widerspricht Cardoville; ich habe für sie eine bessere Todesfolter auf Lager: ergötzen wir uns ruhig am just unterbreiteten Vorschlag; doch darf diese Unselige unter keinen Umständen auf einem derart süßen Weg aus dem Leben scheiden.

– Na gut! fuhr Zulma fort, doch widmen wir uns vorerst einmal meinem Einfall.

Man geht in Stellung. Die todesselige Justine, die sich bereits jetzt kaum mehr auf den Beinen halten kann, wird gezwungen, zwischen den beiden Reihen auf- und abzugehen; binnen sechs Minuten gleicht ihr jammerbarer Körper einer einzigen Wunde … Wer hätte geahnt, mit welcher Inbrunst die beiden jungen Mädchen auch bei dieser Marter ihre wilde Wollust austoben; sie sind es, die am stärksten zuschlagen; Justine bricht zusammen; die Tiger lesen sie vom Boden auf und befehlen den Mohren, sich an ihr zu vergehen, wiewohl sie bereits gräßlichst zugerichtet ist. Die beiden packen sie: während sich der eine von vorne an ihr vergeht, dringt der andere in ihren Hintern ein; sie wechseln ihre Plätze noch und noch: Justine wird von ihren Riesengliedern sogar noch schlimmer zerfetzt als kurz zuvor, wo man jene künstlichen Hindernisse aus dem Weg gefickt hatte. Mittlerzeit sodomisieren die beiden Väter Lustbuben und letzen die Arschlöcher ihrer Töchter, die sich alle beide von ihren Brüdern votzficken lassen. Neuerliche Samenfluten verströmen, als ein unverhofftes Zwischenspielchen eingeflochten wird.

Zulma, die heißblütige Zulma, äußert den Wunsch, ebenfalls auf dem spitzenbespickten Kreuz gevögelt zu werden, wobei es unabdingbar sei, daß ihr Leib von sämtlichen Männern bestiegen werde: zudem sollte Justine über ihrem Kopf aufgehängt werden, so daß sie von jenem Blut bespritzt würde, das aus deren Gliedmaßen tropfte.

– Ah! Fick, was für ein glänzender Einfall! sagt Nicette; ich bin ganz eifersüchtig auf den findigen Geist, der ihn gefaßt; ich ersuche darum, hernach in die Fußstapfen meiner Schwester treten zu dürfen.

– Wir werden alle in ihre Fußstapfen treten, meint Volcidor: diese Spitzen sind alles andere denn eine Folter; sie erhitzen die Sinne; erregen das Gemüt; sie zeitigen dieselbe Wirkung wie die Peitsche.

– Jawohl, jawohl, gottverflucht, wir werden alle an die Reihe kommen, stimmt Brumeton zu.

– Solange ich den Anfang machen darf, meint Zulma, habe ich nichts dagegen.

Die Hure schmiegt ihren Rücken an das Kreuz; wird festgebunden; alle Männer spießen ihre Votze auf; sie schwimmt im Blut.

– Oh! welch Wonne, schwärmt sie; dreht mich nun auf den Bauch, auf daß ich auch in den Arsch gefickt werde.

Man willfährt. Diese verhängnisvolle Mutwilligkeit bringt alle Köpfe außer Rand und Band: Männer, Frauen, Jünglinge, alle gehen ebendort in Stellung, alle lassen sich ebendort ficken, und alle bewaffnen sich mit einem Pfeil, um den jammerbaren, über ihren Köpfen baumelnden Körper zu zerstechen, zu zerkratzen, damit jenes Blut, von dem sich diese Schurken so liebend gerne überfluten lassen, noch ausgiebiger ströme. Schließlich holt man die scheinbar leblose Justine herunter. Ihre beklagenswerte Person ist nur mehr eine ungeschlachte Masse, eine einzige Ansammlung greulicher Wundmale ... sie hat die Besinnung verloren.

– Was nun? fragt alsdann Cardoville.

– Man sollte, meint Dolmus, nicht in den Gang des Gesetzes eingreifen; auch so wird sie sterben, wir aber werden im Hintergrund bleiben: rufen wir sie ins Leben zurück; dann aber möge sie ins Gefängnis zurückgebracht werden.

Nicette und Zulma dachten nicht im Traume daran, diese Ansicht zu unterstützen: einzig und allein ihren Leidenschaften verschrieben, verlangten sie mit gebieterischer Stimme den Tod ihres Opfers; so war es ihnen versprochen worden. Und so wollten sie es auch haben; ihre Brüder, etwas umsichtiger, brachten sie zur Vernunft.

– Sie wird ja auch so sterben, sprach Brumeton, und wir werden hingehen, um uns an ihren letzten Seufzern zu weiden.

– Aber wir werden ihr nicht eigenhändig den Gnadenstoß versetzt haben.

– Doch bleiben wir nicht dessen Urheber?

– Was für ein Unterschied! widersprach Zulma; das Verbrechen des Gesetzes ist nicht unser eigenes Verbrechen.

– Aber wir haben es angezettelt.

– Wir vollstrecken es nicht selber, wir besudeln uns nicht eigenhändig mit ihrem Blut; und das ist ein gewaltiger Unterschied.

– Liebes Töchterchen, schreitet Dolmus ein, dem Bewußtsein gilt es gleichviel, ob man selber ein Verbrechen begeht oder es begehen läßt; man empfindet einen gleichbleibenden Kitzel, ob man nun selber handelt oder jemand anders handeln läßt. Wir wissen ganz genau, daß dieses Mädchen unschuldig ist; ein einzig Wort von uns könnte sie retten; doch wir liefern sie irgendwelchen aberwitzigen Gesetzen aus, deren Richtbeil in unseren Diensten steht. Vertraue ruhig darauf, daß zwischen diesem Verbrechen und einem eigenhändig begangenen Mord lediglich eine winzige Kluft liegt: ja, und selbst wenn diese Kluft gar nicht so winzig wäre … könnte uns ein gegenläufiges Verhalten nicht zugrunde richten? für einen einmaligen … für einen ohnehin nur erdichteten Zuwachs an Wollust würden wir uns um all jene Freuden bringen, die uns inskünftig erwarten. Glaube mir, auch ich habe nur das Wohl unserer Lustbarkeiten vor Augen, doch die verlangen gewisse Opfer von uns; und wenn ich mir heute ein Quentchen Wollust versage, so kannst du dich darauf verlassen, daß dies nur geschieht, um deren Ausmaß in Zukunft noch zu mehren.

Derweil Dolmus diese Überlegungen anstellte, rief Julien, auf Cardovilles Geheiß, Justine wieder ins Leben zurück und tupfte ihre Wunden ab.

– Nur zu, spricht Dolmus zu ihr, als er sieht, daß sie einigermaßen wiederhergestellt war, nur zu, stimmen Sie ruhig eine Klage an.

– Oh! meinte Cardoville, mit Rücksicht auf ihre Lage wird sich die umsichtige Justine jegliche Klagen verkneifen; am Vorabend ihrer eigenen Hinrichtung sollte man von ihr keine Bezichtigungen, sondern nur mehr Bittgesuche zu erwarten haben.

– Sowohl das eine wie das andere sollte sie besser bleiben lassen, versetzte Dolmus; ihre Anschuldigungen würden ungehört verklingen; und ihr Geflenne würde unsere Herzen ja doch nicht rühren.

– Und wenn ich, sprach Justine, enthüllen würde, was …

– Das würde uns sofort zu Ohren kommen, unterbrach Cardoville; und aufgrund des Ansehens, aufgrund der Machtstellung, deren wir uns in dieser Stadt erfreuen, ist es ausgeschlossen, daß Ihren nichtswürdigen Gegenbeschuldigungen Gehör geschenkt würde; man würde Ihre Hinrichtung nur noch grausamer und langwieriger ausfallen lassen: Sie sollten einsehen, nichtsnutziges Geschöpf, daß wir Sie zum Narren gehalten haben, und zwar schlicht und einfach deshalb, weil es des Starken Pflicht ist, den Schwachen zu mißbrauchen.

– Justine, meinte Volcidor, wird gewiß eingesehen haben, daß sie ihrem Schicksal nicht mehr entgehen kann, daß sie ihr Kreuz tragen muß und wird; daß es nichts fruchten würde, ihren nächtlichen Ausflug aus dem Kerker bekanntzumachen, weil ihr ohnehin niemand Glauben schenken würde; schließlich haben wir den Stockmeister ganz in unserer Hand, und er würde sofort alles widerrufen: so tut es denn not, daß dieses anmutige und sanftmütige Mädchen das bereits erduldete und das noch bevorstehende Leid friedsamen Herzens jenem Gott vermacht, von dessen Allmacht es so sehr durchdrungen ist; damit mag sie gleichsam jenes entsetzliche Verbrechen sühnen, aufgrund dessen sie dem strafenden Arm des Gesetzes anheimgegeben wurde. Lesen Sie Ihre Kleider zusammen, mein Töchterchen, fuhr dieses Ungeheuer fort; noch ist es nicht Tag; jene beiden Männer, die Sie hierhergebracht haben, werden Sie auch wieder in Ihr Gefängnis zurückführen …

Justine wollte etwas einwenden; wollte sich diesen Ogern zu Füßen werfen, sei es, um deren Herz zu erweichen, sei es, um von ihnen den Gnadenstoß zu erflehen. Es wird ihr gar nicht erst Gehör geschenkt; die Mädchen überhäufen sie mit Schmähworten, die Männer mit Drohworten; sie wird fortgeschleppt, wieder in ihren Kerker geworfen, wo sie vom Stockmeister, wie schon bei ihrem Aufbruch, in aller Heimlichkeit in Empfang genommen wird.

– Legen Sie sich schlafen, sprach dieser Cerberus zu ihr und stieß sie in ihre Zelle; und bevor Sie irgendwann irgend jemandem enthüllen, was Ihnen heute Nacht zugestoßen ist, sollten Sie stets bedenken, daß ich alles abstreiten werde und Sie Ihren Kopf vermittels einer solch aussichtslosen Bezichtigung niemals aus der Schlinge ziehen könnten.

– Oh! Himmel, wehklagte Justine, sowie sie mit sich alleine war; aber nein auch! weshalb sollte ich darüber klagen, aus dieser Welt zu scheiden! mich davor fürchten, ein Weltall zu verlassen, das von derart ruchlosen Verbrechern bevölkert ist! ah! wenn mich Gottes Hand doch nur hier und jetzt auf irgendeine ihm gefällige Art und Weise vom Erdboden verschwinden ließe, so wollte ich mich ja gar nicht beklagen! Als letzter Trost bleibt einem unter wilden Tieren geborenen Unglücksvogel nur mehr noch die Hoffnung, möglichst bald von hinnen zu scheiden!

Am nächstfolgenden Tag stattet der grausame Saint-Florent Justine einen Besuch ab:

– Und nun, sprach er zu ihr, sind Sie mit jenen Freunden, an die ich Sie empfohlen, zufrieden?

– Oh! lieber Herr, es sind lauter Ungeheuer!

– Nun ja, ein solcher Schutz hat natürlich seinen Preis; ich hatte Sie gewarnt: Unterwerfung tut not.

– Ich habe alles getan, was sie wünschten, doch sie wollen mich gleichwohl zugrunde richten.

– Ah! ich verstehe: Sie haben ihnen wohl zuviel Ficksaft entlockt, und es gibt nichts Bittereres als die Früchte des Überdrusses; aber sagen Sie … sagen Sie schon … wollen sie denn wirklich nichts zu Ihrer Rettung unternehmen?

– Ich bin ein verlorenes Mädchen!

– Lassen Sie mich doch ein wenig sehen, wie sie mit Ihnen umgesprungen sind; und bei diesen Worten schlug er ihre Röcke hoch … Ah! Fick, jetzt wundert mich gar nichts mehr; Sie hätten es niemals so weit kommen lassen dürfen. Hören Sie, ich will als Freund zu Ihnen sprechen; soviel ich weiß, sollen Sie in Ansehung der Ungeheuerlichkeit Ihrer Verbrechen nämlich lebendigen Leibes verbrannt werden; dies ist die Hinrichtungsart, die man Ihnen zugedacht. Nun heißt es also nicht mehr, sich für Ihre Rettung einzusetzen; jetzt kann man sich höchstens noch darum bemühen, daß Sie lediglich an den Galgen und nicht auf den Scheiterhaufen kommen, wie es meines Wissens geplant ist.

– Nun gut! lieber Herr, was ist dafür zu tun?

– Zuvörderst müssen Sie sich mir vorbehaltlos preisgeben, denn es gibt nichts, was meine Sinne derart in Glut versetzt wie die Verlustierung mit einer zum Tode verurteilten Frau. Wenn ich mich letzte Nacht meinen Freunden nicht beigesellt habe, so nur, weil ich die Befürchtung hegte, sie könnten Ihnen das Leben retten. Jetzt, wo ich sicher bin, daß Sie auf dem Blutgerüst enden werden, und wo nur mehr die Art der Hinrichtung zur Frage steht, verhelfen Sie mir zu einem stocksteifen Schweif; so zeigen Sie mir doch Ihren Arsch her.

– Oh! werter Herr.

– Nun gut! dann eben der Scheiterhaufen …

Nur um dieser gräßlichen Todesart zu entgehen, läßt die Unglückliche alles mit sich geschehen, wie eine Maschine. Zeit seines Lebens war dieser Lüstling nie so brünstig gewesen: man kann sich gar keinen Begriff davon machen, welch ausgeklügelte Spielchen er in Anschlag brachte, um sich möglichst wonnevoll an einem Mädchen zu vergehen, das aufgrund seiner scheußlichen Machenschaften dem Tod geweiht war; er deckte sie mit Unzüchtigkeiten ein. Justine erdreistet sich kurz, ihm jene Dienste in Erinnerung zu rufen, die er ihr in Aussicht gestellt ... nun wollte sie einwilligen, Hauptsache, ihr Leben würde gerettet. Doch Saint-Florent, dessen Kopf allein deshalb in Wollust schwelgte, weil er dieses Geschöpf in den Tod schickte, erwiderte ihr, dafür sei es nun zu spät, und beschloß das Schandspiel mit einer selten gesehenen Greueltat. Er ruft den Stockmeister herbei:

– Pierre, spricht er zu ihm, fick dieses Luder vor meinen Augen.

Was für ein Glückstag für einen solchen Bauernlümmel! Der Kerl gehorcht; Saint-Florent streift ihm die Beinkleider bis auf die Fersen hinunter und sodomisiert den Schlüsselträger, derweil dieser das Opfer mit einem ungeheuerlichen Werkzeug durchbohrt.

– Laß gut sein, spricht Saint-Florent, sowie er den schmutzigen Arsch dieses Riegelschiebers mit Sperma gefüllt: na, Göre, fährt er an Justine gewandt fort, nun kannst du es dir ein für allemal aus dem Kopf schlagen, daß ich auch nur den kleinen Finger für dich rühren werde; ich werde die Richter vielmehr dazu anhalten, ihr Urteil noch härter ausfallen zu lassen. Du hättest seinerzeit den von mir unterbreiteten Vorschlag annehmen und dich sodann insonderheit davor hüten sollen, mir jemals wieder unter die Augen zu treten. Ja, du wirst verbrannt werden, des kannst du gewiß sein; ich scheide nur von dir, um das Urteil voranzutreiben ... sicherzustellen.

Das Ungeheuer geht ab und läßt das arme Mädchen in einer Niedergeschlagenheit zurück, die bereits dem Nichts jenes Todes ähnelt, dessen Schwingen über seinem Kopfe schweben.

Anderentags wurde sie von Cardoville einem Verhör unterzogen. Sie konnte einen leisen Schauder nicht unterdrücken, als sie sah, wie kaltblütig sich dieser Hurenbock erkühnte, Recht zu sprechen ... er, der ruchloseste aller Menschen; er, der, allen Geboten jener Justiz spottend, mit deren Schärpe er sich nun schmückte, unlängst jene Unschuld und jenes Unglück derart erbarmungslos ausgenutzt hatte, aufgrund deren sie sich Schonung erhofft. Sie verwandte bei ihrer Verteidigung den ganzen Feuereifer, den einem die gerechte Sache verleiht; doch dieser ehrlose Mann verdrehte voller Kunstfertigkeit alle entlastenden Gründe, die sie anführte, zu Verbrechen. Als nach dem Dafürhalten dieses ungerechten Richters alle Anklagepunkte in diesem Verfahren geklärt waren, besaß er die Unverschämtheit, sie zu fragen, ob sie nicht einen reichen Bürger dieser Stadt kenne, Saint-Florent mit Namen. Justine antwortete, daß sie ihn kenne.

– Schön, meinte Cardoville, mehr wollte ich gar nicht wissen. Jener M. de Saint-Florent, den zu kennen Sie gestehen, kennt auch Sie, und zwar bestens; er gehört zum Kreise Ihrer Ankläger; er hat ausgesagt, Sie in einer Räuberbande angetroffen zu haben, wo Sie am schnellsten zur Hand gewesen seien, als es galt, ihm sein Geld und seine Brieftasche zu entwenden; Ihre Spießgesellen hätten ihm das Leben schenken wollen; nur Sie hätten die Ansicht vertreten, man müsse es ihm rauben: gleichwohl gelang ihm die Flucht. Ebendieser M. de Saint-Florent fügt hinzu, er habe Sie Jahre später in Lyon wiedererkannt und Ihnen eine Unterredung gewährt, nachdem Sie ihn inständig darum angefleht und ihm namentlich geschworen hätten, nunmehr einen vorbildlichen Lebenswandel zu pflegen; dort aber hätten Sie, noch während er Ihnen ins Gewissen redete und Sie dazu ermahnte, nie mehr vom rechten Weg abzuweichen, die schändliche Ruchlosigkeit so weit getrieben, von seinem Kamin eine Uhr sowie hundert Louis zu entwenden. Überdem sind Sie unlängst vom Bischof von Grenoble und von einem Benediktiner des Mordes … des Diebstahls und weiß Gott wie vieler weiteren Greuel angeklagt worden …

Jene sprachlose Wut, von der unsere unselige Waise ob solch gräßlicher Verleumdungen übermannt wurde, legte Cardoville auf seine Weise aus: er forderte den Gerichtsschreiber auf, festzuhalten, daß sie durch ihr Schweigen und ihren Gesichtsausdruck bezeige, daß sie in allen Anklagepunkten geständig sei.

In höchster Verzweiflung wirft sich Justine zu Boden; das Gewölbe hallt von ihren Schreien wider; sie schlägt ihren Kopf gegen die Steinplatten, um auf der Stelle zu sterben; und da sie für ihren entsetzlichen Schmerz keine Worte findet, klagt sie hell auf:

– Schuft! ich vertraue auf Gottes Gerechtigkeit, er wird mich für deine Verbrechen rächen; er wird meine Unschuld erkennen und dich bereuen lassen, daß du deine Machtstellung derart schändlich mißbraucht hast.

Cardoville läutet; er bedeutet dem Stockmeister, die Angeklagte hinauszuschaffen, da sie, von Wut und Reumut verwirrt, nicht mehr in der Lage sei, dem Verhör noch länger Folge zu leisten; übrigens seien ohnehin alle Anklagepunkte geklärt, da die Sünderin all ihre

Verbrechen bekannt habe … Der Unmensch geht seelenruhig hinaus! … er wird nicht vom Blitz erschlagen!

Der Fall wurde reibungslos abgewickelt; Justine wurde in einem von Haß, Rachsucht und Ausschweifung geprägten Schnellverfahren abgeurteilt.

– O gerechter Himmel! wehklagte sie, als sie den Augenblick ihrer Hinrichtung gekommen sah, unter welchem Stern ward ich nur geboren, daß ich niemals einer ehrenhaften Anwandlung nachgeben durfte, ohne daß danach sämtliche Geißeln des Unglücks über mich hereingebrochen wären? und wie konnte es nur so weit kommen, daß mich jene allwissende Vorsehung, deren Gerechtigkeit ich unermüdlich anzubeten geruhte, für meine Tugenden bestraft, indes sie gleichzeitig jene, die mich mit ihren Lastern in den Staub gedrückt, vor meinen Augen im siebten Himmel schwelgen läßt.

Eine Frau von hoher Geburt, ein Millionär verschworen sich in meiner Kindheit gegen meine Ehre und meine Jungfräulichkeit; für den geringen Erfolg ihres Unternehmens rächen sie sich, indem sie mich in ein Verfahren verwickeln, das mich an den Fuß des Schafottes führt; ihnen winken gewaltige Reichtümer, auf mich aber wartet der Galgen. Ich gerate unter Räuber; ich entkomme an der Seite eines Mannes, dem ich das Leben gerettet: zum Dank notzüchtigt er mich und läßt mich, von seinen Hieben niedergestreckt, liegen. Ich komme zu einem adligen Liederjahn, der mich dazu bringen will, seine Mutter zu erdolchen; der Verräter besitzt das Geschick, jene Tat, die er ganz allein begangen, auf mich abzuwälzen: ich ergreife die Flucht, ihn aber krönt ein Geldsegen. Von da gelange ich zu einem blutschänderischen und mordlustigen Wundarzt, den ich vor einer haarsträubenden Kindestötung bewahren will: der Mord wird vollzogen; ich aber werde gleich einer Verbrecherin geschändet, gebrandmarkt! er wird vom Schicksal mit Gaben überhäuft, ich aber gerate in tiefste Not. Ein Mann macht sich einen Spaß daraus, die von ihm gezeugten Kinder zu ertränken; ich unternehme etwas dagegen; ich werde von ihm gefaßt, in seinen Türmen eingesperrt; der Schuft nimmt sich vor, mich bis zu meinem Tode bei sich zu behalten. Man wünscht, daß ich einer Räuberbande Zutritt in sein Haus verschaffe … daß ich eine meiner Gefährtinnen ans Messer liefere … Ich bin so willensschwach, mich dafür herzugeben … ich bin frei; für einmal ist mir das Glück hold, und zwar nur weil ich mir eine Greueltat verstattet habe: das Versprechen auf ein Verbrechen rettet mich aus Bandoles Haus; eine gute Tat hielt mich in ihm gefangen. Ich will die heiligen Sakramente empfangen; will voller Inbrunst das höchste Wesen anrufen, wiewohl es mir ein Leid nach dem anderen beschert; das erlauchte Gericht, an dessen Stätte ich mich durch eines unserer allerheiligsten Mysterien zu läutern hoffte, wird zur blutigen Bühne meiner Schmach und Schande: jener Mann, der mich gemißbraucht und besudelt, erlangt die allerhöchsten Ehren seines Ordens, ich aber werde vom Unglück verfolgt. Ich lasse mein Herz von einer Frau erweichen, die mir ihr Leid klagt; sie führt mich in eine Räuberhöhle; dortselbst spüre ich so deutlich wie nie zuvor in meinem Leben, daß mich die Hand des Schicksals bis in alle Ewigkeit nur zum Narren halten wird: anderenorts war ich das Opfer zahlreicher Verbrechen, ohne an ihnen beteiligt gewesen zu sein, bei d'Esterval aber bleibe ich freiwillig, einzig und allein aufgrund des brennendsten Wunsches, der Tugend zum Sieg zu verhelfen, und so sehe ich mich gezwungen, an allen Verbrechen teilzuhaben, um ihnen nach Möglichkeit ein für allemal ein Ende bereiten zu können. Endlich wird durch meine Hilfe ein Opfer gerettet: es ist Bressac, jenes Scheusal, das mich bezichtigt hatte, seine Mutter erdolcht zu haben ... wiewohl doch niemand anders als er diesen Mord begangen haben konnte. Zum Lohn für meine Mühewaltungen werde ich von ihm zu einem weiteren Halunken geschleppt, der mich in seiner Tobsucht mit Greueln zu umzingeln wußte, die nicht einmal die Hand der Furien abzukupfern vermöchte. Ich versuche die erste Gattin, die ich bei diesem Manne vorfinde, zu retten; es mißlingt mir: ich will wenigstens der zweiten zur Flucht verhelfen; diese Tat vergilt mir das Schicksal, indem es mich der Gefahr aussetzt, selber des allerlangsamsten Todes zu sterben. Bei diesem schändlichen Gatten mache ich mit einem weiteren Menschenfresser Bekanntschaft, der mir den Vorschlag unterbreitet, Gift zu verteilen: ich lehne ab; er läßt mich in ein Wasserloch fallen. Abermals begegne ich jenem Manne, der dank meiner Güte einer Räuberbande entkam ... und mich zum Dank notzüchtigte; in tiefster Not erflehe ich sein Mitleid: er bietet mir seine Hilfe nur zum Preis allersündlichster Kuppeldienste an ... er wünscht, daß ich in seinen Diensten Opfer umgarne. Über diesen Vorschlag entrüstet, denke ich nicht im Traume daran, darauf einzutreten. Um sich zu rächen, unterzieht mich der Lüstling abermals seinem schändlichen Treiben. Ich verlasse Lyon; als erstes treffe ich auf eine Frau, die mich um Almosen anbettelt; ich lindere ihre Not, sie lockt mich auf eine Falltür, durch die ich mit ihr zusammen in ein unterirdisches Gewölbe stürze: weitere Abscheulichkeiten werden mir zugemutet; es tut not, daß ich mich an ihnen beteilige. Dortselbst verlangt man als Preis für meine Freiheit einen Diebstahl; dem widersetze ich mich; verrate den Missetäter: er schwelgt im Glück, ich allein werde bestraft. Nur indem ich mich zu einem weiteren Frevel verpflichte, kann ich meine Ketten schließlich sprengen; nur weil ich mich hierauf eingelassen habe, lacht mir das Glück. All diesen Spitzbuben entronnen, wandere ich gen Grenoble: mein Blick fällt auf einen ohnmächtigen Mann, ich eile ihm zu Hilfe: der Undankbare läßt mich, gleich einem Tier, ein Rad drehen und hängt mich zu seinem Vergnügen auf; dieser Wahnsinnige wünscht, daß ich ihn meines Orts aufhänge. Wieder liegt sein Leben in meinen Händen, abermals rette ich es ihm. Zur Entschädigung sperrt er mich lebendigen Leibes mit zweihundert Leichen ein. All seine Wünsche gehen in Erfüllung … ich stehe kurz davor, auf einem Blutgerüst zu enden, weil ich dazu gezwungen wurde, in seinem Hause zu arbeiten. Der Himmel will es, daß ich einem fürchterlichen Frauenzimmer wiederbegegne, das mich in Versuchung führen will und mir meine geringe Habe raubt, weil ich die Schätze seines Opfers zu retten geruhte. Ein feinfühliger junger Mann will mich all mein Leid vergessen machen … mir Trost spenden, indem er um meine Hand anhält; ehe es zur Ehe kommt, haucht er in meinen Armen seine Seele aus. Sein Freund müht sich, meine Tränen zu trocknen: doch abermals schlägt mein weiblicher Racheengel zu; da ich einmal mehr Tugend geübt, drohen mich die Schlangen der Hölle bereits in Stücke zu reißen. Ich werde überfallen, entführt, zu einem Manne geleitet, dessen Leidenschaft darin besteht, Köpfe rollen zu lassen. Ich entrinne dieser Gefahr: abermals schützt mich jene Hand, die mir schon einmal dargeboten wurde; ich wiege mich endlich in Sicherheit. Ein Haus brennt lichterloh; ich stürze mich ins Flammenmeer, um das Kind jener Frau herauszuholen, deren Obhut man mich anheimgegeben. Von meinen Wohltaten immerzu zum Narren gehalten, werde ich ausgerechnet von jener Frau, der ich diesen Dienst erwiesen habe, zugrunde gerichtet. Gleich einer Verbrecherin hinter Gitter gesteckt, mit verleumderischen Bezichtigungen überhäuft, flehe ich einen Geistlichen an; er zwingt mich zu Schändlichkeiten und läßt mich im Stich, ohne mir geholfen zu haben. Ich suche Schutz bei einem Manne, dem ich das Vermögen und das Leben gerettet; er liefert mich unsäglichen Wüstlingen aus, in deren Kreis ich tausendmal schlimmere Greuel erleide als jemals zuvor in meinem Leben. Die ganze Meute dieser wilden Tiere rottet sich zusammen, um meinen Untergang zu beschleunigen, nachdem sie mich mit Schmach und Schande überhäuft haben. Sie werden vom Schicksal mit Gaben gesegnet, ich aber strebe dem Tod zu.

Dies alles haben mich die Menschen erleiden lassen; und dies ist die Lehre, die ich aus dem fährnisreichen Umgang mit ihnen ziehe: was Wunder, daß meine durch Mißgeschick verbitterte, über Schmähungen entrüstete, vom Unrecht verfolgte Seele nur mehr danach trachtet, alle irdischen Fesseln abzuschütteln.

Kaum war Justine mit all diesen betrüblichen Grübeleien zu einem Ende gelangt, da trat der Stockmeister herein, um sie in aller Heimlichkeit zu sprechen.

– Hören Sie mir, sprach er zu ihr, aufmerksam zu: Sie haben meine Anteilnahme erregt, und sollte Ihnen das, was ich Ihnen vorschlage, gelingen, so rette ich Ihnen das Leben.

– Oh! lieber Herr, worum handelt es sich?

– Sehen Sie diesen fetten Kerl dort, der ganz in seinen Schmerz versunken ist und, gleich Ihnen, nur noch auf die Stunde seiner Hinrichtung wartet; er steht im Besitz einer beträchtlichen Summe, die sich in seiner Brieftasche befindet ... sehen Sie, wie deren Zipfel aus seiner Tasche lugt?

– Und nun, Monsieur?

– Und nun? ich weiß, daß er sich zur Zeit den Kopf darüber zerbricht, wie er dieses Vermögen seiner Familie zukommen lassen könnte; entwenden Sie es ihm, bringen Sie es mir, dann sollen Sie frei sein; doch bewahren Sie Stillschweigen: ob Sie nun einwilligen oder ablehnen, Sie sollten von dem, was ich Ihnen just eröffnet habe, niemals auch nur ein Sterbenswörtchen verlauten lassen ... los, entscheiden Sie sich ...

– Oh, Gott! seufzte Justine, stets vor die Wahl zwischen Laster und Tugend gestellt, öffnet sich mir der Pfad zur Glückseligkeit also immer nur dann, wenn ich mich Schandtaten hingebe! ... Gut, Monsieur, es sei, ich will Ihnen gehorchen; Sie raten mir zu einem Verbrechen ... ich werde es ausführen ... jawohl, ich will es begehen, doch nur, um jenen Schuften, die an meinem Untergang werkeln, ein weit schlimmeres zu ersparen.

Der Stockmeister zieht sich zurück; die Zeit drängt: schon schwingen die unheilschwangeren Klänge der Totenglocke durch die Lüfte, die allen abgeurteilten Unglücksvögeln ankündigen, daß sie nur noch kurze Zeit zu leben haben[1].Unsere Heldin schleicht sich neben ihren Schicksalsgenossen; sie entwendet ihm den gewünschten Wertgegenstand, händigt ihn dem Wärter aus, der ihr als Gegenleistung alsogleich die Türen öffnet und einen Louis mit auf den Weg gibt.

– Fliehen wir, fliehen wir, ruft diese Unselige, sowie sie sich alleine sieht; verlassen wir schleunigst einen Landstrich, wo sich jenes Glück, das ich mir erhoffte, mit solcher Hartnäckigkeit stets von neuem verflüchtigt.

Die Nacht bricht herein; deren Schatten begünstigen die Flucht, und schon steht sie auf der Straße nach Paris, wohin sie sich in der Hoffnung begeben will, ebendort ihre Schwester aufzusuchen, der ihr Mißgeschick gewiß zu Herzen gehen und die ihr grenzenloses Leid womöglich lindern würde.

Derlei Gedanken begleiteten Justine bis in die Umgegend von Essonne. Es war etwa vier Uhr nachmittags; sie wanderte in einem der Straßengräben, als sie eine Dame von höchster Zierde gewahrt, die zusammen mit vier Männern lustwandelte.

– Abbé, sprach diese Dame zu einem ihrer Begleiter gewandt, dort geht ein Geschöpf, dessen Gesicht mir bekannt vorkommt … wertes Fräulein, auf ein Wort nur, mit Verlaub … Geruhen Sie doch, mir zu verraten, wie Sie heißen … wer Sie sind?

– Oh! Gnädigste, ich bin der Mädchen allerunglücklichstes!

– Aber Ihr Name, so sagen Sie doch?

– Justine.

– Justine? … wie! dann wären Sie also die Tochter des Wechslers N … ?

– Genau, Madame …

– Werte Freunde, dies ist meine Schwester … jawohl, hinter diesen Lumpen und Fetzen verbirgt sich meine Schwester. Es mußte ja so enden; ich habe ihr dieses Schicksal vorausgesagt … sie war keusch, wie hätte sie da dem Verderben entgehen können? Kom-

[1] So will es der Brauch in fast allen südlichen Provinzen.

men Sie, mein Kind, kommen Sie auf mein Schloß; ich bin neubegierig, zu erfahren, welcher Fügung des Schicksals ich dieses Wiedersehen zu verdanken habe.

Man kehrt zurück.

– Ei wie! staunt Justine, von dem Prunk geblendet, den sie allüberall prangen sieht; während ich meine armen Tage nur mit höchster Not fristen kann, schwimmen Sie, meine Schwester, in solchen Reichtümern!

– O du kleinmütiges Mädchen, erwiderte Juliette, du solltest dich nicht länger verwundern; all dies hatte ich dir angekündigt. Ich nämlich bin dem Pfad des Lasters gefolgt, mein Kind; ich stieß dabei stets nur auf Rosen: weniger philosophisch veranlagt als ich, hast du aufgrund deiner verfluchten Vorurteile lauter Hirngespinste angebetet; du siehst, wohin dich dies geführt hat! Abbé, fuhr die berühmte Schwester unserer Heldin fort, man möge ihr anständigere Kleider reichen lassen und ihr an unserer Tafel ein Gedeck bereiten; morgen wollen wir der Erzählung ihres Mißgeschicks lauschen.

Erquickt und erfrischt, erzählte Justine anderentags der ganzen Gesellschaft jene Abenteuer, die man just gelesen. Wie niedergeschlagen dies schöne Mädchen auch sein mochte, sie gefiel allen ausnehmend wohl; und als unsere Libertins sie in Augenschein nahmen, konnten sie nicht umhin, ein Loblied auf sie anzustimmen.

– Fürwahr, sprach einer von jenen Leuten, die wir bald in den Abenteuern von Justines Schwester auftreten sehen werden; fürwahr, da steht das leibhaftige MISSGESCHICK DER TUGEND; und dort, fuhr er mit einem Wink auf Juliette fort, dort, meine Freunde, der SEGEN DES LASTERS.

Der Rest des Abends diente der Erholung; und schon am nächsten Morgen kündigte Juliette ihren Freunden an, sie wolle nun ihre eigene Lebensgeschichte erzählen, damit ihre Schwester, so sagte sie, noch angelegentlicher beurteilen könne, mit welch machtvoller Hand der Himmel das Laster stetsfort beschütze und unterstütze, indes er der Tugend nur Kummer und Sorgen bereite.

– Leihen Sie mir ihr Ohr, Justine. Euch aber, Noirceuil und Chabert, euch lade ich selbstredend nicht dazu ein, abermals all jenen Schilderungen zu lauschen, in denen ihr eine allzu gewichtige Rolle spielt, als daß ihr nicht bestens mit ihnen vertraut wärt: verfügt euch doch für einige Tage aufs Land, bei eurer Rückkehr werden wir ja sehen, was aus diesem Mädchen werden mag. Sie aber, Marquis, und

Sie, mein lieber Chevalier, euch bitte ich, meiner Erzählung beizuwohnen, damit ihr euch selber davon überzeugen könnt, daß euch Chabert und Noirceuil nicht ohne gerechte Ursache immer wieder versichert haben, daß auf Erden wenig Frauen leben, die so einzigartig sind wie ich.

Man verfügt sich in einen prachtreichen Saal. Die ganze Schar läßt sich auf Liegebetten nieder; Justine begnügt sich mit einem Stuhl; und Juliette, auf einer Ottomane thronend, beginnt ihre Erzählung mit Worten, die unsere geneigten Leser in den nachfolgenden Bänden finden werden.

ENDE DES VIERTEN BANDES.

D.A.F. de Sade

Erste und letzte Notizen zur Justine

URJUSTINE

und
(anstelle einer Inhaltszusammenfassung)

111 NOTIZEN ZUR NEUEN JUSTINE

Mit diesen 1930 von Maurice Heine erstmals veröffentlichten Vornotizen zu der üblicherweise mit *Die Leiden der Tugend* betitelten, ersten Fassung des *Justine*-Stoffes (vgl. unser Vorwort in J/J 1, 14-21), die noch nicht Roman, sondern Erzählung werden sollte, stoßen wir gleichsam auf die frühesten Schichten eines Romans, der immer wieder von neuen Schichten überlagert wird, die Zeugnis eines »literarischen Zivilisationsprozesses« des Marquis de Sade ablegen. Dabei entdeckt man Einfälle für Episoden, die der Textevolution zum Opfer gefallen sind, während freilich die meisten Episoden erhalten blieben und die verschiedenen Romanschichten als »Leitfossilien« durchziehen.

Dieser Blick in die karzerale, literarische Werkstatt bezieht sich auf den Juli 1787, als die vorliegende *Urjustine* sowie weitere, später zum Teil verworfene Pläne und Skizzen entstanden. Daß Sades wohl berühmteste Figur nicht immer Justine, sondern auch »Sophie« genannt wird (wie dies in der ersten *Justine*-Fassung dann durchgehend der Fall sein wird), klärt sich von selbst auf, wenn man bedenkt, daß eines der unzähligen Epitheta Sades »der schwarze Rousseau« lautet.

Um die Textgestaltung auf den von Sade in seinem Notizheft für die *Urjustine* beanspruchten acht Seiten etwas anzudeuten, durchsetzen wir den Text mit entsprechenden Hinweisen, die wir auf der Basis der Manuskriptbeschreibung von Maurice Heine erstellen (Maurice Heine, *Le Marquis de Sade*, hg. v. Gilbert Lely, Paris 1950, 47-56).

URJUSTINE

Zwei Schwestern, die eine, sehr wollüstig, lebt in Glück, Überfluß und Reichtum, die andere, ausnehmend sittsam, verstrickt sich in tausend Netze, die schließlich ihren Untergang besiegeln.

Auf derselben Höhe, aber am linken Rand, notiert er den Titel:

Das Mißgeschick der Tugend

Hierauf kehrt er in die Mitte der Seite zurück und schreibt den unterstrichenen Untertitel:

GESCHICHTE IHRER LEIDEN.

Alsdann streicht er den Titel mit kreisenden Federstrichen, um darunter – ebenfalls am linken Rand – den neuen Titel festzuhalten:

DIE LEIDEN DER TUGEND

Nun beginnt er mit der Reihe von Unglücksfällen, die seine Heldin ereilen:

Als Kind stellt sie sich zur Verfügung, um ihrer Mutter aus der Not zu helfen …

Doch er hält inne und streicht die letzten drei Zeilen (inklusive Untertitel) mit drei Federstrichen. Ein programmatischer Prolog tut not:

Ihr aufgezehrtes Vermögen zwingt sie dazu, einen Beruf zu ergreifen, die Erstgeborene wird Dirne, die Zweitgeborene arbeitet; die Erstgeborene macht ihr Glück, die Zweitgeborene gerät immer tiefer ins Unglück.

Sodann schreibt er den unterstrichenen Untertitel wieder in die Mitte der Seite und stellt das Thema der anschließend niedergeschriebenen Auflistung daneben, an den linken Rand:

Die Namen dieser Tugenden werden in der Folge stets zusammen mit einer Ordinalzahl an den linken Rand geschrieben. Die folgenden 10 Abschnitte scheinen bei der späteren Niederschrift tatsächlich benutzt worden zu sein, denn sie sind einzeln durchgestrichen worden, was man als »Abhaken« deuten kann.

1. Schamhaftigkeit. Sie wird wegen Schulden verhaftet und in ein Gefängnis verfrachtet. Man unterbreitet ihr das Angebot, um den Preis ihrer Ehre herauszukommen, sie schlägt dies aus, gleichwohl erlangt sie ihre Freiheit wieder und nimmt eine Stelle als Dienstmagd an.

2. Schamhaftigkeit. Dort wird sie von ihrem Herrn zum Stehlen angestiftet, sie schlägt dies aus; der aber, ein finsterer und verschlagener Kerl, verbirgt einen Wertgegenstand in ihrem Reisesack, zeigt sie als Diebin an, und abermals landet sie im Châtelet; sie wird für unschuldig erklärt und freigelassen.

3. Abscheu vor dem Bösen. Abermals nimmt sie eine Stelle als Dienstmagd an. Ein Sohn unterbreitet ihr den Vorschlag, seine Mutter zu vergiften, sie schreckt vor diesem Verbrechen zurück, warnt die Mutter, die ihr erklärt, es müsse ein Irrtum vorliegen, ihr Sohn sei einer solchen Tat nicht fähig; sie läßt ihr hundert Hiebe mit dem Ochsenziemer verabreichen, und zwar durch ihren eigenen Sohn, der, wie man sich denken kann, wacker drauflosschlägt, ehe sie vor die Tür gesetzt wird.

4. Schamhaftigkeit. Sie verläßt Paris, gerät unter Räuber, (die sie dazu zwingen wollen, ihre Jungfernschaft zu opfern) (*verworfene Formulierung*) die sie notzüchtigen wollen, sie wehrt sich, behauptet, sie habe unweit von hier eine Schwester, die viel anmutiger sei als sie selbst, bietet sich an, sie ihnen zuzuführen, man willigt ein, sie verläßt die Räuber, jedoch nur um sie anzuzeigen, sie wird selber eingesperrt, und man spannt sie auf die Folter, um ein Geständnis zu erhalten, falls sie am Raub beteiligt gewesen. Man läßt sie laufen.

5. Frömmigkeit. Wieder in Freiheit, zieht sie ihrer Wege, betritt eine Kirchen, um die Messe zu hören, die sie schon seit geraumer Zeit nicht mehrgehört, das Gewölbe stürzt über ihr ein, sie wird von einem Stein schwer verletzt.

6. Wohltätigkeit. Sie wandert unbeirrt weiter, eine arme Frau bittet sie um eine milde Gabe, sie fischt ihren Geldbeutel heraus, um ihr etwas zu geben,

diese Frau schnappt sich ihren Geldbeutel, entwendet ihn ihr und sucht das Weite.

7. Barmherzigkeit. Ein junger Mann ihres Standes verliebt sich in sie und ehelicht sie, der junge Mann stürzt seines Orts ins Elend, sie plackt sich Tag und Nacht ab, um seine Not zu lindern, das Untier verschachert sie an einen alten Lüstling, der sie notzüchtigt, abermals wird sie für ihre, diesmal gegenüber ihrem Gatten geübte, Barmherzigkeit bestraft.

8. Vorsicht. Sie jagt weiterhin ihrem Glück hinterher; an einem über die Ufer getretenen Strom erblickt sie zwei Möglichkeiten: einen überaus gefährlich anmutenden Kahn sowie eine Brücke, aus Vorsicht quert sie die Brücke, die unter ihren Füßen einstürzt.

9. Liebe zum Guten und zur Wahrheit. Sie (führt) (*verworfene Formulierung)* setzt ihren Weg fort. Sie erblickt zwei Männer, wobei der eine den anderen angreift und umbringt, derjenige, welcher das Verbrechen verübt hat, gewahrt, daß man ihm nachsetzt, flieht und begegnet ihr auf der Flucht: SAGEN SIE AUS, ICH HÄTTE DIESEN MANN IN NOTWEHR GETÖTET, spricht er zu diesem Mädchen, DANN WERDE ICH IHR GLÜCK MACHEN. Die Gesetzeshüter treffen ein, das Mädchen wird verhört: Herrje, spricht sie, es ist mir unmöglich, zu lügen und die Wahrheit zu verhehlen, dieser Elende ist schuldig, denn er hat den anderen mit roher Gewalt getötet, doch mir ist, als ob der Sterbende noch atme, retten Sie ihn. Man begibt sich dorthin, der Sterbende wird zum Leben erweckt, er vernimmt, was dies Mädchen für ihn getan, indem sie ihn an seinem Feind gerächt, er will sich mit ihr verlustieren, sie widersetzt sich, der Schurke schwärzt sie bei den Richtern an, und zwar als Mitschuldige am Verbrechen jenes Mannes, der ihn töten wollte, sie entgeht der Haft nur durch Flucht. Wenn sie sich auf die Seite des Schuldigen geschlagen hätte, wäre es nie so weit gekommen.

10. Wohltätigkeit. Sie setzt ihre Reise fort, nächtigt in einer Herberge, in der ein Feuer ausbricht, bei ihr weilte eine Frau mit einem Kind, mitten im Feuermeer bringt sich die Frau in Sicherheit und läßt ihr Kind liegen, sie holt eilends das Kind, als sie es der Mutter bringen will, gleitet sie mit dem Fuß aus, das Kind fällt ins Feuer, die Mutter gerät in Zorn, der Brand erlischt, die Mutter kehrt in ihr Zimmer zurück, sieht sich beraubt, einzig das junge Mädchen hat ihr Zimmer betreten, sie beschuldigt es, sie beraubt und ihr Kind umgebracht zu haben; beim Augenschein findet sich, daß das Feuer in der Kammer des jungen Mädchens ausgebrochen war, und schon ist sie der Brandstiftung,

des Diebstahls und des Mordes angeklagt, und all dies nur, weil sie ein Kind retten wollte, dieser letzte Vorfall hat zur Folge, daß sie als Gefangene nach Paris geführt wird. Hier mag man nach Belieben noch etwas einfügen.

Am Rande notiert Sade:

Man erinnert sich, daß sie einst von hier geflohen.

Um einen Anfang seiner Erzählung bemüht, setzt Sade einen unterstrichenen Untertitel in die Mitte der Seite:

BEGINN

Als er freilich während der Niederschrift des folgenden Abschnittes merkt, daß dies eher ein passendes Ende ergäbe, notiert er – etwa in der Mitte dieses langen Abschnittes – an den linken Rand:

Eigentlich der Schluß

Die Frau Gräfin de Lorsange weilt unweit von Montargis, im Landhaus des Gerichtspräsidenten Corville, der mit ihr zusammenlebt. Diese Madame de Lorsange, Justines Schwester, ist dank haarsträubenden Ausschweifungen jeder Spielart zu ihrer jetzigen Stellung und den Annehmlichkeiten gelangt, deren sie genießt.

An dieser Stelle notiert Sade eine Art Verhaltensregel für Libertins:

Lerne, den Launen des Schicksals nachzuhelfen.

Als Mädchen von niedriger Abkunft, stürzte sie sich mit fünfzehn Jahren in die Libertinage, während ihre Schwester, die vierzehn Jahre zählte, den Entschluß faßte, ihren Lebensunterhalt mit Arbeiten zu verdienen, worauf dieser ihre ersten Abenteuer widerfuhren; zu jenem Zeitpunkt schieden sie voneinander. Sie weilt also auf dem Lande, als die Kutsche aus Lyon vorbeikommt, wobei zwei Reiter ein junges, hübsches Mädchen bewachen, das im Korbkäfig sitzt und dessen Antlitz die Anteilnahme des Präsidenten und seiner Geliebten weckt, man erklärt, daß es sich um eine Brandstifterin, Mörderin und Räuberin handle, die zur rechtsförmigen Einrichtung ihres Gerichtsverfahrens nach Paris überführt werde; auf das Drängen seiner Geliebten verbürgt sich der Präsident für die Schuldige, nimmt sich ihrer an und richtet an den obersten Richter ein Schreiben, man ermuntert Justine, ihre Wechselfälle zu erzählen, sie berichtet alles, was oben aufgeführt wurde. Sie macht einen derart herzerweichenden Eindruck, daß sich der Präsident ihres Falles annimmt; noch hatte sie ihre Abkunft nicht erwähnt, Md. de Lorsange drängt sie, auch dies zu verraten, sie erkennt ihre Schwester wieder; ein zusätzlicher Ansporn, sich für sie einzusetzen; man verlebt ein paar geruhsame Tage, während deren Briefe hin und hergehen; eines Tages bricht ein fürchterliches Gewitter los, man weilte, bei geöffneten Fenstern, in einem Saal, Md. de Lorsange fürchtet sich, Justine erhebt sich, um alles zu verschließen, der Blitz fährt nieder und erschlägt sie. – Das ist allzu überwältigend und allzu eigenartig, meint Md. de Lorsange, es geht über den gesunden Menschenverstand, sich vorzustellen, daß die Vorsehung auf derart unbarmherzige und erst noch ungerechte Weise ein Geschöpf bestraft, das stets nur der Tugend gedient, dieser Schluß überzeugt mich nicht, auf diesem Umweg will der Zorn des Himmels vielmehr mich treffen, ja, mir gelten all diese Schicksalsschläge, ich allein habe sie verdient. Und daraufhin entsagt sie der Welt und ihrem Geliebten und beschließt ihre Tage in einem Kloster, nachdem sie alles, was sie besaß, den Armen vermacht hat, und ebendort stirbt sie in hohem Alter, ein Muster und Vorbild für das ganze Gotteshaus.

Ein langer waagrechter Strich trennt auf der ganzen Breite der Seite alles bisher Festgehaltene vom folgenden, unterstrichenen Untertitel:

REKAPITULATION DER ABENTEUER.

Am linken Rand notiert Sade einen Gedanken, der sich auf die Dubois bezieht:

Lassen Sie sie wieder auf die vom Glück begünstigte Dubois treffen.
Dic Arbeiterin, die ihr die Tür weist.
Der Pfarrer, der sie liebkosen will und ihr die Tür weist.

1. Dubourg, der seine Hilfe nur unter der Bedingung in Aussicht stellt, sie schänden zu dürfen.

2. M. Du Harpin, der sie als Räuberin hinter Schloß und Riegel bringt.

Sie entflieht aus der Conciergerie in Begleitung einer Alten: Dubois, die ein Feuer legt.

3. Die drei Männer, unter denen sie weilt, wollen sie notzüchtigen, sie flieht, und auf der Flucht von dort gerät sie an den jungen Mann, der sie zu sich nach Hause führt und der seine Mutter vergiften will, um das neuerliche Verbrechen zu vermeiden, zu dem man sie anstiften will, tappt sie also in eine

4. weitere Falle.

5. Beim Wundarzt von   , wo sie gequält wird, weil sie eine Jungfrau vor dem Seziertisch gerettet hat.

Auf der fünften Seite findet man oben in der Mitte den unterstrichenen Untertitel:

FORTSETZUNG DES ENTWURFES.

Doch diese ganze Seite befriedigt den Autor nicht, so daß er sie mit einem großen Kreuz wieder durchstreicht.

20 Jahre (*am linken Rand*). Mit 20 Jahren trifft sie beim Wundarzt ein; nach Verlauf zweier Jahre rettet sie ein 12 Jahre junges Mädchen, das man skalpellisieren will, und zur Strafe schneidet ihr der Wundarzt zwei Zehen ab, bricht ihr zwei Zähne und brennt ihr ein V auf die Schultern – wobei er ihr verrät, daß er sie an die Stelle des Kindes gelegt hätte, wenn sie im richtigen Alter gewesen wäre. Während ihres Aufenthaltes beim Wundarzt schreibt sie dem Marquis, um jenes Geld zurückzuerhalten, das sie bei seiner Mutter verdient hatte; welcherlei Antwort sie darauf erhält.

Sie verläßt das Haus des Wundarztes, betritt eine Kirche, in der ihr das Gewölbe auf den Kopf fällt, während sie ihre Osterandacht verrichtet.

22 Jahre (*am linken Rand*). Ein bißchen weiter, nach wie vor in Richtung Lyon, spendet sie einer Frau Almosen, welche sie bestiehlt.

Ein bißchen weiter begegnet sie einem Mann, sie nähert sich ihm, leistet ihm Beistand; wieder zu sich gekommen, bietet ihr dieser Mann seine Hilfe an, sie erzählt ihm von ihren Schicksalsschlägen, dieser Mann bietet ihr an, sie in das Haus seines Herrn zu geleiten, wo man sich um sie kümmern werde; so landet sie mit fast 23 Jahren in einer Räuberhöhle; Quälereien, die sie in diesem Schlupfloch erduldet, sie dient den verschiedenen Gelüsten von allen vieren. (Mit 25 Jahren entkommt sie von dort.) (*Dieser Satz wird wieder gestrichen.*) Als die Räuber ihr Brandmal erblicken, zählen sie sie zu den Ihrigen. – Mit ihrem Schandmal nach Grenoble geführt, wo sie einem Verhör unterzogen wird, weil man erfahren will, ob sie zu dieser Bande gehöre, sie wird als nicht schuldig entlassen, und man schenkt ihrer Geschichte und ihrer Treuherzigkeit Glauben. – So weit also haben zwei gute Taten geführt. In Grenoble trifft sie die Dubois, steinreich. (*Der letzte Satz wird am linken Rand hinzugefügt.*)

Zwischen 25 und 26. (*am linken Rand*) Sie muß bei einem Kirchenmann Unterkunft nehmen, wo eine neuerliche, noch auszumittelnde Tugend neues Mißgeschick über sie hereinbrechen läßt; erwähnen Sie, wie sie von diesem Pfaffen scheiden wird.

Zwischen 26 und 27. (*am linken Rand*) Sie nächtigt unweit von Lyon in einer Herberge.

SCHLUß DES ENTWURFES.

Dieser an den Rand gesetzte Untertitel wird durchgestrichen und die Reihe der Episoden fortgesetzt.

22 Jahre. Sie schickt sich an, in ein kleines Kloster von Franziskanermönchen unweit von Sens zu gehen, dort bittet sie darum, die Beichte ablegen zu dürfen, und ebendort wird sie gepackt und genotzüchtigt (*am Rand:* Opfer ihrer Religion); dort wird sie zusammen mit anderen Mädchen für drei Jahre eingesperrt, der Bruder Guardian wird als Ordensführer nach Rom berufen, der neue Guardian läßt die Mädchen laufen, sie setzt ihre Reise in Richtung Dauphiné fort, in einer Zeitung entdeckt sie Rodin, Leibarzt des Königs (von Schweden) von England. (*Diese Zeitungslektüre wird am linken Rand notiert, wobei Schweden zugunsten von England durchgestrichen wird.*) Sie gelangt hinunter bis nach Vienne, zu diesem Zeitpunkt wird sie von der Frau beraubt, der sie Almosen spendet, (*die letzten 13 Worte stehen am rechten Rand; am linken Rand findet sich die Angabe von Justines Alter:* 25) hinter Vienne begegnet sie dem von einem anderen niedergestreckten Mann, sie leistet ihm Beistand, dieser Mann führt sie zum Lohn, so sagt er, zu seinem Herrn, es handelt sich um ein altes Schloß, wo Falschgeld geprägt wird, sie ist also abermals ein OPFER IHRER BARMHERZIGKEIT. Dort wird sie für äußerst mühselige Arbeiten eingesetzt, jener Mann, dem sie Beistand geleistet, ist der Anführer, läßt sie harte Arbeit verrichten und behandelt sie sehr schlecht, dieser Anführer gibt seinen Beruf auf, nachdem er sein Glück gemacht – WIEDER WIRD DAS LASTER BELOHNT. Der erste Geselle führt das Geschäft weiter, doch sie werden gefaßt, nach Grenoble überführt, wo sie nach der Entdeckung ihres Males in den Kerker geworfen und dem üblichen Verhör unterzogen wird, auf daß sie ein Geständis ablege; für nicht schuldig erkannt, wird sie freigelassen, sie verbringt dortselbst ein Jahr, sie zählt 26 Jahre, als sie von dort aufbricht, in Grenoble begegnet sie der Dubois; Abhandlung, die sie bei dieser Dame hört, die im Schoße des Verbrechens ein Vermögen gemacht hat; von Grenoble aus gelangt sie mit einer Handvoll Ecus, die ihr die Dubois gibt, nach Lyon, kurz vor Lyon kreuzt sie den Weg einer Krämerin mit einem Karren, die allein auf eine Messe geht, ihr Mann ist schon vorausgereist, diese Frau hat ein Kindchen, dem sie noch die Brust gibt, sie redet diese Frau an, die Krämerin bekundet Sophie ihre Anteilnahme, sie nächtigen zusammen in derselben Herberge unweit von Lyon, in der Herberge bricht ein Feuer aus, die Händlerin bringt sich in Sicher-

heit, wobei sie ihr Kind vergißt, Sophie bringt sich ebenfalls in Sicherheit, die Krämerin schreit nach ihrem Kind, Sophie stürzt sich ins Flammenmeer, um es zu holen, sie trägt es heraus, ihr Fuß rutscht aus, das Kind fällt ins Feuer, die Krämerin beschuldigt Sophie (und sagt, daß sie es gewesen sei). (*die letzten 7 Wörter durchgestrichen*) Das Feuer erlischt, die Krämerin geht in ihre Kammer zurück, sie wurde ausgeraubt; und da einzig und allein Sophie in ihre Kammer zurückgekehrt war, klagt sie sie an, dieser neuerliche Verdacht nährt wiederum den Verdacht der Brandstiftung, eine Zeugenaussage wird gemacht, Sophie wird verhört, ihr Mal entdeckt, sie wird als Diebin, Brandstifterin und Mörderin des Kindes verhaftet und anschließend nach Paris überführt.

An diesen Entwurf schließen sich einige Auflistungen an.

LASTERHAFTE LEUTE, DIE BELOHNT WERDEN:

1. Dubourg, der sie aushalten wollte, um sie auszupeitschen.
2. Du Harpin, der sie als Räuberin hinter Gitter bringt.
3. Die Dubois vermag zu fliehen, wiewohl schuldig, und macht alsdann ein beträchtliches Vermögen.
4. Der Marquis de Bressac erbt von allen Seiten Unsummen.
5. Rodin, der sie gebrandmarkt und gequält, wird Wundarzt des Königs von Schweden.
6. Der Bruder Guardian der Franziskanermönche wird als Ordensführer nach Rom berufen, wiewohl er sie zwecks tausenderlei Greueltaten drei Jahre lang bei sich behalten – und Antonin Bruder Guardian von Lyon.
7. Der Anführer der Falschmünzer, der es ihr gegenüber derart schändlich an Dank fehlen läßt, macht ein Vermögen.
8. Ihre Schwester schließlich, die frevelhafteste aller Frauen, hat ein unermeßliches Vermögen gemacht.

ABENTEUER IN STICHWORTEN, ZUR REKAPITULATION

1. Dubourg will sie auspeitschen.
2. Du Harpin läßt sie als Räuberin verhaften, weil sie nicht stehlen will.
3. Die Freunde der Dubois wollen sie notzüchtigen, weil sie mit ihnen nicht gemeinsame Sache machen will.
4. Bressac zermartert sie, weil sie sich weigert, seine Mutter zu vergiften.
5. Rodin brandmarkt und verstümmelt sie, weil sie ihn vor einem Mord bewahrt.

6. Der Bruder Guardian der Franziskanermönche notzüchtigt und züchtigt sie, weil sie die Sakramente empfangen will.

7. Eine ärmliche Frau bestiehlt sie, weil sie ihr Almosen spenden will.

8. Der Anführer der Falschmünzer läßt sie wie ein Pferd schuften, weil sie ihm Beistand geleistet.

Am rechten Rand wird später ein weiteres Abenteuer hinzugefügt:

Sie wird beraubt, weil sie einen Raub vereitelt hat.

9. Die Krämerin hängt ihr einen Prozeß an, weil sie ihr Kind retten wollte.

10. Der Donnerschlag.

MÄNNER.

RAPHAËL, Bruder Guardian, Italiener, 50 Jahre, sanft, ehrenwert, zuvorkommend, im Innern aber finster und wildmütig.

CLÉMENT, fett, großgewachsen, unwirsch und grob, 44 Jahre, Trunkenbold.

ANTONIN, hager, schwächlich, eine Satyrsgestalt, 35 Jahre, mit einem äußerst lüsternen Gemüt.

JÉRÔME, 60 Jahre, greis, grob, Trunkenbold mit verdorbenen Neigungen.

MÄDCHEN:

Florette, 14, aus Dijon, Tochter eines Großhändlers, brünett und aufreizend, von Raphaëls Sendlingen verführt.

Am Rand:
Geistloses Kind

Cornélie, 16 Jahre, blond, herzerweichend, helle Haut und herrliche Hüften, Tochter eines Weinhändlers aus Auxerre, von Raphaël verführt.

Am Rand:
Herzerweichend

Ursule, 26 Jahre, von mustergültigem Wuchs und Schönheit, seit 12 Jahren im Gotteshaus, Lyonerin, von Clément verführt.

Am Rand:

Falschzüngig, Verräterin, Libertine. (*Diese Figur wird hier wieder gestrichen und fehlt auch im ausgearbeiteten Text der ersten Fassung, nicht aber in der dritten Fassung, wo sowohl Victorine als auch Honorine Ähnlichkeiten mit diesem Porträt aufweisen.*)

Omphale, 30 Jahre, pralle Rundungen, jedoch schön, sanfte Augen, Tochter eines Winzers aus Joigny, sie weilt seit 16 Jahren hier, von Jérôme entführt. – Braves Mädchen.

Octavie, 15 Jahre, lustreiches Mädchen, wie es sich gehört. (*Dieses später hinzugefügte Porträt von Octvavie ist von den übrigen Mädchenbeschreibungen durch einen waagrechten Strich geschieden.*)

Es folgen fünf Zeilen mit redaktionellem Gekritzel, das nicht direkt den Entwurf betrifft, und zuunterst auf der Seite:

Die Dubois sagt ihr, sie solle einem Mann die Zeit vertreiben, während sie ihn ausraubt, sie warnt diesen Mann, und die Dubois beraubt nun sie selber.

Auf dem Umschlag des Heftes finden sich Abartigkeiten des Geizhalses Du Harpin notiert, der nur in den ersten beiden Fassungen der Justine vorkommt und später durch den Financier Dubourg ersetzt wird:

Nie ein Licht, legt sich im Schein der Straßenlaterne zu Bett.

Weder Laken noch Wäsche.

Lederne Matratzen.

Nur Wasser trinkend.

Sich nur mit Kalkstaub von den Mauern pudernd.

Polstermöbel und Kleider durften niemals ausgeklopft, sondern nur gerade abgestaubt werden.

Mit Eisen beschlagene Schuhe.

Man schneidet das Brot stets nur über einem Körbchen, auch die sonstigen Krumen werden dareingelegt, und am Ende der Woche reichert man all dies mit einer Butterflocke an, was eine ganze Mahlzeit ergibt.

111 NOTIZEN ZUR NEUEN JUSTINE

DIE NEUE JUSTINE
ODER
VOM MISSGESCHICK DER TUGEND
GEFOLGT
VON DER GESCHICHTE
IHRER SCHWESTER
JULIETTE
Originalmanuskript
1797

»Der Umstand, während meiner nationalen Verhaftung die Guillotine vor den Augen zu haben, hat mir hundertmal mehr Schmerzen verursacht als alle erdenklichen Bastilles«, schreibt der wegen seiner vehementen Ablehnung der Todesstrafe sowie wegen seines radikalen Atheismus vom revolutionären Tugendwächter Robespierre inhaftierte Sade am 21. Januar 1795. Wenn er die apathische Effizienz der Guillotine in einem Text umgesetzt hat, so in den wohl kurz nach seiner Befreiung abgefaßten *111 Notizen zur Neuen Justine,* in denen jeder Satz einem Opfer oder einer überkommenen Moral- bzw. Gottesvorstellung den Garaus macht.

Die 111 Manuskriptblätter von unterschiedlicher Größe und Farbe tauchten erstmals am 1. Juni 1926 in der Öffentlichkeit auf, als sie von Simon Kra im Hotel Drouot in Paris an einen anonym gebliebenen Käufer versteigert wurden, der es Maurice Heine, dem Pionier der Sadologie, erlaubte, eine Abschrift zu erstellen. Statt in der von Heine geplanten, durch seinen frühen Tod aber verhinderten kritischen *Justine*-Ausgabe erschienen – auf Drängen des Verlegers – bereits im Mai 1933 unter dem Titel »Actualité de Sade IV« sechzehn von Heine ausgewählte und in einen reichen Kommentar eingebettete *Notizen* in der Zeitschrift *Le Surréalisme au service de la révolution.*

Die erste vollständige Ausgabe der *111 Notizen* besorgte Henri Pastoureau 1956 in der Reihe »Le Terrain Vague«, wobei ein Teil der Auflage mit Illustrationen von Hans Bellmer und Bona versehen war.

Erstaunlich wenige Einzelheiten der *111 Notizen* verschwinden im endgültigen Text der *Nouvelle Justine* wieder, ganz anders als bei den Notizen zur ersten Fassung *(Urjustine),* ja die *111 Notizen* wirken oft wie eine Inhaltsangabe gewisser Episoden, die bei der Lektüre eines bereits geschriebenen Textes erstellt worden sein mögen; es gibt zahlreiche kurze, sich jeweils über ein halbes Dutzend Wörter erstreckende, an »Zitate« gemahnende Übereinstimmungen mit dem Endtext der *Nouvelle Justine.* (Man beachte, daß diese Zitate nicht nur dann auftauchen, wenn sie sich auf bereits in der zweiten Fassung vorhandene Stellen beziehen.) Dies und die Annahme, daß es zwischen der *Justine*-Ausgabe von 1791 und der *Nouvelle Justine* (1797 bzw. 1800) zu mehreren, allenfalls bereits überarbeiteten Neuauflagen kam, legt die Vermutung nahe, daß Sade die *111 Notizen* bei der Lektüre einer bereits in beträchtlichem Maße erweiterten, nicht erhaltenen Zwischenfassung der Justine anlegte – vielleicht nur als Orientierungshilfe? –, und zwar im Hinblick auf den Endtext der *Nouvelle Justine.* Dafür spräche vielleicht auch der Umstand, daß die *111 Notizen* zusammen mit einem kalligraphierten »Originalmanuskript«-Titelblatt aufgetaucht sind, das in der Formulierung und Anordnung (vgl. vorangegangene Seite) eine Vorstufe des endgültigen Titels darstellen könnte, wie er ja auch in den Bänden unserer Ausgabe jeweils vor dem Haupttext zu finden ist.

Da Maurice Heine in seiner Beschreibung des heute nicht mehr zugänglichen Manuskriptes der *111 Notizen* festhält, daß die (in den französischen Ausgaben stets berücksichtigte) Numerierung von I bis CXI von »moderner Hand« stamme, geben wir in der Übersetzung diese Numerierung lediglich in jeweils hinter die entsprechende Notiz gefügten Klammern an, um das Auffinden des französischen Originals zu erleichtern, sortieren jedoch die einzelnen Notizen gemäß der Handlungsabfolge und numerieren sie neu. Hinter der Numerierung in römischen Ziffern folgen die Verweise auf den Standort der betreffenden Episoden in den vorliegenden vier Bänden der Übersetzung. So mögen die Notizen auch dem heutigen Leser als Orientierungshilfe in Sades Text-Dschungel dienen.

Vgl. zu den *111 Notizen* auch Sades Brief »An die schwachköpfigen Schufte, die mich quälen« (Vincennes 1783), der folgende, auf seine Schwiegermutter gemünzte Passage enthält: »Folgt nun die hundertelfte Marter, die ich, seit ich nicht mehr lesen noch schreiben darf, für sie ersonnen habe. Heute morgen, in meinem Leid, sah ich sie, die Metze, sah sie bei lebendigem Leibe gehäutet, auf Kohlen geschleift und schließlich in ein Essigfaß getaucht.«

1

Dubourg hat eine Schwäche dafür, Kinder weinen zu sehen, und setzt alle Hebel in Bewegung, sie soweit zu bringen. (II/ i, 59)

2

Es gibt auf Erden mehr Menschen als nötig. Was mit ihnen anzufangen ist. Was mit den unehelichen oder verwaisten Kindern geschehen soll. Lehrgebäude über Almosen und Armenhäuser. (I/ i, 60f.)

3

Die Keuschheit einer Frau ist ein überflüssig Ding; nicht Tugend fordert man von ihr: sondern deren Maske. Ratschläge betreffs der Heuchelei; Erörterung der Prostitution; deren Loblied: sie ist für eine Frau ein förderlich Ding; Loblied auf die Kuppelei. (LV/ i, 67-69)

4

Während sich eine Frau von einem Manne ficken läßt, wünscht sie, daß bei diesem Schandspiel ein junges Unschuldslamm als Dritte im Bunde teilnimmt und daß auch die Kupplerin nicht untätig bleibt. (LVI/ i, 70-72)

5

Eine Frau bedient sich eines jungen Mädchens, das sie nach dem Benützen ihres Abortes reinigen muß, und zwar mit der Zunge. (LVII/ i, 84)

6

Nachdem eine Frau mitansehen mußte, wie ein von ihr gestipstes Mädchen trotz ihren Sturmläufen fühllos bleibt, quält sie es und sperrt es bei Brot und Wasser ein. Ein erstes Beispiel für die wilde Leidenschaftlichkeit der Frauen. (LVIII/ i, 87f.)

7

Verschwörung einer Schurkin und eines Lüstlings, die zum Ziel hat, Justine zur Diebin zu stempeln. Man versteckt eine Uhr in ihrem Bett; sie lassen sie hinter Gitter bringen; aus lauter Leidenschaft geht der Mann den Schergen selbst dabei zur Hand, dieses Unglückskind einzukerkern; beinahe wird sie von diesem Schurken in jenem Gefährt genotzüchtigt, dessen er sich bedient, um sie ins Gefängnis zu überführen. (LIX/ i, 81f, 89-94)

8

Nichtigkeit brüderlicher Bande; der Egoismus, das oberste aller Naturgesetze. (LX/ i, 99)

9

Die Ungerechtigkeit der Menschen und der Gesetze machen das Verbrechen unverzichtbar. Der Stärkere mißbraucht seine Macht, indem er den Schwächeren in Ketten legt: also muß letzterer sein Joch abschütteln. (LXI/ i, 101–103)

10

Leidenschaften der vier Räuber: der eine läßt sich in den Mund pissen, der zweite schlägt grobhändig Brüste und Wangen, er beißt in die Zungenspitze, er beißt ihr in die Zunge und schleudert die Frau zehn Schritt weit von sich; der dritte: sie liegt zwischen zwei Männern; der eine zermartert die Scheide, der andere den Arsch, hernach schlägt der eine die Wangen, der andere den Arsch; sie wechseln die Plätze, und was der eine getrieben, treibt nun der andere, darin nämlich besteht die Leidenschaft des vierten. (LXII/ i, 107f.)

11

Spottträchtigkeit der Keuschheit der Frauen: sie sind allein zum Zwecke des Fickens geschaffen worden; ihre Keuschheit ist der Natur zuwider; indem sie ihren Hintern preisgeben, laufen sie keinerlei Gefahr und können hernach als Jungfrauen in den Stand der Ehe treten; Loblied auf diese sodomitische Verlustierung. (LXIII/ i, 110-112)

12

Bestimmung der Sodomie; historisch abgestützte Lobrede auf diese Leidenschaft. Zerschlagung religiöser und gottesfürchtiger Lehrgebäude. (LXIV/ i, 112-116)

13

Wenn die Diebe bei Raubüberfällen morden, sündigen sie weniger als die Heeresgeneräle, welche ganze Völker allein aus Selbstsucht vernichten. Beginn einer Abhandlung über den Diebstahl, deren Fortsetzung für Juliette in Aussicht gestellt wird; Aufweis, daß dieser Beruf bei den Griechen in Ehren stand. (CXI/ i, 117)

14

Die Räuber sehen sich gezwungen zu morden, um unentdeckt zu bleiben. Weil fremde Bedürfnisse in keinem Verhältnis zu unseren eigenen stehen, wäre es selbst dann, wenn der Gewinn nur fünf Sols betragen hätte, besser gewesen, sie einzustecken, auch wenn dies mehrere Personen mit dem Leben hätten bezahlen müssen, als auf sie zu verzichten, um irgendwelchen Wesen, die uns nichts bedeuten, das Leben zu schenken. (LXV/ i, 118f.)

15

Wer allein gegen die Interessen aller anderen ankämpft, steht auf verlorenem Posten. Keine Gesellschaft ohne Tugend: Zerschlagung dieser Vernünftelei; keine Klasse der Menschheit darf einem Gesellschaftspakt zustimmen; der ewige Kriegszustand ist natürlicher und gerechter. (LXVI/i, 120-123)

16

Es gibt keinerlei Notwendigkeit dafür, daß das Verbrechen in einer anderen Welt bestraft, der Unglückliche gerächt werden muß: ein Häppchen Atheismus. Das Böse kommt der Natur zustatten; ohne Einwirkung des Verbrechens wäre ihr wohlausgewogenes Gleichgewicht gestört, und ob Laster oder Tugend: in den Augen der Natur gilt alles gleich viel. (LXVII/ i, 123-128)

17

Ein Mann notzüchtigt ein Mädchen beidseitig, des Nachts, im Gehölz. (LXIX/ i, 142f.)

18

Ein junger Mann läßt sich von seinem Lakai arschficken. (LXX/ i, 146f.)

19

Ein Mädchen wird von Libertins zwischen vier Bäumen aufgespannt, den Bauch ohne jedwede Stütze zu Boden hängend; ihr Bauch droht zu bersten. (LXXI/ i, 150)

20

Bressac schlägt Justine vor, sie solle die ihm dienstbaren Schwänze streichen. Lobgesang auf die passive Sodomie. (LXXII/ i, 156f.)

21

Abhandlung, in deren Verlauf Bressac die Religion zunächst durch Fragen und hernach durch schlagende Beweisgründe bekämpft und zermalmt. (LXXIII/ i, 158-175)

22

Nutzlosigkeit der Moral: die einzige, die etwas taugt, besteht darin, glücklich zu werden, ganz gleich auf wessen Kosten. Eitelkeit der Tugend: es gibt in der Natur kein anderes Gesetz als dasjenige, uns zu ergötzen; es gibt nichts, was ein Verbrechen wäre. Behelf des Schwachen, wenn der philosophisch veranlagte Mensch vor seinen Augen alles zunichte macht. (LXXIV/ i, 175-177)

23

Bressac läßt sich im Beisein seiner Mutter ficken, alsdann läßt er sie vor seinen Augen züchtigen. (LXXV/ i, 179-182)

24

Der gerechtfertigte Muttermord; der Mord war noch nie ein Verbrechen, und für diese Spielart gilt dies noch viel mehr als für jede andere; Nichtigkeit des Verbrechens, des Mordes. (LXXVI/ i, 186-195)

25

Widerlegung dieses Lehrgebäudes mit Hilfe der feurigsten Worte, die einem die Stimme des Gefühls einflüstern kann. (LXXVII/ i, 195f.)

26

Ein Wort zur Eitelkeit der Erkenntlichkeit. (LXXVIII/ i, 199)

27

Bressac arschfickt seine Mutter; er läßt sie vor die Hunde gehen: mittlerzeit läßt er sich arschficken und diese Mutter von Justine erdolchen, indem er deren Arm führt. (LXXIX/ i, 203-206)

28

Rodin, Vorsteher einer Kostschule, bedient sich seiner Zöglinge beiderlei Geschlechts, um sich zu verlustieren; seine Tochter und seine Schwester sowie eine hübsche Gouvernante teilen sein wollüstiges Tun und Treiben. (LXXX/ i, 211-217)

29

Rodin läßt sich von seiner Schwester fitzen, indes er sich danach sehnt, sich an Justine zu vergehen; hierauf fitzt er seine Schulmädchen und Schuljungen. (LXXXI/ i, 219-227)

30

Schlüpfriges Schandspiel zwischen Rodin und seiner Tochter, seiner Schwester, seiner Gouvernante und einem Jüngling sowie der Schwester dieses Jünglings, die von Rodin ihrem jungen Bruder preisgegeben wird und die er von ihm in den Arsch ficken läßt; allerlei Stellungen, die bei diesen Lustgelagen eingenommen werden. (LXXXII/ i, 229-236)

31

Lobrede auf die Libertinage, gehalten von Rodin. (LXXXIII/ i, 233-235)

32

Nichtigkeit der Tugend: sie vermag das Glück der Menschen nicht zu befördern. (LXXXIV/ i, 238-243)

33

Ein Libertin beobachtet aus reiner Lüsternheit eine Jungfer beim Scheißen; er beäugt ihren Arsch. (LXVIII/ i, 245f.)

34

Welcherlei Verführungskünste bei Justine in Anschlag gebracht werden; man beweist ihr, daß Tugend und Keuschheit eher schädlich denn nützlich, ganz bestimmt jedoch widernatürlich sind. (LXXXV/ i, 246-248)

35

Rodins Hinterlist, der das Bett, auf dem Justine ruht, vermittels einer Falle in sein Zimmer hievt. (LXXXVI/ i, 248)

36

Aus Rachsucht kreuzigt Rodin einen Priester; alsdann peitscht er ihn aus, nachdem er ihn durch Frauen hat auslaugen lassen, und zum Abschluß durchlöchert er ihn mit Messerstichen. Rodin gesteht, im Verbund mit seinem Lehrmeister Experimente an den Körpern lebender Menschen durchgeführt zu haben; nach derselben Rechnung verfahren die Gesetze. Rodin räumt ein, daß er beim Operieren ausspritzt. (LXXXVII/ i, 251, 254-256)

37

Es wird aufgewiesen, daß der Mord ein Bedürfnis, ein Gebot der Natur ist; sie anempfiehlt ihn, weil er ihr willkommen ist. Der gerechtfertigte Kindsmord; zur Erörterung dieser Frage angeführte Beispiele: Kinder, die auf den Kanälen von Peking ausgesetzt werden. (LXXXVIII/ i, 256-259)

38

Zwei bejahrte Männer arschficken und wichsen selbander, indes sie über die Freveleien plaudern, denen sie frönen wollen. (LXXXIX i, 261)

39

Haarsträubendes Schauspiel, in dessen Verlauf Rodin seine Tochter, nicht anders als Justine, Rombeau gemeinmacht, wobei er letztere mit einem glühend Eisen brandmarkt und Rosalie, seine Tochter, ermordet, indem er ihr das Jungfernhäutchen und das ganze Drum und Dran herausreißt; Rodin steckt seinen Steifen in die Wunde. (XC/ i, 262-269)

40

Ein Mann wirft die von ihm gezeugten Kinder ins Wasser; nüchterne Lebensführung dieses Mannes; er verfügt über ein Serail mit dreißig Frauen. (XCII/ ii, 41f.)

41

Bandole vernünftelt und erklärt, daß alles, was der Starke dem Schwachen antut, der Natur entspricht: Menschlichkeit ist nichts als Eigensucht, Wunsch nach Selbsterhaltung, Bevorzugung der eigenen Person. Hieraus folgt eine Bestimmung der Neigungen dieses Mannes und der Seele: ohne Sinne keine Vorstellungen. (XCIII/ ii, 45-53)

42

Bandole hat eine Vorliebe dafür, Kinder zu zeugen, er schmatzt, schleckt die Scheide ab, bevor er eindringt, und weidet das Mooshügelchen mit seinen Zähnen kahl. Wie Bandole bei einer der Haremsdamen, deren Niederkunft mit Komplikationen verbunden ist, einen Kaiserschnitt vornimmt; dabei läßt er sich wichsen. (XCIV/ ii, 54-56)

43

Es gilt sich bei einer Frau verhaßt zu machen und sie zu quälen, um die Verlustierung mit ihr wonnereicher zu gestalten; Feingefühl bringt bei der Verlustierung keinerlei Gewinn: es ist das Luftschloß der Liebe; die Verlustierung aber deren wahres Element. (XCV/ ii, 57)

44

Ein Mönch fickt einen Gitonen, während er einem Mädchen die Beichte abnimmt und ihr zur Buße den Arsch zermartert. (XCVI/ ii, 66-70)

45

Severino besitzt einen überaus dicken Schwanz und fickt nur in den Arsch. *Clément* zwickt, prügelt, zwackt, versengt, striegelt etc. *Antonin* votzfickt, aber auch er peinigt; er letzt Votzen und läßt sie in seinen Mund brunzen. *Ambroise*, ein großer Sodomit, winzig klein der Schwanz; er läßt sich auspeitschen und in den Mund scheißen. *Sylvestre* schwärmt für Scheiden, doch er wünscht, daß die Frau scheißt, während er sie fickt. *Jérôme* vereinigt alle Neigungen und sämtliche Leidenschaften in sich, er frönte und frönt noch weiterhin jedweden Verbrechen. (XCVII/ ii, 77-79)

46

Despotische Ansprache von Severino an Justine, anläßlich ihres Eintritts ins Kloster: er beweist ihr, daß sie von der Natur hierher verschlagen wurde, wo sie nun bei all ihren Ausschweifungen als Lustgefäß dienen müsse. (XCVIII/ ii, 85-87)

47

Sinnreiche Maschine, um ein Mädchen auszupeitschen, wobei dessen Beine vermittels Sprungfedern weitestmöglich aufgespreitet werden. (XCI/ ii,96)

48

Die sechs Mönche unterhalten sich über die Notwendigkeit, die Mädchen gnadenlos ihren Mutwilligkeiten zu unterwerfen. Einer behauptet, daß man seine Feinde unbedingt morden müsse. Die Eigensucht wird gerechtfertigt und zum Lehrgebäude geadelt: sobald die Gesetze der Gesellschaft jenen darwiderlaufen, welche die Natur in der Tiefe unserer Herzen verankert hat, muß man sie nicht mehr berücksichtigen. Menschlichen Einrichtungen soll man voller Haß begegnen: das Verbrechen ist null und nichtig, Übertretungen des Gesellschaftsvertrages sind unabdingbar; es gibt nicht Tugend noch Verbrechen; alles ist der Natur von Nutzen; Notwendigkeit der Heuchelei; Nichtigkeit der Lehrgebäude von Religion, Gott und Seele; Notwendigkeit und Loblied der Inquisition. (XCIX/ ii, 101-111)

49

Bei den von den Mönchen zu Sainte-Marie verhängten Todesstrafen wird man: lebendigen Leibes am Spieß oder auf dem Rost gebraten; in einen riesigen, oben mit einem Gitter verschlossenen Kochtopf gesteckt und gekocht; lebendigen Leibes und mit gebrochenen Knochen auf einem Rad ausgespreitet und zur Schau gestellt; vermittels einer eigens zu diesem Behufe entwickelten Maschine in kleine Stücke zerteilt; beim Spießrutenlauf getötet. (C/ ii, 131f.)

50

Die Mönche von Sainte-Marie gefallen sich darin, sich mit dem von ihnen zum Tode verurteilten Geschöpf zu verlustieren, sowie das Urteil gefällt ist. (CI/ ii, 135f.)

51

Ebendiese Mönche lieben es, sich zu dem von ihnen verurteilten Opfer zu begeben, um sich an ihm gütlich zu tun: mit ihm verlustieren sie sich im Gefängnis: dies führt dazu, daß es, wenn es zur Todesmarter erscheint, oft schon von Beulen und Wunden übersät ist. (CII/ ii, 146)

52

Die Tribade Victorine arschfickt einen Knaben, dieweil sie wechselweise in Votze und Arsch gefickt wird; mittlerzeit letzt sie die Votze einer Frau, die von einer weiteren Frau bezüngelt wird, um die Erregung zu steigern; sie läßt unter Schreien Seim. (CIII/ ii, 154)

53

Die Leidenschaft von Klosterbruder Clément besteht darin, sich in den Mund furzen zu lassen und Frauen am ganzen Körper, gleichermaßen vorne wie hinten, zu stäupen. (CIV/ ii, 158-162)

54

Clément lobpreist seine Neigungen; er legt dar, wie der Schmerz, den wir dem unseren Leidenschaften dienstbaren Geschöpf zufügen, in unserem elektrischen Fluidum eine Spannung hervorruft, die zu einer heftigen Gefühlswallung führt. Man darf sich über keine wie auch immer geartete Neigung wundern; selbst die befremdlichsten Sachen müssen wohl oder übel ihre Verehrer finden; der Mann muß den Lusttaumel alleine genießen und hindern, daß die Wollust der Frau zum Höhepunkt gelangt; wenn man sich verlustiert, wird das Zartgefühl zu einem Hirngespinst; es ist sogar besser, wenn das uns dienstbare Geschöpf in unserer Gegenwart leidet statt genießt; einsam genossene Lust schmeckt besser als jede andere; jeder wahrhaft wollüstige Mensch wird sich trefflicher verlustieren, wenn er Schmerzen hervorruft, als wenn er Lust zu spenden sucht; der Mord gehört zu den Naturgesetzen: er ist das schlimmste, wozu diese Lehrgebäude führen mögen. (CV/ ii, 172-178)

55

Jérômes Leidenschaft, der über seinem Kopfe bald ein Mädchen, bald einen Knaben auspeitschen läßt; das Blut überflutet sein Antlitz. (CVI/ ii, 184)

56

Folterbefragung bei den Mönchen: auf einer Folterbank werden die mit Speck eingeriebenen Gliedmaßen ausgerenkt; das Opfer wird einem lodernden Feuer ausgesetzt; es wird zwischen zwei spitzenbewehrten Eisenplatten, die sich ineinanderschieben lassen, in der Schwebe gehalten; dieserweise quetscht man es zusammen; alsdann läßt er das Opfer in seinem Beisein arschficken und peinigt mittlerzeit dessen Busen. (CVII/ ii, 185f.)

57

Ambroise spickt und piesackt Justines Arschbacken mit einer goldenen Nadel; er ließ sie arschficken, und sowie ihr Arsch von Ficksaft überquoll, wurde sie genötigt, alles in seinen Mund zu entleeren; schlüpfrige Messe, auf Justines Arsch gehalten. (CVIII/ ii, 187f.)

58

Loblied auf die Schande. Der Wert der Unzucht steigt um so höher, je größer die damit verbundene Schande; sie muß an einer schandbaren Person vollzogen werden; eine Lustbarkeit, die nicht mit einem Laster einhergeht, taugt nichts; der Mord ist ein Naturgesetz. Bosheit, Verrat und Verleumdung sind wonnereiche Spielarten des Verbrechens, deren wir uns so oft als möglich bedienen sollten. Theorie dieser Greuel. (CIX/ ii, 192-194)

59

Sylvestres Leidenschaft, der eine Votze letzen will, die im Monatsblut schwimmt, und der wünscht, daß man ihm mittlerzeit die Hände vollscheiße. (CX/ ii, 195f.)

60

Die Natur verleitet ein junges Kind dazu, seine Schwester zu arschficken. Es tut dies, da es sich gar keinen gangbareren Weg vorstellen kann. Haarsträubende, im Schoße der Unschuld und der Natur ausgeheckte Boshaftigkeit: kaum hat er seine Schwester gefickt, schon will er sie schlagen und ihr Leid antun. (III/ ii, 209-213)

61

Jérôme läßt seine Mutter durch seine eigene Schwester vergiften; hierauf enthüllt er dieses Verbrechen und zeigt selber das Verbrechen seiner Schwester an; er sorgt dafür, daß Sophie verhaftet wird, um die Manen seiner Mutter zu besänftigen. (IV/ ii, 219)

62

Jérômes Vetter tut ein Gleiches, doch ließ dieser seiner Mutter ein Gift verabreichen, dessen Wirkung tödlich ist. Das Gift der Schwester hat durchschlagenden Erfolg, indes Jérôme seine Mutter nach wie vor erhalten bleibt: unverweilt will er ihr eigenhändig den Garaus machen. (V/ ii, 220f.)

63

Jérômes Verführungskünste, um seinen Zögling zur Blutschande zu treiben; liederliche Ratschläge, die er ihm bezüglich der Verlustierung mit Weibern erteilt. (VI/ ii, 223-225)

64

Moldane findet nichts dabei, daß sich seine Kinder miteinander vergnügen, und er verlangt nichts weiter, als dies Schauspiel beobachten zu können; Jérôme verhilft ihm zu diesem Anblick, nachdem er selber zum Unzuchtsopfer dieses Vaters geworden ist, welcher Jérôme hinwiederum verspricht, er werde sich mit seinen Kindern vergnügen. Einzelheiten dieses Schauspiels; Moldane versichert Jérôme, daß dieses keineswegs unsittlich sei, solange es einer naturgegebenen Begierde entspringe. Blutschande des Vaters mit seinen beiden Kindern und Jérôme als Drittem im Bunde. (VII/ ii, 228-233)

65

Jérômes Niederträchtigkeiten führen dazu, daß die Mutter der von Jérôme verführten Kinder von ihrem eigenen Gatten ermordet wird. Der Schurke läßt sich über dem Leichnam dieser Frau seinen Schweif streichen. Haarsträubende Ränke Jérômes, um den jungen Sulpice zum allerschändlichsten Vatermord anzustiften; haarsträubende Schliche dieses Hurenbockes, um nun den Bruder durch dessen Schwester vergiften zu lassen. Alsdann entführt er dies Mädchen. (VIII/ ii, 235-240)

66

Pescotos Steckenpferd, der sich über dem Körper seiner Geliebten, die zu seinen Füßen niedergestreckt wird, Vorspiegelungen hingibt. Man macht ihm weis, sie sei tot; in diesem Glauben arschfickt er märchenhafte Mädchen, wobei ihm bei diesen Schandspielen der Unzucht Lustbuben zudienern; während seines Treibens wird er ausgepeitscht. Auf welche Weise Jérôme diesen Juden schließlich beraubt. (IX/ ii, 242-244)

67

Zu Paderborn, in Deutschland, schläfert Jérôme einen Händler und dessen Frau ein; er raubt sie aus, sodann arschfickt er Gatte und Gattin; hernach legt er die Schlafenden zwischen drei Matratzen und läßt, um sie zu ersticken, seine Geliebte darauf Bocksprünge vollführen. (X/ ii, 248-250)

68

Prinz Heinrichs Steckenpferd, dem seine Buhle auf seinen Wunsch hin ungeheuerliche Schwänze zuspielt und sie ihm in den Arsch schiebt. Alsdann verabreicht er ihr vierhundert Peitschenhiebe; auf sein Geheiß scheißt man ihr in die Votze, er aber scheißt ihr in den Mund; er hat eine Schwäche dafür, zuzusehen, wie ein Mann einen Hintern ausfickt und mittlerzeit scheißt. Despotische Leitsprüche dieses Prinzen; sein bestürzender Machiavellismus. (XI/ ii, 251-256)

69

Der Graf von Rheinsberg vögelt seine Geliebte in die Scheide, indes ihn zwei Frauen aus Leibeskräften striegeln und ihm eine dritte in den Mund pißt; hernach fickt er die pißnasse Votze: diese mußte greis und garstig sein. Jérôme verschachert seine Geliebte, die einem Lustmord zum Opfer fallen soll; ihre Todesfolter soll zwanzig Stunden dauern. (XII/ ii, 257-260)

70

Greueltat, die Jérôme an einem Mädchen verübt, das er in einem Wald findet: er tötet deren Liebhaber und notzüchtigt das Mädchen; er raubt sie alle beide aus und frönt seiner altbekannten Leidenschaft, sich an frisch ermordeten Leichen zu vergehen; er fickt diejenige des Liebhabers und diejenige des Liebchens. (XIII/ iii, 45-52)

71

Jérôme findet Geschmack daran, Knaben hinzuschlachten; er hetzt sie in seinem Park wie Hirsche, hängt sie an Bäumen auf und entfachtet ein Feuer unter ihnen; zuweilen jagt er ihnen eine Kugel durch den Kopf. Schliche, dank denen er drei Schwestern verführt und sich ihrer auf einen Schlag samt und sonders entledigt. Abschnitt über die Religion; da ein Verbrechen den Naturgesetzen dient, könnte es nie und nimmer jenes Wesen verletzen, das man uns gegenüber als Schöpfer der Natur ausgibt. (XIV/ iii, 57–62)

72

Jérôme ersinnt folgende Folter: zwei Frauen sind, in Panzerhemden steckend, nicht in der Lage, die nötigen Bewegungen auszuführen, um an die vor ihrer Nase aufgetischte Nahrung heranzukommen, und zwar können sie sie deshalb nicht behändigen, weil sie, wie gesagt, nicht in der Lage sind, irgendeine Bewegung zu machen, ohne Gefahr zu laufen, sich vermittels der zu ebendiesem Behufe angebrachten Treibbolzen gegenseitig umzubringen; er betrachtet all dies, indes er sich ficken und wichsen läßt. (XV/ iii, 64f.)

73

Leidenschaft eines sizilianischen Mönches, der stets nur Mädchen arschfickt, die er vergiftet hat, alldieweil ihn zwei Männer ficken oder fitzen. Wofern das Mädchen während dieses Treibens die Seele noch nicht aushaucht, erdolcht er es, sowie er zum Höhepunkt gelangt ist. Ist sie dem Tode nahe, so entlädt er erst, wenn er sieht, daß es mit ihr zu Ende geht. Jérôme wird Beichtvater; Heimtücke, die er anwendet, um eines märchenhaften Mädchens habhaft zu werden. (XVI/ iii, 67-70)

74

Sie lassen ein Mädchen sterben, indem sie es mit Scheidewasser und Quecksilbersublimat vergiften; es wird aufgewiesen, daß die Verlustierung in einem solchen Augenblick besonders wonnevoll sein muß. Die Leidenschaft eines anderen besteht darin, während seines Höhepunktes Zähne zu brechen. Abhandlung über die Sittenverderbnis: nur dort, wo sie herrscht, sind die Menschen restlos glücklich; es ist überdem viel lustreicher, dem Laster zu frönen, als Tugend zu üben: nur im Herzen der entsittlichsten Gesellschaften erfährt man wahres Glück. (XVII/ iii, 71-75)

75

Vermittels eines haarsträubenden Gerichtsurteils rettet er einem Jüngling, der seine Mutter vergiften wollte, das Leben und richtet statt dessen diese Mutter zugrunde, indem sie für schuldig befunden wird, ihrem Kind nach dem Leben getrachtet zu haben. Er arschfickt diesen Jüngling, während dessen Mutter hingerichtet wird. (XVIII/ iii, 75-77)

76

Auf welch haarsträubende Art und Weise er eine Sterbende zur Verzweiflung treibt, indem er ihr auf dem Sterbebett einredet, ihre Sünden seien unsühnbar; dabei spritzt er vor lauter Wollust aus. Was er beim Anblick des Ätna empfindet; Pakt, den er mit einem ebendort angetroffenen Scheidekünstler schmiedet, um auf der Insel ein gewaltiges Erdbeben auszulösen; Anrufung des Ätna. (XIX/ iii, 77-82)

77

Verfluchung der Natur; Enthüllung ihrer Verfehlungen. Der Scheidekünstler liebt nichts so sehr, wie Ziegen zu ficken und dabei die Opfer seiner Niedertracht verenden zu sehen. Er läßt einen Blitz auf das Haupt einer Jungfer niederfahren; mittlerzeit fickt er eine Ziege. Weitere Experimente desselben Mannes und wie er dabei zu Werke geht. (XX/ iii, 82-86)

78

Geheimnis, um ein Erdbeben auszulösen; welch schreckliche Folgen jenes zeitigt, das er herbeigeführt. Die Leidenschaft des Dei von Alger besteht darin, eine Frau kreiseln zu lassen, bis sie zu Boden taumelt; er bespringt sie und fährt ihr in den Hintern, sobald sie am Boden liegt. Zwei Itschoglans befördern seine Gelüste. Er glaubt, Joséphine umgebracht zu haben, begegnet ihr jedoch abermals; wie er sie sich vom Halse schafft: er gibt sie der Besatzung preis und läßt sie mit dem Hanftau abgerben, dann jagt er sie zusammen mit dem Schiff, auf dem er sie gefangengenommen hat, in die Luft. (XXI/ iii, 86-97)

79

Jérôme fickt seine Tochter und nimmt sie als Hofmeisterin in seine Dienste. Liederliche Liebeshändel mit Imbert: er läßt sich von ihm schriftlich bestätigen, daß er damit einverstanden ist, daß die Eltern seiner Geliebten vergiftet werden; es gelingt ihm, die beiden zusammenzuführen, doch ehe er das junge Mädchen aus der Hand gibt, fährt er dem Jüngling in den Arsch, dann fickt er das Liebchen und ermordet es, alldieweil er es arschfickt und die Hinterbacken des Jünglings abschmatzt; alsdann läßt er den jungen Mann von einem Gericht verurteilen und meuchelt zum Abschluß seine eigene Tochter. (XXII/ iii, 99-105)

80

Severino arschfickt mit Samthansen, die brodelnde Wassermassen verspritzen, und er spricht die Drohung aus, ihr einen tüchtig mit Essig getränkten Brennesselsalat in die Votze zu stopfen, und zwar indem er ihn mit einem Messer hineinstößt. (XXIII/ iii, 111f.)

81

Wunderwürdiges Gepränge der Mönche, bevor sie eine Blutzeugin abschlachten: um ihre Erregung zu steigern, hält man ihnen eine Strafpredigt; alsdann peitscht man sie, wobei man ihnen nach wie vor ihre Vorhaben vorrückt. Ansprache durch Sylvestre. Sie halten auf die Opfer eine Grabrede, die mit einem Loblied auf den Mord und das Verbrechen ausklingt. Sylvestre hat seine eigene Tochter zum Tod verurteilt. (XXIV/ iii, 114-120)

82

Die beiden Blutzeuginnen wandern mehrmals durch die Hände ihrer Schinder und erhalten zum Auftakt allerlei Leibesstrafen auferlegt. (XXV/iii, 120-123)

83

Keinerlei Leidenschaften lassen sich besser mit der Unzucht verquicken als die Trunksucht und die Naschsucht. Das Greisenalter schürt die Geilheit nachhaltiger als Frische und Jugend. Ungesehene Züchtigung von Ärschen und Brüsten, während die Blutzeuginnen Strunzen scheißen und brunzen. (XXVI/ iii, 124-127)

84

Justine, die bisher stets mit Gewalt in die ihrer Tugend gestellten Fallen getrieben wurde, wird bei d'Esterval zur Gefangenen ihrer eigenen Gesinnung. Bislang war sie der Auslöser zahlreicher Verbrechen, ohne an ihnen beteiligt zu sein. Hier nun werden Sie daran beteiligt, ohne es hindern zu können; dortselbst wird sie aufgrund ihrer eigenen Tugend dazu genötigt sein. D'Esterval bekommt nur bei Raub und Totschlag einen Steifen; seine Frau Dorothée hegt dieselben Neigungen. (XXVII/ iii, 137)

85

D'Esterval und seine Frau vergehen sich an Reisenden, die sie in ihre Fallen tappen lassen, und jagen ihnen beim Ausspritzen eine Kugel durch den Kopf. (XXVIII/ iii, 150-152)

86

Die d'Esterval fitzt Justine; der Gemahl läßt sie ohne jedwedes Licht durch das Haus irren und erschreckt sie dabei mit den Körpern der Ermordeten; hernach versetzt er ihr wuchtige Arschtritte, wirft sie zu Boden und fährt ihr dortselbst in den Arsch. Alle beide lauern ihr in finsteren Winkeln auf und verabreichen ihr Maulschellen, wenn sie in ihre Nähe kommt. Lobrede, welche die d'Esterval auf die Verderbtheit hält; Wesensbestimmung und Loblied des Verbrechens: der einzige Weg, glücklich zu werden, besteht darin, die anderen ihres Glückes zu berauben und es voll und ganz an sich zu reißen. Zergliederung des Nervs. (XXIX/ iii, 153-157)

87

D'Estervals Grundsätze: er weist auf, daß der Mord notwendig und rechtmäßig ist, da man auf Bewegung angewiesen ist; allein schon dadurch, daß uns etwas als gerecht und nützlich erscheint, und sei es nur aufgrund unserer Leidenschaften, sieht es sich auch bereits gerechtfertigt; wir verfallen andauernd in den Fehler, all das, was von Gebräuchen und der Kulturgesellschaft herrührt, mit der Stimme der Natur zu verwechseln; daß sich der Mensch nach einem Gott sehnt, ist noch lange kein Grund, an ihn zu glauben. (XXX/ iii, 158-160)

88

D'Esterval arschfickt ein Mädchen auf dem Rücken des Vaters; er tötet auf einen Streich Vater, Tochter und Mutter, welch letztere er in nächster Nähe von Justine stipsen läßt; hierauf fährt er dieser letzteren in den Arsch, und während er drauflosfickt, wird sie unter Leichen begraben. (XXXI/ iii, 163f.)

89

Staunenerregendes Mittagsmahl beim Comte de Gernande; seine Vorlieben; er hat eine Schwäche dafür, Knaben zu lutschen, dieweil er seine Frau vor seinen Augen an beiden Armen zur Ader läßt; schon bei ihrer Ankunft wird Justine dieser Leidenschaft unterzogen; er will ein Geschöpf nur dann zur Ader lassen, wenn es einen vollen Magen hat, um den Körperhaushalt des Opfers möglichst nachhaltig zu zerrütten. Während Gernande Justine zur Ader läßt, wird Dorothée vor seinen Augen auf Geheiß von d'Esterval gearschfickt, welcher seines Zeichens der Gatte dieser Frau ist und von Bressac, Gernandes Neffen, gearschfickt wird; Dorothée aber arschfickt mittlerzeit mit ihrer Klitoris einen Gitonen und wichst ihn. Gernandes Verzückung währt eine Viertelstunde; sein Ficksaft fließt wie zäher Brei; er drischt auf seine ganze Umgebung ein und schreit lauthals. (XXXII/ iii, 176-183)

90

Schlüpfriges Mittagsmahl bei Gernande. Justine und die d'Esterval tafeln nackt; sechs Gitonen befinden sich in demselben Zustand; sechs andere tragen als Venuspriesterinnen verkleidet auf. Loblied auf die Schlemmerei: Gernande weist auf, daß sie auf einzigartige Weise zur Lüsternheit anstachelt. Dorothées Wunschtraum wäre es, sich mit Nahrung vollzustopfen und sich den Anblick verhungernder Jammergestalten zu verschaffen. Jedoch müßte, so Bressac, jener Mensch, der dieser Leidenschaft frönt, auch für die Schicksalsschläge jener verantwortlich sein, an deren Elend er sich weidet, dieweil er sich mit Nahrung vollstopfte. Loblied auf die Verschwendung; Verwünschung der Frauen; Lustgelage, bei denen die Teilnehmer kotzen, furzen, koten, etc. (XXXIII/ iii, 192-198)

91

Tiefschürfende Abhandlung über die Frauen. Beweis, daß ein Ehemann unter keinen Umständen dazu verpflichtet werden kann, seine Gattin glücklich zu machen: allein schon durch den Körperbau der Frauen beweist uns die Natur , daß sie nicht dazu geschaffen sind, den Mann glücklich zu machen. Eigenschaften der Frauen: deren geringer Wert. Der Redner durchmißt das Weltenrund und erblickt, wie dieses Geschlecht allüberall verabscheut wird. (XXXIV/ iii, 210-217)

92

Bildnisse von Verneuil und seiner Familie. Er zählt fünfundvierzig Jahre, ein ungeheuer fetter Schwengel, ein erstaunlicher Libertin, mit Bärenkräften; seine Frau zählt zweiunddreißig Jahre, ist bezaubernd; seit achtzehn Jahren sind sie zusammen. Victor, Verneuils Sohn, zählt sechzehn Jahre, ist nicht minder lüstern als sein Vater; Cécile, seine Schwester, zählt vierzehn Jahre und ist noch berückender als ihr Bruder. Verneuils Leidenschaft geht dahin, sich seine Unzuchtsopfer im Alter von sieben Jahren zu nehmen; er ist in die Vorstellung vernarrt, daß sie an den Folgen seines lüsternen Treibens sterben werden. Bressac rät Justine, ihre Empfindsamkeit abzutöten. Er bereut es keineswegs, seine Mutter ermordet zu haben; er sehnt sich nach viel schlimmeren Verbrechen. Schlüpfriges Schandspiel zwischen der d'Esterval und Mme de Gernande, vom Gatten beobachtet. Begrüßungsszene zwischen Verneuil und Mme de Gernande. (XXXV/ iii, 220-234)

93

Verneuils Leidenschaft, der dichtbepelzte Frauen liebt und der eine Frau nur dann bezahlen will, wenn er weiß, daß sie reich ist, und auch dann nur unter der Bedingung, daß das von ihm gespendete Geld für libertine Unkosten aufgewendet wird. Wäre sie arm, so würde er sie bestehlen: daraufhin fordert Mme d'Esterval das Doppelte von dem, was er geben wollte. Er liebt es, Peitschenhiebe auszuteilen und zu empfangen. Es gilt ihm gleichviel, ob er Votzen oder Ärsche fickt; seine Entladung gebärdet sich noch stürmischer als diejenige von Gernande, und sein Ficksaft verströmt noch reichlicher und zähflüssiger. Verneuils Lieblingsverbrechen ist die Blutschande. Einzelheiten über die Familie von Verneuil und Gernande: es ist diejenige des Ödipus. (XXXVI/ iii, 234-242)

94

Die Blutschande rechtfertigt das Sprengen sämtlicher Familienbande; es wird aufgewiesen, daß es nichts weniger Achtenswertes gibt. (XXXVII/iii, 243f.)

95

Lustgelage bei Gernande. Das Bildnis des höchsten Wesens hängt im Saal; Dorothées Ansprache, um diese Ungeheuer aufzustacheln; die Wollust in Vereinzelung ist verstattet, doch muß man über das Geschehene laut und deutlich Rechenschaft ablegen; ein jeder soll an einem Tischchen sein Verlangen nach einer bestimmten Lustbarkeit niederschreiben; am Fuße des Gottesemblems werden diese Leidenschaften in die Tat umgesetzt. Victor, Mme de Verneuils Sohn, quält eigenhändig seine Mutter; sein Vater feuert ihn an, und als Belohnung winkt ihm seine Schwester. Bei einem weiteren Rundgang wird Gott um Rat gefragt, welcherlei Schlüpfrigkeiten man frönen soll, und in diesem Sinne soll sich ein jeder mit den vom Orakel bezeichneten Personen einschließen. Verneuil umgarnt Justine, auf daß sie ein Pulver verteile, das all jene, die es einnehmen oder einatmen, auf der Stelle tötet: es ist dies eine von Verneuils Leidenschaften. Loblied auf das Gift. Verneuil befiehlt zu scheißen; er verschlingt den Strunzen und wünscht, daß auch der seinige verschlungen werde; jene, die er seinen Kot verschlingen läßt, kotzt; er schluckt, was sie von sich gibt; im Augenblick seiner Entladung stürzt das Opfer in die Tiefe und fällt in ein Becken voll Eiswasser. Je öfter Verneuil ausgespritzt, um so mehr gerät er in Schwung. Verneuil und sein Sohn hieven Justine und Cécile auf einen italienischen Folterpfahl, wo ihr ganzes Gewicht auf dem Steißbein ruht, was dazu führt, daß man wider Willen in Gelächter ausbricht. Verneuil fickt seine Enkelin im Kreise seiner ganzen Familie. Das Schandspiel gipfelt in einem allgemeinen Aderlaß von zwölf Personen; Cécile wird schwer verletzt und stirbt an dieser Verwundung, die das Werk ihres Bruders ist. (XXXVIII/ iii, 245-272)

96

Verneuils Ansprache. Die Menschen werden nicht gleich geboren. Die Zwingherrschaft war die Hauptursache für die Größe Roms. Herleitung der frühesten Adelstitel. Es bringt keinerlei Ungemach mit sich, wenn der Stärkere seine Macht mißbraucht; es herrscht keine Gleichheit zwischen den Menschen, weder in der Natur noch in den Augen des Gesetzes; dies wird bewiesen. Der Starke muß ohne Unterlaß darum bemüht sein, die Ketten des Schwächeren zu stählen; aus derlei Grundsätzen kann jeder Staat nur Gewinn ziehen. Dieser Ansprache lauscht Mme de Gernande auf allen vieren. An einem jungen Mädchen treibt man sämtliche Schröpfarten auf die Spitze; man läßt sich wichsen, fickt es etc., indes das Blut verströmt; daran stirbt sie. (XXXIX/ iv, 46–51)

97

Die Gernande wird zum Tode verurteilt; fünf Männer fällen ihr Todesurteil, indes sie selbfünft ficken, und ihre Freundin Justine sieht sich gezwungen, es zu verlesen . Man verübt greuelreiche Folterungen an ihr, die elf Stunden währen. Der Leichnam wird auf den Tisch gebettet; um ihn herum wird das Nachtmahl aufgetragen; Lobrede auf Leidenschaften, die zu solchen Verbrechen führen; kurze Lobrede auf den Mord; man schlachtet das just begangene Verbrechen aus, um zu beweisen, daß es nichts außer Materie gibt und daß es keine Sünde ist, Materie zu zerstückeln. Ausführliche Widerlegung des Lehrgebäudes von der Unsterblichkeit der Seele; Gründe, die zu diesem gräßlichen Lehrgebäude geführt. Der Mensch ist das Ergebnis der Pendelbewegung mit dem größten Ausschlag; alles, was in seinem Umkreis kreucht und fleucht, ist das Ergebnis einer schwächeren Schwingung: und hieraus entspringt die Verschiedenheit der einzelnen Arten. Der Mensch besitzt zwar mehr als die Tiere, aber auch nur so viel, wie seiner Art innerhalb der Ordnung der Dinge zukommt. Ausfall gegen jene, welche die schändlichen Glaubenslehren ausgeheckt haben oder sie in Ehren halten. (XL/ iv, 52–66)

98

Es gibt im ganzen Weltall kein Verbrechen, das genügen würde, um jenen standhaften Seelen Genüge zu tun, die von den hehren Grundsätzen der Philosophie durch und durch erfüllt sind: man müßte der Natur selbst Schimpf und Schmach antun können; es gilt, sich an allem zu rächen, was uns in die Hände fällt, und, da wir den Wirkkreis der einzelnen Greueltaten nicht ausdehnen können, wenigstens deren Zahl zu vervielfachen. Auf welche Weise Gernande seinen Stuhlgang verrichtet; dabei umringen ihn vier Gitonen und dienern ihm mittlerzeit zu. Justine wird auf den Leichnam ihrer Herrin gefesselt, und in dieser Lage wird sie geschändet. Rollenwechsel innerhalb der Gesellschaft; sie nehmen sich neue Frauen. Marter, der ein Sohn seine Mutter unterzieht; Haube, die die Schreie jenes Opfers verstärkt, das dieselbe auf dem Kopf trägt. Bressac nimmt sich der Erziehung des jungen Victor an. (XLI/ iv, 67–74)

99

Verneuils Leidenschaft: er wünscht, daß seine frühere Frau in seiner unmittelbaren Nähe getötet werde, wünscht deren Todesschreie zu hören und wünscht desgleichen, daß ihm seine neue im selben Zimmer Hörner aufsetze: sein Sohn führt das eine wie das andere aus. (XLII/ iv, 73–76)

100

Wiedersehen mit Saint-Florent, ihrem Onkel, der ihr schildert, welcherlei Folgen bei einem Libertin die Übersättigung zeitigt. Er benötigt tagtäglich zwei Jungfernschaften, welche aus der Stadt verschwinden müssen, sobald er sich an ihnen gütlich getan; er unterbreitet Justine den Vorschlag, beim Verkuppeln dieser Geschöpfe Handhabe zu bieten; sie schlägt dies aus. Er holt sich seine Opfer in den Freistätten des Elends; er verbreitet dieses Elend in Lyon dank allerlei Machenschaften. Saint-Florent beweist, daß das Recht des Stärkeren unweigerlich das beste ist, daß dieser Grundsatz in der Natur verankert ist, was jedoch nicht für Mitleid und Wohltätigkeit gilt. Dessen unerachtet zeichnet sowohl den grausamen wie den sanftmütigen Menschen eine hohe Empfindsamkeit aus: woraus folgt, daß man aus der Grausamkeit ebenso viel Lust schöpfen kann wie aus der Wohltätigkeit. Saint-Florent zwingt Justine, mit ihrer Zunge seine Spucke vom Boden aufzulecken. (XLIII/ iv, 86–98)

101

Sie gerät unter Bettler. Ansprache des Anführers dieses Gesindels; man enthüllt ihr die geheimen Kunstgriffe; diese Leute geben zu, daß sie nicht vor Mord zurückschrecken, wenn sie auf Gegenwehr stoßen; man beglückwünscht sie zu ihrem Brandmal, man läßt sie ähnliche sehen; Gaspard spritzt auf ihren Brüsten aus. Raimond leckt den Ficksaft seines Spießgesellen auf und spritzt in ihrem Mund aus. Nachdem er sich den Arsch hat letzen lassen , arschfickt Gareau; Ribert spritzt auf der Votze aus, während er Maulschellen verteilt; Vernol votzfickt und spritzt aus, indem er ihr die Ohren langzieht; Maugin ist zu schlaff, um den Arsch zu ficken, er spritzt über ihrem Hintern aus und kreischt wie am Spieß; zu guter Letzt sieht sie sich gezwungen, sich der ganzen Truppe gemeinzumachen. Ein ehemaliger Jesuit legt ihr nahe, mit ihm zusammenzuleben, dies werde ihr Schutz vor den übrigen gewähren; diese Verbindung wird eingegangen. Beim Zubettgehen ruft Gareau Lustbuben herbei: alsdann tut es not, daß Justine den Lustbuben lutscht und sich von ihm lutschen läßt. (XLIV/ iv, 101–111)

102

Sie wird im Bettelhandwerk unterwiesen: sie muß vor Läusen strotzen und im Lumpengewand äußersten Elends auftreten; Lektion, mit der sie ins Bettelhandwerk eingeführt wird; in diesem Berufsstand darf kein Laster außer acht gelassen werden. Mit dem Geständnis, man wolle die Geldtruhe entwenden, gräbt sie sich selbst eine Grube; sie hatte übersehen, daß ihr mit diesem Plan eine Falle gestellt wurde. Somit steht fest, daß man sie im Inneren behalten wird. Die Leidenschaft von Roger, dem Anführer des zurückkehrenden Trupps, besteht darin, mitten ins Zimmer zu scheißen, das Mädchen um den Strunzen herumtänzeln zu lassen, es mittlerzeit auszupeitschen, und ihn von ihm verspeisen zu lassen; alsdann tut es not, daß ihm selbiges Mädchen in den Mund scheißt; nun wirft er das Mädchen mit Gewalt von sich fort, und zwar mit solcher Wucht, daß es stets Wunden davonträgt. (XLV/ iv, 113–119)

103

Greueltat eines dieser Bettler, der seinem Bruder wiederbegegnet, welcher ihm tausenderlei Liebesdienste geleistet hat, und der ihm, dessen unerachtet, eine Kugel durch den Kopf jagt, um ihn auszurauben.

SERAPHINES LEBENSBESCHREIBUNG.

Unzucht der Kapuziner mit ihren Buhlen; nach dem Befehl, sich zu entkleiden, peitschen sie jene, die zuletzt nackt dasteht; sie ficken wechselweise ihre Buhlen. Es ist ihre Überzeugung, daß man beim Ficken sämtlichen Lastern frönen müsse, die sich gegenseitig beflügeln sollen ... Diese Mönche wollen sich nur dann verlustieren, wenn sie blau sind. Sie wollen ihre Kinder ficken; der eine von ihnen fickt ein Mädchen, dem man soeben ein Loch in den Kopf geschlagen, worauf er seinen Schwanz in dieses Loch steckt. Lobrede auf die Trunksucht und die Schlemmerei; beim Ficken – sie lassen sich während des Essens wichsen, man muß sich im Schmutz suhlen wie die Schweine; das Abendbrot wird auf den Arschbacken eines Mädchens aufgetragen, auf denen sie glühendheiße Eierkuchen verspeisen. Séraphine wird von einem Mann ausgehalten, der sein Liebchen vor seinen Augen von einem Jüngling ficken läßt, dem er selber in den Arsch fährt, alsdann mundfickt er die Frau, während der Jüngling diese Frau fitzt; damit nicht zufrieden, muß sich die Frau rücklings auf einem Ruhebett ausstrecken, und während man sein eigenes Gehänge und Gesäß mit Nadeln spickt, steckt er mehr als deren hundert in den Busen seiner Buhle; erst dann tritt eine alte Hofmeisterin auf den Plan und scheißt ihm in den Mund. Alsdann verfügt sie sich nach Spanien, wird von einem Mann ausgehalten, der sie auffordert, seinen Vater zu vergiften; der Anschlag wird aufgedeckt, sie kommt hinter Gitter und flüchtet mit einem Bettler, der nun zur gleichen Bande gehört wie sie. (XLVI/ iv, 120–144)

104

Man empfiehlt Justine einen Mann, dessen Neigungen dahin gehen, mit einer Hostie den Arsch zu ficken und sich dabei von einem Priester aufspießen zu lassen, und zwar mit einer weiteren Hostie, die er geweiht hat: sie willigt ein und entkommt dadurch aus der Bettlerhöhle. Sie schafft sich Séraphine vom Halse und begegnet Roland. (XLVII/ iv, 145–148)

105

Was es mit Roland auf sich hat; wie er Frauen ein Rad drehen läßt; Rolands Abhandlung über die Dankbarkeit: für ihn wird sie null und nichtig, sobald jener, der uns einen Dienst erweist, Freude daraus schöpft; der Nutznießer ist ihm nichts schuldig. Roland gerbt sie mit einem Ochsenziemer ab; alsdann sucht er sie in ihrem Kerker heim und führt sie in seine unterirdischen Gewölbe. Greuelreiche Streicheleien dieses Unmensch: er versengt ihr Schamhaar mit Hilfe von Weingeist, er legt sie in den Sarg, um zu sehen, ob sie darin Platz findet; er peitscht sie auf einem Betschemel, alldieweil sie den Himmel anruft; er hängt sie auf: dies ist sein Steckenpferd; er gibt ihr eine Sichel, um den Strick entzweizuhauen. (XLVIII/ iv, 151–162)

106

Rolands Lehrsätze über Mitleid und Barmherzigkeit; seine widerwärtige Herrschsucht: der Stärkere ist dem Schwächeren nicht das geringste schuldig; je haarsträubender das Verbrechen, um so aufreizender wirkt es; wenn er es ausheckt, schwillt ihm der Schweif, wenn es zur Tat kommt, spritzt er aus. Es ist nicht die Schönheit einer Frau, die uns zu einem Steifen verhilft: sondern der Gedanke an das Verbot, mit dem ihr Besitz belegt ist . Wenn das Verbrechen einer Lustbarkeit erst so richtig Würze verleiht, kann es auch, losgelöst von der Lustbarkeit, selber zu einer solchen werden. Dieser Schurke empfindet nur Lust, wenn er eine Frau erdrosselt. Er führt zwei Mädchen in seine Gruft, um einer von ihnen den Garaus zu machen, und zwar derjenigen, die ihn stärker erregt. Er hängt Suzanne und weidet sich voll Wonne an diesem Schauspiel; er ersucht Justine darum, ihn aufzuknüpfen, und spritzt am Strange aus. Der Mord wird zu einer Wonne, wenn in ihm die Vorstellung eines Diebstahls mitschwingt. Man darf dem Notleidenden nicht unter die Arme greifen: dies heißt, sich den Gesetzen der Natur zu widersetzen, dies heißt, zur Faulenzerei zu ermuntern. Roland führt seine Schwester zusammen mit Justine in die Gruft; diese Schwester geht im sechsten Monat von ihm schwanger; er öffnet den Bauch seiner Schwester, reißt die Leibesfrucht heraus und spritzt dank des in den Bauch geschnittenen Lochs unmittelbar in den Muttermund aus; er bindet Justine an den Leichnam seiner Schwester und läßt sie dieserweise in das Kellerloch hinunter; er gesellt die Delisle diesem markerschütternden Schauspiel hinzu und schlachtet sie, gleich seiner Schwester, ab. Schließlich wird Justine lebendigen Leibes in der Totengruft begraben. (XLIX/ iv, 165–185)

107

Abermals begegnet Justine der Dubois. Leitsätze dieser Frau. Man sollte weniger der Tugend als dem Laster Folge leisten; um glücklich zu werden, muß man auf dem Weg der Mehrheit wandeln; in einer durch und durch durchlasterten Welt muß man es mit den anderen halten; die Natur offenbart uns, daß ihr das Laster willkommen ist; die Gewissensbisse merzt man am besten aus, indem man ihre Ursachen als nichtig betrachtet; die Tugend kann ebenso gut Gewissensbisse hervorrufen wie das Verbrechen; Verbrechen und Tugend sind lediglich geographische Gegebenheiten; wenn eine Handlung Gewissensbisse verursacht, muß man eine noch schlimmere begehen, um das Schuldgefühl, welches der harmloseren Tat entsprungen ist, zu dämpfen; die Gesetze sind für alle Verbrecher Luft, denn dem Mächtigen können sie nichts anhaben, und für den Armen stellt das Schafott höchstens eine Erlösung dar, und so wird er sie gewiß nicht fürchten; wenn er das Böse zuläßt, ist Gott ein Ungeheuer oder ein Schwächling, und der Atheismus ist seiner Herrschaft vorzuziehen. (L/ iv, 193–200)

108

Der Bischof von Grenoble frönt der Leidenschaft, das Opfer in den Arsch zu ficken, indes er es um einen Kopf kürzer macht. Er hat eine Schwäche dafür, zum Auftakt dessen Hals zu begutachten, die Stelle zu betrachten, wo er die Klinge ansetzen wird; das Geheimgemach für die Hinrichtungen Seiner Hochwürden ist als Pentagon angelegt; der Bischof schlingt einen wächsernen Faden um die Brüste, zurrt ihn fest und schneidet dieserweise gleichsam die Brüste ab; in diese prall geschwollene Masse beißt er und läßt das Blut in seinen Schlund sprudeln; er fitzt das Antlitz; er scheißt in den Mund. Darlegung der tyrannischen Lehrgebäude des Bischofs von Grenoble; Entwurf einer Schreckensherrschaft, unter der das Volk in derselben Abhängigkeit schmachtet wie Haustiere; dieser Plan ist vom Geiste vollständiger Volksvernichtung beseelt. (LI/ iv, 210–233)

109

Justine wird von der Dubois wieder geschnappt, nachdem sie ein Kind hat retten wollen. Atheismus; man hätte, so meint die Dubois, den ersten, der dem Volk von einem Gott faselte, erdrosseln sollen; wenn auf die Gesetze kein Verlaß ist, so ist es dem Menschen, der Dubois zufolge, freigestellt, in ihren Gang einzugreifen und selbstrichterlich zu handeln. Mitreißender Ausfall gegen die Gewaltherrscher; man müsse sie samt und sonders erdrosseln. (LII/ iv, 241–244)

110

Der Bischof von Grenoble besitzt die Unverfrorenheit, die gegen sie erhobenen Anschuldigungen noch zu verdoppeln, während sie hinter Gittern schmachtet; inmitten ihrer Ketten vergeht sich Antonin an ihr und besitzt die Schändlichkeit, einen weiteren Mönch zu ihr zu schicken, der ihr einen Finger abhackt, der sie arschfickt und sie beschuldigt, ihm einen Geldbeutel gestohlen zu haben, den er eigenhändig unter ihre Matratze geschmuggelt hat. Auf ihr Ersuchen hin, erscheint Saint-Florent, beschimpft sie und spritzt auf ihren Hinterbacken aus, dieweil er sie quält; Cardoville läßt sie abholen; schauderhafte Schlüpfrigkeiten, denen sie zum Opfer fällt; man trägt sie an jene Stätte, wo die Lustgelage abgehalten werden sollen, und zwar in einem von vier jungen Leuten getragenen, riesigen, schwarzen Leichenlinnen; zwölf Personen umringen sie und auferlegen ihr reihherum Folterungen, so daß sie keine Sekunde lang von ihren Leiden erlöst wird; bei diesem Schandspiel treten zwei Väter auf, die je einen Sohn und eine Tochter haben; es nehmen auch zwei Mohren teil. Während sich alle gegenseitig arschficken, wird Justine auf ein Rad geflochten, man näht ihr Votze und Arsch zu, in diesem Zustand wird sie gefickt; sie wird an ein spitzengespicktes Andreaskreuz geschlagen und dortselbst gefickt. Man rammt ihr ein Ei aus Zinnober und Quecksilber in die Eingeweide, man veranstaltet mit ihr einen Spießrutenlauf. (LIII/ iv, 249–268)

111

Saint-Florent sagt, nichts versetze seine Sinne derart in Brand, wie eine zum Tode verurteilte Frau zu ficken. Er fährt dem Stockmeister in den Arsch, den er Justine votzficken läßt; sie ruft sich all das in Erinnerung, was sie erdulden mußte; man schlägt ihr vor, eine Brieftasche zu stehlen, um ihr Leben zu retten, was sie denn auch tut; die Pforten werden ihr geöffnet, sie entflieht und begegnet ihrer Schwester. (LIV/ iv, 272–279)

Catherine Cusset

Juliette oder die Leidenschaft der Vulkane

Ein Ausblick

Catherine Cusset ist Professorin für französische Literatur an der Yale University und hat verschiedentlich zu Sade (vor allem in der Zeitschrift *L'Infini*) veröffentlicht. Die Autorin des Romans *La blouse roumaine* (Paris 1990) arbeitet zur Zeit im Rahmen eines akademischen Projekts über die Ästhetik der Lust in Romanen und Malerei des 18. Jahrhunderts. Mit ihrer hier als Ausblick auf den zweiten Teil des Doppelromans präsentierten Analyse einer Libertinage Juliettescher Prägung auf dem Hintergrund der außerordentlichen Liebesbeziehung zur Durand schreibt sie sich in eine reiche Tradition weiblicher Sade-Lektüren ein, die von Simone de Beauvoir (*Soll man de Sade verbrennen?*) über Angela Carter (*Sexualität ist Macht – Die Frau bei de Sade*) bis hin zu Annie Le Brun (*Soudain un bloc d'abîme, Sade*) immer wieder überraschende Perspektiven im festgefahrenen Sade-Diskurs eröffnen. Auch sie versucht jene Einzigartigkeit Juliettes zu erfassen, die schon von Guillaume Apollinaire besungen wurde: »Justine ist die Frau von ehedem, versklavt, elend und weniger als ein Mensch; ihre Gegenspielerin Juliette verkörpert die neue Frau, die Sade vorausgesehen hat, ein Wesen, das man sich heute noch nicht vorstellen kann, das sich loslöst von der menschlichen Natur, das Flügel haben und die Menschheit erneuern wird.«

Was hat es mit der Libertinage Sadescher Färbung auf sich? In der Geschichte der Juliette legt Sade die Definition der Libertinage einer Frau in den Mund, und zwar der Kupplerin, Zauberin und Giftmörderin Durand: »Die Libertinage«, spricht diese letzte Lustgespielin der Protagonistin Juliette, »ist eine Verirrung der Sinne, welche eine vollständige Überwindung aller Zügel voraussetzt, eine über alles und jedes erhabene Mißachtung aller Vorurteile, eine vollständige Zerschlagung aller Glaubensformen, eine tiefinnerliche Abscheu vor aller Moral.« (OC IX, 511)[1]

Allein schon die sprachliche Form verdeutlicht den Radikalismus dieser Libertinage, deren oberstes Gebot darin besteht, jegliche Begrenzung der körperlichen und geistigen Freiheit zu negieren.

Die Grenze aber stellt das Hauptproblem der Libertinage dar: wie kann man ununterbrochen die Grenzen der Zeit, des Raumes, der Gesetze, der Normen, der Familie überschreiten? Wie sich aus aller Knechtschaft befreien, wenn dies etymologisch gesehen der Sinn des Wortes »Libertinage« ist?[2]

Die Antworten der Sadeschen Libertins sind bekannt: durch Verbrechen, Apathie, Atheismus. Dies sind die Prinzipien, die Sades Werk bis zur *Geschichte der Juliette* beherrschen. In der *Geschichte der Juliette* aber überschreitet Sade jene Sadesche Libertinage, wie sie uns aus den vorangegangenen Romanen und gerade auch aus der *Neuen Justine* geläufig ist: nun enthüllt er die Aporie der libertinen Grundsätze und inszeniert deren Sackgasse, eine Sackgasse, die man

[1] OC: Œuvres complètes du Marquis de Sade, Edition Lely, Paris, 1962-64.

[2] Der Begriff »Libertinage« geht bekanntlich auf das lateinische Wort »libertinus« zurück, das in der römischen Gesellschaft eine ganz bestimmte soziale Kategorie bezeichnet: diejenige der Freigelassenen. Der soziale Status des Freigelassenen ist zwiespältig: er gehört zwar nicht mehr zur sozialen Kategorie der Sklaven, jedoch auch noch nicht zu jener der freien Bürger. Die Libertinage zeichnet sich, von Anfang an und in ihrer ganzen Geschichte, durch Zwiespältigkeit aus. Im 17. Jahrhundert bezeichnet sie zugleich die intellektuelle Freiheit der gebildeten Libertins, welche die Dogmen der Offenbarungsreligion kritisieren (La Mothe le Vayer, Naudé, Gassendi), wie auch den Individualismus und die sexuelle Ausschweifung, die mit der Befreiung von der Moral zusammenhängt.

»Verzweiflung über die Grenzenlosigkeit« nennen könnte – die Bewegung der ständigen Überschreitung kann nämlich nie zur Ruhe kommen.[3]

Und mit Juliette erschafft Sade eine weibliche Figur, die, statt stur am Prinzip Befreiung festzuhalten, eine vulkanische Phantasie ins Spiel bringt und die Sadesche Libertinage in den Grundfesten erschüttert.[4]

1. *Das Paradoxon der grenzenlosen Entgrenzung*

Ob es nun im Feuer der Leidenschaften oder im Lichte der Vernunft begangen wird, stets wird das Sadesche Verbrechen durch einen Willen zur Befreiung gerechtfertigt: »Ich habe noch stets geahnt, daß der Gedanke an dieses erdichtete Band die Leidenschaften unendlich stärker hemmt und in Fesseln schlägt, als man denken mag; und gerade aufgrund dieses gewaltigen Einflusses, den es auf die menschliche Vernunft ausübt, will ich es vor deinen Augen zerreißen.« (OC VIII, 173) Alle Bande sind für die Libertins »erdichtet«, ersonnen von der menschlichen Vorstellungskraft, die, wie die Delbène zu Beginn des Romans bemerkt, »den Quell all unserer Irrmeinungen« (OC VIII, 43) darstelle. Der Sadesche Libertin setzt sich also zum Ziel, alle »Vorurteile«, »Hirngespinste«, »Gaukelwesen« und »Trugbilder« zu analysieren, d.h. – im eigentlichen Sinne des Wortes – aufzulösen, auszuschalten, auszulöschen. Dieses Schicksal ereilt – bereits in der *Neuen Justine* – die Liebe, die ehelichen oder sonstigen familiären Bande[5], das Gefühl der Dankbarkeit, das moralische Emp-

[3] Diese Melancholie angesichts der Unmöglichkeit eines unüberbietbaren Verbrechens bzw. die rasende Auflehnung wider die Natur begegnete uns schon bei der Lektüre der *Neuen Justine,* und zwar in jenen Passagen, die Sade offenbar in seiner *Juliette*-Zeit eingefügt hat. Vgl. die Almani-Episode (in *Justine und Juliette,* Band 3 = J/J 3, 81-87) bzw. die Schlüsselstellung, die diese Passage in der Blanchotschen Rekonstruktion des Sadeschen Denkens einnimmt (vgl. Maurice Blanchot, Sade, Berlin 1963, 48ff.); vgl. auch J/J 4, 67f. (Anm. d. Ü. und Hrsg.)

[4] In *Soudain un bloc d'abîme, Sade,* J.J. Pauvert, Paris, 1986, definiert Annie Le Brun die Figur Juliettes mit einer schönen Formel: »Als ein Wesen auf der Suche nach seiner Form jenseits sämtlicher Formen, ist Juliette der Körper der schönsten Idee, die man sich von der Freiheit überhaupt machen kann« S. 295.

[5] Wie Lucienne Frappier-Mazur in *Sade et l'écriture de l'orgie,* Paris, Nathan,1991, bemerkt, ist die *Geschichte von Juliette* der erste Roman Sades, der eine Apologie des Vatermordes entwickelt, während im Justine-Teil lediglich Mutter- und Kindsmord gerechtfertigt und ausgeführt werden (Vgl. J/J 1, 186-195 (theoretisch) bzw. 199-206 (praktisch) sowie J/J 1, 257-260 (theoretisch) bzw. 268-272 (praktisch)). Da der Vater im 18. Jahrhundert die Inkarnation des Gesetzes darstellt, ist es wohl kein Zufall, daß dieser Roman auch am weitesten vordringt, was das Zerreißen sowohl der gesellschaftlichen wie auch natürlichen und moralischen Zügeln angeht.

finden oder die Lehre von der Unsterblichkeit der Seele, vor allem aber die Existenz Gottes, die sich als Grundlage aller anderen Glaubensformen entpuppt. Dabei analysiert der Libertin Gott als Produkt einer Phantasie, die ihre Ängste und Wünsche nach außen projiziert: »Dieses Gaukelwesen (...) kann nur im Geiste seiner Bewunderer herumspuken und ist demnach lediglich eine Ausgeburt ihrer überhitzten Köpfe.« (OC VIII, 45)

Doch damit ist, wie schon zur Genüge festgestellt worden ist, dieser von der libertinen Ratio außer Gefecht gesetzte Gott noch lange nicht aus dem Sadeschen Text verschwunden. Im Augenblick des Sinnentaumels brüllen die Libertins haßerfüllt seinen Namen. »Gott: mein Blut kocht allein schon bei seinem Namen.« (OC VIII, 30) Sämtliche Libertins befreien sich von körperlicher Anspannung durch Gotteslästerungen: »Verfickter Henker Gottes! Los, Arschficker von einem Gott, um den ich mich einen Fick schere!« verschafft sich Clairwil Luft. (OC IX, 393) Der Lusttaumel, dieser Moment der »Ausscheidung« der Samenflüssigkeit, dieser Moment physischer Befreiung stellt zwar das eigentliche Ziel der von den Sadeschen Libertins unternommenen Emanzipation dar, wird von ihm paradoxerweise aber als ein Moment der wilden Wut beschrieben. »Fürwahr, ich hatte seinen Schwanz noch nie derart wutschäumend gesehen«, (OC VIII, 334) sagt Juliette über Saint-Fond. Was drückt das männliche Geschlecht durch seine Erektion aus? Zürnende Wut. Es reckt sich gen Himmel wie eine erhobene Faust. Juliette beschreibt Cordelli als »steifgeschwänzt wie ein Tobsüchtiger«. (OC IX, 461) Und was Saint-Fond angeht, »so beklagte er sich, wutschäumend und mit gegen den Bauch geklebtem Schwanz, bei uns aufs bitterlichste über die Unmöglichkeit (...) irgend etwas finden zu können, was den Opfern Leiden zuzufügen vermöchte, die seinen Mutwilligkeiten entsprächen.« (OC VIII, 260) Anstatt dem Libertin die Verwirklichung seiner »Mutwilligkeiten« zu ermöglichen, verrät die Erektion eine in einem einzigen Satz durch drei Formulierungen angetippte Unmöglichkeit. Das einzige Mittel, das Saint-Fond findet, um seinem Unvermögen Abhilfe zu schaffen, besteht in einem Ritual, das Gott auf der Bühne der Libertinage in einer neuen Rolle (nämlich als absolut böses Wesen) wieder auftreten läßt: »Um zu verhindern, daß der Blutzeuge an den himmlischen Freuden teilhatte, mußte er dazu gezwungen werden, mit seinem eigenen, möglichst nah am Herzen abgezapften Blut zu unterzeichnen, daß er seine Seele dem Teufel verschreibe; alsdann tat es not, ihm dieses Zettelchen mit dem Schwanz ins Arschloch zu rammen.« (OC VIII, 357)

Auch wenn dieses Steckenpferd Saint-Fonds von ihm selbst eine »Schwäche« und von Clairwil, etwas gestrenger, eine »Narretei« genannt wird, wird sich der Leser an dieses Lieblingsritual von Saint-Fond als an einen entscheidenden Augenblick in der Geschichte Juliettes erinnern: er scheint zu beweisen, daß sich die Sadesche Libertinage, unerachtet ihres erklärten Atheismus, dem Zugriff des Heiligen nicht entziehen kann. Saint-Fond weigert sich, seiner Schwäche abzuschwören, da sie ihm erlaubt, der Verzweiflung über die Begrenztheit zu entrinnen: »Diese Vorstellung treibt mich zur Verzweiflung; (...) wenn ich ein Opfer hinschlachte, möchte ich seine Qualen über die Unendlichkeit der Jahrhunderte hinaus verlängern.« (OC VIII, 356)

Saint-Fonds Name, »Heiliger Grund«, steht bereits für jene Lösung, dank der er seine Verzweiflung überwindet: indem er dem Opfer eine ewige Strafe in den tiefsten Grund des Arsches rammt, verübt er nicht nur die im achtzehnten Jahrhundert mit dem Tod bestrafte Sodomie, sondern er heiligt den Arschesgrund, sakralisiert die widernatürliche Verlustierung: der sakralisierte Arschesgrund führt Höllenqualen herbei, die für einmal wirklich von grenzenloser Dauer sind: dem sodomisierten Opfer werden jene Zettelchen in den Arschesgrund gerammt, auf dem es seine Seele dem Teufel verschrieben hat.

Ohne diese von Juliette als »Wahnsinn« taxierte Vorstellung eines bösen Gottes verpufft der endlos wiederholbare sodomitische Akt als Repetition ohne Grenze und ohne Bedeutung. Die unermüdliche Wiederholung des Orgasmus, der unablässige Angriff auf die göttliche Macht beweist höchstens, daß den Libertins die nackte Tatsache, nicht mehr an Gott zu glauben, noch nicht genügt und daß sie jenseits ihres Vernunftatheismus ein Absolutum des Unglaubens suchen, das ihr Bedürfnis nach einem unendlichen und unbegrenzten Bösen befriedigen würde. Ohne Gott als den bösen Gott Saint-Fonds auferstehen zu lassen, endet die Sadesche Libertinage in der Sackgasse: »Es treibt mich zur Verzweiflung, nur immer auf Vorurteile zu stoßen statt auf jenes Verbrechen, nach dem ich mich verzehre und das ich nirgendwo ausmachen kann. Oh! Fick, Fick! Wann werde ich es endlich begehen können?« (OC VIII, 429) Mit solchen Worten macht die Clairwil ihrer Verzweiflung Luft. Angesichts dieser Grenzenlosigkeit gelangt das Begehren an die Grenzen seiner Möglichkeiten.[6]

Doch nicht nur Gott »ist eine Ausgeburt überhitzter Köpfe« (OC VIII, 45), auch die Verbrechen der Libertins entspringen einer überhitzten, leerlaufenden Vernunft. Ja, Sade beschreibt sogar sein eigenes Werk als Produkt einer überhitzten Phantasie: »Sie besitzen Geist genug«, schreibt Sade am 13. März 1777 aus dem Kerker von Vincennes an seine Schwiegermutter, »um zu begreifen, daß eine Sünde nicht gesühnt werden kann, indem man (...) die Vorstellungskraft durch Vereinsamung in Wallung bringt.« (OC XII, 118)

[6] Vgl. Geoffrey Bennington, »Sade: Laying down the law«, *The Oxford Literary Review,* 1984, v.6, 2, 38-56.

Die Argumente, dank deren man die Existenz Gottes negieren kann, drohen sich bumerangartig gegen die Sadesche Fiktion zu wenden, denn Gott ist der eigentliche Ursprung aller Fiktion, wie Sade in der *Idée sur les romans* schreibt: »Kaum hatten die Menschen den Verdacht gefaßt, es könnte unsterbliche Wesen geben, da ließen sie diese auch bereits handeln und sprechen; seither gibt es Metamorphosen, Fabeln, Parabeln, Romane; kurzum, seither gibt es fiktive Werke, seither macht sich die Fiktion den Geist der Menschen untertan. Seit man von solchen Hirngespinsten spricht, gibt es Fabelbücher.« (OC X, 4) Wie wird man einen solchen Gott los, der die Grundlage aller Geschichten bildet? Indem der Libertin seine Gottesverachtung zur Schau trägt, zürnt er gegen die Fiktion, die nicht in der Lage ist, sich als eigenständige Realität zu setzen.

Gott macht auf die der Libertinage innewohnende Widersprüchlichkeit aufmerksam: als Hirngespinst, als Erhitzung des Gehirns, ist Gott zwar nichts, doch ebendiese Nichtigkeit bedroht nun die Realität der libertinen Fiktion selbst. Was die Schwäche Gottes ausmacht, nämlich daß er seine Existenz der Phantasie verdankt, bewirkt ausgerechnet seine Macht und seine Widerstandskraft gegenüber der Libertinage. Als seiendes Wesen ausgeschaltet, ist Gott im libertinen Roman gleichwohl allgegenwärtig: er existiert als Name, als Funktion, als treibende Kraft der Fiktion. Wenn die Libertins mit Gott nie zu einem Ende kommen, dann weil allein sein Name die Allmacht ihrer Phantasie garantiert. Die Gottesfiktion ist jenes Andere, das auf derselben Ebene angesiedelt ist wie die libertine Fiktion: Der Libertin ist auf den Widerstand Gottes angewiesen, um seine eigene Fiktion abzustützen – er braucht ihn als Herausforderung an die Phantasie. Der Zorn des Libertins zielt nicht darauf ab, die Existenz Gottes vollständig zunichte zu machen, sondern darauf, sich dessen Allmacht als letztgültige Garantie für die Allmacht der Fiktion zu bewahren. Als seiendes Wesen ausgeschaltet, aufersteht Gott in Sades Text dank Blasphemie und Gotteswette; seine Funktion besteht darin, die Zielscheibe des libertinen Hasses abzugeben, wodurch er zum einzigen Ansprechpartner einer Libertinage wird, die ansonsten jedes »Andere« aufhebt, indem sie etwa die Opfer ihrer Lasterlust auslöscht.

»Wann werde ich es endlich begehen können!« (OC VIII, 429) verzweifelt Clairwil über dieses Ausbleiben einer letzten Grenze, welche erst verbürgen würde, daß ihre Verbrechen wirklich Verbrechen sind. Die Zerstörung der Vorurteile und des auf bloßer Phantasie gründenden Glaubens konfrontiert die Sadeschen Helden mit einem Verschwinden der Grenzen und läßt ihnen keine andere Alternative als die endlose Wiederholung eines Aktes, wobei sie nicht umhin können, diesem Akt eine metaphysische Bedeutung zu verleihen.

Es macht den Anschein, als könne die Sadesche Libertinage dieser Sackgasse nicht entkommen. Daher scheint es leicht, auf die Aporie der Sadeschen Libertinage zu schließen und sie mit dem Wiederholungsprinzip in Verbindung zu bringen, das den Sadeschen Roman beherrscht, das zu keinem »Ende« führt und jede Lösung der Aporie verunmöglicht. In *Sade mon prochain* schreibt Pierre Klossowski: »Indem er uns ihre (Juliettes) Abenteuer erzählt, die keinerlei Anlaß haben, irgendwann zu enden, will Sade den Kummer vergessen, den ihm der Verlust von Justine bereitet, die sich jedem endgültigen Zugriff entzog.«[7]

In *Sade, Fourier, Loyola* äußert Roland Barthes eine analoge Idee, verleiht ihr jedoch keinen theologischen, sondern einen narratologischen Wert: was die Modernität und die besondere Stellung des Sadeschen Romans ausmache, sei das Fehlen von Handlungssträngen, die auf ein Ende hinführen; der Sadesche Roman sei nicht teleologisch.

Doch die *Geschichte der Juliette* widerspricht dieser Auffassung. Für einmal bescheidet sich Sade nicht damit, jenes Paradoxon der Unbegrenztheit in Szene zu setzen, das zur endlosen Wiederholung ein und desselben Aktes führt, sondern löst es auf. Saint-Fond und Clairwil, jene beiden Libertins, die das Wort »Verzweiflung« gebrauchen, um ihre Ohnmacht gegenüber dem Paradoxon der Libertinage zu beschreiben, werden im Verlauf der Romanentwicklung nämlich beseitigt. Juliette aber überlebt. Mit all jenen Etappen, die Juliette durchläuft, stellt ihre »Geschichte« jene Lösung dar, mit deren Hilfe Sade die Aporie der Libertinage auf paradoxe Weise löst.

2. Die Italienreise oder die vulkanische Phantasie

»Man lernt durch die Sadesche Reise gar nichts«, schreibt Roland Barthes.[8] Und gewiß handelt es sich bei Juliettes Italienreise weder um eine kulturgeschichtliche, noch um eine moralische oder ethnologische Lektion; gleichwohl ist die Abreise nach Italien insofern eine Lektion von großer symbolischer Bedeutung, als Juliette die abgeschlossene Welt ihrer Lehrmeister verläßt, von denen sie in die Libertinage initiiert wurde.

Die erste Entdeckung, die Juliette in Italien nach ihrer geographischen Grenzüberschreitung macht, ist ein Vulkan: »Wir hielten unser Mittagsmahl in Pietra-Mala ab, dies in der Absicht, den dortigen Vulkan zu besichtigen. Als feurige Bewunderer aller einzigartigen Vorkommnisse in der Natur himmeln wir alles an, was den Stempel ihrer Wirren, ihrer Grillen trägt, und folgen dabei dem Beispiel jener gräßlichen Frevel, die sie Tag für Tag eigenhändig heraufbeschwört (...), wir stießen zu Fuß bis zu jener ausgedörrten und versengten

[7] Vgl. Pierre Klossowski, *Sade mon prochain,* Seuil, Paris, 1967, 149.
[8] Vgl. Roland Barthes, *Sade, Fourier, Loyola,* Frankfurt/M. 1986, 21.

kleinen Ebene vor, wo dieses Phänomen zu beobachten war. (...) Endlich erblickten wir die Flammenzungen. (...) Wenn man in dieser Gegend ein Loch in den Erdboden gräbt, entzündet sich unter dem Gerät, das ihn aufreißt, alsogleich ein Feuer ... – So, sprach ich zu Sbrigani, der dieses Wunder mit mir zusammen betrachtete, genau so ist meine Vorstellungskraft; sie entzündet sich unter den Fitzenhieben, welche mein Arsch empfängt ...« (OC VIII, 552)

Die Überschreitung der italienischen Grenze bezeichnet einen zugleich realen wie symbolischen Bruch mit der Vergangenheit: Juliette verläßt das Land der Disziplin und der Vernunft für dasjenige der überbordenden Bilder. Im Verlauf der vorangegangenen Episoden ist keine vergleichbare Naturbeschreibung zu finden. Doch Juliette interessiert sich nicht für die Natur selbst: sie verwendet sie als Metapher für ihre Vorstellungskraft und definiert auf metaphorische Weise die libertine Phantasie.

Zwei Vulkane umrahmen Juliettes Fahrt durch die italienische Halbinsel, derjenige von Pietra-Mala im Norden und der Vesuv im Süden.[9]

Auf dem Weg vom einen zum anderen Vulkan durchstreift Juliette Italien vom Apennin bis nach Kalabrien und durchläuft alle Stadien der Libertinage und der Verderbtheit. Aus der Schülerin ist eine Meisterin geworden, von der nicht nur die libertinen Römerinnen und Florentinerinnen, sondern sogar der Papst und der König von Neapel noch etwas lernen können, vor denen sie ihre beiden einzigen längeren Reden hält: diese beiden Ansprachen zielen nicht nur – wie die üblichen Reden der Libertins – darauf ab, Hirngespinste und Vorurteile zu zerstören, um sie durch die Grundsätze der Libertinage zu ersetzen und um die Zuhörer (und Leser) von der Notwendigkeit des Verbrechens zu überzeugen; nein, sie bekräftigen die Freiheit der Juliette, die sich über die despotische Macht der beiden großen italienischen Libertins lustig macht und

[9] Zur Zeit der *Juliette* schreibt Sade wohl auch jene Almani-Episode (J/J 3, 81-87), wo der Vulkan – diesmal der Ätna – eine ähnlich beherrschende Rolle spielt. Vgl. zum Motiv des Vulkans den Aufsatz von Joachim von der Thüsen, »Juliette und der Vulkan«, in: *Merkur,* 1991, 221-232 (Heft 504). Vgl. auch die zahlreichen Vulkan-Abbildungen, die im von Annie Le Brun herausgegebenen Katalog zur Ausstellung »Petits et grands théâtres du marquis de Sade« (Paris 1989) zu finden sind. Über den großen Vesuv-Ausbruch von 1779 ließ sich Sade übrigens selbst noch im Gefängnis von seinem Diener Carteron informieren.

Vgl. auch das Kapitel »Volcan« in Philippe Rogers Studie *Sade – la philosophie dans le pressoir,* Paris 1976, 146ff. (Vgl. im Hinblick auf den Schluß des vorliegenden Essays auch den Abschnitt »Foudre« in derselben Studie, 156ff.) Man kann auch auf die herausragende Stelllung hinweisen, die der Vulkan in Frühwerken von Georges Bataille einnimmt, z.B. in Der *Sonnen-Anus,* in: *Der Pfahl,* Nr. VI, München 1992, 23-28; vgl. auch das *Dossier de l'oeil pinéal,* in: Georges Bataille, *Œuvres complètes,* Band II, 11-47. (Anmerkung d. Ü. und Hrsg.)

zeigt, daß sie sich durch nichts mehr beeindrucken läßt, indem sie etwa den Papst mit »alter Affe« anspricht.

Die Entdeckung des zweiten Vulkans der Erzählung, des Vesuv, bezeichnet den Zenith ihrer sexuellen, politischen wie intellektuellen Macht: »An keinem anderen Ort Europas ist die Natur so schön, so eindrucksvoll wie in der Umgegend dieser Stadt. Es ist nicht jene trübselige, einförmige Schönheit der lombardischen Ebenen, welche die Vorstellungskraft in träger Ruhe schmachten läßt: hier gerät sie allenthalben in Brand; die Unruheherde, die Vulkane dieser auf Schritt und Tritt verbrecherischen Natur wühlen die Seele so sehr auf, daß sie zu großen Taten und verheerenden Leidenschaften fähig wird. Das hier, all das sind wir, sprach ich zu meinen Freundinnen, die tugendhaften Leute aber gleichen jenen trübseligen Landschaften des Piemont, deren Einförmigkeit uns so traurig stimmte.« (OC IX, 354)

Was prangert Juliette mit dem Bild der Vulkane und der Landschaften des Piemont an? Die Langeweile der »Plattheit«, sei sie nun geographisch, moralisch oder ästhetisch. Angesichts dieser Dichotomie, die sie zwischen der langweiligen Plattheit der Tugend und der vulkanischen Erhitzung der Vorstellungkraft entwickelt, steht die übliche, apathische Vernunft-Libertinage, welche mit allen Bildern »tabula rasa« macht, der Tugend näher als der vulkanischen Leidenschaft. Eine analoge Annäherung vollzieht Jacques Lacan in »Kant mit Sade«,[10] wenn er den kategorischen Imperativ mit dem Sadeschen Imperativ der Libertinage vergleicht: wie das Sittengesetz soll die Sadesche Libertinage von jedweden menschlichen Gefühlen geläutert sein; die Libertinage darf nicht »pathologisch« sein. In dem der *Geschichte der Juliette* gewidmeten Kapitel ihrer Dialektik der Aufklärung, »Juliette oder Aufklärung und Moral«, identifizieren Horkheimer und Adorno die Sadesche Libertinage mit einer reinen, entfleischlichten Ratio. Doch Juliette, so sagen sie, unterliege noch immer der »Vergötzung«[11], sie glaube noch an den Genuß und erreiche nicht die Perfektion der Libertinage gewisser männlicher Romanfiguren wie etwa Sbrigani.

Müßte man sich nun nicht fragen, weshalb Sades Hauptwerk die *Geschichte von Juliette* und nicht etwa diejenige ihres zeitweiligen Gefährten Sbrigani erzähle? Im Verlauf ihrer Reise durch Italien entfernt sich Juliette von der Libertinage ihrer Lehrmeister, um den Leser auf eine neue Ebene zu führen, nämlich auf diejenige einer metaphorischen, spielerischen Sprache, die dem

[10] In Jacques Lacan, *Schriften II,* Berlin/Weinheim 1991, 133-163.

[11] Vgl. Max Horkheimer/Theodor W. Adorno, *Dialektik der Aufklärung,* Frankfurt/M. 1985, 94: »Bei aller rationalen Überlegenheit hält Juliette noch einen Aberglauben fest. Sie erkennt die Naivität des Sakrilegs, zieht aber schließlich doch Genuß aus ihm. Jeder Genuß aber verrät eine Vergötzung: er ist Selbstpreisgabe an ein Anderes. Natur kennt nicht eigentlich Genuß.«

Geist und der Ernsthaftigkeit der Libertinage zu widersprechen scheint. Nach der Ermordung von Olympe Borghèse, die von Juliette und Clairwil in die Eingeweide des Vesuv geschleudert wurde, interpretiert Juliette den Steinhagel, der alsogleich auf sie niedergeht, auf abergläubische Weise, wird jedoch von Clairwil prompt zurechtgewiesen: »Aha! sagte ich, noch bevor ich mich wieder erhebe. Olympe rächt sich! Diese Schwefel- und Bimssteinstücke sind das Lebewohl, das sie uns zuruft, sie tut uns kund, daß sie bereits in den Eingeweiden der Erde angekommen ist. – Nichts ist leichter erklärlich als dieses Phänomen, entgegnete mir Clairwil. Jedesmal wenn ein schwerer Körper in den Schoß des Vulkans stürzt, wühlt er jene Materie auf, die unablässig in der Tiefe seines Muttermundes brodelt, und löst hiedurch einen kleineren Ausbruch aus.« (OC IX, 417)

Als seriöse Libertine antwortet Clairwil Juliette in einem belehrenden Ton und gibt ihr eine genaue und klare Erklärung des Phänomens Vulkan; sie weigert sich, sich von der Natur ins Bockshorn jagen zu lassen, und sei es auch nur zum Spaß. Doch Clairwil hat nicht das letzte Wort. Juliette weist diese seriöse Deutung Clairwils zurück, um sie durch eine traumartige zu ersetzen: »Was die Ursache des Steinhagels anbelangt, der auf uns niedergeprasselt ist, irrst du: da steckt nichts anderes dahinter als Olympe, die uns um ihre Kleider bittet; wir müssen sie ihr zurückgeben.« (OC IX, 418)

»Nichts ist leichter erklärlich als dieses Phänomen«, hatte Clairwil gesagt. Aber gerade die leicht erklärlichen Phänomene interessieren Juliette nicht. Und so ist sie nicht als Vulkanologin, sondern als Poetin fasziniert von der vulkanischen Natur: sie nennt sie »verrucht«, »verderbt« und entwickelt eine metonymische Verbindung zwischen der Flamme des Vulkans und derjenigen ihrer eigenen Begierde: »Die aus diesem Boden gehauchte Flamme (...) steckte meinen Geist in Brand.« (OC VIII, 553) Doch dieses Feuer wird von Juliette, wie wir gesehen haben, nur als Metapher für ihre Vorstellungskraft und die libertinen Leidenschaften verwendet: und letztlich ist es gerade dieser Metaphorisierungsprozeß, welcher ihren Geist in Brand steckt und ihre Begierde erregt.

Man darf nicht den Fehler machen, Juliettes »Traum«-Deutung ihrer Unwissenheit zuzuschreiben. Sade hat zuvor geflissentlichst gezeigt, daß Juliette wissenschaftlich äußerst bewandert ist und als aufgeklärte Philosophin den Glauben ihrer Gesprächspartner ans »Übernatürliche« bekämpfen kann: »Die Umgegend des Asphaltitersees, wo sie (sc. Sodom und Gomorrha, C.C.) erbaut waren, bestand aus halbwegs erloschenen Vulkanen; jener Boden ähnelte diesem hier: wieso versteift man sich darauf, in allem und jedem etwas Übernatürliches zu erblicken, wenn alles, was uns umgibt, auf höchst natürliche Weise zustande kommen kann?« (OC VIII, 553; vgl. zu diesem Topos auch J/J 1, 115) Nicht aus Unwissenheit, sondern aufgrund ihrer eigenen freien Entscheidung schiebt Juliette wissenschaftliche Erklärungen beiseite, da sie so langweilig und platt sind wie die Ebenen des Piemont und den alten Glauben nur durch eine neue Ratio-Gläubigkeit ersetzen. Die mythische Deutung bewahrt das Vorrecht der Lust.

Sade hat nicht irgendein beliebiges Naturphänomen gewählt, sondern den Vulkan, der im 18. Jahrhundert das zwiespältige Wesen der Natur verkörpert – letztere ist zugleich Objekt wissenschaftlicher Forschung sowie Quelle realer Schrecken und mythischer Legenden. Vulkane nähren die Vorstellungskraft des ganzen Jahrhunderts: ihre Ausbrüche, ihre Lavaströme, ihre Gluthitze dienen etwa als politische Metapher (in den eruptiven Tagen der Revolution) oder als psychologische Metapher (in bezug auf das Überborden der Leidenschaften).[12]

Die Beschreibung des Vulkans in der *Encyclopédie* bedient sich eines psychologisch und moralisch konnotierten Vokabulars: »Vulkane: So nennt man jene Gebirge, die zu gewissen Zeiten Rauch, Flammen, Asche ausspeien, glühend heiße Steine aus zu Glas geschmolzener Materie, Schwefel, Salz, Bimsstein und bisweilen gar Wasser. (...) Die Vulkane müssen als die Stoßseufzer der Erde angesehen werden, oder als Kaminschlote, durch die sie sich von der glühend heißen Materie befreit, die in ihrem Schoß brodelt. (...) Die Vulkane sind daher ein Labsal der Natur; sie verschaffen dem Feuer und der Luft freien Durchgang; sie hindern sie daran, ihre Verwüstungen über gewisse Schranken hinauszutreiben und dieserweise die Oberfläche unserer ganzen Weltkugel zu verheeren.«[13]

Der Chevalier de Jaucourt, der Autor des Artikels »Volcan«, legt das Gewicht auf die positive Funktion des Vulkans, welcher der Materie freien Durchgang verschafft und der Erde dieserweise erlaubt, der Verwüstung zu entgehen: die Vulkane sind »Stoßseufzer«, Öffnungen, die es möglich machen, daß sich die Erde von der in ihrem Schoß brodelnden Materie befreit, bevor die Natur von ihren eigenen Leidenschaften verzehrt und zerstört wird. Was nun just die Verzweiflung der Libertins hervorruft, ist die Unmöglichkeit, sich von dem Feuer zu befreien, das sie verzehrt, die unersättliche Natur ihrer Begierde trotz (oder wegen) der apathischen Verflachung dieser Begierde.

[12] Vgl. Saint John de Crèvecœur, *Lettres d'un cultivateur américain* (1784), Slatkine Reprints, Genf, 1979. Vgl. auch Michel Delon, »Corinne et Juliette«, *Europe*, Jan./Feb. 1987, v.693-694, 57-63.

[13] *Encyclopédie*, Band XVII, Neufchastel, chez Samuel Faulche, 1765, Artikel »Volcan«.

Juliette dagegen bedient sich des Phänomens Vulkan, um die Mythen wieder aufleben zu lassen und den Stoßseufzern ihrer Leidenschaften freien Lauf zu lassen.[14]

Durch diese ihre Beziehung zu der im Vulkan versinnbildlichten Vorstellungskraft, zum Imaginären, unterscheidet sie sich von ihren Lehrmeistern. Zu Beginn des Romans erscheint Juliettes Andersartigkeit als Jugendsünde, und die libertine Lehrlingstochter wird von ihren libertinen Erziehern gerügt: »Sie müssen diese Empfindsamkeit, die Ihnen zum Verderben gereicht, eindämmen.« (OC VIII, 455) rät ihr Noirceuil; und die Clairwil echot: »Ich finde an ihr noch immer denselben Fehler: sie begeht das Verbrechen nur im Taumel der Begeisterung, sie ist darauf angewiesen, erregt zu sein.« (ib.) Weit davon entfernt, ihren »Fehler« zu korrigieren, verwandelt ihn Juliette in einen libertinen Vorzug: im Verlauf der verschiedenen Etappen ihrer Italienreise und insbesondere bei der Entdeckung der Vulkane betont sie, was sie von den anderen unterscheidet.

Die »Geschichte« der Juliette, ihr Wiedersehen mit der Durand in Ancona, gleich nach der Vesuv-Episode, der von der Durand angestiftete und von Juliette in die Tat umgesetzte Mord an Clairwil sowie der wundersame Auftritt der Durand, die ganz zum Schluß des Romans auf Juliettes Ländereien eintrifft, bekräftigen die Entscheidung zugunsten des Imaginären. Abgesehen von der Durand, einer »Zauberin«, ist Juliette die einzige Libertine, die niemals an der Klippe der Unbegrenztheit zerschellt; nur Juliette und die Durand überwinden die Aporie der Gotteswette durch traumvergnügte Verspieltheit.

3. Juliette und die Durand: eine paradoxe Leidenschaft

Auf Juliette ist nie Verlaß, diesbezüglich gehorcht sie dem grundlegenden Prinzip der Libertinage, dem Zerreißen jeglicher Bande: Sämtliche Freundinnen und Geliebten Juliettes werden von ihr ermordet – Madame de Donis, Honorine de Grillo, Olympe Borghèse, Königin Charlotte und sogar Clairwil. Je zutraulicher und verliebter eine libertine Freundin, um so unausweichlicher ihr Tod. Denn wenn es einen libertinen Grundsatz schlechthin gibt, so ist es die Treulosigkeit: Honorine de Grillo wird von Juliette für Olympe Borghèse geopfert; Olympe Borghèse und Charlotte werden von ihr für die Clairwil

[14] Als Illustration für den Buchdeckel des dritten Bandes seiner Sade-Biographie *Sade Vivant* (Paris, Robert Laffont, 1990; deutsche Ausgabe: *Der göttliche Marquis,* 2 Bände, München, 1991) benutzt Jean-Jacques Pauvert eine »Ansicht des großen Ausbruches des Vesuvberges, am Sonntag, den 8.August 1779, angefertigt aufgrund einer Originalzeichnung, die just im Augenblick des Ausbruches von Herrn Pierre Fabris gemacht wurde«.

geopfert. Borchamps alias Brisa-Testa, dessen Abenteuer in die Erzählung von Juliette wie ein Echo auf ihre eigenen eingeflochten werden, opfert Clotilde für Emma, Emma für Amélie, Amélie für Katharina die Große. Selbst wenn die Beweggründe aus dem Bereich der Empfindungen oder der Politik zu stammen scheinen, geht es im Grunde darum, daß dem Grundsatz der Treulosigkeit geopfert wird: die Treulosigkeit ist das Zerreißen der Bande, durch die man von den anderen abhängig wird, und die Zerstörung des Glaubens.

Clairwils Tod weist in bezug auf dieses Szenario eine Abweichung auf. Auch Clarwil stirbt, so könnte man sagen, weil sie der libertinen Ethik zuwidergehandelt und sich zu sehr in Juliette verliebt hat. Doch sie wird nicht dem Grundsatz der Treulosigkeit geopfert, sondern der bedingungslosen Leidenschaft einer anderen Frau: »Juliette«, spricht die Durand, »ich himmle dich an, der einzige Lohn, den ich für all meine Taten ersehne, besteht im Glücksgefühl, dich ohne jede Nebenbuhlerin anhimmeln zu dürfen: ich war auf die Clairwil eifersüchtig ...« (OC IX, 430) Die Eifersucht, die im ganzen Roman von der libertinen Philosophie ins Lächerliche gezogen wird, feiert unvermittelt ihre Auferstehung und dient in Juliettes Augen sogar als Entschuldigung für die Verbrechen der Durand: »Diese Schlitzbübin! Aus Eifersucht; dieser Beweggrund spricht sie in meinen Augen von jeder Schuld frei.« (OC IX, 455) Juliette akzeptiert Durands Leidenschaft; sie anerkennt die Liebe als unzerstörbares Band. Dem Libertin Cordelli, der sie darum bittet, bei ihm zu bleiben, gibt sie einen Korb, was sie für einmal nicht mit dem libertinen Streben nach Unabhängigkeit rechtfertigt, sondern mit ihrer bereits eingegangenen Bindung an die Durand: »Ich bin mit meiner Freundin aufs unwiderruflichste verbandelt, versetzte ich, wir sind unzertrennlich, und wir werden uns nicht verlassen, bis daß der Tod uns scheidet.« (OC IX, 456) Jene Konzepte wie Vertrauen oder wie der Bund für die Ewigkeit, die durch die libertinen Vernunftprinzipien ausgemerzt wurden, tauchen zum Schluß des Romans wieder auf, und zwar ausgerechnet im Munde der abgehärtesten Libertinen.

Man erlebt nicht nur die Auferstehung des zur Liebe gehörigen Wortschatzes, sondern auch jener Handlungen, die von den zynischen Libertins verspottet wurden. Nachdem sich Juliette und die Durand in Venedig wiedergefunden und ihre engen Bande erneuert haben, übertreffen sie sich gegenseitig an Großzügigkeit, um einander ihre Liebe zu beweisen. Zunächst lehnt die Durand jegliche Bezahlung für jenes Gift ab, das sie für den Mord an der Clairwil bereitgestellt hat: »Ich will nicht für einen Dienst bezahlt werden, der ein Liebesdienst war.« (OC IX, 430) Zum ersten Mal im ganzen Roman triumphieren die sentimentalen Werte über die pekuniären. Und in ähnlich selbstloser Weise lehnt Juliette eine Garantie der Durand ab, die sie vor einem möglichen Verrat bewahren soll: »Nein, ich habe mit solchen Vorsichtsmaßnahmen nichts im Sinn; ich liefere mich dir aus, voll Wonne liefere ich mich aus; mich berauscht die Vorstellung, mein Leben in deine Hände zu geben ...« (OC IX, 435)

Diese Risikobereitschaft, die darauf beruht, dem anderen zu vertrauen und sich gleichsam an ihn zu verschenken, entspricht nicht einem üblichen libertinen Prinzip. Juliette betont im Verlaufe ihrer Erzählung den »Zartsinn« ihrer Gefühle und Handlungen: »Ich legte, wie ich gestehen muß, ebensoviel Zartsinn darein, ihre Sorgsicht zu empfangen, wie sie darein legte, sie mir angedeihen zu lassen.« (OC IX, 436) Dieser Zartsinn, eine vollkommene Neuheit in den Beziehungen der Libertins, die darunter höchstens die feinsinnige Finesse gewisser sexueller Phantasien verstehen, verleitet Juliette und die Durand dazu, überschwengliche Zärtlichkeitsbezeugungen, Liebesschwüre, Gefühlswallungen zu bekunden, wie sie in traditionellen Liebesbeziehungen gang und gäbe sind: »Im Namen der allerzärtlichsten Liebe, ängstige dich nicht länger, mein Engel« (OC IX, 438), sagt die Durand zu Juliette. »Ich unterstreiche noch einmal, daß ich mich dir ausliefere, du kannst dich auf mein Herz ebenso fest verlassen wie ich dem deinigen vertraue; unsere Stärke liegt in unserem Bund, und nichts könnte ihn lösen« (OC IX, 439), sagt wiederum Juliette zur Durand. Noch befremdlicher aber ist, daß die Beziehung zwischen Juliette und der Durand keineswegs – wie bei allen anderen Libertins – nur auf einer Übereinstimmung ihrer Prinzipien beruht, sondern auf einer »unbezwinglichen Zuneigung«: »Ich gestehe, daß ich von diesem Augenblick an die unbezwinglichste Zuneigung zu dieser Frau gefaßt hatte ... « (OC VIII, 512) Schon bei ihrer ersten Begegnung beruft sich Juliette auf eine irrationale Zuneigung, wie sie von den übrigen Libertins hartnäckig bekämpft wird: spürt etwa einer der Mönche aus dem zweiten Band von *Justine und Juliette,* daß er sich in ein Opfer verliebt hat, so kommt dies einem Todesurteil gleich – der Exorzismus der Liebesgefühle wird am Körper der Geliebten vollzogen.

Man sollte die Liebeserklärungen, die am Ende der *Geschichte der Juliette* Urständ feiern, nicht bloß als Parodie auf das »metaphysische« Vokabular der Liebe lesen, denn die Durand hat in der *Geschichte der Juliette* einen Sonderstatus inne. Zwar spielt sie, quantitativ gesehen, eine relativ periphere Rolle und glänzt vornehmlich durch Abwesenheit (nachdem sie zur Halbzeit des Romans aufgetaucht ist, verschwindet sie für vierhundert Seiten, um auf lediglich fünfzig Seiten wieder aufzutauchen und abermals zu verschwinden, bis sie zum letzten Mal bei der Auflösung am Ende des Romans wieder erscheint); dafür bezeichnen ihre Auftritte jedesmal einen wichtigen Umschwung im Handlungsgefüge.

Bei der ersten Begegnung, als Clairwil ihre Freundin Juliette zur Wahrsagerin Durand führt, sagt diese den beiden Besucherinnen die Zukunft voraus.

(OC VIII, 509) Fünfhundert Seiten weiter wird die Vorhersage von Clairwils Tod Realität – und zwar aufgrund der Machenschaften der Durand selber! Was die Vorhersage von Juliettes Zukunft anbelangt, so ist sie es, die Juliette überhaupt erst zur Abreise nach Italien bewegt: Nachdem die Durand Juliette in einem Traum als Schutzengel erschienen ist, entschließt sich letztere zur Flucht, ganz so, als wäre das abergläubische Vertrauen in den Traum stärker als ihre Vernunft.

Und als sich die beiden gegen das Ende des Romans in Italien wiederbegegnen, erfährt man aus dem Mund der Durand: »Ich habe dich nie aus dem Blick verloren, meine teure und zarte Freundin. Ich bin dir nach Angers und nach Italien gefolgt, indes ich stetsfort meinen Geschäften nachging; ich verlor dich nie aus den Augen. Meine Hoffnung schwand, als ich deine vielfältigen Liebeleien mit der Donis, der Grillo, der Borghèse und all den anderen mitansehen mußte; doch als mir zu Ohren kam, daß du Clairwil wiedergefunden hattest, ward meine Verzweiflung vollends auf die Spitze getrieben ... Zu guter Letzt bin ich dir von Rom bis hierher gefolgt, und da ich all der Widrigkeiten überdrüssig war, wollte ich das Abenteuer zur Auflösung führen: du siehst, wie trefflich mir dies gelungen ist.« (OC IX, 434)

Die romanhaften Verstrickungen erfahren eine Auflösung, indem mit den ewiglichen Liebesbanden zwischen Juliette und der Durand der denkbar festeste Knoten geknüpft wird. Rückblickend erscheint der ganze Roman von Juliettes Abenteuern wie eine Suche und Initiation, die in den unzerstörbaren Bund zwischen der Juliette und der Durand mündet.

Am Ende des Romans folgen, Schlag auf Schlag, wirkliche und metaphorische Blitzschläge. Juliette vergiftet mit einem »fulminanten Pulver« (fulmen = lat. für 'Blitz') der Durand ihre alte Freundin Clairwil, die zu ihren Füßen niederfällt, »wie vom Blitz getroffen.« (OC IX, 427) Während der Schlußorgie, in deren Verlauf Juliette und Noirceuil gemeinsam die schlimmsten Greuel verüben, äußert Noirceuil den verzweifelten Wunsch, Macht über den wirklichen Blitz zu erlangen, wozu er sich an Gott wendet: »Lege, so du es wagst, deinen Blitzstrahl für einen Augenblick in meine Hände, und sobald ich mit ihm die Sterblichen zernichtet habe, sollst du miterleben, wie ich ihn, noch immer steifgeschwänzt, auch ins Herzen deines von mir verabscheuten Daseins schleudere, um ihm, so ich es vermag, ein Ende zu bereiten.« (OC IX, 579) Bei Noirceuil steht der Blitz freilich für die altbekannte Aporie der Libertinage, welche am Paradoxon der Unbegrenztheit zerbricht.

Als Juliette ihren Bericht beendet hat, beschließt die versammelte, libertine Zuhörerschaft, Justine der Natur auszuliefern, welche die Hoffnung der Libertins nicht enttäuscht und Juliettes Schwester mit einem Blitzstrahl erschlägt: »Ein Blitzschlag streckt sie zu Boden, indem er ihr durch den ganzen Körper fährt.« (OC IX, 583) Dieser donnernde Paukenschlag zum Finale des Romans macht in Justines Person der sentimentalen Schwäche ein Ende und bekräftigt die Grundsätze der Libertins: »Kommt und bewundert das Werk des Himmels, kommt und seht, wie er die Tugend belohnt.« (ib.) Zahlreiche Kritiker haben diese Schlußszene kommentiert, in der das Feuer der »Natur« die Wahrheit der Libertinage absegnet. Auf den ersten Blick scheinen Juliettes Abenteuer also mit dem Zerreißen der schwesterlichen Bande und mit der symbolischen Zerschlagung aller gefühlsseligen Illusionen zu enden. Doch man vergißt meistens, daß dieser Blitzschlag nicht den wahren Schlußpunkt des Romans darstellt. Auf den natürlichen Blitz folgt ein weiteres Ereignis, das »wie der Blitz einschlägt«:

»Man war kaum wieder im Schloß eingetroffen, als auf der anderen Straße eine Berline heranrollte; (...) Eine großgewachsene, wohlgekleidete Frau steigt aus, Juliette tritt ihr entgegen. Barmherziger Himmel! Es ist die Durand, jene teure Freundin von Mme de Lorsange, die von den Inquisitoren zu Venedig verurteilt worden ist und von der Juliette glaubte, sie hätte sie im Saale dieser greulichen Richter an der Decke baumeln sehen ... – Teure Seele! jauchzt sie und wirft sich ihrer Freundin in die Arme ... durch was für ein Wunder! ... großer Gott ... sag schon ... ich weiß nicht, wie mir geschieht ...« (OC IX, 584f.)

Sade verwendet zwar nicht die Wendung »wie der Blitz einschlägt«, doch immerhin wird zuerst der Himmel und dann Gott angerufen, während die abgehackten Worte Juliettes deren heftige Gemütswallung veranschaulichen. Die unverhoffte Ankunft der Durand trifft Juliette wie ein Blitz und ist von einer brisanten Mischung aus Überraschung und Liebe gekennzeichnet.

Dieser doppelte Blitzschlag bei der abschließenden Auflösung ist ein Echo auf jene Szene zu Beginn des Romans, wo sich die beiden Schwestern voneinander trennen: angesichts des Unheils, das sie trifft, lassen Justine und Juliette zwei verschiedene Flüssigkeiten mit unterschiedlichem symbolischem Gehalt verströmen; mit ihren Tränen verrät Justine ihre Schwäche; ihren »Seim« verlustierend gibt Juliette ihrer Stärke Ausdruck (J/J 1, 54f.). Am Schluß des Romans stehen sich die beiden Schwestern wiederum von Angesicht zu Angesicht gegenüber, und alle beide werden vom Blitz getroffen. Doch während Justine vom natürlichen Blitz erschlagen wird, haucht der metaphorische Blitz ihrer Schwester Juliette neues Leben ein.

Das letzte Verhältnis im Roman spielt sich zwischen Juliette und der Durand ab: die Liebeserklärungen der Durand erhalten den Status eines Schlußwortes; sie rechtfertigen den ganzen Rest des Romans und führen ihn zur Vollendung. Der Roman endet nicht mit jenen Worten, mit denen Juliette ihre sechsbändige Lebensgeschichte beschließt, sondern mit der überraschenden Ankunft der Durand, die von einem objektiven Erzähler geschildert wird. Er endet mit einer Verbindung, die keinerlei Leerstelle, keinerlei Wünsche offenläßt: »Ich bin dir nachgeeilt, mein Engel (...) ich mache dich selig, und das stimmt mich glücklich.« (OC IX, 585)

Wie soll man diese unerwartete Auflösung verstehen, der die Leser nur selten die gebührende Aufmerksamkeit schenken? Wie soll man die Rückkehr zu einer Rhetorik der Leidenschaft in einem Roman verstehen, der jede Bindung an den anderen ins Lächerliche zieht und diese Lächerlichkeit mit dem Mord absegnet? Der abschließende Bund zwischen Juliette und der Durand stellt das größte Paradoxon des Romans dar: denn für einmal handelt es sich nicht um eine vertragliche Verbindung zwischen zwei Libertins, die jederzeit bereit sind, den anderen der eigenen Lust zu opfern, sondern um exklusive und sentimentale Bande, welche die von Sade auf dreitausend Seiten verdammte Metaphysik der Liebe ganz zum Schluß auferstehen lassen. Das Paradoxon besteht im folgenden: weit davon entfernt, die Libertinage zu schwächen, zu leugnen oder umzufunktionieren, erlaubt es diese Rückkehr zur Rhetorik des Gefühls vielmehr, die für Juliettes Lehrmeister unüberwindlichen Aporien zu lösen.

Betrachten wir die Verbindung zwischen Juliette und der Durand noch etwas genauer: Was ihre Verbrechen und Prinzipien betrifft, so unterscheidet sich die Durand kaum von den übrigen Libertins. Hingegen sticht sie durch ihren sozialen Status heraus: sie ist keine Aristokratin, und wenn sie ihr wahrsagerisches und giftmischerisches Wissen verkauft, so geschieht dies, um zu überleben: »Hör zu, sprach Clairwil eines Tages zu mir, ich habe die Anschrift einer höchst außergewöhnlichen Frau, wir müssen sie unbedingt zusammen aufsuchen; sie braut und verkauft Gifte jeglicher Art; obendrein ist sie eine Wahrsagerin, die sich nur selten irrt.« (OC VIII, 501) Um zu unterstreichen, daß sie aus den untersten Schichten der Gesellschaft stammt, wird sie als »die Durand« oder »Madame Durand« angesprochen und bei ihrer Begegnung mit Juliette als »Hexe« und sogar als »dieser Giftdrache« bezeichnet.

Als wohlbetuchte Aristokratin fühlt sich Juliette von der Durand angezogen, welche in gesellschaftlicher Hinsicht ihr Anderes verkörpert; ja, sie entscheidet sich sogar dafür, sich von der alten Kupplerin prostituieren zu lassen: »Kein Tag verstrich, an dem uns der vierfache Beruf einer Hure, Kupplerin, Hexe und Giftmischerin nicht tausend Zechinen eingetragen hätte – ja oft sogar noch viel mehr.« (OC IX, 544)

Doch nicht nur in sozialer, sondern auch in körperlicher Hinsicht stellt die Durand das Andere von Juliette dar: »Durand vermochte noch nie den gewöhnlichen Freuden der Wollust zu frönen; ihre Scheide war zugewachsen, dafür (...) hauchte ihr ihre fingerlange Klitoris die hitzigste Zuneigung zu

Frauen ein. Sie vögelte sie, sie arschfickte sie. » (OC IX, 431) Diese Frau, diese letzte Liebe von Juliette, entpuppt sich als eine Person, die anatomisch betrachtet dem Mann näher steht als der Frau, da sie – »zugewachsen«, wie sie ist – nicht penetriert werden kann, sich jedoch ihrer Klitoris wie eines Gliedes bedient. Und wenn bereits die homosexuelle Beziehung zwischen Juliette und der Durand eine Überschreitung der Norm darstellt, so wird diese Überschreitung nun ihrerseits überschritten: im Rahmen dieser zwiefachen Überschreitung greift die homosexuelle Beziehung parodistisch das Grundmuster heterosexueller Beziehungen auf.

Die Bedeutung dieses paradoxen Bündnisses, dank dem sich die Libertinage aus ihrer Aporie befreit und das Paradoxon der Unbegrenztheit überwindet, ist zugleich politisch wie poetisch. In politischer Hinsicht wird die Libertinage gegen Ende des achtzehnten Jahrhunderts von einer Literatur verurteilt, die sie mit der dekadenten Philosophie einer in ihrer Vergangenheit gefangenen Aristokratie identifiziert, die angesichts der historischen Ereignisse und einem neuen politischen Bewußtsein überholt ist und nur mehr eine soziale Klasse darstellt, die ihrer Macht verlustig gegangen ist. Weil die Durand eine Frau aus dem Volk ist, weil ihr »zugewachsener« Körper die Grenze verkörpert, zugleich aber die Grenze zwischen den Geschlechtern überschreitet, indem dieser Körper der sexuellen Gewalt der Männer seine parodistische Nicht-Penetrierbarkeit entgegensetzt, weil sie also in sozialer und körperlicher Hinsicht das Andere von Juliette ist, bedeutet dieses Bündnis einen revolutionären Bruch mit der Libertinage des Ancien Régime.

In poetischer Hinsicht erstattet die Wahl, die Juliette trifft, der Libertinage die Lust am Imaginären zurück. Die Libertins, die sich darauf versteiften, alle Grenzen niederzureißen und sämtliche Glaubensformen, Trugbilder und Vorurteile zu zermalmen, die ihrem Geist und ihren Leidenschaften Schranken auferlegten, haben sich mit Gott ein Objekt des Hasses und der Verachtung geschaffen, um ihre Begierde zu stimulieren und die verlorene Grenze wiederzufinden – freilich kann ihnen diese bereits im voraus negierte Grenze keinen Halt bieten. Juliette aber errichtet durch das sentimentale Bündnis mit der Durand eine solche Grenze und überschreitet das trockene Analysieren durch traumverlorene Metaphorisierungen. Statt als Vulkanologin die Mysterien der Natur zu entmystifizieren und dieserweise die Möglichkeiten der Fiktion einzuschränken, erobert Juliette als Poetologin des Traums neue Gefilde, die dank ihrer Irrealität die *Geschichte der Juliette* etwa zur Lieblingslektüre der Surrealisten avancieren ließen; die Reden der Libertins, welche aus der Wollust graue Theorie machen und jegliche Begierde entmystifizieren, ersetzt sie durch Mystifikationen der Liebe und durch eine Wollust jenseits der Theorie.

Zwar meint auch jene Durand, die ihren Gefühlen für Juliette so beredt Ausdruck gibt: »Die Libertinage taugt nur, solange keinerlei Gefühl in sie hineinspielt« (OC IX, 434), denn von diesem obersten Gesetz der Libertinage darf auch sie sich nicht explizit distanzieren. Doch anders als jenen Libertins, die sich damit brüsten, jegliche gefühlsseligen Trugbilder ausgerottet zu haben, und gleichwohl einem verzweifelten Pathos der Libertinage verfallen, gelingt es Juliette und der Durand, diese Klippe der Libertinage zu umschiffen, indem sie eine Gefühlsverbindung eingehen. Sie sind nicht darauf angewiesen, gegen einen nicht-existenten Gott anzustürmen, da bereits ihre Vereinigung eine Grenze beschreibt, die genügt, um die für jede Libertinage unabdingbare Überschreitung sicherzustellen.

Die paradoxe Liebe zwischen Juliette und der Durand ermöglicht es, die libertine Aporie und Unersättlichkeit zu umgehen und dem Anderen zu begegnen: dem – sozial und körperlich gesehen – Anderen des eigenen Ichs und dem Anderen der Libertinage: dem Gefühl.

Nachdem Sade sämtliche Aporien der Libertinage entlarvt hat, eröffnet er mit der Erschaffung seiner Romanfigur Juliette den Weg zu einer höheren Ebene der Libertinage. Obwohl er das Gefühl der Liebe wieder ins Spiel bringt, unterwirft Sade seine Titelheldin nicht (wie es die meisten Autoren libertiner Romane im achtzehnten Jahrhundert – von Duclos bis Louvet – getan haben) zum Schluß doch noch dem Zwang einer ausschließlichen Bindung: »Ich könnte mit der ganzen Welt ficken und herumstipsen«, verrät Juliette, »ohne mich auch nur einen Augenblick von jenem zärtlichen Gefühl abzuwenden, das ich dir auf immerdar geschworen.« (OC IX, 475)

Auf dieser Basis gelingt es den beiden, den letzten Götzendienst »ungläubiger« Libertins abzuschütteln und jene Libertinage zu überschreiten, die unter männlicher Herrschaft und unter dem Bann des (negierten) Heiligen geblieben ist. Im Unterschied zu den anderen Libertins versuchen Juliette und die Durand nicht, von jedem Glauben mit Hilfe der Vernunft Rechenschaft abzulegen, sondern finden sich damit ab, daß sich gewisse Dinge dem rationalistischen Zugriff der Worte entziehen. Schon bei der ersten Begegnung zwischen Juliette und der Durand gebietet diese letztere der Clairwil Schweigen, da diese einmal mehr altbekannte Wahrheiten der Libertinage wiederkäut: »Einfältiges Geschöpf, entgegnet die Durand, Sie werden nicht von einem Mann beglückt, sondern von einem Gott. – Sie sind von Sinnen, Madame, meint Clairwil, es gibt keinen Gott (...) – Pst! zischt die Durand, geben Sie sich den Regungen des Fleisches hin, ohne sich darum zu bekümmern, wer Ihnen solche Empfindungen verschafft: wenn Sie auch nur ein weiteres Wort sagen, so ist alles verloren.« (OC VIII, 508) Die Durand gebietet den Libertins also zu schweigen und zu genießen.

In gleicher Weise befiehlt Juliette Noirceuil während der großen Schlußorgie des Romans, zu schweigen und zu »ficken«. Da diese letzte Orgie auf Noirceuils Ländereien stattfindet und von ihm organisiert wird, könnte man meinen, daß sich Juliette durch ihre Rückkehr nach Frankreich wieder der Libertinage ihrer Lehrmeister unterwirft. Doch der Wortwechsel, der sich im Verlauf der Orgie abspielt, verrät die entscheidende Veränderung, die sich in ihrer Beziehung vollzogen hat. Noirceuil ist im Begriff, ein Opfer zu sodomisieren, das hierüber entsetzt ist: »Denken Sie einmal, Madame, sprach der wildmütige Noirceuil, stetsfort arschfickend, man müßte lediglich diese Scheidewand zerschnipseln, um jenen Akt, über den Sie sich so sehr ereifern, null und nichtig zu machen; wenn Sie also so freundlich wären, Juliette, mit einem Rasiermesserchen ...« Juliette läßt Noirceuil seine Vernünftelei nicht zu Ende führen und fährt energisch dazwischen: »Fick, fick, Noirceuil! Sonst verlierst du noch den Verstand ...« (OC IX, 560)

Um welche Scheidewand es sich handelt? Um die Scheidewand, welche die Vagina vom After trennt, eine physische Grenze, die die Sodomie zu einem gesetzeswidrigen, mit dem Tode bestraften Verbrechen stempelt. Noirceuil sprengt diese Scheidewand durch den Gebrauch seines Verstandes: um die »Vorurteile« zu zerstören, genügt es, die Differenz auszuschalten, zunächst geistig, dann körperlich. Doch ausgerechnet in diesem Moment bezichtigt Juliette Noirceuil, »den Verstand zu verlieren.«

Die libertine Vernunft sieht sich Auge in Auge mit ihrer eigenen Widersprüchlichkeit. Sie bringt jede Differenz zum Verschwinden, und gerade dies verleiht den Libertins unbegrenzte Macht. Doch die verstandesmäßige Aufhebung der Differenz konfrontiert die Vernunft unvermittelt mit dem Wahnsinn: mit ihrem Anderen, mit ihren eigenen Grenzen.

Juliette legt die Grenzen des Wahns fest; sie enthüllt die Unmöglichkeit, den Lustakt zu etwas völlig Gleichgültigem zu machen, indem man alle Differenzen einebnet: der Versuch, das Verbrecherische der Sodomie aufzulösen und diese Negation des Verbrechens ganz konkret in die Tat umzusetzen (der rasiermesserscharfe Verstand schneidet in das Fleisch des Opfers, um die natürlichen sowie konventionellen Grenzen und »Scheidewände« zu beseitigen), wird von Juliette mit dem Verlust des Verstandes, mit dem Wahn gleichgesetzt. Von der Schülerin zur Lehrmeisterin aufgestiegen, erteilt sie Noirceuil einen Befehl. Wie lautet er? Zu schweigen und sich zu verlustieren. Dadurch enthüllt sie, daß eine übertriebene Rationalisierung den Verstand in den Wahn treiben kann: besser, man schweigt, akzeptiert gewisse naturgegebene Grenzen und verlustiert sich.

Juliettes »vulkanische Phantasie« steht für die Wahl der Grenze: statt mit Hilfe ihrer Intelligenz alle Schranken niederzureißen, die ihrem Wissensdurst eine Grenze setzen, will sie gewisse Dinge gar nicht erst wissen, um sich dank solcher Unwissenheit den Weg zur Wollust nicht zu verbauen. Sie entscheidet sich fürs »Schweigen« und »Ficken«, für die Fiktion, ohne deren Realitätsnähe beweisen zu wollen. Was uns Sade mit der Erfindung von Juliette lehrt? Daß die Freiheit in der Wahl der Grenze besteht.

„Selbstporträt“, 1949, Bleistift/Papier, 31 × 45,5 cm.

INHALTSVERZEICHNIS DER ERSTEN VIER BÄNDE

ESSAYS